HEYNE BÜCHER

SCIENCE FICTION

Herausgegeben
von Wolfgang Jeschke

Von **Anne McCaffrey** erschien in der Reihe
HEYNE SCIENCE FICTION & FANTASY:

Der Zyklus
DIE DRACHENREITER VON PERN:

1. *Die Welt der Drachen* · 0603291
2. *Die Suche der Drachen* · 0603330
3. *Drachengesang* · 0603791
4. *Drachensinger* · 0603849
5. *Drachentrommeln* · 0603996
6. *Der weiße Drache* · 0603918
7. *Moreta – Die Drachenherrin von Pern* · 0604196
8. *Nerilkas Abenteuer* · 0604548
9. *Drachendämmerung* · 0604666
10. *Die Renegaten von Pern* · 0605007
11. *Die Weyr von Pern* · 0605135
12. *Die Delphine von Pern* · 0605540

DINOSAURIER-PLANET-ZYKLUS:

1. *Dinosaurier-Planet* · 0604168
2. *Die Überlebenden* · 0604347

ROWAN-ZYKLUS:

1. *Rowan* · 0605622
2. *Damia* · 0605623
3. *Damias Kinder* · 0605624
4. *Lyon* · 0605625

EINZELBÄNDE:

Planet der Entscheidung · 0603314
Ein Raumschiff namens Helva · 0603354; auch ➶ 0601008
Die Wiedergeborene ·0603362
Wilde Talente · 0604289
Killashandra · 0604728

ANNE McCAFFREY

Damia

Zweiter Roman des
ROWAN-ZYKLUS

Aus dem Amerikanischen von
MICHAEL K. IWOLEIT

Deutsche Erstausgabe

WILHELM HEYNE VERLAG
MÜNCHEN

HEYNE SCIENCE FICTION & FANTASY
Band 0605623

Titel der amerikanischen Originalausgabe
DAMIA
Deutsche Übersetzung von Michael K. Iwoleit
Das Umschlagbild malte Karel Thole
Die Illustrationen zeichnete Johann Peterka

Umwelthinweis:
Dieses Buch wurde auf
chlor- und säurefreiem Papier gedruckt.

Redaktion: René Nibose-Mistral

Erstveröffentlichung by ACE Books,
The Berkley Publishing Group, New York
Mit freundlicher Genehmigung der Autorin
und Paul & Peter Fritz, Literarische Agentur, Zürich
(# 47113)

Printed in Germany 1997
Umschlaggestaltung: Atelier Ingrid Schütz, München
Technische Betreuung: M. Spinola
Satz: Schaber Satz- und Datentechnik, Wels
Druck und Bindung: Elsnerdruck, Berlin

ISBN 3-453-12642-4

Kapitel Eins

Afra spürte die mentale Berührung seiner Schwester und sagte seiner Mutter, daß Goswina nach Capella zurückgekehrt sei. Cheswina betrachtete ihren sechsjährigen Sohn mit einem Blick von erhabener Heiterkeit.

»Danke, Afra. Du konntest schon immer weiter hinaushören und Goswina besser wahrnehmen als der Rest von uns. Aber störe nicht«, fügte seine Mutter hinzu, als Afra über seinen Eifer kicherte, mit seiner geliebten Schwester Kontakt aufzunehmen. »Die Prima von Capella möchte mit ihr über ihre Ausbildung im Tower von Atair sprechen. Du darfst mit deinen Übungen fortfahren.«

Aber Goswina ist wegen irgend etwas aufgeregt. Etwas, das mit mir *zu tun hat!* beharrte Afra, denn er wollte sicher sein, daß seine Mutter ihn auch *hörte*.

»Nun los, Afra«, seine Mutter tadelte ihn mit ausgestrecktem Zeigefinger, »du hast eine Zunge *und* eine Stimme. Benutze sie. Niemand soll dieser Familie vorwerfen können, ein unhöfliches und aufsässiges Talent großzuziehen. Du hast deine Lektionen zu lernen, und du wirst mit deiner Schwester *nicht* telepathisch kommunizieren, bis sie durch diese Tür kommt.«

Afra zog eine finstere Miene, denn wenn seine Schwester durch die Tür käme, war eine telepathische Kommunikation schließlich nicht mehr nötig.

»Man wird dich nie für einen Dienst im Tower in Betracht ziehen, wenn du nicht gehorchen lernst«, fuhr Cheswina fort. »Und zieh nicht so ein Gesicht.«

Afra hatte diese Ermahnungen bestimmt schon Tausende Male gehört. Aber er schluckte seinen Verdruß hinunter, denn er wünschte sich nichts mehr auf der Welt, als einmal in einem Prima-Tower zu arbeiten, einem Teil des gewaltigen VT&T-Netzwerks, das Kommunikation und Transport zwischen den Sonnensystemen abwickelte, aus denen die Föderation bestand. Seine Eltern und sein älterer Bruder und seine Schwestern waren entweder Mitglieder dieses großen Netzwerks oder arbeiteten darauf hin.

Ihre Familie hatte schon Glück genug, im Tower-Komplex zu leben. Als Baby war er vom Pochen der riesigen Generatoren eingelullt worden, mit denen das Prima-Talent das Gesamt schuf, um seine Wunder des Transports zu vollbringen. Seine erste geistige Anstrengung mit vierzehn Monaten war ein fröhlicher Gruß an die Prima von Capella gewesen, die ›Capella‹ auch als offiziellen Namen angenommen hatte. Obwohl sie sich mit ihrem ›Guten Morgen‹ an den Erdprimus wandte, hatte Afra in Gedanken so klar ihre Stimme gehört, daß er darauf antwortete. Seine Unverschämtheit hatte seine Eltern schockiert.

»Er war überhaupt nicht unverschämt«, hatte Capella ihnen mit einem seltenen Lachen versichert. »Es war wirklich niedlich, mit einem süßen, piepsigen ›Guten Morgen‹ begrüßt zu werden. Wirklich lieb. Wir werden ein so starkes junges Talent ermutigen. Allerdings wäre es auch nicht schlecht, wenn Sie ihm begreiflich machen könnten, daß er mich nicht unterbrechen sollte.«

Cheswina war eine telepathische Senderin vom Typ T8 und ihr Ehemann Gos Lyon ein T7-Telekinetiker. Alle ihre Kinder verfügten über Talent, aber Afras kam nicht nur am frühesten zum Vorschein, sondern war auch das stärkste, womöglich sogar doppelt ausgebildet – Telepath und Teleporter. Das hielt seine Eltern nicht davon ab, sich für die Frühreife ihres jüngsten Sohns ungemein zu schämen. Deshalb ergriffen sie sofort sanfte Maßnahmen, um ihm Zügel anzulegen, ohne sein potentielles Talent an seiner Entfaltung zu hindern.

Vater, Mutter und Goswina, die älteste Schwester, hatten immer darauf geachtet, vor Afra aufzustehen, um zu verhindern, daß er dieses Kunststück wiederholte. Einige Monate lang war das ein wunderbares Spielchen für den Kleinen gewesen: er versuchte immer früh genug aufzuwachen, um seinen »Guten Morgen« der samtigen Stimme zupiepsen zu können, die seinen Geist erfüllte … Capella. Wer immer sich morgens um ihn kümmerte, mußte seine Aufmerksamkeit auf etwas anderes lenken – zum Beispiel aufs Essen. Denn der kleine Afra aß von Herzen gern.

Das sah man ihm allerdings nicht an. Wie der Rest seiner Familie war er ein gesundes, doch mageres Baby; leptosom, doch mit einem Energiepegel ausgestattet, der reichlich Kalorien verbrannte. Wenn man ihm ein Stück Zwieback oder ein Stück Obst in die Hand gab, lenkte ihn das sofort ab. Wie die meisten Knirpse hatte er eine sehr kurze Aufmerksamkeitsspanne, und dieser Zeitvertreib beschäftigte ihn so lang, bis er alt genug war, um zu begreifen, daß er seine Morgengrüße besser auf den engsten Familienkreis beschränkte.

Goswina, eine liebevolle und fürsorgliche Schwester, hatte keine Spur von Gemeinheit in ihrem Wesen und empfand diese Pflicht nie als eine Belastung. Sie bewunderte ihren klugen Bruder, und er erwiderte es so herzlich, daß eine starke Bindung zwischen ihnen entstand. Die mentalen Übungen, mit der seine Gossie ihren lebhaften Bruder ablenkte, hatten eine heilsame Auswirkung auf ihr eigenes Talent, und im Alter von sechzehn Jahren wurde sie auf Stufe T6 hinaufgesetzt. Das qualifizierte sie für die Ausbildungslehrgänge, die der Erdprimus Reidinger auf Atair veranstaltete.

So ganz konnte sie sich darüber aber nicht freuen, denn die sechzehnjährige Goswina hatte eine so tiefe Zuneigung zu Vessily Ogdon, einem T6, entwickelt, daß beide Familien ernsthaft über eine mögliche Heirat redeten. Dennoch wurde Goswina nahegelegt, ihre privaten Pläne zurückzustellen, um an einem der Lehrgänge auf Atair teilnehmen zu können. Nur Afra wußte, wie schmerzlich diese Entscheidung für seine Schwester war. Erst als Gos Lyon die Familienehre beschwor, hatte sie sich gefügt und eine Gehorsamkeit gezeigt, die aufrichtig schien – außer für ihren Bruder, der bei Goswinas Abreise laut geweint hatte.

Afra vermißte seine schlanke, sanfte Schwester fürchterlich. Atair war so weit weg, daß er die schwache mentale Bande, die ihm während seines Tagewerks Beruhigung verschaffte, nicht aufrechterhalten konnte. Afra war von Natur aus kein Konformist und schien in der Schule wie auch zu Hause den Ärger nur so anzuziehen. Er war nicht so umgänglich wie sein Bruder und seine Schwestern früher, und seine Eltern empfanden seine ungestüme, oft ›wilde‹ oder ›aggressive‹ Art als eine Plage.

Hasardar, der Stationsmeister von Capella, dem die Probleme des jungen Afra nicht entgangen waren, hatte ihm taktvoll kleinere ›Jobs‹ anvertraut, gegen die seine besorgten Eltern nichts haben konnten, wenn sie sein Potential entfalten lassen wollten. Afra übernahm gern diese ›Botengänge‹ und war froh, daß ihm wenigstens einer zutraute, etwas richtig zu machen.

Einer dieser Botengänge führte ihn auf einen großen Frachter, wo er dem Kapitän ein Paket übergeben sollte. Afra war ganz aus dem Häuschen bei dem Gedanken, richtige Raumfahrer zu treffen. Er hatte sein kurzes Leben lang zahllose Schiffe auf Capella landen und starten sehen, aber noch keinen Außerweltler persönlich kennengelernt.

Als er zur offenen Luke hinauftrabte, sah er drinnen große und stämmige, vom Leben im Weltraum gebräunte Männer herumlungern. Außerdem hörte er ein Durcheinander von Lauten, die für seine Ohren keinen

Sinn ergaben. Sein Geist entschlüsselte allerdings ihre Bedeutung.

»Es ist kein Ort, um dort Urlaub zu machen, Jungs. Pedanten ohne Ende, diese Leute. Sie glauben an die Methode, und ihr wißt, was das bedeutet.«

»Klar, Chef. Keine Spiele, kein Spaß, kein Alkohol, keine Zigaretten. He, was ist das denn? Ein winziger Grünling! Läßt man die nicht anständig groß werden?«

»Das ist doch ein Kind.« Und mit einem Grinsen schwang sich einer der Männer die Rampe herunter. »Guten Morgen«, sagte er in gutem Basisdialekt.

Afra starrte zu ihm hinauf.

»Du hast ein Paket für den Kapitän, Junge? Der Stationsmeister sagte, er ließe es persönlich überbringen.«

Afra starrte ihn weiter an und hielt ihm das Paket mit beiden Händen hin, verwirrt über die seltsamen Worte und darüber, wie man ihn genannt hatte.

»Was bedeutet denn ›winziger Grünling‹, Sir?«

Afra zuckte unter dem Lachen aus der Luftschleuse und dem finsteren Blick zusammen, den der Chef daraufhin seiner Mannschaft zuwarf.

»Mach dir keine Gedanken, Kleiner«, sagte der Chef in freundlichem Ton. »Manche Raumfahrer haben kein Benehmen. Verstehst du mehr als Basisdialekt?«

Afra wußte nicht recht, was er darauf antworten sollte. Auch wenn er wußte, daß manche Menschen nicht telepathieren konnten, wußte er nicht, daß es in der Galaxis viele verschiedene Formen von Sprache gab. Weil seine Familie allerdings von ihm erwartet hätte, daß er auf eine höfliche Frage eine freundliche Antwort gab, nickte er.

»Ich verstehe, was Sie sagen«, erwiderte Afra. »Ich verstehe nur nicht, was ›winziger Grünling‹ bedeutet.«

Der Chef ging in die Hocke, weil er spürte, daß es nicht klug wäre, einen Einheimischen vor den Kopf zu stoßen, und sei es nur ein Kind. Und bei einem Kind war es wahrscheinlicher, daß es dem Stationsmeister weitererzählte, was es gehört hatte. Auch für die Besatzung eines Frachters war es immer ratsam, mit dem Stationsmeister eines Towers auf möglichst gutem Fuße zu stehen.

»Es ist so, mein Junge«, sagte er und rollte dabei einen Ärmel zurück, um seinen braungetönten Arm zu zeigen, bevor er auf Afras Hand zeigte. »Meine Haut ist braun, deine Haut ist grün. Ich bin ein Braunling«, und er ignorierte das Geheul von seiner Mannschaft, »und du bist ein Grünling. Das hängt nur davon ab, mit welcher Hautfarbe wir geboren wurden. ›Winzig‹ bedeutet einfach sehr klein. Ich dagegen bin ein Koloß, weil ich viel größer bin. Verstehst du mich?«

»Mehr wie ein Faß, Chef!« gluckste einer von der Mannschaft mit diesen andersartigen Lauten, deren Bedeutung Afra nur im Geiste erfassen konnte.

Afra sah den Chef schräg an und stellte weitere Unterschiede zwischen sich, einem Capellaner, und diesen Besuchern fest. Der Mann hatte braune Haut, strähnig graues Haar und braune Augen. Er war der breiteste Mann, den Afra je gesehen hatte, mit Unterarmen, die doppelt so dick waren wie die seines Vaters, noch stärker als die von Stationsmeister Hasardar.

»Danke, daß Sie mir das erklärt haben, Chef. Das war sehr freundlich von Ihnen«, sagte Afra und verbeugte sich respektvoll.

»Kein Problem, Kleiner. Und das hier ist für deine Mühe«, sagte der Chef, griff nach Afras rechter Hand und schloß seine Finger um einen metallischen Gegenstand. »Heb das für einen regnerischen Tag auf. Falls es auf Capella überhaupt einmal regnet.«

Afra sah den runden Gegenstand an und entnahm den Gedanken des Chefs, daß es sich um einen halben Credit handelte, eine Belohnung für die Überbringung des Pakets. Er hatte noch nie eine Credit-Münze gesehen, und er mochte den Druck der Kante in seiner Handfläche. Dem Chef war anzumerken, daß ein ›Trinkgeld‹ für ihn nichts Ungewöhnliches war, deshalb verbeugte Afra sich noch einmal.

»Danke, Chef. Sehr freundlich von Ihnen.«

»Eins sage ich euch, auf diesem Planeten lernt man, sich zu benehmen«, sagte der Chef mit lauter Stimme, mit der er die rüden Bemerkungen zu übertönen versuchte, die seine Mannschaft über Afras Höflichkeiten anbrachte.

Afra begriff die Bedeutung einiger seltsamer Worte nicht.

»Dann mal los, Junge, bevor dich dieser bedauernswerte Haufen von Raumfahrern verseucht. Habt ihr denn überhaupt keinen Anstand? Rein mit euch! Ihr habt genug geraucht.«

Als Afra über den Plastikgehsteig zum Stationsmeister zurücktrottete, beschloß er, niemandem etwas über die Münze zu erzählen. Sie war ihm für die Erledigung seines Botengangs geschenkt worden. Sie gehörte ihm, nicht Stationsmeister Hasardar, der ihm nichts über irgendeine Bezahlung oder ein Trinkgeld gesagt hatte. Wenn Goswina zu Hause gewesen wäre, dann hätte er sie natürlich in sein Geheimnis eingeweiht, aber seine älteren Schwestern fanden ihn lästig, und sein Bruder Chostel meinte, er sei zu alt, um sich mit Kindern abzugeben. Also fand Afra, daß er niemandem etwas über seine Münze erzählen mußte. Er würde sie aufheben, aber nicht für einen regnerischen Tag. Wenn es auf Capella regnete, ging niemand irgendwohin.

Dies war eine der vielen Gelegenheiten, bei denen sich Afra durch Goswinas Abwesenheit ärmer fühlte. Und das war auch der Grund, warum er jetzt, nachdem sie nach Capella zurückgekehrt war, so bald wie möglich den Kontakt wiederherstellen mußte. Deshalb tastete er, trotz der strengen Mahnung seiner Mutter, mit Gedanken nach seiner Schwester im Hauptgebäude des Towers.

Jetzt nicht, Afra, sagte Capella alles andere als unfreundlich, als sein Geist mit dem von Goswina im Konferenzmodus Kontakt aufnahm.

Oh, bitte, Afra, jetzt nicht, kam gleichzeitig die Reaktion von einer verärgerten Goswina.

Aus Angst, daß seine Eltern von der Prima persönlich eine offizielle Rüge erteilt bekämen, zog Afra sich so weit in sein eigenes Ich zurück, daß er Goswina tatsächlich nicht mehr ›hörte‹, bis sie eine Stunde später durch die Tür in ihr Quartier trat.

O Gossie, weinte Afra, und Tränen der Freude strömten ihm übers Gesicht, als er ihr in die Arme sprang.

Ihre Familie legte keinen großen Wert auf körperliche Bekundungen von Zuneigung, nicht nur weil sie sich intensiver geistiger Verbindungen erfreuten, die Berührungen überflüssig machten, sondern auch weil körperliche Berührungen zwischen Talenten intensivere Wahrnehmungen des Gefühlslebens eines anderen erlaubte, was manchmal einem unbeabsichtigten Eindringen in seine Privatsphäre gleichkam.

Heute ignorierte Goswina solche Bedenken, als sie ihren kleinen Bruder fest umarmte. Dieser enge Kontakt erlaubte es ihr, viele Dinge auszudrücken, die ein zurückhaltendes Mädchen wie sie ungern ausgesprochen hätte. Afra erfaßte flüchtige Szenen ihrer Landung auf Atair, der bewaldeten Berge hinter der Raumhafenstadt, des ungeschlachten Anblicks des atairianischen Towers, die Gesichter ihrer Kommilitonen als eine hektische Collage, wobei ein Gesicht die Gruppe beherrschte, eine flüchtige Aufeinanderfolge von Unterrichtsstunden, Mahlzeiten, Szenen aus dem Zimmer, das Goswina mit zwei Mädchen geteilt hatte, dann ein musikalisches Zwischenspiel, das abrupt abbrach und von ihrer Aufregung verdrängt wurde, in das Zuhause zurückzukehren, das sie so vermißt hatte, und zu ihrem Vessily.

Ich habe dich schrecklich vermißt, Afra.

Mehr als du Vessily vermißt hast?

Genauso, aber auf eine etwas andere Art, Afra, neckte ihn

Goswina auf ihre sanfte Art. *Aber es war eine wundervolle Reise. Ich habe viele tolle Leute kennengelernt. Und … o Afra, du wirst Rowan mögen, wenn du sie kennenlernst. Sie sagte, daß sie dich in Betracht ziehen wird, wenn du deine Ausbildung beendet hast, weil du mein Bruder bist und weil wir beide wußten, daß unsere Temperamente sich nicht ergänzen. Aber ich habe ihr gesagt, daß du passen würdest, weil du so klug und verständnisvoll bist. Ich habe dich schrecklich vermißt, Afra. Warte nur, bis du die Bäume siehst, die auf Atair wachsen. Ganze Wälder nur aus Bäumen, mein Schatz … große Bäume und kleine Bäume, verschiedene Grün- und Blautöne und viele verschiedene Stamm-, Zweig- und Blätterformen. Und alles wohlriechend. Atair ist nicht so groß wie Capella, aber es ist schön dort. Ich habe meinen Lehrgang so gut absolviert, daß Capella mir versprochen hat, mich auf jeden Fall in diesem System einzusetzen …* Und als sie Afra vor sich hinhielt, um ihm ins Gesicht zu sehen, fügte sie laut hinzu: »… um in einem capellanischen Tower zu arbeiten.«

Hast du …

»Laut bitte, Afra«, sagte sie, als sie ihre Mutter ins Zimmer kommen hörte.

»… hast du gewußt, daß Stationsmeister Hasardar mir nach der Schule ein paar Extrastunden gegeben hat? Er sagte, ich hätte auch das Potential für einen Tower.« Er hatte sich dieses Lob als ein Willkommensgeschenk für sie aufgehoben, die Credit-Münze erwähnte er allerdings nicht. Nicht einmal in Gedanken.

»Eine gute Idee von Hasardar. Das hast du wirklich gut gemacht, mein lieber Afra«, sagte sie, entließ ihn aus ihrer Umarmung und erhob sich, um ihre Mutter etwas förmlicher zu begrüßen. »Mutter, Capella war sehr zufrieden mit meinem Lehrgang auf Atair und auch mit dem Bericht, den Siglen von Atair ihr über mich geschickt hat.«

Cheswina strich ihrer Tochter in einer flüchtigen, liebevollen Geste übers Haar und lächelte.

»Du ehrst unsere Familie.«

»Afra wird sie noch mehr ehren«, sagte Goswina und sah ihn zärtlich an.

»Das werden wir sehen«, sagte Goswina mit einem Gesichtsausdruck, der an einen Tadel grenzte, denn sie hielt es nicht für richtig, ein Kind für etwas zu loben, was irgendwann einmal aus ihm werden könnte. Eine Belohnung sollte nie die Veranlassung für eine Anstrengung sein. Allerdings verdiente Goswina besondere Nachsicht dafür, daß sie ihre Familie so geehrt hatte, deshalb bekam sie beim Abendessen ihre Lieblingsspeisen serviert und einen Besuch von Vessily Ogdon erlaubt.

Als Gos Lyon an diesem Abend von seiner Schicht im Tower zurückkehrte, gab er mit einem milden Lächeln zu erkennen, wie zufrieden er mit seiner Tochter war. Als sich alle an der hervorragenden Mahlzeit sattgegessen hatten, überreichte er ihr eine offizielle Nachricht. Er hielt seinen Stolz zurück, als seine überglückliche Erstgeborene allen am Tisch mitteilte, daß Capella sie ins Personal des südlichen Towers berufen hatte, einer der betriebsameren lokalen VT&T-Einrichtungen.

Das heißt, daß du wieder weggehst! rief Afra entsetzt.

Du Dummchen! Das ist nicht so weit weg, daß wir nicht ständig miteinander in Kontakt bleiben können. »Verzeiht mir, Vater, Mutter«, fügte Goswina hastig hinzu und errötete wegen ihres groben Fauxpas, »aber Afra war so betrübt ...«

»Afra muß lernen, seine Gefühle zu beherrschen«, sagte Gos Lyon und warf seinem Jüngsten einen strengen Blick zu. »Die Mitarbeiter eines Towers sollten ihre Gefühle immer im Zaum halten. Die Zurschaustellung persönlicher Reaktionen zeugt von einer bedauernswert schwachen Disziplin und einem abgrundtiefen Mangel an Höflichkeit und Rücksicht. Keines meiner Kinder hat ein so schlechtes Benehmen. Man kann gar nicht früh genug lernen, andere zu respektieren.«

Später, mein Schatz. Goswina richtete diesen sehr privaten Gedanken auf ihren Bruder, damit ihre Eltern, die telepathisch weniger begabt waren als sie, nichts davon mitbekamen. Aber sie mußte etwas unternehmen, um den kummervollen Ausdruck in Afras Gesicht und die Anspannung in seinem kleinen, dünnen Körper zum Verschwinden zu bringen. Eingeschüchtert vom Tadel seiner Eltern hatte er sich in sich selbst zurückgezogen, die Arme eng um die Brust geschlungen, den Kopf gesenkt.

Vor ihrem Lehrgang auf Atair hätte sie nie auch nur daran zu denken gewagt, ihre Eltern zu kritisieren. Die Umgangsformen auf Atair waren ihr nicht durchweg sympathisch, aber sie hatte eine andere Art von Gesellschaft kennengelernt, die offenbar gut funktionierte. Afra reagierte so empfindlich auf jeglichen Tadel seines Vaters, daß Goswina sich manchmal im geheimen wünschte, ihre Eltern wären eine Spur nachsichtiger und verständnisvoller. Schließlich war er der talentierteste von ihnen allen und bedurfte einer besonders umsichtigen Behandlung.

»Schon gut«, sagte Gos Lyon, der wohl begriffen hatte, daß er mit Afra zu streng gewesen war. »Ich weiß ja, daß du weder respektlos noch ungehorsam sein wolltest, Afra. Heute abend gibt es Grund zur Freude.«

Seine sanften Worte und sein weicher Tonfall, wie auch der Strahl aus Liebe und Ruhe, den er auf seinen Sohn richtete, übten auf Afra die gewünschte Wirkung aus, und bald lächelte er, als Goswina über ihren Aufenthalt auf Atair zu erzählen begann und dabei fast keinen Tag ausließ.

Afra spürte auch einige unausgesprochene Gefühle und einmal ihre Erinnerung an etwas Unangenehmes. Er hoffte inbrünstig, daß sie mit ›später‹ nicht allzu spät meinte, damit er bald von den Kleinigkeiten erfuhr, die sie öffentlich nicht aussprechen mochte.

Leider wurde es wirklich sehr viel ›später‹, denn Vessily Ogdon erschien wie üblich pünktlich an der Tür und konnte es sichtlich kaum abwarten, seine Verlobte wiederzusehen. Afra gefiel es nicht, sich mit Vessily und Goswina gleichzeitig im selben Zimmer aufzuhalten, denn er spürte deutlich ihre gegenseitige Zuneigung. Weil Vessily ein T6 und noch älter als Goswina war, fand Afra, daß er eigentlich wissen müßte, wie man sich beherrscht. Er staunte, daß sein Vater nichts über die Gefühle sagte, die Vessily ausstrahlte.

Als sich Afra in sein Zimmer zurückzog, spürte er Vessilys Verärgerung über Goswinas Versetzung in die Südstation. Aber er bekam mit, wie Goswina ihn auf telepathischem Wege beruhigte – und Gos Lyon, der für das Paar die Anstandsdame spielte, sagte *nichts* dazu! Afra bedrückte es außerdem, daß Goswina genau dasselbe zu Vessily sagte, was sie zu ihm gesagt hatte – nur war ihr Tonfall ein ganz anderer.

Afra grübelte darüber nach. Wie konnten dieselben Worte aus demselben Geist so unterschiedlich klingen? Goswina liebte ihn, aber er wußte, daß sie auch Vessily liebte. Afra verstand jeden, der genug Liebe in sich hatte, um sie guten Freunden zu schenken, sogar vielen guten Freunden. Goswina liebte ihn und sprach in einem besonderen Tonfall mit ihm, aber sie liebte auch Vessily – seinetwegen hatte sie Capella nur ungern verlassen, zumindest hatte sie das gesagt –, und auch mit ihm sprach sie in einem besonderen Tonfall, wenn auch einem anderen. Das war sehr seltsam, und er rätselte über dieses Geheimnis, bis er einschlief.

Goswina hielt ihr Versprechen, auch wenn ›später‹ noch bis zur Morgendämmerung dauerte. Er erwachte in dem Augenblick, als er ihren Geist an seinem entlangstreichen spürte. Natürlich schlief sie nicht mehr gemeinsam mit ihm ein wie zu der Zeit, als er noch ein Baby gewesen war, aber ihr Zimmer lag direkt neben seinem. Es war lange Zeit ihre Angewohnheit gewesen, eine Hand an die Wand zu legen, wenn sie wußten, daß der andere es in diesem Moment auch tat. Zwar brauchten sie keinen körperlichen Kontakt, aber es war eine schöne Erinnerung an eine ihrer Marotten in der Kindheit.

Was hat dir denn solche Sorgen gemacht, Gossie, daß du es nicht einmal Vater oder Mutter sagen konntest? Er übertrug ihr eine flüchtige Szene ihrer panischen Flucht auf den Parkplatz.

Ach, es war nichts ...

Häh? Das denkst du doch nicht wirklich.

Nun ja, an einem Abend bekamen wir die Erlaubnis, ein Konzert im Raumhafen von Atair zu besuchen. Sie zeigte ihm ein Bild, wie sie alle gemeinsam losfuhren, verbarg aber immer noch etwas vor ihm. *Du brauchst nun wirklich nicht jede Kleinigkeit zu wissen, die in mir vorgeht, Afra.*

Tut mir leid!

Es ist nur so, daß atairianische Konzerte ganz anders als unsere sind. Und damit meine ich nicht die Musik, die dort gespielt wird. Ich meine, sie haben eine viel ... viel pompösere Art, sie aufzuführen.

Wie denn? Seit seiner Begegnung mit dem Frachterchef hatte Afra jede Gelegenheit wahrgenommen, die ihm seine Pflichten ließen, um andere Mannschaften mit unterschiedlichen Hautfarben und körperlichen Eigenschaften kennenzulernen. Er hörte sich auch gern andere Sprachen an und die seltsamen Dinge, die die Männer von Zeit zu Zeit zueinander sagten und wovon er nicht viel verstand. Es war oft schwer, jemanden zu finden, der bereit war, seine Wißbegier über diese Variationen zu stillen. Manche Talente brachten es fertig, sich irgendwie an öffentlichen Abschirmungen vorbeizuwinden, um die Wahrheit herauszubekommen, aber er rechnete damit, das erst in einigen Jahren zu können. Jetzt, wo Goswina zurück war, würde sie ihm vielleicht einiges erklären. Aber er wollte sie im Moment nicht mit seinen Fragen belästigen.

Sie sind … sehr viel ausdrucksvoller, als bei uns üblich, und Afra entging nicht, daß sie ganz genau darauf achtete, welche Gedanken sie ihm zugänglich machte. Allmählich machte sie sich die Angewohnheit ihrer Eltern zu eigen, ihn ›schützen‹ zu wollen. Dabei war er doch kein Weichling. Er war über sechs – fast sieben.

Nein, du bist kein Weichling, Afra, und für fast sieben bist du schon ziemlich schlau, sonst würde Hasardar dir keine Botengänge anvertrauen. Es war ein Konzert für Erwachsene, Affie, also nicht, was du verstehen oder woran du Freude haben könntest. Afra spürte ihren inneren Widerwillen.

Ich werde mich schon nicht wie ein bekloppter Atairianer aufführen, Gossie. Bitte laß es mich sehen!

Bedränge mich doch nicht so, Afra. Ich habe nicht die geringste Absicht, eine empfängliche junge Seele wie deine zu vergiften. Ich sage dir eines, und Goswinas geistige Berührung wurde dabei unerwartet fest, *dringe nicht in mich, sonst sage ich dir überhaupt nichts mehr.*

Afra übertrug ihr sein Einverständnis, denn er hätte es nicht ertragen, von Goswina ausgeschlossen und über die aufregende Erfahrung im unklaren gelassen zu werden, die sich in den Tiefen ihrer Seele versteckte.

Also erzählte ihm Goswina von ihrer Abscheu vor einer Vorstellung, die sie nur als eine obszöne öffentliche Zurschaustellung heftiger Gefühle bezeichnen konnte, und schirmte dabei ihren Geist so dicht vor ihm ab, daß er nicht einmal eine entfernte Vorstellung von dem bekam, was sie veranlaßt hatte, fluchtartig aus dem Konzertsaal davonzulaufen. Afra hatte das Wort ›obszön‹ noch nie gehört, aber danach zu urteilen, wie es in ihren Gedanken gefärbt war – ein schleimiges, schmutziges Gelbbraun –, konnte es nichts Gutes bedeuten.

Die Musik war wundervoll. Das ist Musik immer, fuhr Goswina fort, *aber sie haben sie völlig verdorben. Rowan ist mit mir gegangen. Ich war froh darüber, denn sie ist viel zu jung, um sich derartiges anzusehen, auch wenn es ihr Heimatplanet und sie womöglich an solche Vorstellungen gewöhnt ist. Dann erfuhr ich, daß sie der Grund ist, warum so viele Talente nach Atair eingeladen werden. Verstehst du, Rowan ist eigentlich eine Prima, deshalb darf sie Atair natürlich nicht verlassen, weil eine Prima interstellare Reisen nicht gut verträgt, deshalb veranstaltet VT&T diesen Lehrgang, um sie mit möglichen Tower-Mitarbeitern bekannt zu machen, für die Zeit, wenn sie alt genug ist, um ihren eigenen Prima-Tower zu leiten.*

Du bist nicht raumkrank geworden, was? Afra wäre entsetzt gewesen, wenn es seine geliebte Gossie erwischt hätte.

Natürlich nicht, aber ich bin eine T6. Die Krankheit befällt nur Primas. Im Kurs dachten wir alle, Rowan sei nur eine T4. Goswinas Gedanke erstrahlte vor Freude darüber, daß sie als erste die Wahrheit erfahren hatte. *Sie ist nicht sehr viel jünger als ich, aber dafür um so stärker. Sie wird von Siglen in ihre künftigen Aufgaben eingewiesen, so wie auch Capella damals. Ich nehme an, alle Primas waren einmal so jung wie Rowan,* fügte Goswina nachdenklich hinzu. *Sie ist ein Waisenkind. Ihre ganze Familie und alle, die sie kannten, wurden von einer Lawine getötet, als sie gerade drei Jahre alt war. Es wird erzählt, daß der ganze Planet ihren Hilfeschrei hörte.* Goswina erwähnte nichts von den Gerüchten, wie Siglen sich damals verhalten habe, denn es gab keine Entschuldigung dafür, eine Prima zu kritisieren. *Aber Rowan ist sehr stark und so klug, großzügig und tapfer. Ich hätte nie fertiggebracht, was sie getan hat, als uns diese Rabauken überfielen.*

Euch überfielen?! Gibt es etwa Räuberbanden auf Atair? Das war es also, was Goswina ihren Eltern nicht erzählt hatte. Afra konnte das durchaus verstehen. Sie wären über diese Beleidigung ihrer Tochter aufgebracht gewesen, und das hätte sehr unangenehme Folgen nach sich ziehen können. *Was für ein barbarischer Planet ist Atair denn?*

Also, Afra, barbarisch ist Atair nicht. Die Menschen dort sind sogar sehr … sehr kultiviert; viel weltlicher als hier auf Capella, und ohne eine Methode, von der sie sich leiten lassen. Außerdem bin ich nicht verletzt worden. Ich war nur erschrocken. Afra konnte etwas wie eine berechtigte Befriedigung in Goswinas Gedanken mitschwingen hören. *Sie hat sie einfach zur Seite gefegt, so wie wir Stechmücken verscheuchen, und brauchte dafür nicht einmal die Hilfe, ein Gesamt in Anspruch zu nehmen. Danach hat sie in aller Seelenruhe ein Taxi bestellt, und wir sind sicher in den Tower-Komplex zurückgefahren. Bei dieser Gelegenheit habe ich ihr alles über dich erzählt.*

Über mich?

Ja, mein allerliebster Bruder, über dich. Denn eure Seelen werden zueinander passen. Da bin ich mir ganz sicher. Afra hörte, wie sie mit der flachen Hand gegen die Wand schlug, um es zu unterstreichen. *Und sie hat mir versprochen, sich darum zu kümmern, daß du auch den Lehrgang auf Atair besuchen kannst, wenn du alt genug dafür bist.*

Macht sie das? Aber dafür müßte ich ja fort von dir …

Afra, mein Lieber, Talente wie wir sind nie mehr als einen Gedanken weit weg.

Ich konnte an deinen Gedanken nicht teilhaben, als du auf Atair warst.

Nun, jetzt bin ich wieder zu Hause … und die Südstation befindet sich innerhalb deiner Reichweite, lieber Bruder. Aber jetzt wird's Zeit für uns aufzustehen. Und für dich, eifrig zu studieren, damit du bereit bist, wenn Rowan dich braucht.

Während Afra aufwuchs, gewann das Versprechen immer mehr an Bedeutung – in erster Linie als Fluchtmöglichkeit von Capella und vor dem strengen, fast lähmenden Verhaltenscodex, den seine Eltern ihm auferlegten. Sein Umgang mit Frachterbesatzungen und Passagieren, mit gelegentlichen Besuchern, die er in Hasardars Auftrag aus ihren Personenkapseln in den

Tower begleitete, hatten seine Erfahrungen mit anderen Kulturen und Systemen vertieft.

Im Laufe der nächsten neun Jahre traf er den faßförmigen Frachterkapitän in regelmäßigen Abständen wieder. Kapitän Damitcha gefiel die eigentümliche Würde des winzigen Grünlings, auch wenn diese Bezeichnung dem Kapitän nur noch gelegentlich in den Sinn kam, nachdem er Afras Namen erfahren hatte. Es war Damitcha, der Afra mit Origami, der Kunst des Papierfaltens, vertraut machte, die ein Teil der Kultur seiner Ahnen gewesen war.

Afra hatte immer wieder fasziniert dabei zugesehen, mit welchem Geschick und Feingefühl Damitchas dicke Finger aus farbigen Blättern Papier die elegantesten Geschöpfe, Gegenstände und Blumen knickten und falteten.

»In früheren Zeiten haben Seefahrer in ihrer Freizeit alle möglichen Dinge geschnitzt«, erklärte Damitcha, während er mit flinken Fingern einen Vogel bastelte, den er Reiher nannte, mit ausgebreiteten Flügeln, langem Hals und langen Beinen. »Sie benutzten dazu Elfenbein oder Muscheln. Auf der alten Erde gibt's Museen, wo man sich den Kram ansehen kann, und ich bin bei einem Aufenthalt selbst einmal in einem gewesen. Aber Raumfahrer müssen aufs Gewicht achtgeben, deshalb ist Papier ideal. Davon bekommt man einen guten Blick für Kleinigkeit. Und geschickte Finger für knifflige Reparaturen an Bord auch.«

Als Afra ihn darum anbettelte, ihm auch die Kunst des Origami beizubringen, stellte Damitcha ein Lehrband für ihn her und schenkte ihm einige Blätter seines besonderen bunten Papiers. Afra erzählte Goswina von seinem neuen Hobby, aber Goswina war so von ihren neuen Aufgaben als Towertechnikerin und Ehefrau eingenommen, daß sie eher mechanisch als begeistert reagierte: auch das Anzeichen ihrer Loslösung von früheren Bindungen. Afra hatte Verständnis dafür, daß ihre

Zeit von anderen Dingen beansprucht wurde, daß sie ihn zwar immer noch liebte, die Arbeit im Tower aber weit aufregender war, als ihrem kleinen Bruder zuzuhören. Hasardar war entgegenkommender und ließ sich leicht in Erstaunen und Bewunderung darüber versetzen, was Afra mit einem einfachen Blatt Papier anfangen konnte. Er heftete Beispiele von Afras Kunstfertigkeit an sein Schwarzes Brett und nahm die beweglichen mit nach Hause, damit seine Kinder sich damit vergnügen konnten.

Bei seinem nächsten Besuch auf Capella schenkte Damitcha Afra eine Schachtel voller Origamipapier in allen Größen und in vielen wunderbaren Farben und Mustern. Er brachte historische Bänder über asiatische Künste und sogar ein kleines Papierbuch über japanische Kalligraphie mit.

Während Afra älter wurde und neue Pflichten anvertraut bekam, besuchte Damitcha ihn für Plaudereien, Mittagspausen oder lange abendliche Gespräche in Hasardars Büro. So erfuhr Afra Einzelheiten über andere Systeme, die im Klassenzimmer nicht gelehrt wurden.

Damitcha ließ sich von der Frachtgesellschaft in den Ruhestand versetzen, und obwohl er seinem ›winzigen Grünling‹ gelegentlich eine Nachricht schickte, die Afra meist beantwortete, fand der Junge nie mehr jemanden, der so auf einer Wellenlänge mit ihm war. Die Neugier, die Damitcha in dem jungen Afra geweckt hatte, ließ nie wieder nach, und der Junge bemühte sich weiterhin um mehr Kontakt mit anderen Kulturen, als seine Eltern ahnten oder für ihren beeinflußbaren Sohn für ratsam gehalten hätten.

Dieselbe Neugier bereitete Afra aber auch Sorgen, denn sie brachte ihm auf unangenehme Weise zu Bewußtsein, daß er großes Interesse an Dingen hatte, die seine Familie als trivial oder nutzlos betrachtete. In seinen frühen Teenagerjahren verbrachte Afra viele Stunden damit, diesem Defekt in sich nachzuspüren, der ihn dazu veranlaßte, mehr zu verlangen, als er auf Capella haben konnte; daß ›außerweltliche Sitten‹ ihn faszinierten; daß er sich gegen die liebevolle Obhut seiner Eltern und den Lebensweg wehrte, den sie für ihn ausersehen hatten. Die Tatsache, daß sie ihn aufrichtig liebten, belastete ihn in seinem Streben, anders zu sein. Ihre Hauptsorge bestand darin, daß die Familienehre nicht befleckt wurde, was darauf hinauslief, daß sie an Althergebrachtem festhielten. Mit ihrer Liebe, Weisheit und (wie sie glaubten) Einsicht in die Charakterzüge und Fähigkeiten ihrer Kinder waren Gos Lyon und Cheswina davon überzeugt, daß sie wußten, was das Beste für sie war. Vor allem für Afra.

Von Goswina abwärts waren seine Geschwister durchaus bereit, ihr Leben von ihren Eltern ordnen zu lassen. Als minderbegabte Talente zogen sie eine sichere Karriere in den Diensten von VT&T vor und konnten sich darüber hinaus nichts vorstellen. Goswinas glückliche Ehe und ihr Geschick als Technikerin veranlaßten sie zu dem Schluß, daß auch Afra gut daran täte, dem Beispiel ihrer Eltern zu folgen. Deshalb verstand sie seine Aufsässigkeit nicht und auch nicht, daß er im Laufe der Jahre unterschiedliche Maßstäbe kennengelernt hatte.

Natürlich erstreckte sich sein Interesse an ›Außerweltlichem‹ auch auf außergewöhnliche Lebensformen wie etwa die Barkkatzen auf dem Linienschiff *Bucephalus.* Damitcha hatte ihm von diesen seltsamen, ans Leben im Weltraum angepaßten Abkömmlingen der irdischen Katzen erzählt.

»Wir haben keine dabei, aber wenn die alte *Buc* das nächste Mal hier haltmacht, kannst du den Kapitän fragen – eine Frau namens Marsha Meilo –, ob du dir ihre ansehen darfst. Sie hat gerade Junge geworfen, aber … tut mir leid, Junge, es sind eben keine Planetenbewohner. Sie bleiben im Weltraum.«

Afra schlug unter dem Stichwort ›Barkkatze‹ nach, und auf dem Bildschirm erschien ein Bild von Garfield Per Astra, dem gegenwärtig höchstdekorierten Zuchtkater, einem wundervollen Tier mit lohfarbenem Fell und gelbbraunem Wollhaarkleid, schwarzen Streifen und Fellzeichnungen im Gesicht, die es gleichzeitig freundlich und ungemein intelligent aussehen ließen. Seine Augen waren gelb wie die von Afra, aber das zog den Jungen nicht halb so sehr an wie seine Ausstrahlung arroganter Unabhängigkeit.

Er fand zahlreiche Holographien der ungewöhnlich gezeichneten Raubkatzen, ausführliche Berichte über ihren Stammbaum, ihre Fortpflanzung und Aufzucht, ihr Gespür im Auffinden winziger Löcher in der Hülle und ihre Fähigkeit, die Mannschaft davor zu warnen, ihr beinahe unglaubliches Talent, in Raumschiffwracks zu überleben. *Finde die Barkkatze!* lautete das Motto jeder Rettungsmannschaft im Weltraum. Jedes Schiff, das eine Barkkatze mit sich führte, hatte in großen Buchstaben BARKKATZE AN BORD an verschiedenen Stellen auf die Hülle gepinselt.

Als die *Bucephalus* das nächste Mal in einem capellanischen Lager ruhte, legte Afra seine Arbeit beiseite und stand bei den Männern, die die Mannschaft an der Gangway empfingen.

»Was ist los, Kleiner?« fragte ein Raumfahrer, als er Afra bemerkte, der geradezu herumtanzte, um die Aufmerksamkeit von irgendwem auf sich zu lenken.

»Kapitän Damitcha vom Frachter *Zanzibar* hat mir eine Nachricht für Ihren Kapitän Marsha Meilo gegeben.«

Der Mann schwankte zwischen Verärgerung und Neugier.

»Ja? Was für eine Nachricht denn?«

»Die soll ich ihr persönlich überbringen, sagt er.«

»Tatsächlich, häh? Wußte gar nicht, daß er … Was ist denn los, Kleiner?«

Denn in diesem Moment hatte Afra die Barkkatze erblickt, die träge hochnäsig an die Gangway geschlendert kam.

»Oh, das ist unsere Königin der Schatzinsel«, erklärte der Mann mit unüberhörbarem Stolz.

Afra streckte die Hand nach der Katze aus, denn sie befanden sich auf gleicher Augenhöhe, die Königin auf dem Schiff und Afra auf dem Boden. Der Mann schlug seine Hand weg, und Afra schreckte erschrocken und verletzt zurück.

»Tut mir leid, Junge, aber wir mögen es nicht, wenn sich unsere Barke irgendwelche planetaren Keime aufschnappt. Nicht anfassen. Nur gucken. Sie ist schön, nicht?« Und statt sich für seine Unbeherrschtheit zu schämen, ging der Mann in die Hocke, um die Katze zu streicheln.

Afra, der die Hände hinter dem Rücken fest verschränkt hatte, konnte seinen Blick nicht von dem schlanken, geschmeidigen Geschöpf losreißen. Die Königin, die die Streicheleinheiten des Mannes sichtlich genoß, schnurrte behaglich und wandte ihr aristokratisches Gesicht dem Jungen zu, der sie mit weit aufgerissenen Augen anstarrte.

»Chhhhrrrrwwww!« sagte sie offenbar zu Afra.

»He, Junge, du stehst hoch im Kurs. Normalerweise redet sie nicht mit Landeiern.«

Afra *lauschte* mit seinem Herzen und *hörte* buchstäblich das Wohlbehagen in der Seele der Katze, das das Streicheln in ihr hervorrief. Mit empfindsamer Nase sog sie sowohl Afras Geruch wie die Atmosphäre von Capella ein, Afra mißverstand es aber als eine persönliche Zuwendung und wünschte sich nichts so sehr, wie sie streicheln zu können und selbst ein so schönes Geschöpf zu besitzen.

Du bist das schönste Tier, das ich je gesehen habe, wagte Afra zu sagen.

Chrrrrrauuuu! Chrrrwwwww!

Es schien keine andere seelische Entsprechung für diese Laute als schieres Wohlbehagen zu geben. Doch plötzlich sprang sie von der Tür weg und war verschwunden. In diesem Moment erschien eine Gruppe uniformierter Männer und Frauen, woraufhin das Besatzungsmitglied Afra bedeutete, sich dünne zu machen, während er selber in Habtachtstellung ging und den Leuten salutierte, die aus dem Schiff defilierten.

Afra grübelte einige Tage lang über diesen Vorfall nach, bevor er Hasardar fragte, was er über Barkkatzen wisse.

»Barkkatzen? Nun, erstmal werden sie auf keinen Planeten gelassen. Die Raumfahrer behalten sie lieber für sich. Oh, sie handeln damit zwischen den Schiffen, um Inzucht zu vermeiden ...«

»Inzucht?«

»Zu enge Blutsverwandtschaft – das schwächt die Rasse, heißt es.«

Afra hatte keine Gelegenheit, weitere Fragen zu stellen. Er wußte, ohne erst zu fragen, daß seine Eltern es ihm nicht erlauben würden, irgendein Tier zu halten. Nicht im Bereich des Towers. Aber das hielt ihn nicht davon ab, sich alle größeren Schiffe daraufhin anzusehen, ob sie Barkkatzen an Bord hatten. Raumfahrer prahlten nur allzu gern mit ihren Tieren, und wenn Afra schon keines anfassen durfte, dann konnte er sie wenigstens bewundern oder telepathischen Kontakt aufnehmen. Meist antworteten sie ihm auch, was ihm schmeichelte und seine Beziehung zu den Schiffsbesatzungen erheblich verbesserte. »Der gelbäugige Grünling, mit dem die Barken reden« wurde bald sein Spitzname im Raumhafen von Capella. Seine Faszination für diese Tiere erleichterte ihm seine Einsamkeit, und er studierte Stammbäume und stellte Fragen über jede Barkkatzen-Besatzung, bis er die Herkunft und Verbreitung praktisch aller Tiere sowie ihre Besitzer kannte. Sein kostbarster Schatz war ein Paket mit Hologrammen verschiedener edler Barkkatzen, die ihm ihr stolzer Besitzer geschenkt hatte.

Aber je älter Afra und je stärker sein Talent wurde, um so unnachsichtiger wurde er gegenüber der provinzlerischen Haltung seiner Eltern, wie sehr sie ihn auch liebten. Auch wenn man ihn so erzogen hatte, daß er seine Gefühle beherrschen konnte, sträubte er sich innerlich gegen die Fesseln ihrer Liebe und ihre Annahme, daß es ihm Freude bereiten würde, eine Stellung im Tower von Capella anzunehmen – in einem höheren Rang als dem, mit dem sie als T4s zufrieden sein mußten.

Bis zu seinem fünfzehnten Lebensjahr hatte er Möglichkeiten entdeckt, sich der Aufsicht durch seine Familie zu entziehen – erst geistig, wenn er Capellas Unterrichtsstunden besuchte und Talente aus benachbarten Systemen kennenlernte. Dann körperlich, wenn er sich seinen Studienfreunden verstohlen zu den wenigen unschuldigen und belanglosen Ablenkungen anschloß, die auf seinem methodistischen Planeten zur Verfügung standen; Freizeitbeschäftigungen, die seinesgleichen als Kinderkram betrachtete. Schließlich psychologisch, als er Gelegenheit bekam, seine Sammlung von Bändern und Disketten für Erwachsene, die Damitcha ihm geschenkt hatte, um neue Stücke zu erweitern. Er erfuhr aus zweiter Hand, welcher ›Ablenkungen‹ man auf anderen Planeten frönte. Er begann zu begreifen, wie unkultiviert Capella war, wie starr sein moralischer Codex, wie abwechslungsreicher und farbiger die Lebensstile anderer waren.

Er wußte, wie alle anderen Talente auch, daß Rowan Atair verlassen hatte, um Prima der neuen VT&T-Einrichtung auf dem Jupitermond Kallisto zu werden. Er erfuhr, weil er sich eifrig danach erkundigte, von den vielen personellen und organisatorischen Veränderungen, bis Rowan endlich zufrieden gewesen war. Ältere Angehörige des Teams von Capella kritisierten sie für einen derartigen Wankelmut.

»Viel zu jung, um eine Prima zu werden. Das erfordert eine reife, stabile, verantwortungsvolle Persönlichkeit. Was ist nur aus VT&T geworden?« lautete die übereinstimmende Meinung. Niemand erwähnte, was für Afra auf der Hand lag: daß es viel zu wenige Talente vom Rang einer Prima gab, um zu warten, bis Rowan ›alt genug‹ war – was immer das bedeuten mochte –, um die Pflichten einer Prima auf sich zu nehmen.

Außerdem hatte Afra ein boshaftes Vergnügen an Berichten über Leute, die schnell eingestellt und noch schneller wieder gefeuert wurden. Dergleichen kam auf Capella nie vor. War ein Talent einmal für den Tower vorgesehen, dann blieb es auch dort – bis es nach einer Dienstzeit von angemessener Länge in den Ruhestand trat.

Der junge Afra, inzwischen ein Lehrling im Tower von Capella, befand sich nun in einer Position, in der er mitbekam, daß Rowan eine enorme Schubkraft entwickeln konnte, niemals Kapseln in Landelager fallen ließ, weder Fracht noch Passagieren jemals Schaden zugefügt hatte und den Verkehr sowohl inner- wie außerhalb des Systems abwickelte, trotz des Handicaps, daß der große Jupiter in regelmäßigen Abständen Kallisto abschirmte.

Von allen Talenten, die den jungen Afra umgaben, schien nur Hasardar Verständnis für seine Unruhe und Unzufriedenheit aufzubringen. Doch Afra brachte es nicht fertig, wenigstens ihn um Rat zu fragen, wie er der stumpfsinnigen Zukunft entkommen konnte, die man für ihn arrangiert hatte.

Als er mit sechzehn den Status eines Mannes erhielt, fand er, daß es an der Zeit sei, Goswina an Rowans Versprechen zu erinnern.

»Oh, mein lieber Afra, du bist doch erst sechzehn«, und obwohl Afra keinen Zweifel hatte, daß sie ihn immer noch liebte, hatte er das Gefühl, daß sie in ihm wenig mehr als ein Kind sah. Sicherlich stand ihre

Liebe füreinander für sie nicht mehr so im Mittelpunkt. Von einer Mutter wurde erwartet, daß sie ihre Söhne über einen Bruder stellte. Und das mußte er akzeptieren, so traurig es war, denn inzwischen wußte er mehr über zwischenmenschliche Beziehungen als noch vor zehn Jahren.

»Kallisto ist eine der wichtigsten Stationen in der Föderation«, fuhr Goswina in einem Tonfall fort, der ihm bedeutete, daß er ihrer Meinung nach keinen Grund hatte, sich über seine offensichtliche Zukunft zu beschweren. »Außerdem hat Rowan jetzt ihren eigenen Tower, deshalb werden auf Atair keine Lehrgänge mehr abgehalten.«

»Aber du hast doch bestimmt gehört, wie oft das Personal auf Kallisto ausgetauscht wird. Und du sagtest, daß ich zu ihr passe. Das kannst du doch nicht vergessen haben, Goswina! Vielleicht wartet sie nur auf mich?«

Goswina belächelte den Eifer ihres Bruders milde. »Jetzt hör mal, mein Schatz, mir ist zu Ohren gekommen, daß Ementish in zwei Jahren in den Ruhestand tritt. Du wirst dich auf seinem Posten sehr gut machen. In der Zwischenzeit werde ich mich darum kümmern, ob du nicht in einer der südlichen Hilfsanlagen arbeiten kannst. Du bist noch zu jung, um in einer dieser isolierten Zwischenstationen auf dich allein gestellt zu sein, aber du könntest gut etwas Übung im Senden und Empfangen gebrauchen.«

»Unbemannte Boote empfangen?« Afra konnte es kaum glauben. Er fing als Hasardars Nachfolger schon seit zwei Jahren unbemannte Boote ein. Das Neue daran hatte sich schon längst abgeschliffen. Daß seine geliebte Goswina ihm einen solchen Posten vorschlug, kam einem Schlag gegen sein Selbstbewußtsein gleich. Er war ein T4, Telepath und Teleporter. Er war schon zu mehr imstande.

»Du hast deine Familie wirklich enttäuscht, weißt du, Affie«, fuhr sie mit augenzwinkerndem Tadel fort.

»Vater hat erwartet, daß du die höchsten Ehrungen erringst, nicht bloß den Ersten Rang ...«

»Bloß den Ersten Rang?« Afra war außer sich, denn er hatte wirklich hart gearbeitet, um diesen Standard zu erreichen. Kein Student in seinem Jahrgang hätte die höchste Auszeichnung erhalten, aber er war immerhin einer der drei Erstrangigen gewesen. Wieder einmal spürte er, daß die tiefsten Gedanken seiner Schwester davon eingenommen waren, welche akademischen Ziele ihre kleinen Söhne wohl einmal erreichen würden. »Danke«, sagte Afra und versuchte dabei nicht bitter zu klingen, und bevor sie ihn fragen konnte, ob er sich um seine Neffen kümmern wollte, entschuldigte er sich und verließ ihr sauberes und ordentliches Haus.

So begann er sich nach anderen Jobs umzusehen, die einem T4 offenstanden. Weil seine ganze Ausbildung, sein ganzes Umfeld darauf zugeschnitten war, ihn auf eine Stellung im Tower vorzubereiten, mangelte es ihm in bedauernswertem Maße an den Voraussetzungen für andere Berufe, und er würde ein Lehrjahr hinter sich bringen müssen, um sein Talent auf etwas anderes zu konzentrieren. Außerdem wollte er *weg* von Capella.

Er spielte mit dem Gedanken, Capella persönlich um Hilfe zu bitten: sie war immer nett zu ihm, wenn er sie in den Gärten des Komplexes oder in den Freizeitanlagen traf. Aber Capella hätte ihn vielleicht für undankbar gehalten, weil er seinen Heimatplaneten verlassen wollte, und seine Bitte würde seine Familie ganz sicher in Verlegenheit bringen.

Er bekam seine Chance, als er erfuhr, daß Rowan einen weiteren T4 aus der Kallisto-Station gefeuert hatte. Es kostete ihn die letzten Rücklagen auf seinem schmalen persönlichen Konto, das er mit Damitchas Münze angelegt hatte, um seine Bewerbung im Postsack nach Kallisto zu schicken. Es hatte ihn fast einen ganzen Tag gekostet, um das Begleitschreiben zu formulieren, und einige Stunden, bevor er mit den schrägen Linien seiner

Kalligraphie, die Damitchas Buch stark beeinflußt hatte, zufrieden war. Der Brief war dennoch recht kurz und erwähnte lediglich, daß seine Schwester Goswina von ihrem Lehrgang auf Atair Rowan noch in bester Erinnerung habe und ihr seine Bewerbung für den Tower von Kallisto sehr am Herzen läge.

Er stand unter größerer Anspannung wie zu der Zeit, als er auf seine Prüfungsergebnisse gewartet hatte, und schon da hatte er es kaum noch ausgehalten. Er rechnete damit, daß er erst in einigen Tagen eine Antwort erwarten durfte, trotz der Geschwindigkeit, mit der VT&T die Postpakete durch die Galaxis hin- und herschickte.

Daher war er vollkommen überrascht, als Hasardar sich übers Videofon meldete.

»Was hast du für ein Glück, Junge«, sagte Hasardar und winkte mit einer roten Transportmarke, die normalerweise für eilige Beförderungen verwendet wurde. »Du kannst schon mal ein paar Sachen zusammenpacken, und dann sitzt du bald in einer eigenen Kapsel, wenn wir eine finden, in die du mit deinen langen Beinen reinpaßt.«

»Eine Kapsel? Wohin werde ich denn geschickt?«

»Nach Kallisto, du Glückspilz. Rowan sucht einen T4, und sie will's mit dir versuchen.«

Afra starrte Hasardar an, für einen Moment wie gelähmt von der Nachricht, mit denen er nie ernsthaft gerechnet hatte.

»Du gehst nach Kallisto, Afra?« fragte seine Mutter in einem kläglichen Ton, so fassungslos war sie.

Weil er keine Ahnung gehabt hatte, weshalb der Stationsmeister anrief, hatte Afra das Gerät nicht auf privat geschaltet, und so hatten seine Eltern jedes Wort mitbekommen.

»Ja, ganz richtig, Cheswina«, wiederholte Hasardar, merklich überrascht von der dürftigen Reaktion der Familie Lyon auf den großen Glücksgriff ihres Sohnes. »Afra ist nach Kallisto berufen worden.«

»Aber wie soll Kallisto von Afra erfahren haben?« fragte Gos und starrte seinen Sohn an, als habe der junge Mann seine Gestalt verändert.

Afra leistete sich ein Achselzucken und hielt seine Gedanken stark im Zaum, auch wenn er wußte, daß sein Vater es nicht lassen konnte noch wollte, weiter in ihn zu dringen.

»Vielleicht hat die Prima Rowan sich an das Versprechen erinnert, das sie Goswina gemacht hat«, sagte Afra und war froh, daß seine Stimme nicht vor Aufregung zitterte. »Was ja sehr nett von ihr ist, das müßt ihr doch zugeben. Wer hätte schon erwartet, daß eine Prima sich an so etwas erinnert?« Er wußte, daß er nicht nur vor Freude so drauflos redete, sondern auch, weil er plötzlich Angst hatte, daß seine Eltern, auf diese Weise vor vollendete Tatsachen gestellt, ihm die Übersiedlung verbieten würden.

»Von keiner anderen Person könnte man eher erwarten, daß sie es nicht vergißt, als von einer Prima«, tadelte ihn sein Vater. »Für unsere Familie ist das wirklich eine Ehre. Aber solltest du denn nicht in eine Substation versetzt werden? Ich habe gehört, daß du als Nachfolger von Ementish in unserem Tower im Gespräch bist.« Er legte eine nachdenkliche Betonung auf das Possesivpronomen.

»Vater, ich kann doch wohl kaum eine Versetzung nach Kallisto ausschlagen, oder?« sagte Afra in einem Ton, als füge er sich nur widerwillig der Anweisung einer Prima, auch wenn er vor Freude am liebsten laut aufgeschrien hätte, obwohl die Nachricht seine Eltern so bedrückte. »Ich muß alles Nötige für die Reise zusammenpacken.«

»Komm, wenn du fertig bist, Afra. Du kannst innerhalb der nächsten Stunde jederzeit starten«, sagte Hasardar. »Es ist nur ein Gespräch«, fügte er taktvoll hinzu und unterbrach die Verbindung.

Cheswina hatte alle Mühe, sich nicht anmerken zu

lassen, wie sehr ihr der drohende Verlust ihres jüngsten Kindes zu Herzen ging. Sie war nicht der Ansicht, daß Afra schon soweit war, um die Welt auf eigene Faust zu erkunden, auch wenn sie sich bereits nach einer passenden Frau für ihn umgesehen hatte. Es gab viele Mädchen, für die ihr großer, dünner Sohn in Frage käme, weil er ein T4 war.

Gos Lyon erhob sich vom Frühstückstisch. »Ich mache mir große Sorgen, Afra, daß du in einen Tower geschickt wirst, wo die Lage so unsicher ist.«

»Ich bin nur zu einem Gespräch eingeladen«, bestärkte Afra seinen gespielten pflichtbewußten Gehorsam.

»Ich habe gehört«, fuhr Gos Lyon fort, wobei sein Gesicht wie auch seine Gedanken eine Besorgnis ausstrahlten, die nicht einmal einem T10 entgangen wären, »daß Rowan für ihre Mitarbeiter eine sehr schwierige Prima ist. Ihr Stationspersonal wird ständig ausgetauscht. Du wärst ein Dummkopf, wenn du ...«

»... wenn ich eine solche Demütigung hinnehmen würde?« sprach Afra Gos Lyons offenkundigen Gedanken aus. »Vater, es wäre weder eine Schande noch ein Mißerfolg, wenn sie mich nicht akzeptabel fände.« Afra widerstrebte diese Behauptung mit jeder Faser seines Wesens, und er mußte alle Kräfte aufbieten, um seine wahren Gedanken vor seinen Eltern zu verbergen. »Es käme aber, fürchte ich, einer Beleidigung gleich, wenn ich nicht wenigstens zu diesem Gespräch erschiene. Ich packe ein paar Sachen zusammen ...« – eigentlich gab es wenig in seinem Zimmer, was er nicht zurücklassen konnte – mit Ausnahme seiner Holos von Barkkatzen, seiner Origami-Herde, seinem Papiervorrat und Damitchas Buch – »und werde mich wie erwünscht bei Rowan auf Kallisto melden. Wirklich großzügig von ihr, daß sie sich an ihr Versprechen an Goswina erinnert hat.«

Bevor seine Beherrschung seiner wahren Empfindungen nachließ, marschierte Afra aus dem Zimmer. Während er Wäsche zum Umziehen, Towerschuhe, Holos, Origamis und das Buch in einen Gepäcksack verstaute, drang er tief in die Gedanken seiner Eltern. Sein Vater war spürbar verblüfft und beunruhigt, auf eine fast beleidigende Weise in Zweifel, ob sein Jüngster überhaupt so höflich sein konnte, wie es gegenüber einer Prima angebracht war. Die Gedanken seiner Mutter drehten sich im Kreis: würde Afra sich anständig präsentieren, beherrscht und wohlerzogen auftreten, würde Rowan zu dem Schluß kommen, daß er aus einer guten Familie stammte und nach den hohen Maßstäben erzogen worden war, die bei Towerpersonal vorausgesetzt wurde, würde er …

Afra verschnürte den Beutel und ging zu seinen Eltern zurück, um sich zu verabschieden. Es fiel ihm weit schwerer, als ihm selbst klar wurde – vor allem weil er sich heftig wünschte, nicht schon in wenigen Tagen wieder zurück zu sein, wie es seine Eltern erwarteten.

»Ich werde den Namen unserer Familie ehren«, sagte er zu seinem Vater und berührte Gos Lyon flüchtig an der Brust über dem Herzen. »Mutter, ich werde mich wirklich benehmen«, versicherte er und streichelte ihr dabei sanft über die Wange.

Plötzlich schnürte sich ihm die Kehle zusammen, und er spürte ein unerwartetes Brennen in den Augen. Er hatte mit einer solchen Reaktion nicht gerechnet, nachdem er sich so lang gewünscht hatte, seine Heimat zu verlassen. Viel zu überstürzt, um höflich sein zu können, stürzte er aus dem Haus und lief so schnell, wie ihn seine langen Beine trugen, zu den Lagern der Station, von denen Personenkapseln starteten.

Er hatte die Prozedur so oft beobachtet, daß er genau wußte, was er zu tun hatte. Der Personenträger war recht bequem; es wäre sicher kein anderes Gefühl als bei den Übungen während seiner Ausbildung oder den wenigen kurzen Distanzen, die er teleportiert worden war. Ein T10, der ihn kannte, überprüfte ihn und grinste, als er die Deckel schloß und abdichtete, bevor er ihm einen Klaps zum Abschied mitgab, und erst in diesem Moment fiel Afra ein, daß er noch keinen Kontakt mit Goswina aufgenommen hatte.

Gossie …

Afra! Du hast wirklich ein besonderes Talent, immer im falschen Moment zu stören …

Gossie, ich gehe nach Kallisto …

Afra, unterbrach ihn Capellas feste mentale Stimme, *bis drei gezählt … ich wünsche dir viel Glück, Afra.*

Im nächsten Moment wußte er, daß er über die unermeßliche Distanz zwischen Capella und Kallisto teleportiert wurde. Das dauerte nicht so lang, wie er insgeheim angenommen hatte. Er konnte den Vorgang der Teleportierung spüren, das Gefühl der Orientierungslosigkeit, auf das er vorbereitet war. Kein Wunder, daß die überempfindlichen Primas schon in Passagierschiffen solche Probleme hatten. Er wußte, daß die Übertragung beendet war, als Capella die Kapsel Rowans Kontrolle übergab.

Afra? Hast du deiner Schwester ausgerichtet, daß Rowan ihr Versprechen gehalten hat?

Der mentale Tonfall Rowans, der sich deutlich von dem Capellas und aller anderen unterschied, mit denen er in seinem Leben zu tun gehabt hatte, hallte glockenartig klar in seiner Seele nach. Der Kontakt mit ihr hatte eine Brillanz, eine Lebhaftigkeit und einen Widerhall, der ihn sofort bezauberte.

Ich habe ihr gesagt, daß ich nach Kallisto reise.

Nun, jetzt bist du da. Komm in den Tower. Du bist willkommen, Afra. Ein silbriges Lachen klingelte durch seinen Geist. *Weißt du, ich glaube, Goswina hatte recht. Wir werden sehen.*

Die Luke wurde entriegelt, und ein Mann von ziemlich garstigem Äußeren, der das Abzeichen eines Stationsmeisters am Kragen trug, streckte eine Hand aus.

»Afra? Brian Ackerman.« Die Abneigung des Mannes schwand, als sie die Hände schüttelten. »Auf Capella werden die Leute ziemlich groß, was?« sagte er und grinste, als Afra aufstand und den untersetzteren Stationsmeister um einige Zentimeter überragte. »Rowan kann einem ganz schön zu schaffen machen, also bleib locker, ja?« fügte er mit tiefer, gedämpfter Stimme hinzu, die Afra vermuten ließ, daß Brian einen gedanklichen Schirm errichtet hatte, um diesen knappen Rat zu übermitteln.

Afra nickte nüchtern und folgte dem Stationsmeister in den Tower. Erst in diesem Moment fiel ihm auf, und er schluckte seine Überraschung hinunter, daß der Tower von Kallisto eine kuppelförmige Anlage war. Genaugenommen sogar eine Kombination mehrerer Kuppeln, einschließlich des großen Landebereichs mit Lagern in Größen, die von dem Kapsellager, in dem er gelandet war, bis zu den riesigen komplexen Metallkonstruktionen reichten, die zur Aufnahme großer Passagier- oder Marineschiffe vorgesehen waren. Darüber ragte der Jupiter auf. Afra widerstand dem Impuls, sich vor dem Riesenplaneten niederzuducken. Er würde sich wohl erst noch an seine Gegenwart gewöhnen müssen.

Außerdem ertappte er sich dabei, daß er flacher atmete, und brachte auch diese Reaktion unter Kontrolle: es gab auf diesem Mond genug Luft zum Atmen.

»Du wirst dich daran gewöhnen«, sagte Brian Ackerman mit einem Lächeln.

»Ist es so offensichtlich?« fragte Afra.

Brian grinste. »Jeder spürt den alten Riesen, und manchmal«, er deutete mit einer ausladenden Bewegung auf die Kuppeln, »kann das fremdartige Gefühl einem Planetengeborenen wirklich zu schaffen machen.«

Inzwischen hatten sie die Anlage erreicht, die eher dem Anspruch als der Architektur nach ein Tower war, denn es gab nur einen höher gebauten Trakt, den man als Turm bezeichnen konnte. Das Verwaltungsgebäude war ein kompakter, dreistöckiger Bau, und die einzigen

Fenster waren ein durchsichtiger Plexiglasstreifen, der sich um den turmartigen Trakt zog und der Prima einen Ausblick von 360° erlaubte. Scheinwerfer unter den Gurtsimsen strahlten auf die Plantagen hinunter und ersetzten das Sonnenlicht in ausreichendem Maße, um Wachstum zu ermöglichen. Das Licht, das vom Jupiter reflektiert wurde, reichte für irdische Vegetation nicht aus. Zu seiner Überraschung entdeckte Afra ein kleines Gehölz hinter dem Wohngebäude, das sich rechts vom Towerkomplex ans Gelände schmiegte.

»Es gehört Rowan«, erklärte Brian, als er seinen Blick bemerkte, und stieß dann mit der flachen Hand eine Tür auf. »Sie lebt hier. Primas reisen nicht oft, weißt du, dafür schickt sie uns gerne durch die Gegend.«

Im Hauptsaal waren Konsolen und Arbeitstische an den Wänden angeordnet, ganz ordentlich zur Zeit, da das Personal gerade den Betrieb einstellte. Er hörte ein Raunen freundlicher Stimmen, die ein beträchtliches Interesse an Ackermans Begleiter bekundeten.

Afra fing einen Gedanken von jemandem auf, der ihn als den T4 von Capella identifizierte. *Kein winziger Grünling mehr,* dachte Afra bei sich und grinste. Wenn er Rowan zusagte, konnte er vielleicht sogar den alten Damitcha wiedersehen, der sich auf Kyoto zur Ruhe gesetzt hatte.

Vage Ermunterungen wurden an ihn gerichtet, einige wehmütig, andere skeptisch, was seine Chancen anging, aber es wurde genug gelächelt, daß er sich willkommen fühlte.

»Du warst der letzte Ankömmling heute«, sagte Brian. »Kaffee?«

»Kaffee?« fragte Afra überrascht. Dabei handelte es sich um eine coffeinhaltige Substanz, die auf Capella natürlich nicht zu bekommen war. Hatte etwas mit dem Preis zu tun. »Gegen ein Täßchen hätte ich nichts.« Er schnappte die Phrase in Brians Gedanken auf.

»Schwarz, weiß oder gesüßt?«

»Wie trinken Sie ihn denn?«

»Noch nie einen getrunken?«

»Nein«, lächelte Afra reumütig.

»Nun, dann versuch einen schwarzen und probier mal, ob er dir schmeckt. Milch oder Süßstoff können wir immer noch hinzugeben, wenn du magst.«

Afra bemühte sich, seine Gedanken nicht nach der Prima auszustrecken. Es hingen hier so viele Menschen herum, manche genervt von den Anstrengungen des Tages, andere in der Hoffnung, möglichst bald nach Hause zu kommen, daß er sich fragte, ob sie hier unten war. Niemand entsprach dem mentalen Profil, das Goswina ihm vor langer Zeit beschrieben hatte. Dann wurde ihm klar, daß Rowan inzwischen zehn Jahre älter war und reifer sein mußte als jenes boshafte Mädchen.

In dem Moment, als Brian ihm einen Becher mit einer undurchsichtigen schwarzen Flüssigkeit reichte, wußte er, daß sich auch Rowan in diesem Saal aufhielt. Er drehte sich leicht nach links, in Richtung des Getränkeautomaten, den Brian gerade verlassen hatte. Drei Leute, ein Mann und zwei Frauen, bedienten sich selbst. Afras Aufmerksamkeit wurde von einer schlanken weiblichen Gestalt angezogen, der eine Mähne sonderbar silbrigen Haars auf die Schultern fiel, obwohl ihr Gesicht noch sehr jung wirkte, auf eigentümliche Art attraktiv, wenn auch keine klassische Schönheit. Er spürte den ersten Anflug – und unterdrückte dieses Gefühl gnadenlos – einer heftigen Zuneigung.

Obwohl das Mädchen nicht sehr groß war und eine eher blasse als leicht grünliche Hautfarbe hatte, zeichnete sie sich durch die hagere Erscheinung einer Capellanerin aus. Aber er hatte keinen Zweifel mehr, daß es sich um Rowan handelte.

Note eins, Goswinas Bruder Afra, sagte sie und entschuldigte sich hörbar bei ihren Begleitern, als sie den Kopf in Richtung der Treppe herumriß, die zum Tower hinaufführte. *Möchtest du mir Gesellschaft leisten?*

Ihre lockere Art stand in erheblichem Gegensatz zu Capellas Förmlichkeit.

Ich hatte auf Atair alle Hände voll zu tun mit dem Protokoll und der anspruchsvollen Gesellschaft, Afra. Ich betreibe einen Tower, keinen Partyservice. Im allgemeinen telepathiere ich mit niemandem. Für Goswinas Bruder mache ich heute einmal eine Ausnahme.

Er folgte ihr die gewundene Metalltreppe hinauf, ein wenig überrascht darüber, daß ihr nicht wie Capella eine Rampe zur Verfügung stand.

»Du wirst feststellen, daß ich nicht wie Capella oder Siglen oder eine der anderen Primas bin, die du vielleicht schon kennengelernt hast.«

»Capella ist die einzige, die ich kenne.«

Sie befanden sich jetzt in einem Zimmer im Tower, in dem ein komfortables Sofa, verschiedene Monitore und Konsolen standen, die zur Standardausstattung der Unterkunft einer Prima gehörten. Der große Jupiter war zu sehen, ebenso die kahle Landschaft hinter den VT&T-Kuppeln. Rowan bedeutete ihm, an der Hilfskonsole Platz zu nehmen. Dann lehnte sie sich mit dem Rücken an die Außenwand und legte den Kopf schräg. Er hatte gedanklich keinen Kontakt mehr mit ihr, doch wenn er sich nicht vollkommen irrte, wuchs eine immer stärkere Bande zwischen ihnen. Er hoffte es, denn er hatte noch nie jemanden wie sie kennengelernt – mit einer solchen Ausstrahlung, so vital, so lebhaft. Ihre Stärke umgab sie als eine beinahe sichtbare Aura. Und hatte sein Vater nicht immer behauptet, daß Primas sich lieber zurückhielten?

»Ich glaube gern, daß du Goswinas Bruder bist. Du siehst ihr sehr ähnlich. Irgendwie.« Sie lächelte auf eine Art, die ihre Anziehungskraft auf ihn noch verstärkte. »Was haben sie gesagt, als du meine Nachricht bekommen hast?«

»Sie waren überrascht. Und dann hat mein Vater gesagt, daß eine Prima nie ein Versprechen vergißt.«

»Aha!« Sie grinste tückisch. »Also wußte deine Familie gar nicht, daß du dich persönlich an mich gewendet hast?«

Afra schüttelte den Kopf, fand sich aber außerstande, ihren Blickkontakt zu unterbrechen. Er zuckte schuldbewußt die Achseln und versuchte ein selbstkritisches Lächeln.

»Sollst du nicht eine Stellung im Tower von Capella antreten?«

»Wenn Ementish sich zur Ruhe setzt.«

Ihre grauen Augen tanzten. »Und das erfüllt dich mit so freudiger Erwartung, daß du erst einmal mir absagen mußtest?«

»Capella ist ein guter Planet ...«

»Mehr als gut, würde ich sagen ...«

Afra runzelte die Stirn über ihre Einschätzung. »Als ich den Lehrgang im Tower besucht habe, konnte ich Talente aus anderen Systemen kennenlernen.« Er zuckte noch mal die Achseln, weil er seine Heimatwelt nicht heruntermachen wollte.

»Und du wolltest mehr von der Galaxis sehen?«

»Als T4 in einem Tower sieht man nicht viel von der Galaxis, aber ich dachte mir, es könnte ... eine Herausforderung sein, einige Zeit anderswo zu verbringen.«

Sie warf ihm einen neugierigen Blick zu. »Was sind diese seltsamen Gebilde in deinem Gepäcksack?«

Es war die letzte Frage, die er von ihr erwartet hatte, aber er hatte schon begriffen, daß Rowan unberechenbar war.

»Origami. Die uralte Kunst des Papierfaltens.« Nicht ganz sicher, ob er sich so unüberlegt verhalten sollte, teleportierte er seinen Lieblingsschwan – gefaltet aus silbrig weißem Papier – in seine Hand und hielt ihn ihr hin.

Mit einem fragenden Lächeln im Gesicht nahm sie ihm die Figur ab, drehte sie in diese und jene Richtung und breitete vorsichtig ihre Flügel aus.

»Wie hübsch! Und du *faltest* das Papier nur in eine solche Form?«

»Was ist deine Lieblingsfarbe?« fragte er.

»Rot. Karminrot!«

Er entnahm seinem Vorrat ein rotes Blatt, und als er es in den Händen hatte, faltete er daraus mit flinken Fingern ein Blume, die er ihr mit einer kleinen Verbeugung überreichte.

»Also, das ist doch bestimmt keine geistige Übung, oder?« sagte sie und untersuchte die Blume. »Ruckzuck, und du hast ein kleines Meisterwerk. Machen das die Menschen auf Capella zur Unterhaltung?«

Afra schüttelte den Kopf. »Ein Frachterkapitän namens Damitcha hat es mir beigebracht – während Goswina auf Atair war. Ich habe sie vermißt, weißt du. Origami hat mir dabei geholfen.«

Rowans Gesichtsausdruck bat mitleidig um Entschuldigung – und er spürte eine vage geistige Berührung, die es unterstrich.

»Sie hat dich auch vermißt, Afra. Ich habe alles über dich erfahren.«

»Und du hast dich an dein Versprechen erinnert.«

»Nicht ganz, Afra«, sagte sie, schwebte zum Stuhl und drehte ihn herum, um sich zu setzen. »Weil auf Atair kein Lehrgang mehr stattfindet und du bereits ausgebildet bist. Also wollen wir mal sehen, ob Goswina recht damit hatte, daß wir uns mental so ergänzen, um gemeinsam diesen Tower betreiben zu können!«

Sie ließ ihn im Kopf hören, was sie dann sagte. *Reidinger, ich habe einen passenden T4 für mich gefunden. Afra von Capella. Er faltet Papier! Das ist schon mal originell. Und er sammelt Holographien von Barkkatzen.*

Also waren ihr die in seinem geistigen Katalog seiner Habseligkeiten auch aufgefallen.

ROWAN!

Afra zuckte zusammen, als ihm der Schrei wie mit einer scharfen Kante in die Seele drang. Rowan grinste ihn schelmisch an und gab ihm zu verstehen, daß er sich an dem Lärm nicht stören sollte.

Nun ja, er kann nicht schlechter sein als die, die davon überzeugt waren, daß der Jupiter auf sie herabstürzen würde. Oder dieser komplette Schwachkopf, der nicht den kleinsten Spaß verstehen konnte. Und erst recht nicht als dieser Leuteschinder, von dem du dachtest, daß er mich etwas stabilisieren könnte, während ich meinen Job lerne! Diesmal suche ich mir selbst jemanden aus, Reidinger. Und das war's dann!

Dann zwinkerte sie Afra zu. »Ich hatte früher einmal einen illegalen Barkkater. Er hieß Gauner und war auch einer, aber die undankbare Raubkatze hat mich auf dem Linienschiff im Stich gelassen, das mich hierher brachte.« Sie zuckte vage die Achseln und grinste schief. »So wie ich mich benommen habe, kann ich ihm das allerdings nicht krumm nehmen.«

»Sie hören uns, weißt du«, sagte Afra, der das für eine genügend unverfängliche Bemerkung hielt.

Sie wirkte überrascht. »Das habe ich von Gauner schon angenommen. Wir haben freundliche Gefühle füreinander gehegt, aber hat schon einmal eine Barkkatze etwas zu dir gesagt?«

»*Chhhrrrrrrrauuuu!*«

Rowan warf den Kopf zurück und lachte heiter.

»Dann bist du mir in einer Sache voraus, Afra.«

»Nicht lang, fürchte ich«, erwiderte er und war zutiefst erleichtert darüber, diese ersten Momente überstanden zu haben, indem er die ungewöhnliche gedankliche Erwiderung auf eine verbale Bemerkung gemeistert hatte.

Sie lachte wieder und schwang den Stuhl müßig von einer Seite zur anderen. »Sollen wir Punkte zählen?«

»Wieviel kann ich verlieren, bevor du mich hier rauswirfst?« Er konnte nicht glauben, daß er einer Prima so antwortete.

»Tja, ich habe keine Ahnung, Afra. Vor dem Problem stand ich noch nicht«, sagte sie mit einem Augenzwinkern. »Die anderen waren derartige Holzköpfe, die hätten auf eine Frage nicht einmal etwas antworten können, wenn ich sie ihnen ins Gesicht gebrüllt hätte. Und«, sie tadelte ihn mit ausgestrecktem Zeigefinger, »du wirst dir auch einen Gefallen damit tun, dich gegen Reidinger zu wappnen, wenn er dich unter die Lupe nimmt. Genug davon! Ich zeige dir dein Quartier.« Sie rutschte elegant vom Stuhl und bedeutete ihm, ihr zu folgen. »Wir haben die nächsten sechs Stunden frei, weißt du, deshalb hast du genug Zeit, dich einzugewöhnen, bis die Station wieder in Betrieb ist. Dann werden wir sehen, wie gut Goswinas kleiner Bruder Afra ist!«

Kapitel Zwei

Das Personal von Kallisto hatte bessere Quartiere, als Afra für eine Mondanlage erwartet hatte. Ihm wurde einige Male berichtet, daß die Station auf Kallisto sich auf dem neusten Stand der Technik befunden hatte, als sie vor acht Jahren gebaut worden war. Seitdem war jedes neue Sicherheitssystem, sobald es zur Verfügung stand, in die Kuppel von Kallisto eingebaut worden. Wenn es um die Prima von Kallisto ging, ließ sich VT&T auf keine Risiken ein, und ihre Stationsbesatzung profitierte davon.

Verheiratetes Personal verfügte über Quartiere mit einem eigenen Garten und Erholungsbereich unter ihrer sekundären Kuppel. Für Singles standen Zweizimmerapartments sowie ein großer Speisesaal und ein Freizeitbereich zur Verfügung. Eine gut ausgestattete Sporthalle, die von jedem benutzt werden konnte, beanspruchte eine weitere sekundäre Kuppel, die durch einen kurzen Tunnel zu erreichen war, deren Luftschleusen an beiden Enden jedoch immer offenstanden. Die Toweranlage, Lager für kleine Kapseln, dazu die Generatoren, Treibstofftanks und der Hauptwasservorrat waren unter der Oberfläche installiert und durch eine dritte kleine Kuppel zugänglich; die Lager für Passagier- und Marineschiffe beanspruchten eine vierte mit Luftschleusen und Verbindungstunneln zu der Hauptanlage. Die Privatunterkunft Rowans mit ihrem kleinen Gehölz und Garten befand sich, ein Stück vom Hauptkomplex abgesetzt, unter einer fünften, während die Hauptkuppel die primäre Abschirmung für alle anderen bot. Senkrechte Schutzräume waren strategisch angeordnet für den Fall, daß ein großer Meteorit die große oder die kleinen Kuppeln traf, und jede Überlebenseinheit wurde automatisch versiegelt und verfügte über Sauerstoffvorräte für vierundzwanzig Stunden: die maximale Zeit, die bis zur Ankunft von Rettungsmannschaften von anderen Stationen im System veranschlagt wurde.

Afra fand sein Apartment mehr als ausreichend, bis hin zu einer Kaminfeuerimitation im Aufenthaltsraum, flankiert von zwei bequemen Stühlen und einem recht abgenutzten flachen Tisch. Auf einer Seite des Kaminsimses hing ein kompliziertes orologisches Gerät, das die Zeit auf Erde und Kallisto in Einheiten maß, die sich auf die Umdrehungen um ihr Zentralgestirn bezog, während ein zweites Gerät dieser Art Kallistos Umlauf um Jupiter sowie die unregelmäßigen Umlaufbahnen der anderen Monde darstellte. Wenn er die Anzeige richtig las, hatte er noch fünf Stunden und fünfzehn Minuten, bis er sich wieder im Tower melden mußte.

Obwohl ihm einige Schränke, Regale für Bänder, Video- und Spielekonsolen und sehr viel mehr Wandschränke zur Verfügung standen, als er für den dürftigen Inhalt seines Gepäcksacks benötigte, war noch genug Platz für weitere Möbel übrig, was darauf hindeutete, daß er die Einrichtung mit weiteren Stücken eigener Wahl ergänzen durfte.

Der obligatorische Kommunikationstisch war ausgezeichnet ausgestattet mit einer brandneuen Konsole und Hilfsgeräten. Als er ihn einschaltete, erschien eine einführende Meldung auf dem Bildschirm und lud ihn ein, seine persönlichen Codes zu initialisieren und beliebige Programme zu installieren. Er wurde darüber informiert, daß er monatlich eine begrenzte Anzahl von Gesprächen mit seinem Heimatsystem führen durfte, sich mit den Nachschubdrohnen ohne Kosten wöchentlich Waren liefern lassen konnte oder auch sofort, wofür ihm ein Sondertarif für VT&T-Angestellte berechnet wurde. Als er nur zum Spaß seinen Kontostand abfragte, keuchte er vor Erstaunen über die Summe, die ihm für eine Versetzung außerhalb seines Heimatsystems zugebilligt wurde, den Tarif für Möblierung und Ausstattung seines Quartiers und wie er eine Vollmacht für dieses System erlangen und die Kreditinstitute für VT&T-Personal erreichen konnte.

»Noch etwas, das mir noch keiner erklärt hat«, murmelte er. »Vielleicht haben meine Eltern gedacht, sie könnten auch meine Konten für mich führen.«

Er stellte die Barkkatzen-Holos auf ein Regal über der Konsole und zerbrach sich den Kopf, wie er seine Herde Origamis auf das nächste aufstellen sollte. Er lehnte das Kalligraphiebuch an die Seite des dritten Regals und schnaufte. Nun, er nahm schon an, daß er noch genug finden würde, um diese Regale auszufüllen.

Er begutachtete das Bad, fand einen Hinweis auf die Wassermenge, die ein einzelner täglich verbrauchen durfte, warf einen Blick in die kleine Getränkevitrine, die für einen Anhänger der capellanischen Methode eine exotische Auswahl bot, und ging dann ins Schlafzimmer weiter. Das Bett war so hart, wie er es mochte, und hätte für mehrere Personen seiner Größe ausgereicht. Das eröffnete neue, bis dato peinlich verschwiegene Perspektiven, auch wenn seine Eltern schon über den stabilisierenden Einfluß nachgedacht hatten, den ein nettes Mädchen auf ihn ausüben konnte. Er grinste. Die Erde war nicht so weit weg, und Brian Ackerman hatte erwähnt, daß Ausflüge nach unten möglich waren. Verführerisch!

Dann bemerkte er die zweite orologische Anzeige.

»Sie riskieren's nicht, daß man hier die Zeit vergißt, was?« Selbst in seiner Privatsphäre kam es ihm ein wenig blöd vor, mit sich selbst zu reden. »Ich brauche ein bißchen Musik.«

Nennen Sie bitte Ihre persönlichen Vorlieben, diese können dann in festgelegter oder zufälliger Reihenfolge abgespielt werden, sagte eine samtige Altstimme, die sowohl von einem Mann wie einer Frau stammen konnte.

Begeistert darüber, daß ihm ein eingebautes Verbalsystem zur Verfügung stand, ratterte Afra ein Liste seiner Lieblingsstücke herunter, und das sanfte Streicheropus setzte in dem Moment ein, als er eine Pause machte, um zu entscheiden, was er sonst noch gern auf Lager hätte.

»Danke.«

Höflichkeiten sind nicht erforderlich.

»Wo ich aufgewachsen bin, schon«, erwiderte Afra schroff.

Ist eine Erwiderung erforderlich?

»Das wäre nicht schlecht. Ich habe meinen Eltern versprochen, auf mein Benehmen zu achten.« Um nicht zu lachen, hielt er die Hand vor den Mund. Das ganze Einexerzieren von gutem Benehmen, um es jetzt einem Verbalsystem gegenüber anzuwenden? Selbst Goswina hätte die Ironie amüsiert.

Danke, erwiderte die Altstimme.

»War mir eine Freude«, sagte Afra.

Dann bemerkte er, wieviel Zeit er verschwendet hatte. Er kippte den restlichen Inhalt seines Gepäcksacks aufs Bett und ging mit seinem Waschzeug, frischen Sachen und Stationsschuhen ins Bad, um kurz zu duschen, bevor er seine ersten Erfahrungen mit dem Dienst auf Kallisto machte.

Seinem Einsatz am heutigen Tag kam sehr entgegen, daß Afra alle Arbeiten im Tower mit routinemäßiger Gründlichkeit erledigen konnte, fast ohne einen Gedanken an die Feinheiten zu verschwenden, die dafür erforderlich waren, allerdings hatte er nie auch nur mit dem halben Tempo gearbeitet wie das Personal auf Kallisto.

Wir sind die wichtigste Zwischenstation, erklärte ihm Rowan mitten in einer hektischen Phase. *Wir bewältigen mehr Verkehr als jeder andere Tower. Du machst deine Sache gut. Reg dich nicht auf. Ich glaube nicht, daß wir dich heute restlos beanspruchen werden.*

Hah! Afras Kommentar beschränkte sich auf diese eine trotzige Silbe, und dann konzentrierte er sich wieder auf die Arbeit. Sie war sehr anstrengend, um nicht noch mehr zu sagen, denn seine Aufgaben als Stellvertreter Rowans bestanden darin, für eine zügige Weiterleitung an die verschiedenen Zielorte zu sorgen, das Gewicht lebendiger wie anderer Lasten zu überprüfen und spezielle Anweisungen an Drittrangige weiterzugeben.

Frachtbeförderer (gewöhnlich auf Rang 7 oder 8 kinetischer Talente), die Frachtkapseln aller Größen, Ein- und Zweipersonenkapseln und den verschiedenen größeren Transportschiffen die Beförderungspapiere entnahmen, ›hoben‹ sie in den Tower, wo sie der Dringlichkeit entsprechend sortiert wurden. Zehner hasteten über das Landefeld, um sicherzustellen, daß alle Ladungen in gutem Zustand eintrafen, und überprüften alle lebendigen Frachten. Im Tower verteilten Sechser und Fünfer Prioritätsgrade und stellten die Zielkoordinaten fest. Brian Ackerman sorgte dafür, daß dabei keine Verzögerungen auftraten, und alles, was Afra an Rowan weitergab, in Ordnung war, damit die Prima gleichmäßig ausgelastet wurde.

An einem betriebsamen Tag, und auf Kallisto herrschte immer reger Betrieb, wurde Afra als T4 außerdem dafür benötigt, die Prima zu entlasten, indem er nichtlebendige Frachten verschiffte, damit die ihre Kapazitäten auf die Übertragung schwerer, empfindlicher und lebendiger Lasten konzentrieren konnte. Afra konnte mit Hilfe der Generatoren das Gesamt aufbauen, wenn auch nicht mit derselben Reichweite und Stärke wie Rowan. Er hatte im geheimen immer das Gefühl gehabt, daß er über eine größere Reichweite verfügte, als ihm auf Capella je anzuwenden erlaubt war – und sei es nur, weil etwas in ihm diesen *Eindruck* hervorrief. Afra war außerdem ein zu gut ausgebildetes Talent, um an übertriebener Selbstsicherheit zu leiden. Aber wenn er mit Rowan arbeitete, wurde er sich eines Potentials an Möglichkeiten und tieferer Stärken bewußt, das er in Zusammenarbeit mit anderen Talenten nie gespürt hatte. Es war, als habe Rowan sein Talent um eine neue Dimension bereichert.

Und genauso, mein lieber Afra, sollte das Verhältnis zwischen einer Prima und ihrem Stellvertreter sein, sagte Rowan, bevor sie einen schweren Frachter verschob. *Wenn es so nicht von Anfang an ist, kann keine Macht der Welt es herbeiführen.*

Das genügte, um Afra neuen Auftrieb zu verleihen, denn das Tempo machte ihm allmählich zu schaffen. Er atmete tief durch und machte weiter.

Als die letzte Drohne zu ihrem Bestimmungsort davongewirbelt war und die Generatoranzeigen auf seinem Pult auf den Pegel Null abfielen, war Afra für einen Moment zu ermattet, um sich rühren zu können. Seine Nackenmuskeln schmerzten, und in seinen Schläfen pochte es schwach. Schließlich grinste er bei sich. Er hatte es überstanden. Er hatte keinen einzigen Fehler gemacht – zumindest erinnerte er sich an keinen. Er spürte, daß jemand neben ihm stand, verdrehte den Hals nach rechts und sah Rowan, die ihn anlächelte. Sie berührte ihn leicht an der Schulter, doch es genügte, daß er auf sie den Eindruck von etwas Tiefgrünem mit Pfefferminzgeschmack machte.

»Wir haben heute gute Arbeit geleistet.« Sie hob eine ihrer geschwungenen schwarzen Augenbrauen zu einem sardonischen Gesichtsausdruck. »Damit wäre ich schon zufrieden, wenn du dieses Tempo durchhältst.«

»Ich will's versuchen«, nahm Afra die Herausforderung an. »Laß es mich versuchen.«

»Darauf kannst du dich verlassen.« Ihr Grinsen wurde breiter, und ihre Augen zwinkerten. »Komm, ich schulde dir eine Tasse Kaffee. Will jemand runter? Wir haben jetzt Okklusion.«

Ein »Ich!« aus vielen Kehlen und winkende Hände waren die Antwort auf dieses Angebot.

»Nehmt euch, was ihr braucht, und sucht euch eine Kapsel«, sagte Rowan. »Dich schicke ich noch nicht runter, Afra. Aber du kannst zur nächsten vollen Okklusion damit rechnen. Reidinger möchte dich sprechen. Nein, nein«, denn sie spürte seine Anspannung, »mach dir keine Sorgen über ihn. Ich« – und sie zeigte mit dem Daumen auf ihre Brust – »bestimme selbst, wer in meinem Tower arbeitet.«

Leichtfüßig stieg sie in den Tower hinauf, und obwohl die Generatoranzeigen gerade mal flackerten, sah Afra, wie die Kapseln von Kallisto in Richtung Erde davonschossen.

Du mußt unten sieben Stück auffangen, Reidinger, sagte sie.

Sie sind nicht angemeldet! brüllte der Erdprimus empört.

Dann laß es deine Lehrlinge machen. Meine Mannschaft braucht unten ein bißchen Freizeit.

Und wie hat sich dieser Capellaner geschlagen? fügte Reidinger hinzu. Seine Worte hallten in Afras Geist wider und verwirrten den Capellaner, bis er bemerkte, daß Rowan die Übertragung des Gesprächs störte. *Das* hätte Capella nie gemacht, dachte Afra verdutzt und hielt den Atem an, um ihre Antwort zu hören.

Er hat sich gut gehalten heute. Ich werde ihm eine dreimonatige Probezeit einräumen.

Nicht bevor ich ihn gesehen habe, klar?

Natürlich, und dabei klang Rowan nicht nur frech, sondern sehr selbstsicher.

Der Großteil des Tower-Personals war verschwunden, als Rowan ihr Angebot gemacht hatte. Nur Brian Ackerman war geblieben, um ganz in Ruhe einige Dinge mit Joe Toglia zu besprechen. Afra blieb sitzen, wo er war. Er fühlte sich ausgelaugt, und sogar die wenigen Schritte bis zum Getränkeautomaten kamen ihm zu weit vor, obwohl er eine Dosis Coffein sicherlich gebrauchen konnte.

Dann sah er, wie eine Tasse unter dem Hahn erschien, sich mit der dunklen Flüssigkeit füllte und für eine zweite Tasse zur Seite rückte, in die außerdem Milch und Zucker kamen. Während die Tassen zu ihm herüberschwebten, kam Rowan wieder die Treppe herunter.

»Danke«, sagte er mit einem schiefen Grinsen der Bewunderung, als sie den Tisch erreichte. Sie packte einen Stuhl an der Lehne, schob ihn sich unter den Hintern und nahm an Afras Seite Platz. Er hob seine Tasse, und sie stießen auf die traditionelle Weise an. »Vielen Dank, Rowan.«

Sie sah ihn von der Seite an. »Ein paar Sachen sollten wir zwischen uns gleich klarstellen, Afra. Gib mir einfach Bescheid, wenn du etwas Unterstützung brauchst, und sag mir, wenn du Mist gebaut hast. Ich ziehe es vor, einen Fehler möglichst schnell zu korrigieren. Wenn du dir das zu Herzen nimmst, könnten wir ein gutes Team werden.«

Afra gab mit einem Nicken sein Einverständnis zu verstehen, war aber geistig zu ermattet, um etwas von dem anzuwenden, was er die letzten sechs Stunden praktiziert hatte. Sie blieb sitzen, nippte an ihrem Kaffee, und beide genossen das angenehme Schweigen zwischen ihnen. Afra konnte sich nicht daran erinnern, sich in Gesellschaft eines anderen Menschen jemals so wohl gefühlt zu haben – außer bei Goswina, als er noch ein kleiner Junge gewesen war. Und bevor, fügte etwas tief in ihm hinzu, Goswina nach Atair gegangen war. Als sie ihre Tassen ausgetrunken hatten, fühlte er sich schon etwas erholt. Auch Rowan entging das nicht, und sie hatte Mitgefühl in den grauen Augen.

»Jetzt schlaf dich erst mal aus, Afra. Gönn deinem Hirn Muße«, sagte sie, stand auf und stellte den Stuhl zurück. Dann verließ sie den Tower.

Afra befolgte ihren Rat. Das tat er nicht nur dieses eine Mal.

Er war fünf Wochen im Tower, bevor Reidinger das erste Mal direkt mit ihm Kontakt aufnahm, wenn auch nicht in dem barschen Ton, den er gewöhnlich in seinen Gesprächen mit Rowan anschlug. Wenn Afra davon etwas mitbekam, erschreckte ihn schon Reidingers intensive mentale Ausstrahlung. Er hatte noch nie jemanden mit einer so starken Aura kennengelernt. Capella war stark und beständig, doch nicht im mindesten so wie Reidinger, der als dritter Träger seines Namens den Posten des Erdprimus innehatte. Rowan war stark und ließ ein Potential spüren, das sich mit dem Reidingers messen konnte, das sie aber nie offen zur Schau stellte. Aber Afra war mit Rowan inzwischen gut genug vertraut, um sich bei ihr wohl zu fühlen, auch wenn er noch ehrfürchtig zu ihr aufblickte. Reidinger war anders. Er war der mächtigste Mann der Vereinten Telepathen und Telekineten. Und von seiner Zustimmung hing, ganz gleich was Rowan gesagt hatte, Afras weitere Beschäftigung im Tower von Kallisto ab. Dennoch brachte Afra eine, wie er meinte, achtbare Antwort zustande, ruhig, nicht nervös und vor allem sehr höflich. Seine Eltern wären stolz auf ihn gewesen.

Keine Sorge, Junge, sagte Rowan, als Reidingers Präsenz sich zurückgezogen hatte. *Er dominiert eben gern. Bei VT&T haben die meisten höllischen Respekt vor ihm – es erspart ihm eine Menge Ärger, wenn ihm die Leute bedingungslos gehorchen, aber es* kann *auch wie eine Fessel wirken. Du machst einfach so weiter wie bisher und läßt dich von ihm nicht aus der Ruhe bringen. Vergiß nicht* – und dabei erlaubte sie sich ein höhnisches Grinsen –, *er macht mir keine Angst, und wenn ich dich haben will, dann bekomme ich dich auch. Ich sag dir was, Afra. Bevor er dich anbrüllt – und das wird er ganz sicher tun –, zeig ihm eines deiner Origamis … sagen wir, einen wilden Stier! Ein schar-*

lachroter Stier. Nimm ihm den Wind aus den Segeln. Lenk ihn ab, dann gewinnst du die Oberhand.

Hältst du es denn für ratsam, wenn ein niedriger T4 von Capella die Oberhand gewinnt?

Rowan übermittelte ihm ein noch tückischeres Grinsen. *Süße Worte sind etwas für Frauen; sich zu behaupten, ist ein männliches Vorrecht.*

Im nachhinein war es nicht Reidinger, der Afra höchste Ehrfurcht einflößte, sondern die schiere Größe des Blundell-Baus umgeben von den riesigen Fracht- und Passagierterminals, Lagern und Hilfsanlagen. Afra stand mit offenem Mund neben der Personenkapsel, in der Rowan ihn nach Kallisto geschickt hatte. Der VT&T-Komplex war größer als die ganze Hauptstadt von Capella. Dahinter erstreckten sich die Geschäfts- und Wohntürme der größten Einzelmetropolis der Zentralwelten bis in eine Entfernung, die seine Augen nicht mehr genau abschätzen konnte.

Er nahm allerdings einen unbekannten Geruch in der Luft wahr, den sein Geist als ›Salzwasser‹ identifizierte, weil der VT&T-Komplex ans Meer grenzte.

»Afra von der Station Kallisto?«

Er wirbelte herum und sah einen Jugendlichen in der Uniform eines VT&T-Lehrlings, ein untersetzter Bursche mit seltsam fleckigen grünen Augen, dunklem Haar und einer frischen Gesichtsfarbe.

»Ja«, und er testete den Boten, indem er die Erwiderung auch telepathisch übermittelte.

Der Junge grinste und hob die Hand zu einer förmlichen Begrüßung, wie sie zwischen Talenten üblich war. »Gollee Gren. Ich soll einmal ein T4 werden.«

»Als Eskorte?« Afra erwiderte sein Lächeln und erinnerte sich an seinen Dienst in derselben Position auf Capella.

»Wenn niemand sonst zur Verfügung steht«, sagte Gollee, den es nicht im mindesten zu belasten schien, daß er solche Aufgaben übernehmen mußte. »Hier entlang. Du mußt durch den Sicherheitscheck, und das erfordert Zeit.«

Selbst wenn ganz offensichtlich ist, wer ich bin?

Gollee zuckte die Achseln und grinste drollig. »Sei nicht beleidigt. Sie schleusen sogar eine Prima durch die Kontrolle, wenn sie uns besucht.«

»Trag nicht zu dick auf, Gollee. Eine Prima stattet keine Besuche ab.«

»Nun, du weißt schon, was ich meine. Selbst T-2s müssen die Prozedur über sich ergehen lassen. Niemand kommt ohne Abfertigung zum Großen Gott Reidinger durch.«

Gollee hatte in Richtung des lichten Beton- und Plastglasbaus gedeutet, der den Eingangsbereich des riesigen Blundell-VT&T-Hauptquartiers bildete.

Es kostete einige Zeit, den Sicherheitscheck hinter sich zu bringen, Durchleuchten, Überprüfen der Netzhautmuster, Abfrage persönlicher Angaben – obwohl nicht zu übersehen war, daß sie Afras Dossier auf dem Bildschirm hatten, als sie ihn befragten. Afra war versucht zu bemerken, daß ein telepathischer Check von einem T3 oder T2 jedes Verdachtsmoment zerstreuen würde, aber die Haltung der T8er, die ihn abfertigten, deutete darauf hin, daß er ihnen besser nicht mit einer solchen Unverschämtheit kam. Die Wachmänner waren nicht so groß wie er, aber viele Kilo schwerer. Sie waren besonders an seinem Origami interessiert und unterzogen ihm soviel Tests, daß Afra Angst bekam, sie könnten sein kleines Geschenk beschädigen.

»Sie haben sicher schon bemerkt, daß es nur gefaltetes Papier ist. Hier!«

Er riß ein Blatt vom Block auf dem Schreibtisch und faltete daraus mit geübten Fingern ein Gegenstück. »Sehen Sie?«

Die Wachen ›sahen‹ es durchaus, waren aber von seiner Fingerfertigkeit nicht annähernd so beeindruckt wie

Gollee. Schließlich mußten sie zugestehen, daß das Geschenk keine Bedrohung darstellte.

Schließlich wurde ihm widerwillig die Sicherheitsplakette überreicht. Mit einem mentalen Seufzer der Erleichterung führte Gollee ihn zu der Batterie von Antigravliften.

Gollee tippte mit so flinken Fingern einen komplizierten Code ein, daß Afras Augen ihm so wenig folgen konnten, wie er Gollees plötzlich abgeschirmte Gedanken zu lesen vermochte.

Was das angeht, sind sie noch strenger, entschuldigte sich Gollee. *Ich bin gerade erst zum Führer befördert worden, und sie machen jedem die Hölle heiß, der nicht gehorcht oder die Formalien schleifen läßt.* »Es geht auch gar nicht anders, denn Primus Reidinger ist von entscheidender Bedeutung für die Zentralwelten«, fügte er laut hinzu und bedeutete Afra, mit ihm in den programmierten Schacht zu treten. »Wie lang praktizierst du dieses Papierfalten denn schon? Bei dir sah's ganz einfach aus.«

Die Fahrt nach oben ging für einen Antigravlift ungewöhnlich schnell vonstatten.

»Im Grunde ist Origami wirklich einfach. Wenn man einmal den Dreh raus hat.«

»Wo kann man das lernen? Stammt diese Kunst von Capella?«

»Nein, sie stammt aus einem Land namens Japan.«

»Ach ja, irgendwo im Pazifischen Ozean.«

»Soviel ich weiß.«

Plötzlich öffnete sich ein Spalt, in den sie der Sog hineinzog. Der Zugang schnappte hinter ihnen zu. Gollee lächelte über Afras Reaktion.

»Ohne die entsprechende Vollmacht wird man auf keinen Fall in das Quartier des Primus vorgelassen. Das ganze Gebäude ist gepanzert und versiegelt ... vor allem dieser Trakt.«

»Ich glaube nicht, daß ich so leben möchte.«

»Das könnten wir nie. Wir sind keine Primen.«

Eine zweite, etwas großzügigere Öffnung erschien und blieb lang genug offen, daß Afra und Gollee das Foyer betreten konnten, das mit sanften grünen Farbtönen und gemütlichen Sitzgruppen elegant geschmückt war. Auf einem Bildschirm in einer Ecke wurden Fraktale gezeigt, und leise Musik schmeichelte das Ohr. Gollee begab sich zu einer Tür – die am wenigsten verzierte unter verschiedenen Eingängen in die Lobby – zu seiner Linken.

»Steh gerade«, murmelte Gollee, als sie die Tür erreichten, die daraufhin in die Wand glitt. Sie gingen in ein zweites Foyer durch und zur Tür in der Mitte seiner Längsseite. »Von hier an bist du auf dich allein gestellt, aber ich werde warten, um dich zurückzubringen. Viel Glück.« Sein Gesichtsausdruck deutete an, daß Afra alles Glück brauchte, das er ihm wünschen konnte.

Afra straffte die Schultern, starrte auf die Holzpaneele und erinnerte sich an Rowans Rat. Hatte der Sicherheitsdienst Primus Reidinger bereits von einem roten Stier berichtet und ihm den ersten Zug verdorben? Die Tür glitt auf und erlaubte ihm Zutritt in die geräumige Suite, die Peter Reidinger beanspruchte.

»Kommen Sie rein, kommen Sie rein.« In hörbarer Form wirkte die kraftvolle mentale Stimme ebenso mächtig und einschüchternd wie die physische Erscheinung ihres Besitzers.

»Ich dachte mir, das könnte Ihnen gefallen«, sagte Afra und ging mit raschen Schritten auf den halbrunden Schreibtisch zu, hinter dem Reidinger saß. Wenn er sich nicht schnell genug bewegte, würden ihm verräterisch die Knie schlackern. Er war froh, daß seine Hand nicht zitterte, als er sie über den breiten Tisch ausstreckte und den zerbrechlichen roten Stier vor den Erdprimus hinstellte.

Gleichermaßen von seinem Auftreten und dem Geschenk überrascht, betrachtete Reidinger die kleine Figur. Dann warf er den Kopf zurück und brüllte vor Lachen.

»Bei allem, was mir heilig ist, ein Stier! Ein Stier! Hörner, Schnauze und ...« – mit einem langen und überraschend wohlgeformten Finger drehte Reidinger den Stier halb herum – »... und Eiern!« Er prustete wieder. »Hat Sie diese weißhaarige, glotzäugige atairianische Schlampe auf die Idee gebracht?«

»Sie ist nicht glotzäugig«, erwiderte Afra, den es empörte, wenn eine Frau wie Rowan, die er auf eine eigentümliche Art schön fand, so beschrieben wurde. Und als Reidinger ihn mit amüsierter Verblüffung ansah, fügte er hinzu: »... und eine Schlampe auch nicht.« Rowan hatte ihm gesagt, daß er Reidinger die Stirn bieten mußte. Nur seiner selbst wegen hätte er es nicht gemacht, ihretwegen aber ohne zu zögern.

Reidinger lächelte hintergründig, lehnte sich in seinen komfortablen Stuhl zurück und verschränkte die Finger. Afra gefiel es nicht, wie Reidinger ihn ansah, und er straffte sich und verstärkte seine gedankliche Abschirmung – falls es ihm in Gegenwart dieses Mannes irgend etwas nützen könnte.

»Sie sind auf Capella aufgewachsen, Afra Lyon«, sagte Reidinger mit unvermittelt ausdruckslosem Gesicht und unergründlichem Blick in den tiefliegenden Augen. »Und Capella ist bekannt für sein Beharren auf Sitten, die von anderen Welten ignoriert werden. Sitten, die in meinem Tower nicht ignoriert werden, wie ich hinzufügen darf.«

Afra neigte den Kopf über diese stillschweigende Versicherung, daß seine geistige Privatsphäre nicht angetastet wurde.

»Rowan hat einen roten Stier vorgeschlagen«, sagte er dann mit einem schwachen Lächeln, nachdem ihm gewisse stierartige Eigenschaften an Reidinger aufgefallen waren.

Mit Zeigefinger und Daumen hob Reidinger den Stier an einem Horn hoch und betrachtete ihn genauer. »Origami!« sagte er plötzlich. »Ich habe davon gehört, aber noch nie ein Exemplar gesehen. Zeigen Sie mir, wie Sie das gemacht haben!«

»Haben Sie ein Blatt Papier da?«

Reidinger zog Schubladen auf und legte die Stirn in tiefe Falten, weil er nichts fand außer die technischen Nachfolger des Papiers.

»Papier!« Plötzlich war Reidingers eben noch leerer Schreibtisch mit Stempelkissen, geblümtem und pastellfarbenem Briefpapier und großen Bögen aus transparentem Plastik übersät. »Suchen Sie sich was aus.«

Nachdem Afra das Gewicht der verschiedenen Sorten überprüft hatte, suchte er ein Blatt heraus, das sich gut falten ließ, dünn genug war, aber nicht leicht zerriß. Er riß es vom Block, knickte eine Ecke so um, daß sie von ihm weg zeigte, und strich mit einem Finger die erste Falte glatt. Reidinger ließ den Blick für keinen Moment von seinen Fingern ab, bis er schließlich eine kleine blaue Kuh neben den gehörnten Stier stellte.

»Und ein Euter – bei allem, was mir heilig ist!« Reidinger schlug mit beiden Händen flach auf den Schreibtisch, so daß der Luftzug die Kuh umkippte, die den Stier mit sich riß. Vorsichtig stellte Reidinger die blaue Kuh und den Stier wieder nebeneinander auf. »Wer hat Ihnen das beigebracht?«

»Der Kapitän eines Frachters, der regelmäßig auf Capella angelegt hat. Er ist inzwischen in den Ruhestand getreten und lebt in Kyoto, Japan, im Pazi ...«

»Ich weiß, wo das ist. Waren Sie schon einmal da?« Reidinger sah Afra schräg an.

»Nein, Sir.«

Reidinger riß die Augen auf. »Wollen Sie nicht?«

»Ja, Sir, wenn ich ... ich ...« Allmählich wurde Afra unsicher. Trotz des offensichtlichen Erfolges dieses Gesprächs war er noch nicht so forsch, daß er sich auf Pläne für die Zukunft festlegen wollte.

Reidinger lehnte sich zurück und betrachtete ihn nachdenklich. Dann gab er ein bellendes Lachen von sich und verlagerte sein Gewicht, so daß der Stuhl eine aufrechte Position annahm.

»Wenn Sie's geschafft haben, fünf Wochen mit dieser weißhaarigen« – dabei grinste Reidinger ohne Reue – »... grauäugigen ... vogelartigen Atairianerin auszuhalten, dann schätze ich, werden Sie diese Entfernung schon meistern. Und eigentlich ...« Doch Reidinger verbiß sich die Bemerkung und brach den Satz mit einem Fingerschnippen ab. Er stand auf, eine massige, muskulöse Gesamt mit schweren Knochen, auf einer Augenhöhe mit Afra, trotz der ungewöhnlichen Größe des Capellaners. Er streckte eine Hand mit der Handfläche nach oben über den Schreibtisch aus, eine Geste, die Afra unmißverständlich zu einem körperlichen Kontakt aufforderte.

Es war höchst ungewöhnlich, aber Afra schlug ohne zu zögern ein, obwohl er ein leichtes Keuchen über den Schock nicht unterdrücken konnte, als er Reidingers vibrierende Energie spürte und merkte, wieviel sein Gegenüber in den Sekundenbruchteilen ihres Kontakts über ihn erfahren hatte.

Mein kleiner Freund fühlt sich in ihrem Tower einsam, Afra Lyon von Capella ... Und Reidingers Ton war so sanft wie die Anspielung in seinen Worten.

Verwirrung übermannte Afra. Keine der ausgiebigen Predigten über Etikette, die ihm seine Eltern gehalten hatten, konnte ihn vor dieser Unsicherheit bewahren.

»Seien Sie auch Ihr Freund, Afra«, fügte Reidinger in einem brüsken, geschäftsmäßigen Ton hinzu, als empfehle er ihm eine bestimmte Marke eines technischen Geräts, so daß Afra sich schon fragte, ob er diese flüchtige mentale Botschaft nicht mißverstanden hatte. »So, und nun machen Sie sich auf den Weg und lassen Sie mich wieder an die Arbeit gehen.« Er ließ sich in seinen Stuhl zurücksinken und schwang ihn den Konsolen zu, die hinter seinem Schreibtisch aufgereiht standen. »Gren wird Sie in die Stadt bringen«, fügte er hinzu, ohne sich umzublicken. »Sie werden sich auf Kallisto mit einem Bett, zwei durchgesessenen Stühlen und einem zerkratzten Tisch nicht lange wohl fühlen. Geben Sie etwas von dem Geld, das VT&T Ihnen zahlt, dafür aus, sich etwas Neues zu kaufen.«

Mit einer respektvollen Verbeugung wandte sich Afra ab und verließ das Zimmer. Im Foyer sprang Gren auf und drückte mit seiner ganzen Haltung Besorgnis und Interesse aus. Auf seinem Gesicht machte sich ein Lächeln breit.

»Haben Sie's überlebt?«

»Der Stier hat geholfen!«

Grens Lächeln wurde breiter. »Nicht dumm. Huch …«

Afra wurde entsetzt Zeuge, wie Gren für einen Moment die Augen verdrehte und dann wieder den Blick auf etwas richtete. Gren schüttelte den Kopf und schluckte. »Ich wünschte, er würde mir das ersparen«, aber dann sah er Afra wieder an, und sein Grinsen kehrte zurück. »Jedenfalls habe ich *strenge Anweisung*, dich überall in die Stadt zu bringen, wo du hinwillst.« Er zwinkerte, und Afra fing von Gren eine Spur purer Sinnlichkeit auf, die ihn blinzeln ließ. Gren war etwa in seinem Alter, unterlag aber nicht der Strenge der methodistischen Lehre, die körperliche Erfahrungen unterband. »Sie haben einen zweitägigen Urlaub. Also«, dabei vollführte er eine freche Verbeugung, »wie möchtest du dich gern amüsieren, T4 Afra?«

»Einkaufen, würde ich sagen«, erwiderte Afra, der diese Gelegenheit gern wahrnahm. »Und etwas essen.«

»Hat sich dein Magen schon beruhigt?« Gollees wissender Blick bezeugte Mitgefühl.

Während sie den Weg, den sie gekommen waren, ins Erdgeschoß zurückgingen, informierte Gollee Afra darüber, daß seine Aufenthaltsberechtigung lebenslang gültig war. Er brachte ihn zu dem T10-Sekretär, der Abzeichen dieser Art verwahrte, und dann ins Erdgeschoß, wo er ein Transportmittel für sie bestellte.

Afras erste Begegnung mit der Metropolis beschränkte sich auf eine Aufeinanderfolge greller Momentaufnahmen: die schwindelerregende Auswahl in den Ausstellungsräumen der Möbelhändler (er überraschte sich selbst damit, daß er sich für einfache Stücke entschied, die an ihre Gegenstücke auf seinem Heimatplaneten Capella erinnerten), Bettwäsche in schlichten Farben, Teppiche mit geometrischen Mustern, ziemlich geschmacklose Lampen (Gollees Gesichtsausdruck nach zu urteilen) und zwei wunderschöne asiatische Vasen, gefüllt mit einem in ewiger Blüte fixierten Strauß, Buchbände in reicher Auswahl (Titel, von denen er nur gehört hatte) und zwei Gemälde, beide antik, doch für seine Augen angenehm anzuschauen. (Gollee versuchte ihn für moderne Künstler zu begeistern, aber Afra fand sie, was Motive, Material und Farbgebung anging, zu grell.)

Bei der Kleidung ließ er sich von Gollee beraten, denn der Anzug des Jugendlichen war ziemlich elegant und aus guten Materialien gefertigt. Für jemanden, der nie mehr als drei Toweroveralls und einen guten Ausgehanzug besessen hatte, genoß es Afra, sich einen Anzug auszusuchen, der seine fremdartige Hautfarbe dezent kaschierte und seine breiten Schultern und aufrechte Haltung betonte, während er seiner hageren Figur zugleich eine ansehnliche Fülle verlieh. Es gefiel ihm, wie einige der modischen Stiefel aussahen, und er und Gollee konnten zusehen, wie eigens für ihn ein Paar in der gewünschten Größe, Farbe und Stil angefertigt wurde.

Als Gollee erkannte, daß es ein umfangreicherer Einkauf wurde, rief er den VT&T-Frachtmeister an und ließ eine Kapsel und eine Lagernummer reservieren, wohin Afras Einkäufe mit der nächsten Sendung nach Kallisto weitergeleitet werden konnten, oder wann immer Afra seinen Kreditrahmen ausgenutzt hatte.

In seinem neuen Outfit – dunkelgrüne, weiche Kunstlederstiefel und eine modische Kombination aus Jacke und Hose – lud Afra seinen Führer schließlich in ein Mittelklasse-Restaurant ein, wo sie ihre erschöpften Energiereserven auffüllten.

»Ich weiß etwas Passendes«, erklärte Gollee mit einem unbekümmerten Zwinkern, wie es für ihn typisch war. Wenig später saßen sie an einem Tisch in einem Restaurant mit angenehmer Atmosphäre. Es erklang leise Musik, gedämpftes Licht schien, sie wurden prompt bedient, und ein diskretes Menü erschien auf ihrem Tisch, sobald sie sich setzten.

Das Angebot war buchstäblich überirdisch, denn es standen Gerichte von allen Zentralwelten zur Auswahl. Gollee machte für sein Alter einen ungewöhnlich kultivierten Eindruck, denn er rasselte eine Beschreibung von Menüpunkten herunter, von denen Afra noch nie gehört hatte. Afra versuchte, sich seine Unwissenheit und Verwirrung nicht ansehen zu lassen. Schließlich winkte Gren einen Kellner herbei. Als der Mann an ihren Tisch kam, sah Gren Afra eifrig an.

»Ich kenne einige Spezialitäten dieses Restaurants, von denen ich glaube, daß sie dir schmecken würden.«

»Hm ...« Grens Selbstsicherheit und die Leichtigkeit, mit der er Afra durch den Tag manövriert hatte, überzeugten Afra, sich seiner Empfehlung anzuvertrauen. Er setzte ein trübsinniges Lächeln auf. »Ich habe nicht viel Erfahrung mit der Küche anderer Planeten.«

Der Kellner sah Afra verdutzt an, während Gollees ermutigendes Lächeln eine sehr irdische Qualität gewann.

»Die Heimatwelt des einen ist das Urlaubsziel des anderen. Mein Freund stammt von Capella. Wie wär's, wenn Sie uns eine Platte mit Delikatessen servieren, die ihn für die terranische Küche gewinnen könnten?« Der Kellner schien zu zögern. »Ist Luciano heute da?«

»Luciano?« Das schien den Mann zu beeindrucken.

»Genau der.« Gollee nickte freundlich, als sei es ihm

eine liebgewonnene Angewohnheit, mit Luciano über Menüs zu diskutieren. »Richten Sie ihm bitte aus, daß der Bodyguard einem Freund seines Chefs zeigen will, was man hier so auftischt, und wir uns beraten lassen sollten.«

Der Kellner hob die Augenbrauen. »Der Bodyguard? Ich habe von Ihnen gehört.« Er zupfte an der weißen Schürze, die er sich eng um die Lenden gebunden hatte. »Ich richte ihm aus, daß Sie mal wieder da sind.«

Luciano erschien persönlich zwischen der Platte mit Delikatessen und der Suppe. Er nickte Afra freundlich zu, als Gollee ihn vorstellte.

Afra hatte in diesem Moment einen unerwartet scharfen Bissen im Mund und konnte es sich gerade noch verkneifen, auf telepathischem Wege zu antworten. Er fuchtelte mit den Händen herum, zeigte zuerst auf seinen vollen Mund und gab dem besorgten Küchenchef dann mit einem Zeichen zu verstehen, daß er zufrieden war.

»Gut gewürzt? Nicht genug gewürzt? Zu stark gewürzt?« fragte Luciano mit professionellem Interesse.

»Zu scharf, würde ich sagen«, vermutete Gollee mit einem Lachen. »Ich bin an Ihre Deftigkeit gewöhnt, aber Afra muß es so vorkommen, als werde er in Brand gesteckt. Sehen Sie in sein Gesicht und wie seine Augen feucht werden.«

Der zweifelnde Ausdruck in Lucianos Gesicht erschreckte Afra so sehr, daß er es wagte, mit vollem Mund ein paar Worte zu stottern. »Nein! Nein! 's ist wirklich gut. Ich mag's ... gut gewürzt.«

Luciano war gleich beruhigt. »Ah, ein Mann mit kultiviertem Geschmack.«

»Nicht nur das, Luciano«, sagte Gren und grinste tückisch, »er hat den Alten an den Eiern erwischt und zum Lachen gebracht.« Gren zwinkerte dem verblüfften Afra verschwörerisch zu. »Und das ist nicht gelogen, mein Freund.«

»Das haben Sie tatsächlich geschafft?« Afras Ansehen war dadurch bei Luciano merklich gestiegen. »Den großen Mann?« Dabei gestikulierte der hitzige Italiener in Richtung des fernen Blundell-Komplexes.

Afra spülte den Rest des Bissens mit Wasser hinunter, damit er die leicht geschönte Darstellung des heutigen Zusammentreffens korrigieren konnte.

»Es war nur ein kurzes Gespräch …«, begann er.

»… mit Primus Reidinger, und das hat er unbeschadet überstanden«, sagte Gren, nickte eifrig und sah ihn mit vor Bewunderung großen Augen an. »Afra hat ihm ein Geschenk gemacht und zum Lachen gebracht.«

»Der große Mann hat – *gelacht?*« Luciano widmete Afra einen respektvollen Blick.

»Außerdem«, Gollee machte eine bedeutungsvolle Pause, »hat Reidinger ihm auf der Stelle einen zweitägigen Urlaub zugebilligt. Ich soll mich darum kümmern, daß dieser Tourist bei seinem ersten Besuch auf der Erde nicht in Schwierigkeiten gerät.«

»Ah, wie klug von Ihnen, ihn zum Essen hierher zu bringen, Gollee«, sagte Luciano und strahlte vor Begeisterung. »Und Sie haben einen fabelhaften Führer, Afra«, versicherte er, »denn dieser Bursche weiß, wo Sie für Ihr Geld genau das bekommen, was Sie ersehnen.« Luciano zwinkerte und legte einen dicken Zeigefinger an den Nasenflügel. »Bei ihm sind Sie in den besten Händen. Haben Sie keine Angst. Machen Sie sich keine Gedanken. Gollee wird dafür sorgen, daß Sie Ihren ersten Besuch auf der Erde in bester Erinnerung behalten.«

Afra beunruhigte nicht nur die Bemerkung des Italieners, sondern auch die mitschwingenden Untertöne, die etwas unverhohlen Sinnliches ausstrahlten.

»Darauf können Sie wetten«, erwiderte Gollee und grinste aus einer Vorfreude, die Afra als ebenso sinnlich empfand wie Lucianos Bemerkung. »Das Beste, was die Götter je ersonnen haben, um den Druck zu erleichtern«, und es kostete Afra nicht viel Talent, um darauf zu kommen, daß Gollee diese Erleichterung regelmäßig in Anspruch nahm, »den Männer erleiden müssen. Wie auch immer, jedenfalls hat Afra einen stressigen und strapaziösen Tag hinter sich. Keine Sorge, Afra. Ich weiß, was man da unternimmt.«

»Und Sie sollten anständig essen, wenn Sie sich richtig amüsieren wollen«, sagte Luciano und rieb lebhaft die Hände aneinander. Er streckte Afra freundlich eine Hand entgegen, um ihn zu beruhigen. »Ich werde dafür sorgen, daß Sie über einen angemessenen Energiepegel verfügen.«

Um seine Erregung zu überspielen, beugte Afra sich hastig über die Vorspeisenplatte und tat so, als suche er sich sorgfältig den nächsten Happen aus. Er durfte sich von Gollee auf keinen Fall anmerken lassen, wie sehr ihn diese Andeutungen verwirrt hatten. Er wußte, daß die terranischen Sitten, was sexuelle Beziehungen anging, erheblich lockerer waren als auf Capella, aber eine solche Sache beim Essen zu besprechen – ein Essen, das dazu gedacht war, zu eben dieser Tätigkeit anzuregen und zu stärken – war ein Schock. Doch sowohl Gollee wie Luciano schienen es als einen selbstverständlichen Abschluß eines anstrengenden Tages zu betrachten.

»Und ich habe einen ganz besonderen Wein ...«

»Wir sind minderjährig«, protestierte Afra schwach.

»Natürlich, ich weiß«, dabei breitete Luciano die Arme zu einer verständnisvollen Geste. »Wir haben jede Menge Traubensaft auf Lager.« Und er zwinkerte Gollee zu, der ihn breit angrinste.

Als der ›Traubensaft‹ serviert wurde – in gewöhnlichen Wassergläsern –, stellte er fest, daß er ganz anders schmeckte als jeder andere Fruchtsaft, den er bisher getrunken hatte, und seinen Mund mit einem säuerlichen Geschmack erfüllte, der sich auf angenehmste Weise bis in die Kehle und den Magen ausbreitete. Aber da er auch noch nie Wein gekostet hatte, wußte er nicht, was man ihm wirklich serviert hatte.

Im Laufe des Abends, während er und Gollee sich durch die vielen kleinen Gänge aßen, die ihnen vorgesetzt wurden, bemerkte er, daß er sich entspannte. Und nachdem der Gedanke, seine Jungfräulichkeit zu verlieren, anfangs sein Gewissen beunruhigt hatte, gelangte er zu der Überzeugung, daß er – und sei es nur aus Höflichkeit –, wo doch sowohl Gollee, der in seinem Alter war, und Luciano, ein reiferer Mann, einen Besuch in einem Freudenhaus als angemessenen Teil eines geselligen Tages betrachtete, gegen die Pläne seines Gastgebers keine Einwände erheben sollte. Denn immerhin hatte Reidinger Gollee zu seinem Führer bestimmt, und Gollee hatte erwähnt, daß er häufig Besucher eskortierte. Es wäre sicher unhöflich von Afra, sich prüde anzustellen. Afra errötete, als ihm plötzlich die Bemerkung in den Sinn kam, die Reidinger ihm übermittelt hatte. Warum nicht ... Er schob den Gedanken entschlossen von sich. Vielleicht wäre es wirklich diskreter, seine Anspannung hier auf der Erde abzubauen, statt anhaltende Nachwirkungen des Stresses nach Kallisto mitzunehmen.

Als schließlich der letzte Bissen verzehrt und das letzte Glas Traubensaft geleert war, hatte Afra keine Gewissensbisse mehr bei dem Gedanken, sich dem nächsten Punkt auf Gollees gastfreundlicher und hilfreicher Tagesordnung zuzuwenden. Als Afras Führer ihn in ein großes, gut unterhaltenes Gebäude in einem diskreten, parkartigen Viertel führte, war er nicht mehr im mindesten besorgt. Das Etablissement war geschmackvoll eingerichtet, und Gollee wurde herzlich begrüßt, so auch Afra. Er sträubte sich nicht einmal, als er dem obligatorischen Gesundheitstest unterzogen wurde und dafür aus dem Ohrläppchen eine Blutprobe abgenommen bekam. Er errötete nicht einmal, als er aufgefordert wurde, seine ID-Scheibe in den Leseschlitz einzuführen, damit der Zeitpunkt seiner letzten Verhütungsinjektion überprüft werden konnte. Gollee unterhielt sich während der Präliminarien allerdings ausgiebig mit dem Besitzer, so daß Afra kaum Gelegenheit bekam, gegen ein Routineverfahren zu protestieren, das man kaum als aufdringlich, sondern nur als Vorsichtsmaßnahme zu beiderseitigem Nutzen bezeichnen konnte.

Auch die Auswahl eines Partners erfolgte in beiderseitigem Einverständnis, was Afra nicht weiter auffiel, denn er war ziemlich verblüfft, als fünf attraktive Frauen mit einladendem Lächeln auf ihn zukamen und ein Gespräch begannen. Als der Waschbär in den Gesellschaftsraum schlich und neben Afra stehenblieb, war er bezaubert.

»Das kann doch keine Barkkatze sein!« rief er.

»Ganz richtig, ist es auch nicht«, sagte das größte der fünf Mädchen lachend, die ihr dunkles, lockiges Haar zu einem dichten Büschel auf dem wohlgeformten Schädel gebunden trug. Sie hatte ungewöhnlich blasse blaue Augen, die Afra faszinierten, weil er nie dergleichen gesehen hatte. »Es ist ein Waschbär; dasjenige Haustier von uns Planetenbewohnern, das der Barkkatze am nächsten kommt. Sie sind allerdings nicht ganz so intelligent«, wobei der Waschbär Afra mit einem geknurrten Protest amüsierte, »aber sie haben ihre eigenen Qualitäten. Amos, das ist Afra. Afra, darf ich Ihnen Amos vorstellen?«

Zur Überraschung des Capellaners sprang ihm der Waschbär sofort in den Schoß, richtete sich auf die Hinterpfoten auf, legte ihm die Pfoten an die Wangen und schnüffelte an seinem Mund.

»Sie haben einen neuen Freund!« sagte das Mädchen, aufrichtig beeindruckt. »Amos stellt hohe Ansprüche.«

Afra wußte nicht recht, wie er reagieren sollte, bis er den beifälligen Ausdruck in Gollees Gesicht sah. Und als Amos wieder von seinem Schoß hinuntersprang und aus dem Zimmer spazierte, rückte Kama mit den blaßblauen Augen so nah an Afra heran, daß ihre Beine sich berührten.

Als Kama so verführerisch nah neben ihm saß, verwandelte sich der gemütliche Gesellschaftsraum und das verbale Geplänkel unvermittelt in eine höchst intime Situation. Als klar wurde, daß Afra nicht so recht wußte, wie es weitergehen sollte, wenn sie erst miteinander allein waren, wurde sie sehr entgegenkommend.

»Bin ich deine erste? Nun, wichtig ist nur, das zu tun, was sich ganz natürlich ergibt«, sagte sie und massierte sanft seine angespannte Schultermuskulatur. »Das erste Mal war für mich etwas ganz Besonderes. Ich könnte es auch für dich zu etwas ganz Besonderem machen«, fügte sie mit einem kehligen Kichern hinzu, »vor allem wenn Amos dich empfohlen hat.«

Dank Afras Nervosität geriet der erste Versuch mehr zu einer Katastrophe als einer Erleichterung. Kama schenkte ihm das sanfteste Lächeln der Welt und gab ihm zu verstehen, daß sie sich einfach Seite an Seite entspannen und besser aneinander gewöhnen sollten. Sie streichelte weiter mit hauchzarten Berührungen über seinen Körper, so daß er bald bereit war, einen zweiten Versuch zu wagen. Dieser war nicht nur für beide ungemein erfolgreich, sondern Afra spürte auch, daß ihre Erregung ebenso echt war wie seine. Das spornte ihn zu weiteren Bemühungen um Kama an, die von seiner Kraft ebenso beeindruckt war wie von seinem Einfallsreichtum.

Als sie eine ganze Zeit später in einem immer noch dunklen Zimmer träge erwachten, fragte Afra, ob ihre Beziehung zeitlich oder im Umfang begrenzt sei.

»Bei dir nicht, mein Liebling«, erwiderte Kama und schwang sich energisch auf ihn, »bei dir niemals!«

Als er nach Kallisto zurückkehrte, fühlte er sich gleichzeitig erschöpft und erholt und stolperte, als er in sein Quartier wankte, über die Pakete, die im Flur und sogar im Bad aufgestapelt standen. Der Zeitmesser machte ihn darauf aufmerksam, daß ihm nur noch fünf

Stunden bis zur nächsten Schicht blieben. Er nahm sich vor, in vier Stunden aufzustehen, damit er sich waschen und etwas Passenderes anziehen konnte als die Freizeitkleidung, die er Stück für Stück abstreifte, als er sich ins Bett begab. Er hatte heute auch eine Menge Hemmungen abgestreift, obwohl es ihn eine ganze Zeit kostete, bis er sagen konnte, um welche es sich handelte.

Während der Arbeitsphase bekam er einen Eindruck davon, welches Temperament Rowan hatte. Er war so entgeistert darüber, ausgerechnet eine *Prima* in Rage zu erleben, daß ihn nichts mehr überraschte. Seine Vertrautheit mit dem Tower von Kallisto erlaubte es ihm, auf die kleinere Krise reflexartig zu reagieren, Rowan zu beruhigen und den Neuankömmling an ihren Einflußbereich im Tower weiterzulenken. Dann machte er von einer Technik Gebrauch, die er bereits entwickelt hatte, um sich gegen Langweile zu wappnen, und fuhr auf seine übliche ruhige und unerschütterliche Art mit den Übertragungen fort.

Erst als der Tower viele Stunden später schloß, bemerkte er, daß alle anderen mit den Nerven am Ende waren.

»Wie hast du das geschafft, Afra?« fragte Brian, als Rowan in ihr Quartier davongestürmt war, einen Wirbel unbändiger Gefühle im Schlepptau.

»Was geschafft?« fragte Afra und blickte von dem Vogel auf, den er gerade faltete. Seine Hände und Finger waren so geschickt wie immer.

»Sie zu ignorieren, während sie uns so das Hirn vollgedröhnt hat.«

Afra blickte mit einem Grinsen auf. »Ja, damit bringt sie uns wirklich auf Touren.« Er durfte auf keinen Fall zugeben, wie sehr ihn ihr offen zur Schau gestelltes Temperament bestürzt hatte. Aber es hatte ihn auch eher fasziniert als verwirrt.

Brian schluckte. »Macht sie es deshalb?«

Afra zuckte die Achseln und breitete die Flügel des

kleinen blauen Vogels aus. »Sie ist die Prima. Sie kann tun, was sie für richtig hält.«

Brian runzelte die Stirn. »Das tut sie immer«, bemerkte er säuerlich und machte sich wieder daran, das Durcheinander von Kopien, gebündelten Akten und Speichermedien aufzuräumen, das seinen Schreibtisch bedeckte. »Wenigstens waren es nur Frachtsendungen.«

Während er eifrig seine neuen Besitztümer auspackte, überhörte Afra das erste zaghafte Klopfen an die Tür seines Quartiers. Aber dann machte eine mentale Präsenz ihn auf das zweite Pochen aufmerksam.

»Herein«, sagte er und ließ zwei Kartons von der Tür wegschweben, damit die Tür aufschwingen konnte.

Sie öffnete sich langsam, und Afra war erstaunt, daß unversehens Rowan hereinlugte, als wäre sie unsicher, ob sie willkommen sei.

»Komm rein, komm rein«, sagte er, ›fegte‹ Verpackungen und Styroporkügelchen in einen leeren Karton und schloß den Deckel.

Rowan schlüpfte herein, schloß hinter sich die Tür und betrachtete ihn mit vor Sorgen großen Augen.

»Stimmt etwas nicht?« Ihr Gesicht hatte eine seltsame Farbe, und ihre Haltung bildete einen dramatischen Gegensatz zu dem streitsüchtigen Weib, das vor knapp einer Stunde aus dem Tower gestürmt war.

»Ich möchte mich bei dir entschuldigen, Afra«, sagte sie mit gedämpfter Stimme.

»Sie ist ein sehr einsames Mädchen.« Afra verdrängte schnell die Erinnerung an Reidingers unausgesprochene Einschätzung.

»Weil ich unten Urlaub machen kann und du nicht?« Er hatte nicht den Eindruck, daß sie seine Gedanken las, und er wollte auch nicht gegen die Ethik der Talente verstoßen, indem er ihre zu lesen versuchte – ob sie nun in reumütiger Stimmung war oder nicht.

»Ich glaube, das war der Tiefpunkt«, sagte sie und

sank mit einem schweren Seufzen in eins der großen Sitzkissen, die er gerade ausgepackt hatte. Dann schüttelte sie heftig den Kopf. »Nein, daran lag es nicht. Ich muß ehrlich zu dir sein, wenn wir weiter ein entwicklungsfähiges Team bleiben wollen.« Sie sah mit ihren grauen in seine gelben Augen. »Du hast eine gewisse Anspannung abgebaut. Ich kann es nicht.« Sie hob die Hand, als er etwas sagen wollte. »Reidinger war von dir beeindruckt, weißt du.«

»Das wußte ich nicht.«

Ihr Achselzucken war mehr eine leise Regung ihrer Schultern. »Du wärst nicht hierher zurückgekehrt, wenn es anders wäre.«

»Ich dachte, Primas treffen ihre eigene Entscheidung ...«, und Afra grinste sie an.

Sie brachte ein schwaches Lächeln zustande, aber ihr Körper verlor einen Teil seiner Anspannung. »Ich brauchte nicht einmal mit ihm zu streiten.«

»Der Stier hat ihm gefallen!«

Diesmal erschien ein aufrichtiges Lächeln in Rowans schmalem Gesicht. Sie reckte den Hals, um zu ihm aufzublicken, und er kam ihr entgegen, indem er sich auf den neuen Tisch setzte, den er eben zusammengebaut hatte.

»Es hat ihm gefallen, ihn an den Eiern anzufassen, und *das*«, sie zeigte mit dem Finger auf ihn, »war deine Idee!«

»Aber es war *deine* Idee, ihn mit einem Origami abzulenken.«

Ihr Grinsen wurde breiter. »Aber trotzdem mußtest du die Initiative übernehmen, und das hast du auch getan.«

Afra legte den Kopf schräg. »Hast du zugehört?«

Mit vor Empörung großen Augen schüttelte sie heftig den Kopf, wobei ihr offenes und leicht feuchtes Haar an ihrer Wange hängenblieb, bis sie die Strähnen zurückstrich. »Ich nicht. Ich schätze, wenn es wirklich sein *müßte*, könnte ich in Reidingers Unterkunft gelangen. Aber dafür würde ich eine wirklich gute Entschuldigung brauchen. Wie ich sehe, hast du deine Zeit unten auf sinnvolle Weise verbracht«, wechselte sie das Thema und sah sich interessiert seine Einkäufe an.

Afra schaffte es zu verhindern, daß sein Gesicht rot anlief, als er daran dachte, wie er einen Teil dieser Zeit verbracht hatte. »Ja, gut«, sagte er und ›hob‹ einen noch ungeöffneten Karton an. »Ich habe nicht viel mitgenommen, weißt du ...«

»Ja ...«

»Und offenbar durfte ich alle möglichen Sachen herbringen lassen, deshalb ...« Er benutzte seine starken Hände, um das Siegel aufzubrechen, und holte die Lampe heraus, die wie einer seiner Origami-Reiher, nur aus zerbrechlicher Keramik gefertigt war. »Da konnte ich nicht widerstehen ...« Er hielt sie hoch, und Rowan reagierte mit großzügigen Komplimenten.

»Was hast du sonst noch gekauft? Außer«, dabei lächelte sie schelmisch, »mehreren Ries Origamipapier.«

Sie half ihm, den Rest seiner Einkäufe auszupacken, und beriet ihn bei der Einrichtung und Dekoration.

»Würdest du gern etwas essen oder trinken?« fragte er sie, als er endlich das Aufkeimen von Hunger und Durst verspürte, das die Anforderungen des Tages überspielt hatten.

»Nein, heute abend nicht, glaube ich, Afra. Wenn du so nett wärst, mir morgen abend Gesellschaft zu leisten, würde ich mich sehr freuen.« Sie warf den Kopf zurück und suchte Blickkontakt. »Ich bin eine gute Köchin.«

Am nächsten Morgen war Rowan gedämpfter Laune, leistete aber zügige Arbeit und benahm sich im Verhältnis zum Vortag weit umgänglicher. Dennoch war Afra am Ende der Schicht unwohl bei dem Gedanken, daß Rowan auf ihre Einladung zurückkommen würde.

Er war angenehm überrascht, als sie fragte: »Ist sechs Uhr zu früh?«

Afra schüttelte den Kopf. »Nein, überhaupt nicht.« Ihr Blick erstrahlte. »Soll ich etwas mitbringen?«

Rowan lächelte ihn warm an. »Etwas Origamipapier, wenn ich mich darauf verlassen kann, daß ich dich nicht bestehle.«

Mit einem Bündel in verschiedenen Farben und Größen blieb Afra nervös vor ihrem Quartier stehen. Er holte tief Luft und drückte die Hand an das Namensschild an der Tür.

Komm rein, sagte Rowan, und die Tür glitt auf.

Afra trat einen Schritt ein und ging nicht weiter, als er Rowans geräumiges Quartier erblickte. Er war mit seiner eigenen Unterkunft mehr als zufrieden, aber das hier! – das war geradezu ein Palast. Natürlich war sie eine Prima und alles andere als ein solcher Luxus wäre eine Beleidigung gewesen. In jedem Fall wurde sein Blick hier und dort vom geschmackvollen Arrangement der Skulpturen, Gemälde und dem Stil des Mobiliars angezogen. Sie hatte einen schlichten, aber außergewöhnlich eleganten Geschmack.

Und nach dem dezenten Aroma zu urteilen, das durch den Flur schwebte, betraf das auch ihre Kochkunst. Er atmete tief durch. »Riecht toll!«

»Das spannt dich auf die Folter, was?« rief Rowan und lugte aus der Durchreiche zur Küche. »Es dürfte noch besser schmecken, als es riecht«, fügte sie hinzu und winkte ihn zu sich.

Sie ließ drei Töpfe auf dem Kamineinsatz köcheln. Aus einem davon nahm sie einen Löffel voll und hielt ihn Afra hin.

»Möchtest du mal probieren?«

Afra beugte sich rücksichtsvoll hinunter, um von dem angebotenen Löffel zu kosten. Zum Spaß zog Rowan den Löffel zurück, aber langsam genug, daß Afra von ihrem Spielchen zunächst nichts bemerkte. Er machte Anstalten, sie am Handgelenk zu packen, zog aber erschrocken seine Hand zurück, weil es sich nicht gehörte, ein anderes Talent, insbesondere eine Prima, zu berühren, ohne dazu aufgefordert zu sein.

Rowan spürte seinen Blick und sein Gefühl. »So ernst!« bemerkte sie traurig. »Haben junge Capellaner denn nie Spaß?«

Afra spürte, wie sich seine Wangen röteten, als ihm ungewollt eine Erinnerung durch den Kopf ging. Rowans Lächeln verblaßte, und sie drückte ihm den Löffel in die Hand.

»Ich habe es vorher noch nie getan, Rowan«, platzte Afra mit einer Entschuldigung heraus, sowohl für seine Schamlosigkeit wie auch für das Mißgeschick, es sich in ihrer Gegenwart anmerken zu lassen. »Ich ... es ...« Er rang um seine Fassung. »Ich meine, ich habe mit Gollee Gren zu Abend gegessen, er ist ein T4 und in meinem Alter. Sie schienen ... ich meine, sie haben sich so verhalten, als mache das auf der Erde jeder so. Gollee, Luciano und ich waren wirklich gestresst. Ich fühle mich heute weit weniger abgespannt. Ich ... ich hoffe, ich habe gut gearbeitet ...«

Plötzlich erschien ein zauberhaftes Lächeln auf Rowans Lippen. »Ich hoffe, du hast dich gestern abend auch gut geschlagen.« Ihr Lächeln wurde noch intensiver, als er über ihre Bemerkung entgeistert aufkeuchte. »Nun, ich hoffe es deinetwegen, Afra. Und ihretwegen auch.« Sie wandte sich wieder dem Ofen zu und rührte in einem Topf kräftig um. »Das erste Mal ist immer etwas Besonderes.« Sie sah ihn von der Seite an. »Ich war achtzehn damals, und er war auch etwas Besonderes.« Mit einer abrupten Drehung der Hand drehte sie die Temperatur herunter und begann die Gerichte in Servierschalen zu schöpfen. Sie bedeutete Afra, zwei zu nehmen und ging mit den anderen beiden ins Speisezimmer voraus.

Als sie Platz genommen hatten, erklärte sie, um welche Gerichte es sich handelte. »Eine Art Hors d'œuvre auf chinesische Art – Rindfleisch mit Ingwer, Huhn mit Cashewnüssen, Kung Pao-Huhn und ...« – sie runzelte die Nase über das letzte Gericht und schloß verschwörerisch – »... etwas Tiefgefrorenes aus dem BX.«

»Aber das hast du doch nicht alles gemacht, seit die Generatoren heruntergefahren worden sind«, protestierte Afra, der nicht glauben konnte, daß eine Prima einen solchen Aufwand für einen T4 trieb.

Rowan tat seine Bedenken mit einem Wink ab. »Ach, hat nur Minuten gedauert! Lusena ...« Sie verstummte.

»Eine Freundin?« fragte Afra, um das unangenehme Schweigen zu beenden, das entstand.

»Die einzige Mutter, an die ich mich erinnere«, erwiderte Rowan. Sie tippte sich mit einem Achselzucken an den Kopf. »Und mehr als eine Mutter. Hast du schon einmal jemanden verloren, der dir nahestand?«

Afra schüttelte den Kopf und wünschte sich, ihre traurige Stimmung irgendwie aufheitern zu können. »Nein, aber ich habe nächtelang geweint, als meine Schwester ...« Er brach zu spät ab und sah Rowan einfältig an. »Ich war erst sechs, und sie und ich hatten immer ein besonderes Verhältnis zueinander. Ich habe dir verziehen, daß du sie mir weggenommen hast, als sie mir sagte, daß du einen Platz für mich reservieren würdest.«

Rowan grinste. »Goswina hat mir einen Eindruck davon verschafft, was für ein bezaubernder kleiner Junge du warst. Und sie war deshalb so sehr darauf bedacht, die Familienehre nicht zu beflecken, weil wir beide wußten, daß wir nicht zusammenarbeiten konnten. Ich habe gespürt, daß es eure Familie eine große Freude bereitet hätte, wenn wir uns einig geworden wären.« Ihr Lächeln gewann wieder eine schelmische Note. »Ich wollte immer einen kleinen Bruder. Du bist mir für diese Rolle perfekt vorgekommen.«

»Trotz meiner grünen Haut?«

Rowan lachte. »Die Haut ist nur die Außenschicht, Afra.« Sie streckte die Hand aus, um sein Haar zu zerzausen. Von einer so intimen Geste auf dem falschen Fuß erwischt, duckte Afra sich beinahe weg, ließ die Liebkosung dann aber bescheiden über sich ergehen; eine ganz andere Berührung als die von Kama. »Tut mir leid, daß ich dich so traktiere, Afra. Ich weiß ja, daß Capellaner zu sehr dem methodistischen Bekenntnis anhängen, um sich gehenzulassen, aber ich glaube nicht, daß du das so streng siehst.« Sie hob neckisch eine Augenbraue, und er versuchte nicht zu erröten, und sei es nur, um ihre Absicht zu durchkreuzen. »Rebellisch, doch gefaßt, beherrscht, gelehrig, geschickt, mit einem zaghaften Sinn für Humor und sehr lustig. Afra mit den vielen Facetten.«

Wieder schlug ihre Stimmung abrupt um. »Ich bin froh, daß Goswina dich empfohlen hat. Wir arbeiten gut zusammen.« Dann preßte sie die Lippen aufeinander und sah finster drein, bis er sie anschaute und sich fragte, was er falsch gemacht hatte. Sie drang mit Blicken ihrer grauen Augen in ihn. »Afra, ich brauche vor allem einen Freund.« Sie kam seiner hastigen Versicherung zuvor. »Ich kann Kallisto nicht verlassen. Ich kann niemals selbst nach einem Gefährten suchen. Ich muß abwarten und sehen, wen Reidinger mir schickt.« Sie zog eine Grimasse, die ihre Schönheit ziemlich entstellte. Und indem sie ihr langes silbernes Haar in einer schwungvollen Bewegung auf den Rücken warf, fügte sie hinzu: »Das muß ich als eine Bürde meiner Rolle als Prima akzeptieren, aber ich brauche *unbedingt* einen Freund.« Sie sah ihn fest an.

Afra hatte noch nie einen solch heftigen Ansturm von Gefühlen erlebt. Sein Gesicht wurde taub, und seine Gedanken überschlugen sich in den engstmöglichen verwirrten Kreisen, und er hoffte, daß sie in einem so delikaten Augenblick nicht seine Gedanken zu lesen versuchte. Rowan bot ihm eine tiefere Beziehung an, als er je mit einem anderen Menschen gehabt hatte, nicht einmal mit Goswina. Weniger, als Reidinger angedeutet hatte, aber aus vielen Gründen mehr, als Afra überhaupt erwarten konnte. Eine Prima bat ihn darum, die ganze sorgfältig einstudierte Choreographie des Umgangs in der Hoffnung auf eine Freundschaft fallenzulassen, wie sie wunderbarer nicht sein konnte.

Indem er langsam seine mentale Abschirmung sinken ließ, streckte Afra ihr, die Handflächen zur Decke gerichtet, die Hände entgegen. Rowan sah sie an, hielt die Luft an und schien sich für einen langen Augenblick in sich selbst zurückziehen zu wollen. Impulsiv faßte Afra ihre Hand. Sie zuckte bei der Berührung zusammen, dann krümmte sie ihre Finger.

Was soll ich für dich tun, mein Freund? fragte Afra über diesen körperlichen Kontakt hinweg, der enger war als ein bloß telepathischer Austausch. Langsam entspannte sich Rowan, und ebenso langsam ließ ein wundervolles Lächeln ihr Gesicht in ganzer Schönheit erstrahlen.

Afra vollführte eine tiefe, respektvolle Verbeugung. Er bezweifelte, ob sie je einem anderen Mitglied des Towerpersonals Genugtuung geleistet hatte. Eine Prima und ihr Stellvertreter mußten ihre Beziehung kultivieren – eine Beziehung, die sich entwickeln und intensivieren sollte. Bis zu welchem Maße? fragte sich Afra und dachte ein weiteres Mal an Reidingers Bemerkung. Was verbarg sich hinter Rowans Entschuldigungen? In den Sekunden, die es dauerte, um die Verbeugung zu beenden, kam Afra zu dem Schluß, daß es unklug wäre, etwas vorwegzunehmen. Rowan war ohne Zweifel ein einsamer Mensch, aber sie verzehrte sich nicht unbedingt nach *ihm*, ganz gleich, was Reidinger stillschweigend angedeutet hatte.

Kapitel Drei

Im Laufe der nächsten Zeit, durch eine glückliche Fügung, die Afra nie ganz verstand, vertiefte sich die Beziehung zwischen Rowan und ihm, doch nicht ganz auf die Weise, wie es Reidinger offenbar lieber gewesen wäre. Ihre berufliche Beziehung hatte sich binnen kurzem so genau eingespielt, daß selbst der Rest der Towerbesatzung Afra als den Gehilfen anerkannte, den sie immer gesucht hatte.

In emotionaler Hinsicht verstand es Afra mit der Zeit immer besser, Rowans Stimmungen einzuschätzen und das Towerpersonal, wenn nötig, zu warnen, damit es sich mental abschirmen und alles über sich ergehen lassen konnte. Manchmal gelang es ihm, ihren Zustand mit sanftem Druck positiv zu beeinflussen. Manchmal schaffte er es nicht, und dann wurde die Anspannung im Tower beinahe greifbar. Hin und wieder, wenn er das Gefühl hatte, sie sei in der Zurschaustellung ihrer Gefühle zu weit gegangen, rügte er sie auf freundliche Art, immer wieder fassungslos über ihren Mangel an Selbstbeherrschung – so wenig er auch dem Verhaltenscodex seiner Eltern anhing. Bei diesen wenigen Gelegenheiten, wenn er sie tadelte, milderte sich ihre Rage in der Regel zu einem erträglichen Wutausbruch.

Als Stationsmeister litt Brian Ackerman mehr als alle anderen. Wenn er mit seiner Kündigung drohte, wandte sich Afra an Reidinger. Natürlich ›hörte‹ Afra nie mit, was der Erdprimus zu Rowan sagte, aber danach verhielt sie sich immer einige Wochen lang erstaunlich friedlich.

Kallisto war in vieler Hinsicht ein weit schwieriger zu verwaltender Tower als jeder andere, den auf der

Erde eingeschlossen. Um so mehr Druck lastete auf seiner Prima und dem Towerpersonal. Einigen unterklassigen Talenten mangelte es an Anpassungsfähigkeit, und sie wurden ersetzt, doch im Laufe der nächsten Jahre konnte ein gewisses Gleichgewicht hergestellt und beibehalten werden. Afra schlug außerdem einen Dienstplan vor, der vorübergehende Vertretungen vorsah, wenn wichtige Mitarbeiter überlastet waren. Als ein T4 im Gesamt mit den Stationsgeneratoren war er dazu imstande und nutzte diese Fähigkeit auch, um gelegentlich Mitarbeiter für ein paar Tage Urlaub auf die Erde zu schicken, und im allgemeinen fügte sich Rowan seinen Vorschlägen, selbst wenn sie bei schlechter Laune war.

Seit Afra sich selbst mit Hilfe der Stationsgeneratoren teleportieren konnte, machte er von dieser Möglichkeit Gebrauch, wann immer eine dieser Phasen längerer Okklusion eintrat, wenn Jupiter oder einer seiner Monde den Verkehr von oder nach Kallisto unmöglich machten. Dabei erfuhr er dann mehr über den Planeten seiner Ahnen.

Den ersten Besuch stattete er allerdings Damitcha an seinem Alterssitz in einem Wald ab. Obwohl der alte Kapitän sich freute, seinen jungen Freund wiederzusehen, irrten seine Gedanken ab, und schon Afras kurzer Aufenthalt verwirrte Damitcha so sehr, daß er glaubte, er sei im Raumhafen von Capella oder Beteigeuze und sich fragte, warum Afra diesen weiten Weg von seinem Heimatsystem gekommen war.

Afra lud Gollee Gren nun häufiger zu gemeinsamen Besuchen in den Freudenhäusern ein, die in der gewaltigen, ausgedehnten Hauptstadt der Zentralwelten reichlich zur Auswahl standen. Diese Ausflüge entspannten und erregten Afra gleichermaßen. Er lernte viele hübsche Frauen kennen, naive und raffinierte, aber keine von ihnen konnte sein Interesse länger wachhalten. Er kam immer wieder gern auf die ruhige und verständnisvolle Kama zurück – selbst wenn sie ihn damit aufzog, daß er in letzter Zeit mehr mit Amos, dem Waschbär, geliebäugelt hatte als mit ihr. Aber sie wußte, daß er in ihrer Gesellschaft Trost fand, und wenn er darum bat, richtete sie sich gern so ein, daß sie mehrere Tage mit ihm im Bett verbringen konnte.

Wieder auf der Station unterhielten er und Rowan sich gern mit komplizierten Spielen und balgten sich zuweilen auf eine spielerische Weise so heftig miteinander, daß man sie für Geliebte halten konnte. Manchmal, wenn die Stimmung intim zu werden drohte, löste sich Rowan von ihm und wandte ihr Gesicht aus Scham vor dem Schmerz ab, den sie ihm zugefügt hatte. Afras strenge Erziehung half ihm, seinen Gesichtsausdruck zu beherrschen und mit seinen Worten auf sicherem Terrain zu bleiben.

Ihre Beziehung entwickelte sich zu etwas, das der Zuneigung zwischen einer Schwester und ihrem kleinen Bruder nahekam, doch von einer Intimität war, die solche Blutsbanden nie erreichen konnten. Afra seinerseits fühlte sich in dieser Rolle wohler denn als junger Geliebter einer reiferen Frau. Rowan nutzte ihren Altersvorteil gnadenlos aus, bis sie beide ihres harmlosen Gezänks müde wurden und ihm das Schweigen liebevoller Gefährten vorzogen.

Vielleicht aufgrund der Maxime, daß Vertrautheit Geringschätzung hervorbringt, verbrachte Rowan den Großteil ihrer Freizeit in seiner Gesellschaft. Afra begann ihren Geschlechtsunterschied zudem als eine Möglichkeit zu akzeptieren, mit seinen weniger kopflastigen Beziehungen besser zurechtzukommen. Wenn Kama es mitbekam, dann erwähnte sie es jedenfalls nicht. Außerdem versuchte Rowan nie mehr über Afras Freundin auf der Erde herauszufinden.

Diese Überlegung vertiefte nur Afras Einsicht in Rowans Einsamkeit, die heftig an ihm zerrte und manchmal auf Kosten seines Interesses an Kama ging. Sein tiefes Mitgefühl mit Rowan brachte ihn immer wieder in Versuchung, ihr nicht nur seelisch, sondern auch körperlich Trost zu spenden. Er versuchte in sich die Befürchtung niederzukämpfen, daß er ihr, indem er ihr keine körperliche Zuneigung zeigte, den Liebhaber vorenthielt, den sie so verzweifelt ersehnte. Aber noch mehr fürchtete er die Konsequenzen, falls er sich irrte: dann hätte er Rowan nämlich der einzigen Person beraubt, der sie noch ihr Inneres öffnen konnte. Und tief im Innern fürchtete er sich vielleicht auch davor, daß sie einverstanden sein könnte; denn er wollte nicht der Jüngere in seiner Liebesbeziehung sein, er sehnte sich danach, der Tröster, der Anker für eine junge Seele zu sein, die die Winde des Lebens verweht hatten.

Aber als sie ihre Einsamkeit immer häufiger zu erkennen gab, hoffte Afra, daß sie sich ihm zuwenden würde. Ganz sicher war er für Sex der naheliegendste Kandidat in der ganzen Galaxis, selbst wenn er wußte, daß sie seine hingebungsvolle Liebe nicht in gleicher Weise erwidern konnte.

Unbewußt suchte er nach alternativen Lösungen für Rowans Platzangst, ein Problem, das alle Primen-Talente zu betreffen schien, die Unfähigkeit, ohne heftigste Reaktionen zu teleportieren. Nach ihrem ersten Raumflug war Rowan in einem nahezu katatonischen Zustand in der Station auf Kallisto eingetroffen. Weil Afra wußte, daß Capella dieselben heftigen Reaktionen auf einen Raumflug gezeigt hatte, fragte er sich, ob es nicht eine Therapie gäbe, insbesondere für einen so jungen Menschen wie Rowan. Wenn Rowan, überlegte er, der Kallisto-Station entkommen und ›den Propheten zum Berge‹ bringen könne, hätte sie wenigstens die Gelegenheit, sich gehenzulassen, ohne daß ihre Mitarbeiter gleich etwas davon mitbekämen. Deshalb schlug er vor, daß sie ihre Aversion gegen Raumflüge zu überwinden versuchte, indem sie kleinere Flüge von der Oberfläche in einer speziell hergerichteten Kapsel unternahm, die gegen alle Bewegungen gepolstert war und keinen Blick nach draußen erlaubte. Während er mit seinen Geisteskräften den Kraftaufwand zur Teleportation minimierte, versuchte Rowan ihre Platzangst zu neutralisieren. Mit der Zeit konnte sie es ertragen, sich für kurze Zeit über den Kallisto hinaus teleportieren zu lassen. Afra wagte es nicht, es mit diesen Übungen zu übertreiben.

Eines Tages nahm der achte Planet des heißen Deneb, der von einer fremden Streitmacht bombardiert wurde, mit Kallisto Kontakt auf und bat verzweifelt um medizinisches Personal, um die Seuchen zu bewältigen, die aus dem Weltraum auf den Kolonialplaneten eingeschleppt worden waren. Und der Geist, der diesen Kontakt herstellte, war männlich, jung, kraftvoll und ungebunden.

Als Rowan eine mentale Verschmelzung vorschlug, um die Angreifer an Denebs Himmel abzuwehren, war Afra so freudig erregt wie wachsam. Aber die geistige Verschmelzung mit Jeff Raven, so erfolgreich sie bei der Vernichtung der Angreifer war, veranlaßte Rowan nicht dazu, Kallisto zu verlassen und sich diesem starken jungen Mann auf seinem Heimatplaneten anzuschließen. Ihre Verzweiflung erreichte einen paralysierten Nadir, der so tief reichte, daß sich Afra – und auch Brian – um ihre geistige Gesundheit sorgten.

Afras Wutausbruch, als er erfuhr, daß Reidinger diese Affäre zur Überwindung von Rowans Phobie ausnutzen wollte, überraschte jeden in seiner Heftigkeit. Vor allem Reidinger schätzte den jungen Capellaner als eine ruhige Seele ein. Während er seinen Ärger in Zaum hielt, als eine sehr bestürzte Rowan erschien, blieb er entschlossen, sich der Auseinandersetzung mit Reidinger zu stellen, sobald es möglich war; schließlich hatte *er* die Situation bisher gut im Griff gehabt!

Der Tag forderte ihnen alles ab, in erster Linie wegen der deprimierten Atmosphäre, die Rowan ausstrahlte, weniger wegen der Anstrengung bei der Beförderung der Lasten. Als Afra sich am Ende überlegte, wie er seiner Prima am besten helfen könne, erschien ein junger Mann in schlichter Reisegarderobe im Kontrollraum.

»Sind Sie mit diesem letzten Shuttle eingetroffen?« fragte Ackerman den Fremden höflich. Ackerman überhörte die Antwort, während er den Mann sorgfältig in Augenschein nahm. Er war müde, strahlte aber eine Gelassenheit aus, die nur von einer leichten Wehmut und einer größeren Nervosität getrübt wurde.

»He, Afra, wolltest du nicht einmal Jeff Raven kennenlernen?« Ackermans Stimme ließ ihn hochschrekken. Raven, wiederholte Afra in Gedanken. Deneb, erwiderte ein anderer Teil seines Ichs kühl. Von Deneb hierher? Afra fiel es schwer, daran zu glauben; Primen reisten nicht. Jeff Raven sah ihm in die Augen.

»Hallo«, murmelte Afra und bereute es, daß sein Blick nach innen ihn verraten hatte.

»Hallo«, erwiderte Raven, und sein Grinsen änderte sich unmerklich. Afra ließ seinem Gesicht nichts anmerken, aber er wußte Bescheid. Er sah kurz weg und wußte nicht, ob er sich weiter beherrschen konnte ...

Was, zum Teufel, ist da unten los? fragte Rowan mit einer Spur ihrer üblichen Reizbarkeit. *Warum ...*

Und dann, was gegen sämtliche ihrer eigenen Vorschriften verstieß, stand sie plötzlich mitten im Raum. Sie warf Afra einen knappen Blick zu, der mit dem Kopf in Richtung Jeff Raven deutete.

Der Denebier trat an ihre Seite und berührte sie sanft an der Hand. »Reidinger sagte, du brauchst mich.«

Reidinger sagte, du brauchst mich ... Die Worte hallten wie Glockenklänge in Afras Kopf nach. Er beobachtete aufmerksam, wie Rowan reagierte. Hinter ihrer Abschirmung versteckt, halb ekstatisch, halb niedergeschlagen, dachte Afra: *Schenke ihr die Zuwendung, die sie braucht! Gib ihr, was sie von mir nicht nehmen will!*

Und dann gingen die beiden Talente und stiegen die Treppe in Rowans einst so einsamen Tower hinauf. Afra brach das ehrfürchtige Schweigen der restlichen Stationsbesatzung, indem er sich einen Keks aus der Schachtel in Ackermans bewegungsloser Hand nahm.

Mit vor Tränen feuchten Augen angesichts der widersprüchlichen Gefühle, die in ihm miteinander rangen, rief Afra: »Dieses Paar kommt zwar auch ohne unsere Hilfe aus, Leute, aber wir können unseren Teil dazutun und uns etwas beeilen!«

Im Laufe der nächsten Tage verbrachte Afra seine Freizeit, indem er sich an den Gedanken gewöhnte, daß er nicht mehr zu befürchten oder zu hoffen brauchte, Rowan würde eines Tages doch mehr als nur verbalen Trost von ihm wünschen. Dann erkannte er mit zunehmender Beunruhigung, daß Rowan trotz all seiner Hoffnungen und Ängste in einer schrecklichen Vorhölle feststeckte: sie liebte, konnte aber nicht in den Armen ihres Geliebten liegen. Jeff Raven hatte bewiesen, daß Primen-Talente die Leere des Weltraums überwinden konnten, ohne die schreckliche Orientierungslosigkeit zu erleiden, die Siglens Trauma all ihren Schützlingen zugefügt hatte, aber Rowan mußte sich dieser Bürde erst noch selbst entledigen.

Afra war erfreut, wenn auch erschöpft, als Rowan ihn eines Morgens aufweckte und von ihm verlangte, ihr bei der Überwindung ihrer Neurose zu helfen. So sehr er ihr auch sofort helfen wollte, empfahl er ihr, sich erst auszuruhen und am nächsten Morgen einen neuen Versuch zu wagen.

Zwei Stunden bevor Kallisto aus dem Schatten Jupiters trat und die Station ihren Arbeitstag beginnen konnte, beförderte Afra Rowans Kapsel vorsichtig in den Weltraum hinaus, wobei er sein Gesamt mit den Stationsgeneratoren zu Hilfe nahm, um sie langsam in einen Marsorbit hineinzuschieben ...

Afra freute sich, als er Rowans säuerlichen Kommentar hörte.

Ich kann hier nicht die ganze Zeit im Lager rumhängen ...

Das tust du auch nicht, Rowan, sagte er. *Du bewegst dich in der Nähe des Deimos.*

Sie geriet in Panik, und Reidinger schrie ihn an, aber das war es wert. Afra war sich ganz sicher, daß er ihr mit der Zeit helfen konnte, ihre Furcht zu überwinden, denn jetzt, da sie einen Seelenverwandten gefunden hatte, war er zu allem bereit, damit sie bei ihm auf Deneb sein konnte.

Als Afra ihre Kapsel in die Station zurückgeholt und die Luke geöffnet hatte, nahm er sie an der Hand und schraubte ihren Energiepegel wieder hoch. Er achtete darauf, seine Gedanken wieder abzuschirmen, damit Rowan sie nicht lesen konnte; nicht nur deshalb, weil er nicht wollte, daß sie von seinen Plänen erfuhr, sondern auch, weil er sich über seine Gefühle nicht ganz im klaren war.

Du brauchst das nicht wie ein alltägliches Vorkommnis zu behandeln, weißt du, sagte sie mit einiger Härte.

Warum nicht? Das sollte es sein! Er wandte sich mit einem blasierten Lächeln ab. Sie kniff ihn. *Au!* Er entwand sich ihr.

Der Spaß, den er daran hatte, war allerdings nur kurzlebig. Am nächsten Morgen, als Rowan daran dachte, sich zur Erde zu begeben, hatte er etwas dagegen.

»Wir haben einige ziemlich schwere Lasten zu bewegen«, warnte er sie. Aber sie sah ihn finster an, und Afra fragte sich, ob er sie während der unumgänglichen Einstimmungsphase ertragen könne. Rowan befahl dem Personal, es solle sich ohne sie oder ihn auf den Arbeitstag vorbereiten, dann trat sie ihm schroff entgegen.

»Ich will noch einmal zum Deimos. Sofort!«

»Wie du wünschst.« Afra gab taktvoll nach. Vorsichtig beförderte er sie noch einmal in die Nähe des größten Marsmondes.

Ist die Erde von dieser Position aus sichtbar? fragte sie ihn.

Er drehte die Kapsel und erklärte ihr, wie sie mit Hilfe der Bedienungselemente eine vergrößerte Ansicht der Erde und ihres Mondes erhalten konnte. Aber die Dunkelheit war zuviel für sie, und in dem Augenblick, als er ihren Anfall von Furcht empfand, holte er sie auf der Stelle zurück.

Ganz ruhig, Rowan! versuchte er sie zu beruhigen. Aber ihre Reaktionen gerieten so heftig, daß sie selbst Jeff Raven draußen auf Deneb erreichten.

Du hast mich halb zu Tode erschreckt! sagte er ihr.

Jeff, sagte Afra, der befürchtete, daß man ihm Vorwürfe machen würde. *Es ist alles in Ordnung mit ihr.* Afra unterstrich seine Antwort, indem er eine metamorphe Botschaft an Rowan übermittelte, um ihre Spannung abzubauen. Innerlich war er wütend: Was, um Gottes willen, blockierte sie denn so sehr? Versuchte *er* etwa, sie zurückzuhalten? Trieb er sie an, um ihren Zusammenbruch zu provozieren? Afra behagte der Gedanke nicht, daß in seinem Herzen eine so schäbige Eifersucht lauern könnte. *Ich will, daß sie glücklich ist,* redete er sich standhaft ein. *Ich werde glücklicher sein, wenn auch Rowan glücklich ist.*

Der Tag nahm einen unangenehmen Verlauf, und Afra balancierte die ganze Zeit auf einem Drahtseil beim Versuch, Rowan nicht aufzuregen. Aber sie arbeitete eher wie eine Maschine, weder heiter noch mürrisch. Sie beendeten gerade die Schicht, als ein Notsignal für eine dringende Fracht sie erreichte.

Irgendein Schwachkopf von der Flotte, nach der ID-Nummer zu urteilen, bemerkte Brian Ackerman säuerlich. Unter dem Rest der Mannschaft breitete sich Schweigen aus, bis Afra sich der Personenkapsel zuwandte. Jeff Raven stieg aus, rief allen Anwesenden einen fröhlichen Gruß zu und lief, indem er jeweils zwei Stufen auf einmal nahm, die Treppen zu Rowans Tower hinauf.

»Auf dieser Liste steht nichts, was wir nicht selber bewältigen können!« erklärte Afra und drückte Ackerman die Frachtliste in die Hand zurück. »Mach die Generatoren wieder betriebsbereit!«

»Aber Afra ...«, begann Ackerman flehentlich.

»Kein aber!« Afras gelbe Augen glühten heiß. »Wir werden die beiden nicht stören.« Er deutete mit entschiedenen Gesten durch den Kontrollraum. »Mauli und Mick sollen sich hier melden; sie haben schon einmal mit mir gearbeitet.«

»Ja, aber nur, wenn Rowan auch am Gesamt beteiligt war«, beschwerte sich Ackerman.

Mach mir keine Vorschriften, Brian, erwiderte Afra unwirsch, seine übliche Selbstsicherheit so stark erschüttert, daß er auf einen telepathischen Kontakt verfiel. Er wandte in einer schweigenden Entschuldigung den Kopf ab und fügte laut hinzu: »Das sind wir ihnen einfach schuldig.«

Ackerman seufzte schwer und nickte. Dann wandte er sich den andren zu, die im Kontrollraum herumstanden. »Ihr habt ihn gehört, Leute! Wir haben noch Arbeit!« Er grinste den großen Capellaner verschwörerisch an.

»Jetzt versuch nicht gleich zu kündigen, weil *ich* dich angefahren habe!« Afra tadelte ihn mit ausgestrecktem Zeigefinger.

»Das würde mir im Traum nicht einfallen!« erwiderte Brian heiter. »Also, das hier ist die erste Ladung ...«

»Das ist die letzte Ladung«, sagte Brian und hielt dem Capellaner die Datenblätter hin. »Afra? Die letzte Ladung.«

»Ja? Wunderbar.« Afra blickte erschöpft auf und nahm müde die Papiere entgegen. Hinter ihm drehten Mauli und Mick sich ein Stück in ihren Stühlen herum. Er ging langsam zu ihnen hinüber. »Mauli? Mick?« Er sah auf sie hinunter. »Nur noch eine.«

Die Zwillinge schwankten, als sie sich langsam erhoben. Afra entschuldigte sich dafür, daß er sie an den Händen faßte. »Der körperliche Kontakt wird es euch einfacher machen.«

Zum Glück war es nur ein kleiner Leichtfrachter. Afra hatte den Verdacht, daß Brian ihn absichtlich zurückgehalten hatte. Es verlangte den dreien eine beträchtliche Anstrengung ab, das leere Schiff zurück in den Erdorbit zu befördern.

He! Aufpassen! fluchte Reidinger und stabilisierte das schwankende Schiff, als es knapp über der Erdatmosphäre im Orbit auftauchte. *Noch näher, und ihr hättet Sri Lanka überschwemmt!*

Afra ignorierte die Bemerkung, wie sie es den ganzen Tag während ihrer Kontakte mit dem Erdprimus getan hatten. Reidinger war mit dem Vorwand abgespeist worden, daß Rowan wütend auf ihn war und nicht mit ihm reden wollte. Rowan hatte derlei noch nie getan, aber Afra war davon überzeugt, daß sie sich über den Trick amüsieren würde, wenn er später Gelegenheit hätte, es ihr zu erklären.

»Afra ...«

»... wir können das nicht mehr«, erklärten Mauli und Mick unisono.

Afra sah sie forschend an, dann deutete er mit einem reumütigen Nicken an, daß er sie verstand.

»Wir erwarten aber morgen ein Passagierschiff«, vertraute Ackerman ihnen an, der schon die Frachtliste für den nächsten Tag auf dem Bildschirm hatte. »Ihr seid geschafft. Ich erklär's Rowan morgen früh.«

Afra schüttelte den Kopf. »Nein, darum kümmere ich mich.« Er sah in die Gesichter der erschöpften Mannschaft im Kontrollraum. »Danke.« Dann ging er durch den Raum und schüttelte jedem einzelnen die Hand oder klopfte ihm auf die Schulter. »Und bitte dankt den Leuten draußen, die uns heute geholfen haben. Ich bin mir sicher, Rowan wird euch auch noch danken.«

»Sie haben's nicht für *sie* getan«, brummte Brian. Afra hörte ihn nicht.

Am nächsten Morgen mußte Afra beim vierten Mal etwas lauter anklopfen, um das Paar aufzuwecken. Er hatte gut geschlafen, war aber früh aufgestanden und hatte nervös darüber nachgegrübelt, wie er Rowan seine Schwäche eingestehen sollte, wenn die Kallisto-Station in Betrieb ging. Da stand dieses große Passagierschiff an, das er und die Zwillinge auf keinen Fall allein teleportieren konnten. Er versuchte noch einmal, sie durchs Komsystem zu erwecken. Ohne Erfolg.

Eine ganze Zeit stand Afra mit geballten Fäusten an der Tür und atmete tief durch, während er überlegte, ob sich der nächste logische Schritt schickte. Schließlich nahm er so vorsichtig, wie er eben vermochte, mit den beiden Gesamten im Innern Kontakt auf.

Entschuldigung, wenn ich euch störe!

Eine Reihe von Gefühlen und Eindrücken stürmte auf ihn ein: Unruhe, Befriedigung ...

Rowan! Du bist auf Sendung ...

Er bekam bruchstückhaft mit, wie sie Jeff aufweckte, und hörte seine schläfrige Antwort, als er ihr sagte, er habe heute seinen freien Tag, woraufhin sie ihm erklärte, daß er *gestern* seinen freien Tag gehabt habe.

Sie hat recht! rief Afra verzweifelt und fügte vorsichtig hinzu: *Reidinger weiß nicht, daß du hier bist ...*

Warum nicht? kam Jeffs halb belustigte Antwort.

Er ist nicht ... Afra zögerte und hätte es ihnen lieber später gesagt. *Er ist in sehr reizbarer Stimmung.* Wie erwartet war Rowan, stets sehr pflichtbewußt, sofort bereit, an die Arbeit zu gehen, aber zu seiner Überraschung hielt Jeff sie zurück, der sich einen weiteren freien Tag erstreiten wollte.

Bei allem Respekt, Rowan und Raven, bemerkte er, indem er in die alte Höflichkeit zurückfiel, die seine Eltern ihm eingebleut hatten. *Wir sind gestern recht gut zu-*

rechtgekommen, aber wir erwarten ein Passagierschiff, das Rowans Unterstützung erfordert.

Selbst diese höfliche Ermahnung stieß auf heftigen Widerwillen bei Jeff Raven, der auf einem halbstündigen Aufschub bestand, damit er mit Rowan frühstücken könne. Als sie gegessen hatten, überschlugen sie sich nicht gerade, um in den Tower zu gelangen, wo er widerwillig zu seinen Pflichten auf Deneb zurückkehrte. Afra war gedämpfter Laune, als er ihre Sehnsucht zueinander zu begreifen und das Gefühl zu unterdrücken versuchte, er werde unwissentlich mißbraucht.

Aber seine schweigende Hingabe und der Einsatz des restlichen Personals wurden durch Rowans sanftes Lächeln, ihre Heiterkeit und ihre effiziente Arbeit im Laufe der Woche mehr als vergolten. Afra war bestürzt darüber, daß er sich selbst und die anderen vorsichtig aufmuntern mußte, um die Kräfte wieder aufzubauen, die sie vergeudet hatten, um Rowans Ruhetag zu ermöglichen. So war er ziemlich überrascht, als Rowan am fünften Tag nach Ravens Besuch, psychisch aufschrie. *Jeff Raven!!*

Was ist los, Rowan?

Er ist weg. Der Kontakt mit ihm ist abgerissen! Afra lief sofort die Treppe zum Tower hinauf. Ihre Panik war durch Afra bis Brian Ackerman und Bill Power vorgedrungen, der dem Stationsmeister in den Tower folgte.

Wir werden den Kontakt wiederherstellen! beruhigte Afra die erschrockene Rowan.

Sie öffnete sich ihnen, und Afra schuf mit Hilfe der anderen eine mentale Pyramide, an deren Spitze sie stand, und rief die gesamte Energie der sechs Stationsgeneratoren ab. Nach einem schrecklich langen Augenblick wandte sich ihm eine entsetzte, von Panik erfüllte Rowan zu. »Er ist nicht mehr da! Er hätte uns sonst bestimmt gehört!«

Afra hätte nie damit gerechnet, daß er eine einsam zurückgelassene Rowan trösten mußte. Er hatte die Belastung durch ihr Zusammentreffen mit Jeff Raven ertragen, als sie sich Hals über Kopf in die charismatische Persönlichkeit des jungen Mannes verliebte, und es akzeptiert, in der Rolle des unterstützenden Freundes und standhaften Gefährten außerhalb dieser Beziehung zu stehen. Aber wie sollte er mit einer verlassenen und daher doppelt verzweifelten Frau zurechtkommen, die einen Seelenverwandten verloren hatte? Rowan brauchte *jetzt* seine Hilfe. Er verdrängte seine Befürchtungen, übernahm die Initiative und faßte sie an den Händen.

»Atme nicht so schnell, Rowan«, befahl er ihr und zwang sich dabei zur Ruhe. »Es kann viele Gründe dafür geben …«

Rowan?

Afra drückte ihr beruhigend die Hände, als er den leisen Ruf hörte: »Siehst du, ich hab's dir doch gesagt …«

Rowan riß ihre Hände los. »Das ist nicht Jeff!« *Ja? Komm sofort! Jeff braucht dich!*

Afra sah ihren entschlossenen Gesichtsausdruck und hielt sie am Arm fest, als sie aus dem Stuhl hochfuhr. Er konnte sich nicht vorstellen, daß sie nach dem düsteren Schrecken, den sie beim Anblick der Erde empfunden hatte, einen Sprung nach Deneb wagen würde. »Nein, warte einen Moment, Rowan!«

»Du hast es gehört!« erwiderte sie in resolutem Ton. »Er braucht mich! Ich muß hin!« *Ich erwarte von jedem auf der Station, daß er sich geistig völlig öffnet!* fügte sie telepathisch hinzu und wich Afra aus. Dann war sie plötzlich nicht mehr im Tower, sondern machte sich schon startbereit. *Wo ist meine Kopplung?*

Afra stemmte die Hände schmerzhaft fest in die Seiten. *Muß ich dich auch noch verlieren?* Das klägliche Wimmern kam aus den Tiefen seiner Seele. Ihm wurde klar, daß er, wenn er sich nicht weigerte, wenn er ihr den Sprung nach Deneb ermöglichte und sie dabei starb, sie gleich mit bloßen Händen hätte umbringen können.

Afra, jetzt! rief Rowan. *Wenn Jeff mich braucht, muß ich hin! Tu es, bevor* ich *merke, was ich hier mache!*

Rowan, du kannst nicht versuchen ... Der Gedanke entglitt ihm.

Streite nicht mit mir, Afra! Hilf *mir! Wenn ich gerufen werde, muß ich gehen!*

Afra drehte sich in dem hohen, einsamen Tower langsam um und sah auf die versiegelte Kapsel hinunter, in der seine geliebte Freundin saß.

Ich werde sie am üblichen Punkt erwarten, kam diese schwache, doch entschlossen klingende Stimme. Afra erkannte ihren weiblichen Charakter, ihr Vertrauen in die Übertragung und ihre alles überragende Angst um Jeff Raven. Diese Gewißheit überzeugte ihn, auch wenn sein rationaler Verstand ihm sagte, daß Jeff der einzige machtvolle Geist war, den Deneb bislang hervorgebracht hatte. Als er seine geballten Fäuste lockerte und die psychischen Kräfte der Station sammelte, faßte Rowan entschlossen seine Psyche und zwang ihn in das gemeinschaftliche Feld. Es war, als sei sie davon überzeugt, daß er, wenn sie ihn so festhielt, sich ihr nicht wiedersetzen könne. Sie irrte sich. Afra erlaubte sich eine kurze Pause, in der er darüber staunte, daß er sich ihr tatsächlich wiedersetzen und diese Übertragung verhindern *konnte.* Dann hatte er die Koordinaten im Kopf, und sie preßte gegen die Generatoren, und mit seiner auf einmal willigen Mithilfe war sie verschwunden.

Lange nachdem der Lärm der Generatoren verstummt war, stand Afra Lyon in dem einsamen hohen Tower Rowans, und Tränen benetzten sein Gesicht, als er wie nie zuvor in seinem Leben zweifelte, hoffte und flehte, daß Rowan alles gut überstanden hatte, daß sie ihrem Geliebten helfen konnte und daß er nicht die falsche Entscheidung getroffen hatte, als er sie nach Deneb VIII schickte.

Seine Tränen waren getrocknet, seine Ängste verflogen, und er war irgendwie in Rowans Stuhl gesackt, als er leise Schritte hinter sich hörte.

»Afra?« Es war Brian Ackerman. Er trat vor ihn und packte ihn an den Schultern, um seine Aufmerksamkeit zu erregen. »Hörst du mich?«

Afra holte tief Luft, befreite sich sanft aus dem Griff des Stationsmeisters und stand auf. Er schüttelte den Kopf. »Nein, ich hör dich nicht.«

Ackerman zuckte zusammen und schloß die Augen, um sich gegen das Unvermeidliche zu wappnen. »Du mußt Reidinger verständigen.« Er sprach es vorsichtig aus und versuchte die Auswirkung des Satzes auf den Capellaner einzuschätzen.

Ich weiß es schon. Die Stimme des Erdprimus erschreckte sie beide. Nur an Afra gerichtet, sagte er: *Ich bin Ihnen zu großem Dank verpflichtet, tapferer Lyon.*

Und eine Myriade von Bildern folgte, die ihn darüber aufklärten, was Reidinger wußte: daß Afra die Station an dem Tag geleitet hatte, als Jeff Raven sie besuchte; daß Afra heldenhafte Anstrengungen geleistet hatte, um Rowan von ihrer Klaustrophobie zu heilen; er vermutete, welche Bedeutung Afra für ihr seelisches Gleichgewicht hatte; er ahnte etwas von seiner Rolle und seinem Einfluß auf Rowans Reise nach Deneb. Mit trauriger Stimme fügte der Erdprimus hinzu: *Und ich fürchte, ich werde Ihre Treue noch stärker beanspruchen müssen.* Außerdem teilte Reidinger seine Befürchtung, daß Jeff Raven vielleicht nicht mehr lebte, und bot Afra die Rolle als Rowans Tröster und Jeff Ravens Stellvertreter an. *Ich weiß, daß Sie sie immer geliebt haben,* fügte Reidinger mit einem Aufblitzen sexueller Gefühle hinzu.

Afra schüttelte wütend den Kopf. *Sie* ahnen *ja nicht einmal, worum es geht!*

Unwillkürlich sperrte Afra sich gegen einen machtvollen Geist, dem es keine Mühe bereitet hätte, seine dunkelsten Geheimnisse ans Licht zu zerren. *Doch, mein Freund, ich ahne schon etwas. Auf meine Art,* und dabei nahm Afra eine ehrliche, väterliche Anteilnahme wahr, ein so zartes Gefühl, wie er es hinter Reidingers schroffem Äußeren niemals zu entdecken erwartet hatte. *Ich habe sie auch geliebt!*

Afra spürte einen Wandel in Reidingers Denken. *Aber um Sie, einen ungestümen Freund, mache ich mir Sorgen. Es war eine Sache, der jungfräulichen Königin ein kleiner Bruder oder dem Kaiserpaar ein aufmerksamer Höfling zu sein. Aber irgendeine Alternative ist erforderlich, um ihre geistige Gesundheit zu sichern. Sie sind da und genießen bereits ihr Vertrauen und ihre Wertschätzung …*

Obwohl Afra immer gewußt hatte, wie unbarmherzig Reidinger sein konnte, wenn es um den Schutz und die Pflege von VT&T und seinen kostbaren Primas ging, amüsierte ihn diese zaghafte Andeutung mehr, als daß sie ihn entrüstete. Vor allem weil sie nicht mit Sicherheit wußten, ob eine Nachbetreuung Rowans überhaupt zur Debatte stand. Es konnte zahllose Gründe haben, warum Rowan Jeff Raven nicht erreicht hatte, obwohl es durchaus schwierig war, eine vernünftige Erklärung zu finden.

Bei allem Respekt, Sir, ich glaube nicht, daß wir uns darüber schon Gedanken machen sollten.

Wissen Sie etwas, das ich nicht weiß? Reidinger schien ihn förmlich anzuspringen.

Nein, aber ich weigere mich, so schwarz zu sehen. Vor allem wenn es um Rowan geht.

Wissen Sie, wie wertvoll *dieses Mädchen ist?*

Für VT&T?

Werden Sie nicht laut mit mir, Lyon von Capella! Plötzlich schlug er einen gedanklichen Ton enormer und unglaubwürdiger Zuversicht an. *Sie hat es geschafft. Sie hat ihn zurückgeholt, obwohl ich nur ein zartes Flackern spüren kann.* Sie *weiß, daß sie ihm das Leben gerettet hat.*

Eine Welle der Erleichterung, die fast etwas Orgiastisches hatte, durchfuhr Afra, als er diese Neuigkeit erfuhr. Er mußte die Arme seines Stuhls packen, um nicht das Gleichgewicht zu verlieren, so intensiv war das Gefühl, einer Katastrophe entronnen zu sein. Er wußte, daß Reidinger sein Gefühl teilte.

Danken Sie Gott, falls Sie an einen glauben, für diese Gnade.

Das werde ich, das werde ich. Danke, daß Sie die Neuigkeit gleich an mich weitergegeben haben. Halten Sie uns über die Situation auf Deneb auf dem laufenden?

Natürlich! versicherte Reidinger. Bevor er sich verabschiedete, fügte er noch hinzu: *Und Afra, ich möchte, daß Sie sich noch einmal einem Test unterziehen, wenn das Ganze ausgestanden ist. Sie können nicht bloß ein T4 sein bei den Kunststücken, die Sie in letzter Zeit vollbracht haben. Mindestens ein T3, deshalb werde ich Sie höherstufen. Und entsprechend bezahlen, von heute an.* Er kicherte. *Über Nachzahlungen diskutieren wir später.*

Afra wollte gegen die überraschende und möglicherweise unverdiente Beförderung protestieren. Aber mit dem Erdprimus streiten? Reidingers Lachen schnitt diesen Gedanken ab.

Bitte, los! Streiten Sie doch! Sie können die Übung gebrauchen! Und indem er Ackerman wieder in die Unterhaltung mit einbezog, fuhr er fort: *Ich halte es für das beste, wenn wir alle so tun, als wüßte ich nicht, wo Rowan ist.* Afra war verblüfft darüber. *Sagen wir einfach, daß ich meine eigenen Spiele zu spielen habe, junger Lyon. Bevor ich es Ihnen nicht erlaube, wird Rowan nicht erfahren, daß wir uns unterhalten haben. Wenn Sie mit Ihnen Kontakt aufnimmt, verhalten Sie sich entsprechend.* Dann war er verschwunden.

Brian und Afra wechselten überraschte Blicke. »Tja, du weißt ja, wie gern er seine Spielchen spielt, Afra«, brach Brian das Schweigen.

Afra nickte mit gerunzelter Stirn. »Wir sagen den anderen, daß er nichts weiß, und wir machen so weiter wie an dem Tag, als sie frei hatte.«

Zwei Tage später nahm Rowan spät in der Nacht Kontakt mit ihm auf. Afra war erstaunt, daß er sie – selbst mit Hilfe des Gesamt ihrer Generatoren – über die große Entfernung hinweg empfangen konnte. Vielleicht war er als T3 tatsächlich gerechter eingestuft. Er erwähnte nichts davon, als er den Nachschub und die Ersatzteile notierte, die sie anforderte.

Ich werde die Teile wahrscheinlich in kleineren Ladungen verschicken müssen als üblich, Rowan, sagte er, nachdem er die Liste noch einmal überflogen hatte.

Das macht nichts. Der Generator hier kann ohnehin nicht allzu viel bewältigen, erwiderte Rowan und fügte dann hinzu: *Wie hältst du dich denn? Weiß Reidinger Bescheid?*

Afra kicherte. *Wir kommen ganz gut zurecht. Generator drei hat auf wundersame Weise eine Fehlfunktion erlitten und ›deine‹ Fähigkeit zum Bewältigen schwerer Lasten beeinträchtigt.*

O Afra! Danke! Über die Entfernung von Lichtjahren hinweg spürte Afra die sanfte Berührung einer dankbaren Freundin. Er dankte Reidingers Gott, von einer wenig verlockenden Rolle entlastet worden zu sein.

Wenige Tage später hörte Afra wieder von Reidinger, der den Kontakt mit einem tiefen Kichern einleitete. *Ich habe ihr die Hölle heiß gemacht, Afra! Aber sie hat sich so gut entschuldigt, wie sie konnte, und mich gebeten, Ihnen ein paar T2er zu schicken.* Reidingers ›Stimme‹ schlug einen anderen Ton an. *Was brauchen Sie?*

Afra zuckte die Achseln. *Wenn's Ihnen gleich ist, kommen wir im Moment ganz gut allein zurecht. Sorgen Sie einfach dafür, daß die Belastung nicht zunimmt, und wir schaffen es schon.*

Reidinger schnaubte. *Ich habe ihr eben erst gesagt, daß ich es ihr niemals zugemutet hätte, ohne Hilfe schwere Frachten zu bewältigen; meinen Sie etwa, ich bin so dumm und verschleiße ihren besten Mann?*

Afra merkte erst, daß alle mithören konnten, als

Brian Ackerman sich ihm mit einem Grinsen zuwandte, das Zustimmung andeutete.

Traurig fügte Reidinger hinzu: *Ich persönlich bin zu beschäftigt, um die erhöhte Belastung des Kallisto abzufangen, deshalb schicke ich Ihnen ein Paar T2er. Ich bin mir sicher, Sie werden sie gut behandeln.*

Wie geht's Rowan, Reidinger? drängte Afra sich in den Vordergrund.

Sagen Sie ihr nichts davon, erwiderte Reidinger mit dieser unglaublichen Sanftheit, die die beiden Stationsleiter so erstaunte, *aber ich glaube, ihr geht's ganz gut!* Er machte eine Pause. *Oh, und nebenbei bemerkt, wollen Sie dieses Jahr die Whiskymarke wechseln?*

Brian Ackerman riß erstaunt die Augen auf; es war wohlbekannt, daß er jedes Jahr, wenn er mit seinem Rücktritt von der Kallisto-Station drohte, mit einer Kiste seines Lieblingsdrinks zum Bleiben überredet werden konnte, aber er hätte es nie für möglich gehalten, daß der Erdprimus davon wußte!

Ach ... nein, ich habe mich inzwischen an Paddy's gewöhnt, brachte Brian heraus. Neben ihm krümmte sich Afra vor Lachen.

Torshan und Saggoner trafen pünktlich ein, und das Towerpersonal, das unter einigem Druck arbeitete, um die raffinierte Planung einzuhalten, die Brian ausgearbeitet hatte und die von Afra in die Tat umgesetzt wurde, war über ihre Hilfe mehr als erfreut. Obwohl einige schwere Probleme zu bewältigen waren, sorgten die ruhige Gemeinschaftlichkeit des liebenden T2-Paars und Afras anspruchsvolle Leistungsstandards dafür, daß die Station binnen einer Woche wieder mit nahezu hundertprozentiger Effektivität arbeitete.

Eine Woche später war schon alles zur Routine geworden, und in der Woche darauf hatte das Stationspersonal den Alltag unter Rowan schon fast vergessen. Diese Stimmung wurde erschüttert, als eines Tages ohne

Anmeldung eine Personenkapsel in einem Lager auftauchte.

Ist besetzt! rief Afra einem Frachtlenker zu, der den Neuankömmling fast mit der Kapsel zermalmte, die für dieses Lager vorgesehen war. *Wer, zum Teufel, hat diese Kapsel ...* – begann er und spürte dann den Geist der Insassin. – *Rowan!!*

Das Chaos brach aus, als der Rest der Besatzung seinen mentalen Aufschrei hörte. Plötzlich teleportierten alle herbei, tätschelten sie, sprachen mir ihr, umarmten sie. Rowan lief angesichts solcher offen demonstrierter Zuneigung rot an. Afra sendete Torshan und Saggoner eine stark gebündelte Nachricht, um ihnen diese unvermittelte Störung des sonst so geordneten Stationslebens zu erklären. Sie nahmen seine Erklärung ruhig zur Kenntnis und sagten, daß sie parallel zur Willkommensfeier arbeiten würden.

Mit Rowans Unterstützung ging die Arbeit am nächsten Tag mit Leichtigkeit vonstatten. Afra hatte vergessen, wie mühelos sie auch die schwersten Lasten bewältigen konnte. Als die Arbeit beendet war, nahm Rowan mit Afra Kontakt auf.

Ich muß mit Reidinger sprechen, erklärte sie in einem Ton, als wünschte sie sich, daß er ihr widerspreche.

Wäre das klug? erwiderte Afra, der sich irgendwie darüber ärgerte, daß sie Reidingers Doppelzüngigkeit entdeckt hatte.

So schlecht kann er doch nicht sein! erwiderte sie und fügte hinzu, daß Reidinger keine Veranlassung hatte, über ihre Abwesenheit verärgert zu sein. Afra reagierte diplomatisch, doch etwas defensiv in Reidingers Interesse.

Er hat sehr viel mehr gewonnen, als ich riskiert habe, sagte sie ihm.

Afra lotete sie aufmerksam aus und bemerkte eine leichte Ausweitung ihrer Aura. Er kniff die Augen zusammen. Hatte sie an Gewicht zugelegt? Nein, zumindest nicht ohne guten Grund. *Ich weiß,* erwiderte er herzlich. War sich Rowan über ihren Zustand im klaren? Wahrscheinlich nicht, denn sie hatte genug im Kopf, was sie von physiologischen Veränderungen ablenkte.

Ich würde den alten Knochen gern überraschen, fuhr sie fort.

Den alten Knochen? platzte Afra hervor und fand, daß sie selbst für ein paar Überraschungen reif war, vor allem weil sie Reidinger nie persönlich gegenübergetreten war.

Du hast doch Kontaktleute im Hauptquartier des Erdprimus. Kann mich nicht jemand reinschleusen, ohne daß man meine Ankunft bemerkt?

Die Frage verwirrte ihn, deshalb neckte er sich weiter mit ihr, während er hinter einem dichten Gedankenschirm angestrengt nachdachte. Zunächst mußte er Reidinger warnen, und dann Gollee, aber er versicherte Rowan, daß er jemanden kenne, der ihm einen Gefallen tun könnte. Er bat um einige Minuten, um die Sache zu regeln.

Reidinger? rief Afra über den schmalsten telepathischen Kanal, den er zustande bekam.

Häh? kam die ungehaltene Antwort. *Hoffentlich ist es was Wichtiges.*

Hastig erklärte Afra, worum es ging.

Und es war wichtig genug, denn er konnte Reidingers Grinsen deutlich wahrnehmen. *Hervorragend! Ich muß sowieso noch mit ihr reden, und es wird besser laufen, wenn sie meint, daß ich unvorbereitet bin. Wir machen folgendes …*

Afra hörte sich die Anweisungen mit dem zunehmenden Gefühl an, seine Freundin zu verraten. Reidinger spürte es und brach ab. *Afra, Sie wissen, daß ich nur das Beste für sie will. Sie braucht unbedingt eine Vaterfigur, gegen die sie rebellieren kann. Und ich brauche sie in inspirierter und rebellischer Verfassung. Wir alle brauchen sie.*

Innerlich war Afra noch nicht überzeugt, aber er wollte sich nicht mit Reidinger streiten. Und außerdem hätte ihr Vorgehen eine heilsame Wirkung auf Rowans wachsende Unbekümmertheit. Wer wußte schon, wozu sie ihre neue Freiheit treiben würde, nachdem sie nun endlich ohne negative Auswirkungen reisen konnte?

Danke, sagte Reidinger. *Ich sag's Gren.*

Afra wandte seine Aufmerksamkeit wieder Rowan zu. *Also, Gollee hat sich bereiterklärt, meine anonyme junge Freundin so weit zu eskortieren, wie es ihm möglich ist, aber der Sicherheitsdienst muß beruhigt werden. Er wird dich am Eingang zum Landefeld erwarten.*

Reidinger mußte Afras Antwort heimlich belauscht haben, denn Afra hörte ihn fluchen. *Zum Teufel! Der Sicherheitsdienst! Ich werde den Leuten Bescheid sagen müssen, sonst wird sie gegrillt, wenn sie sich reinzuschleichen versucht!*

Afra fuhr herum, um Rowan noch etwas zuzurufen, aber sie war bereits gegangen. *Reidinger!* knurrte er wütend.

Wie eine rohes Ei, Junge, erwiderte der Erdprimus sanft. *Ich werde sie wie mein eigen Fleisch und Blut behandeln. O nein! Sie ist schon da!* Reidinger Stimme verebbte, dann schob er nach: *Ich wollte Ihnen noch sagen ... ach, das mache ich später ...*

Afra hörte erst am nächsten Morgen wieder von Reidinger, als er gerade sein wie üblich dürftiges Frühstück beendete. »Atair?« schrie Afra laut auf, als Reidinger ihn über die Versetzung unterrichtete, die er für Rowan vorgesehen hatte. *Wie konnten Sie nur?*

Ich mußte! schnauzte Reidinger. Afra, der Jahre damit verbracht hatte, Emotionen deuten zu lernen, empfing einen panischen Unterton in der Stimme des Erdprimus. Es war der Schmerz der Autorität, das Unbehagen, das von den vielen strittigen Entscheidungen herrührte, die er gefällt hatte; tief in seinem Innern war es auch der Schmerz einer Person, die ganz einfach *alt* geworden war. Afra rief auf seiner Datenkonsole neugierig Reidingers Daten ab – er näherte sich seinem hundertzehnten Geburtstag.

Afra überlegte, ob er Reidinger den wahren Grund für seine Verärgerung über Rowans Versetzung nennen sollte, aber er entschied sich dagegen; Rowan und Jeff Raven hatten das Recht, *dieses* Geheimnis selbst zu lüften. Außerdem, tadelte er sich, hatte er gar keinen Beweis dafür, daß Rowan wirklich schwanger war. Oder ob das Kind ein Junge war und ein außergewöhnliches Talent zu werden versprach.

Außerdem, fügte Reidinger in sehr gedämpftem Ton hinzu, *mußte ich Sie und Ackerman für eine ganz besondere Mission freistellen.*

Meinen Sie nicht, daß auf dem Kallisto schon genug Durcheinander herrscht, um uns auch noch wegzuholen? erwiderte Afra schroff. Er runzelte über sich selbst die Stirn, zugleich beunruhigt und erstaunt darüber, daß er so patzig auf einen Mann reagierte, der in vieler Hinsicht die Vereinten Telepathen & Telekineten in Person war.

Ich würde nicht im Traum daran denken, einen von euch beiden zu versetzen! antwortete Reidinger. *Aber ich muß auch an die Zukunft denken, und, um ehrlich zu sein, Jeff Raven ist zwar ein guter Mann, aber er verfügt nicht über die Fähigkeiten, die zum Betrieb einer Primus-Station erforderlich sind. Ich will Sie …*

Afra war ihm einen Gedanken voraus. *Mich? Um Rowans Mann zu unterrichten? Sind Sie vielleicht mal auf den Gedanken gekommen, daß er mich nicht in der Nähe seiner Frau sehen will? Mal ganz zu schweigen von ihm selbst und seinen Kindern …*

Daran habe ich schon gedacht, erwiderte Reidinger traurig. *Und ich glaube, das wäre eine Riesenkatastrophe.*

Afra geriet ins Stottern und breitete verzweifelt die Hände aus. Auch wenn er persönlich sehr traurig sein würde, konnte er nicht einsehen, warum seine persönlichen Gefühle einer Katastrophe gleichkommen sollten.

Reidinger machte ihm verständlich, was er meinte. *Was nützen sie mir, wenn sie nur gemeinsam arbeiten können? Meinen Sie* wirklich, *Rowan könnte sich für einen so unbedeutenden Mann entscheiden? Hören Sie, sie hat sich doch schon fast ...*

Halt! rief Afra und schloß vor Schmerz die Augen. *Rowan ist meine Freundin und noch mehr. Ich liebe sie wie eine Schwester. Wenn ihr Glück davon abhängt, daß ich aus ihrem Leben verschwinde, dann werden mich weder Sie, noch die VT&T, noch sonst irgend jemand davon abhalten!*

Also wollen Sie unter dem dürftigsten Vorwand davonlaufen? schleuderte ihm Reidinger entgegen. *Grüne Haut und grün von Natur aus, sehe ich das richtig, Capellaner? Haben Sie Angst, sich ihrer Liebe zu stellen? Lieben Sie sie so wenig, daß Sie ihren Mann nicht mit offenen Armen annehmen können?*

Das habe ich nie gesagt! erwiderte Afra hitzig, und seine gelben Augen glühten. *Ich werde gern mit Jeff Raven arbeiten. Er ist ein bemerkenswerter Mann, und er paßt gut zu Rowan. Aber Sie müssen verstehen, daß es Geheimnisse gibt – Dinge, die Rowan und ich uns anvertraut haben und die es für ihn sehr schwer machen würden, mit mir zu arbeiten.*

Versuchen Sie's doch einfach, sagte Reidinger. *Wenn's nicht funktioniert, versuchen wir einfach etwas anderes. Aber urteilen Sie nicht vorzeitig über den Mann ...*

Das habe ich schon, erwiderte Afra mit einem Grinsen. *Sie hat sich für ihn entschieden, und das macht ihn zu etwas Besonderem. Außerdem hat der Mann eine Art, die einfach jeden für ihn einnimmt.*

Reidinger lachte nur darüber. *Selbst den Erdprimus?* Afra staunte, daß Reidinger diese unterschwellige Anspielung nicht entgangen war. *Ich habe Sie immer als einen klugen, aufmerksamen Löwen eingeschätzt. Betrachten Sie diese Versetzung einfach als eine andere Möglichkeit, um Rowan zu helfen – und VT&T.* Das Gespräch war vorbei.

Reidinger ließ den Kontakt abreißen, doch nicht ohne eine letzte warme Regung und einen kaum verhüllten Schmerz.

Das Gespräch ließ Afra geistig ausgelaugt und emotional verwirrt zurück. Ihm hatte gefallen, was er von Jeff Raven gesehen hatte, und konnte sich nur freuen, daß Rowan endlich einen Gefährten gefunden hatte. Das verlieh ihm die Hoffnung, daß vielleicht auch er eines Tages so glücklich sein konnte. Aber er hatte Reidinger nicht angelogen, als er zugestand, daß sein geschwisterliches Verhältnis zu Rowan Anlaß zu Rivalitäten zwischen ihm und Jeff Raven geben könnte.

Brian Ackerman ließ sein Komgerät summen. »Afra, wo ist Rowan?«

Statt zu antworten, stürzte Afra sein Frühstück hinunter, warf das Geschirr in den Spüler und hetzte in den Kontrollraum. Brian fuhr erschrocken hoch, als Afra hereinstürmte. »Ihre Ablösung wird bald eintreffen, Brian. Am besten geben wir allen Bescheid.«

»Ihre Ablösung?« wiederholte Brian fassungslos.

Eine frischlackierte Personenkapsel erschien in einem Lager in ihrer Nähe. *Afra?*

Hier, antwortete Afra und sendete ein mentales Bild. Darauf erschien Jeff Raven im Raum.

»Tut mir leid, daß wir keine Zeit zum Reden hatten, als ich das letzte Mal hier war«, sagte Jeff Raven zu ihm und streckte eine Hand aus, sein breites Lächeln so charismatisch wie immer. Sein Gesicht zeigte immer noch Spuren seines kürzlichen, beinahe tödlichen Unfalls, aber seine Vitalität war wiederhergestellt. »Aber ich schätze, wir haben jetzt reichlich Zeit, das zu korrigieren.«

Afra riß sich zusammen, schlug ein und erwiderte seinen festen Händedruck. Als er die großzügige Welle an Dankbarkeit und Respekt spürte, bevor sich ihre Hände wieder lösten, brauchte Afra nichts mehr vorzuspielen. »Ich freue mich darauf.«

Jeff sah in die Runde, nickte denen zu, die ihn kannten, und begrüßte die, die ihn nicht kannten, mit einem Lächeln.

»Falls ihr noch nicht darauf gekommen seid«, erklärte Afra dem Towerpersonal, »das ist Jeff Raven, und er ist hier, um Rowan abzulösen. Sie ist zur Leitung eines ganzen Planeten befördert worden, nämlich ihrer Heimatwelt Atair.« Er mußte nicht erwähnen, daß Siglen nicht mehr aktiv war.

»Afra«, unterbrach Jeff ihn höflich, »kann ich dich kurz sprechen?« Afra trat näher, und Jeff sah sich skeptisch im Kontrollraum um. »Gehen wir in den Tower.«

Als sie eintraten, sah Jeff umher. »Wenigstens gibt's zwei Sofas«, bemerkte er rätselhaft. Dann sah er den Capellaner an. »Wenn wir zusammenarbeiten wollen, sollten wir gleich etwas klären ...«

Afra hob die Hand, um ihm zuvorzukommen, weil er schon auf das Schlimmste vorbereitet war. »Ich kann gehen. Reidinger wird dir umgehend einen Ersatz beschaffen. Es gibt einen sehr guten T4 in Blundell – Gollee Gren. Vielleicht hast du ihn schon kennengelernt. Ihr würdet wahrscheinlich ziemlich gut zusammenarbeiten.«

Halt! unterbrach Jeff Raven sein heuchlerisches Entgegenkommen. Er betrachtete Afra einige Sekunden lang nachdenklich. Dann packte er ihn, umarmte ihn fest und klopfte ihm mit seinen kräftigen Fäusten auf den Rücken. *Danke!* Afra war durcheinander. *Danke für ihre Ausgeglichenheit, für ihr Glück, für alles! Ich konnte das unten nicht alles so ausdrücken, als wir uns die Hände schüttelten ... nicht während alle auf Empfang waren ...*

»W-was?«

»Ich glaube, wenn es dich nicht gegeben hätte, wäre sie verrückt geworden, Afra Lyon«, sagte Jeff laut. »Du hast ihr Lärmen und Toben, ihre schlechte Laune, ihre Ängste abgefangen und warst immer zur Stelle, um ihr die Unterstützung zu bieten, die sie brauchte.« Er machte eine Pause und atmete noch einmal tief durch. »Während meiner Genesung auf Deneb redete sie ständig von ihrer Familie – obwohl meine Gegenwart in dem engen Quartier, das wir uns teilen mußten, sehr erdrückend sein kann –, aber immer, wenn sie an ihre Familie denkt, kommt ihr dein Gesicht in den Sinn.« Jeff packte Afra am Unterarm, um zu unterstreichen, was er sagen wollte. Dann schüttelte er den Kopf und grinste schief, wie es für ihn typisch war. »Hör mal, Afra, du *bist* ihre Familie, aber wenn wir unserer Beziehung einen offiziellen Charakter verleihen, würdest du mir die Ehre erweisen, als mein Trauzeuge rechts von mir zu stehen?«

Afra wich unfreiwillig einen Schritt zurück, als ihm die Bedeutung dieser Worte klar wurde. Er entwand sich Ravens Griff und mußte schlucken, ehe er antworten konnte.

»Ich schätze, ich habe etwas überreagiert, aber ich habe befürchtet, du könntest etwas gegen meine Beziehung zu Rowan haben.« Er machte eine tiefe Verbeugung. »Ich begreife jetzt, daß ich völlig falsch gelegen habe.« Er richtete sich auf und nickte auf Jeff Ravens angespanntes Lächeln hin. »Du mußt das verstehen ... im Laufe der Jahre hier ... nun, wir sind uns sehr nahe gekommen ... nicht wie ein Liebespaar, aber es hat sich eine ganz besondere emotionale Bindung entwickelt. Ich weiß, daß sie mich als den Bruder betrachtet, den sie nie hatte.« Er leckte sich zögernd die Lippen. »Und um ehrlich zu sein, Raven, wenn du nicht aufgetaucht wärst, hätte ich sehr gern ...«

Jeff hob eine Hand. »Ich weiß«, sagte er leise, »und ich danke dir.« Als er Afras verwirrten Blick sah, setzte er eine trübselige Miene auf. »Dein Zögern beweist nur, was wir jetzt beide wissen – sie war nie die richtige Frau für dich. Ich weiß nicht, womit ich dieses Glück verdient habe. Ich hoffe von Herzen, daß auch du eines Tages die Tiefe der Gefühle erfahren wirst, die wir miteinander teilen.« Sein Lächeln wurde traurig. »Unglücklicherweise haben sich nicht viele meiner Beziehungen gehalten, und alle meine verbliebenen Schwestern und ältere Cousinen sind bereits vergeben, deshalb kannst du nicht in meine Familie einheiraten.« Jeff verlagerte sein Gewicht und holte Luft. »Manchmal rede ich zuviel; das sagt meine Mutter jedenfalls immer. Ich will dir eine Gelegenheit geben, mir zu antworten: bist du bereit, als ein brüderlicher Freund, an meiner Seite zu stehen, wenn Rowan und ich uns Treue schwören?«

Ein leichtes Grinsen umspielte Afras Mundwinkel, aber er machte noch eine tiefe Verbeugung. »Das ist die größte Ehre, die du mir – die ihr mir beide erweisen könntet.«

»Und warum dann das Grinsen?«

»Nun, du hast vor, daß es schon bald soweit sein soll, nicht?«

Ackermans Ruf kam Jeffs Antwort zuvor. *Afra! Wir haben Frachten zu verschiffen, sonst fallen wir eine Woche zurück!*

»Das war der eigentliche Grund, weshalb ich hier mit dir reden wollte«, sagte Jeff. Afra war durcheinander, bis Jeff hinzufügte: »Ich habe noch nie eine Station geleitet. Du sollst wissen, daß ich alles tue, was du mir sagst. Ich betrachte mich als deinen Schüler.« Mit einem Augenzwinkern fuhr er fort: »Sie hat mich persönlich angewiesen, dir vorbehaltlos zu vertrauen. Wenn ich mich recht erinnere, sagte sie wörtlich: ›Tu, was Afra sagt, und stifte keine Unruhe!‹«

Auf Afras skeptische Miene reagierte Jeff mit einem flehentlichen Blick. »Na gut, Jeff, wir stehen unter *ihrem* Befehl.« Afra begab sich zur Tür.

»Wohin gehst du?«

»In den Kontrollraum«, erklärte Afra. »Nur Rowan arbeitet hier oben.«

»Da sterbe ich ja vor Einsamkeit«, erwiderte Jeff gespielt ernst. Er deutete mit einer Hand auf den zweiten Stuhl, der für die Dauer von Torshans und Saggoners Vertretung installiert worden war. »Warum bleibst du nicht hier bei mir! Es stehen zwei Anlagen zur Verfügung, und das wird es mir leichter machen.«

»Meine Konsolen im Kontrollraum sind auf meine besonderen Aufgabenbereiche programmiert«, erklärte Afra.

»Ich werde die Leitung einer Station um so schneller lernen, wenn ich über deine Aufgaben genauso gut Bescheid weiß wie über meine eigenen«, erwiderte Jeff. Er bedeutete Afra, wieder in den Raum hereinzukommen. »Tu einfach, was dir unter diesen Umständen möglich ist, und dann werden wir hier von den Technikern weitere Konsolen einbauen lassen.« Afra zögerte noch. »Wäre es nicht effektiver, wenn der Primus und die gesamte Stationsbesatzung in einem Raum arbeiten?«

Afras Augen traten aus den Höhlen. Raven *zitierte* praktisch seine eigenen Worte! »Rowan war nie der Ansicht«, sagte Afra, indem er Zeit zu gewinnen versuchte.

»Hmmm«, grübelte Jeff. »Vielleicht wäre es sicherer für den Rest von uns, wenn man bedenkt, wie wankelmütig sie ist.« Er warf Afra einen vielsagenden Blick zu. »Und *du* würdest nie auf die Idee kommen, dich mit ihr zu streiten. Aber mein Liebling ist ja jetzt nicht hier, und sie hat mir nun einmal gesagt, ich sollte in jeder Hinsicht auf dich hören. Also sag mir, Afra von Capella, was hältst du davon, den Betrieb der Station zu konsolidieren?«

Ein schwaches Lächeln breitete sich über Afras Gesicht aus. *Ackerman, von jetzt an gilt der Epsilon-Plan!*

Ist das dein Ernst? Ackermans Stimme bezeugte Unglauben.

Bitte, lautete Jeff Ravens Antwort. *Wenn es ein Plan ist, um den Betrieb zu konsolidieren, kann ich mir nichts vorstellen, was mir lieber wäre.*

Sofort! Damit unterbrach Ackerman die Verbindung und machte sich sofort daran, einen Plan durchzuführen, den er und Afra über Jahre hinweg ausgeheckt hatten.

Epsilon ist das griechische Symbol für kalkulierte Effizienz, antwortete Afra auf Jeffs unausgesprochene Frage. Er tippte auf eine Konsole. *Du hast dich gerade beliebt gemacht, indem du Brians innigsten Wunsch erfüllt hast.*

»Die erste Last ist ein Frachter, Primus«, sagte Afra laut. »Die Daten werden auf deiner Konsole Nummer zwei angezeigt.«

Binnen einer Woche berichtete ein aufgeregter Ackerman von einer zwanzigprozentigen Zunahme der Stationsleistung. Afra fiel auf, daß die Mannschaft von Kallisto darum bemüht war, Jeff Raven auf jede erdenkliche Weise zu helfen. Seine eingängige Art, seine Bereitschaft, den Verwaltungsaufwand auf ein Minimum zu beschränken, und seine Beziehung zu Rowan trugen zu ihrer Ergebenheit bei.

Am sechsten Tag machte Jeff eine Pause, um Rowan in ihrem Tower auf Atair zu besuchen.

»Wollt ihr schon die Zeremonie vorbereiten?« fragte Afra mit gekünstelter Lässigkeit, als Jeff sich auf den Abflug vorbereitete.

»Das hat keine Eile«, erwiderte Jeff zerstreut. Afra verstummte. *Fertig!* rief Jeff.

Dann war er fort, und die Generatoren fuhren herunter, während sich die Außerschichtmannschaft an die unvermeidlichen kleinen Wartungsarbeiten machte.

Afra freute sich, als Raven zwei Tage später mit einem ungläubigen Ausdruck im Gesicht zurückkehrte.

»Du hast es gewußt!« fuhr er ihn an. »Du hast es gewußt, und du hast es mir nicht einmal gesagt!« Er kniff die Augen zusammen. »Woher wußtest du es?«

»Ich bin seit acht Jahren ihr Freund«, erwiderte Afra gelassen und ließ sich anmerken, wie peinlich es ihm war. »Sie hatte eine leichte Vibration in sich, die ich wahrnehmen konnte.«

»Wer weiß noch davon?«

Afra schüttelte den Kopf. »Niemand.« Er bat mit Blicken um Verzeihung. »Ich hätte es dir gesagt, aber das ist nun einmal keine Neuigkeit, die man jemandem so eben zwischen zwei Frachten mitteilt.«

»Aber sie weiß es selbst erst seit letzter Woche – das hat sie mir jedenfalls gesagt. Und sie hat mich eingeweiht, sobald sie den Verdacht hatte.« Jeff sah ihn forschend an und verschwieg sein Erstaunen darüber, daß Afra ein solch intimes Geheimnis wußte.

Afra hatte sich inzwischen gut genug auf Jeff eingestellt, daß er zum Protest die Hände hob. »Ein intimes Geheimnis, ja, aber ich bin im Laufe der letzten acht Jahre sehr sensibel für Rowans geistigen und körperlichen Zustand geworden. Ich freue mich, daß meine Vermutung sich bestätigt hat.« Letzteres sprach er in einer starren Haltung aus.

Jeff seufzte und nickte. »Tut mir leid. Ich dachte, *ich* kenne meine Frau ganz genau, aber ich weiß und akzeptiere es auch, daß es viele Arten von Intimität gibt, mein lieber Freund!« Sein Grinsen vertrieb Afras Kühle.

»Freust du dich, daß es ein Junge ist?«

Jeff starrte ihn verdattert an. »Ich wußte nicht ...«, dabei schüttelte er belustigt den Kopf, »und ich glaube auch nicht, ob Rowan weiß, daß unser Kind ein Junge wird. Ich wußte gar nicht, daß du auch ein Präkog bist.«

Afra zuckte die Achseln. »Bin ich nicht, aber das Kind ist ein Junge. Oder hättest du lieber eine Tochter? Ich könnte mich irren.«

Jeff grinste Afra schwach an. »Bisher komme ich nicht einmal mit meiner süßen Rowan klar. Ich hoffe, du hast recht. Ich brauche noch etwas Zeit, bevor ich mit einer Mini-Rowan klarkäme. Obwohl es spaßig werden könnte. Was ist mit dir? Wäre dir eine zweite Rowan recht?«

Afra erwiderte sein Grinsen. »Ich weiß nicht, ob ich eine Wahl habe. Dafür stecke ich zu tief drin.«

Darauf kicherte Jeff und legte dem großen Capellaner einen Arm um die knochigen Schultern. »Also, was ist hier passiert, während ich weg war, hm, Afra?«

Afra! rief Raven am Anfang seiner dritten Woche als Primus von Kallisto. *Es ist ein T4 hier!*

Afra flitzte in den umgebauten Tower hoch. Er hatte immer noch Zweifel, ob der improvisierte Umbau des Towers sinnvoll war. Überall hingen Drähte herum, die für jeden Unvorsichtigen eine potentielle Gefahr darstellten, aber Ackerman versicherte ihm fröhlich, das sei nur so, damit der Tower jederzeit wieder in den von Rowan hinterlassenen Zustand zurückversetzt werden könne, wenn es plötzlich nötig wurde.

»Wir werden die neuen Rohre in der nächsten Schichtpause verlegen«, versprach der Stationsmeister.

»Aha.« Afra störte das nicht. »Jeff Raven, darf ich dir Gollee Gren vorstellen, ein T4.«

Jeff nickte Gollee höflich zu, der sein sonst so lockeres Mundwerk eingebüßt zu haben schien.

»Freut mich, Sie kennenzulernen«, sagte er zerstreut und wandte sich wieder dem Capellaner zu. Er hob vielsagend eine Augenbraue.

»Du wirst nicht für den Rest deines Lebens hierbleiben, Jeff«, begann Afra diplomatisch. »Und bis dahin wirst du sicherlich die Erfahrung gemacht haben wollen, daß du auch mit einem anderen T4 arbeiten kannst. Außerdem braucht Gollee praktische Erfahrungen.« Afra grinste schelmisch, als Gollee zum Protestieren den Mund öffnete, was auf Jeff Raven nicht ohne Eindruck blieb.

»Ich verstehe«, sagte Jeff unverbindlich, doch für Afra war es nicht zu übersehen, wie wenig ihm der Gedanke gefiel.

Afra seufzte. »Die beste Möglichkeit, um zu beweisen, daß du etwas gelernt hast, besteht darin, es einem anderen beizubringen.«

Jeff betrachtete ihn nachdenklich. »Rowan hat diesen Aspekt deiner Persönlichkeit nie erwähnt.«

»Rowan hat mich auch nie gebeten, sie auszubilden«, erwiderte Afra mit einem saccharinsüßen Lächeln. Er wußte nicht, wessen Reaktion ihn mehr freute: die von Jeff oder die von Gollee. Er trat vom zweiten Sofa weg. »Ich bin in Rufweite, wenn einer von euch mich braucht«, fügte er mit einer übertrieben höflichen Verbeugung vor beiden hinzu, während er einem widerwilligen Gren bedeutete, sich doch zu setzen, und auf ein Display tippte. »Die erste Ladung geht zur Erde. Reidinger empfängt ...«

Wie er gehofft hatte, paßte Grens ironische Art ausgezeichnet zu Jeff Ravens ›heimischer‹ Natürlichkeit. Bis zum Ende des Tages bewältigten die beiden das Verkehrsaufkommen der Station ohne Mühe.

Im Laufe der nächsten Monate entwickelte sich das Leben auf der Station von Kallisto zu einer beständigen, mühelosen Routine. Gren und die anderen Talente erschienen immer pünktlich und halfen dem Denebier bei der Weiterentwicklung seiner Fähigkeit, das Gesamt mit verschiedenen Persönlichkeiten herzustellen. Afra und Ackerman bemerkten, daß Jeff am besten mit Gren arbeitete, eine Nachricht, die Reidinger mit einem Grunzen zur Kenntnis nahm.

Ich habe inständig gehofft, eine passende Stellung für diesen Burschen zu finden! seufzte Reidinger.

Was? Gibt's etwa jemanden, mit dem Sie nicht fertig werden? fragte Afra amüsiert.

Ich habe offensichtlich ein Problem mit T4ern und T3ern, erwiderte Reidinger ungerührt. *Ich würde mir mehr Gedanken darüber machen, wenn's nicht so viele von Ihnen gäbe, daß ich sie feuern kann, wie's mir paßt.*

Afra verzichtete darauf, den Köder zu schlucken.

Rowans Rückkehr auf die Station von Kallisto fünf Monate später, anfangs nur als Besuch gedacht, stellte sich bald als dauerhaft heraus, als Reidinger erfuhr, daß sie schwanger war. Reidinger zog Afra mental die ›Ohren‹ lang, als er zugab, daß er von der Schwangerschaft gewußt hatte. *Nun, wenn ich Ihnen nicht vertrauen kann, muß ich wohl einen eigenen Spion einsetzen.*

Afra freute sich darüber, daß er Rowan wieder bei sich auf Kallisto hatte. So angenehm ihm die Arbeit mit Jeff Raven gewesen war, mußte er sich eingestehen, daß er auf perverse Weise größeres Gefallen an einer Kooperation mit der unberechenbaren Rowan fand.

»Und übrigens, Afra, Rowan hat mich angehalten, dich etwas zu fragen«, sagte Jeff eines Abends bei Dienstschluß unvermittelt.

»Was denn?«

»Möchtest du der l.p. für unseren Sohn werden?«

»L.P.?«

»Ja, loco parentis. Zugegeben, es ist eine denebische Sitte, aber wenn man die gefährlichen Lebensumstände auf meinem Planeten bedenkt«, dabei lächelte er reumütig, »ist damit sichergestellt, daß jemand, der das Vertrauen der Eltern hat, das Kind im Notfall großzieht. Rowan fand diese Regelung persönlicher, als wenn es im Zweifelsfall zum Mündel des Planeten erklärt wird. Wir wären beide froh, wenn du bereit wärst, dich als l.p. für unser Kind zur Verfügung zu stellen.«

Afra war zutiefst gerührt davon und brauchte einige Sekunden, ehe er etwas dazu sagen konnte. »Euch wird doch nichts passieren!«

Jeff brachte ihn mit einer Geste zum Schweigen. »Wir hoffen es auch nicht, aber …«

»Und du hast einen ganzen Planeten voller Verwandter …«, druckste Afra.

»Ganz richtig, aber wir wollen auch das Talent unseres Kindes fördern, Afra, und niemand auf Deneb ist in dieser Hinsicht so gut ausgebildet wie du. Ich weiß, daß du eine kritische Einstellung zu deiner Erziehung auf Capella hast, aber ich kann aus objektiver Sicht nur feststellen, daß du mir mit einer solchen Ausbildung um vieles voraus bist. Und außerdem haben Rowan und ich uns auf dich geeinigt, Afra.« Jeffs Blick aus seinen blauen Augen war aufrichtig. Er legte den Kopf schräg, und sein typisches Grinsen schlich sich in seine Mundwinkel. »Was soll ich ihr sagen?«

Afra lächelte sanft und traurig. »Sag ihr, daß ich eine schlechte Wahl wäre; wenn einem von euch beiden etwas passiert, wäre ich bestimmt schon vorher tot.«

Jeff lachte. »Nun werde nicht makaber. Oder schaust du schon wieder in die Zukunft?« Als Afra das heftig abstritt, war er hörbar erleichtert. »Außerdem habe ich einschlägige Erfahrungen, was für ein guter Lehrer du bist, weißt du.«

Afra machte eine tiefe Verbeugung, fiel erneut in tief verwurzelte Höflichkeiten zurück, als er antwortete. »Jeff Raven, bitte richte deiner bezaubernden Frau aus, daß ich mich sehr geehrt fühle und mein Bestes tun werde, um jedem eurer Kinder als loco parentis zu dienen.«

Jeff nickte ihm zufrieden zu und klopfte ihm aus vollem Herzen auf die Schulter. Der Denebier hatte nie etwas mit der auf Berührungen verzichtenden Etikette der Talente anfangen können, aber wenn sie von Jeff kamen, hatte Afra nichts gegen solche Vertraulichkeiten. »Gut! Dann sind wir uns einig. Sag mir nur noch eins: was weißt du eigentlich über Babies?«

Es stellte sich heraus, daß Afra eine ganze Menge über Babies wußte, schließlich hatte er schon mit den Kindern seiner Schwester zu tun gehabt und auch einmal Ackermans Kinder betreut, als Brian und seine Frau einen freien Abend brauchten.

Am Ende ihrer Plauderei gab Jeff ein schweres Seufzen von sich. »Du sagst mir Bescheid, wenn Rowan mir etwas vorenthält, ja?«

»Wo willst du denn hin?« fragte Afra erschrocken.

»Weißt du es denn noch nicht?« Jeff schien aufrichtig überrascht. »Anscheinend hat Reidinger beschlossen, sich etwas Erleichterung zu verschaffen, indem er mich zu einer Art Aushilfsprimus ernennt.« Er richtete sich zu voller Größe auf und vollführte eine spöttische Verbeugung.

Afra lachte. »Hat Rowan dich nicht gewarnt, daß Reidinger dich noch einmal aus der Reserve locken würde?«

Jeff zuckte die Achseln und machte ein komisches Gesicht. »Aus gutem Grund.« Dann zwinkerte er und setzte eine etwas tückische Miene auf. »Vielleicht hat er auch für meine Befähigung zum Reisen Verwendung. Ich bin der einzige Primus, der herumspringen kann, wie's ihm gefällt.«

»Warum forderst du Reidinger nicht heraus, auch eine Reise zu unternehmen, nachdem wir wissen, daß Siglen die Neurose hervorgerufen hat?«

Jeff sah Afra lang und eindringlich an, und seine Augen funkelten vor Bosheit. »Das wäre eine Idee, was? Dieser verschlagene alte Knochen. Er würde wahrscheinlich was vor sich hinknurren, daß ein alter Hund keine neuen Tricks mehr lernt oder so.«

»Ich glaube«, sagte Afra in bedächtigem Ton, »ich bin irgendwie ganz froh, daß es Reidinger nicht kann. Seine telepathischen Ausbrüche sind schlimm genug! Ich fände es unerträglich, wenn er nach Belieben teleportieren und mir auch noch persönlich auf die Nerven fallen könnte.«

Jeff hob eine Augenbraue und lächelte betont gehässig. »Na ja, du könntest ihn immer noch mit deinen Stieren bestechen.«

Afra blinzelte, starrte ihn verständnislos an und brach in Lachen aus, als er Jeffs Anspielung verstand.

»Und er hat immer noch den Stier und die Kuh auf dem Schreibtisch stehen«, fügte Jeff hinzu. »Ich glaube, wenn's drauf ankommt, gibst du immer dein Bestes. Das ist auch einer der Gründe, warum wir dich als l.p. für unseren Sohn haben wollen. Sag mal, kannst du eigentlich das Baby hören?«

»Nein.« Afras Antwort klang bestimmt und ein wenig traurig.

Die Geburt Jeran Ravens war Anlaß für eine fröhliche Feier in der Station von Kallisto und darüber hinaus. Jeder unter den Kuppeln hörte das gesunde mentale Weinen des Babys, als es geboren wurde, und das gemeinschaftliche Willkommen unterstrich die zärtlichen Gefühle der drei Erwachsenen, die bei der Niederkunft zugegen waren. Aufmerksame Primen hörten es auch; Afra hatte alle Hände voll zu tun, um die Berge seltener Blumen zu entsorgen, die von einem aufgeregten Peter Reidinger in die Gwyn-Raven-Quartiere geschickt wurden. Die Lieferung der Blumengeschenke machte beinahe den Zeitplan hinfällig, den Afra und Brian sorgfältig ausgearbeitet hatten, um Kallisto mit reduzierter Kapazität in Betrieb zu halten, solange die Leistungsfähigkeit seiner Prima eingeschränkt war.

Afra arbeitete noch spät, um die Verschiebungen zu bewältigen, als der Türsummer zu seinem Quartier tönte. »Herein!«

Er stand auf und ging zur Tür, um seinen Gast zu begrüßen. Es war Jeffs Mutter Isthia Raven. Afra war ihr in den letzten Tagen vor Rowans Entbindung einige Male in der Station begegnet, hatte sich ihr aber nicht aufdrängen wollen.

»Du hast dir das Kind noch nicht angesehen, Afra Lyon«, begann Isthia sofort.

»Ich war sehr beschäftigt und wollte ihn oder seine Eltern nicht stören.« Afra zögerte, weil er nicht recht wußte, wie er diese blauäugige Dame mit ihrem Schopf krauser, schwarzer Haare ansprechen sollte.

»Du kannst mich einfach Isthia nennen.« Afra legte

den Kopf schräg. »Rowan hat mir erzählt, wie eng ihr miteinander zusammenarbeitet.« Sie sah ihn scharf an. »Hast du denn Angst vor Neugeborenen?«

Afra lachte. »Kaum. Wann wäre denn ein passender Zeitpunkt, daß ich ihnen einen Besuch abstatte? Rowan scheint im Moment viel Ruhe zu brauchen.«

»Stimmt, aber *du* bist immer willkommen. Komm doch einfach heute nachmittag und bring's hinter dich.«

»Ich betrachte das nicht als eine Verpflichtung, die ich nur so ›hinter mich bringen‹ will«, sagte Afra.

Isthia betrachtete ihn erneut auf diese forschende Art. »Nein, das kann ich mir auch nicht vorstellen. Aber du bist als loco parentis vorgesehen und hast bisher nicht einen Blick auf meinen Enkel geworfen. Dabei haben du und Rowan sich sehr nahegestanden.«

»Nicht so nah wie sie und Jeff«, Afra fand es ratsam, sie in dieser Hinsicht zu beruhigen, »falls du dir deswegen Sorgen machst.«

Isthia sah ihn mit vor Überraschung großen Augen an. »Jetzt, nachdem ich dich kennengelernt habe, mache ich mir darüber nicht die mindesten Sorgen, denn es ist für mich offen ersichtlich, daß du ein Ehrenmann bist.« Afra machte eine Verbeugung, die etwas unverschämt wirkte und die Isthia mit einem nervösen Wink abtat. »Sind alle Capellaner so verklemmt?«

»Capellaner werden dazu erzogen, unter allen Umständen höflich zu bleiben.«

Isthia gab ein schroffes Lachen von sich. »Gut gekontert. Wir Denebier neigen dazu, unsere Gedanken auszusprechen.«

»Das ist mir schon aufgefallen. Es ist eine nette Abwechslung.«

»Nun, ich verstehe schon, warum Rowan und Jeff so viel von dir halten. Ich wollte mich nur selbst davon überzeugen, daß du dich als Elternersatz eignest.«

»War das der einzige Grund für deinen Besuch?«

»Natürlich«, erwiderte Isthia bestimmt. »Mir gefallen

Menschen, die nicht vor Herausforderungen und Drahtseilakten zurückscheuen. Aber du könntest es dir selbst hin und wieder etwas einfacher machen.«

Etwas überrascht von der Richtung, die ihr Gespräch einschlug, sah Afra sie spöttisch an.

»Versuch das nicht mit mir, junger Mann«, tadelte Isthia und milderte es mit einem Augenzwinkern. »Du mußt irgendwann einmal Deneb besuchen. Erhol dich von deinen anstrengenden Pflichten.«

»Es wäre mir eine Freude. Es muß eine faszinierende Welt sein, die solche erstaunlichen Talente hervorbringt.«

»Talente hervorbringt? Oh, ich glaube schon.«

Ihr beiläufiges Abtun brachte ihn außer Fassung. Er spürte, daß sie selbst über beträchtliches Talent verfügte, obwohl Jeff nie erwähnt hatte, ob sie schon einmal einem Test unterzogen worden war. Wenn ihre Art dem Durchschnitt ihrer Bevölkerung entsprach, war es kein Wunder, daß Jeff und Rowan sich über Jerans potentielles Talent Gedanken machten.

»Denk mal darüber nach«, und dabei nahm Isthias Gesicht diesen leeren Ausdruck an, von dem Afra bereits wußte, daß er einem hellseherischen Moment vorausging, »du wirst nach Deneb kommen …« – sie zögerte, als ihr plötzlich umwölkter Blick an seinem Gesicht hängenblieb, ohne ihn wahrzunehmen. Ein Frösteln sträubte ihm die Haare auf den Armen –, »um zur Ruhe zu kommen und neue Lebenskraft zu tanken.« Abrupt schüttelte sie den Kopf, und der Blick ihrer blauen Augen klärte sich wieder . »War ich gerade weg?«

»Mir ist nichts aufgefallen«, erwiderte Afra glatt, nicht nur wegen ihrer abschätzigen Bemerkung über Talente auf Deneb, sondern auch, weil ihn ihr Vermögen zum Hellsehen wirklich erschreckt hatte. »Darf ich dir eine Erfrischung anbieten?«

»Das wäre sehr freundlich. Hast du zufällig Tee da?« fragte sie sehnsüchtig.

»Chinesischer oder indischer?«

»Indischer«, erwiderte sie mit einem hoffnungsvollen Lächeln im Gesicht.

»Japattah oder Darjeeling?«

»Darjeeling«, antwortete sie erleichtert. »Eine wundervolle Sache, Tee. Ein Mann, der Tee serviert, hat beim Raven-Clan in jedem Fall etwas gut.«

»Wie bitte?«

»Nun, wenn du dich bereit erklärt hast, als loco parentis für Jeran zur Verfügung zu stehen, bist du im Grunde ein Mitglied der Raven-Sippe.«

Afra war durcheinander, ließ aber erst das Wasser kochen, bevor er Jeff Ravens unbezähmbare Mutter wieder ansah. »Wenn das eine Art rituelle Bindung ist ...« Einige Pionierplaneten hatten ziemlich barbarische Gebräuche wiederbelebt.

»Nein, kein Ritual. Nur eine Feststellung«, erwiderte Isthia. Der Kessel begann zu pfeifen.

Das Teekochen erforderte jedenfalls einige kleinere Rituale, die Afra pflichtschuldig befolgte, offenbar zu Isthia Ravens Vergnügen. Und für den Rest ihres Besuchs tauschten sie Liebenswürdigkeiten aus.

Afra stellte fest, wie er in Gegenwart dieser bemerkenswerten Frau zunehmend lockerer wurde, und bedauerte es aufrichtig, als sie aufbrach.

»Wir werden schon wieder Gelegenheit bekommen, uns zu unterhalten, Afra.« *Darauf kannst du dich verlassen!* warnte sie ihn. »Und wann kommst du dein neues Mündel besuchen? Ganz zu schweigen von seiner Mutter. Sie fürchtet, daß ihre Mutterschaft dich abstößt.«

Niemals! Afra antwortete so impulsiv, daß er sich nicht beherrschen konnte.

Isthia lächelte bloß. »Sie wird sich freuen, das zu hören.«

Jeff Raven bestand darauf, Afra und der Station von Kallisto zu helfen, wann immer er während Rowans Mutterschaftsurlaub abkömmlich war. Allerdings wurde sie ziemlich wütend, als er gegen ihre Rückkehr in den Tower knapp zehn Tage nach der Entbindung protestierte.

Meine Güte! Mein Körper hat eine Belastung hinter sich, nicht mein Geist! übertönte sie in einer leichten Aufwallung seine Proteste. *Männer!*

Weil Jeran sich noch nicht an einen regelmäßigen Schlafrhythmus gewöhnt hatte, ermüdete Rowan schnell und neigte zu Vergeßlichkeit. Es war eine ›denkwürdige‹ Phase, wie Isthia später anmerkte. Afra und Isthia verbrachten viel Zeit miteinander, meldeten sich freiwillig zur Babypflege, plauderten bloß oder spielten mit den Ackermans Bridge, ein Spiel, das sowohl Afra wie Isthia in der Vergangenheit schmerzlich vermißt hatten.

Jeff war überrascht, als Reidinger ihn zu einer Konferenz auf die Erde einlud.

»Warum kann er's mir nicht telepathieren?« beschwerte sich Raven bei Afra, als er die förmliche Nachricht erhielt.

»Ich nehme an, er hat seine Gründe dafür«, beruhigte ihn Afra, der sich betont neutral gab. »Vergiß nicht, Gollee einen schönen Gruß auszurichten, wenn du unten bist.«

»Und Luciano! Bei allen Göttern! Was für ein Essen!« Jeff leckte sich vor Vorfreude die Lippen. »Darauf kannst du dich verlassen!«

Stunden später kehrte er zurück. *Du hast es gewußt!* fluchte Jeff ihn an.

Reidinger ist einhundertzehn, du bist für die Arbeit in einem Tower ausgebildet worden, du arbeitest wie ein Verrückter, du kennst alle Primen, die es gibt, deshalb hielt ich es für ziemlich offensichtlich. Es war nur eine Frage der Zeit, kam Afras phlegmatische Antwort.

Du hast es ihr nicht gesagt, ja? fragte Jeff mit einiger Beunruhigung.

Natürlich nicht! Es gibt überraschende Neuigkeiten, die

man persönlich überbringen sollte, erwiderte Afra, womit er darauf anspielte, daß er von Rowans Schwangerschaft gewußt hatte.

»Gut! Ich kann's nicht abwarten, ihr Gesicht zu sehen!« Mit diesen Worten hastete Jeff in Rowans Quartier, um ihr die erfreuliche Neuigkeit zu überbringen.

Brian Ackerman hatte den ganzen Wortwechsel aus einiger Entfernung beobachtet, doch er konnte seine Neugier nicht mehr zügeln, als Raven gegangen war.

»Worum ging's denn?« fragte er. Afra zuckte unverbindlich die Achseln. »Gute Nachrichten?«

Erdprimus! Der Widerhall von Rowans mentalem Jubelschrei entging niemandem in der ganzen Station.

»Das könnte man sagen«, bemerkte Afra mit einem leichten Grinsen.

»Weißt du«, fügte Afra nachdenklich hinzu, »Rowan schirmt sich normalerweise ab, und von Meister Jeran haben wir noch nicht viel ›Krach‹ gehört, weil er die meiste Zeit schläft. Aber sollten wir nicht besser ein paar Jungs darauf ansetzen, daß aus Rowans Unterkunft kein kindliches Gebrabbel zu uns durchdringt?«

Ackerman setzte einen zerstreuten Blick auf, der etwas Verwirrtes annahm.

»Er ist nicht so laut, daß wir uns deswegen Sorgen machen müßten. Aber klar, du meinst, sie wird es nicht bei einem Kind belassen, ja? Ich glaube, sie hat mir einmal gesagt, daß sie sich eine große Familie wünscht. Natürlich könnte es sein, daß sie ihre Meinung noch ändert. So war's bei meiner Frau, aber vielleicht sollten wir uns über dieses Problem Gedanken machen, bevor es soweit ist.« Ackerman kritzelte eine flüchtige Notiz auf seinen stets griffbereiten Block.

Sechs Monate und zwei Tage später, spät am Abend, als Afra gerade einen komplizierten Origami-Dinosaurier weglegen wollte, den er für den jungen Jeran zu falten versuchte, piepste sein Türsummer.

»Herein!« rief er, halb irritiert, halb erleichtert über die Störung.

Es war Brian Ackerman. Afra begrüßte ihn mit einem geneigten Lächeln. »Bist du hier, um mir mitzuteilen, daß die mentale Abschirmung eingerichtet ist?« kam Afra ihm zuvor, als er dem ergrauenden Ackerman eine Tasse beruhigenden Tee reichte.

Ackerman wirkte verdutzt. »Nein, das wollte ich mir für morgen aufheben«, gestand er mit einem Seufzer. »Jeff Raven hat mich gebeten, mal vorbeizuschauen.«

»Wozu?«

»Nun, er sollte …« Der Türsummer unterbrach ihn.

Jeff Raven entschuldigte sich bei den beiden Männern ausgiebig für die späte Störung. »Es ist die einzige Zeit, wenn ich mir sicher sein kann, daß sie nicht mithört.«

»Warum?« fragte Afra vorsichtig.

Jeff hob eine Augenbraue. »Nun, ich muß dich etwas fragen, und es ist schwierig, sie allein zu lassen, wie sie sich in letzter Zeit verhalten hat. Im Moment schläft sie mit Jeran auf dem Schoß.«

»So?« Afra wollte sich nicht in etwas hineinziehen lassen. »Weißt du, wie sie sich verhält und wieviel sie schläft, ist völlig normal.«

»Darüber rede ich nicht …« Jeff warf Afra einen zweiten prüfenden Blick zu. »O nein! Dafür ist es viel zu früh.«

»Ist das nicht der Grund, warum du hier bist?« fragte Afra und ärgerte sich darüber, daß er geglaubt hatte, den Grund für Jeffs Besuch zu kennen.

»Nicht ganz, aber ich werde das Beste draus machen. Also, ist sie oder ist sie nicht? Und laß den Quatsch, daß es Dinge gibt, die man einem persönlich sagen sollte!«

»Nun …« Dabei spürte Afra, daß Jeff ihn nach der Wahrheit abtastete.

»Eines Tages werde ich meine Mutter noch einmal erwürgen.«

»Isthia?« fragte Brian besorgt, denn er respektierte die Frau und wußte, daß Jeff sie auch respektierte.

»Meine Mutter hat meiner Frau Unsinn über geschwisterliche Bande erzählt. Das war der Grund, warum meine Mutter darauf bestanden hat, jedes Jahr zu empfangen.« Jeff hielt in diesem Fall weder von der Theorie noch von der Praxis etwas. »Ist es ein Junge oder ein Mädchen, Afra?«

»Ein Mädchen.«

»Also hat sie sich wohl auch Gedanken darüber gemacht, wie man das hinkriegt, was?« Widersprüchliche Gefühle zwischen Verbitterung und Respekt überflogen Jeffs lebhaftes Gesicht. Dann schlug sein Gesichtsausdruck in Sorge um. »Ich bin eigentlich gekommen, weil ich mich über eine sehr private telepathische Mitteilung von meiner Mutter unterhalten wollte. Sie hat mich nach Deneb gebeten, um einem ungewöhnlichen Vorfall nachzugehen. Sie meint, sie hätte etwas gespürt, eine Präsenz.«

»Hat Rowan sich nicht vor einer boshaften Präsenz gefürchtet, kurz bevor sie von Jeran entbunden wurde?« hakte Afra nach.

Jeff nickte. »Sie, meine Mutter und Elizara. Mutter glaubt, sie habe dasselbe Phänomen wieder wahrgenommen.« Jeff schüttelte den Kopf. »Ich habe nicht das geringste gespürt.«

»Wie können wir helfen?« fragte Brian.

»Ich weiß es nicht«, erwiderte Jeff besorgt. »Aber ich hatte das Gefühl, daß ich euch besser verständigen sollte. Meine Mutter gerät nicht schnell in Panik, auch wenn sie ihr Talent noch nicht verfeinert hat. Auf Deneb haben bisher nur Frauen eine Spur dieser Erscheinung aufgefangen, was immer es sein mag. Wenn wir bedenken, wie empfänglich Rowan ist, könnte sie davon noch einmal beunruhigt werden. Deshalb hat Isthia mich gewarnt. Also gebt mir Bescheid. Wir alle wissen, wie meine Frau gelegentlich den Kopf verlieren kann, und schwangere Frauen sind berüchtigt dafür.«

Die anderen beiden Männer tauschten so erschrokkene Blicke, daß Jeff Raven lachte. »Haltet sie einfach davon ab, etwas Unüberlegtes zu tun – vor allem jetzt. Ich muß jedenfalls wieder an die Arbeit.«

»Wirst du auf der Erde eingesetzt?« fragte Ackerman.

»Vielleicht. Schwer zu sagen. In meiner Rolle als designierter Nachfolger bin ich in letzter Zeit viel herumgesprungen.« Er sah den Capellaner dankbar an. »Es war ganz schön gerissen von dir, mich erst mit Gollee Gren arbeiten zu lassen, bevor es bekanntgegeben wurde; wir bilden ein großartiges Team.«

Ackerman nickte wissend. »Er redet nicht viel, aber er hört eine Menge, unser Capellaner Lyon.«

Jeff schlug sich auf die Knie und stand vom Sofa auf. »Also, habe ich euer Wort?«

»Sicher«, sagte Ackerman freundlich und erhob sich ebenso.

Afra war zurückhaltender. »Es gibt Geheimnisse, die man besser nicht ausplaudert.«

Jeff legte den Kopf schräg und lächelte über diese sentimentale Regung. »Ich vertraue deinem Urteil, Afra.«

Jeffs Vorahnung trog nicht. Kaum eine Woche war vergangen, ehe Rowan sich bei ihrem Stellvertreter und dem Stationsmeister meldete und eine Teleportierung nach Deneb anforderte.

Ackerman ergriff das Wort. »Hör mal, Rowan, Mauli wird alles tun, was du sagst, aber mich soll der Schlag treffen, wenn Afra und ich die Verantwortung für euch beide übernehmen und Jeran ohne die geringste Rücksprache mit Jeff nach Deneb schicken.«

Trotz Rowans Drohungen ließen sich beide nicht davon abbringen, daß sie erst mit ihrem Mann sprach. Rowan tat es nur mit größtem Widerwillen. Brian Ackerman fragte sich, ob man ihn hier nicht in eine Ehestrei-

tigkeit hineingezogen habe, als Raven, nachdem man ihn pflichtbewußt informiert hatte, in ihre Bitte einwilligte. Er spürte einen Anflug von Belustigung hinter der kühlen Erscheinung des Capellaners.

»Warum will sie Mauli und nicht auch Mick?« brummte Brian, als die Generatoren nach der Belastung herunterfuhren, die es gekostet hatte, um Rowan und die Mannschaft nach Deneb hinauszubefördern.

»Mauli ist eine Frau«, sagte Afra und fügte hinzu, als Brian ihn fast anknurrte: »Vergiß nicht, daß Jeff gesagt hat, die Spur, die Isthia wahrgenommen habe, sei nur für Frauen hörbar. Und es kann gut sein, daß Maulis einzigartige Fähigkeit zum Reflektieren Rowans Möglichkeiten verbessert, herauszufinden, was immer da vor sich gehen mag.«

»Ein geschlechtsgebundenes Signal?« Ackerman war skeptisch.

»Es ist durchaus möglich«, erwiderte Afra und fügte unterbewußte Bilder mütterlicher Instinkte hinzu.

»Wie Jeff sagte, gerät Isthia nicht schnell in Panik.« Brian war auch nicht allzu glücklich über die Situation.

Afra schüttelte den Kopf. »Nein. Mir wäre auch wohler, wenn es eine konkrete Bedrohung gäbe.« Er wandte sich ab und ging in Richtung seines Quartiers davon.

»Wohin gehst du?« wollte Ackerman wissen.

»Ich will mich etwas ausruhen«, rief ihm Afra über die Schulter zu. »Ich schätze, wir werden unsere Kräfte noch brauchen.«

Damit behielt er recht. Am nächsten Tag war Rowan wieder da, während Jeff Raven Flottenaufklärer zu besorgen versuchte, um die Bedrohung einzuschätzen, die Rowan, Mauli und die anderen empfindsamen Frauen sich Deneb nähern gespürt hatten. Jeff, der in einem kleinen Aufklärungsschiff sein Leben riskierte, war in Sichtweite eines fremden Raumschiffs gekommen. Das genügte Rowan, um in der Station von Kallisto Alarmstufe Gelb auszulösen. Auf sein Drängen hin und mit Unterstützung von Mick und Brian Ackerman legte Afra Rowan nahe, an ihrer Stelle so lang zu beobachten und zu lauschen, wie sie für eine dringend benötigte Pause brauchte.

Einige Stunden später fuhr Jeff Ravens explosiver mentaler Aufschrei wie ein Blitzschlag durch die Station. Afra und Ackerman belauschten unauffällig das darauffolgende Gespräch zwischen ihm und Rowan, die der Schrei aufgeweckt hatte. Jeff konnte nun berichten, daß das, was Rowan ›Leviathan‹ getauft hatte – das fremdartige Riesenraumschiff, das aus einem großen Asteroiden geformt worden war –, geradewegs auf Deneb zuhielt und daß die Absicht der ›zahllosen‹ Wesen an Bord keine geringere als die Eroberung von Deneb VIII und möglicherweise die Vernichtung der gesamten menschlichen Spezies war.

Afra warf einmal eine Bemerkung in das telepathische Gespräch ein, nicht nur um einen wohlüberlegten Einwand anzubringen, sondern auch, um sich zu vergewissern, daß er Jeff über diese Entfernung hinweg erreichen konnte.

Rowan bestand zu Recht darauf, sich auf den bedrohten Planeten zu begeben, wo sie alle dortigen Talente bündeln und miteinander verschmelzen konnte, falls eine solche Maßnahme erforderlich sein sollte. Afra ließ seine Sorge um Jeran unausgesprochen; ein solcher Sturm psychischer Energie konnte verhängnisvolle Auswirkungen auf seine junge Seele haben. Um sich hatte Rowan offenbar nicht die geringste Angst. Afra hätte sich nicht sorgen brauchen; Reidinger war strikt dagegen, erinnerte Rowan an die Gefahren und wies darauf hin, daß ihr Quartier gegenwärtig als einziges gegen psionische Rückschläge abgeschirmt war (Brian hatte dafür gesorgt, ohne Afra davon zu berichten). So kam es, daß Afra seiner Rolle als loco parentis für Jeran sehr viel früher nachkommen konnte, als er erwartet hatte.

So jung Jeran auch war, reagierte sein Geist doch auf Afras Ausstrahlung, und er hatte seinen Spaß daran, im Schoß des Capellaners zu sitzen und zuzuschauen, wie Origami-Vögel, -Fische und andere Tiere entstanden. Wenn Jeran, nachdem er vor Vergnügen in die Hände geklatscht und gelacht hatte, ungeschickt die Hände nach einem der zerbrechlichen Geschöpfe ausstreckte, brachte Afra ihm geduldig bei, wie man Daumen und Zeigefinger benutzte, um ein Origami zu halten. Und wenn Jeran in seinen Armen einschlief, fand Afra dieses Zutrauen ungemein angenehm. Dann bedauerte er es, den weichen, warmen Körper in seine Wiege zurücklegen zu müssen.

Die Belastung, die der Rest der Tower-Besatzung in Rowans Gegenwart so geschickt bewältigt hatte, stieg erheblich an, als sie es zuließen, daß ihre Sorge um die Schwere des Angriffs auf Deneb durchdrang.

Ein Tablett voller Tassen, die eine dampfende Flüssigkeit enthielten, erschien im Kontrollraum. Afra schnüffelte neugierig daran und roch nur die besten Tee- und Kaffeesorten, die allen auf der Station erhältlichen in Qualität und Frische überlegen waren.

Mit besten Empfehlungen von Luciano! sagte Gollee Gren, und ein vergnügtes Kichern über seine Verblüffung begleitete die telepathische Botschaft. *So lang ich in Form bin und du Bedarf hast, kann ich die Kallisto-Station non-stop mit Erfrischungen versorgen!*

Die an alle gerichtete Nachricht wurde von jedem auf der Station mit einer Welle überschäumender Dankbarkeit beantwortet.

Die Erfrischungen wurden genossen, und Gren mußte während der Wachzeit zwölfmal Nachschub beschaffen, während sich Kallisto, die Erde, Beteigeuze, Atair, Prokyon und Capella für die Unterstützung des belagerten Deneb bereit machten.

Reidingers Befehle trafen elektronisch mit Lichtgeschwindigkeit ein, statt instanto auf telepathischem Wege. Afra begriff, warum, sobald er sie gelesen hatte. Er billigte Reidingers Plan, obwohl es ein Risiko darstellte, die Streitkräfte der Talente aufzuteilen, die dem Feind entgegenstanden. Dabei stand einiges auf dem Spiel.

Afra arbeitete fieberhaft, damit seine Mannschaft auf Kallisto entsprechend unterrichtet und ausgeruht war. Dennoch nahm die Anspannung akut zu, als die Vorgänge um Deneb überall in der Neun-Sterne-Liga bekanntgemacht wurden.

»He, das Ding hat abgebremst.« Jeffs telepathisch übertragene Stimme wurde auf die Komsysteme der Station umgeleitet. »Es wird in eine Umlaufbahn um Deneb eintreten!«

»Warum?« fragte Isthia Ravens Stimme, die ebenfalls vom Kom-Telepathen wiedergegeben wurde. »Ich kann mir nicht vorstellen, daß es friedliche Absichten verfolgt!«

Afra stimmte aus vollem Herzen zu. Der Leviathan hatte zehn Begrüßungs- und Identifikationssequenzen ignoriert, das Minenfeld durchpflügt, das sich vor Denebs Heliopause erstreckte, und Zerstörer ausgeschickt, um die Flotte zu beschäftigen.

»Nein, bestimmt nicht in diesem Orbit«, gab Jeff Raven zur Antwort. »Gerade weit genug, daß seine Geschosse noch Schaden anrichten können, und zu weit für irgendwelche Vergeltungsmaßnahmen vom Planeten aus – falls wir dafür geeignete Geschosse hätten. Die Mistkerle werden uns in Grund und Boden schießen!«

Nein, werden sie nicht! Alle im Kontrollraum schreckten hoch, als Reidingers telepathischer Aufschrei zu hören war. *Angharad Gwyn-Raven, du befehligst Fokus A. Zieht euch zusammen! Jeff Raven, zieh Fokus B zusammen. Macht euch bereit!*

Afra! Die mentale ›Stimme‹ Jeff Ravens bekam ihn fest zu fassen, als er die männlichen Hirne kontaktierte, die seine Streitmacht waren. Rowan zog gleichzeitig sämtliche weiblichen Talente in ihrem Fokus zusammen.

Hier, erwiderte Afra ruhig und öffnete seinen Geist Jeffs Berührung.

Gut! erwiderte Raven mit einem Gefühl der Erleichterung. *Ich schaff's nicht, von Gren über diese Entfernung hinweg eine Reaktion zu bekommen.* In Jeffs Stimme schwang eine Spur Anspannung mit.

Keine Sorge, versicherte Afra hastig und sendete gleichzeitig einen mentalen Warnruf an Gren und Ackerman, die neben ihm standen. *Wir haben eine Pyramide aufgebaut, mit dir an der Spitze.*

Anfangs langsam, dann mit zunehmender Geschwindigkeit spürte Afra, wie sich die weniger begabten Talente des Sonnensystems hinter ihn, Gollee und Ackerman einreihten. Er fühlte einen mentalen Sog, der durch ihn auf Jeff überging, als sei er selbst bis auf die Größe des kleinen Mondes angeschwollen. *Kallisto und die Erde sind bei dir,* reichte Afra einen mentalen Taktstock weiter, der einer gemeinsamen Willenserklärung aller männlichen Talente gleichkam, die die Erde, Kallisto und alle Planeten des Sonnensystems aufbringen konnten.

Beteigeuze schließt sich dem Primus an.

Prokyon ist auf Empfang.

Die Männer von Capella lassen grüßen und sind bereit für die Verschmelzung.

Atair hier.

Und weit draußen auf Deneb stand Jeff Raven unversehens im Mittelpunkt eines Mahlstroms der Macht. Das Timing war perfekt, denn als Rowans Fokus es geschafft hatte, die ›zahllosen Wesen‹ zu zerschmettern, war es für Ravens Fokus an der Zeit, den Untergang des Leviathans zu besiegeln.

Jetzt! schrie Jeff Raven, und alle männlichen kinetischen Talente waren mit allen verfügbaren Generatoren in der Neunsternenliga in einem einzigen Gesamt dazu vereint, um den Leviathan auf einen neuen Kurs abzulenken – geradewegs auf den Riesenstern zu, den heiß lodernden Deneb.

Das hätten wir schon mit den ersten Angreifern machen sollen, sagte Ravens Fokusgeist.

Wir haben *sie gewarnt!* erwiderte Rowans Fokus.

Als sie ihre Arbeit beendet und ihre Energien verbraucht hatten, zerfielen die beiden Fokusse zusammengeschalteter Hirne wieder in ihre Bestandteile. In der Station von Kallisto gab das Personal einen gemeinschaftlichen Seufzer von sich, und viele sackten, sämtlicher Energie beraubt, an Ort und Stelle zusammen. Die Generatoren, plötzlich von ihrer Last befreit, schaukelten sich zu Höchstgeschwindigkeiten auf und wurden von den Sicherheitsschaltern stillgelegt.

Jeff? brachte Afra mühsam heraus. Er war sich nicht sicher, ob er wirklich eine Antwort wie den Ruf eines Mannes über ein windiges Feld hinweg hörte. *Reidinger, alle Generatoren sind ausgefallen. Wir sind hier alle völlig ausgelaugt, aber es ist nichts passiert, was man nicht mit einem Ruhetag wieder hinkriegen könnte.*

Ich werd's ihm ausrichten, sendete Gollee Gren mit einem Unterton wie ein Gähnen.

»Verflucht noch mal! So was möchte ich nicht noch einmal durchmachen!« fluchte Brian Ackerman.

Afra schaltete den Gemeinschaftskanal des Komsystems ein. »Geht ins Bett, Leute, und ruht euch aus. Wir machen für die nächsten vierundzwanzig Stunden zu. Die Wartungsmannschaft bitte ich, sich darum zu kümmern, daß die Generatoren bis dahin wieder betriebsbereit sind.«

Brian sah mit einem Grinsen zu ihm hinüber. »Afra Lyon! Ich glaube, das war das erste Mal, daß du einen entschlossenen Befehl erteilt hast!«

Afra war zu müde, um etwas darauf zu erwidern.

Die Abwehr der denebischen Eindringlinge, wie die fremden Aggressoren in den Medien bald genannt wurden, war Peter Reidingers letzte Amtshandlung für VT&T. Die Anstrengung war fast zuviel für ihn gewesen, und Jeff Ravens Leistung im Verlauf der Raumschlacht hatte dem gutmütigen und stets charmanten Deneber Türen geöffnet, die ihm bisher verschlossen gewesen waren.

»Aber glauben Sie bloß nicht«, knurrte Reidinger, »daß ich nicht ein Auge auf Sie haben werde!«

Dieses Problem war allerdings nicht das einzige, das nach der erfolgreichen Verteidigung zur Debatte stand. Afra machte sich insbesondere über eines Gedanken, das ihn zutiefst beunruhigte, weil er nicht wußte, ob er einige sehr seltsame Äußerungen Jerans nicht mißverstanden hatte. Und es dauerte einige Wochen, bevor er schließlich darauf kam, woher die Beobachtungen des Kleinen stammten, und einen Termin mit Raven verabredete, um mit ihm darüber zu reden.

»Du bist angespannt und deine Abschirmung ist lückenhaft«, sagte Jeff, sobald Afra sein Büro – früher Reidingers Unterkunft – auf der Erde betrat. »Stimmt etwas nicht?«

»Es geht um deine Tochter.« Jeff riß die Augen auf. Afra fuhr hastig fort. »Ich glaube, deine Tochter ist von den Energien beeinflußt worden, die während der Verteidigung durch Rowan geflossen sind.«

»Wie sehr?« fragte Jeff und wurde blaß.

»Oh, nicht allzu sehr!« erwiderte Afra und versuchte dabei zuversichtlich zu klingen. »Es ist nur … es ist nur so, daß ich Jeran mit ihr reden gehört habe.«

»Jetzt schon?« rief Jeff erstaunt. Er sendete ein kurzes Signal an seine Mutter.

Ja, kam Isthias wohlüberlegte Antwort. *Ich würde sagen, Afra hat recht. Ich war mir nicht ganz sicher, als Angharad sich noch auf Deneb aufgehalten hat, aber wenn Afra das Phänomen aufgefallen ist, vertraue ich seinem Urteil. Wie macht es sich bemerkbar?*

Auf ziemlich infantile Art, sagte Afra und verzog das Gesicht, *aber es besteht ein mentaler Kontakt zwischen den beiden Kindern. Jeran versteht nicht ganz, was sie beunruhigt, aber er weiß, daß sie ›da drin‹ nicht glücklich ist. Er weiß nicht, wie er antworten kann. Wie sollte er auch?* fügte Afra hinzu.

Jeff wurde nachdenklich. *Das Baby reagiert also auf den Stress, den Rowan durchgemacht hat? Können wir ihm dann nicht sagen, was er* ihr *sagen soll, genau abgestimmt auf die Seele eines Fötus?* Afra nickte.

Ich verstehe schon, warum du Angharad nicht beunruhigen wolltest. Sie hat ihre Kraftreserven bei der Vereinigung weitgehend erschöpft. Ich möchte sie jetzt nicht noch mehr belasten.

Jeff lächelte trübe. »Ja, es könnte einen schon aus der Fassung bringen, wenn einem ein kleiner Schreihals plötzlich sagt, daß deine Tochter nicht glücklich ist, wo sie sich gerade aufhält.«

»Ich habe einen Vorschlag zu machen«, fuhr Afra fort, »den ich bereits mit Elizara als Rowans Geburtshelferin besprochen habe. Jeran vollzieht nur die Angst des Babys nach. Er sollte einen körperlichen Kontakt herstellen. Und zwar in einem Moment, wenn Rowan abgelenkt ist und weder unbeabsichtigt den Kontakt behindert noch physisch unterbindet.«

Das müßte funktionieren, bemerkte Isthia, als Afra fertig war. *Obwohl ich noch nie gehört habe, wie ein Säugling mit einem Fötus redet. Könnten wir vielleicht Elizara in dieses Gespräch einbeziehen?*

Als sich die Praktikerin ihnen anschloß, meinte sie, daß Föten in diesem Entwicklungsstadium zwar normalerweise noch über kein Bewußtsein verfügen, im Falle Angharad Gwyn-Ravens aber nichts auszuschließen sei.

Es ist eine enorme Menge roher Energie durch Rowans

Geist geflossen, so stark er auch sein mag, sagte Elizara nachdenklich. *Schließlich habe ich daran Teil gehabt. Ein solcher Nebeneffekt ist mir nicht in den Sinn gekommen, aber es könnte durchaus physisch etwas durchsickern. Ein ungeborenes Kind ist in diesen drei Monaten zweifellos sehr empfindlich und könnte Schäden davontragen.*

Isthias Tonfall spiegelte ihre Sorge wider. *Ich glaube, Afras Vorschlag sollte so bald wie möglich in die Tat umgesetzt werden, und vorzugsweise, ohne daß Angharad davon erfährt.*

Allerdings, davon sollte sie nichts merken, pflichtete Elizara bei.

»Vielleicht wäre das kein schlechter Zeitpunkt, um eure Verbindung offiziell bekanntzugeben«, schlug Afra vorsichtig vor.

»Offiziell?« Jeff zog ein Gesicht.

Ja, Jeff Raven! Heirate das Mädchen! schleuderte Isthia ihm aus der Ferne zu.

Ich halte es nicht unbedingt für notwendig, zu einem so späten Zeitpunkt noch offizielle Verlautbarungen zu machen, Mutter!

Für dich vielleicht nicht, aber für sie. Die Wucht von Isthias Antwort warf Jeff in seinen Sitz zurück. Er wandte sich Afra zu, und ein Grinsen machte sich auf seinem Gesicht breit. »Willst du immer noch den Trauzeugen machen?«

Jeff wünschte sich Deneb, Reidinger wollte die Erde, und Rowan setzte Kallisto als den Ort ihrer Hochzeit durch. Jeff mußte zugestehen, daß die erste Heirat zweier Primen gewisse politische Untertöne hatte. »So sehr es mir auch zuwider ist, so ist es doch eine hervorragende Gelegenheit, gewisse Allianzen mit der Gwyn-Raven-Dynastie fest zu verankern.«

Reidinger hatte sich verbissen dafür eingesetzt, daß die kurze Zeremonie auf der Erde abgehalten wurde. Und Rowan war durchaus versucht, ihm nachzugeben.

Aber das hätte VT&T zu freie Hand mit den Einladungen gelassen, während der begrenzte Platz in der Toweranlage die Zahl möglicher Gäste von vornherein auf ein handhabbares Maß beschränkte. Außerdem wollte sie nicht, daß sich zu einem so privaten und persönlichen Anlaß alle möglichen Leute herbeiteleportieren. Glücklicherweise traf Rowan auf mehr Entgegenkommen als erwartet. Es kostete Jeff, Isthia, Afra und Elizara alle Überredungskünste, um Reidingers lautstarke Proteste zu beschwichtigen. Möglicherweise hatte Elizara sich ihren Urgroßvater einmal unter vier Augen vorgenommen, denn ganz plötzlich gab er seine Versuche auf, Rowan auf die Erde zu holen. Afra sagte Rowan, es läge nur daran, daß er Reidinger versprochen hatte, die Zeremonie aus allen möglichen Blickwinkeln aufzuzeichnen.

»Ich weiß, daß es auf der Erde nicht darauf ankommt«, hatte Isthias letztes Argument gelautet, »aber einige Puristen könnten etwas gegen eine Braut haben, die nicht nur schwanger ist, sondern außerdem schon ein Kind hat, das alt genug ist, um einen Ringträger abzugeben.«

Afra übernahm sofort die Aufgabe, den ›Ringträger‹ zu instruieren. Mit sanftem, aber festem mentalen Druck machte er Jeran verständlich, daß er seine Schwester beruhigen konnte und wie er eine mentale Botschaft schickte.

»Sag ihr, daß sie im Moment in Sicherheit ist, und daß du sie auch beschützen wirst.«

Mit vor Anstrengung gerunzelter Stirn wiederholte Jeran die Botschaft und bezog daraus einige Beruhigung für sich selbst.

So wie ich auf die Origami aufpasse? fragte er. Afra hatte sich hingehockt, damit er und das Kind nahezu dieselbe Augenhöhe hatten.

»So behutsam, wie du dich um die Origami kümmerst«, sagte Afra und unterstrich die Botschaft mental. Jerans Stirn glättete sich, und er strahlte Afra an, im Geiste so gelassen wie entschlossen, seine beiden Aufgaben perfekt auszuführen.

Die Zeremonie war schlicht, doch ergreifend. Weil der ›Alte‹ – Reidinger nämlich – nicht persönlich dabeisein konnte, um sie fortzugeben, nahm Gollee Gren als sein Stellvertreter seine Position ein, während Reidinger das Wort führte.

»Wie üblich«, sagte Gollee mit einem schelmischen Grinsen. Reidinger mochte vielleicht nicht persönlich zugegen sein, doch seine unausweichliche mentale Präsenz wurde von allen Anwesenden gespürt.

Mauli, Elizara, Rekella, Besseva, Torshan und Kapitän Logjyn von dem Aufklärer, der Jeff in Sichtweite des Leviathans gebracht hatte, freuten sich alle darüber, Rowans Trauzeugen zu sein. Afra war nicht ganz wohl in seiner ehrenvollen Rolle als Brautführer, und das aus gutem Grund. Er hatte gewissenhaft alle traditionellen Pflichten des Brautführers studiert und in Angriff genommen und damit die Braut und den Bräutigam von den meisten Vorbereitungen auf dieses Ereignis entlastet. Ackerman führte die Brautführer an, zu denen außerdem Bill Powers, der Chefarzt Asaph und Admiral Tomiakin gehörten.

Jeff machte eine dramatische Pause, als der Moment gekommen war, »ja« zu sagen, und hatte ein Funkeln in den Augen, bis Rowan, die schon Schlimmes befürchtete, ihm einen finsteren Blick zuwarf.

Reidinger brach das Schweigen und fluchte *sotto voce*: »Es ist ein bißchen spät, um jetzt noch kalte Füße zu kriegen! Wenn du sie nicht heiratest, dann tu ich es!«

Jeff schwieg lang genug, um dem alten Erdprimus einen kräftigen mentalen Knuff zu verpassen, dann wandte er sich wieder Rowan zu. Der Friedensrichter hustete mit vorgehaltener Hand, dann wiederholte er: »Wollen Sie mit dieser Frau eine dauerhafte Bindung eingehen?«

»Aber natürlich!« sagte Jeff mit klarer, fester Stimme, die durch die ganze Kuppel schallte.

»Und Sie, Angharad Gwyn, wollen sie eine dauerhafte Bindung mit diesem Mann eingehen?«

Rowan sah Jeff schräg an, brachte es aber nicht über sich, die Szene in die Länge zu ziehen. »Von ganzem Herzen, ja.«

In dem Augenblick, als Jeff und Angharad sich vorbeugten, um die Zeremonie mit einem Kuß zu besiegeln, entglitt Jeran Isthias lockerem Griff und lief mit erhobenen Händen auf seine Mutter zu.

Komm schon, mein Lieber! sendete Isthia dem Jungen in einem stark gebündelten Strahl zu. *Rede mit ihr, sprich mit deiner Schwester!*

Elizara blinzelte wohlwollend und legte den Kopf schräg, als hörte sie zu. Mit vor Erstaunen großen Augen nickte sie. Sie bemerkte Afras verzückten Gesichtsausdruck, brachte es mit Rowans ältestem Kind in Verbindung und sah ihn mit gehobenen Augenbrauen provozierend an. Afra nahm es mit einem bloßen Zukken einer Augenbraue zur Kenntnis.

Jeff und Angharad, vereint in einem Kuß, den dieser Augenblick zu etwas ganz Besonderem machte, bekamen von dem intensiven psychischen Austausch nichts mit.

Die Marine hatte eine besondere Überraschung vorbereitet, als sie sich zum Empfang begaben. Eine Doppelreihe uniformierter Männer bildete mit ihren archaischen, polierten Säbeln eine stählerne Brautbrücke.

Elizara holte Afra auf dem Weg zum Empfang ein. »Es hat funktioniert, weißt du.«

»Ja, ich glaube, ich habe gespürt, wie sie Jeran angenommen hat.«

»Dennoch ist eine telepathische Verbindung *in utero* etwas sehr Bemerkenswertes. Bisher war es nur eine Spekulation.«

»Bisher.« Afra grinste. »Meine Schwester hat sich an

einer Art pränatalen Beruhigung versucht, aber sie wollte mir nie verraten, welchen Erfolg sie damit hatte. Meinst du, daß das Kind jetzt beruhigt ist?«

»Ich habe gespürt, wie es sich entspannte«, sagte Elizara mit einem zärtlichen Lächeln, dann fügte sie etwas energischer hinzu: »Hoffen wir, daß Rowan nie erfährt, wie gefährlich diese Verschmelzung für ihre Tochter hätte werden können. Sie würde es sich nie verzeihen. Wenigstens war sie heute mit den Gedanken bei etwas anderem«, dabei setzte Elizara ein schelmisches Grinsen auf, »und wird vielleicht nie erfahren, was sich ereignet hat.« Sie gab ein mädchenhaftes Kichern von sich, das Afra überraschte, weil er die Praktikerin immer für ein Muster an Schicklichkeit gehalten hatte. Dann lenkte ein Gedanke sie ab. »Jetzt müssen wir uns alle Gedanken um die Auswirkung auf zwei Kinder machen!«

»Sie werden wahrscheinlich eine engere Beziehung haben als üblich«, erwiderte Afra.

»Was Rowan freuen wird, glaube ich, aber was wird aus zukünftigen Kindern? Wir können uns nicht darauf verlassen, ob wir alle Kinder Rowans mental so anbinden können.«

»Warum sollten wir auch? Die Umstände werden kaum noch einmal die gleichen sein«, sagte Afra munter und zuckte scheu die Achseln.

Eine letzte Überraschung krönte das Ereignis, zumindest aus Rowans Sicht. Das Linienschiff, das so viele hochrangige Persönlichkeiten für die Zeremonie nach Kallisto gebracht hatte, war dasselbe, das sie von Atair auf den Jupitermond befördert hatte. Welche Bedeutung das hatte, wurde erst deutlich, nachdem Jeff seine offizielle Lebensgefährtin in ihr Quartier zurückgebracht hatte.

»Was ist *das* denn?« entfuhr es Jeff, und er deutete auf ein großes, geflecktes Fellbündel, das mitten auf ihrem Bett lag.

Das Bündel rührte sich, streckte Glieder aus, gähnte herzhaft, wobei es lange weiße Fänge zeigte, und ließ sich dann dazu herab, die Eindringlinge mit lebhaften Augen zu betrachten.

»Gauner? Gauner!« rief Rowan mit ungläubiger Stimme und glücklichem Gesicht.

»Das Biest ist wirklich eine Art Gauner«, erwiderte Jeff schroff, »und es wird sofort aus meinem Bett verschwinden. Ich habe was Besseres vor, als …«

»Du verstehst das nicht, Jeff, das ist Gauner, meine Barkkatze!« Mit diesen Worten ließ sich Rowan selbst hinplumpsen und streckte eine Hand aus, um das schöne Tier am Kinn zu kraulen. »O Gauner, endlich bist du wieder bei mir.«

»Mrrrrrmmmmmm!« machte Gauner beiläufig. Dann nahm er ihre Huldigung gnädig an.

»Komm, Jeff, streichle ihn doch mal. Gib ihm das Gefühl, daß er willkommen ist.«

»Ehrlich gesagt, habe ich nicht das Bedürfnis …«

»Jeff Raven!« Dabei unterstrich Rowan ihren Tonfall mit einem empörten Blick. »Barkkatzen sind etwas Besonderes. Ihre Gegenwart ehrt uns.«

»Tatsächlich?«

Um in einer so bedeutenden Nacht keinen Unfrieden zu stiften, tat Jeff, worum sie ihn gebeten hatte. Dann tat sie, worum *er* sie gebeten hatte, und Gauner machte die Erfahrung, daß es angenehmer war, die Nächte anderswo zu verbringen.

Kapitel Vier

Ein überraschter und zugleich enttäuschter Ausdruck trat in ihr Gesicht, als Damias Babybeine unter ihr nachgaben und sie auf ihren trockengelegten Hintern plumpste. Einen Moment lang überlegte sie, ob sie nicht weinen sollte, doch der geringschätzige Blick von Gauner gab ihr zu verstehen, daß sie von ihm kein Mitgefühl erwarten konnte. Warum war sie bloß überhaupt aufgestanden, grübelte sie. Die Gedanken der einjährigen Damia konnten nicht über längere Zeit bei einer Sache verweilen, und oft fragte sie sich selbst, worüber sie eben noch nachgedacht hatte. Da fehlte etwas. Irgend etwas fehlte hier. Ihr kam eine vage Erinnerung an das Stirnrunzeln, das ihre Mutter so wirkungsvoll einsetzte – ihre Mutter! Das war es! Keine Mutter in der Nähe!

Damia stieß sich vom Boden ab und überschaute auf wackligen Beinen ihr Reich. Sie schwankte leicht, als sie den Kopf drehte. Abgesehen von Gauners hoch aufragender Gesamt entdeckte Damia kein anderes lebendes Wesen. Keine Knöchel oder Kniescheiben in Sicht. Entschlossen hob sie einen Fuß, um einen Schritt zu gehen, verlor aber sofort das Gleichgewicht und landete mit einem wenig eleganten Ausrutscher unsanft wieder auf dem Boden.

Na gut! Sie beherrschte Rowans entrüsteten Tonfall problemlos, hatte ihren Mund aber noch nicht überzeugen können, mehr als ein ›Ga‹ von sich zu geben. Auf allen vieren krabbelte sie zur Tür.

Gauner kam ihr mit seinem geschmeidigen, elegant gezeichneten Körper in die Quere, und seine bärtige Nase hielt kurz vor ihrer eigenen inne. Wäre Damia älter gewesen, hätte sie in der Miene der Barkkatze den typischen Gesichtsausdruck eines altenglischen Bobbys wiedererkannt, wenn er sagte: »Hallo, hallo, hallo! Wo wollen wir denn hin?« Es entging ihr allerdings nicht, daß die Katze ihr den Weg an ihr Ziel versperrte. Sie legte den Rückwärtsgang ein und arbeitete sich um die Katze herum, nur damit sich die Katze *wieder* elegant zwischen sie und die Tür schob. Damia quietschte entrüstet, ließ den Kopf hängen und stieß mit der Barkkatze zusammen. Die Katze war viel schwerer als sie; sie gab sich alle Mühe, um sie über den Teppich zu schieben. Damia versuchte es einige Sekunden lang, bis sie einsah, daß sie keine Fortschritte machte.

Sie zog sich zurück und überdachte die Lage. Sie war entschlossen, es weiter zu versuchen, in der Hoffnung, Gauner zu überlisten, insbesondere weil die Barkkatze so günstig dasaß, daß sie leicht über sie hinwegsteigen konnte. Zufrieden mit ihrer Lösung des Problems, streckte Damia die Hand nach der Katze aus, doch Gauner weigerte sich zu kooperieren und entwand sich ihrem Griff.

Das war zuviel. Damia steigerte sich mit ihrem Geheul in ungeahnte Höhen. Ihre Empörung war derart heftig, daß sie die Schritte nicht näher kommen hörte.

»Damia?« murmelte eine Tenorstimme. »Psst! Deine Mutter macht gerade ein Nickerchen!« Ein flüchtiges Bild ihrer Mutter ging ihr durch den Kopf, wie sie zusammengekauert auf dem Bett unter einer Decke lag, mit der sie sich auch sonst immer zudeckte.

Nickerchen? Mamis machen kein Nickerchen! Nur Damia! dachte sie.

Sie fing Erstaunen auf, gefolgt von sarkastischem Humor. *Müde Mütter schon.*

Damia macht jetzt kein Nickerchen. Damia spielt jetzt. Der andere spürte Widerwillen. Damia blieb störrisch. *Bitte?*

Nicht so laut, Kind, tadelte der andere zaghaft. *Du*

weckst noch deine Mutter auf. In der anderen Stimme klang leise Besorgnis mit.

Wer bist du?

Afra.

Ein Gesicht erschien vor ihr. Damia ließ sich auf den Hintern fallen und betrachtete es. Blondes Haar, blonde Augenbrauen, grüne Haut, gelbe Augen blinzelten sie an, auf den Lippen ein Lächeln. Afra, dachte sie bei sich, prägte sich den Namen und das dazugehörige Gesicht fest ein, fügte es zu den anderen hinzu, die sie bereits kannte: Mutter, Vater, Jer, Cer, Tanya, Großmutter.

Afra spürte Neugier in dem Baby. In ihrem Alter konnte sie nur bedingt zusammenhängend denken und, da sie erst noch sprechen lernen mußte, ihre Gedanken nicht artikulieren, aber er sah in ihrem Geist mehr, als er erwartet hatte.

»Es war ein harter Arbeitstag für deine Mutter und mich«, beruhigte Afra sie. »Wir haben Sonderschichten gefahren, um das lokale Abwehrnetz zu installieren. Dein Vater hängt für heute nacht auf der Erde fest.« Er lachte. »Deshalb bin ich rübergekommen, um zu sehen, ob ich ihr irgendwie zur Hand gehen könnte.«

Ein hellbrauner Waschbär mit dunklen Fellzeichnungen im Gesicht schob sich zwischen sie und warf einen kritischen Blick auf Damia. Hochmütig kam er zu dem Schluß, daß Damia weder eine Bedrohung darstellte, noch zum Fressen geeignet war, und wandte sich mit einem Schnattern Afra zu. Afra streckte die Hand aus und tätschelte ihn freundlich. Damia bemerkte das und langte selbst nach ihm. Anders als der garstige Gauner reagierte dieses große haarige Ding auf ihre zaghaften Annäherungsversuche. Das ermutigte Damia zum Weitermachen, während der Waschbär hin- und herschaukelte und nach mehr verlangte. Das erste waschbärartige Tier war ein Geschenk von Kama an Afra gewesen, damit er sich auf Kallisto um etwas kümmern konnte.

Andere hatten an dem Tier Gefallen gefunden und von Rowan die Erlaubnis eingeholt, noch ›ein paar‹ mehr einzuführen, und so hatten nun einige Familien in der Anlage ihren Spaß an diesen lustigen Hausgenossen. Gauner duldete mit einiger Herablassung ihre Gegenwart in seinen angestammten Revieren, wie etwa dem Gwyn-Raven-Haus.

»Ringle mag dich«, sagte Afra und seufzte dann. »Also, was soll ich mit dir anfangen, meine Kleine? Deine Mutter braucht wirklich Ruhe.« Er wandte den Kopf der Tür zu. Dann sah er sie mit einem Lächeln wieder an. »Wie wär's, wenn wir zwei ein bißchen miteinander spielen?«

Damia begrüßte den Vorschlag mit einem fröhlichen Glucksen und streckte ihrem neuen Spielgefährten die molligen Ärmchen entgegen.

»Sie kann sich viel besser artikulieren als Jeran oder Cera in ihrem Alter«, sagte Afra zwei Monate später zu Rowan, als er eines Abends im Quartier der Gwyn-Ravens vorbeischaute. Die beiden älteren Kinder kritzelten fröhlich mit Buntstiften auf einem großen Blatt Papier herum, das auf dem Boden lag. Damia schlief zusammengekauert in seinem Schoß.

»Artikulieren? Sie wird erst in sechs Monaten zu reden anfangen!«

»Aber ich kann zusammenhängende Konzepte in ihrem Geist isolieren und Laute hören, die *fast* wie Worte klingen«, erwiderte Afra gleichmütig. »Weißt du, ähnlich wie die Kürzelsprache, die Jeran und Cera entwickelt haben, kein standardmäßiger Basisdialekt, aber ein echtes Kommunikationsmedium.«

Rowan legte ihm locker eine Hand auf die Schulter und kicherte. »Dieses Kind hat dich verhext, Afra.« Sie schüttelte den Kopf. »Wenn sie zu sprechen anfängt, und sei es nur Gebrabbel, werden wir's wissen.« Rowan runzelte die Stirn und rümpfte bestürzt die Nase.

»Tut mir leid, daß ich sie nicht rechtzeitig gewickelt habe und du alles abbekommen hast.«

Afra sah auf das schlafende Kind, dessen Gesicht das schläfrige Lächeln eines Babys zeigte, das sich eben eines unangenehmen Drucks auf der Blase entledigt hatte.

»War nicht das erste Mal.«

Rowan lachte und schüttelte den Kopf. »Du solltest dir eigene Kinder zulegen, Afra.«

Er sah sie schräg an. »Wenn die Zeit gekommen ist.«

»Aber du wärst ein wundervoller Vater. Du solltest dich nicht auf deine Rolle als Pflegevater beschränken. Schau doch nur mal, wie Damia deinem Charme erlegen ist«, dabei deutete sie auf ihre schlafende Tochter. »Ich kann sie nicht dazu bringen. Du hast sie doch nicht zu diesem Nickerchen aufgefordert, oder?« fragte sie mit fast vorwurfsvoller Stimme.

»Um Gottes willen, nein«, erwiderte Afra und hob die Hände, um seine Unschuld zu beteuern. Im Tower wußte bereits jeder, was Rowan davon hielt, wenn jemand ihre Kinder mental zu beeinflussen versuchte. Sie sollten so normal wie möglich aufwachsen, ohne daß jemand mental an ihnen herumpfuschte, bis sich im Laufe ihrer Entwicklung ihr Talent zeigte, wenn die Zeit reif dafür war. Daß alle drei Kinder potentielle Talente höchsten Ranges waren, stand seit ihrer Geburt fest, aber Rowan wollte ihre Fähigkeiten nicht erzwingen, so wie es in ihrem Fall geschehen war.

Rowan musterte ihn mißtrauisch.

»Ganz ehrlich, Rowan!« Insgeheim fand Afra, daß eine geringfügige und geschickte mentale Beeinflussung die Probleme verringern könnte, die sie mit Damia hatten, aber schließlich war Rowan ihre Mutter. Und Damia war unzweifelhaft aus einem anderen Holz geschnitzt als ihre älteren Geschwister. »Du hast selbst gesehen, wie Gauner und die Waschbären sie beim Spielen ermüdet haben.«

Das mußte Rowan zugeben. »Ich frage mich, ob die beiden sie überleben werden.«

»Sie haben Jeran und Cera überlebt. Ich glaube sogar, daß sie mit Damia mehr Spaß haben. Sie ist so einfallsreich.«

Sie hatte genauso herzhaft wie Afra darüber gelacht, als Damia der Barkkatze und den Waschbären nachjagte. Damia hatte alles daran gesetzt, eins der Tiere zu erwischen, doch alle waren ihr entkommen, und so war sie schließlich erschöpft in sich zusammengesackt. Rowan schnaubte amüsiert, wenn sie daran dachte.

»Pscht! Du weckst sie auf.« Er schaute ins schöne Gesicht des schlafenden Kindes.

Jeff Raven teleportierte sich ins Zimmer. Afra blickte zum Gruß auf, während Rowan ihm einen frostigen Blick zuwarf. Rowan hatte ihre eigenen Vorstellungen davon, wie sich ein Talent benehmen sollte.

»Kannst du nicht die Tür benutzen?« tadelte sie ihn.

»Davon wäre das Baby aufgewacht«, erwiderte Jeff gelassen. »Sie schläft doch, oder?« Als Afra nickte, gab er einen erleichterten Seufzer von sich. »Sie ist noch schlimmer als die anderen beiden, Aff; sie hat das unheimliche Talent, uns nur in den Nächten aufzuwecken, wenn wir völlig fertig sind.« Jeff sah seine Lebensgefährtin an. »Laß uns nach diesem Kind eine Atempause einlegen, ja, mein Liebling? Wir brauchen unseren Schlaf.«

Rowan schüttelte energisch den Kopf. »Ich will eine große Familie, Jeff. Ich weiß, was es bedeutet, allein zu sein.«

Jeff heulte in gespieltem Entsetzen. »Was? Bist du so gierig? Genügt dir die dreifache Bonuszulage nicht?« In der Hoffnung, die Anzahl der Talente in der Liga zu erhöhen, entlohnte VT&T Talente, die Nachwuchs hervorbrachten, mit großzügigen Prämien.

Afra stand zu ihrer Meinungsverschiedenheit wie eine Motte zu der Flamme, die sie umkreiste: begierig auf die Wärme, doch voller Angst vor der Flamme. In diesem Kreis genoß er das Familienleben – und sei es nur als Gast –, und er freute sich auf diese Abende, weil er sich Rowans und Jeffs Zuneigung sicher sein konnte; ein solches Familienleben hatte er noch nie geführt, nie für möglich gehalten.

Jeran und Cera machten in ihrem belanglosen Wettstreit, Farbe auf leeres Papier zu schmieren, gerade lang genug Pause, um ihren Vater anzulächeln. Er tätschelte sie zärtlich, denn Jeff hatte keine Schwierigkeiten, seinen Kindern Gefühle zu zeigen. Dann schlüpfte er in die Rolle des Gastgebers und bot an, die Gläser nachzuschenken, ehe er sich selbst eins eingoß und neben Rowan auf dem kreisrunden Sofa Platz nahm.

»Hat David die Regierung beruhigen können?« fragte Rowan.

Jeff zuckte die Achseln. »Ich hoffe es inständig. Van Hygan und dieser Zeugwart haben mich jedenfalls davon überzeugt, daß die Fabriken Überstunden machen, um die Einzelteile zu produzieren, und daß die Flotte aufbricht, sobald sie entsprechend ausgestattet ist, also ist es nur eine Frage der Zeit, bis auch Beteigeuze von einem Ring an Frühwarnsystemen umgeben ist.«

»Das heißt, daß Atair, Capella und alle Systeme dazwischen immer noch gefährdet sind?«

»Genau«, sagte Jeff mit einem Seufzer und nippte an seinem Wein. »Bisher hat zwar noch keine Warnboje gepiepst, aber ...« Sein Knie fing an zu zittern, ein Anzeichen für seine innere Anspannung. Rowan legte eine Hand darauf, und Jeff grinste sie töricht an, ehe er ihre Hand instinktiv mit seiner bedeckte.

Afra sah weg und spürte einen Stich Eifersucht auf die enge Bindung zwischen seinen beiden besten Freunden. Doch wenn sie sich nach langen, einsamen Jahren und viel Schicksalsschlägen gefunden hatten, sollte er die Hoffnung vielleicht auch nicht aufgeben. Natürlich hatte Kama oft genug ihre Bereitschaft bekundet, mehr als nur eine Bettgefährtin und gelegentliche Vertraute zu sein. Er mochte sie, doch seine Zuneigung für sie war nur ein schwaches Glimmen, verglichen mit der strahlenden Leuchtkraft, die Jeff und Rowan verströmten. Er starrte in Damias kleines Gesicht und versuchte sie sich in einigen Jahren vorzustellen, wenn sie geistig gereift war. Wie unbeteiligt fragte er sich, welch ein Leben sie führen, wen sie heiraten, welchen Tower sie leiten (denn er hatte nicht den geringsten Zweifel, daß sie über das Potential einer Prima verfügte) und ob er einmal das Vergnügen haben würde, ihre Babies auf seinen Knien reiten zu lassen. Wäre sie eine Nervensäge wie ihre Mutter oder würde sie nach ihrem Vater geraten und ein so folgsames Kind wie Cera und Jeran werden? Afra hätte auf ersteres gewettet – mit entsprechenden individuellen Ausschmückungen –, aber er hatte sich inzwischen gut daran gewöhnt, auf Rowans Wutausbrüche mit einem wohlbeherrschten Schweigen zu reagieren. Und hier hatte er dieses wunderbare Baby vor sich, das noch am Anfang seines Lebens stand, und es schlief in *seinem* Schoß! Afra staunte darüber, daß ihm eine Seele ein solches Vertrauen entgegenbringen konnte. So wie Jeran und Cera, die als Babies in seinem Schoß geschlafen hatten, sagte er dem kleinen Mädchen: *Ich liebe dich, mein Schatz!*

»Afra!« Rowans Stimme schreckte ihn aus seiner Träumerei. Im ersten Moment fürchtete er, sie habe ihn ›gehört‹, aber ihrem Ton war anzumerken, daß sie nur seine Aufmerksamkeit erregen wollte. Sie stand vor ihm und streckte die Hände nach der kleinen Damia aus. »Ich nehme sie jetzt. Es wird Zeit, daß sie ins Bett gebracht wird.«

Afra ließ sie nur ungern los. »Wenn du sie hochhebst, wacht sie auf«, sagte er. »Dann gnade uns Gott, wie lang es dauert, bis sie wieder einschläft, wenn ihre Batterien auch nur halb aufgeladen sind.« Rowan mußte ihm widerwillig recht geben. »Teleportiere sie ins Bett, nur dieses eine Mal.«

Rowans Gesichtsausdruck schlug um, und Zorn verfinsterte ihren Blick.

»Afra, du weißt …«

»Ich glaube, Afra hat recht. Oder hast du vergessen, wie lang es letzte Nacht gedauert …«

»Sie hatte eine leichte Kolik«, versuchte Rowan eine Entschuldigung.

»Heute abend aber nicht, und sie schläft schon«, erwiderte Afra. »Wir haben morgen einen engen Zeitplan. Sie schläft so tief, daß sie nichts davon merken wird, wenn man sie anderswohin verfrachtet.«

Rowan zögerte, hin- und hergerissen zwischen Ethik und Praxis.

»Nur dieses eine Mal?« Jeff wußte noch ein anderes gutes Argument: wie sein warmer Blick und der leicht sinnliche Schwung seiner Lippen nicht nur für Afra, sondern auch für Rowan andeuteten, hatte ihr Ehemann heute abend besondere Pläne mit ihr. »Und weil ich weiß, welche Bedenken du dabei hast, mein Liebling, werde *ich* sie teleportieren.«

Sie schwankte lang genug, daß Jeff sich ihr Zögern zunutze machen konnte und die warme Last des schlafenden Kindes plötzlich aus Afras Schoß gehoben wurde.

»Ich sehe besser noch mal nach ihr …«, sagte Rowan und eilte aus dem Zimmer, doch als Jeff und Afra einander angrinsten, hörte keiner von ihnen lautstarke Proteste der teleportierten Schläferin.

Jeff klatschte in die Hände, um die Aufmerksamkeit der beiden älteren zu wecken. »Schluß jetzt, legt die Buntstifte weg. Zeit zum Schlafen.«

Ohne zu protestieren brachen Jeran und Cera ihr Spiel ab und stopften ihre Buntstifte in den Karton zurück. Sie trugen bereits ihre Nachthemden und streckten beide mit ernsten Gesichtern eine Hand aus, damit ihr Vater sie in ihre Bettchen bringen konnte.

»Sagt Afra gute Nacht.«

»Nacht, Afra«, gehorchten beide im Chor.

»Schlaft gut, Jeran und Cera«, erwiderte er höflich.

»Danke, Onkel«, sagte Jeff mit einem Grinsen, als er die Kinder hinausführte.

Afra trank seinen Wein aus und bedauerte, daß Damia nicht mehr in seinem Schoß lag. Sie hielt seine Beine wunderbar warm. Mit einem Seufzen stand er auf und begab sich in sein eigenes Quartier zurück. Er schätzte diese Abende sehr, denn sie boten seiner Seele Zuflucht und wirkten den Depressionen entgegen, die er oft empfand, weil er nicht imstande war, eine ähnlich befriedigende, auf Seelenverwandtschaft fußende Beziehung aufzubauen.

Im Laufe der Jahre hatte er sich damit zufriedengegeben, Rowan den Bruder zu ersetzen, den sie bei jener Lawine verloren hatte, und *philia* und *eros* getrennt gehalten. Er hatte auch den unerwarteten Nutzen seiner Erziehung auf einer dem Methodismus verpflichteten Welt zu schätzen gelernt, trotz eines Erbes emotionaler Zurückhaltung und Unverbindlichkeit. Obwohl er gelernt hatte, sich von dem strengen, gefühlsarmen Verhalten freizumachen, das seine Eltern ihm eingebleut hatten, und es gelegentlich fertigbrachte, seine Gefühle auszudrücken, hielt diese frühe Disziplinierung seine unerfüllte Liebe zu der einsamen Rowan von seiner Zuneigung für Angharad Gwyn-Raven getrennt. Die angespannte Atmosphäre im meistbeschäftigten Tower der Liga war kein geeigneter Ort für eine Person, die wie unter Dampf agierte. Und so gelang es Afra mit Kama für seine sexuellen Bedürfnisse, Rowan für den intellektuellen Austausch und Gollee Gren für sein nach wie vor unbändiges rebellisches Wesen, ein inneres Gleichgewicht zu bewahren.

Afra merkte an der Art, wie Rowan in den Tower marschierte, daß sie eine weitere unruhige Nacht mit Damia hinter sich hatte, die gerade ihre Zähne bekam. Während Jeff zu den jährlichen Tower-Inspektionen quer durch die Neunsternenliga unterwegs war, hatte Rowan die Last der Kinderpflege allein zu tragen. Ein Teil ihres Personals, darunter Afra, hoffte inständig, daß sie das für einige Zeit, vielleicht auch ganz von einer vierten Schwangerschaft abhalten würde, die sie bereits eingeplant hatte, Jeff allerdings nicht. Für Rowan sollte ein reibungsloses Funktionieren des Towers eigentlich erste Priorität haben.

»Schlecht geschlafen?« fragte Afra mitleidig.

Rowan rollte mit den Augen. »Die anderen beiden waren ganz anders als sie«, sagte sie mit einer Spur von Verzweiflung in der Stimme.

»Meine Erstgeborene war genauso«, bemerkte Brian Ackerman und reichte ihr einen Stapel Durchschläge für den morgendlichen Ausgangsverkehr. »Eines Nachts konnte ich nicht mehr anders und habe Borrie auf eine Armlänge vor mich hingehalten und sie angeschrien, sie solle still sein.« Brian kratzte sich hinterm Ohr. Es war ihm offensichtlich peinlich, einmal so ausgerastet zu sein. »Sie wird da rauswachsen, Rowan. Wart's nur ab.«

»Aber wann?« Rowan klang zugleich sehnsüchtig und trübsinnig. »Werde ich's noch so lange aushalten?«

»Ja, es kommt einem sehr lang vor, wenn man mittendrin steckt«, sagte Brian mit einem aufmunternden, leicht gönnerhaften Lächeln, wie es ein Überlebender einem Opfer zuwirft. »Aber es wird nicht mehr lang dauern.«

»Warum fragst du nicht Tanya, ob sie sich heute nacht um sie kümmert?« fragte Afra. Die sehr kompetente T8, die den Vorschulkinderhort betreute, hatte einen guten Draht zu Damia, die unter ihrer Obhut immer leicht einschlief, wenn es Zeit wurde. Eine der anderen Mütter hatte in Afras Gegenwart angedeutet, daß Rowan, die selbst so cholerisch war, ihre Tochter vielleicht unbewußt zu diesen durchwachten Nächten anstachelte.

Rowan rollte ausdrucksvoll mit den Augen. »Das konnte ich nicht, Afra. Tanya muß den ganzen Tag über mit ihr fertig werden. Ich kann von ihr nicht verlangen, auch noch eine Nachtschicht einzulegen.«

»Frag sie einfach«, schlug Afra vor. »Mehr als nein sagen kann sie nicht.«

»Ich will nicht, daß sie das Gefühl hat, sie sei dazu verpflichtet, weil ich mit meiner Tochter nicht fertig werde.«

»Wie wär's mit einem Pukha?« fragte Afra.

Rowan starrte ihn an, als traute sie ihren Ohren nicht. »Meine Tochter ist *vollkommen* normal. Sie leidet nicht im geringsten unter einem Trauma.«

»Das wollte ich damit nicht andeuten«, sagte Afra so ruhig wie möglich, weil er das gefährliche Funkeln in ihren Augen sah. »Aber ein Pukha könnte ein nervöses Kind beruhigen.«

»Sie kriegt Zähne.«

»Ich habe eine bessere Idee«, sagte Brian in der Hoffnung, einen Wutausbruch Rowans abzuwenden. »Wir haben heute morgen keine Personentransporte. Es liegt nichts vor, was Afra und ich nicht allein bewältigen können.« Er faßte sie behutsam am Arm und drehte sie der Tür des Towers zu. »Außerdem kümmert sich im Moment Tanya um sie, und darum brauchst du sie nicht einmal zu bitten. Also hau dich für sechs Stunden aufs Ohr, ehe die Frachten aus dem Außenbereich eintreffen, ja?«

Fast wie durch einen Zauber verflog der Zorn aus Rowans Gesicht, und sie bekundete ihre tiefe Erleichterung über den liebenswürdigen Vorschlag, indem sie Brian eine Hand auf die Schulter legte.

»Soll ich wirklich?«

Um sie behutsam zu überreden, vollführte Afra eine Geste, als gäbe er ihr einen Klaps auf den Hintern, und verpaßte ihr einen mentalen Schubs, indem er ihr ein Bild übermittelte, wie sie selbst ausgestreckt auf dem Bett lag, die Hände über der Brust gefaltet.

»Schreibt mich noch nicht ab«, erwiderte sie mit einiger Strenge, brachte aber ein Grinsen zustande. *Bevor ich's mir anders überlege,* fügte sie an Afra gerichtet hinzu und rannte fast aus dem Tower und durch den Gang in ihr Quartier.

Afra verfolgte ihre mentale Aura, bis sich die Tür zu ihrem abgeschirmten Haus hinter ihr schloß, aber er hatte keine Zweifel, daß sie sich gleich ins Bett begab. Es war taktlos von ihm gewesen, einen Pukha für Damia ins Gespräch zu bringen, aber es mißfiel ihm, Rowan so ausgezehrt zu erleben. Mit außerirdischen Monstern war sie einfacher fertig geworden. Er stellte den Wecker in ihrem Zimmer auf sechs Stunden später ein und stieg dann in den Tower hinauf, um sein Tagewerk zu beginnen.

Es stand tatsächlich nichts an, was er und Brian mit vollem Gesamt und mit ein wenig Unterstützung der höheren T-Ränge im Tower nicht bewältigen konnten. Manchmal fragte er sich, warum so viele einzelne Frachtkapseln verschifft wurden. Es würde weniger Zeit und Aufwand erfordern, Ladungen mit demselben Bestimmungsort zusammenzupacken und sie in einem Schub zu verschiffen. Afra machte sich eine Notiz, um Jeff die Idee nach seiner Rückkehr auf die Erde zu unterbreiten.

Etwa vier Stunden, nachdem Afra sich zurückgezogen hatte, nahm Tanya mit ihm Kontakt auf.

Afra, hat Rowan Damia aus dem Kinderhort abgeholt?

Nein, Tanya. Warum? Afra spürte den ersten Anflug von Panik.

Damia ist nirgendwo im Hort zu finden. Sie hat in ihrer Wiege geschlafen, als ich das letzte Mal nachgesehen habe.

Hast du Jeran und Cera gefragt?

Ach, die! Tanyas Stimme klang angewidert. *Sie haben*

mir gesagt, sie sei rausgegangen und habe dabei mit ihrem Stock gewinkt.

Wartet einen Moment, Leute, sagte Afra an alle im Tower gerichtet, *es wird jemand vermißt.*

Damia? fragte Brian und stöhnte. Wie konnten sich hinter harmlosen Bemerkungen nur solche Katastrophen verbergen ... *Kannst du sie aufspüren, Afra?*

Wenn ihr mir die Ruhe dazu laßt. Afra hatte bereits begonnen, mental nach ihr Ausschau zu halten. Gewöhnlich konnte er ihren infantilen Bewußtseinsstrom überall in Rowans Haus ›hören‹. Ob er sie auch irgendwo in der Anlage aufspüren konnte, wohin sie sich verlaufen haben mochte, war eine andere Frage. Er hoffte es, sonst würde Rowan ihm das Fell über die Ohren ziehen. Afra fing mit den Horträumen an und tastete von dort aus den Hauptkomplex ab.

Dann kamen Brian und Joe Toglia die Treppe zum Tower hinaufgepoltert und schalteten die Monitore zwischen den Kameraansichten der Innenräume hin und her, um nacheinander die vier Kuppeln zu untersuchen, aus denen die Station bestand. Auf den Bildschirmen war nirgendwo eine kleine Gestalt zu sehen, die herumstreunte.

»Wie lang läuft sie schon?« fragte Brian Afra.

»Lang genug, um es ganz gut zu können.«

Mit einem unterdrückten Fluch rief Brian einen Lageplan der Verbindungstunnel ab. Es gab so viele Stellen, wo sich ein kleines Kind vor den optischen Sensoren verstecken konnte.

»Sie ist noch nicht groß genug, um die Türschilder zu erreichen, oder?« fragte Joe und schaltete mit dem Daumen zwischen verschiedenen Ansichten des Versorgungstrakts im Erdgeschoß hin und her.

»Einen Moment mal!« Afra war plötzlich eine Idee gekommen, und er beugte sich über die Konsole und blendete sein eigenes Quartier ein. Und dort fand sich auch Damia, die in seinem Wohnzimmer hinter Ringle und den beiden anderen Waschbären hertrottete und sie mit dem Holzstock in ihrer Hand zu treffen versuchte. »Und damit hat sie auch die Türen aufbekommen ... sie hat mit dem Stock gewinkt!«

Afra teleportierte sich in das Zimmer und nahm das streunende Kind in die Arme.

»Af'a! Af'a!« quietschte sie fröhlich, tätschelte mit der freien Hand sein Gesicht und wedelte mit der anderen wild ihren Stock herum. Er entwand den Stab vorsichtig ihren Fingern, bevor sie ihm noch in die Augen stach.

»Damia hätte nicht von Tanya weggehen dürfen!« sagte er, auch wenn er wußte, wie wenig Schelte bei diesem Racker nützte. Sie grinste ihn bloß an, ihre großen blauen Augen vor Erstaunen noch runder als sonst.

»Af'a! Af'a?« Sie strampelte sich allmählich frei, »Ingul, Ingul«, und verdrehte den Kopf und bäumte sich auf, um Ringle zu finden.

»Nichts Ringle jetzt, Damia. Ich bring dich zurück zu Tanya.«

»Tan'a? Tan'a!« Der Name geriet zu einer Art gutturalem Grunzen, und sie sträubte sich noch heftiger. »Nein, Tan'a. Ingul. Will Ingul.«

»Nicht jetzt, Kleine!« Weil er im Hinterkopf hatte, wie wenig Rowan davon hielt, wenn jemand in Gegenwart ihrer Kinder sein Talent gebrauchte, schloß er das aufsässige Kind fest in die Arme und trug es in den Hort zurück, wo eine beunruhigte Tanya an der Tür wartete.

»Ingul, Ingul«, rief Damia über die Schulter und hörte plötzlich mit dem Herumzappeln auf. »Ingul. Geh Ingul.«

Als er den Kopf drehte, sah Afra, wie Ringle ihm pflichtbewußt folgte.

»Wie ist sie bloß entwischt, Afra?« fragte Tanya, den Tränen nah, als sie Afra seine Last abnahm.

»Sie hatte einen Holzstock mit einem Stern an einem Ende«, erklärte Afra.

»Und damit hat sie die Türschilder aktiviert?« Tanya staunte. »Das kleine Biest. Nun, ich werde Forrie bitten, sie morgen auf Handbedienung umzustellen. Das wird sie nicht noch einmal mit mir machen. Wo ist Rowan?« Tanya sah beunruhigt durch die Kuppel. Afra konnte sich gut vorstellen, wie sehr sie sich vor dem Zusammentreffen mit einer entrüsteten Mutter gefürchtet hatte, vor allem wenn es sich um eine Prima handelte, die ihr gerade abhanden gekommen war. Damia versuchte sich kopfüber aus Tanyas Armen zu stürzen und streckte beide Hände nach Ringle aus, der in den Hort geschlüpft war. Tanya richtete das Kind auf und stellte es auf die Füße, damit sie Ringle erreichen konnte, der davonflitzte. Damia folgte so schnell, wie sie ihre kurzen Beine bewegen konnte.

»Rowan sah völlig zerschlagen aus, als sie heute morgen gekommen ist«, begann Afra.

»Sie schien erschöpft zu sein, als sie das Kind vorbeibrachte«, bemerkte Tanya und machte einen traurigen Laut mit den Lippen.

»Also haben wir sie nach Hause geschickt, damit sie sich ausruhen kann.« Afra erwähnte nichts von seinem unglücklichen Vorschlag, einen Pukha für Damia zu besorgen, obwohl solche ›Trösterchen‹ auf alle möglichen Reaktionen programmiert werden konnten, um ein reizbares Kind zu beruhigen. »Tanya, wie schaffst du es eigentlich, daß Damia ihre Nickerchen macht?«

Das Mädchen sah ihn überrascht an. Nicht zum ersten Mal glaubte Afra, daß sie selbst nicht viel mehr als ein Kind war, obwohl sie nach seinen Kenntnissen neunundzwanzig war. Sie war ein zierlich gebautes Mädchen, ganz braun, braune Augen, braunes Haar, hellbraune Haut, mit kleinen Händen und Füßen. Wenn Gollee Gren nicht schon Interesse an ihr bekundet hätte, wäre Afra versucht gewesen, es bei ihr zu probieren.

»Also«, dabei deutete Tanya auf den Schaukelstuhl, der in der Schlafecke gerade noch zu erkennen war,

»wenn sie keine Ruhe gibt, schaukle ich sie und singe ihr ein Wiegenlied vor. Bei mir schläft sie immer sofort ein.« Sie biß sich auf die Lippe, machte ein törichtes Gesicht und zitterte unruhig mit einer Hand. Afra konnte die Sorge spüren, möglicherweise ihre Prima kritisiert zu haben.

»Nur ein Wiegenlied?«

»Nur ein Wiegenlied«, erwiderte sie ruhig. »Du weißt ja, was Rowan von mentaler Beeinflussung hält. Mit einem Lied kann man aber dasselbe erreichen. Ich habe verschiedene im Repertoire, damit sie sich nicht langweilt.«

»Ich weiß, wie Rowan das sieht, aber was sie nicht weiß, tut ihr nicht weh«, sagte Afra, der eine Entscheidung gefällt hatte. Der Tower erforderte eine gewisse Korrektur ihrer Anweisungen. Er rief Ringle zu sich. »Und es wäre uns sicher allen eine Hilfe.«

Mit großen braunen Augen ließ Tanya bestürzt den Unterkiefer herabsacken. »Afra, ich weiß nicht, ob wir das tun sollten.«

»Wir wissen beide, daß eine leichte posthypnotische Suggestion zu therapeutischen Zwecken die geistige Entwicklung eines talentierten Kindes nicht im mindesten beeinträchtigt«, sagte Afra, als er sich herunterbeugte, um den gehorsamen Ringle zu streicheln.

Eine kichernde Damia trottete hinter ihm her, und dunkle Locken hüpften auf ihren Schultern auf und ab. Afra packte sich sein Opfer und bat Tanya, ihm die Melodie und den Text beizubringen. Als er beides schließlich gelernt und Damia das Kommando eingeimpft hatte, gähnte sie in seinen Armen, bis sie einschlief.

»Ich schicke Forrie, um die Türschilder auszutauschen«, sagte Afra und ging nach überstandener Krise vor sich hinpfeifend in den Tower zurück. Wenigstens diese Krise, dachte er insgeheim.

Als eine sehr viel ausgeruhtere Rowan in den Tower zurückkehrte, gab sich jeder Mühe, nicht an die kurze Krise vom Morgen zu denken. Und Afra wartete auf den passenden Augenblick, um ein sicheres Mittel vorzuschlagen, damit Damia nachts ruhig schlief.

Brians Mund stand leicht offen, während er zuhörte, und Afra erzählte eine frei erfundene Geschichte, wie seine Schwester Goswina einmal einen schlaflosen Neffen beruhigt hatte.

»Ein Schaukelstuhl?« fragte Rowan überrascht.

»Ein Schaukelstuhl«, wiederholte Afra und übertrug ihr ein entsprechendes Bild, damit sie sich darunter etwas vorstellen konnte. Dieses versetzte er dann in Bewegung und plazierte Rowan und Damia auf die Sitzfläche. »Durch die Bewegung des Stuhls und den gleichbleibenden Rhythmus der mütterlichen Stimme war mein Neffe schnell eingeschlafen.«

»Ich bin bereit, alles zu versuchen. Aber ich kenne keine Wiegenlieder. Jeran und Cera haben nie welche gebraucht.«

»Ich kenne ein schönes«, sagte Brian. »Meine Mutter hat mir erzählt, wie oft sie mich in den Schlaf wiegen mußte, als ich Zähne bekam.« In einer ziemlich kräftigen Baritonstimme stimmte er ein altes Volkslied an, in dem es darum ging, was ein Vater seinem Kleinen alles kaufen würde, wenn er nun brav einschliefe.

Afra konterte mit Tanyas Wiegenlied. »Das hat todsicher gewirkt.«

Was ist denn im Tower los? fragte Jeff Raven. *Wir sind mitten in der Schicht.*

Entschuldigung, Chef, sagte Afra ohne die geringste Reue.

Fertig, mein Schatz? fragte Jeff seine Frau. *Wir haben ein paar zahlungskräftige Kunden.*

Und binnen Sekunden verwandelte sich der Tower von Kallisto in eine effektive, reibungslos funktionierende Maschine.

»Will spielen«, sagte Damia zu ihren beiden Geschwistern. Sie hielten sich gemeinsam in ihrem eigenen Spielzimmer auf, während ihre Mutter in der Küche stand und das Essen zubereitete. Jeran und Cera bauten eine komplizierte Konstruktion aus Bauklötzen. Damia hatte in einer Ecke vor sich hingesummt und eine Herde Ponies auf einem Hinderniskurs aus und in ihre Ställe bugsiert. Das angespannte Schweigen ihrer konzentriert vor sich hinwerkelnden Geschwister erregte ihre Aufmerksamkeit.

»Weg mit dir«, sagte Jeran.

»Geh weg«, fügte Cera hinzu und scheuchte ihre Schwester mit einem Wink weg.

»Will spielen«, wiederholte Damia. Dann änderte sie ihre Taktik. »Kann ich mit euch spielen?«

Jeran blinzelte sie an, weil sie den Satzbau eines Erwachsenen erkannte, denn ihre Eltern sprachen zu ihnen nie wie zu Babies. »Nein, Damia«, denn er konnte genauso erwachsen klingen wie sie, »Cera und ich spielen zusammen.« Er zeigte in die Ecke. »Spiel du mit den Pferden.«

»Ponies«, verbesserte Damia ihn in der vagen Hoffnung, ihren Bruder zu einer weiteren Reaktion zu provozieren. Aber Cera gab ihm einen Knuff, zeigte auf einen Bauklotz in ihrer Hand und bat ihn vertraulich um seine Meinung, wo sie ihn plazieren sollte.

Damia erkannte, daß es zwecklos war, sie von ihrem Spiel abzulenken, und wandte sich ab. Sie sah in die Ecke, wo ihre Spielsachen verstreut lagen. Sie überlegte, Gauner zu rufen, der immer zu ihr kam, oder die Waschbären, aber sie hatte bereits den halben Morgen mit ihnen verbracht.

»Langweilig! Mir ist so langweilig!« Sie sah sich um. Das Babygitter verwehrte ihr den Ausgang aus dem Spielzimmer. Aber das war der einzige Weg zu aufregenderen Spielen. Sie ging hinüber und untersuchte es aufmerksam. Sie hatte schon oft zugesehen, wie ihre

Mutter es aufmachte, und dabei herausgefunden, wie es funktionierte. Das Gitter wurde von einem einfachen Hebel festgehalten, den man nach unten drückte. Ein ordentlicher Ruck würde den Riegel lockern, und dann konnte die Tür aufgezogen oder aufgestoßen werden. Normalerweise hätte Damia mit ihrem Wissen nichts anfangen können, denn der Hebel befand sich auf der Außenseite, und da kam sie nicht ran. Heute aber hatte ihre Mutter das Gitter versehentlich verkehrt herum angebracht, und so befand sich der Riegel auf der Innenseite.

Zaghaft, mehr aus Neugier denn zielstrebig, tastete Damia an den Riegel. Er schnellte nach oben, und das Babygitter fiel weich auf den Teppich im Flur.

Jeran hörte das Geräusch und sah sich um. »Damia!« rief Cera und sah sie finster an. »Bleib weg da!«

Damia brachte es nicht fertig, gegen diesen Anpfiff einzuwenden, daß sie es nur berührt hatte; es war nicht ihre Absicht gewesen, daß das Gitter aus der Tür fiel. Jedenfalls war der Weg jetzt frei. Jeran und Cera wollten nicht mit ihr spielen, aber Afra bestimmt. Das tat er immer. Sie würde ihn schon finden.

Die Vermeidung von Unfällen rangierte in der Station von Kallisto über der Sicherheit nach außen. Daher war sie durchgängig mit automatischen Schiebetüren ausgestattet, die über Ultraschallsensoren verfügten. Als Jeran noch klein gewesen war, hatte Rowan angeordnet, daß die Sensoren höher angebracht wurden, damit der Junge das Haus nicht verlassen konnte. Jeran und auch Cera hatten das allerdings nie im Sinn gehabt. Und weil Rowan nicht von Damias Abenteuer mit ihrem Stock erfahren hatte, war sie auch nicht auf die Idee gekommen, die Sensoren durch berührungsempfindliche Platten zu ersetzen. Daher brauchte Damia nur etwas zu finden, das lang genug war, um den Stromkreislauf damit zu unterbrechen.

Eine langstielige Blume aus dem trockenen Arrangement auf dem Flurtisch, an die sie gelangte, indem sie auf einen Stuhl stieg und ein passendes Exemplar aus der Vase zog, gab einen guten Ersatz für den Stock ab. Die Tür gab ihr bereitwillig den Weg frei.

Jede Kuppel verfügte über eine Eingangshalle, in der die Fußgängertunnel zusammenliefen und wo Aufzüge sich in Form von Gütern und Menschen ihrer Lasten entledigten. Im Untergeschoß befanden sich die Kraftwerke, hydroponischen Gärten, Lebenserhaltungs- und Recyclinganlagen, Gravitationsgeneratoren – sämtliche Einrichtungen, die für den Betrieb der Kallisto-Station erforderlich waren. Dort unten warteten auch die langfristigen Überlebensaggregate auf eventuelle Unglücksfälle. Die Fußgängertunnel waren mit Plastglas bedeckt und erlaubten dem Personal den Zugang in die vier kleineren Kuppeln. In den Tunneln standen in regelmäßigen Abständen Rettungskapseln für den unwahrscheinlichen Fall eines Druckabfalls zur Verfügung.

Damia hatte schon alle Tunnel besucht, aber immer in Begleitung Erwachsener. Deshalb dauerte es einige Zeit, bis sie sich für einen Tunnel entschieden hatte. Mit einem entschlossenen Blick, der ihre Zweifel zerstreute, marschierte sie in den gewählten Tunnel.

Sie blieb einige Male stehen, um sehnsüchtig nach Hause zurückzublicken, trottete aber unbeirrt weiter. Sie hatte sich richtig entschieden: der Tunnel mündete in einen großen Park, den sie als ›Vorhof‹ der Stationsunterkünfte kannte. Zu ihrer Rechten befand sich eine geräumige Turnhalle mit einem Schwimmbecken unterm selben Dach, zu ihrer Linken die zweigeschossigen Wohngebäude für Verheiratete und direkt vor ihr, am anderen Ende des Parks mit seinen Zwergenbäumen, das dreigeschossige Junggesellenquartier. Da die meisten Bewohner sich in ihren Unterkünften aufhielten, aßen oder mit Hausarbeit beschäftigt waren, bemerkte niemand ihr Erscheinen.

»Afra!« rief sie in fröhlicher Vorerwartung und watschelte so schnell, wie ihre kleinen Beine sie trugen.

Leider hatte sie die langstielige Blume zurückgelassen und nichts mehr zur Hand, um die Sensoren auszulösen. Sie wurde ziemlich ärgerlich, hämmerte mit den Fäusten gegen die reglose Tür, hüpfte auf und ab und streckte die Hände aus, um das Türschild zu erreichen.

Afra! Afra? fragte sie und merkte nicht, daß sie in ihrem Eifer, mit ihm Kontakt aufzunehmen, von einer Fähigkeit Gebrauch machte, die sie in so jungen Jahren sonst nicht entdeckt hätte. Außerdem hatte sie ihren mentalen Ruf an Afras Quartier gerichtet, ohne zu ahnen, daß Afra mit Brian zu Mittag aß und daß eine größere ›Lautstärke‹ erforderlich gewesen wäre, um ihn zu erreichen. Allerdings machte sie Ringle wach.

Mit einem Schnattern gab der Waschbär zu verstehen, daß er sie gehört hatte, und lief zur Tür. Weil alle Waschbären, um ihre Notdurft zu verrichten, freien Zugang in den Park brauchten, hatte der Wartungsdienst sie mit Ultraschallhalsbändern ausgestattet. Ringle lief zur Tür vorbei, und sie öffnete sich.

»Afra!« Damia stürmte ausgelassen ins Zimmer und blieb abrupt stehen, weil nur Ringle sie begrüßte. »Afra? Afra, spiel mit mir!« Sie watschelte los, um ihren Spielgefährten zu finden, und bemerkte nicht, wie sich hinter ihr lautlos die Tür schloß, die gerade lang genug offengestanden hatte, damit ein Tier hinausschlüpfen konnte. »Wo ist Afra?« fragte sie Ringle, der ihr gefolgt war.

Ringle schnatterte, wandte sich von ihr ab und tapste in die Küche. Er war immer hungrig, und Damia hatte ihm bei früheren Besuchen genug Leckerbissen spendiert, daß er auf mehr hoffte.

Notfall! telepathierte Rowan auf breitestem Band. Sie stand auf der Vordertreppe, und das Babygitter schaukelte in ihrer Hand. *Damia ist verschwunden. Ich weiß nicht, wo sie hin ist. Ich habe alle Überwachungsmonitore überprüft. Keine Spur von ihr.*

Wie lang ist sie schon weg? war Afras erste Frage.

Woher soll ich das wissen? rief Rowan halb verzweifelt, halb wütend. *Ich war beim Essen. Sie war im Spielzimmer mit Jeran und Cera, die wieder einmal,* das fügte sie in angespanntem Ton hinzu, *nicht gesehen haben wollen, wohin ihre Schwester verschwunden ist. Jeran sagt, sie habe das Gitter aufgestoßen.*

Weil er sich nur zu gut an Damias Neigung erinnerte, nach ihm zu suchen, erwiderte Afra: *Wenn du sie auf keinem Monitor gesehen hast, dann kann ich mir vorstellen, wo sie ist.*

Bist du so nett und sagst es mir? fragte Rowan mißtrauisch.

Afra konnte sich vorstellen, wie sie nervös mit dem Fuß auf den Boden tippte.

Bei mir.

Wie in aller Welt sollte sie da hinkommen?

Zu Fuß, kam Afras lakonische Antwort.

Wir treffen uns da, sagte Rowan streng.

Afra teleportierte sich aus Brians Speiseraum in sein Wohnzimmer und wunderte sich nicht darüber, daß Damia Ringle mit Resten aus dem Kühlschrank fütterte. Sie krümmte sich vor Lachen, weil Ringle jeden Happen ›abwusch‹, bevor er ihn sich ins Maul stopfte.

Als Rowan wenige Sekunden später folgte, rangen in ihr Wut und Erleichterung miteinander. Aber Damias Lachen steckte an, und als Afra sah, daß Rowans Miene weicher wurde, erlaubte er sich auch ein Grinsen.

Plötzlich wurde Damia sich der Gegenwart anderer bewußt und wirbelte herum.

»Afra!« Sie vergaß Ringle und bemerkte ihre Mutter erst, als sie auf Afra zulief. Sie blieb unsicher stehen und machte ein ganz unschuldiges Gesicht. »Das Gitter ist runtergefallen, Mami. Ehrlich. Die anderen spielen nicht mit mir, und ich habe mich gelangweilt! Afra spielt immer mit mir.« Sie faßte ihn an der Hand und sah an ihm hinauf. »Stimmt doch, Afra, oder?«

Er kauerte sich zu ihr hinunter. »Ich spiele mit dir, wenn Zeit dafür ist, Damia. Aber du mußt warten, bis ich komme. Verstehst du? Du darfst nicht einfach hierher kommen.«

Sie nickte ernst und fuhr sich mit einer Hand über den Mund.

Auch Rowan ging in die Hocke, um ihrer mürrischen Tochter direkt in die Augen sehen zu können. »Du weißt doch, daß du nicht in der Station herumspazieren darfst, Damia. Oder nicht?«

Damia schüttelte den Kopf. »Ich wollte spielen. Jeran und Cera wollen nicht mit mir spielen. Nie.« Sie versuchte ein paar Tränen abzudrücken.

»Wie bist du reingekommen?« fragte Afra, der wußte, daß sie ihre Mutter damit nicht beeindrucken konnte.

»Ringle hat mich reingelassen!« Damia zeigte auf den Waschbären, der gerade seine Zwischenmahlzeit beendete.

Afra und Rowan wechselten überraschte Blicke.

»Ringle hat mich gehört«, fuhr Damia fort, »und mich reingelassen.«

»Wie konnte er das?« fragte Rowan Afra und sah ihre Tochter strafend an. »Du mußt die Wahrheit sagen, Damia.«

»Ich sage die Wahrheit.« Damia verzog das Gesicht und schien über solche elterliche Unnachgiebigkeit gleich weinen zu wollen.

»Wenn Ringle sie gehört hat, dann ist er sicher zur Tür gekommen«, warf Afra ein, um Damias Tränen zuvorzukommen. »Sein Halsband öffnet die Tür. Sie schließt sich automatisch.«

Rowan gab einen langen, gereizten Seufzer von sich und schloß ihre Tochter in die Arme. »Schon gut, Damia. Nicht weinen. Aber du darfst nicht auf eigene Faust durch den Komplex spazieren. Versprichst du mir, daß du nie wieder das Haus ohne Begleitung verläßt?«

Damia klammerte sich in tiefer Reue an ihre Mutter und nickte heftig mit dem Kopf.

»Und nun los, dein Essen ist fertig, junge Dame«, sagte Rowan in der Hoffnung, daß sie ihren Standpunkt deutlich gemacht hatte, ohne ihr unberechenbares Kind erschreckt zu haben.

»Ringle hat schon gegessen, und ich kann mich jetzt wieder an den Tisch setzen«, sagte Afra und schob die beiden aus seinem Apartment. »Und ich laß mir eine Katzenklappe in die Tür einbauen. Damia ist zu groß, um da hindurchzukriechen.«

Danach herrschte für einige Wochen einigermaßen Ruhe. Afra war nicht der erste, der unruhig auf Damias nächsten Streich wartete. An dem Morgen, als es dazu kam, herrschte dichter Verkehr, vor allem schwere Frachten, die sorgfältig behandelt werden mußten. Tanyas wilder Hilfeschrei war deshalb niemandem im ganzen Tower willkommen.

Ich kann Damia nicht bändigen, schrie das Mädchen. *Ich weiß, daß Rowan schrecklich unter Druck steht, aber ich fürchte, Damia wird noch jemanden verletzen.*

Afra bedeutete Joe Toglia, an seiner Stelle weiterzumachen, rollte mit dem Stuhl zum nächsten freien Monitor und schaltete auf die Überwachungskamera in den Horträumen um. Er konnte Tanya sehen, die sich neben dem Komgerät zusammengekauert hatte, während die anderen Kinder unter den Minimöbeln Schutz suchten. Jeran und Cera waren in aller Seelenruhe in ein kompliziertes Spiel vertieft, während ein Regen von zertrümmerten Spielzeugen, und gelegentlich etwas Schwereres, von einer wütenden Damia geworfen, die empört vor sich hin brabbelte, auf sie niederprasselte.

»Spielt mit mir! Schaut mich an! Sprecht mit mir!« schrie sie. Sobald sie die Gegenstände auf dem Regal neben sich verbraucht hatte, wandte sie sich einer Kiste voller zusammensteckbarer Bausteine zu. Glücklicherweise war sie nicht besonders treffsicher oder aber – was Afra nicht recht glauben konnte – Jeran und Cera wehrten die Wurfgeschosse ab, denn die meisten Gegenstände fielen knapp vor den Zielen herunter, die sie gütig ignorierten.

Afra teleportierte die Kiste sofort außer Reichweite, und als sie daraufhin entrüstet aufschrie, beseitigte er die nächste wahrscheinliche Munition in ihrer Reichweite.

Nein, Damia, sagte er im strengsten Ton, den er ihr gegenüber je angeschlagen hatte. *Das ist nicht erlaubt.*

»Sie wollen nicht mit mir reden!« schrie Damia und schluchzte frustriert. »Das ist nicht fair! Sie reden nie mit mir! Sie spielen nie mit mir.« Dann lief sie zu dem Stapel von Gegenständen, die kurz vor ihrem Ziel zu Boden gefallen waren, und hätte Jeran und Cera ohne Afras entschlossenes Eingreifen sicher damit beworfen. »Und das ist nicht fair, Afra. Das ist überhaupt nicht fair!«

Tanya! rief Afra. *Pack dir das kleine Biest und leg es schlafen! Damia, du folgst jetzt Tanya und hörst auf, dich so schrecklich zu benehmen. So etwas gehört sich nicht für jemanden, der einmal einen Tower kommandieren will!* Es beunruhigte ihn etwas, daß ausgerechnet ihm einer der Lieblingsvorwürfe seiner Mutter über die Lippen kam.

Zu seinem Erstaunen schluckte Damia ihren nächsten empörten Seufzer hinunter und fügte sich Tanyas Bemühungen. Sie war eingeschlafen, ehe Tanya die erste Strophe zu Ende gesungen hatte. Jeran und Cera setzten ihr Spiel fort, als sei nichts geschehen.

»Ich glaube, Rowan, daß du besser einmal mit Jeran und Cera reden solltest«, sagte Afra zu ihr, als Kallisto vom Jupiter verdeckt wurde und alle eine Pause einlegen konnten.

»Warum? Was haben sie getan?«

Afra berichtete den Vorfall im Kinderhort. »Ich bin der Auffassung, daß sie das absichtlich machen, weil sie wissen, daß sie sich darüber ärgert. Sie fühlt sich zu Recht ausgeschlossen.«

Rowan wirkte etwas in die Enge gedrängt, als sie darüber nachdachte. »Sie haben eben eine enge Bindung zueinander. Und Damia ist sehr viel jünger ...«

»Das gibt ihnen nicht das Recht, sie auszuschließen, vor allem, wenn sie es absichtlich machen.«

»Sie sollte nicht so die Beherrschung verlieren.« Rowan preßte fest die Lippen aufeinander. »Sie verlangt ständig nach Aufmerksamkeit.«

»Mag sein, aber Jeran und Cera könnten sie gelegentlich in ihre Spiele einbeziehen. Du weißt, daß sie das nie tun. Und sag mir nicht, daß sie schon etwas reifer sind. Damia ist auch schon sehr weit.«

Das mußte Rowan zugeben, denn Damias Vokabular war mindestens so umfangreich wie das ihrer Geschwister, und trotz ihrer zarten Muskulatur verfügte sie über eine beachtliche Körperbeherrschung. Aus diesem Grund führte Rowan mit ihren beiden älteren Kindern ein ruhiges und positives Gespräch, und nachdem sie ihr aufmerksam zugehört hatten, berieten sie sich kurz in ihrer Privatsprache, und dabei fühlte Rowan sich so ausgeschlossen, daß sie widerwillig Mitgefühl für ihre Jüngste verspürte.

»Wir werden Damia eines unserer einfacheren Spiele beibringen, Mutter«, sagte Jeran auf seine nüchterne Art. »Das sollte sie zufriedenstellen.«

Später erzählte Rowan Afra, daß es sie einige Mühe gekostet hatte, nicht über seine prahlerische Art zu lachen.

»Du siehst also, daß Damia einen guten Grund hatte, sich zu beschweren«, sagte Afra.

»Ja, hatte sie«, und dabei seufzte Rowan schwer. »Ich will, daß meine Kinder sich lieben und miteinander auskommen.«

Afra rümpfte spöttisch die Nase. »Warte, bis sie alt genug sind, meine Liebe. Im Moment sind sie grausame, herzlose, gemeine kleine Ungeheuer.« Rowan starrte ihn erschrocken an. »Doch, das sind sie, aber da werden sie ganz sicher rauswachsen.«

Tanya nahm zehn Tage später mit dem Tower Kontakt auf und paßte dafür taktvoll die Pause ab.

»Jeran und Cera spielen mit Damia ein neues Spiel, und mit der Hälfte der übrigen Kinder«, berichtete sie Rowan und gab sich alle Mühe, nicht zu lachen.

»Warum dann?«

»Weil es in dem Spiel um Farben ging«, und jetzt blubberte Tanya vor Lachen. »Deine drei sind grün, und die anderen sind eine Art von Ocker oder welche Farben in ihren Malkästen auch immer übrig sind. Ich kann neun Kinder nicht allein sauber machen, könnten die Eltern deshalb vielleicht fünfzehn Minuten erübrigen? Glücklicherweise ist es eine wasserlösliche Emulsion. Außerdem haben sie vorher ihre Sachen ausgezogen.«

Dieser Streich war nicht Damias Werk, aber sie erfand einige Tage später eine eigene Variante, als sie Gauner und jeden Waschbären im Komplex anzumalen versuchte. Und zwar mit einer Ölfarbe, die sie offenbar dort gefunden hatte, wo sie jemand von der Wartung zur Mittagspause stehengelassen hatte.

Alle waren deswegen böse auf sie, und Rowan bestand darauf, daß sie den Besitzern half, das Fell ihrer Tiere wieder sauber zu bekommen. Sie bestand außerdem darauf, daß alle Damia zu verstehen gaben, wie verärgert sie waren.

»Vielleicht wird ihr auf diese Weise klar, daß sie mit einem solchen Spielchen die Tiere auch verletzen könnte. Sie haben schließlich auch Gefühle.«

Damia war durch die Kritik ihrer Mitmenschen wirklich sehr gestraft, doch weder Gauner noch einer der

Waschbären schien sie zu meiden. Es gab sogar ein halbes Dutzend, die sich auf ihr ausgesprochen schrilles Pfeifen hin liebend gern um sie scharten. Während ihrer Aktivitäten im Freien, die Tanya jeden Nachmittag organisierte, war Damia gewöhnlich von den Haustieren umgeben und wartete darauf, daß sie an die Reihe kam. So wie ihr Bruder und ihre Schwester das Talent hatten, die Außenwelt zu ignorieren, konnte Damia sich in eine Welt zurückziehen, die nur aus ihr und den Tieren bestand.

Eines Nachmittags, während die anderen sich um Tanya versammelt hatten, überredete Damia ihre vierfüßige Gefolgschaft, einem Ball nachzujagen, den sie an einer Schnur hinter sich herzog, während sie kreuz und quer durch den Park lief. Sie erreichte außer Atem die Tür zum Schwimmbecken, die jemand ein Stück hatte offenstehen lassen.

Sie lugte hinein. Das Becken war weit größer als in dem Gebäude, wo sie manchmal mit ihren Eltern schwimmen ging. Sie wußte zwar, daß es hier auch ein Schwimmbecken gab, hatte aber nie die Gelegenheit gehabt, es zu besuchen. Und um diese Tageszeit wurde es von niemandem benutzt. Plötzlich beförderte Ringle ihren Ball durch die Tür auf die Fliesen rings um das Becken. Die Schnur wurde ihr aus der Hand gerissen, und Ringle schleifte ihn stolz am Becken entlang.

»Ringle, so spielt man das nicht«, sagte sie und lief ihm nach. Doch die Sohlen ihrer Sandalen waren rutschig, und sie geriet ins Schleudern und verlor den Boden unter den Füßen. Sie schlug schwer mit der Schulter auf und kippte mit einem lauten Platschen ins Becken.

Sie war klug genug, um im Wasser nicht in Panik zu geraten, und tauchte an die Oberfläche. Die Waschbären kreischten aus voller Lunge, und Gauner, der als letzter gefolgt war, sprang daraufhin ins Wasser und verursachte eine Welle, die sie direkt ins Gesicht traf und Mund und Nase mit Wasser füllte. Sie fing an zu schlucken, konnte nicht mehr atmen und bekam Angst.

Afra! Hilf mir! schrie sie, fuchtelte mit den Armen herum und versuchte den Rand des Beckens zu erreichen. Die Waschbären, die auf sie zupaddelten, kamen ihr in die Quere, und sie ging unter.

Das nächste, was sie spürte, waren zwei Hände, die sie an die Wasseroberfläche zogen, aus dem Becken zerrten und ihr auf den Rücken klopften, damit sie wieder Luft bekam.

Schon gut, Mädchen, es ist alles in Ordnung. Afra ist hier, und sie wurde an einen feuchten, doch beruhigenden menschlichen Körper gedrückt.

Damia!! schrie ihre Mutter, und plötzlich war Rowan da, riß sie Afra aus den Armen und umarmte sie so fest, daß Damia zu ihrem Erstaunen feststellte, wie ihre Mutter zittern konnte. Sie ›spürte‹ die Angst ihrer Mutter, und das erschütterte ihre Selbstsicherheit so sehr, daß sie in Tränen ausbrach.

Es kostete einige Zeit, um sie und ihre Mutter zu beruhigen, den triefnassen Gauner und die Waschbären abzutrocknen, und noch länger brauchte Damia, um zu versichern, daß es nicht *ihre* Schuld gewesen war. Die Tür hatte offengestanden, und sie war auf den feuchten Fliesen ausgerutscht.

»Aber du weißt doch, daß du nicht ohne Begleitung in eine Schwimmhalle gehen darfst, Damia«, sagte ihre Mutter mit einem Unterton, den Damia später als Tadel erkannte. »Und die Waschbären hören auf keinen anderen!«

»Ich wollte doch nicht schwimmen gehen, Mami, ich habe nur mit meinen Freunden gespielt.«

Über ihren Kopf hinweg blickte Rowan hoffnungslos zu Afra auf, der gerade sein Hemd auswrang. »Sie macht nie etwas falsch, oder?«

»Manchmal doch.« Afra machte eine Pause, um sein

nasses Haar zusammenzuraffen. »Sie ist einfach nur neugierig, einfallsreich und isoliert.«

»Nun, daran werde ich etwas ändern!« sagte Rowan. »Ob mit oder ohne Jeff Ravens Zustimmung. Damia braucht einfach einen Gefährten.«

Afra schaffte es, seine Grimasse im Handtuch zu verstecken, dann hörte er auf, sein Haar trockenzureiben, und verstand erst jetzt, was sie da eigentlich gesagt hatte. »Mit oder ohne Jeffs Zustimmung?« Er ließ das Handtuch fallen und starrte sie an.

»Angharad Gwyn-Raven, meinst du damit, was ich befürchte?«

Sie sah ihn mit großen Augen unschuldig an und wiegte immer noch ihre Tochter im Arm. »Ich will, daß meine Kinder eine glückliche Kindheit verleben und sich nicht ausgeschlossen fühlen oder gezwungen sehen, mit Tieren zu spielen.«

»Damia liebt die Waschbären.«

»Genau! Sie soll aber einen Bruder haben, den sie lieben kann.«

Als ihm von Damias Eskapade an diesem Nachmittag erzählt wurde, seufzte Jeff schwer. »Sie ist, wie ich in diesem Alter war. Mutter hätte mich nicht einmal mit einer Kette auf dem Hof halten können.«

»Und wie ist sie dir auf den Fersen geblieben?«

Jeff grinste, als er sich daran erinnerte. »Vater hatte ein Talent, Tiere zu trainieren ...« – und er lachte, als er den gereizten Ausdruck in Rowans Gesicht sah –, »... und so hat er eine Wolfshündin zu meiner Aufpasserin ausgebildet. Sie ist mir überallhin gefolgt, und wenn sie meinte, daß ich in Schwierigkeiten geraten könnte, hat sie mich umgeschubst, sich auf meinen Rücken gesetzt und geheult. Manchmal heulte sie eine ganze Weile, aber ich konnte nichts mehr anstellen, auch wenn ich dauernd Schrammen an Knien und Brust hatte, weil ich von einem dreißig Kilo schweren weißen Wolf umgeschmissen wurde.«

»Barkkatzen und Waschbären sind ein ausreichender Tierbestand für eine Kuppel.«

»Oh, das weiß ich. Ich wollte nur darauf hinweisen, daß Damias Eskapaden einem etablierten genetischen Muster folgen.«

»Wir können keine weiteren Tiere halten, aber wir können ihr einen geeigneten Spielgefährten anderer Art zur Seite stellen«, brachte Rowan das Gespräch nah an den Punkt, auf den es ihr ankam.

»Ich nehme an, daß du schon dabei bist, ihr diesen Spielgefährten zu beschaffen«, bemerkte Jeff mit einem scharfen Unterton in der Stimme.

Rowan trat einen Schritt zurück und biß sich nervös auf die Lippe. »Woher weißt du das?«

»Wie weit bist du? Im zweiten Monat? Man sieht es«, erwiderte Jeff. Er trat vor und legte ihr eine Hand auf den Bauch. »Wie hast du das geschafft?«

Rowan neigte den Kopf. »Eine Dame braucht ihre Geheimnisse. Es ist ein Junge, weißt du.«

»Dann hat Damia jemanden, um den sie sich kümmern kann.«

»Außer Afra«, fügte Rowan hinzu.

»Ihre Zuneigung für ihn ist ganz natürlich. Er gehört zur Familie.«

»Aber sie hat *ihn* gerufen, nicht mich.«

Jeff spürte ihren inneren Konflikt. »Und wie oft hast du den Kindern eingeschärft, daß sie dich *nicht* rufen sollen, wenn du im Tower bist?«

Rowan klappte untröstlich zusammen. »Aber ich *muß* dafür sorgen, daß sie das verstehen.«

»Da bin ich deiner Meinung. Deshalb wendet sie sich Afra als der nächstbesten Person zu. Laß uns dankbar sein, daß er dazu bereit und in der Lage ist. Es könnte sogar sein, daß ihn das Gefühl vertrauensvoller kindlicher Arme um seinen Hals dazu veranlaßt, selbst eine Familie zu gründen.«

»War dein letzter Versuch, ihn zu verkuppeln, nicht

erfolgreich?« Rowan freute sich insgeheim darüber. »Vielleicht solltest du das den Frauen deiner Familie überlassen, Liebling.«

»Ich erinnere mich an keine Versuche deinerseits.«

»Ich muß erst eine Frau finden, die gut genug für ihn ist«, sagte Rowan brüsk. Als Jeff eine Augenbraue hob, fügte sie hinzu: »Afra sollte etwas wirklich Besonderes bekommen. Ich verdanke ihm mein ganzes Glück.«

Ihre Schwangerschaft verlief unerfreulich. Sie hatte es geschafft, drei Monate morgendlicher Übelkeit zu überstehen, und sich dabei an den Trost geklammert, daß diese Symptome mit der Zeit nachlassen würden. Aber sie hielten an; ihre Aufgedunsenheit nahm erschrekkende Ausmaße an, ihre Knöchel schmerzten höllisch, und sie war fest davon überzeugt, daß die Schwerkraft der Kallisto-Station zu hoch eingestellt war. Sie machte jeden in Reichweite für ihren Zustand verantwortlich, darunter Brian Ackerman, der solche Vorwürfe mit seinem besten ›Wenn-das-nur-wahr-wäre‹-Blick entschärfte, vor allem aber Damia, weil sie einen kleinen Bruder brauchte, und Jeff, weil er sich so bereitwillig als Samenspender mißbrauchen ließ.

Ihre Verfassung brachte alle in einen Teufelskreis, in dem ihre Laune die Kinder aufregte und das Stationspersonal so sehr deprimierte, daß sich ihre Stimmung weiter verschlechterte und die anderen noch weiter mit herunterzog. Im sechsten Monat ihrer Schwangerschaft hatten sich ihre Mitarbeiter in hagere Nervenbündel verwandelt.

Was ihr überhaupt nicht gefiel und sie sich selbst nicht eingestehen konnte, war die Tatsache, daß Afra sich von ihr überhaupt nicht aus der Ruhe bringen ließ, wie jähzornig sie auch wurde. Sie sehnte sich so heftig nach einer Gelegenheit, ihn anzufahren, obwohl sie wußte, wie irrational das war. In seiner aufrichtigen Sorge um sie gab er sich fast unterwürfig und war immer aufmerksam auf ihre Bedürfnisse und ihre Verfassung bedacht.

In ihren Schwangerschaften mit Damia und Cera zuvor war Afra immer bereit gewesen, ihr die Kinder abzunehmen, damit sie sich so gut ausruhen konnte, wie es ihre Verfassung erlaubte. Diesmal allerdings hatte sie etwas dagegen, Damia aus den Augen zu lassen, und schickte statt dessen die beiden Älteren zu ihrem ›Onkel‹ Afra.

Afra nahm die ganze Situation phlegmatisch hin, was Rowan nervös machte, weil es *ihn* nicht nervös machte. Er ging sogar soweit, daß er Damia das feierliche Versprechen abnahm, mit ihrer Mutter während ihrer Schwangerschaft ganz besonders vorsichtig zu sein, ein Versprechen, dem das Kind gewissenhaft nachkam, bis Rowan sie eines Morgens anschrie, als sie ihr das Frühstück ans Bett bringen wollte. Danach wurde Damia zu einem verstockten, deprimierten Kind, das oft ohne Grund in Weinen ausbrach.

Aber ein längerer Anfall schlechter Laune lag nicht in Damias Natur. Aufgeheitert vom anhänglichen Wesen der Waschbären und von Gauners standhafter Loyalität, machte sie sich daran, die Ritzen und Winkel der Kallisto-Station nur in Begleitung der Tiere zu erforschen. Sie wurde von niemandem ›gehört‹, während sie ihre großen Abenteuerstreifzüge unternahm, denn sie hatte begriffen, wie wichtig es war, sich vor Rowan abzuschirmen und ein vollkommen falsches Bild ihrer Umgebung auszusenden, im allgemeinen ihres eigenen Zimmers.

Und während ihre unpäßliche Mutter glaubte, daß sie in der Sicherheit ihres Heims spielte, führte sie ihren persönlichen Aufstand. Die Einpersonen-Rettungskapseln gefielen ihr am besten. Sie säumten die Korridore und unterirdischen Gänge der Kallisto-Station und waren für katastrophale Druckabfälle gedacht. Es war leicht, sich einen Zutritt zu verschaffen: sie trat einfach vor eine der Kapseln, und der durchsichtige Deckel glitt auf. Das Innere war vorzüglich ausgestattet: ein Plüschsitz mit allen möglichen Bedienungselementen wie etwa einer Tastatur, einem Computer, der in Notfällen zur Verfügung stand, und Platz genug für ihr Waschbärenrudel. Das beste daran war, daß der Computer selbst alle Einzelheiten der Kapsel geduldig erklärte, bis Damia sie sich eingeprägt hatte. Sie konnte stundenlang in diesen Kapseln spielen: Damia, Herrin des Weltraums, Damias Weltraumpolizei, Damias Rettungsmannschaft.

Am Ende jedes Spiels, in dem die Waschbären nach ihrem Gusto als Ärzte, Piraten, Verletzte und Polizisten fungierten, lugte Damia vorsichtig aus ihrer Kapsel und stieg, wenn sie freie Bahn hatte, leise aus, schloß vorsichtig die Tür und beobachtete die grüne Lampe mit der Aufschrift ›A-OK‹. Und je nachdem, wie spät es und wie hungrig sie war, ging sie entweder in Rowans Quartier zurück oder tappte zur nächsten Kapsel und zum nächsten Spiel weiter.

Als sie die Frachtlager im Fundament des Towers entdeckte, kam sie aus dem Staunen nicht mehr heraus. Sie drückte sich eng an die Wand des Korridors und sah ehrfürchtig zu, wie sich die Lager auf magische Weise füllten oder leerten, wenn die Fracht zwischen der Station und den großen Kombischiffen hin- und hergeschoben wurde, die im Orbit darauf warteten, daß ihre Ladung zusammengestellt und von Rowan zum Zielplaneten befördert wurde.

Frachtkapseln waren lange, kistenartige Gebilde und wurden auch in Schiffen und Zügen zum Oberflächentransport auf Planeten verwendet. Passagierkapseln sahen anders aus und wurden in vielen Größen und Formen hergestellt. Alle verfügten über Luftschleusen an verschiedenen wichtigen Stellen und meist auch über Sichtschirme. Am meisten aber faszinierten Damia die Einpersonen-Rettungskapseln, mit denen die Flanken der großen Passagierschiffe gespickt waren.

Sie war psychisch genügend sensibel, um zu wissen, daß die Kapseln von verschiedenen Talenten im Tower manipuliert wurden. Einmal war sie ganz aufgeregt, als sie Afras mentale Berührung spürte, während eine Kette von Passagierkapseln aufgetrennt und auf einzelne Lager verteilt wurde. Kleine Kuppeln schlossen sie ein, und bald umschwärmte sie das Wartungspersonal.

»Dieser Frachter von Atair ist zu spät dran!« schnauzte Rowan im Tower Afra zu. Die Entscheidung, die Gravitation auf Kallisto zu verringern, hatte ihre geschwollenen Füße entlastet, ihre schlechte Laune aber nicht im mindesten bessern können. Afra wandte sich ihr vorsichtig zu, und seinem Blick waren die Anstrengungen seiner mentalen Manipulationen anzumerken.

»Es gibt Schwierigkeiten bei den Lebenserhaltungsanlagen der Passagier- und Mannschaftsquartiere«, erklärte er. Er schloß die Augen, um sich konzentrieren zu können, was normalerweise nicht erforderlich war, und blickte dann wieder zu ihr auf. »Powers kümmert sich drum.«

»Das bringt uns noch den ganzen Tagesplan durcheinander!« erwiderte Rowan mit einer Stimme, die an ein Wehklagen grenzte. Sie richtete ihre Frustration ausschließlich auf Afra.

»Nein, das wird nicht passieren«, erwiderte Brian Ackerman entschlossen und nahm Afra aus Rowans Schußfeld. »Ich habe mich schon mit dem Problem befaßt. Ich habe ein fünfzehnminütiges Fenster freigehalten, bevor sich etwas aufstaut.«

Afra dachte darüber nach und nickte. »Müßte reichen.« Er übermittelte Powers einen Gedanken. »Bill meint, es könnte eng werden, aber er wird sich beeilen.«

»Auch wenn das normalerweise nicht deine Aufgabe ist, Rowan, könntest du in der Zwischenzeit dieses Kombischiff von Prokyon zerlegen, damit Afra Zeit hat, das Schiff nach Atair zusammenzusetzen.«

Rowan wollte schon protestieren, aber Ackerman

warf ihr einen so flehentlichen Blick zu, daß sie nachgab. »Wo sind die Listen?«

»Auf zwei.«

Rowan wandte sich ihrer zweiten Konsole zu, um anhand der Angaben die Kapseln aus dem Schiff *Lysis* von Prokyon zu löschen.

Die Passagierkapseln riefen nach Damia. Sie erzählten von aufregenden Abenteuern fern von Damias Raumpatrouille. Sie schaute sich für Unterstützung nach ihren Tieren um, ignorierte Gauners Mahnung, doch vorsichtig zu sein, und lief unerschrocken weiter in den Tunnel hinein, der zur ersten Passagierkapsel führte.

Bill, Bill, sie wird durchdrehen, wenn wir's nicht schaffen! sendete Ackerman dem assistierenden Frachtaufseher privat zu.

Powers Antwort war seine Belastung anzumerken. *Wir tun, was wir können, Brian.*

Im Tower nickte Ackerman beifällig, ohne daß es jemand sah. *Bleib einfach dran.*

Auf dem Weg zu der Passagierkapsel wurde Damia weder von Technikern noch von Wartungspersonal behelligt. Die Katzen folgten ihr in gemessenem Abstand und verschmolzen mit ihrer Umgebung, wie es alle Katzen taten.

Jemand vom Schiffspersonal bemerkte sie und hielt sie versehentlich für eine Passagierin.

»Du gehst besser wieder an Bord, kleine Dame«, bat er sie höflich.

»Ich weiß nicht wie«, erwiderte Damia.

Der Techniker nahm sich ihrer an, ungeachtet der Hektik, die das Stationspersonal verbreitete, und führte sie an Bord der Passagierkapsel.

»Weißt du von hier aus weiter?« fragte er, weil er befürchtete, daß er zuviel Zeit verlieren würde, wenn er auch noch ihre Eltern suchen mußte.

»O ja!« erwiderte Damia und suchte neugierig nach

einer der Rettungskapseln. Damias Sternpatrouille auf einem echten Raumschiff!

»Gute Reise!« rief der Techniker, als er ging.

»Danke!« sagte Damia, wie sie es vom Towerpersonal so oft gehört hatte. Der Techniker ging und schüttelte den Kopf über die fabelhaften Manieren des kleinen Kindes.

Blitzschnell flitzte Damia in eine Personenkapsel und hielt die Tür gerade lang genug offen, daß ihr tierischer Hofstaat folgen konnte. Als sich die Tür schloß, wurde die Kapsel aktiviert.

»How may I help you?« fragte der Computer höflich.

»Was?« fragte Damia, die es noch nie mit einer anderen Sprache als dem Basisdialekt zu tun gehabt hatte.

»Was kann ich für Sie tun?« schaltete der Computer auf eine andere Sprache um.

»Oh, ich weiß schon, was zu tun ist.«

Ihre Antwort entsprach einem der vielen Stimmuster, die der Computer als Anzeichen von Stress identifizierte. Es versetzte seine Systeme in den Alarmzustand. Wäre die Passagierkapsel bereits an das Kombischiff angekoppelt gewesen, hätte eine Sirene das ganze Schiff alarmiert. Unter den gegenwärtigen Umständen war der Schaltkreis allerdings unterbrochen, und so würde es bleiben, bis die Kapsel an das Schiff angeschlossen wurde.

Mach schnell, Bill, beeil dich! rief Ackerman gehetzt. Afra hatte offenbar ein Bruchstück seiner Botschaft aufgefangen, denn der Capellaner hob eine Augenbraue. *Sie hat das ganze Schiff wieder zusammengesetzt und wartet auf weitere Arbeit!*

Schon erledigt! sagte Powers stolz. Neben Afra piepste das Anzeigepult, und die roten Lämpchen wurden grün.

»Das Schiff nach Atair ist fertig, Rowan«, informierte Afra seine Prima und forderte die Generatormannschaft auf telepathischem Wege auf, sich für die Last bereitzumachen. Er warf einen Blick auf die Uhr; Powers hatte fünf Sekunden übrig.

»Wird aber auch Zeit!« knurrte Rowan. »Warte einen Moment, das Schiff ist noch nicht ganz montiert!«

Darum kümmere ich mich jetzt, erwiderte Afra ruhig. Insgeheim machte es ihn aber nervös, daß Rowan seine Mitteilung absichtlich falsch verstanden hatte. Sie wußte, daß es immer noch *seine* Aufgabe war, die Schiffe zu montieren. Er hob die erste Kapsel aus dem Lager, machte aber eine Pause; etwas an ihr kam ihm seltsam vertraut vor.

Ich mach das! schnauzte Rowan und riß ihm die Kapsel aus den mentalen ›Händen‹.

»Das wird holprig, Kapitän«, warnte Ackerman über sein Komgerät.

In ihrer Wut rammte Rowan die drei Kapseln auf einmal ans Heck des Atairianischen Frachters.

»Alles startbereit«, erklärte sie.

»Roter Alarm! Roter Alarm!« rief der Kapitän über sein Komgerät. Aber es war schon zu spät; die Generatoren heulten schrill auf, und auf einmal ...

Afra! meldete sich eine erschrockene Stimme aus der Leere.

Damia! Afra reagierte sofort. So schnell, wie es noch nie erforderlich gewesen war, langte er nach dem davonschnellenden Kind, kehrte Rowans Schub um und riß Damia aus der Kapsel.

»Notfall!« brüllte Ackerman. »Haltet die Generatoren an!«

Holt das Schiff zurück! schrie Rowan und mühte sich, den schweren Frachter wieder unter Kontrolle zu bekommen.

Afra! heulte Damia.

Ich bin hier! rief Afra. *Komm her, Kleine.* Und schon war sie da und fiel ihm in die Arme. Er fing sie auf und drückte sie fest an sich.

»Afra!« Ackerman deutete auf Rowan. Sie war in sich

zusammengesackt, und ihre Knöchel traten weiß hervor, während sie mit schierer Willenskraft versuchte, das ins Trudeln geratene Schiff festzuhalten. Mit einem erschrockenen Aufschrei richtete Afra seine ganze mentale Energie auf einen Empfänger: *Jeff, hilf uns!*

Und auf einmal war er da, eine Präsenz, die sie alle umgab und beruhigte, fast körperlich sichtbar wurde.

Damia ist in Sicherheit! Hilf Rowan! schrie Afra und sackte auf den Boden, die Arme um Damia geschlungen, die immer noch starr vor Schreck war.

Ich bin hier, Liebling. Laß mich dir helfen! rief Jeff über den Abgrund zwischen Erde und Kallisto hinweg.

Ackerman sah fassungslos zu, wie Rowan nahezu sichtbare Kraftfelder durchzuckten, als sie und Jeff Raven wieder einmal ihre Seelen vereinten.

»Bei allen Göttern!« meldete sich eine heisere, verzerrte Stimme durchs Komgerät. »Rein, raus, hin und her, meine Güte! Was habt ihr nur mit uns angestellt?«

Ackerman blickte über den Tower hinaus und sah in Sichtweite das atairianische Schiff schweben. Ihm entfuhr ein schwerer, zittriger Seufzer.

Kapitel Fünf

»Ich kann nur sagen, ich bin froh, daß alles gutgegangen ist«, sagte Kapitän Leonhard vom atairianischen Frachter, als ihm die Situation erklärt wurde. »Soweit es meine Passagiere betrifft, hatte die Elektronik unseres Schiffs eine Fehlfunktion.«

»Sie sind sehr freundlich, Kapitän«, erwiderte Jeff Raven in aufrichtiger Dankbarkeit. Sie befanden sich in einem abgeschirmten Konferenzraum im Innern des Kallisto-Towers. Auch Ackerman und Afra saßen am Tisch. Rowan und Damia waren zu Hause und erholten sich beide von dem traumatischen Vorfall.

»Eines beschäftigt mich allerdings immer noch – was wäre geschehen, wenn Ihre Frau den Kontakt zu meinem Schiff verloren hätte?«

Jeff? Die mentale Berührung durch seine Mutter lenkte ihn ab, als er zu einer Antwort ansetzte.

»Entschuldigen Sie«, sagte Jeff zu dem Kapitän und schloß die Augen, um anzudeuten, daß jemand ihn kontaktiert hatte. *Ich nehme an, du hast es auch gehört?*

Die ganze Galaxie hat das Geschrei gehört. Was ist passiert? fragte Isthia so ruhig wie immer. Jeff beschrieb in knappen Worten das komplizierte Geschehen. *Afra hat sie aus dem startenden Schiff* gezogen? rief Isthia, als Jeff fertig war.

Am meisten hat mich überrascht, daß er es tatsächlich konnte! Ich frage mich, ob es so gut war, daß sie unserer Anordnung entsprochen hat, ihre Mutter nicht zu stören, wenn sie im Tower ist. In diesem Moment hätte sie sie stören müssen.

Ein zweijähriges Kind, selbst unsere Damia, kennt solche Unterschiede nicht, erwiderte Isthia in traurigem Tonfall, ehe sie etwas schroffer fortfuhr: *Erstaunlich ist, woher*

Afra überhaupt die ganze Energie hatte, um sie retten zu können. Du sagst, er hätte Rowan das Schiff fast aus den Händen gestoßen?

Jeff Raven runzelte die Stirn. *Daran hatte ich nicht gedacht.* Er schob es zur Seite. *Ich habe jetzt keine Zeit mehr. Ich muß erst den Kapitän beruhigen. Er will wissen, was passiert wäre, wenn Rowan den Kontakt zu seinem Schiff verloren hätte.*

Was wirst du ihm sagen?

Die Wahrheit natürlich, erwiderte Jeff prompt.

Daß sein Schiff um ein Haar für alle Zeit im Limbus *verloren gewesen wäre? Ich glaube nicht, daß jemand so etwas gern hören würde.*

Nein, sicher nicht, sagte Jeff grimmig. *Ich werde ihm sagen, daß wir gleich nach ihm gesucht hätten.*

Das *wäre schon viel vernünftiger!* Seine Mutter schlug einen nachdenklichen Ton an. *Soll ich kommen? Angharad scheint ungewöhnlich aufgewühlt zu sein – was mir sicherlich nicht anders ergangen wäre. Ich werde ewig dankbar sein, daß ich einen Planeten hatte, wo ich dich großziehen konnte.*

Diese Schwangerschaft macht ihr wirklich schwer zu schaffen, sagte Jeff und versuchte dabei seine Beunruhigung nicht vor seiner Mutter zu verbergen, wie er es bei allen anderen tat. *Aber bei weitem nicht so sehr wie die Tatsache, daß Damia sich in Notfällen immer an Afra wendet …*

Ich glaube nicht, daß es unbedingt daran liegt, bemerkte Isthia vieldeutig, doch Jeff blieb keine Zeit zum Nachfragen, weil sich der Kapitän neben ihm höflich räusperte. *Wir unterhalten uns später weiter darüber. Der Junge wird nervös.*

Nun gut, laß dich nicht aus der Ruhe bringen, Liebling, verabschiedete sich Isthia.

»Jemand vom Personal«, entschuldigte sich Jeff bei dem wartenden Kapitän. »Was Ihre Frage angeht: nun, wir hätten sofort eine Suche gestartet.«

Der Kapitän gab einen erleichterten Seufzer von sich. »Gut zu wissen.«

»Und vergessen Sie nicht, daß wir noch nie ein Schiff verloren haben«, fügte Ackerman jovial hinzu. »Das war noch anders in den Tagen der alten Reaktionstriebwerke, als wer weiß wie viele Schiffe verschollen und nie wieder aufgetaucht sind.«

»Nein«, erwiderte der Kapitän, schüttelte den Kopf und war froh, in einer Zeit zu leben, in der ein sicherer Schiffstransfer die Regel war. »Das waren wirklich noch andere Zeiten.« Er stand auf. »Ich fürchte, ich habe Ihnen schon zuviel Ihrer kostbaren Zeit geraubt.« Er nickte Raven und den anderen zu. »Ich halte den straffen Zeitplan eines Towers nicht gern länger als nötig auf, aber ich mußte die Sache für mich selbst klären. Wissen Sie, die Passagiere brauchen Sicherheit.«

»Natürlich«, sagte Jeff und stand auf, um dem Kapitän fest die Hand zu drücken. »Und ich hoffe, Sie verzeihen dem Tower dieses kleine Malheur.«

»Klein?« brummte Ackerman unterdrückt, als sich die Tür hinter dem Kapitän schloß. »Klein? Bei einem Generator, der sich festgefressen hatte, und Bergen an Fracht, die wir wegräumen müssen?«

»Seien Sie froh, daß der Schaden überhaupt aufgeräumt werden kann, Brian«, lautete Jeffs letzter Kommentar zu dem Vorfall.

Weil er unter extremer Erschöpfung litt, nahm sich Afra den Rest des Tages frei. Als er sein Quartier betrat, begrüßte ihn das neugierige Schnattern der Waschbären. Er lächelte schwach über den bangen Ausdruck in ihren maskenhaften Gesichtern, als sie ihn umdrängten. Hatte Damia sie ihm geschickt? Wie auch immer, er schätzte ihre Gesellschaft, auch wenn sie ihm durch Damias Monopol auf ihre Spielgefährten meistens vorenthalten blieben.

Aber er hatte nicht die Energie, um auf ihre Avancen

eingehen zu können, und ließ sich auf das breite Sofa fallen, um mit leerem Blick auf die Feuerstelle zu starren. Er war wirklich ausgelaugt, aber das war nicht der Grund, weshalb er eine Pause brauchte. *Du hättest sie* umbringen *können!* Er schrie sich selbst in hellem, brennenden Zorn an. *Ist dir eigentlich das schreckliche Risiko klargewesen, das du eingegangen bist, als du sie packtest? Und vor allem, als du dir das Kind statt das Schiff gegriffen hast, das genauso auf dem Spiel stand?*

Es klingelte. »Komm rein, Jeff«, rief Afra, der im voraus gewußt hatte, wessen Hand den Türsummer betätigte.

Jeff Raven, leicht abgehärmt unter seiner vordergründigen Schüchternheit, betrat vorsichtig Afras Apartment, bemerkte die Ansammlung von Waschbären und setzte sich auf eine Geste des Capellaners in einen Stuhl ihm gegenüber.

»Ich weiß, warum du hier bist«, sagte Afra ruhig. Ohne einen Sinn für Etikette nahm er sich das nächstbeste Blatt Papier – seltsamerweise eine Stück feines Origamipapier – und einen Stift. Er notierte ein Datum, einen kurzen Satz und unterzeichnete ihn ohne sichtbare äußere Regung. »Hier.«

Jeff hob eine Augenbraue, überflog die Nachricht, knüllte das Papier zusammen und warf es durchs Zimmer. Die Waschbären betrachteten es als Spielzeug und wirbelten es mit den Pfoten durchs Apartment.

»Ich hatte genug Ärger mit einer überreizten Frau und einer hysterischen Tochter. Ich habe keinen Bedarf, auch noch von dir solchen Unsinn hinzunehmen, Afra.«

»Aber ich habe gegen das wichtigste Gesetz des Tower-Protokolls verstoßen – ich habe einen Transfer unterbrochen und um ein Haar den Verlust eines Passagierschiffs verschuldet.«

Jeff unterbrach ihn mit einem Blick. »Und dabei meine Tochter gerettet.«

»Was wäre gewesen, wenn du es nicht geschafft hättest, den atairianischen Frachter ...?« beharrte Afra.

»Wir haben's geschafft, aber wenn du Damia nicht rausgeholt hättest, wäre sie sicher umgekommen.« Jeff zitterte unwillkürlich bei diesem Gedanken und sah, daß Afras Gesicht sich aschfarben verfärbt hatte.

»Wenn ich sie nicht dazu ermutigt hätte, sich die Waschbären und Gauner zu Spielgefährten zu nehmen, dann wäre sie vermutlich nicht herumgestreunt und ...«

»Also sind die Waschbären schuld, was?« fragte Jeff amüsiert.

»Nein, ich bin schuld«, sagte Afra, der die Verantwortung nicht auf andere abwälzen wollte.

»Ach ja? Und hast du sie auch darauf gebracht, daß die Passagierkapseln ein guter Spielplatz für sie und die Waschbären sind? Komm schon, Afra, laß mal ein bißchen gesunden Menschenverstand an dein Selbstmitleid herankommen.«

»Darauf kommt's nicht an«, und Afra tat seinen Einwand mit einer brüsken Handbewegung ab, »Tatsache ist nun einmal, daß ich das Gesamt mit Rowan zerstört habe – ich hätte Damia dabei umbringen können!« Afras Beherrschung ging mit diesen letzten Worten verloren, und seine Stimme sättigte sich mit Selbstverachtung und Abscheu.

Jeff wartete, bis der gelbäugige Capellaner sich wieder gefaßt hatte. »Hast du dich schon gefragt, woher du überhaupt die Kraft genommen hast, um so etwas fertigzubringen?«

»Wo ...? Was ...?« Afra verstummte und riß verdutzt die Augen auf. Er sah Jeff an, der bedeutungsvoll nickte.

»Überleg mal, was geschehen wäre, wenn Damia versucht hätte, ohne deine Hilfe *blind* zu springen.«

Afra dachte darüber nach und wurde kreidebleich.

»Ich bin hergekommen, um dir zu danken, daß du meiner Tochter das Leben gerettet hast«, sagte Jeff nachdrücklich, »auch wenn du eine Zweijährige dazu bringen mußtest, zu ihrer Rettung beizutragen. Und dieser elenden Waschbären.« Er machte eine Pause, um zuzusehen, wie eben diese Tiere mit dem zerknüllten Papier Fangen spielten. Er machte dem Rest seiner Wut Luft. »Ich bin bestimmt nicht hergekommen, um mir dummes Geschwätz darüber anzuhören, wer an was schuld und wer für alles andere in diesem System verantwortlich ist!« Er stemmte sich plötzlich aus dem Stuhl, packte Afra fest an den Schultern und schüttelte ihn durch, um es zu unterstreichen. »Du gehörst zur Familie, Mann, ob richtig oder falsch, auf oder ab, rein oder raus. Verstanden? Also, was hast du zu trinken da? Ich trockne aus.« Jeff grinste ihn an. »Das ganze Gequassel mit Kapitän Leonhard.«

Afra stand sofort auf. »Ich könnte etwas Tee oder Kaffee machen.«

Jeff räusperte sich. »Hast du nicht etwas Stärkeres, Afra? Oder ich sollte dir ab und zu mal eine Kiste schicken, wie es Reidinger für Brian gemacht hat. Obwohl ich mich noch daran erinnern kann, wie in dieser Station auch schon einmal ein ziemlich guter Schnaps zu bekommen war.«

Afra kam aus der Küche mit einer durchsichtigen Flasche zurück, die eine klare Flüssigkeit enthielt.

»Ich benutze ihn bei Erkältungen. Er ist sehr gut.«

»Nun, heute war mir ein paar Sekunden lang wirklich verdammt kalt«, bemerkte Jeff. Er kippte ein halbes Glas hinunter, und seine Augen traten hervor. »Erstklassig«, brachte er mit einem mühsamen Atemzug hervor. Er winkte mit der Flasche in Afras Richtung. »Du könntest auch einen Schluck gebrauchen.«

»Nein.« Afra schüttelte den Kopf und machte sich eine Tasse einschläfernden Tee, mit dem er schon oft seine angegriffenen Nerven beruhigt hatte. Der Schnaps hätte ihn in seiner gegenwärtigen Verfassung zu sehr stimuliert.

Sie machten es sich in hohen Stühlen bequem, die einen thekenhohen Küchentisch umstanden.

»Hast du schon etwas gegessen?« fragte Afra, als nach den Heimsuchungen des Tages allmählich seine guten Manieren wieder zum Vorschein kamen.

»Nein. Und du?«

Afra mußte kurz überlegen, ehe er den Kopf schüttelte.

»Laß mich etwas machen«, sagte Jeff, als er die Erschöpfung seines Gegenübers bemerkte, und fügte mit einem Grinsen hinzu: »Ich bin kein schlechter Koch!«

»Chinesisches Essen kostet nicht viel Zeit«, schlug Afra vor.

»Rowan hat dich wohl auch auf den Geschmack gebracht, was?« fragte Jeff. Dann schüttelte er den Kopf. »Eigentlich habe ich daran gedacht, uns etwas raufschikken zu lassen, wenn du nichts dagegen hast.« Afra wirkte verwirrt. »Luciano hat mich gelegentlich beliefert.«

»Tatsächlich?« Afra war überrascht. »Allerdings frage ich mich, ob mir eine üppige Mahlzeit jetzt bekommen würde ... mein Magen hat sich noch nicht ganz beruhigt ...«

»Ich werde Luciano bitten, etwas Erholsames für Nerven und Seele zuzubereiten.« Jeff sendete Gollee Gren auf der Erde auf telepathischem Wege eine kurze Nachricht zu, und Gollee bewies genug Taktgefühl, daß er seine Neugier hinunterschluckte und versprach, den Auftrag auszuführen.

»Während wir warten«, fuhr Jeff fort, »können wir uns über unser Problemkind unterhalten.«

»Es war nicht ihre Absicht ...«

Jeff hob die Hand. »Das weiß ich doch.« Er seufzte und hatte einen bewundernden Ausdruck im Gesicht. »Sie ist ihrer Mutter sehr ähnlich, weißt du.«

»Aber anders ...«

»Rowan kommt nicht mit ihr zurecht«, bemerkte Jeff fast rhetorisch. »Tanya auch nicht.«

»Schlägst du vielleicht Hypnose vor?« fragte Afra. Bisher hatten sie nur die subtilsten hypnotischen Suggestionen angewendet, um zu verhindern, daß Damia völlig unberechenbar wurde. Afra hatte den Anstoß dazu gegeben. Dieser erfolgreichen Manipulation waren weitere gefolgt, immer mit Jeff Ravens voller Kenntnis und Zustimmung, doch immer nur, wenn bestimmte Einschränkungen notwendig wurden. Wie der heutige Tag bewiesen hatte, schien Damia jeder aktuellen Einschätzung ihrer Fähigkeiten immer einen Schritt voraus zu sein. Außerdem wurde sie zunehmend unempfindlicher gegenüber subtilen Beeinflussungen, und weil Rowan etwas dagegen hatte, wenn an ihren Kindern ›herumgepfuscht‹ wurde, würden stärkere Manipulationen auffallen.

Jeff spürte Afras Unbehagen und schüttelte entschlossen den Kopf. »Nein, ich glaube nicht, daß hypnotische Methoden eine Lösung sind.«

Jeff? Isthia Ravens ›Stimme‹ lenkte ihn ab.

»Mutter, ich bin hier bei Afra«, erwiderte Jeff laut, damit Afra mithören und telepathisch reagieren konnte.

Hallo, Afra, sagte Isthia und richtete ihre telepathische Stimme auch auf ihn. *Erholst du dich von dieser bemerkenswerten Rettungsaktion?*

Ein wenig, antwortete Afra. Er hatte es schon längst aufgegeben, der Raven-Matriarchin etwas vorspielen zu wollen.

Außer daß er sich dabei mit Schuldgefühlen plagt, bemerkte Jeff.

Ach was! tadelte Isthia. *Schuldgefühle sind etwas für Kleingeister, Afra. Deine spontane Reaktion war ohne Einschränkung heldenhaft, und ich werde dir nicht erlauben, dir etwas anderes einzureden. Ich bin sicher, daß Jeff meiner Meinung ist.*

Oh, ich schon, aber er nicht. Er droht mit Rücktritt.

Unsinn!

Du gehörst keinem Tower an, Isthia Raven, schreckte Afra aus seiner Lethargie. *Du weißt sicher nicht, daß ich gegen eine der wichtigsten Vorschriften zum Tower-Betrieb verstoßen habe …*

Weil du ein Kind gerettet hast? Es gibt immer Prioritäten, die über den Vorschriften stehen. Es klang ihrer Erwiderung eine derart scharfe Kritik an jeglicher Bürokratie mit, daß Afra grinsen mußte. *Wenigstens hast du das Kind gehört.*

Damia hat Rowan gar nicht erst gerufen, stellte Afra mürrisch fest.

Und wie geht's Angharad? Wie als Antwort auf Isthias Frage heulten die Stationsgeneratoren zu voller Energie auf, fielen in einem Crescendo ab und schaukelten sich in einem weiteren Crescendo wieder auf, als in rascher Folge Frachten an ihre Bestimmungsorte hinausbefördert wurden.

Ich würde sagen, sie hat beschlossen, Wut und Schrecken auf konstruktive Weise abzubauen, erwiderte Jeff milde. Er zuckte zusammen, als die Generatoren zu voller Schubleistung aufheulten. *Glücklicherweise versorgt Ackerman sie mit Frachten. Einigen zerbrechlichen Gütern wird das nicht so gut tun.*

Du liebe Güte! In Isthias Entgegnung schwang etwas liebevolles Mitgefühl mit. *Und was wollt ihr unternehmen?*

Afra und ich haben uns gerade darüber unterhalten, erwiderte Jeff. *Weitere Hypnose haben wir ausgeschlossen.*

Gut. Ich habe meine Zweifel, ob sie wirken würde; das Kind ist zu fix. Isthia fragte zweifelnd: *Welche Alternativen habt ihr in Betracht gezogen?*

Noch keine, erwiderte Jeff. *Wir werden das umfassende Mediationsverfahren versuchen. Dann werde ich mir anhören, was sich Rowan vorstellt.*

Die wird mich nach dieser Sache vielleicht nicht mehr wollen, sagte Afra mutlos.

Hör auf damit, Afra Lyon! fuhr Isthia ihn an. *Weißt du, nicht einmal Angharad würde es hinnehmen, wenn du dich in solchen Selbstanklagen suhlst.* Sie machte eine kurze

Pause. *Nun, wie auch immer, vielleicht bringt dir ein ordentlicher Anschiß wieder etwas Manieren bei. Ihr Capellaner legt doch immer so großen Wert auf tadelloses Benehmen. Angharad dagegen hält das Protokoll bestimmt nicht für wichtiger als das Leben ihrer Tochter.*

Afra war sprachlos. *Aber ich hätte diesen atairianischen Frachter um ein Haar verloren. Wenn Jeff nicht ...*

Herr im Himmel! Er kommt von diesem Schuldtrip nicht runter, was? fragte Jeff Raven rhetorisch. *Wenn du dich damit wohler fühlst, bin ich als Chef von VT&T gern bereit, dein Jahreseinkommen um jeden Betrag zu kürzen, den du für angemessen hältst, um deinen Eingriff in die ordentliche Abwicklung des Raumverkehrs zu sühnen. Aber als Erdprimus muß ich dich darauf hinweisen, Afra Lyon, wie unwahrscheinlich es ist, daß Angharad Gwyn-Raven deinen Rücktritt akzeptieren wird.* Jeff machte eine Pause, um Afras starre Miene zu betrachten, und seufzte verärgert.

Isthias Seufzen klang wie ein Echo. *Ich dachte, die Jahre, die du Reidinger und Angharad ausgesetzt warst, hätten deiner Erziehung etwas entgegenwirken können. Wie war das, was müssen Missetäter auf Capella tragen? Sack und Asche?*

Afra schüttelte den Kopf, dann barg er ihn in beide Hände und wagte einen zaghaften Versuch, die Kanonade zu unterbrechen, die auf ihn niederging.

Natürlich ist es mir als Erdprimus nicht gestattet, über die Disziplin in einem lokalen Tower zu richten, und das werde ich auch nicht tun.

Das heißt, sagte Isthia, *nicht mehr, als du es bisher schon getan hast.*

Hör dir die Generatoren an, Afra. Dabei grinste Jeff. *Sie schuftet es alles aus sich heraus. Vielleicht solltest du das auch tun. Wie wär's? Ich kann das schon verstehen. Du bist ziemlich aufgewühlt.*

Mein lieber Afra, wandte Isthia ein, *ich liebe dich unendlich, aber du mußt dich einfach von dieser negativen Hal-*

tung freimachen. Sie paßt nicht zu dir. Dann wurde sie nachdenklich und fügte hinzu: *Nein, du kämpfst gegen irgend etwas an … jede Faser deines Selbst sträubt sich dagegen. Deshalb strahlst du so viele negative Gefühle aus, nicht wahr?*

Afra blinzelte. Eigentlich hatte er sich gar keinem Selbstmitleid hingegeben, noch war er – der Vorwurf amüsierte ihn – seelisch in Sack und Asche gegangen. Er fragte sich eher, warum Jeff nicht begreifen wollte, was ihn so schrecklich sorgte. Jetzt, nachdem er Damia gezeigt hatte, wie sie ihr angeborenes Telekinesetalent anwenden konnte, hatte er ihr eine Fülle von Fluchtwegen eröffnet, die zu weit schlimmeren Ausflügen als dem heutigen führen konnten. Er hatte den Gwyn-Ravens mit der *in utero*-Bindung zwischen Jeran und Cera bereits irreparablen Schaden zugefügt: einer Bindung, die das Paar dazu brachte, sich so von Damia zu isolieren, daß ihr jegliche natürliche Beziehung zu ihnen vorenthalten blieb, sie zu einer Außenseiterin in der eigenen Familie machte, die ihr eigentlich Halt gewähren sollte. Außerdem war sie das jüngste Vorschulkind, doch bereits weiter als das nächstjüngste Kind, so daß es keine passenden Spielkameraden für sie gab. Wenn auch nur ein Kind in der Station zu ihr gepaßt hätte, daran hatte er keinen Zweifel, wäre Damia zufrieden und sicher weit umgänglicher gewesen. Afra stöhnte und schüttelte den Kopf in den Händen.

Was ist los? fragte Jeff.

Rowan wird das nicht gutheißen, erwiderte Afra resigniert. Seine Abschirmung war zu schwach, um die langohrige Isthia vom Eindringen in seine müden Gedanken abzuhalten. Vielleicht war sie aber auch zu einem ähnlichen Schluß gekommen.

Aha! rief sie triumphierend.

Ich kenne diese ›Ahas‹ von dir, Mutter, und sie bedeuten immer Ärger für jemanden, sagte Jeff mit einem Stöhnen, das dem von Afra ähnlich klang.

Afra raffte sich zu einer Erklärung auf. *Ich habe mir überlegt, daß die meisten Probleme Damias gelöst wären, wenn sie mit anderen talentierten Kindern ihres Alters und ihrer Fähigkeiten Umgang hätte. Im Hort ist sie mit über einem Jahr Abstand die Jüngste. Wenn sie einen menschlichen Spielgefährten in ihrem Alter hätte …*

Ich will sie nicht unten auf der Erde sehen, begann Jeff, *und es gibt nirgendwo mehr …* Er brach ab und sah Afra ernst an. *Du hast recht, Rowan würde es nicht gutheißen. Überhaupt nicht.*

Aber sie muß einsehen, wie wichtig es ist, Jeff, sagte Isthia. *Das war nicht das erste Mal, daß Damia sich um Hilfe und Unterstützung instinktiv an Afra gewandt hat. Er kann ihr einfach nicht aus jeder kleinen Patsche helfen. Und wenn doch …* Isthia ließ den Gedanken freundlicherweise unausgesprochen, aber Afra dachte noch einmal an Rowans verzweifelten Griff nach dem atairianischen Frachter zurück und konnte sich vorstellen, was geschehen wäre, wenn Jeff Raven nicht zur Stelle gewesen wäre, um zu verhindern, daß ihr der Frachter ins Nirgendwo entglitt.

»Und was meinst du, Afra?« fragte Jeff den hochgewachsenen Capellaner vorsichtig.

Afra brauchte einige Zeit für seine Antwort. »Es kommt nicht darauf an, was *ich* meine, Jeff. Wir müssen überlegen, was für Damia das wichtigste ist.«

»Es wird auf uns allen schwer lasten«, bemerkte Jeff zu Afras unausgesprochener Klage. *Mutter, kein Wort davon zu irgendwem!*

Vor allem nicht in Angharads Hörweite. Gott sei Dank ist sie damit beschäftigt, Frachten durch die Galaxis zu schleudern, erwiderte Isthia. *Es gibt in der Nähe durchaus einige talentierte Kinder. Und eine Reihe von Cousins zweiten und dritten Grades könnten … wenn sich jemand die Mühe machte, ihnen ein paar Dinge zu zeigen. Ich werde mich drum kümmern, was hier auf Deneb zu unternehmen ist. Vor allem wenn Damia gerade kinetisch aktiv geworden ist.*

Mehr an Afra als an Jeff gerichtet fügte sie hinzu: *Ich verspreche, daß ich meinem schwierigen Enkelkind, das du so verehrst, helfen werde.*

Mit starken und sensiblen Fingern massierte Jeff tief in Rowans Nacken hinein und knetete die schlimmsten Knoten heraus, die der lange Tag in ihrer verspannten Muskulatur hinterlassen hatte.

»Wenn's nicht Afra gewesen wäre!« rief sie. »O ja! Das ist gut, genau da!« Sie wand den Hals, um seine Bemühungen zu unterstützen. »Ah.« Sie entzog sich seinem Griff, nahm seine Hände in ihre und drückte sie sanft. »Oh, ich danke dir! Es ist schon viel besser.«

»Stets zu Diensten«, erwiderte Jeff mit einer leichten Verbeugung, als er sich auf die Bettkante setzte. Rowan saß unter ihm auf dem Boden und kuschelte sich zwischen seine Beine. Sie sprang auf, drückte ihm einen flüchtigen Kuß auf die Stirn und zog ihn ebenfalls hoch. Jeff reagierte mit einer festen Umarmung und einem zärtlichen Gesichtsausdruck. Rowan hielt ihn mit einer strengen Miene und einem Finger vor den Lippen von weiterem ab.

Zu seinem verwirrten Gesicht sagte sie: »Reden wir in der Küche.« Sie drehte sich um und zog ihn an verhakten Fingern hinter sich her.

Die Küche bot zwei gute Sitzgelegenheiten: die Barstühle an der Theke unweit des Herds und der große kreisrunde Tisch, wo sie gewöhnlich mit den Kindern frühstückten (oder es zumindest versuchten). Jeff sah seine Frau mit einer gehobenen Augenbraue forschend an, aber sie widerstand seinem sanften Abtasten, bis sie sich in einen der Stühle um den Küchentisch fallen ließ.

»Jeff, ich habe Angst«, begann Rowan. »Wenn Afra nicht gewesen wäre, hätten wir Damia vielleicht verloren.«

»Das Schiff war nach Atair unterwegs, Liebling, nicht

zum Pferdekopfnebel«, tadelte Jeff sie spielerisch. »Man hätte sie zurückgebracht.«

»Und wenn sie in Panik geraten wäre?« Rowan rang die Hände ineinander. »Und wenn Afra nicht dort gewesen wäre? Wenn sie den kinetischen Schub nicht aufgebracht hätte? Sie hätte für immer verloren sein können.« Sie breitete verzweifelt die Hände aus.

Jeff faßte eine ihrer Hände mit seinen beiden und streichelte ihr sanft die Handflächen mit den Fingern. Er lächelte zu ihr hinauf. »Aber das ist nicht passiert, Liebling. Afra hat sie aufgefangen.«

Ihre Antwort geriet zu einem Schluchzen. »Ja, es war Afra, nicht? Warum hat sie mich nicht gerufen?« Ihre Augen wurden feucht. »O Jeff, bin ich eine so schreckliche Mutter?«

»Nein!« Jeffs Antwort klang fest und überzeugt.

»Und warum hat sie mich dann nicht gerufen?« schrie Rowan. Sie riß ihre Hand von ihm los.

»Du warst zu beschäftigt, Rowan. Du hattest einen Frachter zu teleportieren ...«

»Afra auch!« unterbrach sie ihn. »Er stand auch unter Belastung! Trotzdem hat sie ihn gerufen und nicht mich!« Erneut riß sie ihre Hand los, um in einer wilden Geste über ihrem Kopf zu fuchteln.

»Rowan, mein Liebling, wer weiß schon, was im Kopf eines zweijährigen Kindes vor sich geht – vor allem in Damias.«

»Sie ist fast drei!« korrigierte Rowan ihn zerstreut.

Jeff schüttelte den Kopf. »Ganz egal, sie hat aus Panik reagiert und die erste Person gerufen, die ihr in den Sinn kam. Wenigstens hat sie gelernt, dich nicht zu stören, wenn du arbeitest.«

»Weißt du, ich bin wirklich eine schreckliche Mutter!« winselte sie.

Jeff atmete geräuschvoll aus und wandte sich ab, wütend auf Rowan für ihren sinnlosen Anfall von Selbstmitleid.

»Nun, jedenfalls tust du deinem neuen Sohn nichts Gutes, wenn du dich derartig in etwas hineinsteigerst«, bemerkte er, als er seine Gefühle gebändigt hatte. »Damia ist ein lebhaftes Kind, und das ist keine geringe Gabe.« Er grinste und tadelte sie mit ausgestrecktem Zeigefinger. »Wenn ich mich recht entsinne, warst du ungefähr im selben Alter, als du einen ganzen *Planeten* aufgescheucht hast, und das ist weit mehr, als deine Tochter getan hat.«

Rowan blinzelte und brachte ein leicht verdrießliches Lächeln zustande. »Unsere Situation war etwas anders, aber ich verstehe, worauf du hinauswillst.« Dann seufzte sie vor Verzweiflung. »Allerdings habe ich mit Jeran und Cera keine Schwierigkeiten …«

»… weil sie ein so ruhiges Wesen haben, daß man sie als phlegmatisch bezeichnen könnte, und vollkommen auf ihre eigenen Ichs konzentriert sind, was bis zur Ausgrenzung ihrer jüngeren Schwester reicht, wenn ich das hinzufügen darf. Damia dagegen braucht dasselbe sensible Verständnis, das Lusena dir entgegengebracht hat. Aber wir haben keine Lusena hier, die sich jede wache Stunde der Pflege und Betreuung unserer Damia widmen kann, die ihrer Mutter, wie man mir versichert hat, sehr ähnlich ist. Gegensätze ziehen sich an, mein Liebling, und gleiche Pole lassen Funken sprühen. Und wenn sich Damia in kritischen Momenten an Afra wendet, folgt sie damit nur dem guten Beispiel ihrer Mutter, oder etwa nicht?« Er wedelte mit dem Finger. »Nachahmung ist die aufrichtigste Form der Schmeichelei.«

Rowan holte Luft, um ihm zu widersprechen, ließ dann aber einen schweren, geschlagenen Seufzer von sich. Ihre Blicke trafen sich, und ein langes Schweigen trat ein. »Wenn es passiert …«, begann sie.

»Es wird wieder passieren«, sagte Jeff und nickte. »Und vielleicht haben wir das nächste Mal nicht mehr soviel Glück.«

»Was können wir tun?«

Jeff brauchte einige Zeit für eine Antwort, und als es soweit war, klang seine Stimme trübsinnig. »So viel ich auch mit Talenten zu tun habe, ich konnte nirgendwo ein T6-Kindermädchen auftreiben. Und ich habe alle möglichen Angebote gemacht ...«

»Davon hast du mir nichts erzählt ...«

Jeff rollte über ihre Entrüstung mit den Augen. »Wir brauchen ohnehin jemanden, wo noch ein Kind unterwegs ist. Und gib's zu, Rowan, nach den heutigen Vorfällen hättest du dich nicht beschwert, wenn ich jemand passenden anbieten könnte.« Er atmete aus und wagte einen weniger angenehmen Vorschlag. »Wir könnten es mit Hypnose versuchen ...«

»Nein!« Rowan reagierte mit Leidenschaft. »Ich lasse nicht an meinen Kindern herumpfuschen!«

Jeff fuhr mit seiner Liste möglicher Lösungen fort. »Wie wär's mit einem Pukha?«

»Damia ist nicht verwaist ...«

»Sie hat einige ziemlich traumatische Erlebnisse hinter sich ...«

»Sie braucht einfach keinen Pukha. Sie hat einen Vater und eine Mutter ...«

»Und wie wär's mit einem Automaten? Es gibt hervorragende robotische ...«

»Ein Roboter, der sich um Damia kümmert?« Rowan war entsetzt. »Ein Ding ohne Mitgefühl ... Da wäre ja ein Pukha noch besser!«

»Roboter lassen sich nicht von der Arbeit ablenken, für die sie programmiert wurden!« Dann tat Jeff die Bemerkung mit einem Achselzucken ab, noch bevor Rowan ihre Einwände aussprechen konnte. »Ich muß gestehen, daß mir der Gedanke auch nicht gefällt, aber ...«

»Ein schrecklicher Gedanke!«

»Es gibt eine mögliche Alternative«, wagte Jeff einen Vorstoß.

»Welche?«

»Bei mir hat es funktioniert«, begann Jeff und wählte seine Worte mit Bedacht, »obwohl ein ganzer Planet dafür möglicherweise nicht groß genug wäre. Wir könnten Mutter bitten, alle drei zu sich zu nehmen ... zumindest bis du die Entbindung hinter dir hast.«

»Was? Ich soll Deneb und der Neun-Sterne-Liga gegenüber zugeben, daß ich mich nicht um meine eigenen Kinder kümmern kann?«

»Nein, du gibst der Neun-Sterne-Liga gegenüber nur zu, daß du eine anstrengende Schwangerschaft durchmachst, doch deiner Verantwortung als Prima nachkommen willst. Aber weil deine Kinder etwas Besonderes sind, bist du bereit, auf einen täglichen Kontakt mit ihnen zu verzichten, um sicherzustellen, daß sie so glücklich wie möglich aufwachsen«, verbesserte sie Jeff. »Außerdem«, fuhr er mit frischem Atem fort, »was kümmert dich die Meinung anderer, solang deine Kinder glücklich sind?«

»Aber deine Mutter kann doch unmöglich ...«

»Es wäre nicht bloß eine Sache meiner Mutter, sondern auch meiner Brüder, Schwestern, Vettern und Nichten«, korrigierte Jeff. »Sie wären alle außer sich vor Freude. Es wäre eine gute Sache für Deneb. Du weißt doch, wie viele unentwickelte Talente du in der City gefunden hast. So jung deine Kinder auch sind, haben sie schon eine bessere Ausbildung genossen als irgendwer dort. Deneb wird gerade neu organisiert – führe dem Planeten Beispiele talentierter Kinder vor Augen, um das Interesse an diesen natürlichen Ressourcen zu wecken. Außerdem«, fügte Jeff hinzu und tätschelte zärtlich ihren Bauch, »kannst du dich dann mit ganzem Herzen auf deinen neuen Sprößling konzentrieren.«

»Vielleicht hätte ich nicht ...«

»Du bist Damia zuliebe schwanger geworden, wenn du dich erinnerst«, gemahnte Jeff sie behutsam. »Mutter wäre überglücklich. Und Ian ist ein netter Kerl; er würde sich bestimmt darüber freuen, wenn er neue Neffen und Nichten zum Spielen hätte!«

Rowan lächelte, als sie sich einen siebenjährigen Onkel vorzustellen versuchte. Ian war Isthia Ravens Jüngster und das erste Baby, mit dem Rowan in Berührung gekommen war. Sie konnte sich ihn tatsächlich gut als Kameraden für den sechsjährigen Jeran vorstellen, der viel zu sehr auf seine fünfzehn Monate jüngere Schwester fixiert war.

»Jeran würde ein älterer Bruder guttun, und ich bin mir sicher, daß Ian sich seiner gerne annähme«, bemerkte Jeff, der sich vorstellen konnte, was Rowan durch den Kopf ging.

»Jeff ...«, setzte Rowan zu einem Protest an. Er hob die Hand, um ihr zuvorzukommen, und faßte ihre.

»Schlaf mal darüber.« Vorsichtig führte er sie aus der Küche in ihr Schlafzimmer.

Im Bett rollte Rowan sich herum. »Jeff?«

»Mhmm?«

»Sag Afra nichts davon, zumindest jetzt noch nicht.«

»Natürlich nicht, nicht bevor du dich entschieden hast«, versicherte Jeff.

Im Laufe der Woche, während Damias ›Unfall‹ quer durch die Neun-Sterne-Liga, in der zahllose Frachten sich verspätet hatten oder verschollen waren, hohe Wellen schlug, fand es Rowan zunehmend schwerer, den Vorschlag abzulehnen.

»Es ist einfach nur so unnatürlich!« klagte Rowan an einem späten Abend ihrem Mann. Mit tränenfeuchten Augen wandte sie sich ihm zu. »Warum kann *ich* mich nicht um meine eigene Tochter kümmern?«

Jeff tätschelte sie zur Beruhigung. »Psst, Liebling, du könntest es schon, wenn du dich ausschließlich damit beschäftigen würdest. Aber überleg doch mal, welche Anforderungen an dich gestellt werden. Drei hochtalentierte Kinder, ein weiteres ist unterwegs, lange Arbeitstage im VT&T-Tower.«

»Aber ich will nicht wie Siglen sein ...«

Jeff sah sie erstaunt an, dann lachte er und wiegte sie in seinen Armen. »Liebling, du ähnelst Siglen ungefähr so sehr wie ... wie Brian Ackerman einem Reidinger-Clon. Manchmal, wenn ich daran denke, wie diese Frau dich unterdrückt, verzärtelt und dir eine Last überflüssiger Phobien aufgebürdet hat, frage ich mich, wie du dich überhaupt so gut entwickeln konntest«, erklärte Jeff. Er drückte sie besitzergreifend an sich. »Du hast beschlossen, deine Kinder nicht zu unterdrücken oder übertrieben zu behüten, und sie sind wirklich ganz außergewöhnlich. Es ist nur so«, fügte er betrübt hinzu, »daß ein junger Gwyn-Raven für jeden eine Plage ist!«

Rowan gab mit einem Seufzen zu verstehen, daß sie zustimmte.

»Und du hast drei solcher Plagegeister, und ein vierter ist unterwegs.« Jeff rieb tröstend mit einer Hand über ihren Bauch. »Und dann ist da noch dieser beunruhigende Bericht von Elizara.«

»Hmmm?« Rowan machte der plötzliche Themenwechsel unruhig. »Ach ja! Stimmt, sie hat etwas von Anomalien in meinen jüngsten Laborergebnissen erwähnt.«

»Ja?«

Rowan tat es mit einem Wink ab. »Elizara sagte, sie wird sich wieder bei mir melden. So etwas kommt vor.«

»Ich würde es lieber genau wissen«, sagte Jeff mit einer Spur von Beharrlichkeit. »Ich kann nicht sagen, warum«, dabei grinste er, »aber du bist mir sehr wichtig.« Er legte einen Arm um ihre Schultern und sah in ihr halb verborgenes Gesicht hinunter.

Sie warf ihm aus den Augenwinkeln einen vieldeutigen Blick zu. »Ich könnte ...« – sie zögerte – »einen Urlaub von der Station nehmen!« Bevor er sich von seiner

Verblüffung erholt hatte, fügte sie hinzu: »Afra könnte übernehmen … mit dir als Gehilfen im Alltag und bei schweren Frachten.«

Der Vorschlag war für Jeff zuviel. Voller Mitgefühl drückte er sie an sich, während er darüber nachgrübelte, die Idee auf sich einwirken ließ – und über Rowans Gründe für einen so drastischen Vorschlag nachdachte. Er wußte, wie wichtig der Posten auf Kallisto für sie war. Und wie es ihre Art war, erfüllte sie ihn tadellos. Er hatte Reidingers private Notizen über ihren Führungsstil gelesen. Die Episode um den atairianischen Frachter war in jeder Hinsicht einzigartig. Er merkte ihr an, daß er eine Antwort so lang hinausgezögert hatte, daß es an ihr nagte.

»Das könntest du. Du hast einen Anspruch darauf.« Dabei streichelte er lächelnd ihr Haar. »Keiner von uns Primen nimmt sich auch nur ein Viertel des Urlaubs, der uns zusteht. Ich könnte Saggoner und Torshan hierher versetzen …« Mit dem Zeigefinger seiner freien Hand tippte er auf die Bettdecke und deutete die Versetzungen an, die er durchführen müßte. Dann runzelte er die Stirn. »Natürlich sind sie für Atair unentbehrlich geworden, und dieses System verfügt noch über keine Warnbojen … Wir könnten Gollee entbehren, um Afra hier zu assistieren …« Seine Stimme verstummte, während er alle Konsequenzen durchdachte. »Es gäbe noch eine andere Lösung. Mutter!«

Rowan verpaßte ihm mental und körperlich einen Knuff, weil er ihr etwas vorenthielt. »Deine Mutter kann keinen Tower leiten.«

»Nein.« Dabei grinste Jeff breit, so zaghaft und behutsam er sich auch seinem Ziel näherte. »Aber sie kann Kinder erziehen.«

»Nach allem, was sie schon hinter sich hat? Du würdest ihr Damia aufbürden?«

»Und Jeran und Cera«, fügte Jeff nun todernst hinzu. »Wenn Damia das Teleportieren gelernt hat, wird der

Ehrgeiz diesem Pärchen keine Ruhe lassen, es ihrer kleinen Schwester gleichzutun.«

Rowans Miene entsprach der ängstlichen Anspannung, die Jeff mit Leib und Seele empfand. »Wir sind so weit von Deneb weg ...«, begann Rowan abwehrend. Ohne Vorwarnung verpaßte sie ihm einen Knuff gegen das Zwerchfell, das ihn zum Grunzen brachte; ihr Gesichtsausdruck schlug um, als sie mit einem zweiten, härteren Knuff nachsetzte. »Du falscher, verstockter Mistkerl! Dieses Gerede um eine Neufestsetzung der T-Stufe war nur ein Vorwand. Du hattest das die ganze Zeit im Kopf! Seit du Erdprimus bist, benimmst du dich keine Spur besser als Reidinger. Die Kallisto-Station läuft mit mir an der Spitze viel besser ... selbst wenn ich am Morgen meine halben Eingeweide erbreche.«

Jeff hüstelte. »Eigentlich wurde die höchste Effizienz und der höchste Durchsatz erreicht, als *ich* Primus war.« Rowan starrte ihn so finster an, daß Worte überflüssig waren. Jeff zuckte die Achseln. »Nun, du könntest auf der Erde arbeiten!«

»Jeff!« knurrte sie und warf sich auf ihn. Rowan brach den dräuenden spielerischen Kampf mit einem Stöhnen ab. Sie stieß sich von ihm ab.

»Geht's dir gut?« fragte Jeff besorgt, weil ihre Gesichtsfarbe eine seltsam graue Tönung angenommen hatte.

Rowan nickte zerfahren. »Oh, unser Kleiner hat wohl beschlossen, sich auch ein wenig zu amüsieren.«

»Ich verständige Elizara«, sagte Jeff in einem Ton, der keinen Widerspruch duldete. »Und die Kinder kommen nach Deneb.« Als Rowan protestieren wollte, hob er die Hand. »Diese Schwangerschaft nimmt keinen normalen Verlauf, und ich werde es nicht riskieren, dich zu verlieren.«

Elizara erschien so prompt, daß sie trotz Rowans Einwand, Jeff sei übertrieben besorgt, beunruhigt war. Elizara versicherte beiden Eltern sofort, daß das Kind keinem Stress ausgesetzt war.

»Sie allerdings schon«, sagte sie und zeigte mit einem Finger auf Rowan. »Ich habe die Laborberichte ihrer jüngsten Tests überprüft und noch einmal überprüft. Sie haben sich eine sogenannte Schwangerschaftsdiabetes zugezogen, Rowan.«

»Diabetes?« Jeff ließ sich neben seiner Frau schwer aufs Bett sinken und schloß sie in die Arme, als könne sein Schutz ihre Krankheit mildern.

»Sie ist in Schwangerschaften nicht ungewöhnlich, tritt aber meist nur bei der ersten oder zweiten auf. Der Zustand gibt sich, wenn das Baby auf der Welt ist.« Sie bereitete ein Hypespray vor, während sie redete. »Diese Injektion dürfte ihren Glukosespiegel ausgleichen.«

»Aber ich war doch immer so gesund. Ich hatte drei leichte Schwangerschaften ...« Rowan war fassungslos.

Elizara nickte. »Mag sein. Aber diesmal nicht. Sie werden auf Ihre Ernährung und Ihre Arbeitsbelastung achtgeben müssen. Der Stress muß verringert werden, sonst könnten Sie sich selbst – und dem Kind – ernsten Schaden zufügen.« Sie wandte sich Jeff zu. »Ich weiß, daß die Kallisto-Station ein wichtiger Knotenpunkt im VT&T-Netzwerk ist, aber ich muß darauf bestehen, daß Rowan entlastet wird.«

»Wird ab sofort geschehen«, sagte Jeff und nahm auf einem eingeschränkten Kanal mit Afra und Brian Ackerman telepathisch Kontakt auf.

Elizara sah Rowan in die Augen. »Ab sofort, Rowan?«

Sie nickte, konnte die verzehrende Ermattung nicht mehr leugnen, die sie so angestrengt zu ignorieren versucht hatte. Sie ließ sich in die Kissen sinken und hätte am liebsten geweint. »O Jeff. Es tut mir leid.«

»Was tut dir leid?« Jeff schloß sie in die Arme und war erschrocken, Tränen über ihr Gesicht strömen zu sehen. »Es ist doch nicht deine Schuld, Liebling, daß dein Körper schlappmacht und dich im Stich läßt.

Weißt du, es gibt nicht viele schwangere Frauen, die durch schiere Entschlossenheit einen Megatonnenfrachter festhalten können, nur um ihn nicht für immer aus den Augen zu verlieren. Ganz zu schweigen von den vielen anderen kleinen Krisen, mit denen du jeden Tag fertig zu werden scheinst. Und außerdem«, und er setzte ein hämisches Grinsen auf, als er begriff, daß Mitgefühl in diesem Fall nicht half, »wenn du mir erlaubt hättest, diesen Embryo auf die altehrwürdige Weise zu zeugen ...« Er legte den Kopf schräg und hoffte, daß er ihr gegenüber den richtigen neckischen Ton angeschlagen hatte.

Sie hörte auf zu weinen und starrte ihn finster an. »Du kannst das Ganze nicht allein *mir* in die Schuhe schieben! Sperma ist Sperma, ganz gleich, wie es in den Körper kommt.« Dann fiel ihr sein Gesichtsausdruck auf, und sie fing an zu kichern. »Also gut. Ich habe das auf eigene Faust gemacht, und dafür bezahle ich jetzt! Und es ist meine Schuld. Aber du wolltest mir nicht helfen. Damia ist ein so fürsorgliches Kind. Denk nur, wie sie mit Gauner und den Waschbären umgeht ...«

»Die hat sie hübsch angemalt ...«

»Ja, aber auch wieder abgewaschen. Sie will nur, was Jeran und Cera schon haben: ein Geschwisterchen, um das sie sich kümmern und mit dem sie spielen kann.«

»Und du hattest schon deinen Willen, und jetzt sind wir an der Reihe«, sagte er, drückte sie herzlich und rieb seine Wange an ihre. »Aber wir werden dich wieder in Ordnung bringen. Wir werden dafür sorgen, daß du viele Pausen hast, viel Bewegung«, er kicherte, »und keinen Stress.«

»Und was ist mit den Kindern?« fragte sie beinahe ängstlich, obwohl sie spürte, daß er ihr auch diese Entscheidung abgenommen hatte.

»Sie kommen nach Deneb. Ich habe schon mit Mutter gesprochen, und sie hat ein paar Ideen, die ihre und unsere Probleme lösen dürften. Außerdem«, er machte eine bedeutungsvolle Pause und ging so weit auf Abstand, daß er ihr in die Augen sehen konnte, »wirst du mir versprechen, dir eine längere Pause zu gönnen, bevor du mich – höflich und auf die normale Art – um ein weiteres Baby bittest.« Er sah sie streng an.

»Aber natürlich!« erwiderte Rowan mit vor Eifer großen Augen. »Das verspreche ich!«

Afra holte Jeff Raven ein. Brian Ackerman folgte ihm auf dem Fuße. »Sie wird sich doch wieder erholen, ja?«

»Hat euch Elizara alles erzählt?« fragte Jeff und erlaubte es Afra, die Sorge zu ›sehen‹, die er vor Rowan verborgen hatte. »Sie muß ihren Stoffwechsel im Gleichgewicht halten. Elizara hat sich mit mir unter vier Augen unterhalten, bevor sie in ihre Klinik zurückging. Rowan hat zwischen den Schwangerschaften nicht genug Zeit gelassen, daß ihr Stoffwechsel sich normalisieren konnte. Wenn wir ihr einen angemessenen Arbeitsumfang anvertrauen, weniger als sie normalerweise bewältigt, doch genug, daß ihr Stolz nicht angekratzt wird, und wir ihre Emotionen im Zaum halten – ihr wißt wahrscheinlich besser als ich, wie unausgeglichen sie im Laufe dieser Schwangerschaft gewesen ist …« – er grinste, als Afra ausdrucksvoll die Augen rollte, und Brian gab einen langen, schweren Seufzer von sich –, »dann müßte sie sich erholen.«

»Was wird das nächste Mal passieren?« fragte Ackerman skeptisch.

Jeff nickte. »Elizara ist zuversichtlich. Im Moment läßt sich nichts machen, aber hinterher gibt es Behandlungen, die einen Rückfall verhindern können.«

Ackerman schien seine Zweifel zu haben. »Ich dachte, daß eine weitere Schwangerschaft *in jedem Fall* eine dauerhafte Diabetes verursachen würde.«

»Das war einmal«, sagte Jeff. »Aber Elizara hat mir versichert, daß es nicht mehr so ist.« Er betrachtete sie nachdenklich. »Die Kinder kommen nach Deneb.

Dafür sollten wir umgehend sorgen.« Er sah Afra in die Augen.

»Wenn es sein muß, dann besser schnell«, pflichtete Afra ihm bei und veranlaßte Jeff zu einem Lächeln. »Heute noch. Brian und ich können das organisieren.«

»Sicher, natürlich«, erwiderte Brian und fragte sich, warum er ihm bei einer unangenehmen Aufgabe assistieren mußte, aber Afra hatte wohl seine Gründe.

»Ich bin mir noch nicht sicher, wie ich Damia die Neuigkeiten beibringen soll«, sagte Jeff und verzog gequält den Mund. »Das arme kleine Ding war in letzter Zeit so verschlossen.«

»Es wäre eine Überraschung, wenn's anders wäre«, sagte Afra. »Wie hast du Rowan dazu gebracht, nachzugeben und ihre Kinder wegzuschicken?«

»Das Debakel mit dem Frachter hat ungefähr soviel geholfen wie die Einsicht, daß sie das Baby gefährdet, wenn sie nicht aufpaßt«, sagte Jeff. »Ich will nur nicht, daß Damia ihren Ungehorsam mit ihrem sofortigen Exil in Verbindung bringt.«

»Warum sollte sie? Wenn Jeran und Cera sie begleiten?« fragte Afra. »Betone einfach, daß Rowan krank ist – was Damia wahrscheinlich schon gespürt hat, und Jeran und Cera wahrscheinlich auch. Sie mögen auf sich selbst konzentriert sein, aber sie sind nicht völlig ignorant gegenüber ihrer Umgebung.«

»Nein, bestimmt nicht.« Tanya hatte Jeff sogar berichtet, wie aufgeregt das Paar nach der Episode mit dem Frachter gewesen war. Und sie hatten gespürt, daß Damia in Schwierigkeiten steckte. Im Hort hatten sie sie von sich aus mehrmals in ein Spiel einbezogen. »Wann?« fragte Jeff, der seine Entscheidung gefällt hatte.

»Heute«, erwiderte Afra sofort.

»Ist das nicht etwas überstürzt?« Jeff sorgte sich um Rowans Reaktion auf eine, wie sogar ihm schien, ungehörig hastige Entscheidung.

»Deine Mutter ist bereit und wartet«, sagte Afra und machte dabei auf Raven den deutlichen Eindruck, als habe er sich heimlich mit ihr beraten.

Jeff Raven seufzte, nickte und dachte an all die Dinge, die unten auf der Erde seiner Aufmerksamkeit harrten. »Sehr gut. Dann machen wir's also heute.«

Damia hatte zwei ganze Tage alles versucht, um brav zu sein. Tanya holte sie am Morgen ab, weil Damia bereits wußte, daß Mutter sehr müde war und sich den ganzen Tag im Bett ausruhte. Damia fragte sich, ob mit dem Tower irgend etwas nicht stimmte. Mutter blieb ihm nie längere Zeit fern. Und weil Vater ihr gesagt hatte, daß sie sich ruhig verhalten sollte, kam sie dieser Bitte auch in den Hortstunden nach. Gelegentlich warf sie einen Blick über die Schulter, um sich zu vergewissern, daß Tanya auch bemerkte, wie brav sie war.

Sie hatte wirklich keinen Ärger machen wollen; sie war nur erschrocken, als das Schiff plötzlich startete. Ihre Ausflüge waren sonst immer glatt verlaufen. Dann aber hatte sie gespürt, daß ihre Mutter mit dem Start zu tun hatte, und sie hatte Angst bekommen, daß Mami wütend auf sie sein würde. Deshalb hatte sie Afra um Hilfe bitten müssen. Sie war sicher, daß er es Mami erklären und dann wieder alles in Ordnung sein würde. Aber es war immer noch nicht wieder alles in Ordnung; Damia unterdrückte eine Aufwallung von Wut auf Afra, weil er die Dinge nicht richtete.

Damia? Jemand ›rief‹ nach ihr. Afra! Es war Afra! Sie drehte sich um. »Afra!« rief sie laut und sprang auf, um auf ihn zuzulaufen. Sie wußte, daß sie nicht ›rufen‹, sondern lieber sprechen sollte, konnte sich aber ein kurzes hoffnungsvolles Echo nicht verkneifen. *Afra?*

Afra hockte sich hin und umarmte sie.

»Du bist gekommen, um mit mir zu spielen, weil ich so brav und ruhig gewesen bin«, brabbelte sie in fröhlicher Erwartung. Sie sah ihn mit blauen Augen durch pechschwarzes Haar scheu und bezaubernd an und versuchte sich ein Spiel zu überlegen, bei dem Afra mitmachen konnte.

»Tanya sagte, daß du wirklich sehr ruhig und brav gewesen bist«, erwiderte Afra. »Also können wir etwas spielen, während ich mich mit dir unterhalte ...«

Glücklich faßte Damia ihn mit ihrer kleinen Hand an einem großen Finger und führte ihn in ihre Ecke. »Wir können Station spielen«, beschloß sie, nachdem sie unterwegs einige andere Möglichkeiten ausgeschlossen hatte. »Ich bin Prima, und du bist mein Stellver.«

»Dein Stellver?«

»Stellver-treter?« versuchte es Damia noch einmal.

Afra kicherte. »Dein Stellvertreter! Natürlich«, sagte er und machte eine spielerische Verbeugung, während er im Schneidersitz auf dem Boden saß. »Dein Wunsch ist mir Befehl.«

Damia stemmte die Hände in die Hüften und sah ihn mit schrägem Kopf gereizt an. »Afra!«

»Was?«

Damia tadelte ihn mit ausgestrecktem Zeigefinger. »Also weißt du. Jetzt spiel richtig.«

Afra gehorchte und stellte eine Frachtliste aus Kühen, Katzen und Muschelsuppe für ihre erste Ladung zusammen. Sie verschifften drei Ladungen, bevor Afra entschied, daß sie locker genug war.

»Wo ist die nächste Ladung?« fragte Damia, fast schon mit einem Schmollmund.

»Wie würde es dir gefallen, selbst eine Ladung zu sein? Eine richtige, nicht wie die, die du schon beim Verlassen der Station beobachtet hast.«

Damia zögerte, weil sie nicht recht wußte, ob sie im Moment in den Kapseln spielen wollte. »Du kannst auch einen richtigen Gepäcksack für die Reise mit an Bord nehmen.«

»Die Reise?« Damia war nicht begeistert, aber sie

wußte, daß sie Afra vertrauen konnte. Wenn er meinte, daß sie eine richtige Reise machen sollte ...

»Jeran und Cera kommen auch mit ...«

Darüber war Damia nicht glücklich. Sie hätte lieber etwas gemacht, das *sie* nicht taten. Sie waren so gemein, wenn es darum ging, etwas mit ihr zu teilen, obwohl sie in den letzten beiden Tagen sehr viel netter gewesen waren.

»Du auch?« fragte sie und blickte hoffnungsvoll an ihm hoch, aber Afra schüttelte den Kopf. »Dann will ich auch nicht.«

»Aber hör doch, deine Großmutter hat dich extra eingeladen. Du wirst sie mögen.«

Als sie plötzlich spürte, daß Afra keines von den Spielen spielte, die sie mochte, warf sich Damia ihm entgegen und schlang ihm ängstlich die Arme um den Hals. »Ich will, daß du mitkommst!«

Afra befreite sich von ihrer Umarmung, indem er sie an den zierlichen Handgelenken faßte und so vor sich hinhielt, daß er Augenkontakt bewahren konnte, während er seine Worte durch die Berührung unterstrich. »Damia, du mußt unbedingt auf diese Reise«, sagte er mit seiner sanftesten, überzeugendsten Stimme. »Deine Großmutter hat soviel für dich vorbereitet.« Er ignorierte ihr Schmollen. »Du hast Cousins und Cousinen in deinem Alter ... Verwandte, die dich immer mitspielen lassen werden. Wie ich dich kenne, wirst du wahrscheinlich sogar die Anführerin.«

»Ja?« Diese Aussicht fand Damias Gefallen. Weil sie die Jüngste war, durfte sie hier nie die Anführerin sein.

»Du wirst einen ganzen Planeten zum Spielen haben, nicht nur eine Ansammlung von ein paar Kuppeln, die dich auf eine schäbige Spielecke und ein paar feuchte Tunnel einschränken.«

»Aber ich mag die Tunnel ...«

»Aber nur deshalb, weil du noch nicht die Wunder eines Planeten erlebt hast, den dein Onkel Ian ...«

»Onkel?« Sie rümpfte verwirrt die Nase.
»Dein Onkel Ian. Er ist sieben.«
»Dann ist er nicht in meinem Alter. Er ist älter als Jeran.« Sie sah ihn mit mißtrauisch gerunzelter Stirn an. »Wer ist in meinem Alter?«
Afra lachte, weil er sich nach solchen Einzelheiten nicht erkundigt hatte. »Nun, es sind so viele, daß ich ganz vergessen habe, wer wer und wer wie alt ist, aber deine Großmutter wird sie dir vorstellen. Sie wartet auf Deneb auf dich, weißt du. Wo dein Vater aufgewachsen ist.«
»Ich bleibe hier«, erklärte Damia störrisch und verschränkte in kalter Entschlossenheit die Arme vor der Brust.
»Welche Spielzeuge willst du mitnehmen?« fragte Afra und betrachtete das Durcheinander.
»Warum kann ich nicht hierbleiben?«
Afra überlegte sich sein nächstes Argument. »Nun, du weißt doch, daß es deiner Mutter nicht so gutgeht, ja?« Als Damia nickte, nahm ihr kleines Gesicht einen ernsten Ausdruck an, und er fuhr fort: »Es ist wegen deinem Bruder, der noch nicht auf der Welt ist.«
»Ich bekomme einen Bruder?« Damias Stimmung heiterte sichtlich auf.
Afra nickte wissend. »Aber sag deiner Mutter nicht, daß ich es dir verraten habe.«
»Wird er mit mir spielen?«
»Ich denke schon«, erwiderte Afra. »Wirst du denn nett zu ihm sein?«
Damia legte sich nicht sofort fest. »Wird er mit mir spielen, wie Jeran mit Cera spielt?«
»Das hängt von dir ab«, sagte Afra und sah sie seltsam an. »Wenn du ihn so liebst, wie Jeran seine Cera liebt, dann wird er mit dir genauso spielen.«
»Ich werde ihn lieb haben!« erklärte Damia aufgeregt. »Wann werde ich ihn denn sehen?«
»Nun, er ist noch nicht geboren ...«

»Du meinst, er ist noch in Mamas Bauch?« Afra nickte. »Und sie muß ihn erst noch bekommen?« Afra nickte wieder. »Gehen wir deshalb zu Oma?« Afra nickte noch einmal. »Warum hast du das denn nicht gleich gesagt?« Afra, der mit ihrer Frühreife bereits seine Erfahrungen hatte, fragte sich, warum er es bei ihr überhaupt auf die indirekte Art versucht hatte.

»Wir haben doch eben gespielt, wie es auf einer Station zugeht, nicht wahr?« fragte er neckisch. »Packen wir deine Spielsachen zusammen.«

»Haben meine Cousins keine Spielsachen?«

»Sicher, aber willst du denn deine nicht mit ihnen teilen?«

»Glaube schon, wenn sie mit mir spielen wollen«, erwiderte Damia fröhlich.

Damias Stimmung änderte sich spürbar, als es Zeit wurde, sich in der Personenkapsel festschnallen zu lassen. »Ich will nicht allein hin«, schrie sie Afra an. Jeff Raven, der wenige Schritte weiter stand, preßte die Lippen fest aufeinander, um sich zu beherrschen. »Papa, kann Afra nicht mitkommen?«

»Nein, Liebling«, erklärte Afra. »Ich muß hier bei deiner Mutter bleiben.« Er hob sie hoch, setzte sie neben ihren Bruder und ihre Schwester und schnallte sie fest, obwohl sie sich sträubte.

Was ist mit deinem Bruder? fragte er sie insgeheim.

Will keinen Bruder! Ich will dich! schleuderte sie ihm so heftig entgegen, daß Afra vor ihrer Vehemenz erschrak.

Der ›Lärm‹ erweckte Rowans Aufmerksamkeit, und sie teleportierte in die Richtung, aus der sie die ›Stimme‹ ihrer Tochter hörte.

»Damia? Ist etwas nicht in Ordnung? Was geht hier vor?« rief sie. Sie riß die Augen auf, als sie die Szene in sich aufnahm. »Jeff! Noch nicht! Das ist zu früh!«

»Liebling, du solltest dich ausruhen.«

»Du wolltest mich nicht einmal Lebewohl sagen lassen?« schrie Rowan.

Jeff nahm sie an den Händen und schüttelte den Kopf. »Du sagst nicht Lebewohl. Du wünschst ihr gute Reise. Das Kind kommt nur nach Deneb. Du kannst sie problemlos hören.«

»Jeff!« fuhr sie ihn an. Dann bemerkte sie Afra. »Du! Du hast also auch die Finger drin!«

»Rowan …«, begann Afra und trat mit flehentlich ausgestreckten Armen auf sie zu.

»Nein!«

»Mami!« schrie Damia und bäumte sich gegen die Riemen auf.

»O Jeff, wie konntest du nur?« keuchte Rowan.

Und dann verschwand Damia unter den Riemen und erschien in Afras Armen. Rowan riß schockiert die Augen auf, als ihre Jüngste verschwand, dann sackte ihr der Unterkiefer herab, als sie sah, wo sie wieder auftauchte. Sie wandte sich Jeff zu und hatte einen Ausdruck schmerzlichen Erstaunens im Gesicht.

»Sie hat es herausgefunden, ja?« sagte Jeff rasch. »Was wäre, wenn sie ins Vakuum gesprungen wäre?«

Rowan blinzelte, befeuchtete sich die Lippen und sah sprachlos ihre Tochter an.

Sag auf Wiedersehen zu deiner Mutter, Damia, sagte Afra über den schmalsten mentalen Kanal, den er zustande brachte, und mit solcher Autorität, daß ihre Einwände angesichts fehlender Alternativen dahinschmolzen. Er trug sie zu ihren Eltern.

Und mein Bruder? bettelte Damia, doch Afra wußte, daß es der letzte Schlenker ihrer Verzögerungstaktik war.

Ganz ruhig, sagte er, ohne an Autorität nachzulassen.

Damia wand sich in seinen Armen, um den Hals nach ihrer Mutter zu verdrehen. »Mir wird's schon gutgehen, Mama«, versprach sie und drückte ihrer Mutter ein Paar feuchte Lippen auf die Wange. »Für meinen Bruder.«

Rowan erwiderte ihre Umarmung und unterdrückte den Schmerz der Trennung. Jede Schwäche auf ihrer Seite würde alle Vorbereitungen zunichte machen, die Afra getroffen hatte. »Ich bin nur einen Gedanken weit weg, meine liebe Damia.«

»Auch im Tower?« fragte Damia ängstlich.

Rowan schloß kurz die Augen gegen diese vorsichtige Nachfrage.

»Ich verspreche dir, daß du, während du weg bist – und wenn du ein braves Mädchen bist –, mich sogar im Tower ansprechen darfst.«

»Oh!« Damias Stimme lief über vor Erleichterung, und sie lächelte breit. »Papa auch?«

»Wenn du nicht vergißt, daß wir vielleicht zu beschäftigt sind, um uns lang mit dir zu unterhalten«, sagte Jeff und hob warnend einen Finger.

»Afra?«

»Nun, meine Kleine, ich bin über große Entfernungen hinweg nicht so gut wie deine Eltern, aber ich werde angestrengt zuhören.«

»Und ich werde ganz laut rufen.«

Dann entwand sie sich Afras Griff. Er spürte, was sie vorhatte, und ließ sie runter. Sie legte die Hände auf den Unterleib ihrer Mutter und sagte über einen erstaunlich engen gedanklichen Kanal: *Ich werde die beste Schwester sein, die jemals jemand hatte.* Ihr Gesicht strahlte eine Zufriedenheit aus, den er seit ihren Säuglingstagen nie wieder bei ihr gesehen hatte.

Zu seiner großen Überraschung kam Afra zu Bewußtsein, daß weder Rowan noch Jeff etwas von Damias Versprechen mitbekommen hatten. Er war mehr denn je erleichtert, daß sie den Risiken des Lebens in einer Kuppelstation bald nicht mehr ausgesetzt sein würde.

»Jetzt aber«, nahm er die Dinge wieder in die Hand. »Komm, machen wir dich startklar.« Mit diesen Worten hob er sie hoch und machte Anstalten, sie in die Kapsel zurückzusetzen.

»Wann geht's denn los?« fragte Jeran mit einer Spur Ungeduld in der Stimme. Cera warf Damia einen kurzen Seitenblick zu.

»Sobald ich mich besser fühle, werden dein Vater und ich dich besuchen kommen ...«, begann Rowan und sprach weiter, um Tränen vorzubeugen, so dankbar war sie für den Vorschlag, den Afra ihr übermittelte, »und dann bist du bestimmt schon die Anführerin deiner neuen Freunde ...« Aber sie wollte ihm unbedingt noch sagen, was sie von seiner Rolle in diesem überstürzten Exil ihrer Kinder hielt.

»Wirst du mich auch besuchen, Afra?« fragte Damia.

»Natürlich«, erwiderte er. »Wir spielen dann wieder Station, ja?«

Als die Kapsel sich schloß, hatte ihre Gehorsamkeit ein Ende. »Nein! *Nein!*« kreischte sie, doch ihre Stimme wurde von der Kapsel gedämpft.

Damia! Für Jeff kam dieser Umschwung nicht überraschend, und er übte einen so starken Druck auf ihren Geist aus, daß sie wehrlos war.

Afra! Afra! Ich will bleiben! Bitte! Ich bin auch ganz brav.

Macht die Generatoren fertig, befahl Jeff dem Towerpersonal.

Afra?

Die Generatoren heulten auf.

Sei jetzt brav, Liebling! Afra spürte ihre Furcht wie einen Eiszapfen an seinem Herzen, aber er stählte sich gegen ihr Flehen und versuchte den Gedanken zu verdrängen, wie verräterisch er ihr nun vorkommen mußte.

Aaaaffrraaa! Das Wimmern der Generatoren steigerte sich zu einem Crescendo. Die Kapsel verschwand. Die Generatoren flauten wieder ab.

Sie ist hier! unterrichtete die ferne Stimme Isthias sie ruhig. *Meine Güte, was kann die schreien!*

Afra ließ in einem zittrigen Seufzer den lang angehaltenen Atem ab.

Rowan warf sich in Jeffs Arme und schluchzte bitterlich. »Ich komme mir vor wie die schlimmste Verräterin«, weinte sie.

»Da bist du nicht die einzige«, erwiderte Jeff, als er den verstörten Ausdruck in Afras Gesicht bemerkte. »Aber es mußte sein. Das weißt du doch.«

»Ja, aber trotzdem ... Jeff!« Plötzlich blickte Rowan auf, und ihr Gesicht strahlte trotz aller Tränen. »Ich kann sie hören! Ich kann sie immer noch hören!«

Afra wandte sich ab. »Ich nicht!« Und er portierte sich in die laute Stille seines einsamen Quartiers zurück, wo er Damias Plappern noch aus jeder Ecke hörte.

Es hatte Deneb sieben Jahre gekostet, sich vom Angriff der Aliens zu erholen. Die City war der blühende Mittelpunkt des ganzen Planeten, auf dem es inzwischen zwei weitere Metropolen gab: Riverside und Whitecliff. Beides waren Seehäfen unweit ausgedehnter Bergbaugebiete auf den anderen Kontinenten. Die Straßen waren zumeist ein Abklatsch der Straßen anderswo auf Deneb. Seetüchtige Schiffe wickelten den Handel über die Ozeane ab, und Bahnstrecken verbanden die kleineren Siedlungen entlang der Küste mit den größeren Städten.

Denebs Tower befand sich an demselben Standort, den Rowan vor vielen Jahren wiederbelebt hatte, und nicht weit entfernt lag das Familiengut Isthias und der Raven-Sippe. Sie war um das ursprüngliche, kleinere Haus errichtet, das teilweise das Bombardement überstanden hatte. Mit dem Wachstum und der Ausbreitung des Raven-Clans waren weitere Flügel hinzugefügt worden. Diese umschlossen nun einen großen zentralen Garten, der sich ideal als Spielplatz eignete. Die Siedlung befand sich auf einer großen Landparzelle, mit Hügeln, die auf einer Seite in die Wälder hinein aufstiegen, Farmland und Scheunen auf den beiden anderen, und in der Ferne die City-Skyline.

Seit der Expansion von der Erde aus hatte man viele Lektionen gelernt. Die Denebier, in der Tat durchweg Kolonisten, hatten ein besseres Gefühl für die Bewirtschaftung des Landes als die früheren Erdbewohner. Wälder waren als Reservate für die Sauerstofferzeugung reserviert, und vor allem hatten die leisen, sauberen Flieger für mittlere und lange Distanzen die schädlichen, mit internen Verbrennungstriebwerken betriebenen Fahrzeuge verdrängt. Für kürzere Entfernungen wurden robuste Ponies benutzt, die sich vom spärlichen Graswuchs ernährten und in kleinen Herden ungehindert umherwanderten.

Wie auf allen Kolonialplaneten lasteten auf Deneb die enormen Kosten für die ursprüngliche Kolonisierung. Alle Kolonialplaneten bemühten sich daher, möglichst bald Exportgüter zu produzieren und gleichzeitig die Importe auf das Notwendigste zu beschränken. Die besten Exportgüter waren jene, die die höchsten Preise beim geringsten Aufwand für den Transport erzielten. Seltene oder hochqualitative Fertigwaren, *Objets d'art*, Musik und Literatur erfüllten diese Voraussetzungen ideal. Wissen und nützliche neue Techniken, die für den Herkunftsplaneten patentiert werden konnten, ließen sich noch besser exportieren, waren aber viel seltener – die genialen technischen Lösungen für den einen Planeten waren oft auf keinen anderen übertragbar. Seltene Materialien, wertvoll, aber sperrig, waren die letzte Notlösung für Kolonien, denen es an Kapital mangelte.

Talente, insbesondere jene seltene Sorte von Menschen, die Gegenstände instanto durch die Tiefen des Weltraums schleudern konnten, waren die größte Wohltat für eine Kolonie. Talente waren überall und in jeder Ausprägung eine seltene Ressource – der Metallfinder, der in wenigen Sekunden hochwertiges Erz präzise lokalisieren und aus der Distanz Prüfungen vornehmen konnte, die einem Team herkömmlicher Fachleute Millionen Credits und Jahre Zeit gekostet hätte.

Oder die Elektronikspezialisten, die Fehler in Schaltkreisen danach aufspüren konnten, wie sie sich ›anfühlten‹.

Die Sippe Raven hatte eine ganze Anzahl solcher Talente hervorgebracht, doch bevor die Invasion diese verborgenen Ressourcen freisetzte, hatten sich diese natürlichen Anlagen selten kontrolliert entwickelt. Rowan selbst hatte einige nützliche Anlagen neben den medizinischen Talenten Asaphs und Isthias Schwester Rakella aufgespürt, als sie den Tower in den Tagen nach Jeffs Unfall wieder aufbauen mußte. Sarjie verfügte über eine Affinität zu Metallen, die sie nun in den reichen Minen einsetzte, die viel zur Kapitaldecke Denebs beitrugen. Morfanu hatte sich bemüht, sein kinetisches Talent unter Kontrolle zu bringen, und war als ein T-3 getestet worden. Er wickelte inzwischen den Großteil der VT&T-Transfers zum Planeten ab, auch wenn er dafür Unterstützung brauchte. Besseva war telepathisch begabt, allerdings in der Reichweite eingeschränkt.

Von den untrainierten Talenten Denebs war Isthia Raven das stärkste, aber sie wußte selbst, daß es ihr an zu vielem mangelte, um es zur Perfektion zu bringen. Deshalb hatte sie, um ihre Enkel möglichst sicher nach Deneb zu bringen, alle auf ihrem Planeten bekannten Talente versammelt. Sie hatte so intensiven Anteil an Morfanus Gedanken gehabt, als er die Kapsel vom Kallisto ›auffing‹, daß er ihr gegen das Schienbein treten mußte, um sie abzulenken.

Es erforderte überhaupt kein Talent, um Damias Geschrei oder die heftigen Proteste ihres Bruders und ihrer Schwester zu hören.

»Warum weinst du denn? Dir ist doch überhaupt nichts passiert! Und es ist deine eigene Schuld, daß Mutter und Vater uns weggeschickt haben!«

Nein! Es ist nicht meine Schuld! Damia entwickelte mental eine ebensolche Lautstärke wie physisch.

Sie hat recht, Enkel Jeran. Ich, deine Großmutter, habe den Vorschlag gemacht, daß Damia, du und deine Schwester zu mir nach Deneb kommen. Zu Isthias Erleichterung ließ Damias Geheul nach. *Ich mußte lang und angestrengt mit euren Eltern streiten, bis dieser Besuch erlaubt wurde. Also, wollen wir jetzt auf der Stelle nett zueinander sein, oder soll ich die Ponies wieder wegschicken, die ich euch mitgebracht habe?*

Ponies? fragte Damia, die inzwischen nur noch schniefte.

Ponies? Auch Cera zeigte eine Spur von Interesse. *Was für Ponies denn? Solche wie die, mit denen Damia immer gespielt hat?* Ihre Stimme klang ebenso höhnisch wie skeptisch, und ihr plötzlicher, sehr privater Wortwechsel mit ihrem Bruder über dieses Thema bereitete Isthia einige Sorgen. Die Bindung, die sie und Afra angeregt hatten, stellte sich als weit stärker heraus, als sie bisher geahnt hatte.

Warum setzt ihr nicht einfach eure nettesten Gesichter auf und benehmt euch so freundlich, wie es geht, und wartet es ab, hm? Ich habe allen von euch erzählt und wie schön brav ihr seid. Enttäuscht mich nicht. Isthia schlug denselben positiven Ton an, der ihr im Umgang mit ihrem Dutzend Kinder immer gute Dienste geleistet hatte. Auch diese drei hier waren geborene Ravens. *Seid ihr bereit?*

Sie gab ihrem Sohn Ian ein Zeichen, an ihre Seite zu treten. Er hatte vor Ungeduld gekichert, seine Nichten und Neffen zu sehen. Als der Jüngste in der Familie hatte er sich vorgestellt, welchen Spaß es ihm machen würde, jemanden so herumzukommandieren, wie seine älteren Geschwister ihn herumkommandiert hatten.

Die Oberseite der Kapsel schwenkte hoch, und die Insassen wurden sichtbar. Isthia stellte zu ihrer Erleichterung fest, daß Damia zwar nicht strahlte, aber ein Lächeln versuchte, während sie sich mit großen Augen umschaute.

»Willkommen auf Deneb«, tönte Ian auf Kommando. Er sah alle drei nacheinander an. »Jeran, Cera, Damia. Ich bin Ian, euer Onkel.« Er kicherte nicht, doch seine Augen strahlten vor unterdrücktem Gelächter. Als Teil seiner sorgfältig einstudierten Begrüßung deutete er mit einer schwungvollen Bewegung auf seine Mutter. »Und das ist Morfanu, die euch herteleportiert hat, und das eure Großtante Rakella, und ...«

»Ponies?« fragte Cera und sah Isthia vorwurfsvoll an. »Du hast uns Ponies versprochen ...«

»Ganz richtig, das habe ich«, sagte Isthia milde, als Ian sie mit einem Blick um Beistand bat. Er hatte kaum die Hälfte derer vorgestellt, die er vorstellen sollte. »Ponies, wie versprochen«, und dabei nickte sie Ian zu.

Mit einem Grinsen von Ohr zu Ohr, weil er so bald schon mit etwas angeben konnte, ›rief‹ Ian die Ponies herbei, die zwischen den Lagern grasten. Sie gehorchten dem Ruf und trotteten zu ihm, während die Kinder, die noch in der Kapsel hockten, mit offenen Augen und Mündern auf die kleine Herde starrten.

Damia schoß wie ein Blitz aus der Kapsel, Jeran und Cera folgten in weniger als einem Wimpernschlag. Aber Damia hielt kurz vor dem ersten Pony inne, betrachtete die flachsfarbene Mähne und den Schwanz, die Ian ihnen geflochten hatte, seine dunklere, zimtfarbene Haut, die zierlichen Hufe, die neugierigen, schwarz glänzenden Augen.

»Streck einfach die Hand aus – ganz flach, damit Jupiter dir nicht in die Finger beißen kann – und laß ihn an dir schnüffeln«, erklärte Ian.

»Wie heißt denn das hier?« fragte Cera und streckte bereits die Hand nach der heller gefärbten Stute daneben aus.

»Und das hier?« fragte Jeran, der von Ian eine Antwort hören wollte, bevor Cera ihre bekam.

»Die Stute ist Birdie, Cera, und Jeran, dein Wallach

heißt Cricket«, sagte Ian, der an seine Rolle richtig Spaß hatte.

Wenn Afra ihnen von den Ponies erzählt hätte, Jeff, bemerkte Isthia später an diesem Abend zu Jeff, als ihre Enkel endlich ins Bett gebracht worden waren, *dann hätten sie vorher nicht solche Schwierigkeiten gemacht.*

Ich hatte vergessen, daß du diese armen Viecher in der Hinterhand hattest, sagte Jeff reumütig, denn er hatte in dem Moment zu reiten aufgehört, als er ordentlich zu teleportieren lernte. *Afra wird enorm erleichtert sein. Er hat davon geredet, uns ein paar Waschbären zu schicken, damit sie sich nicht so einsam fühlt.*

Danke, nein. Es gibt hier schon genug Tiere, um die wir uns kümmern müssen. Es hat uns auch so schon genug Überredungskunst gekostet, damit Damia in ihrem Bett schläft statt mit Jupiter draußen auf der Koppel.

Jeff kicherte. *Jupiter?*

Ja, Damia ist so vernarrt in ihn. Sie hat eine erstaunliche Sensibilität für ihre Umgebung, nicht wahr? Auf jeden Fall solltest du Angharad versichern, daß alles in Ordnung ist.

Das werde ich, aber vielleicht sollte ich nicht erwähnen, daß sie durch kurzbeinige Düngerfabrikanten ersetzt worden ist.

Rowan wußte, daß die Kinder unbeschadet angekommen waren und sich eingewöhnten, aber sie hatte sich selbst und Afra solche Vorwürfe für die Art gemacht, wie sie die Trennung von ihren Kindern praktisch vollzogen hatten, daß er beschloß, keinen weiteren Ausbruch zu riskieren. Sie ruhte sich jetzt aus, schlief so tief wie seit Monaten nicht mehr. Das gehörte zu den Dingen, die er nicht erwähnen würde, aber es freute ihn sehr zu sehen, wie gut es ihr getan hatte, von ihrer mütterlichen Bürde erleichtert zu werden.

Diese kurzbeinigen Düngerfabrikanten sind wahrscheinlich die beste Hilfe für Kinder, die sich schwer eingewöhnen können. Damia hatte Jupe nach etwa fünf Minuten fest im Griff. Cera war nicht allzu glücklich über die Auswirkung eines langen Ritts auf ihre zarte Kehrseite, aber Besseva hat sie dick mit einer entsprechenden Salbe eingeschmiert. Jeran hat sich ziemlich aufgeblasen. Manchmal ist er deinem Vater so ähnlich!

Jeff kicherte, weil er genau wußte, was seine Mutter meinte. *Dann rechne ich damit, daß er schon große Fortschritte gemacht hat, wenn wir einmal die Gelegenheit zu einem Besuch haben.*

Ach ja, was das angeht … Laßt euch Zeit damit. Angharad sollte nicht reisen – sie hat zuviel Stress hinter sich. Und die Kinder sollten sich erst ganz eingewöhnen. Rhodri und Ian haben ein halbes Dutzend Bänder aufgenommen. Ich werde sie euch von Morfanu rüberschicken lassen. Das sollte euch beide beruhigen.

Ich mache mir keine Sorgen, Mutter, glaub mir, und ich kann dir nicht genug dafür danken, daß du zur Stelle gewesen bist.

Oh, ich hatte meine Gründe.

Doch als Jeff nachhakte, um diese Gründe herauszufinden, weigerte Isthia sich, sie zuzugeben.

Besseva, die Isthias selbstgefälliges Grinsen bemerkte, hob neugierig die Augenbrauen.

»Ich habe dem besorgten Vater versichert, daß seine Kleinen wohlbehütet in ihren Bettchen liegen«, sagte Isthia und lächelte milde, wie es ihre Art war.

»Wir werden auf die Jüngste aufpassen müssen«, sagte Besseva. »Meine Güte, ist sie kraftvoll.«

»Mhm, stimmt.«

»Aber wirklich, Isthia, sind sie nicht ein bißchen jung?«

»Überhaupt nicht«, erwiderte Isthia hartnäckig. »Sie haben weniger Hemmungen.«

»Und begeben sich häufiger in Schwierigkeiten.«

»Besseva, wir müssen unsere eigenen Talente entwickeln, und dafür sind nun einmal *andere* Talente erforderlich. Ein Blinder kann keinen anderen wirksam anleiten.«

»Aber es sind doch Kinder!« Um zu protestieren, hob Besseva leicht die Stimme, und Isthia mahnte sie mental und physisch zur Ruhe. Ian seifte in der Ecke den Sattel seiner Nichte ein, um das Leder weicher zu machen.

»Und ein kleines Kind soll sie führen«, sagte Isthia mit funkelnden Augen.

»Du solltest dich wirklich mäßigen, Isthia Raven.«

»Im Gegenteil, ich fange gerade erst an«, erwiderte Isthia. »Und wenn ich so weitermachen will, wie ich es für sie vorgesehen habe, dann brauche ich eine erholsame Nachtruhe.« Sie gab einen herzhaften Seufzer von sich. »Warum haben Kinder die Energiereserven, die Menschen meines Alters so dringend benötigen?«

»Pah!« tat Besseva diese Klage ab.

Als sie in dem neuen Bett lag, in das sie ihre faszinierende Großmutter gesteckt hatte, gingen Damia immer noch die vielen wundervollen Dinge durch den Kopf, die seit der Öffnung der Kapsel geschehen waren. Auf Deneb zu sein, hatte sich als viel besser herausgestellt, als sie nach den Berichten ihres Vaters vermutet hatte. Und warum hatte er nie erwähnt, daß es auf Deneb *Ponies* gab? Sie seufzte, und um sich zu vergewissern, daß es ihm gutging, ›tastete‹ sie umher und berührte Jupiter. Er fraß immer noch und wedelte lebhaft mit dem Schwanz, um das nächtliche Ungeziefer von Birdies Kopf und natürlich auch von sich selbst fernzuhalten. Er war schläfrig.

Genau wie Gauner, wenn er auf ihrem Bett zusammengerollt lag. Damia fragte sich, ob Gauner sie vermißte. Er hatte niemanden, bei dem er sonst schlafen konnte. Ein Gefühl der Traurigkeit zog ihr die Kehle zusammen. Armer Gauner! Vielleicht würde Papa ihn wenigstens heute nacht am Fußende seines Bettes schlafen lassen. Sie hatte gern ein Pony, aber ein Pony konnte nun einmal nicht mit einem im Bett schlafen, und sie vermißte das angenehme Gefühl, daß jemand bei ihr war.

»Mmmmmiau?« hörte sie einen täglichen Ruf vor der Tür. Damia hatte ein richtiges Bett ohne erhöhte Ränder bekommen. Sie kroch unter der Decke hervor und öffnete die Tür. »Mrrrrr?«

»Wer bist du denn?« fragte Damia schläfrig. Eine große orangefarbene und weiße Katze stolzierte in ihr Zimmer und schmiegte sich an ihr Bein. »Oh, was bist du schön.« Obwohl ihr das Tier bis an die Hüfte reichte, wuchtete Damia es in ihre Arme, wobei sie wieder einmal von ihren telekinetischen Fähigkeiten Gebrauch machte, ohne es zu merken, was sie getan hatte, um sich einen spontanen Wunsch zu erfüllen. »Da«, sagte sie und ließ die Katze ans Fußende ihres Bettes fallen. »Und da bleibst du jetzt und leistest mir Gesellschaft, ja? Vielleicht ist Gauner klug genug und geht zu Afra, wenn Papa ihn nicht in seinem Zimmer schlafen läßt.«

Ja, dachte sie voller Überzeugung, als sie wieder unter die Decke kroch; Gauner geht zu Afra, damit er nicht so einsam ist, während ich weg bin.

Als sie sah, daß Damia es sich bequem gemacht hatte, kauerte sich die Katze am Fußende an der Stelle zusammen, die ihr am gemütlichsten schien, und schnurrte sie in den Schlaf, so wie es Gauner oft getan hatte.

Afra ließ sich ins Sofa zurücksinken, erschöpft vom emotionalen Aufruhr des Tages. Er fütterte die Waschbären, und sie zogen für eine Jagd auf nächtliches Ungeziefer in die Tunnel hinaus. Gerade heute abend hätte er ihre Gesellschaft gebrauchen können. Er klärte seine Gedanken und versuchte mehrmals, über die Distanz von achtzehn Lichtjahren nach Deneb hinauszuhorchen, doch es war ihm kein einziges Mal gelungen, auch nur einen schwachen Schimmer von Damia aufzufangen.

»Sie schläft sicher«, sagte er sich. »Das hoffe ich zumindest.« Das sollte ich auch, fügte er lautlos hinzu. Ganz plötzlich stürmte eine kleine Gestalt durch die Katzenklappe.

Im nächsten Moment sprang die Gestalt in hohem Bogen durch die Luft und landete so schwer auf Afras Brust, daß er grunzte.

»Gauner? Was machst du denn hier?«

Noch nie hatte Gauner in Afras Gegenwart auch nur halb so laut geschnurrt, noch war das Tier je so entschlossen gewesen, sich auf Afras Person einzulassen. Und wenn das der Fall war ...

»Hat Damia dir gesagt, du sollst zu mir kommen?« fragte Afra. »Oder vermißt du sie auch und hast hier nach ihr gesucht?«

So wie die Barkkatze auf ihn zugesprungen war, hatte sie nicht den Eindruck gemacht, als suche sie jemand anderen als Afra. Gauner setzte die Hinterpfoten auf Afras Hüfte, die Vorderpfoten auf seine Brust und stubste mit der Nase aufdringlich gegen Afras Gesicht. Und als seine gelben in Afras ebenso gelbe Augen blickten, machte Gauner, als dulde er keinen Widerspruch: »Miau!«

Damit war die Sache offensichtlich erledigt, und Gauner sprang herunter und sah Afra erwartungsvoll an, ehe er in Richtung seines Schlafzimmers davonschlenderte. Afra sah, wie er sich in einer Pose aufs Bett setzte, als wollte er sagen: »Hier bin ich und hier bleibe ich.«

»Du hast ganz recht, Gauner. Ich komme gleich nach.« *Gute Nacht,* rief er über den Abgrund hinweg ziellos nach Deneb.

Er rechnete nicht damit, schlafen zu können, jedenfalls nicht mit dem schweren Klumpen, der über der Duvetinedecke auf seinen Füßen lag, aber seltsam beruhigt von seiner Gegenwart schlief er dann doch ein.

In der Schule, in die Isthia sie einschrieb, gab es viele Jungen und Mädchen in Damias Alter, denn auch auf Deneb gab es keine Horte für Vorschulkinder. Damia hatte keine Ahnung, daß sich auf Deneb zur Zeit eine dringend nötige Bevölkerungsexplosion abspielte, aber sie erkannte, daß Afra ihr nichts Falsches versprochen hatte. Binnen weniger Minuten saß Damia an einem kleinen Tisch mit einem grünäugigen, blonden Mädchen namens Alla, einem Jungen mit ernstem Gesicht namens Jorg und einem sommersprossigen, rothaarigen Mädchen namens Jenfer, das den ganzen ersten Morgen hindurch unentwegt grinste. Es gab noch viele weitere Kinder in ihrem Alter, so wie Afra versprochen hatte, an weiteren kleinen Tischen in einem sonnigen Zimmer voller Regale mit Spielzeugen und Büchern und seltsamen Schachteln, in die Damia unbedingt einmal hineinsehen wollte. Aber weil Alla, Jorg und Jenfer ganz brav am Tisch saßen, tat Damia dasselbe, so gern sie auch mit den faszinierenden Sachen in den Schachteln gespielt hätte. Sie lugte in eine hinein und stellte fest, daß sie voller Buntstifte in verschiedenen Größen war.

Sowohl ihre Großmutter wie auch ihr Onkel Ian hatten den drei Gwyn-Ravens eingeschärft, daß sie sich in der Schule so gut wie möglich benehmen sollten. Wenn nicht – und diese Drohung war so wirksam wie keine andere – würden sie ihre Ponies nicht mehr reiten dürfen. Jeran hatte sich unter vier Augen mit seiner Schwester beraten und dabei grimmig zu Damia hinübergesehen, so daß sie keinen Zweifel daran hatte, daß sie seine Strafe auch zu spüren bekommen würde, wenn sie einen ihrer Tricks versuchte.

Damia war viel zu sehr von ihren neuen Freunden eingenommen, um überhaupt an ›Tricks‹ zu denken. Sie hörte sich ganz aufmerksam die Anweisungen an, die Linna Maybrick der Klasse gab, und wunderte sich manchmal über die Widersprüche, weil sie auf zwei

Ebenen zuhören konnte. Aber als sie sah, daß die anderen sich daran hielten, was laut gesagt wurde, folgte sie ihrem Beispiel.

In der Morgenpause ließ sie sich von Jorg auf den Spielplatz führen, wo die vier Tischnachbarn miteinander spielten, über die ›Berge‹ kletterten, durch die ›Tunnel‹ krochen, sich über den ›Fluß‹ schwangen und fröhlich schmutzig machten und herumschrien.

Linna Maybrick, ihre Lehrerin, sah von der Tür aufmerksam zu.

Alla stieg auf den Gipfel des Berges und zögerte einen Moment lang vor dem Herunterrutschen, denn für ein Kind war es ein enormes Gefälle. Einer der aggressiveren älteren Jungen war hinter ihr, verlor die Geduld und versetzte ihr einen Schubs. Er traf sie von der Seite genau in dem Moment, als sie sich zum Rutschen hinsetzen wollte. Aus dem Gleichgewicht gebracht, kippte sie auf die Seite und stürzte zwei Meter tief auf den Spielplatz unter ihr. Alla kreischte. Damia, die unten auf sie gewartet hatte, gab einen erschrockenen Schrei von sich, ›konzentrierte‹ sich dann aber. Linna, die in dem Moment losgelaufen war, als sie den Jungen Alla schubsen sah, blieb abrupt stehen, als das kleine Mädchen wie ein Gummiball leicht vom harten Boden abprallte. Damia lief zu ihrer Freundin und half ihr hoch.

»Geht's dir gut?«

Alla nickte zittrig. »Jemand hat mich gestoßen.« Sie legte den Kopf schräg. »Warst du das danach?«

Damia wurde plötzlich schüchtern. Wenn sie zugab, daß sie irgendwelche ›Tricks‹ vollbracht hatte, würde sie nicht mehr auf Jupe reiten dürfen. »Was war ich?« fragte sie treuherzig.

Alla sah Damia mit zusammengekniffenen Augen an. »Na, irgend jemand hat etwas gemacht.«

Jorg, der den Vorfall mit großen Augen beobachtet hatte, beäugte Damia kritisch. »Du bist nicht von hier.«

»Doch, ich auch. Ich wohne bei meiner Großmutter und meinem Onkel.«

Sie deutete auf Ian, der mit den älteren Jungen auf einem benachbarten Feld spielte. Jorg schaute in die angegebene Richtung, aber sein Blick blieb mißtrauisch, als er sich ihr wieder zuwandte.

»Ich kenne die Ravens. Mein Vater sagt, sie sind alle VT&T-Freaks.«

Damia kannte das Wort ›Freak‹ nicht, aber sie kannte VT&T. Alle, die sie kannte, arbeiteten für VT&T und waren stolz darauf.

»Na, vielen Dank«, sagte Damia, während Alla sie mit großen Augen wie blöde anstarrte.

Jorg tat dasselbe, weil er eine ganz andere Reaktion auf die Beleidigung erwartet hatte.

»Aber du bist ein Freak!« rief er, und diesmal entging ihr der herablassende Ton nicht.

»Es gibt keinen Grund zu schreien«, sagte Damia, der es sehr unangenehm war, daß die drei plötzlich im Mittelpunkt allgemeiner Aufmerksamkeit standen.

Unvermittelt begaben sich Jeran und Cera in die dicht gedrängte Ansammlung von Kindern.

»Wer hat meine Schwester Freak genannt?« verlangte Jeran mit geballten Fäusten zu wissen. Cera nahm an seiner Seite eine ähnliche Haltung ein. Jorg wich nervös zurück.

»Eigentlich hat er gesagt, ich bin ein VT&T-Freak, Jeran«, erwiderte Damia. Sie befürchtete, ihr Bruder könnte merken, daß sie etwas getan hatte, das man als einen ›Trick‹ bezeichnen konnte, auch wenn sie Alla damit vor einer Verletzung bewahrt hatte.

Jeran sah seine Schwester einen Moment lang mit tief gerunzelter Stirn an, dann riß er sich wieder zusammen und wandte sich Jorg als dem eindeutig Schuldigen zu. In diesem Moment tönte der Gong zum Pausenende, und Jorg war als erster wieder in der Schule.

Zurück in der Klasse verbreitete Jorg im Handumdrehen das Gerücht, daß Damia ein Freak sei. Sie fühlte sich schrecklich, vor allem weil Alla sie nicht einmal über den Tisch hinweg ansah. Jenfers Grinsen dagegen gewann etwas leicht Gehässiges, und sie starrte Damia unentwegt an.

Als Isthia sie nach der Schule abholte, fragte sie natürlich, wie Damia der erste Tag in der Schule gefallen hatte, und sie war erschrocken über die wütende Antwort.

»Furchtbar. Ich gehe nicht wieder hin.«

Während des kurzen, unruhigen Flugs zum Grundstück der Ravens bekam Isthia mit einigem Geschick den Grund für Damias Unzufriedenheit heraus. Sie war ebenso traurig wie empört darüber, daß ihre Enkelin an ihrem allerersten Tag ein so unangenehmes Erlebnis gehabt hatte.

»Jorg hat unrecht. Du bist kein Freak«, versicherte ihr Isthia, »nicht einmal ein VT&T-Freak. Und du hast sehr gut reagiert, als du deine Freundin vor einer Verletzung bewahrt hast.«

»Jetzt hat sie Angst vor mir, und Jenfer starrt mich die ganze Zeit an und grinst!«

»Starre doch einfach zurück, und dann würde ich vorschlagen, daß du Alla ein wenig Zeit gibst, ihre Rettung zu verarbeiten. Sie muß überrascht gewesen sein, als sie vom Boden abgeprallt ist, statt sich die Knochen zu brechen.«

Damia dachte darüber nach. »Ja, ich glaube, sie war mehr überrascht als alle anderen. Wenigstens hat sie sich nicht weh getan.«

Isthia zauste ihr liebevoll das Haar. »Das stimmt.«

Damia sah ihre Großmutter ernst an. »Dann war das also kein Trick, und ich darf trotzdem noch auf Jupiter reiten?«

Der Vorfall, den Jorg lebhaft ausschmückte, machte Damia zur Außenseiterin, und während mit der Zeit sogar

Jorg ihr Talent als etwas zu schätzen lernte, das ihre Spielgefährten vor den schlimmsten Gefahren auf dem Spielplatz schützen konnte, wollte Alla sie nur als Bekannte akzeptieren. Das Fehlen eines engen Freundes verwirrte Damia und bereitete Isthia Sorgen. Um es zu kompensieren, stellte sich die Jüngste in der Schule häufig größeren Herausforderungen und unternahm zu Hause mit Jupiter gern ausgedehnte, abenteuerliche Ausritte.

Ich fürchte, sie ist eine Einzelgängerin, bemerkte Isthia in einem Gespräch mit Damias Eltern.

Das hat sie nicht von den Ravens geerbt! erwiderte Jeff, der immer eine ganze Bande von Jungen auf Ausflügen angeführt hatte.

Nein, ich fürchte, das hat sie eher von den Gwyns, sagte Rowan bitter. *Ich dachte, es hätte bei mir daran gelegen, daß ich Planetenmündel war und nur viel ältere Adoptivgeschwister hatte, aber vielleicht ist es eine Eigenart unserer Persönlichkeit.*

Du verschenkst deine Zuneigung nicht leichthin, meine liebe Angharad, sagte Isthia sanft, *aber wenn du es tust, bist du selbstlos.*

Aber ich war so einsam! schrie Rowan. *Ich wollte nicht, daß Damia auch einsam ist.*

Es könnte in Damias Natur liegen, daß sie eine Einzelgängerin ist, erwiderte Isthia. *Aber sie ist nicht einsam. Es gibt Jupiter, mit dem sie ausreiten kann, die ganzen Arbeitshunde, wenn sie frei haben, und Marmalade, die nachts auf ihrem Bett schläft. Sie ist nicht allein. Sie hat Kameraden in der Schule, auch wenn sie noch keine innige Freundschaft aufgebaut hat. Das wird wahrscheinlich noch ein bißchen dauern.*

Nun, vielleicht wird sie sich mehr über einen Bruder freuen.

Wie fühlst du dich denn? fragte Isthia hoffnungsvoll.

Rowan reagierte mit einem mentalen Seufzer. Jeff fügte hinzu: *Sie gibt es ungern zu, aber sie kommt sehr viel besser zurecht, seit die Kinder weg sind.* Isthia konnte die mentale Liebkosung spüren, die Jeff seiner Geliebten zukommen ließ. *Sie kann sich jetzt auf die Reifung des neuen konzentrieren, nicht wahr, Liebling?*

Ich hätte es genauso bewältigen müssen wie du, Isthia! klagte Rowan schuldbewußt.

Nun ja, ich mußte aber nicht die Verantwortung für einen Tower tragen, und außerdem war mein Mann nicht den ganzen Tag über auf einem anderen Planeten. Und außerdem hat mein Ältester, sobald er dazu in der Lage war, sich um die Säuglinge gekümmert. Dein Jeran ist ein ganz verantwortungsbewußter Junge, Angharad, und ich liebe ihn sehr, aber er ist noch nicht soweit, um den Babysitter für Damia zu spielen.

Rowan kicherte bei dem Gedanken, wie der introvertierte Jeran mit seiner impulsiven Schwester zurechtzukommen versuchte. *Nun, vielleicht wird der Kleine nach ihm geraten.*

Damia erwachte mit einem Keuchen. Jemand weinte. Jemand fühlte sich schlecht. Instinktiv, mit einem Gefühl des Mitleids, das ein grundlegender Zug ihres Wesens war, streckte Damia mental die Hände aus, um jene Person zu beruhigen. Sie mußte weiter hinausgreifen, als sie es je getan hatte. Wer immer da weinte, war aufgeregt, weil es kalt und feucht dort war, wo es noch vor wenigen Sekunden warm gewesen war. Etwas Rauhes rieb sich an ihm entlang.

Es ist ein Handtuch! rief Damia, als sie den Gegenstand erkannte. *Keine Sorge, gleich bist du wieder warm und trocken!*

Die betreffende Person erstarrte vor Scheu.

Es ist alles in Ordnung, wiederholte Damia sanft. *Gleich geht's dir wieder gut.*

Der andere war beruhigt und fühlte sich schläfrig. Warm und schläfrig.

Damia sendete weiter beruhigende Gedanken und fing selbst an zu dösen, während sie den anderen in den Schlaf zu wiegen versuchte. Sie gähnte, drehte sich um und nickte ein.

»Ich habe so etwas noch nie erlebt!« erzählte Elizara aufgeregt, als sie am späten Abend zur Feier des Tages mit Jeff Raven anstieß. »Dieses Kind hat sich die Lunge aus dem Leib geweint, und dann auf einmal ...« Sie kniff mißtrauisch die Augen zusammen. »Hast *du* etwas unternommen?«

»Ich? Nein«, erwiderte Jeff verwirrt. »Ich dachte, du wärst es gewesen. Rowan war es ganz sicher nicht.«

»Nein!« pflichtete Elizara bei. »Nicht unter Narkose.«

»Wird es lang dauern, bis sie sich erholt hat?« fragte Jeff, als sich seine Gedanken von seinem jüngsten Sohn seiner großen Liebe zuwandten.

Elizara schüttelte lächelnd den Kopf. »Wir sind hier nicht auf Deneb, wo bei der Geburtshilfe noch einige ziemlich archaische Praktiken an der Tagesordnung sind. Mikrolaser-Chirurgie hinterläßt keine Narben. Es wird ihr binnen drei, vier Tagen wieder besser gehen.« Sie hob warnend die Hand. »Aber es wird Monate dauern, bis sich ihre Unterleibsmuskeln von dem Druck erholt haben.«

»Also, wenn du es nicht warst und ich und Rowan auch nicht, wer war es dann?« kam Jeff, vorläufig beruhigt, wieder auf das ursprüngliche Thema zurück. »Afra?«

Elizara schüttelte den Kopf. »Es war eine weibliche Berührung.«

»Dann war es Damia!« erklärte Jeff voller Überzeugung. »Dieses kleine Biest!«

»Also wirklich, du seniler Vater«, sagte Elizara in einem ihrer seltenen sarkastischen Augenblicke, »ist das für ein so kleines Kind denn nicht viel zu weit?«

Jeff schüttelte nachdrücklich den Kopf und lächelte trübselig. »Ich glaube, wenn Damias Gefühle im Spiel sind, ist nichts zu weit.«

In den ersten Lebensmonaten des kleinen Larak hatten sowohl sein Vater wie seine Mutter hin und wieder gespürt, wie seine Schwester mit ihm geistig Kontakt aufnahm und dadurch zum Lächeln brachte.

»Muß eine Einbildung sein«, erwiderte Brian skeptisch, wenn Rowan die Reichweite ihrer Tochter erwähnte.

Afra lächelte dann immer. »Sie hat versprochen, daß sie die beste Schwester sein würde, die man sich vorstellen kann.«

»Es ist ja nicht so, daß er sich viel mit ihr unterhält, Afra«, protestierte Brian.

»Ach, das Herz braucht keine großen Worte«, erwiderte Afra, und mit einer für ihn völlig untypischen Geste legte er eine Hand aufs Herz. Dann hob er die bunten Origami-Vögel auf, die er für Larak zu einem Mobile zusammenstellte, und band sie mit behutsamen Fingern an die Schnüre.

Brian warf Rowan einen verwirrten Blick zu, ehe er den Tower verließ.

Irgendwann in Laraks erstem Lebensjahr fand Damia jedenfalls heraus, daß Alla Ponies ebenso mochte wie sie, und von da an waren die beiden unzertrennlich. Die Kontaktaufnahmen wurden etwas seltener, aber gelegentlich fing Larak ohne erkennbaren Grund an zu kichern. Sein Lachen war so ansteckend, daß er alle anderen im Haus aufheitern konnte. Doch jedesmal, wenn seine Eltern oder Tanya oder Afra diese Ausbrüche von Fröhlichkeit zu erklären versuchten, fanden sie nichts, nicht einmal Gauner, was eine Erklärung liefern konnte.

»Damia hat ihre Hand im Spiel«, wurde zur Standarderklärung.

»Ein fröhliches Kind«, sagte seine Mutter, »ist eine doppelte Freude.«

Afra erwähnte nicht, daß Damia auch ein glückliches Kind gewesen war. Aber er hatte nichts dagegen, wenn sie Larak aufheiterte, und er hatte sich daran gewöhnt, daß Damia aus seinem Leben verschwunden war.

»Er ist hier!« rief Damia aufgeregt und wandte sich ihrer Lehrerin zu. »Mein Bruder ist hier!«

»Psst, Damia«, schimpfte die Lehrerin, denn das Mädchen war alt genug, um zu wissen, wie man sich in einem Klassenzimmer zu benehmen hatte. »Konzentrier dich auf deine Lektion. Du kannst ihn nach der Schule sehen.«

Damia brachte nervös den Unterricht hinter sich und platzte dann in den Wartebereich. Dort erwartete sie Rakella.

»Isthia hat mich geschickt«, sagte sie mit einem Grinsen, weil Damia vor Aufregung strahlte. Das Mädchen wußte nur, daß sie ihren geliebten Bruder sehen würde. Heute konnte nicht einmal Jupiter sie ablenken. Damia hüpfte in den Flieger und zwang Rakella praktisch dazu, die Geschwindigkeitsbegrenzung für bebaute Gebiete zu überschreiten. Während des Flugs zum Raven-Komplex brabbelte sie unentwegt und stürzte aus dem Flieger, noch bevor Rakella ihn sicher aufgesetzt hatte.

»Wo ist er?« rief sie ungeduldig, lief aber zielsicher in die Küche und stieß die Tür auf. Dort blieb sie einen Moment lang stehen. »Larak!«

Was der junge Larak sah, war eine schlanke Gestalt, einen Kopf größer als er, mit funkelnden blauen Augen und langem schwarzen Haar. Was Damia sah, war ein wunderbarer dunkelhaariger Bruder. Sie streckte flehentlich die Hand aus, als sie seine plötzliche Scheu spürte. Vorsichtig faßte der Kleine sie an.

»Schön, daß du jetzt endlich da bist!« rief Damia. »Ich muß dir so viel zeigen und erzählen …« Sie lief zur Hintertür und zog ihn dabei hinter sich her.

»Er ist doch noch ein Baby«, gab Isthia zu bedenken und lachte über Damias Eifer, aber der Enthusiasmus des Mädchens war ansteckend, und Larak zögerte nur einen Moment lang, dann folgte er seiner magischen Schwester gern. »Ach, laßt sie doch!« sagte Isthia, als jemand sie aufzuhalten versuchte. »Sie wird gut auf ihn aufpassen. Darauf hat sie doch schon so lang gewartet, oder nicht?«

»Ich bin nur froh, daß Jupiter sich inzwischen an sie gewöhnt hat und nicht mehr bockt.«

Damia hatte vorgehabt, daß Larak zuerst Jupiter kennenlernte, doch sie hatten gerade erst den halben Weg zur Koppel zurückgelegt, als sie einen Widerstand zu spüren begann und ihr kleiner Bruder sich leicht zurückhängen ließ. Mit einem ängstlichen Blick über die Schulter stellte sie fest, daß er mit großen Augen auf die ausladenden Zweige des nächsten Baums starrte. Er hatte die Ponies, die unter ihm Zuflucht suchten, offenbar nicht bemerkt. Damia fand seine Reaktion ganz zauberhaft. Wieviel Spaß es ihr machen würde, ihrem kleinen Bruder alles zu zeigen, was sie auf Deneb kannte und liebte! Sie sah auf ihn hinunter.

»Das ist ein schöner Baum, nicht wahr, Larak? Größer als alle im Park von Kallisto.«

»'listo?« fragte Larak, und sein Gesichtsausdruck nahm etwas Gequältes an.

»Wer braucht schon 'listo, wenn wir auf Deneb sind?« fragte Damia, die ihren eigenen Widerwillen schon fast vergessen hatte, aber sie legte soviel Enthusiasmus in ihre Antwort, daß das Gesicht ihres Bruders sich etwas aufheiterte, auch wenn er weiterhin den Baum anstarrte. Von einem zum anderen Moment ließ sie ihren Plan, ihm sofort Jupiter vorzustellen, selbstlos wieder fallen. »Weißt du was, Larak«, flüsterte sie ihm verschwörerisch zu, »da oben gibt es eine ganz besondere Stelle. Willst du sie mal sehen?«

Larak sah sie mit großen Augen an, fand keine Worte, um zu antworten, und nickte stumm.

»Komm mit!« erwiderte Damia und winkte. Sie war

schon drei Äste hinaufgeklettert, bevor sie zurücksah und feststellte, daß Larak immer noch auf dem Boden stand und mit verwirrtem Gesicht zu ihr emporsah.

»Oh, 'tschuldigung!« Damia kletterte wieder hinunter, hob ihn auf den ersten Ast und schob ihn am Hintern hoch, bis er sicher festsaß. Dann kletterte sie zu ihm hinauf. »Du hast das noch nie gemacht, was?«

Larak schüttelte den Kopf. »Mhmm, 'mia.«

Damia kicherte. »Damia, nicht 'mia. Versuch's mal.«

Larak fuchtelte mit der Zunge herum, brachte aber nur ein weiteres ›'mia‹ heraus. Damia tat es mit einem Achselzucken ab. »Du kannst es ja später noch mal versuchen. Klettern wir weiter!«

Sie merkte bald, daß seine Beine erheblich kürzer waren als ihre, und während die Zweige für sie in richtigen Abständen aus dem Stamm ragten, würde ihr kleiner Bruder nur mit Mühe weiterkommen. Und weil sie bereits hoch genug im Baum hockten, daß niemand sie sehen konnte, ›hob‹ Damia sie beide bis zu jener Stelle empor, wo die Zweige zu dünn wurden, um auch nur ihr leichtes Gewicht zu tragen. Dort teilte sie die Äste, um ihrem Bruder eine uneingeschränkte Aussicht auf ihre Umgebung zu ermöglichen. Indem sie auf wichtige Stellen zeigte – wo Alla wohnte, wo Damia eine Höhle am Flußufer gefunden hatte, die sie ihm tags darauf zeigen wollte, der Tower, der am Horizont gerade noch sichtbar war, der verwaschene Fleck der City – geriet sie bald außer Atem und sah ihn hoffnungsvoll an.

»Ist Deneb nicht toll?«

Larak sah sie mit großen Augen an. »'oll ...!« Er grinste, weil er wenigstens die zweite Hälfte des Wortes hinbekam.

Ich liebe dich, gab Damia ihm mit der leisen, schüchternen ›Stimme‹ zu verstehen, mit der sie sich im letzten Jahr immer an ihn gewandt hatte.

Larak riß, anfangs erschrocken, dann weil er sie wiedererkannte, die Augen auf. Auf seinem Gesicht erstrahlte ein Lächeln. *Liebe dich, Damia!*

»Sie sind unzertrennlich!« klagte Linna. »Sie weint, und er sitzt einfach da und schluchzt leise. Und das kann ich, ehrlich gesagt, schwerer ertragen als ihr Geheul. Wenn man sie zusammenbringt, sind sie wieder ganz süß und heiter.«

»Haben wir dasselbe nicht schon mit Cera und Jeran durchgemacht?« fragte Isthia die besorgte Lehrerin.

Linna nickte. »Ja, das stimmt, aber die Lösung bestand darin, Jeran in seiner Entwicklung etwas aufzuhalten, damit Cera aufholen konnte. Aber das wird mit Damia und Larak nicht funktionieren. Sie ist zu schlau, um sich einschränken zu lassen – man sollte sie wirklich ermutigen, sich in ihrem eigenen Tempo weiterzuentwickeln.«

»Ist Larak klug genug, um aufzuholen?«

»Er ist schon begabt, aber um ehrlich zu sein, Isthia, wäre es unklug, ihm ein Tempo aufzuzwingen, um ihr einen Gefallen zu tun. Eine so individuelle Behandlung ist in einem Klassenzimmer einfach nicht möglich!«

»In einem Klassenzimmer nicht, häh?« wiederholte Isthia nachdenklich.

»Isthia Raven, was geht dir durch den Kopf?« fragte Linna mit ihrer typischen Lehrerstimme.

Auf Isthia machte das keinen Eindruck, weil sie Linna den Trick selbst beigebracht hatte. »Und bist du mit mir einer Meinung, daß es inzwischen zwölf weitere Jugendliche in diesem Schulbezirk gibt, die über ein gewisses Talent verfügen?«

Linna verzog leicht das Gesicht, und ihr Naserümpfen klang etwas mißbilligend, aber ihr Blick war traurig. »Die Freaks.«

»VT&T-Freaks«, verbesserte Isthia.

»Wo lernen die Kinder nur solche Wörter?«

»Ich glaube, das brauche ich dir wirklich nicht zu

sagen, Linna, aber ich glaube, es ist an der Zeit, daß unsere Freaks hier auf Deneb bekommen, was sie verdienen.«

»Doch nicht etwa diese Sonderschule, von der du den Bildungsausschuß zu überzeugen versucht hast?«

»Bist du nicht meiner Meinung, daß so etwas gebraucht wird?« erwiderte Isthia. »Nicht nur der Bildungsausschuß beklagt sich über einen Mangel an Geldern, aber man wird sicher etwas lockermachen, wenn ich die Verantwortlichen davon überzeuge, daß eine kleine Investition in die richtige Ausbildung zum jetzigen Zeitpunkt sich durch eine deutliche Steigerung unserer wirtschaftlichen Leistungsfähigkeit bezahlt machen wird.«

»Unserer wirtschaftlichen Leistungsfähigkeit?« sagte Linna schwach. »Wie sieht's mit unserer geistigen Gesundheit aus?«

»Linna Maybrick, versuchst du mir etwa zu sagen, daß talentierte Kinder schwieriger zu unterrichten sind als normale Kinder?«

»Bei Gott, nein! Jedes Kind ist etwas Besonderes«, erwiderte Linna leidenschaftlich. »Aber wie willst du die Erlaubnis bekommen? Und die entsprechend ausgebildeten Lehrer?«

Isthia räusperte sich. »Alles zu seiner Zeit«, sagte sie mit einem Lächeln und warf einen liebevollen Blick auf Damia, die ihrem kleinen Bruder geduldig zeigte, wie man einen Buntstift hielt.

Linna erfuhr nie, wie Isthia die Einwände des Bildungsausschusses abwiegelte, aber irgendwie brachte der Ausschuß genug Geld zusammen, um das Gehalt für einen T4-Lehrer zu bezahlen, den der Erdprimus für sie aufgetrieben hatte, und Isthia Raven erklärte sich bereit, ihm eine Unterkunft bereitzustellen. »Damit haben wir einen Teil des Gehalts eingespart«, erklärte Isthia ihren Söhnen und Töchtern. Sie teilte außerdem die Wohnfläche im Raven-Komplex neu auf, so daß Platz für die Denebische Sonderschule für Talentierte Kinder frei wurde, bis in fünf Jahren der Bau einer dauerhaften Einrichtung abgeschlossen war, wenn der Bildungsausschuß die dafür nötigen Gelder aufgetrieben hatte.

»Ich mußte einen Kompromiß eingehen«, sagte Isthia Raven, als Jeff und Rowan ihre Kinder besuchen kamen, »aber es könnte schlimmer sein.«

Jeff fand eher, daß sie bekommen hatte, was sie verdiente. »Du hast einmal zu oft gesagt ›Wenn ihr's richtig haben wollt, macht es selbst!‹, Mutter!«

Die Schule war unterbesetzt, der neue Lehrer überlastet, aber Isthia arbeitete so hart sie konnte. »Und viel gelernt«, sagte sie. »Ich wünschte, ich hätte selbst die Möglichkeiten gehabt, die ich meinen Enkeln biete.«

Damia gefiel das Ganze, weil sie mit Larak in derselben Klasse war. In einigen Fächern mußte sie ihn sogar selbst unterrichten, darunter in Mathematik. Sie wurde dabei selbst besser in diesem Fach.

Larak war nicht ihr einziger Schüler, und es wurden nicht nur talentierte Kinder in die Schule aufgenommen, aber Isthia legte auf eine gute Mischung aus Familien wert, die Talente nicht als ›Freaks‹ betrachteten. Kinder von Laraks Alter bis zu sechzehn Jahren, die sich von der Gelegenheit, einer ›unstrukturierten Klasse‹ anzugehören, physisch und mental herausgefordert fühlen könnten, wurden in die Schule eingeladen. So lernte Damia mit der Zeit, ihre Ungeduld über die Schwierigkeiten zu beherrschen, den einige ältere Studenten mit dem Stoff hatten, den sie lehrte, und ihre Eifersucht auf jüngere Studenten, die mit den Füßen scharrten, weil sie so ›langsam‹ war.

Es war die Art von Schule, die nur ein leistungsfähiger Computer organisieren konnte: mit gemischten Studenten und Klassen, die so aufeinander abgestimmt werden mußten, daß in Rekordzeit ein T4-Doktorat erreicht werden konnte. Physikalische Therapie und körperliche Übungen, mentale Therapie und cerebrale Gymnastik wetteiferten mit den geregelteren Curricula anderer Schulen.

Damia lernte schnell, wie dumm es war, eine Person nach ihrer Hautfarbe, ihrer körperlichen Verfassung oder ihrem hübschen Gesicht zu beurteilen.

Sie lernte ebenso schnell die Kunst, Frachtcontainer zu bewegen, mit Ziegelsteinen zu jonglieren und Frachtlisten zu lesen, sehr zum Erstaunen ihrer Lehrer.

Die Fähigkeit zur Zusammenarbeit war eine grundlegende Anforderung an alle Talente: Streit und Gezänk war mit dem Talent einfach nicht zu vereinbaren.

Damias Lieblingssport war Mannschafts-Springball. Er wurde sowohl ausschließlich mit talentierten Kindern als auch in gemischten Gruppen mit talentierten und untalentierten Kindern gespielt. Die Regeln waren einfach: wenn man vom Ball getroffen wurde, war man draußen. Das Ziel beim Mannschafts-Springball bestand darin, daß am Ende des Spiels wenigstens ein Spieler der eigenen Mannschaft übrigblieb. Den talentierten Mitgliedern einer Mannschaft war es erstens erlaubt, mittels ihrer überlegenen Geisteskräfte den Ball unter Kontrolle zu bringen; und zweitens, ihre Mannschaftskameraden mit denselben Kräften aus der Schußbahn zu befördern. Teleportationen waren allerdings nur begrenzt erlaubt: ein Talent durfte einen untalentierten Mannschaftskameraden nicht höher als einen Meter über den Boden heben und nicht mehr als einsfünfzig seitlich oder über den Spielfeldrand hinaus bewegen. Spiele mit ausschließlich talentierten Spielern waren brillante Demonstrationen unerwarteter Manöver oder wilder Rotationen des Schaumstoffballs, wenn die Spieler um den Ballbesitz stritten. Spiele mit gemischten Teams waren vielleicht weniger spektakulär, aber spaßiger für die Untalentierten und eine ausgesprochen gute Übung für die Begabten. Vor allem im gemischten Springball wurden ebenfalls die Spielstände ermittelt, indem man für jedes Mannschaftsmitglied, das nach der Eliminierung des anderen Teams noch auf dem Feld stand, einen Punkt zählte. Es konnte mit beliebig großen Mannschaften gespielt werden; einige sehr kleine Teams gewannen häufiger, sogar nach Punkten, als größere. Es gab zwei verbindliche Regeln im Mannschafts-Springball: kein Spieler durfte verletzt werden, und alle Mannschaften mußten zu gleichen Teilen aus Jungen und Mädchen, Talentierten und Untalentierten bestehen.

Damia kam ihrem kleinen Bruder immer näher, wollte ständig mehr, entwickelte aber nie eine so erstaunlich enge Bindung, wie sie Jeran und Cera zueinander hatten. Sie prahlte ungeheuer über ihre gemeinschaftlichen Fähigkeiten, und Jeran, der mit der Zeit immer weniger Nachsicht für seine jüngste Schwester aufbrachte, nahm immer wieder besondere Mühen auf sich, um ihr zu beweisen, wie sehr sie sich irrte. Als Damia neun und Larak fast sieben war, hatte ihre Rivalität sich zu einer ausgewachsenen Feindschaft entwickelt.

»Mein kleiner Bruder ist besser als *deine* kleine Schwester!« verhöhnte Damia Jeran gern, und ihr inzwischen schon recht großer Bruder erwiderte darauf immer wieder: »Klar, Larak wird jeden Tag besser als Damia!«, worauf Damia nur vor Wut schreien konnte.

Jeran hatte gerade die Pubertät erreicht und begann Mädchen in einem anderen Licht zu sehen, deshalb fand er es wohl ausgesprochen ärgerlich, daß er es mit einer so widerborstigen Göre zu tun hatte.

»Larak und ich können jeden deiner vier Freunde schlagen!« behauptete Damia eines Tages.

»Könnt ihr nicht!« verteidigte Cera ihren bewunderten großen Bruder.

»Können wir doch!«

»Dann beweist es!« verlangte Cousine Channa.

Damia machte eine Pause, weil sie mit dieser Reaktion nicht gerechnet hatte. »Also gut, Springball. Wer ist euer vierter?«

Jerans Kinnlade sackte herab. Er rang um eine möglichst elegante Art, wie er der Herausforderung ausweichen konnte, aber Channa war Marcis beste Freundin, und Jeran *mußte* Marci einfach auf sich aufmerksam machen. Das Problem war nur, daß Channa keine besonders gute Springball-Spielerin war, nur mäßig talentiert und ziemlich unbeholfen. Schlimmer noch, der naheliegendste Partner für Channa war Teval, der Junge, an dem sie gerade interessiert war, und Teval war nicht nur untalentiert, sondern zudem ein unglaublich einfältiger Halbwüchsiger.

»Der vierte?« spottete Jeran. »Du sagtest doch, ihr könntet uns alle schlagen!«

»Können wir auch!« erwiderte Damia und schob trotzig das Kinn vor. »Alle Cousins!«

»Wie viele Mannschaften?« wollte Jeran wissen.

»*Eine* Mannschaft!« warf Larak ein. Und dabei blieb es dann. Man wollte sich nach der Schule auf dem Gelände auf der anderen Seite des Flusses treffen, der den Raven-Komplex umfloß.

»Das wird eine Schlacht!« erklärte Teval an der Seitenlinie. Weil er kein Mitglied der Sippe Raven war, durfte er an dem Turnier nicht teilnehmen, doch Channa, die ihn mit ihren Fähigkeiten zu beeindrucken hoffte, hatte ihn trotzdem eingeladen.

»Ich hoffe, es verletzt sich niemand«, sagte Marci Kelani nervös, die neben ihm stand.

»Keine Sorge. Die kleine Damia ist nur so stolz!« Teval kicherte. »Die anderen sind in Ordnung, aber sie hat die Hosen an.« Sie hatte ihn vor einem Jahr Sprachunterricht erteilt, bei ihm aber trotz aller Mühen nichts erreicht, weil er sich weigerte, etwas von einem ›kleinen Mädchen‹ zu lernen. Aus dem Augenwinkel warf Marci ihm einen skeptischen Blick zu, und mit einem flüchtigen Blick zum Himmel kam sie zu dem Schluß, daß ihr etwas an dem Jungen nicht gefiel.

Draußen auf dem Feld sah Jeran sich beunruhigt im Kreise seiner einundzwanzig Cousins und Cousinen um. Einige von ihnen waren etwas zu ausgelassen, um mit Damia und Larak eine Mannschaft bilden zu können. Er schluckte nervös. »Seid ihr sicher, daß ihr das wirklich wollt?«

Damia schluckte die Zweifel hinunter, die sie empfand, weil sie unmöglich noch Achtung vor sich selbst haben konnte, wenn sie jetzt vor den Augen aller einen Rückzieher machte. Sie nickte standhaft. »Na klar. Warum? Hast du Angst?«

Jeran leckte sich die Lippen, schüttelte aber den Kopf. »Ihr könnt jederzeit aufgeben.« Er holte den kleinen Schaumstoffball hervor. Er verfügte im Innern über ein Farbstoffreservoir, so daß jeder, der getroffen wurde, mit einem orangefarbenen, fluoreszenten Farbfleck markiert war, der abgewaschen werden konnte. »Sollen wir um den Ballbesitz eine Münze werfen?«

»Das kleinere Team kriegt *immer* den Ball!« erklärte Damia hitzig und etwas geringschätzig, weil ihr Bruder die Regeln so schlecht kannte. Jeran ließ den Ball los, und Damia ›fing‹ ihn auf und ließ ihn zwischen ihnen schweben. Mit einem verächtlichen mentalen ›Kniff‹ drückte Damia das Fabreservoir. Eine Farbwolke waberte durch die Luft.

»Macht euch fertig!« schrie sie. »Auf drei! Eins! Zwei! Drei!« *Fertig, Larak?* sendete sie ihm zu.

Auch wenn der Gedanke, den sie als Antwort empfing, etwas zaghaft wirkte, war Laraks Gesicht so entschlossen wie ihres. *Fertig, Damia.*

Der Ball verwandelte sich in einen verwaschenen Fleck, als er in einem komplizierten Zickzackkurs auf ihre Cousins zuflitzte. Damia schaltete drei mit dem ersten Wurf aus, dann verlor sie für einen Moment die Kontrolle, als der letzte reagierte und ihr den Ball entriß. Er wurde mit voller Wucht zurückgeschleudert, doch sie teleportierte sich aus dem Weg und übertrug ihre Kräfte auf Larak, der zum Verdruß der älteren Spieler den Ball in einem engen Bogen zurücklenkte. Zwei weitere Verteidiger wurden getroffen.

»Sie ist gut«, bemerkte Marci von der Seitenlinie. Alla, Damias Freundin aus der Vorschule, ritt auf ihrem braunen Pony herbei. Als sie an den Zügeln zog, senkte es den Kopf, um zu grasen. »Läuft's gut?« fragte sie Marci.

Teval schnaubte. »Kleines Miststück! Die werden's ihr zeigen, darauf könnt ihr euch verlassen!«

Aber die Cousins machten keine besonders gute Figur: mit zwei aufeinanderfolgenden Pässen war es Damia und Larak gelungen, zwei weitere auszuschalten, womit auf der Gegenseite nur noch vierzehn Spieler blieben. Ihre Verwandten waren gezwungen, ganz auf Defensive umzustellen und konnten nur hoffen, die beiden Jüngsten zu erwischen. Sie versuchten gar nicht erst, selbst in Ballbesitz zu kommen, stießen ihn nur herum, um nicht getroffen zu werden. Die Taktik forderte ihren Tribut, denn bald keuchten und schwitzen Damia und Larak heftig von der Anstrengung, die es kostete, den Farbball einerseits in der Luft und andererseits außer Reichweite ihrer Cousins zu halten.

Drei weitere Gegner wurden in den nächsten fünf Minuten ausgeschaltet, bis Larak und Damia endlich den Ballbesitz abgaben. Ohne auf die Gefahr zu achten, ließ Larak sich zu Boden fallen und japste.

»Larak?« rief Damia und wandte sich ihm zu. Sie wollte zu ihm hinüberlaufen.

»Sie sind fertig!« jubelte Teval von der Seitenlinie.

Der Ball, der nun von den verbliebenen Cousins gespielt wurde, raste geradewegs auf den hingestreckten Körper des keuchenden Jungen zu. Aber der leichte Ball wurde abgelenkt und schoß knapp über Larak hinweg.

»Oh … gut, Damia! Toll!« rief Alla von der Seitenlinie.

Damia ging noch einen Schritt auf ihren kleinen Bruder zu. »Komm schon, Larak«, feuerte sie ihn an. Die anderen fingen den Sturzflug ab, den der Ball nach Damias Rettungsaktion eingeschlagen hatte, und beförderten ihn in einer Wende zurück.

»Ich bin müde!« stöhnte Larak, als seine Schwester auf ihn zukam.

»Klasse, zwei Ziele auf einmal!« applaudierte Teval.

Damia half Larak auf die Beine. »Sollen wir aufhören?« fragte sie ihn. Larak schüttelte schwach den Kopf und riß sich von ihr los, um auf eigenen Beinen zu stehen. Damia sah umher, bemerkte den Ball und lenkte ihn mit einem mentalen ›Kick‹ zur Seite ab.

»Gebt ihr auf?« rief einer ihrer Cousins heiser.

»Auf keinen Fall!« erwiderte Damia. Sie schleuderte den Ball auf den zu, der gefragt hatte. Entweder sah er ihn nicht kommen, oder er war selbst müde, jedenfalls traf ihn der Ball voll auf der Brust.

»Das kann ja noch ewig weitergehen«, stöhnte Marci. »Warum hören sie nicht auf?« Sie winkte den verbliebenen Cousins zu.

»Aufhören? Gegen ein kleines Mädchen?« schnaubte Teval. »Sie brauchen nur ein bißchen Hilfe.« Er hob einen kleinen Stein auf.

»Teval, nicht!« rief Marci, aber der Stein flog schon auf Laraks ungeschützten Kopf zu.

»Damia!« schrie Alla und warf sich auf Teval.

Als sie Alla hörte, fuhr Damia herum, sah den Stein fliegen und stürzte sich mit ausgestreckten Armen auf Larak. Sie stieß ihn zur Seite, wurde dafür aber von dem Stein an der Schädelbasis getroffen. Ohne einen Laut fiel sie zu Boden. Durch die Kraft ihres Stoßes wurde Larak herumgewirbelt und schrie auf, als er sie mit blutendem Kopf dort liegen sah. *Damia!*

Jeran lief so schnell er konnte zu ihr, als der Farbball

ihn traf. Er wurde von seinem Körper abgelenkt und flitzte mit so irrsinniger Geschwindigkeit zwischen seine Cousins, daß niemand verschont wurde. Dann wirbelte er auf einem Spiralkurs davon und traf Teval genau in dem Moment voll ins Gesicht, als er boshaft lächelte.

Es war dunkel. Die Luft roch schlecht. Ihr Kopf schmerzte schrecklich, und *sie* versuchten sie zu erwischen. Damia stöhnte leise, als sie sich aus der Dunkelheit empor- und aufs Licht zukämpfte. Doch *sie* wollten sie nicht gehen lassen. *Sie* versuchten sie unten zu halten. *Sie* schnatterten sie an, nicht wie Waschbären, sondern mit Stimmen, als ob scharfe, tödliche Krallen über rauhes Metall kratzten. *Sie* waren hinter ihr her. *Sie* wollten Rache. *Sie* versuchten sie aus ihrem Körper zu saugen, ihre Seele zu fressen. Damia wimmerte vor Angst, suchte blind nach irgend etwas, irgendwem. Da! Weit entfernt, ganz weit entfernt, wie ein Leuchtfeuer! Ein Lichtfleck! Sie verlor ihn aus den Augen, suchte nach ihm, zog ihn zu sich heran, kroch auf ihn zu. Da! *Sie* hatten Angst vor dem Licht, es stieß sie ab. Wenn es Damia doch nur zum Licht schaffen würde! Das Licht! Die Seelenfresser würden sie nie erwischen, wenn sie nur das Licht erreichte. Sie schrie nach dem Leuchtturm, rief seinen Wärter. Sie kam näher – oder hatte der Leuchtturm sich auf sie zubewegt? Damia wußte es nicht, und es kümmerte sie auch nicht. Sie badete im Licht, es verbrannte die Seelenfresser, und der Hüter des Lichts beruhigte sie mit warmen Worten und seinem warmen Licht.

»Eingedrückte Schädelfraktur«, murmelte eine Stimme in der Ferne. Damia ignorierte sie, wollte die Person mit einer Hand wegschlagen, aber sie fühlte sich so schwach, so schwach vom Kriechen.

»Wird sie sich wieder erholen?« fragte eine Tenorstimme besorgt. Der Hüter des Lichts! Sie hörte seine

Stimme! Sie wünschte sich, daß ein Lächeln auf ihre Lippen trat. Siehst du! Ich habe das Licht gefunden, siehst du?

»Seht mal!« Es war eine andere Stimme, die sie eigentlich kennen müßte, eine freundliche Stimme. »Sie lächelt!« Die Stimme kam näher, und Strahlen von Freundlichkeit strichen über sie hinweg. »O Damia, es wird alles wieder gut! Liebling, du wirst dich wieder erholen!«

Der andere, der gemurmelt hatte, hüstelte jetzt. »Wir sollten sie besser ausruhen lassen. Ich werde dafür sorgen, daß die Krankenschwester später noch einmal nach ihr sieht.«

»Ich bleibe hier«, erwiderte der Hüter des Lichts in einem Ton, der keinen Widerspruch duldete. Eine Hand berührte ihre, und Damia spürte, wie das warme gelbe Glühen ihren Arm hinaufkroch, ihren Körper ausfüllte, und sie wußte, daß der Hüter des Lichts sie gefunden und die Seelenfresser vertrieben hatte. Und sie erinnerte sich daran, daß der Hüter des Lichts einen Namen hatte. *Afra?*

Ich bin hier, flüsterte der Hüter des Lichts. *Ruh dich aus, Damia.*

Die Hand ließ ihre los, und die Dunkelheit kroch heran, so daß sie nichts mehr sehen konnte. *Afra!*

Die Hand faßte wieder ihre, Licht flammte auf und vertrieb die Dunkelheit. *Ich bin hier, mein Schatz! Ruh dich aus. Ich bin hier, und es gibt nichts, worüber du dich sorgen mußt.*

Ihre Lippen formten ein Lächeln, und sie rollte herum, ihre kleine, weiche, dunkle Pfote immer noch in Afras warmer, rauher, grüner Hand.

»Afra!« Es war dunkel. Damia schreckte hoch.

»Hier.« Ihre kleine wurde sanft von seiner großen Hand gedrückt. »Ruh dich aus. Es ist mitten in der Nacht.«

Damia nickte ein und überließ sich ganz der sanften mentalen Berührung des gelbäugigen Talents.

Die strahlende Morgensonne weckte sie. Damia drehte sich um, schaute durchs Zimmer und war erschrocken, niemanden vorzufinden. Halb wahnsinnig sah sie noch einmal überall nach. Sie sprang vor Schreck fast aus dem Bett, als sich die Tür öffnete.

Es war Isthia. »Ah, du bist ja wach!« Sie stellte das Tablett, das sie trug, auf den Wagen neben Damias Bett ab.

»Wo ist Afra?«

»Er ist wieder zu Hause.« Isthia bemerkte ihren Gesichtsausdruck. »Er war ganz erschöpft, Liebling, und konnte es nicht abwarten, deiner Mutter die guten Nachrichten zu überbringen.«

Damia erschrak über Isthias Wortwahl … *ganz erschöpft* …

»Wir haben uns alle Sorgen gemacht«, fuhr Isthia fort, der die Reaktion ihrer Enkelin entging. Sie schüttelte den Kopf. »Dein Vater und deine Mutter waren außer sich. Sie waren selbst hier, aber nur Afra konnte bleiben. Seine Anwesenheit schien dich zu beruhigen.«

»Er hatte das Licht«, murmelte Damia schläfrig, doch sie zwang sich, die Worte auszusprechen. »Kann er nicht zurückkommen? Würde er kommen, wenn du sagst, daß ich ihn brauche? In den drei Jahren, die ich hier bin, hat er Deneb nur ein halbes Dutzend Mal besucht.«

Isthia lächelte sie an. »Du kannst Afra dankbar sein, daß er so oft gekommen ist, wie er konnte, Damia. Er hat andere Freunde … er kann nicht unentwegt kleine Mädchen besuchen, die unmögliche Wetten eingehen.«

»Das war nicht unmöglich! Larak wäre nie getroffen worden, und ich auch nicht, wenn Teval nicht den Stein geworfen hätte!«

»Er wird sicher nie wieder einen werfen«, sagte Isthia mit grimmiger Miene.

»Wieso, was habt ihr mit ihm gemacht?« fragte Damia mit einer Spur anhaltender Rachsucht in der Stimme.

Isthia zuckte die Achseln. »Ich habe nichts gemacht. Das brauchte ich gar nicht …«, dabei verzog sie die Lippen zu einem Grinsen. »Ich hätte nicht gedacht, daß man einen Schaumstoffball derartig beschleunigen kann.«

»Wer?«

»Larak natürlich.«

»Siehst du, es war gar keine unmögliche Wette. Es tut so gut, daß Jeran mal eine bittere Pille schlucken mußte …«

»Du ißt jetzt dein Frühstück, junge Dame, sonst wirst du selbst eine bittere Pille schlucken müssen!« sagte Isthia und zeigte auf das Tablett.

Als Damia die leichte Mahlzeit aufgegessen hatte, lehnte sie sich zurück und rätselte, ob sie es wagen konnte, noch einmal nach Afra zu fragen.

Oh, ihr geht's ganz gut, hörte Damia ihre Großmutter sagen, wobei sie enorme Erleichterung ausstrahlte. *Und glücklicherweise ist ihr von dem verkorksten Spiel nur in Erinnerung, daß sie und Larak gewonnen haben. Sie ahnt nicht einmal, welch ein gewaltiges Potential sie mit dieser Vorstellung bewiesen hat.*

Wie sollte sie auch? Damia erkannte die schwächere Stimme ihrer Tante Rakella. *Nicht einmal Jeff könnte es erklären, und Angharad bezweifelt es immer noch.*

Afra hat eine Theorie, und Damia hörte ihre Großmutter darüber nachgrübeln, ehe sie eine Antwort projizierte. *Er glaubt, daß Damia wie ein Katalysator wirkt: sie beflügelt die Fähigkeiten der anderen. Afra sagt, daß sie genau das getan hat, als er sie damals aus der Kapsel rettete. Das war der eigentliche Grund, weshalb die Energie im Tower angestiegen ist: Damia hat sie kanalisiert. Afra war es nicht, und Angharad auch nicht.*

Ein Talent mit einem Extragang? fragte Rakella.

Etwas in der Art.

Dann verebbten beide Stimmen, bis Damia sie nicht mehr »hören« konnte, und sie döste wieder ein.

Eine Woche, nachdem Damia wieder in die Schule gehen durfte, bekam sie unerwartet Besuch. Sie saß in ihrem Zimmer und fragte sich, ob sie Jupe besuchen könne, da hörte sie Isthias Stimme, die jemandem den Weg wies: »Ihr Zimmer ist das letzte auf der linken Seite. Ich bringe später was zu trinken.«

Wer immer es war, er wartete jedenfalls eine ganze Zeit vor der Tür.

»Ja?« rief Damia, als sie es vor Neugier nicht mehr aushielt. Langsam steckte Teval den Kopf zur Tür herein. Wenn die Beleuchtung Damia nicht täuschte, war seine Nase dicker, und er hatte dunkle Flecken und kaum verheilte Schnitte im Gesicht.

»Damia?«

»Was willst du denn?« fragte sie und kam zu dem Schluß, daß es besser war, sich zu langweilen, als einen solchen Gast zu empfangen.

Teval schüttelte den Kopf und betrat das Zimmer. In seiner Hand schwang eine schwere Schultasche und berührte fast den Boden.

»Man hat mir gesagt, ich soll dich in Selbstverteidigung unterrichten«, sagte er mit kläglicher Miene.

»Das kann ich lernen, indem ich mir ein Band angucke!«

»Du mußt auch ein Praktikum machen, und ich bin als dein Mattenpartner eingeteilt. Noch was: du sollst meine Lehrerin werden.«

»Deine Lehrerin?«

»Nachhilfe in Sprachen«, murmelte er und errötete über sein Versagen. »Ich bin durch die Prüfung gefallen.« Er hielt ihr ein Textband hin.

Das überraschte sie nicht, aber sie fand es nicht fair,

jemanden zu treten, der schon auf dem Boden lag. Damia kippte seine Tasche aus. »Und das hier soll ich dir auch alles beibringen?«

»Nicht ganz. Ich soll dir deine Hausaufgaben bringen und dir helfen, den Stoff aufzuholen, den du versäumt hast.« Er machte ein einfältiges Gesicht. »Du hast fast dieselben Fächer wie ich, außer Mathe und Sprachen, und darin bist du mir ziemlich voraus.«

»Und was ist, wenn ich dich nicht will?«

»Du hast keine Wahl, Damia Gwyn-Raven!« rief Isthia vor der Tür und betrat das Zimmer mit einem Tablett voller Erfrischungen und einem leichten Imbiß in den Händen. Sie stellte das Tablett ab und sah ihre Enkelin kritisch an. »Wenn du Teval Rieseman nicht als deinen Lehrer akzeptierst, und wenn du ihn in den betreffenden Fächern nicht unterrichtest, haben wir keine andere Wahl, als ihn aus der Sonderschule zu entlassen.«

»Ihn rauswerfen?«

Isthia nickte. »Unfaires Kämpfen verstößt gegen die Schulvorschriften«, sagte sie streng. »Er hat diesen Stein ohne jede Provokation geworfen. Von Rechts wegen sollte er schon ausgeschlossen sein. Aber jemand hat sich für ihn ausgesprochen.«

Sowohl Teval wie Damia waren überrascht. »Wer?« fragten sie fast wie aus einem Munde.

»Afra Lyon.«

»Afra?« Damia war verwirrt, fast wütend. Wie konnte Afra das tun? Wußte er nicht, daß es dieser Junge war, der ihren Larak zu verletzen versucht hatte? Daß er ihr den Schädel gebrochen hatte? Dann ging ihr auf, daß Afra es natürlich wissen mußte. Also warum?

»Warum?« kam Teval ihrer Frage zuvor. »Ich dachte, er sei ihr Onkel.«

»Er war immer mein bester Freund!« erklärte Damia hitzig und starrte wie als Antwort auf die Frage ihre Großmutter finster an. Isthia gab ihr eine Notiz. Damia faltete das Blatt auseinander, drehte es um, runzelte die Stirn, drehte es noch einmal um und blickte schließlich zu Isthia auf.

»Ich kann das nicht lesen.« Sie gab Isthia die Notiz zurück. Isthia warf einen Blick drauf.

»Ich kann's auch nicht lesen.«

Teval beugte sich verwirrt herüber und betrachtete die Schrift. »Das sieht wie der Druck in einigen alten Büchern aus, die mein Großvater hatte. Er war Russe, glaube ich.«

»Was steht da?«

Teval hob mit einer Gleichgültigkeit die Schultern, die in krassem Gegensatz zu den Gefühlen stand, die Damia plötzlich in sich rumoren spürte. »Ich weiß es nicht! Meine Familie wurde von den Aliens getötet. Ich erkenne nur die Schrift, nicht die Worte.«

Damia konnte den Schmerz spüren, der von ihm ausstrahlte, und nachdem sie Teval immer für einen Tölpel gehalten hatte, erfuhr sie in diesem einen unbedachten Augenblick, daß sie ihm schwer unrecht getan hatte. Er hatte eine kleine Schwester gehabt, etwa im selben Alter wie Larak, als die Aliens angriffen; auch eine Mutter und einen Vater und den russischen Großvater. Jetzt lebte er bei einem Onkel, der zu schwer arbeitete, um für seinen Neffen viel Zeit erübrigen zu können. Es war typisch für Afra, daß er mehr über Teval Rieseman wußte, als sie, Damia Gwyn-Raven, in den Jahren, die sie ihren Klassenkameraden kannte, je herauszufinden versucht hatte.

»Warum studieren wir nicht zusammen Russisch?« schlug sie vorsichtig vor. »Dann werden wir herausfinden, was diese Nachricht besagt.«

Es kostete sie viele Monate, in denen sie gute Freunde würden, wenn auch nicht ohne gewisse Reibereien, als sie schließlich die einzeilige Botschaft übersetzten. Sie lautete: »Freunde bewerfen sich nicht mit Steinen.«

»Komm, wir gehen Käferschrott suchen!« schlug Damia eines Tages Larak vor, als Deneb VIII unter einer ungewöhnlichen Hitzewelle schmachtete.

»Onkel Rhodri sagte, er hätte alles Zeug in der Nähe gefunden.« Mit acht Jahren stellte Larak seine Schwester schon gelegentlich in Frage. Es war so heiß, daß ihm der Gedanke mißfiel, nach dem Metall der Aliens zu suchen. Es stank, und wenn man es berührte, brannte und zischte es. Er verabscheute das Gefühl.

»Ich brauche neue Steigbügelriemen, und das kostet Geld. Onkel Rhodri zahlt gut für Käfermetall. Und ich habe nicht genug Geld. Großmutter ist knauserig.«

»Ich leihe dir mein Geld«, sagte Larak, nicht aus Großzügigkeit, sondern weil er sich die mühsame Sucherei ersparen wollte.

»Nein, Larak. Das ist wirklich sehr nett von dir, aber ich gebe lieber Geld aus, das ich selbst verdient habe. Und außerdem, wenn wir weiter hier rumsitzen, wird Großmutter bestimmt wieder etwas einfallen, das wir für sie erledigen können.« Sie sah, daß ihrem Bruder das einleuchtete. Sie waren schon einige Male für schmutzige Gartenarbeiten eingespannt worden.

»Aber wir dürfen nicht nach Käfermetall suchen, wenn wir Onkel Rhodri vorher nicht Bescheid gesagt haben.«

»Wir werden ihn verständigen, *wenn* wir etwas gefunden haben, damit er den Kopter schicken kann, um das Zeug abzuholen«, erwiderte sie.

»Darf ich wieder im Kopter fliegen?« Allmählich wurde Larak enthusiastisch. Als sie das letzte Mal etwas Käfermetall gefunden hatten, war ihm erlaubt worden, in dem großen Marineflugzeug zu sitzen. Er wollte selber einen Kopter fliegen lernen, wenn er älter war.

»Wenn wir Metall finden, dann vielleicht«, sagte Damia, ohne eine konkrete Versprechung zu machen, doch sie sah das Glitzern der Vorfreude in den Augen ihres Bruders. »Also gut, wir machen das so ...«

Es war alles in allem nicht so schwierig, sich aus dem Komplex zu schleichen, selbst mit Rucksäcken voller ›Proviant‹. Außer Essen nahm sie auch Handscheinwerfer mit und ließ Larak eine Decke zusammenrollen, obwohl er protestierte, daß es warm sei und sie keine Decke brauchen würden.

»Nun, vielleicht bleiben wir über Nacht weg«, erklärte Damia. »Ich habe genug zu essen eingepackt. Und im Wald ist es immer kühler.«

Larak stimmte zu, zögerte aber, als sie ihn aufforderte, auch ein Hemd mitzunehmen.

»Gegen Aststriemen«, sagte sie knapp. »Na los, mach dich fertig. Und sei ruhig. Du weißt, was Großmutter für große Ohren hat, und wir wollen doch nicht, daß sie uns mit weiteren Jobs die Tour vermasselt. Wir treffen uns auf der Koppel.«

Daraufhin machte Larak sich leise davon, um die Sachen zu besorgen, die seine Schwester ihm aufgetragen hatte. Larak war gern mit Damia zusammen. Was er von seinem älteren Bruder und seiner älteren Schwester nicht behaupten konnte. Trotz aller Anstrengungen war es Larak nie gelungen, eine gute Beziehung zu seinem älteren Bruder aufzubauen. Er hatte längst Cera als Grund für die Abneigung seines älteren Bruders durchschaut. Weil er mit Damia genug Spaß hatte, gab er nicht mehr viel um die anderen beiden. Jeran hatte inzwischen ohnehin zur Probe eine Stellung im Tower von Deneb eingenommen, führte parallel zum Job seine Ausbildung weiter, und Cera, die ohne ihn Trübsal blies, war keine besonders angenehme Gesellschaft.

Sie trafen sich auf der Koppel, wo die Ponies in der Nachmittagshitze dösten.

»Also, wir wissen, daß im Osten, Süden oder Westen von uns nichts ist, weil Onkel Rhodri gesagt hat, daß da von dem brennenden und zischenden Zeugs nichts zu finden ist«, sagte Damia, »also gehen wir nach Norden, durch die Wälder, wo es kühler sein wird. Da ist noch nicht viel gefunden worden. Nicht mal von Jeran, als er seine Suchmannschaft organisierte.« Sie fand das ein wenig jämmerlich, weil Jeran so sicher gewesen war, tonnenweise Zeug zu finden. »Also, machen wir uns auf den Weg!«

Indem sie Larak an der Hand nahm, hetzte sie über die Koppel und verschwand mit ihm in der ersten Ansammlung von Bäumen.

Sie keuchten unter der Wärme, aber in dem Augenblick, als sie den Schatten erreichten, spürten sie einen merklichen Unterschied zur sengenden Hitze des Tages.

»He, hier ist es ja kühler«, rief er erleichtert.

»Hab ich dir doch gesagt. Komm schon!«

Damia ging voran, suchte sich ihren Weg nach Norden, ziemlich geradlinig, trotz des dichten Baumbestands. Sie gab Larak ein Zeichen, daß sie gleich eine Pause machen würden, als sie eine der Straßen für die Holztransporter überquerten. Erfrischt von der Pause und dem Inhalt ihrer Getränkeflaschen gingen sie weiter.

Larak hätte gern länger pausiert und die Kühle genossen, aber Damia beharrte darauf, daß sie so nah am Komplex kein Käfermetall finden würden. Und kein Käfermetall bedeutete keinen Flug im Kopter. Larak raffte sich auf und trottete hinter ihr her.

Als sie einen Bach erreichten, der durch ein felsiges Bett schoß, bestand Larak darauf, daß er sich abkühlen mußte. Also schlüpften sie aus ihren Kleidern und wateten durchs Wasser. Damia teilte eins ihrer Brote und befahl ihrem Bruder, seine Feldflasche nachzufüllen.

Kurz nachdem sie ihren Marsch fortgesetzt hatten, brachen sie aus dem Gehölz auf eine schöne Bergweide. Dieses Gelände teilten sie in Planquadrate auf, weil Damia es für wahrscheinlich hielt, daß hier Käfermetall niedergegangen sein könnte. Dann mußte sie Larak wieder einmal erklären, wie ihre Mutter und ihr Vater die Käferschiffe zerstört, sie aufgerissen und die Einzelteile weit verstreut hatten, womit sie ihre ganze Welt und nicht nur diese gerettet hatten.

Aber dann hatten sie wieder den Wald erreicht und konnten es natürlich nicht lassen, sich ins Kühle zu setzen, etwas Erfrischendes zu trinken und ein paar Kekse zu essen. Die Sonne ging langsam unter, aber Damia wußte, daß ihnen noch einige Stunden bei Tageslicht zur Verfügung standen.

»Wir werden eine Höhle mit einem Flüßchen finden«, sagte Damia zu ihrem Bruder, während er lahm hinter ihr hertrottete. »Wir werden draußen eine tolle Nacht erleben.«

»Und wann finden wir Käfermetall?« fragte Larak flehentlich.

»Nun, wir könnten jeden Moment drüber stolpern.«

»Ich will aber nicht drüber stolpern.«

»Tja, dann konzentrieren wir uns doch einfach darauf, daß wir etwas von dem brennenden und zischenden Zeug finden, ja?«

Gehorsam tastete Larak mit Gedanken um sich, und damit war er beschäftigt, bis die Blase an seiner linken Ferse von allein zu brennen begann.

»Ich kann nicht weiter, 'mia. Ich habe eine Blase.«

»Wir machen Rast, wenn ich uns eine Höhle und ein Flüßchen gefunden habe, damit du die Blase kühlen kannst«, sagte Damia mit einem nachsichtigen Seufzer über Laraks Blessur.

Sie hoffte, er würde noch eine Weile durchhalten. Sie hatte keine Ahnung, wie weit sie marschiert waren, doch es war sicher noch nicht weit genug, denn sie hatten noch kein Käfermetall gefunden. Sie war aber fest entschlossen, etwas zu finden. In der Zwischenzeit wischte sie sich mit dem Unterarm den Schweiß von der Stirn, rückte ihren Rucksack zurecht und ging weiter.

Larak war ein echter Kumpel, dachte sie, als sie ihn dahinschlurfen sah, ohne daß er sich beklagte. Er war der beste Bruder, den sie sich vorstellen konnte. Allmählich sorgte sie sich um einen passenden Lagerplatz. Onkel Rhodri hatte seinen jungen Verwandten elementare Techniken der Holzverarbeitung beigebracht, als er seine Expeditionen auf der Suche nach Käfermetall organisierte.

Schließlich stießen sie auf den ersten Wasserlauf, wo Damia vorschlug, Larak solle seine Stiefel ausziehen – das kühle Wasser würde seiner Blase guttun. Sie würden durchs Wasser flußaufwärts marschieren, bis sie einen Lagerplatz fänden. Vielleicht keine Höhle, aber eine schöne Lichtung.

Als Larak zum vierten Mal ausgerutscht und ins Wasser gefallen war und sich die Zehen blutig gestoßen hatte, stand er kurz vor dem Aufgeben, in diesem Moment aber brachten sie eine Biegung hinter sich und stellten fest, daß in einem alten Felssturz tatsächlich eine Art Höhle entstanden war.

»Was ist, wenn da Tiere drin sind?« protestierte Larak nervös und lugte in die schattige Öffnung.

Diesen Aspekt hatte Damia nicht berücksichtigt, und das ärgerte sie. Onkel Rhodri hatte ihnen Aufzeichnungen aller Tiere gezeigt, die auf Deneb vorkamen, die meisten davon klein, doch einige mit giftigen Stacheln. Einige Nachttiere konnten sehr unangenehm werden, wenn sie in den Schlafsack eines Campers krochen. Und sie hatten nur Decken dabei. Vorsicht war also angeraten. Sie löste die Taschenlampe vom Gürtel und leuchtete in die Öffnung. »Siehst du? Nichts drin! So, dann wollen wir mal unser Lager aufschlagen. Ich hole uns Feuerholz, und du kannst unser Abendessen vorbereiten.«

Der erste Versuch, Feuer zu machen, war nicht besonders erfolgreich. Sie hatten es in der Höhle entfacht, die sich im Handumdrehen mit Rauch füllte. Deshalb baute Damia wider besseren Wissens vor der Höhle eine zweite Feuerstelle auf. Bald hatten sie eine schön lodernde Brunst entfacht. Und das keinen Augenblick zu früh, denn die Nacht war angebrochen und die Wälder schlossen sie ein, und nur durch die Lücke über dem Flüßchen drang noch Sternenlicht.

Sie mampften zufrieden den Rest ihrer Brote, bevor Damia mit pompösen Gesten eine halbe Tüte Marshmallows aus ihrem Rucksack holte und unter ihnen aufteilte. Larak humpelte zu einem jungen Baum, um einige Äste abzuknicken, die lang genug waren, um damit die Marshmallows über dem Feuer zu rösten.

»Und jetzt«, sagte Damia und senkte die Stimme zum schaurigsten Ton, den sie hinbekam, »brauchen wir nur noch eine gute Gespenstergeschichte!« In diesem Moment fiel ihr der Marshmallow vom Stock. »Zum Teufel!«

»Was hat denn der Teufel mit Gespenstergeschichten zu tun?« fragte Larak.

»Gar nichts. Ich habe nur ›zum Teufel‹ gesagt, weil ich meinen Marshmallow verloren habe.«

»Ich erzähle dir eine Geschichte«, erklärte Larak und gab die Geschichte vom kopflosen Reiter zum besten, die ihn beim ersten Ansehen des Bandes so erschreckt hatte. Larak war ein guter Geschichtenerzähler, deshalb hatte Damia nichts dagegen, sie noch einmal zu hören. Am Ende seines Vortrags ließ Damias Aufmerksamkeit nach, und ihr Blick wurde vom Waldrand angezogen. Eine leichte nächtliche Brise war aufgezogen, und ein seltsames schabendes Geräusch war zu hören. Eine blasse Erinnerung zerrte an Damias Nerven.

»Und jetzt erzählst du mir eine!« verlangte Larak, als er fertig war.

»Die Seelenfresser«, murmelte Damia bei sich, denn das kratzende Geräusch erinnerte sie an ihre nächtlichen Alpträume.

»Seelenfresser? Wer sind die denn?« Larak machte große Augen.

»Nichts.« Damia fuhr krampfartig zusammen. Sie wollte sich wirklich nicht an diesen schrecklichen Traum erinnern.

»Los, erzähl's mir!«

»Das ist zu furchtbar, und außerdem ist es keine Geschichte. Ich denke mir eine andere aus, eine bessere.«

»Nein, ich will wissen, wer die Seelenfresser sind«, beharrte Larak. »Wo hast du von ihnen gehört?«

Damia schüttelte den Kopf. »Ich habe nicht von ihnen gehört. Sie sind hinter mir her.«

»Na klar!« schnaubte Larak spöttisch.

»Als ich am Kopf getroffen wurde«, fügte Damia mehr zu sich selbst hinzu. Sie saß auf den Hacken und konnte nichts dagegen tun, daß sie unwillkürlich ihre Erinnerungen rekonstruierte. »Es war dunkel. Und sie waren noch dunkler. Sie haben wie Käfer am Stadtrand gezischelt und versucht, mich fortzuschleifen.« Ihre Stimme wurde schrill, und sie schlang die Arme um die Knie. »Sie wollten mich holen, meine Seele fressen! Zischel, zischel!« Sie hatte die Stimme sinken lassen, nicht um ihre Erzählung zu dramatisieren, sondern weil sie es geschafft hatte, sich selbst mit der Erinnerung zu ängstigen.

»Damia! Hör auf! Du machst mir angst!« Larak fiel ihr um den Hals, seine Lippen zitterten, und vor Nervosität traten ihm Tränen in die Augen. »Damia? Sag mir, daß das nur eine Geschichte ist. Sag mir, daß es da draußen keine Seelenfresser gibt!«

Aber Damia hatte die Erinnerung wachgerufen, war in ihr gefangen und mußte sich selbst aus ihr hinausreden, so wie sie im Traum um einen Ausweg gerungen hatte. »Sie haben mich am Fuß festgehalten, dann mein Bein aufgeschlitzt, und dabei die ganze Zeit so furchtbar gezischelt. Ich konnte gerade noch ein Licht erkennen. Ich wußte, wenn ich das Licht erreichen würde, wäre ich in Sicherheit. Aber sie haben mich festgehalten; sie haben meinen anderen Fuß erwischt, und dann habe ich das Licht gesehen ...«

»Das Licht?«

Sie bemerkte die schiere Panik in Laraks Stimme nicht

und sah nicht, was er tat. »Dann habe ich das Licht erreicht, und Afra hielt es! Er hat sie verscheucht! Er hat sie ins Dunkel zurückgetrieben! Sein Licht hat sie erschreckt, und dann hat er mich damit berührt und ...« Ihr Blick wurde wieder scharf, und sie schüttelte den Kopf und beschirmte die Augen. Das Licht, das die Höhle hinter ihr und die Lichtung um sie beleuchtete, war viel zu hell. »Larak?«

Larak stand am Rande der Lichtung, ein brennendes Holzbündel in einer Hand, mit der er jeden trocknen Zweig und jede Wurzel anzündete, die er finden konnte. So würde es hell genug sein, um die Seelenfresser in Schach zu halten.

Larak!

Mehr erschrocken als versengt, Angharad, versicherte Isthia ihrer Schwiegertochter, als sie die Situation schließlich unter Kontrolle hatten. Über ihnen flog ein Kopter mit Wassertank eine letzte Runde über die Reste des Waldbrandes. *Wir haben sie beide rausgezogen, als Damias Schrei uns aufweckte. Sie war zu desorientiert, um zu teleportieren.*

Was hat das Feuer ausgelöst? wollte Jeff wissen.

Larak. Er hat mit einem Holzscheit den Wald angezündet. Sagte etwas über Seelenfresser und Licht. Er war zu Tode erschrocken, erwiderte Isthia. *Er schläft jetzt.*

Und Damia? Eine andere Stimme, die Isthia als Afras erkannte und die etwas gequält klang.

Ihr geht's gut, versicherte Isthia ihm rasch. *Wie spät ist es auf Kallisto?*

Früh, sagte Jeff mit einiger Schärfe.

Ich war wach. Konnte nicht schlafen, erwiderte Afra, und die mentale Entsprechung eines Gähnens folgte. *Ich gehe jetzt schlafen. Rowan, Jeff, Isthia.* Isthia spürte, wie Afras geistige Berührung schwächer wurde.

Also! ergriff Rowan unwirsch das Wort. *Wann hört dieses Kind endlich mit seinen ›Tricks‹ auf? Ich will wirklich nicht, daß Ezro sich so etwas zum Vorbild nimmt.*

Ich glaube, sie war selbst zutiefst erschrocken, Liebling, lautete Jeffs Urteil.

Ich möchte dich daran erinnern, Angharad, sagte Isthia in strengem Ton, *daß nicht Damia das Feuer gelegt hat, sondern Larak. Sie hat immer auf ihren kleinen Bruder aufgepaßt und ihn beschützt. Oder hast du den Vorfall mit dem Stein vergessen?*

Wie auch immer, unterbrach Jeff hastig, *sie ist bald soweit, daß sie mit der Ausbildung im Tower anfangen kann, dann wird sie für nächtliche Ausflüge zu erschöpft sein. Wie weit, hast du gesagt, ist sie hinausgestreunt?* Isthia spürte eine Spur von Bewunderung in der Äußerung ihres Sohnes.

Wenn sie erst gelernt hat, über größere Entfernungen zu teleportieren, sagte Rowan nachdenklich, *könnte sie tatsächlich jeden Tag zwischen Deneb und der Erde pendeln. Genau wie du, Jeff.*

Ich weiß nicht, ob wir unseres Lebens noch froh werden, wenn Damia lernt, über große Entfernungen zu teleportieren.

Rowan grübelte darüber nach. *Nun, ich glaube, es ist an der Zeit, daß Damia nach Kallisto zurückkehrt und einige der Fähigkeiten anwendet, die sie erworben hat. Isthia, wir haben dein Wohlwollen schon viel zu lang beansprucht ...*

Unsinn, Angharad. Es war ... sehr lehrreich, erwiderte Isthia mit einem Kichern. *Wegen Damia, Jeran, Cera und Larak habe ich die Sonderschule bekommen, die ich wollte, und auf Deneb wird jetzt aktiv nach Talenten gesucht, die ausgebildet werden können.*

War das der Grund, warum du angeboten hast, meine Kinder aufzunehmen? fragte Rowan. Sie hatte immer gewußt, daß Isthias Motive nicht ganz redlich gewesen waren.

Nicht der wichtigste, Angharad. Ich mußte auch Ian berücksichtigen, weißt du.

Jeff wieherte vor Lachen. *Und er ist als T4 getestet. Dann hast du ja gute Arbeit geleistet!*

Was willst du als nächstes testen, Isthia? fragte Rowan.

Ich wollte es eigentlich nie wissen, erwiderte Isthia glatt.

Am besten teilen wir uns die Lorbeeren, Liebling, sagte Jeff.

Aber ich glaube, es wird Zeit, daß wir Damia von der Arbeit in einem stark beanspruchten Tower profitieren lassen. Sei versichert, daß ich ... daß wir dir sehr dankbar sind, Isthia. Und das meinte Rowan völlig ehrlich.

Isthia freute sich über den Dank, denn sie mochte die Mutter ebenso sehr wie die Tochter.

Sie hat sich ganz schön entwickelt, seit du das letzte Mal hier warst, erzählte Isthia.

So schnell? Jeff zählte mental mit den Fingern.

Sagen wir mal, die Saat ist gepflanzt und sollte bald aufgehen, korrigierte Isthia ihre ursprüngliche Aussage.

Gibt es hier irgendwelche geeignete Kandidaten? fragte Jeff.

T1er? Rowans Ton klang offen geringschätzig.

Liebling, wenn eine Frau Interesse an Männern entwickelt, schaut sie sich nicht unbedingt vorher seinen Stammbaum an, bemerkte Jeff vorsichtig. Über die Lichtjahre hinweg spürte Isthia, wie sich Rowans Wangen röteten.

Es gibt hier keine Kandidaten, Jeff, erwiderte Isthia auf die ursprüngliche Frage. *Auch wenn Larak hierbleibt, solltet ihr euch wirklich überlegen, Damia heimzuholen.*

Beide Eltern waren schockiert.

Göttin! kicherte Isthia. *Ihr beide denkt wirklich immer nur das Schlimmste! Ich meinte, daß Damia es sich zweimal überlegen wird, sich mit einem Jungen zu treffen, wenn das die besondere Beziehung zwischen ihr und Larak stören könnte. Tz, tz!*

Ich verstehe, was du meinst, sagte Jeff leicht verlegen. *Es würde ihr leichter fallen, sich zum ersten Mal zu verlieben, wenn sie sich nicht um die Eifersucht ihres kleinen Bruders sorgen müßte.*

Genau, erwiderte Isthia.

Jeff faßte einen Entschluß. *Nun gut, schick sie zurück, wenn das Schuljahr vorüber ist. Ich werde alles vorbereiten, damit sie hier ihre Ausbildung fortsetzen kann. Auch wenn das natürlich nicht auf so hohem Niveau stattfinden wird, wie es auf Deneb der Fall wäre,* fügte er in einem Ton hinzu, der einem Augenzwinkern entsprach.

Natürlich!

Erst als sie die Verbindung abgebrochen hatten, fiel Isthia wieder ein, was sie Jeff eigentlich hatte fragen wollen. Oder eher Afra. Er sollte in ihrem Auftrag auf Capella nach einem höher eingestuften Talent suchen, das auf Deneb unterrichten könnte. Die methodische Erziehung hatte schon etwas für sich. Sie hoffte, daß etwas mehr Methode von Afra auf Damia abfärben würde, wenn sie nach Kallisto zurückkehrte. Isthia hatte wenig Zweifel, daß er Einfluß auf ihre Erziehung ausüben würde. Aus beiläufigen Bemerkungen Jeffs und ihren eigenen Beobachtungen Angharads hatte sie geschlossen, daß Afra Rowan offenbar die Selbstbeherrschung gelehrt hatte, die sie brauchte, um den Tower von Kallisto so effizient zu leiten, wie sie es tat. Jeff hatte dagegen für die emotionale Sicherheit gesorgt, die Angharad benötigte.

Isthia seufzte, als sie sich an seinen Vater erinnerte, und wünschte sich wie so oft, daß Jerry noch am Leben wäre. Aber er lebte eben nicht mehr, sie aber schon. Und eines brachte sie den Zielen, die sie sich für das nächste Jahr gesetzt hatte, bestimmt nicht näher: sich weiter mit metamorphischen Manipulationen zu beschäftigen. An so etwas glaubten Capellaner ohnehin nicht.

Kapitel Sechs

Die Hände, die sich vor Afras Gesicht schoben, waren nicht mehr die eines kleinen Kindes, doch immer noch schlanker, zierlicher als die Person, zu der sie gehörten.

»Was hältst du davon?« fragte Damia und drehte die Handflächen abwechselnd nach unten und nach oben. Afra sah von der Stelle, wo er gekniet hatte, in die tiefblauen Augen in einem ovalen, von langen, rabenschwarzen Haaren gerahmten Gesicht auf. In den vier Jahren, seit sie von Deneb zurückgekehrt war, hatte Damia ihr Haar lang wachsen lassen.

»Wovon, mein Engel?« fragte er und strich die eine weiße Strähne zurück, die den schwarzen Glanz ihres Haars betonte.

»Davon!« Damia richtete sich zu voller Größe auf und fuhr mit beiden Händen ihren Körper entlang. Erst in diesem Moment, als das Mädchen ganz aufrecht vor ihm stand, ein Bein leicht vor das andere gesetzt, bemerkte Afra, daß sie ihren Badeanzug nicht trug. Sie hob provozierend eine Augenbraue und warnte ihn, einfach wegzusehen. Statt zu antworten, nahm Afra ihren Körper genau in Augenschein, vom zierlichen Hals über die festen Brüste und eleganten Hüften bis zu den wohlgeformten Beinen und schließlich den zartknochigen langen Zehen.

»Du entwickelst dich prächtig, Damia«, sagte Afra, als sich seine Aufmerksamkeit wieder ihren Augen zuwandte. Er tauchte eine Hand ins Wasser neben sich. »Das Wasser ist warm.«

In der Sporthalle der Kallisto-Station war Kleidung nicht vorgeschrieben und diente eher dem Schmuck als der Verhüllung.

Damia stampfte mit einem Fuß auf und schimpfte. »Nein! Die Bräune, Afra! Die Bräune!«

Afra sah noch einmal ihren Körper an und legte den Kopf schräg. Ihre Haut war *leicht* gebräunt. Er hielt einen grünen Arm neben ihren und schüttelte den Kopf. »Nicht mein Farbton, fürchte ich.«

Damia gab ein Kreischen der Entrüstung von sich. »Af*raaaaa!*« Sie stampfte so fest mit dem Fuß auf, daß ihre Brüste erbebten.

Afra grinste sie neckisch an. »Ja?«

Sie nahm eine Flasche vom nächsten Klappstuhl und reichte sie Afra. »Reibst du mich damit ein?« schlug sie einen süßlichen Ton an. »Ich will das bißchen Farbe nicht verlieren.«

Afra nahm die Flasche mit Sonnenöl, die vor dem Schwimmen aufgetragen werden sollte, und sah die Halbwüchsige skeptisch an. Er schnüffelte an der Flasche, drückte sich etwas von dem Inhalt auf einen Finger und zerrieb es mit dem Daumen. »Wieviel und wohin?«

»Nur genug, damit ich richtig ölig bin, und natürlich überall hin.« Ihr Ton klang beinahe herablassend.

Afra gehorchte und fing mit dem Rücken an. »Dein Haar wird fettig.«

»Ist mir egal! Ich wasch es später!« Sie strich es mit einer Hand zur Seite und legte den Kopf etwas schräg, um Afras Gesichtsausdruck zu beobachten. Es ärgerte sie, daß er sie einfach ein bißchen einrieb und sich dabei mit gleichbleibender Miene von den Schultern bis zum Hintern und den Fesseln hinunterarbeitete. Ihre Augen glitzerten in Vorfreude, als es Zeit für die Vorderseite wurde, aber als Afra ihre Brüste einschmierte, ging er ebenso behutsam und gleichmütig zu Werke, als wenn es ihre Nase gewesen wäre.

Trotzdem ließ er eine Stelle aus. Damia hüstelte diskret. »Du hast eine Stelle vergessen.«

Ohne mit der Wimper zu zucken, ölte sich Afra die

Hände ein und machte sich pflichtbewußt an den betreffenden Bereich. »Ich nehme an, du wäschst dich da auch.«

Zu ihrem größten Verdruß wurde Damia rot.

Afra vermied es, ihr ins Gesicht zu sehen, bis sie sich erholt hatte. Um die Pause zu überbrücken, fummelte er umständlich am Verschluß der Flasche herum. Er wog die geschlossene Flasche in der Hand und fragte mit einer Geste: »Stellst du sie wieder da hin?«

»Ja, klar«, erwiderte Damia verwirrt. »Meinst du, Amr wird's gefallen?«

»Dein Bauch? Ich kann mir keinen Grund denken, warum nicht«, sagte Afra und schaute nachdenklich ins leere Becken neben sich.

»Afra! Nicht mein Bauch! Die Muskeln! Schau doch mal!« Sie spannte ihren Körper an, um ihre ausgesprochen gut durchtrainierte Muskulatur vorzuzeigen, besonders am Bauch, wo sie sich deutlich unter der leicht getönten Haut abzeichnete.

»Nett«, erwiderte Afra zerstreut. »Gehen wir schwimmen.«

»O nein! Ich bin doch nicht so dumm und versuche, mit dir um die Wette zu schwimmen!« Mit diesen Worten tauchte sie unter.

Stunden später erschien sie in seinem Apartment. »Was meinst du?« fragte sie und drehte sich um die eigene Achse, um den Rock eines durchsichtigen rosa Abendkleides herumwirbeln zu lassen. Sie hatte ihr Haar zu einem Knoten hochgesteckt, so daß die Hexensträhne sich in einer Spirale um ihren Kopf wand. Lange, dunkle Wimpern betonten eindringliche blaue Augen. Grübchen bildeten sich um ihren Mund, als ihre Lippen ein sanftes Lächeln formten.

»Ich glaube«, sagte Afra, als er sein Essen ins Wohnzimmer trug, »man hat dir beigebracht, daß du anklopfen sollst.«

Damia zog einen Schmollmund, doch ihre Augen funkelten schelmisch.

Afra kannte diesen Blick. »Du weißt doch, was deine Eltern davon halten, wenn du durch die Station teleportierst.«

»Wirst du's ihnen verraten?«

Afra schüttelte sofort den Kopf. »Bei deiner Rückkehr habe ich dir gesagt, daß du jederzeit willkommen bist. Die Tür ist sogar auf dein Netzhautmuster eingestellt.« Er sah sie kritisch an. »Aber es zeugt von guten Manieren, wenn man anklopft.« Er stellte seinen Teller auf den Kaffeetisch und deutete auf ihr Kleid. »Also *mir* gefällt's.«

»Es ist für unsere Verabredung heute abend.«

»Welche Verabredung?«

»Amr und ich.«

»Süße sechzehn ist ein gutes Alter, um mit Verabredungen anzufangen. Wo geht ihr hin?«

Damia machte ein langes Gesicht. »Tjaaaaa«, druckste sie herum und platzte dann heraus: »Amr holt mich in der Erdstation ab.«

»Na, das ist ja mehr als nur zu einer Modenschau. Wissen deine Eltern davon?«

»Das ist nicht nötig.«

»Was verbirgst du denn vor ihnen?« fragte Afra mehr als verstimmt. Damia schürzte die Lippen und ließ den Kopf sinken. Afra sah ihren Blick und gab einen Seufzer von sich. »Er ist wohl ein ganz besonderer Junge für dich, was?«

»Er ist kein Junge! Er ist schon achtzehn – fast!« erwiderte sie hitzig. »Ich treffe ihn schon seit Monaten. Heute abend ist etwas Besonderes.«

»Das habe ich mir schon gedacht«, erwiderte Afra sanft.

Damia starrte ihn an. »Bist du nicht wütend?«

»Daß du allmählich zur Frau wirst? Warum sollte ich darüber wütend sein?«

Seine gleichgültige Antwort beunruhigte sie. Afra entging das nicht, aber er ignorierte es. Damias Zuneigung zu ihm hatte sich zu einer Schwärmerei entwikkelt, während die Pubertät sie vom Mädchen zur Frau reifen ließ. Afra hatte Verständnis dafür und ging mit der neuen Intensität ihrer Gefühle so gut um, wie er konnte, weigerte sich aber, den Sturm zu entfachen, der sicher aufziehen würde, wenn er sie allzu offenkundig zur Kenntnis nahm. Es erforderte eine enorme Anstrengung von seiner Seite, als er erkannte, welches Wohlgefühl er in ihrer Gegenwart empfand, aber er weigerte sich, seine Position als ihr bester Freund und Vertrauter zu mißbrauchen und einfach zuzugreifen.

»Teleportierst du mich dann zur Erde?« fragte sie unumwunden und mit glänzenden Augen.

»Du bist doch vorsichtig ...?«

»Ich weiß, was ich mache!« rief sie. Bevor sie Luft holen konnte, um ihn weiter auszuschelten, stand sie schon auf der Treppe, die zum Eingang der Erdstation führte. »Hmm! Jetzt habe ich's ihm aber gezeigt.«

Ruf mich, wenn du heimkommen willst, gab Afra ihr mit einem kleinen geistigen Knuff zu verstehen, den Damia inzwischen als mentale Entsprechung eines Rippenstoßes erkannte. So sehr sie sich auch aufgeregt hatte, lächelte sie zärtlich.

Damia hatte Amr bei Luciano kennengelernt, als Onkel Gollee einen Termin zum Mittagessen absagen mußte. Amr Tusel, ein attraktiver Dunkelhäutiger mit einem offenen Lächeln, hatte sie stolz darüber unterrichtet, daß er ein T9 war und zum Stationsmeister ausgebildet wurde. Damia, die befürchtete, daß sie ihn verschrecken könnte, hatte über ihr eigenes Talent nichts verraten, sondern so getan, als staune sie über sein bemerkenswertes Können. Mit achtzehn Jahren würde es noch eine Weile dauern, bevor ein T9 die Pflichten eines Stationsmeisters auf sich nehmen mußte. Sie hatten ihren ganzen ersten Abend durchgetanzt, und Amr hatte sie in die Zentralstation begleitet, von wo Leute in alle Teile der Welt geschickt wurden. Seine Fürsorge und seine Freundlichkeit hatten sie beeindruckt, doch ihr erster Kuß hatte ihre Zehen kribbeln und Gefühle durch ihren Körper strömen lassen, wie sie sie so intensiv noch nie erlebt hatte.

Von da an hatte Damia es so eingerichtet, daß sie sich in der Erdstation trafen, weil von dort (was der Wahrheit entsprach) ihr Heimweg kürzer war. Sie trafen sich nun schon seit über sechs Monaten, sahen sich Filme an, TriDs, alberten in Vergnügungsparks herum und tanzten Nächte durch. Nach und nach hatten sie mehr Zeit in inniger Umarmung als mit Gesprächen verbracht. In den letzten Wochen hatte Amr sie einige Male aus ihrer Leidenschaft reißen müssen, aus Angst, sie würden die letzten Grenzen überschreiten.

Er hatte noch nicht herausbekommen, wer sie war, weil er noch nie den hoch aufgeschossenen Jeff Raven noch überhaupt jemanden aus der Gwyn-Raven-Sippe gesehen hatte, aber Amr hatte sich zusammengereimt, daß sie jung und eine Jungfrau war. Es hatte ihm geschmeichelt, als sein Einfühlungsvermögen, wie es ihm als Talent zu eigen war, ihn zu der Vermutung veranlaßt hatte, daß er für die innigste Verbindung zwischen Mann und Frau in Betracht gezogen wurde. Die Aussicht hatte ihn erschreckt, und eine Zeitlang hatten sie sich nicht gesehen. Als er einlenkte, war Damia ihrerseits verstockt geworden, und erst nach einem lauten und ausgedehnten Streit hatte Damia schließlich das Datum festgelegt.

Weil er in den Quartieren für Auszubildende untergebracht war, hatte Amr kein eigenes Zimmer für ein solches Stelldichein, und Damia hatte die Idee, sich in ihrem Haus zu treffen, mit dem Argument abgelehnt, daß ihre Eltern immer zugegen waren und daß sie das stören würde.

Das Hotel befand sich auf der anderen Straßenseite.

Damia hatte vor einigen Wochen, als sie endlich ihren Entschluß fällte, eine Tasche mit Sachen für eine Übernachtung in der Erdstation deponiert und sie abgeholt, bevor sie sich mit Amr traf.

Er kam mit einem Lächeln auf den Lippen auf sie zu und gab ihr einen flüchtigen Kuß. Er trat zurück, betrachtete ihre Aufmachung und schüttelte voller Bewunderung den Kopf. »Du bist schön, Damia.« Er nahm ihr die Tasche ab und zeigte mit einer Hand den Weg. »Geh voran, du schönste aller Venustöchter!«

Amr bestimmte den Verlauf des Abends. Sie trugen sich ein, überließen dem Hotelpagen ihre Taschen und baten ihn, sie auf ihr Zimmer zu bringen. Dem Abendessen, einem Menü aus mehreren Gängen, folgte ein müßiger Spaziergang und dann ausgelassenes Tanzen. Sie tanzten, bis DiscoTech geschlossen wurde. Die letzten Tänze waren langsam, und Damias Leidenschaften wurden geweckt. Auf dem Weg in ihr Zimmer ließ der Drang etwas nach, doch Amr wußte ihre Leidenschaft neu zu entfachen.

Leidenschaft war für Damia nichts Neues: Sie und Amr hatten viele Abende in engen Umarmungen verbracht, aber sie hatte sich immer wieder von ihm losgerissen, als ihre Leidenschaft sie zu überwältigen drohte. Es war unendlich frustrierend gewesen. Heute abend war Damia in der Stimmung, ihren Gefühlen freien Lauf zu lassen.

Sanft zog Amr sie in die Arme und ließ die Hände über ihre Schultern bis zu ihrer schmalen Taille hinuntergleiten. Er drückte ihren Körper fest an sich, während sie sich immer heftiger küßten. So wie ihre Leidenschaft zunahm, fielen ihre Kleider.

Bald lagen sie auf dem Bett. Amr fuhr mit geschickten Händen über ihren Körper, und Damia verlor sich in einer Sturzflut von Gefühlen, die sie zu ertränken drohte. Als ihre Leidenschaft einen dritten Höhepunkt erreichte, drang Amr sanft in sie ein. Anfangs war Damia von den vielen anderen Gefühlen in ihrem Körper zu abgelenkt, um es zu bemerken. Sie erstarrte für einen Augenblick, als sie es spürte, blickte erschrocken zu ihm auf, aber Amr lächelte zärtlich vor Wohlbehagen und spannte sanft sein Gesäß an. Damia stöhnte, krallte sich an ihn, wollte ihn *in* sich spüren. In ihrer Ekstase öffnete sie sich ihm, riß ihn mit sich, und gemeinsam taumelten sie einem Höhepunkt entgegen, stürzten herab und schaukelten sich erneut auf.

Du bist ein Talent! schrie Amr in seiner Erregung. Damia, die den vorwurfsvollen Ton in seiner Stimme hörte, bot ihm ungewollt an, wieder aufzuhören, aber Amr stieß nur noch tiefer in sie hinein, steckte ihr die Zunge in den Mund und schrie: *Nein! Bei allen Göttern, nein! Ich habe so was noch nie gefühlt!*

Sie machten weiter. Damia entfachte Amrs schwankende Leidenschaft neu, bis sie beide auf einer Welle von Emotionen trieben, ertranken, sich neu aufluden, Blitze elektrisierender Ekstase über sich, durch sie zukken ließen, sie Welle um Welle überschwemmte. Die Anstrengungen und Gefühle waren schließlich zuviel für Damia, und sie sackte träge aus einem Orgasmus in den Schlaf.

Als Damia erwachte, spürte sie Amrs Blicke auf sich, die wie Dolche die Kurven ihres Körpers entlangfuhren. Sie war wund an Stellen, die sie noch nie gespürt hatte. Muskeln, die sie eben erst entdeckt hatte, reagierten auf ihren Mißbrauch mit Anflügen von heftigem Schmerz, als sie einen Fuß vor den anderen setzte.

»Machen wir's noch einmal?« Amrs Stimme klang rauh und kraftlos.

»Oh, es war toll!« antwortete Damia. Amr streckte den Arm aus, um sie zu umschlingen, aber Damia ging – schmerzhaft – auf Abstand. »Mir tut alles weh, Amr. Ich bin einfach zu müde. Davon hat keins der Bänder etwas erwähnt.«

»Und auch nicht, was du mit mir gemacht hast«, erwiderte er mit stumpfem Blick, in den sich Verärgerung schlich. »Hast du keine Ahnung, was du mit mir gemacht hast?« Seine Finger ballten sich zu Fäusten. Tränen traten ihm in die Augen, Tränen des Zorns, der verlorenen Ehre, der Verzweiflung. »Ja?« Seine Stimme wurde lauter, bis er sie anschrie: »Hast du eine Ahnung? Häh? Du Hure, Schlampe! Miststück!« Mit einem Ausdruck nackten Entsetzens in den Augen konnte er sich gerade noch beherrschen, als er schon mit einer Hand zum Schlag ausgeholt hatte.

Afra! rief Damia vor Verzweiflung.

Sie verschwand, als Amr noch um eine Entschuldigung rang. Als sie fort war, schloß er die Augen, rollte sich wie ein Fötus zusammen und brach in leises Schluchzen aus.

Nirgendwo wurde etwas davon erwähnt, daß man sich haßt, nachdem man sich geliebt hat! schluchzte Damia Afra vor, als er sie mit einem Handtuch abgerieben hatte und in die Arme schloß, um sie in das Handtuch zu wickeln. Sie legte den Kopf an seine Schulter und heulte. *Es war so ... so ... und dann hat er mich auch noch angeschrien!*

Du warst doch vorsichtig, ja? fragte Afra und bemühte sich, seine Stimme ruhig und beschwichtigend zu halten.

Natürlich war ich vorsichtig! Ich habe das Implantat jetzt seit Monaten! schnaubte Damia wütend. Afra stieß sich von ihr ab und hob ihr Kinn, damit sie ihm in die Augen sehen konnte.

»Damia, du hast doch deine Abschirmung aufrechterhalten, ja?« fragte Afra.

»Abschirmung? Afra, wir haben uns geliebt!«

Afras Miene schlug um, und ein Anflug von Schmerz überflog sein Gesicht. »Wart ihr in einem Hotel?« Damia nickte matt. »Das auf der anderen Straßenseite, gegenüber von der Zentralstation?« Sie nickte noch einmal.

Welche Zimmernummer?

Afra! protestierte sie.

Wir müssen wissen, wie Amr damit klarkommt, sagte er, bevor er den telepathischen Kontakt verstärkte. *Gollee, wir haben einen Notfall.* Eine gedämpfte Antwort war zu hören. Afra zog ein Gesicht. *Ich brauche dich, um nach einem T9 namens Amr Tusel zu sehen. Er ist drüben im Excelsior.* Afra machte eine Pause und sah mit ausdruckslosem Gesicht auf Damia hinunter. *Ich schätze, er ist völlig ausgebrannt.*

Gollee Gren war sofort hellwach. *Ich kümmere mich darum, Afra.*

»Ausgebrannt?« wiederholte Damia laut. »Afra, es ging ihm gut!«

»Ging's ihm auch noch gut, als du ihn verlassen hast, Damia?« fragte Afra vorsichtig. »Hast du dein Talent verborgen, als ihr euch geliebt habt?«

Damia war völlig niedergeschlagen. »Das hat mir niemand gesagt!«

»Ich schon«, sagte Afra leise und preßte die Lippen aufeinander. »Ich sagte dir, du sollst vorsichtig sein.«

»Ich dachte, du meintest ...« Damia verstummte und begriff endlich, wie schrecklich leichtsinnig sie gewesen war. »Wird er es überstehen? Wird er sich erholen?«

»Möglich«, wich Afra aus. Aber sie legte den Kopf schräg und sah ihn herausfordernd an. »Wahrscheinlich nicht«, gab er zu und erkannte, wie moralisch das klang.

»O Afra!« wimmerte Damia und warf sich ihm in die Arme. *Ich werde nie wieder jemanden lieben!*

»Man sollte niemals ›nie‹ sagen, Damia«, sagte Afra so trocken, wie er konnte. Er hob sie hoch und trug sie rüber zum Sofa. »Sei einfach nie wieder so unvorsichtig.« Er legte sie neben sich aufs Sofa und umschloß ihren Körper mit beiden Armen. »Du darfst lieben, Damia, aber du mußt achtsam sein und auf den anderen aufpassen.«

Nein, ich werde es nie wieder tun, murmelte Damia ernst, während ihre ›Stimme‹ vor Ermattung verebbte. Afra gab keine Antwort und hielt das junge Mädchen einfach nur fest, bis es eingeschlafen war. Dann flüsterte er ihr ganz vorsichtig einen suggestiven Gedanken ein, der ihren Schmerz milderte.

Afra spürte Damias Blick schon, bevor er die Augen aufschlug. Er sah auf sie hinunter, die noch immer an seiner Brust ruhte, und schaute ihr in die tiefblauen Augen. Er gönnte ihr ein mildes Lächeln. »Schätze, du hast einen ganz schönen Muskelkater.«

Damia schnaubte. »Weil ich so geschlafen habe, oder wegen der Sache vorher?«

»Beides.«

Damia sah ihn eine ganze Zeit an, dann gab sie zu: »Das hättest du sein können ...«

Afra brachte sie zum Schweigen, indem er ihr einen Finger an die Lippen legte. »Nicht ...«

Sie betrachtete seinen Finger kritisch, tauchte dann weg, um ihn zu küssen, und lächelte zu Afra empor. Das Lächeln verblaßte. »Hast du etwas von Amr gehört?«

Afra nickte ernst. »Er ruht sich jetzt aus, im Krankenhaus.« Er sah auf sie hinunter. »Ich bringe dir bei, wie man sich beherrscht.«

Damia biß sich auf die Lippe. »Hätte ich dir das auch angetan, wenn wir ...«

Afra schüttelte den Kopf. »Haben wir aber nicht, Damia.«

»Es hätte auch dich treffen können!« Das Eingeständnis fiel ihr schwer. Sie schmiegte sich an seine Brust. »O Afra, liebst du mich denn nicht?«

Afra streichelte ihr zärtlich über den Kopf.

»Ich wollte es, weißt du«, fuhr Damia mit der unerbittlichen Naivität der Jugend fort. »Ich hab's versucht ...«

»Ich weiß«, tröstete Afra sie.

Sie hob gegen den Widerstand seiner Hand den Kopf, um ihm in die Augen zu sehen. »Du wußtest es? Und du hast nicht … Und ich … und Amr?« stotterte sie und wurde immer wütender.

Wieder legte Afra ihr einen Finger auf die Lippen, aber Damia packte ihn mit den Zähnen und biß fest zu. Sie ließ den Blick nicht von ihm ab, als sie immer fester zubiß, aber an Afras Gesichtsausdruck änderte sich nichts. Als sie salziges Blut im Mund schmeckte, ließ sie von dem Finger ab.

Afra untersuchte ungerührt die blutigen Bißspuren.

»Ich bin richtig froh, daß es weh getan hat!« sagte Damia, hitzig vor Wut, Verlegenheit und Schuldgefühlen.

Afra warf ihr einen flüchtigen Blick zu. »Das ist es nicht, was weh tut, Damia.«

Sie befreite sich ungestüm aus seiner Umarmung, lief ins Bad, zog eines seiner langen Hemden über, packte eine Erste-Hilfe-Box und warf sie auf dem Weg nach draußen in seine Richtung. »Hier! Das ist für deine Hand. Für dein Herz kann ich nichts tun.«

Die automatische Tür ließ sich nicht zuwerfen, aber Damia erzielte eine ähnliche Wirkung, indem sie mit voller Wucht dagegen trat.

»Ich muß mal mit dir reden, junge Dame!« Die angespannte Stimme Gollee Grens erschreckte Damia so sehr, daß sie einen Satz machte.

»Gollee! Was machst du hier?« fragte sie und blickte durch das Foyer der Kallisto-Station. »Vater ist gar nicht …« Dann fiel es ihr ein. »Amr?«

»Ihm geht's gut.« Gren verfolgte das Thema nicht weiter. Er packte sie am Arm, zog sie in eine Nische und setzte sich neben sie. »Was denkst du dir eigentlich dabei?«

»Wovon redest du?«

Gren fluchte. »Nach allem, was er für dich getan hat.

Er hat deine ›Tricks‹ gedeckt, auf dich aufgepaßt, für dich gelogen, und du … du bist nicht einmal deinen Namen wert!«

»Wer?« schrie Damia fassungslos.

»Wer?« Gren schnaubte. »Tu doch nicht so! Was geht nur in deinem Kopf vor? Begreifst du denn gar nichts?« Er schüttelte den Kopf in einem vergeblichen Versuch, seine Wut abzuschütteln. Es funktionierte nicht. Er atmete schwer aus. »Ich habe von den Ärzten die Aufnahmen bekommen.« Er nickte, um seine Ausführungen zu unterstreichen. »Er sagte, daß ihn einer der Waschbären gebissen habe, aber ich kenne diese Wunden. Selbst wenn du ihm die Hand abzubeißen versuchst, schützt er dich noch!«

»Afra?« rief Damia aus. »Er weiß nicht einmal, daß ich existiere! Dieser kaltblütige, grünhäutige, gelbäugige …« Sie suchte nach weiteren Attributen, aber ihr fielen keine ein. »… Capellaner!«

»Denkst du überhaupt an irgend jemand anderen außer an dich selbst?« schnauzte Gren. »Damia, Damia, arme Damia!« Er sah sie mit zusammengekniffenen Augen abschätzig an. »Und was ist mit Afra? Was meinst du, wie er sich fühlt, wenn die Tochter seines besten Freundes sich an ihn heranmacht? Weißt du nicht, was du da angerichtet hast?«

»Er hat mich zurückgewiesen!« erklärte Damia, wobei sie sich fragte, wie Gren von dem Vorfall erfahren haben konnte und über sich selber staunte, daß sie mit einer so unangenehmen Episode herausplatzte.

»Es war doch ganz offensichtlich, was du wolltest! Er hatte keine andere Wahl, selbst wenn er gewollt hätte!« sagte Gren hitzig. »Aber darum geht's gar nicht. Ihn dafür zu bestrafen, daß du nicht ans Ziel gekommen bist, und einen armen Jungen …«

»Das ist nicht wahr!« schrie Damia aus voller Lunge, und Tränen der Empörung rollten ihr über die Wangen.

»Nicht?« fragte Gren ruhig. »Denk besser gut nach, bevor du antwortest, Damia Gwyn-Raven. Und wenn du damit fertig bist, gehst du zu ihm und bittest ihn ganz höflich, dir Selbstbeherrschung beizubringen.«

»Das mache ich nicht! Niemals!« Sie war so außer sich, daß sie flüsterte, sichtlich zitterte, um sich zu verbeißen, was sie ihrem Ankläger gern angetan hätte, antun konnte.

»Deine Eltern wissen nichts von dieser Nacht oder von Amr«, sagte er ebenso gedämpft wie intensiv. »Noch nicht.« Er stand auf und wandte sich ihr, bevor er ging, noch einmal zu. »Also, entschuldige dich bei ihm, und er bringt dir bei, wie man sich beherrscht.«

»Sonst tust du was?« spöttelte Damia.

Gren betrachtete sie kritisch von Kopf bis Fuß. »Ich werd's deinem Vater nicht erzählen.« Mit diesen Worten stapfte er davon und ließ Damia rätseln, warum dieses Versprechen so finster geklungen hatte.

»Larak!« rief Damia fröhlich und lief los, um ihren Bruder in die Arme zu schließen. »Was machst du denn hier?«

»Afra hat mich holen lassen«, erklärte Larak und umarmte sie glücklich. Er schüttelte den Kopf. »Ich habe nicht gewußt, daß Mutter und Vater seinen Rat so ernst genommen haben.«

»Deine Stimme!« staunte Damia, als sie den Unterschied zum letzten Jahr bemerkte. »Du bist groß geworden.«

»Ich bin kein kleiner Junge mehr, Damia«, erwiderte Larak, dessen Stimme mit Einsetzen der Pubertät nun tiefer klang. »Ich bin in sieben Monaten neun Zentimeter gewachsen! Bald habe ich dich eingeholt!«

Damia lachte. »Und überholt, da bin ich mir ganz sicher!« Sie schürzte die Lippen. »Warum hat Afra dich holen lassen?«

»Hat er's dir nicht gesagt?«

»Wir vertrauen uns im Moment nicht viel an.« Damias Antwort klang schroff und schloß weitere Nachfragen aus.

Larak ignorierte die unausgesprochene Warnung. Er prustete verblüfft. »Das ist ja ganz was Neues. Ich dachte, Afra sei ein ganz besonderer Freund für dich.«

»Über solche kindliche Abhängigkeit bin ich hinausgewachsen.«

Larak musterte sie mit einem neugierigen Blick, der in etwas anderes umschlug. »Wenn du nicht meine Schwester wärst, würde ich mich mit dir verabreden! Ich bin nicht als einziger groß geworden!«

Damia schüttelte den Kopf. »Danke. Aber im Moment bin ich nicht sonderlich an Verabredungen interessiert.«

»Die armen Männer!« rief Larak. Er wuchtete sich den Gepäcksack über die Schulter. »Na gut, dann geh mal voran. Ich verhungere noch!«

Damia grinste. »Also, in *dieser* Hinsicht hast du dich nicht verändert!«

Brian Ackerman holte sie in der Kantine ein. Larak begrüßte ihn freundlich, indem er mit einer Gabel winkte, und zermalmte zwischen den Kiefern einen übergroßen Bissen.

Ackerman schüttelte den Kopf über die Veränderungen, die der junge Mann durchgemacht hatte. »Ich hätte dich fast nicht erkannt!«

»Nicht einmal mit dem typischen Raven-Gesicht? Jetzt bin ich aber beleidigt!« Larak hatte dieselbe entgegenkommende, kameradschaftliche Art wie sein Vater. Brian rief sich zu seinem eigenen Erstaunen ins Gedächtnis, daß er Jeff Raven jetzt schon seit über zwanzig Jahren und Rowan sogar schon etwas länger kannte. Mit fünfundsiebzig Jahren machten Ackerman seine morgendlichen Übungen allmählich zu schaffen, aber abgesehen davon und daß er ganz grau wurde, fühlte er sich immer noch wie derselbe Mann, der vor so vielen Jahren Jeff Raven kennengelernt hatte. Und wie derselbe, der vor Verzweiflung bei Peter Reidinger seinen Rücktritt eingereicht hatte, weil er mit der jungen Rowan nicht fertig wurde. Beim Gedanken an Rowan warf er einen flüchtigen Blick auf Damia. Ihre Züge waren eine zarte Verschmelzung der besten Eigenschaften Rowans auf der einen und der Ravens auf der anderen Seite, auch wenn sie, was die Stimmungen, das Temperament und die Gefühle anging, mehr nach ihrer Mutter geraten war. Ja, ganz wie ihre Mutter, überlegte Ackerman, nur sehr viel stärker. Er fragte sich, ob Rowan sich des psychischen Potentials ihrer Tochter überhaupt bewußt war. Er hatte so seine Bedenken, aber Jeff hatte seine Ratschläge zu diesem Thema taktvoll für sich behalten.

»Was führt dich her?« fragte Damia mit einem unausgesprochenen Vorwurf in der Stimme.

»Ich vergebe neue Posten in der Station«, erwiderte Ackerman.

»Neue Posten?« fragte Larak verdutzt. »Sind wir dafür nicht ein bißchen jung?«

»Das hat euch doch bisher auch von nichts abgehalten!« meinte Ackerman und lächelte. Er nickte dem Jüngsten zu. »Ich habe deine Transkripte gelesen, Larak. Du wirst noch mal ein großer Stellver!«

»Stellver?« Larak war verwirrt, Damia verblüfft.

Ackerman nickte sie an. »So hat deine Schwester das früher genannt. Eine Abkürzung für Stellvertreter. Sie konnte das Wort damals nur nicht richtig aussprechen.« Er machte eine Pause. »Afra hat's wohl gefallen, denn er hat es seitdem immer wieder benutzt, und so ist es hängengeblieben.«

Larak warf einen liebevollen Blick auf seine Schwester, aber Damia wirkte, als habe die Erzählung sie beleidigt. »Also, worum geht's?« fragte er und ignorierte den Gesichtsausdruck seiner Schwester.

»Es geht nach Atair«, erwiderte Ackerman und zwinkerte Damia zu. »Du sollst dort die nächsten sechs Monate mit Torshan und Saggoner arbeiten. Ich glaube, der Erdprimus hat mit dir dasselbe vor, was Reidinger mit ihm gemacht hat – er schickt dich nacheinander in eine Reihe von Towern, damit du deine Erfahrungen sammeln kannst.«

»Gren hat dich darauf gebracht, was?« fragte Damia, und ihre Augen versprühten blaue Funken.

Ackerman schreckte vor dem verbalen Angriff verwirrt zurück. »Häh?«

»Wer hat diese ›neuen Posten‹ ausgeheckt?« wollte sie wissen.

»Das Hauptquartier auf der Erde, wer sonst?« erwiderte Ackerman und erinnerte sich lebhaft, wie unwirsch Rowan reagieren konnte, wenn ihr etwas nicht in den Kram paßte. Was ist denn los? fragte er sich. »Du hast hier gute Arbeit geleistet, Damia. Aber es wird Zeit, daß du eine neue Herausforderung in Angriff nimmst.« Er zuckte etwas zusammen, weil sie ihre Wut nicht zügeln konnte.

»Wann?« Sie sprach die Frage in einem trockenen Ton aus, doch beide Männer konnten die Anspannung in ihr spüren.

Ackerman blinzelte. »Ich schätze, du kannst gehen, sobald du willst, Damia, aber es ist kein genaues Datum festgelegt worden.«

»Tja, ich schätze, ich sollte dankbar sein, daß ich noch Zeit zum Packen habe«, sagte sie mit bitterer Stimme.

»Nun ja, du bist doch gerade erst eingetroffen, nicht wahr, Larak?« versuchte Brian sich rauszureden. Die Situation erinnerte ihn an die vielen Male, als Rowan bei mieser Laune gewesen war und niemand wußte warum.

»Ja, stimmt«, ging Larak auf Brians offenkundiges Ablenkungsmanöver ein. »Ich habe noch nicht einmal meine Mutter gesehen. Und dann habe ich zufällig Damia getroffen, und sie meinte, daß ich vielleicht hungrig bin.« Laraks unbefangenes Grinsen steckte Brian an. »Kriege ich auch einen neuen Posten?«

Brian kramte durch die Unterlagen. »Ja, du auch«, dabei zog er das entsprechende Papier heraus. »Du bleibst sechs Monate hier und arbeitest mit Afra ...«

»Ach, deshalb mußte er mich erst loswerden?« fragte Damia mürrisch.

»Afra hat mit den Versetzungen überhaupt nichts zu tun«, erklärte Brian, der ihre Einstellung unerklärlich fand. Als kleines Kind war sie Afra noch wie einer seiner Waschbären gefolgt. Ackerman schüttelte den Kopf. »Er weiß weder, wann jemand noch wer wohin versetzt wird. Ich glaube auch nicht, daß es ihm sonderlich gefallen wird.« Ackerman warf einen Blick auf seine Armbanduhr und stand auf. »Ich werde diese Neuigkeiten jetzt besser offiziell bekanntmachen, Kinder. Sehen wir uns später noch?«

»Na klar!« rief Larak.

Afra hatte die Neuigkeiten an diesem Abend erfahren und war alles andere als erfreut. Als er Gollee Gren in Luces Restaurant traf, kam er gleich zur Sache. »Was soll das, Damia nach Atair zu schicken?«

»Sie braucht die Erfahrung«, sagte Gollee schlicht und schickte mit einem Wink einen Kellner weg. »Bitte richten Sie Luce aus, daß Afra hier ist.«

Der Kellner wirkte skeptisch. »Afra?« Er sah den Capellaner an, der höflich nickte.

»Afra vom Kallisto-Tower«, verbesserte Gren. »Luce weiß schon, was zu tun ist.«

»Unser Chef Luciano ist ein vielbeschäftigter Mann ...«

»... der außer sich sein wird, wenn ich es ihm selbst sagen muß.« Gollee wischte sich die Serviette vom Schoß und wollte aufstehen.

»Ich richte es ihm aus.« Der Kellner hastete davon.

»Ein neuer.« Gren runzelte die Stirn. »Er wird's noch lernen.«

Afra schüttelte den Kopf. »Ich war in letzter Zeit nicht oft hier.«

»Was du nicht sagst!« Gollee lachte höhnisch.

»Erzähl mir von Atair.«

»Sie braucht noch viel mehr Erfahrung, bevor sie ihren eigenen Tower leiten kann«, sagte Gren und machte eine Pause, damit Afra begriff, was er da eigentlich sagte.

»Ein *neuer* Tower? Wo?« Während sich immer mehr Sonnensysteme der Neun-Sterne-Liga anschlossen – die inzwischen aus weit mehr als neun Sternen bestand – wuchs der Druck auf VT&T, neue Anlagen einzurichten.

»Aurigae.« Dabei zog Gollee ein Gesicht. »Dort kommen Erze vor, die in alle Systeme exportiert werden können. Sie haben sich bereits Kapital für ein Kapselkontingent erarbeitet. Gestern haben sie einen T1 beantragt. Aber Jeff will sie nicht überfordern, bis er sicher ist, daß sie eine solche Verantwortung tragen kann.«

»Die Fähigkeiten dazu hat sie.«

»Aber nicht die Selbstbeherrschung«, sagte Gren, und das Mißfallen verfinsterte seinen Blick. Afra wölbte eine Augenbraue, und er zuckte die Achseln und gab dann mit einem Seufzer zu: »Es hat auch mit diesem Zwischenfall zu tun ...«

»Jeff hat davon erfahren, ja?«

»Von mir keine Silbe«, versicherte Gren. »Und auch von keinem anderen. Amr erhält eine Therapie, und seine Aussichten sind ziemlich gut, aber er wird es nie zum Stationsmeister bringen. Außerdem hat er keine Ahnung, wer sie wirklich ist. Und als Jeff überlegte, wohin er sie schicken sollte, da habe ich, muß ich gestehen, den Posten auf Atair vorgeschlagen, mit einer Perspektive in Richtung Aurigae. Das ist besser, als wenn sie im Blundell-Bau arbeitet.«

»Hm, ja, sie hat sich sechs Monate lang mit dem Jungen getroffen. Sie waren viel tanzen. Es könnte sich jemand an ihr Gesicht erinnern, wenn sie ständig auf der Erde zu tun hat.«

»Außerdem glaube ich, daß es ihr guttun wird, mit Torshan und Saggoner zu arbeiten. Jeff ist objektiv, Rowan aber nicht.«

Afra schürzte die Lippen und nickte. »Ja, das ist auch ein Faktor. Damia ist immer Rowans wunder Punkt gewesen. Während Damias Lehrzeit ist es im Tower manchmal ziemlich hitzig zugegangen. Ich weiß nicht, wieviel davon an ihren konträren Persönlichkeiten lag. Und sie wird noch lernen, sich besser zu beherrschen.«

»Oh, ganz bestimmt. Nach ihrem Dienst auf Atair soll sie nach Capella geschickt werden.« Gollee lächelte schelmisch. »Da wird sie's lernen.«

»Sei nicht so streng mit dem Kind, Gollee. Sie ist erst sechzehn, und wenn einen die Leidenschaft packt, fällt es jedem von uns schwer, sich zu beherrschen.«

»Aber wir können es doch auch!« protestierte Gren.

Afra pflichtete mit einem Nicken bei und fügte hinzu: »Aber wir sind keine sechzehn mehr.« Dann wechselte er absichtlich das Thema. »Wie geht's Tanya? Und den Kindern?«

»Den Kindern geht's prächtig!« erwiderte Gollee prompt.

»Und Tanya?«

Gren lächelte. Das hatte er von Afra hören wollen. »Ihr geht's noch besser.«

»Deine Tochter, wie alt ist sie jetzt … zwölf?«

Gren stöhnte. »Dreizehn – und schon eine Plage für die Jungs.« Er seufzte nachdenklich. »Ich habe mich ausgiebig mit ihr unterhalten, nachdem …«

»Gute Idee«, pflichtete Afra rasch bei.

»Ich kann mir einfach nicht vorstellen, wie es Rowan versäumen konnte …«, begann Gren zu protestieren.

»Ich glaube nicht, daß es so war. Ich nehme an, Damia hat einfach nicht auf sie gehört«, unterbrach Afra. »Cera hatte keine Probleme damit.«

»Cera hat sich voll unter Kontrolle«, bemerkte Gren. »Welche Probleme hätte es mit ihr geben sollen?«

»Rowan erwähnte, daß Cera jemand passenden gefunden hat. Einen netten Burschen, sagt sie, ein T3.«

»Jeff Ravens eigene Bevölkerungsexplosion. Du hast doch ein Auge auf sie alle, ja?« sagte Gollee amüsiert. »Aber auf Damia mehr als auf alle anderen.«

Afra zuckte die Achseln. »Sie ist ganz wie Rowan, daher kommt es.« Afra kniff die Augenbrauen zusammen. »Aber Aurigae? Einen solchen Tower zu leiten, ist ein harter Job.«

»Wer weiß? Vielleicht hat Damia einen Seelenverwandten gefunden, bevor sie nach Aurigae geht«, bemerkte Gollee hoffnungsvoll.

Das Essen wurde gebracht, begleitet von einem Luciano, der ganz aus dem Häuschen war, und das Thema Damia und Aurigae kam nicht wieder auf den Tisch.

Kapitel Sieben

Iota Aurigae stand zu Damias Linken strahlend hell im Zenit und brachte ihre Personenkapsel zum Glitzern. Capellas Licht vom rechten Nadir her war von einem pulsierenden Blauweiß. Sie badete auch im Licht der Milchstraße, doch das einzige Geräusch war ihr eigener Atem, als sie ihrem Geist erlaubte, sich ganz der seelenlosen Leere des tiefen Weltraums zu öffnen.

Es war, als könne sie spüren, wie zerebrale Muskeln sich einzeln entspannten, ausdehnten, als ihr langer, schlanker Körper nach und nach erschlaffte. Sie genoß diese Augenblicke völliger mentaler Loslösung von der Belastung im Aurigae-Tower. Aber sie hatte während dieser Ausflüge eine wichtigere Aufgabe zu erfüllen, als sich selbst geistige Entspannung zu verschaffen; sie mußte darauf achten, daß sich keine unwillkommenen Besucher aus den Tiefen des Weltraums jenseits von Iota Aurigae näherten, der von der Erde am weitesten entfernten menschlichen Kolonie.

Irgendwann würden der Liga genügend automatische Wachposten zur Verfügung stehen, um die Heliopause jedes Systems der Neun-Sterne-Liga zu besetzen. Das effektive Warnsystem, das Fachleute der Flotte und kommerzielle Techniker in gemeinsamer Anstrengung entwickelt hatten, war teuer und zeitraubend herzustellen und beinahe ebenso schwierig zu installieren, denn jedes Netzwerk mußte eigens an das Sonnensystem angepaßt werden, das es beschützen sollte. Da die Käfer-Aliens zweimal versucht hatten, in den denebischen Raum einzudringen, waren in diesem Sonnensystem die ersten Wachposten installiert worden. Ungeachtet der Tatsache, daß das Heimatsystem bereits mit Schwärmen hochentwickelter Sensoren und Abhöranlagen um jeden der inneren Planeten und einem gewaltigen Abhörmechanismus auf Neptun ausgestattet war, erhielt Terra das zweite System.

Im Laufe der nächsten fünfzehn Jahre kam es häufig zu politischen Intrigen, Streiks, Ultimaten und Machtgeplänkel nervöser Administratoren in den anderen Systemen – Atair, Capella, Beteigeuze und Prokyon; jeder Stern war entschlossen, über dieselben Sicherheitsvorkehrungen gegen Alieninvasionen zu verfügen. Als die jüngste und am wenigsten bevölkerte Kolonie hing Iota Aurigae ganz von Damias wöchentlichen Aufklärungen ab.

Was sowohl den Aurigaenern wie Damia sehr entgegen kam. Vielleicht war das der Grund, warum ihr der unabhängige, unbekümmerte Geist der Aurigaener so gut gefiel. Sie scherten sich einen Dreck um ihren ›gefährlich‹ ungeschützten Status. Sie verließen sich in arroganter Selbstgewißheit auf ihre eigenen Ressourcen, und außerdem, befand sich Deneb nicht, von Aurigae aus gesehen, am anderen Ende der Galaxis? Die meisten der energischen, schwer arbeitenden Kolonisten hatten überhaupt nicht die Zeit, um sich über etwas Gedanken zu machen, das passieren *könnte.*

Außerdem war in nahezu zwanzig Jahren die Erinnerung an den Überfall auf Deneb von einer lebendigen Erinnerung zu einer Geschichte verblaßt, mit der man Kinder erschreckte. Damia fragte sich oft, wie viele Menschen – mit Ausnahme aller Denebier – sich noch daran erinnerten, wie knapp die Neun-Sterne-Liga einer vernichtenden Niederlage gegen die Stockrasse entgangen war. Natürlich war während ihrer Kindheit auf Deneb diese Lektion hin und wieder erneuert worden. Und in regelmäßigen Abständen erregte das Thema eines wirkungsvollen Warnsystems die Flotte, die Seniorsenatoren der Neun-Sterne-Liga – aller Spezies – und alle Mitglieder der Vereinten Telepathen & Telekineten.

So sehr Damia die kühne und ungeschlachte Art der Aurigaener mochte, so sehr bot ihr der vollkommene Friede des tiefen Weltraums einen willkommenen Ausgleich zu den anhaltenden Belastungen ihrer Position als VT&T-Prima. Während Aurigae zunehmend mehr landwirtschaftliche Produkte und sogar benötigte Einzelteile für ihre technischen Anlagen selbst herstellte, mußte Damia immer noch in beträchtlichem Umfang Nahrungsmittel und eine Vielzahl von Einzelteilen heranschaffen, die Aurigae aus Zeit- oder technischen Gründen nicht selbst fertigen konnte. Darüber hinaus mußte sie gewaltige Ladungen roher Erze, Mineralien und seltener Erden verschiffen, die Aurigae so wertvoll und schließlich reich machten; das Kapital floß zum Großteil in die Produktion von Low-pulse-Radarwarnanlagen für andere Sonnensysteme.

Anfangs hatte der Kolonialrat Schwierigkeiten gemacht und Damia nicht akzeptiert, die gerade achtzehn Jahre alt gewesen war, als ihre Eltern sie für fähig befanden, bei VT&T einen verantwortlichen Posten zu bekleiden. Sie hatte sich maßlos über die unausgesprochene Behauptung geärgert, daß sie, eine Gwyn-Raven, Mitglied einer Familie, die bereits vier Primen hervorgebracht hatte, zu unreif sei, um einen Tower zu leiten. Schlimmer noch, in den Gedanken ihres Vaters hatte sie die Spur eines Zweifels aufgefangen, ob sie nicht vielleicht doch zu impulsiv war, um die schwere, ermüdende Arbeit einer Prima zu bewältigen.

Und so hatte Damia sie alle während ihrer dreimonatigen Probezeit im Tower von Aurigae von ihrem Durchhaltevermögen überzeugt. Sie hatte die Towerbesatzung binnen einer Woche durch ihre mentale Energie auf ihren Kurs eingeschworen und gezwungen und nie eine einzige Ladung verloren oder eine einzige Fracht zurückgehen lassen, ganz gleich wie schwer oder sperrig sie war. Daß sie ihr Personal so schnell in den Griff bekommen hatte, bedeutete für Damia einen weiteren kleinen persönlichen Triumph, denn ihre Mutter hatte nahezu fünf Jahre lang Mitarbeiter ausgetauscht, bevor sie zufrieden gewesen war.

Gelegentlich spürte selbst Damias widerstandsfähiger Geist die Belastung und verlangte zeitweise Verschonung von dem unaufhörlichen Gemurmel auf allen telepathischen Frequenzen, das wie ein Ohrensausen durch ihr Hirn hallte. Ironischerweise neigten die Aurigaener dazu, weil sie bisher so gute Arbeit geleistet hatte, sich ganz und gar auf sie zu verlassen, den schnellen und fehlerfreien Dienst, den sie in ihrem Gesamt mit den mächtigen Dynamos vollbrachte, für selbstverständlich zu halten.

Mit einem Fingerschnippen blendete Damia das übermäßig helle Sternenlicht aus und schlug die Augen auf. Das weichere Leuchten der Sterne, funkelnde Lichtpunkte vor dem schwarzen Hintergrund des Raums, flackerte und pulsierte ihr entgegen. Müßig identifizierte sie die vertrauten Muster, die ihre stummen Freunde bildeten. Irgendwie wurden die bedeutungslosen Ärgernisse, die ihr innerlich zu schaffen machten, sanft aufgelöst, als die überwältigende Unpersönlichkeit des kalten Nichts sie in die richtige Perspektive rückte.

Sie konnte sogar ihre gegenwärtig größte Sorge für einen Augenblick verdrängen; konnte vergessen, wie einsam sie war; wie sehr sie Larak um seine liebevolle, hübsche Frau und ihren kleinen Sohn beneidete; ihre Mutter um die Gesellschaft ihres Mannes und ihrer Kinder; Rowan um Afra …

Afra! Welches Recht hatte er, sich einzumischen, sie zu rügen! Seine Worte taten immer noch weh.

»Du wirst zu einer unerträglichen Belastung, wenn du Larak und Jenna ständig auszuspionieren versuchst. Jenna hat sich zu Tode erschreckt, als du ihre Gedanken belauscht hast, während sie in den Wehen lag! Laß die beiden doch einfach in Ruhe!«

Damia mußte zugeben, daß sie sich mit dieser Indiskretion den größten denkbaren Verstoß gegen die guten Sitten geleistet hatte. Aber wie hatte Afra davon erfahren? Jenna hatte selbst nichts davon mitbekommen bis zu dem Sekundenbruchteil, als Damia, so wie seine Mutter, das verzweifelte Geburtswimmern von Jennas Sohn spürte. Vielleicht hatte Larak sie bemerkt, als sie sich aus Jennas Geist zurückzog, und Afra davon berichtet. Sie seufzte. Ja, Larak wäre es nicht entgangen, daß Damia sie belauschte. Obwohl er der einzige T-3 unter ihren Brüdern und Schwestern war, hatte er immer ein besonderes Gespür für ihre mentale Aura bewiesen. Wie oft war es ihr und Larak gelungen, jede andere Kombination von Talenten zu übertreffen, selbst Jeran und Cera, wenn sie sich mit talentierten Cousins und Cousinen gegen sie zusammentaten. Damia hatte den Trick nie zu analysieren versucht, doch irgendwie brachte sie es fertig, mental in einen höheren Gang zu schalten und die geistige Kapazität anderer innerhalb ihrer Reichweite zu verdoppeln.

Damia hatte Afras heftige Schelte als eine ungeheuere Demütigung empfunden; nicht die erste, die sie von ihm hinnehmen mußte. Das schlimmste war nur, daß Afra unzweifelhaft recht gehabt hatte. Nun, besser eine Standpauke von diesem gelbäugigen, grünhäutigen T3-Capellaner als von ihrem Vater in seiner Eigenschaft als Erdprimus. Sie hoffte bloß, daß ihr Vater nichts von diesem eklatanten Verstoß gegen die T-Etikette erfahren hatte.

Seltsam nur, daß sie von Afra seither nicht einmal mehr ein Flüstern gehört hatte. Es war sicher schon über sieben Monate her. Er hatte mitgehört, wie sie sich bei Jenna und Larak entschuldigte, und dann nichts mehr. *So* wütend konnte er doch nicht auf sie sein. Oder vielleicht doch. Aufgrund seiner methodistischen Erziehung war Afra, was Fragen der Etikette anging, mehr als kleinlich.

Damia lenkte ihre Gedanken von Afra ab und widmete sich den einzelnen Schritten einer systematischen Muskelentspannung und mentalen Entleerung. Sie mußte bald wieder im Tower sein. Die Tatsache, daß sie die Aufgaben einer Prima ohne Hilfe höherrangiger Talente als einem einzigen T6 bewältigen konnte, brachte leider auch gewisse Nachteile mit sich. Das Towerpersonal konnte nur routinemäßigen planetaren Verkehr abwickeln, sie selbst mußte aber für alle interstellaren Teleportationen und telepathischen Kontakte ständig zur Verfügung stehen.

Es wäre eine riesige Erleichterung gewesen, ihre Pflichten mit einem T2 oder auch nur mit einem T3 teilen zu können; jemand, der sie verstehen konnte. Nun ja, nicht irgend jemand ... hier draußen im Weltraum kannst du ehrlich zu dir sein, Damia. Einem *Mann*. Nur schreckten alle Männer vor ihr zurück, als litte sie unter einer ansteckenden Krankheit. Und der einzige andere unverheiratete Primus war ihr eigener Bruder Jeran. Wenn sie an Jeran dachte, so konnte sie aus dem blasierten Ton, den er in letzter Zeit anschlug, wenn sie Frachten und Nachrichten zwischen Deneb und Aurigae austauschten, schließen, daß auch er eine Gefährtin gefunden hatte. Wenn die Denebier innehielten, um ihren Geist statt ihrer Muskeln zu benutzen, entdeckten sie in sich starke schlummernde Talente. Das traf zum Beispiel auf ihren Vater Jeff Raven oder, mehr noch, auf ihre Großmutter Isthia zu, die bis nach ihrem vierzigsten Geburtstag gewartet hatte, um von ihrem starken angeborenen Talent Gebrauch zu machen.

Es tröstete Damia wenig, daß ihre Mutter, in einem ihrer seltenen Momente mütterlicher Anteilnahme, sie vor dieser großen weiblichen Einsamkeit gewarnt hatte, die sie aus eigener Erfahrung kannte. Aber schließlich war Jeff Raven aufgetaucht und hatte Rowans Leben bereichert, und immerhin hatte ihr Afra stets zur Seite gestanden ...

Afra! Warum kehrten ihre Gedanken immer wieder zu *ihm* zurück?

Damia bemerkte, daß sie mit den Zähnen knirschte. Sie zwang sich erneut durch die Abfolge von Übungen und legte besonderen Nachdruck auf die Vertreibung aller Gedanken, bis ihr Geist nur noch schwebte. Und während dieses ziellosen Dahintreibens streifte eine andere Aura ihr entwurzeltes Bewußtsein. Vor Schreck – denn aus diesem Raumbereich durfte eigentlich nichts kommen – zog sie ihren Geist wie zu einem tastenden Finger zusammen.

Eine Aura! Die bloße Ahnung der Gegenwart von etwas anderem. Etwas ... Fremdem!

Ein Fremder! Damia sammelte sich wieder. Sie formte die Front ihrer Gedanken zu einem reinen, klaren, fugenlosen Schaft. Sie berührte die Aura. Sie erinnerte sich an ihre Berührung! Wich zurück – kehrte wieder!

Die Aura war unzweifelhaft fremdartiger Natur, doch so schwach, daß sie ihre Existenz angezweifelt hätte, wäre ihr empfindsamer, geschulter Geist bei der Berührung nicht so zusammengefahren.

Ein Gefühl des Triumphs, so heftig wie ein Lustempfinden, ließ ihr Blut in den Ohren pochen. Sie irrte sich nicht. Die Spur war vorhanden. Und es waren keine Käfer!

Sie holte tief Luft und sandte einen messerscharf konzentrierten mentalen Warnruf über die Lichtjahre hinweg nadirwärts zum Tower des Erdprimus im wuchtigen Blundell-Gebäude, in dem das Verwaltungszentrum der Vereinten Telepathen & Telekineten untergebracht war.

Ich habe hier draußen etwas entdeckt, Erdprimus!

Verdammt, Aurigae-Prima, beherrsch dich. Beherrsch dich, Mädchen! erwiderte Jeff und hielt seinen eigenen geistigen Aufruhr in erträglichen Grenzen.

Entschuldige, aber ich habe direkt auf dich gezielt, sagte

Damia ohne echte Reue. Ihr Vater war in der Lage, ihre stärksten Impulse abzulenken.

Den Göttern sei Dank für diese Gnade. Also, was hast du entdeckt? Was genau? Sein Ton klang geschäftsmäßig.

Ich kann nicht viel mehr sagen. Die fremde Aura ist kaum spürbar und kommt aus einer Entfernung von vier Lichtjahren im Nord-Nordosten, Sektor 2 der Galaxis. Ich habe sie einmal sondiert, als ich sie wahrnahm, und sie hat reagiert.

Sie hat reagiert? Und sie ist vier Lichtjahre entfernt? Damia, wo bist du? Jeffs Ton klang mißtrauisch.

Ein Stück außerhalb der Heliopause Aurigaes, erklärte sie und hoffte, daß ihr Vater keine Möglichkeit hatte, sich einen Eindruck zu verschaffen, wie weit sie tatsächlich draußen war. *Ich ruhe mich gerade aus.*

Wie weit bist du denn von deinem Tower entfernt? wollte Jeff wissen, diesmal mehr entrüsteter Vater als Erdprimus.

Nur ein Lichtjahr.

Und du überläßt den Tower der alleinigen Verantwortung eines T6? Ich dachte, wir hätten dir ein bißchen mehr gesunden Menschenverstand beigebracht! Schnapp mal nicht über, Damia. Ich glaube, diese disziplinlosen Abenteurer von Kolonisten üben einen schlechten Einfluß auf dich aus.

Damia lachte. *Und ich dachte, das Gegenteil sei berichtet worden.* Damia wußte genau, daß ihr Vater sicher von ihren Abenteuern mit sorgfältig ausgewählten energischen und chauvinistischen jungen Technikern und Bergleuten gehört hatte. Aber keiner von ihnen war auch nur im geringsten talentiert gewesen, so daß ihre sexuellen Affären ihnen nichts anhaben konnten. Sie hatte Amr Tusel nie vergessen können. Wenn einige ihrer Partner glaubten, daß sie aufgrund ihrer Liaison ihre Frachten anderen vorziehen würde, wurden sie bald eines Besseren belehrt. In ihrem Tower hielt sie sich streng an die Maßgaben von VT&T.

Wenigstens bist du diskret, gab Jeff zu, *aber wechsle nicht das Thema. Ausruhen ist schön und gut, aber das kannst du auch hinter Aurigaes Mondbahnen und nicht ein Lichtjahr weit draußen, wo du vielleicht nicht erreichbar bist.*

Insgeheim mußte Damia eingestehen, daß er damit nicht ganz unrecht hatte. *Mir wäre diese Aura nicht aufgefallen, wenn ich gerade mal die Monde hinter mir gelassen hätte, Vater. Dürfen wir keine Besucher entdecken,* und sie unterstrich ihre Äußerung mit der mentalen Entsprechung eines Grinsens, *bevor sie die Heliopause erreichen?*

Schon gut, schon gut, sagte Jeff, aber Damia wußte, daß sie ihn nicht überzeugt hatte. *Zeig's mir,* fügte er in mißbilligendem Ton hinzu.

Sie erlaubte ihm, seinen Geist mit ihrem zu verschmelzen, und machte ihn auf die fremdartige Spur aufmerksam. Die Aura war spürbar, doch so weit entfernt, daß nur das außerordentliche Wahrnehmungsvermögen zweier kraftvoller Talente sie erfassen konnte.

Ich spüre Vorerwartung, Neugier, Überraschung, erklärte Jeff seiner Tochter nachdenklich, als er sich aus dem engen Radius ihrer gemeinsamen Kräftekonzentration zurückzog. *Und auch Vorsicht. Was immer es sein mag, es nähert sich unserer Galaxie. Verdammt, wenn wir dir wenigstens ein paar Randbereichswachposten für die Zone jenseits von Aurigae zur Verfügung stellen könnten.*

In diesem Fall wäre die Technik nicht von sonderlichem Nutzen, erklärte Damia, der der Gedanke überhaupt nicht gefiel, daß Geräte nützlicher sein sollten als sie.

Das stimmt schon, aber es ist das sicherste Arrangement, wenn Geräte Menschen alarmieren.

Dann habe ich diesen hochgelobten Warnbojen wohl den Rang abgelaufen. Und ich kann sehr viel mehr wahrnehmen, als ihnen möglich wäre. Damia konnte nicht widerstehen, ihren Vater daran zu erinnern.

Nicht immer, ohne dich dabei selbst zu gefährden, Prima, erwiderte Jeff und ließ dabei durch die offizielle seine persönliche Sorge durchscheinen.

Natürlich nicht, erwiderte Damia, die volles Vertrauen

in ihre eigenen Fähigkeiten hatte. *Aber wenn ich mit diesen Besuchern eine Art Kommunikation aufbauen kann, werde ich jemanden brauchen, der meinen Tower übernimmt. Jemanden wie Larak.*

Ich kann Larak nicht sofort entbehren. Er bildet einen T3 aus, der den alten Guzman im Tower von Prokyon unterstützen soll. Der alte Knabe schläft leicht ein, und es ist viel Taktgefühl erforderlich, damit Guz nicht nervös wird oder sich gedemütigt fühlt, was den reibungslosen Betrieb auf Prokyon gefährden könnte.

Ich dachte, du hättest ein Dutzend guter T2er in der Hinterhand, erwiderte Damia, die sich über alles auf dem laufenden hielt, was die Talente anging.

Das stimmt, aber es steht noch kein Team zu Verfügung, das reibungslos genug zusammenarbeitet, um kurzfristig übernehmen zu können. Ich schicke dir Afra. Er ist ohnehin der beste.

Nur weil er mit dem Überfall auf Deneb zu tun hatte? fragte Damia etwas hochnäsig. *Meinst du etwa, nach einer Kindheit auf Deneb kenne ich den Käfergestank nicht?*

Jeff kicherte. *Ja, ich glaube, das hast du auch gelernt.*

Tja, ich würde lieber auf Larak warten, wenn es nur eine Frage von ein paar Wochen ist. Ich glaube, wir haben noch reichlich Zeit, bis das Alienschiff auch nur in die Nähe von Aurigaes Heliopause kommt. Und du weißt, wie es Mutter mißfällt, wenn sie von Afra getrennt wird, fügte Damia hinzu, ohne die Verbitterung ganz aus ihrer Stimme zu tilgen.

Damia! Jeffs Stimme knisterte vor Ärger. *Ich dachte, du bist über diesen kindischen Unsinn hinausgewachsen. Außerdem lasse ich es nicht zu, daß du gegenüber deiner Mutter so respektlos bist, was du dir am wenigsten erlauben kannst.* Er machte eine Pause, um Damia keinen Zweifel an seiner Entrüstung zu lassen, und trotz der gewaltigen Entfernung, die sie physisch trennte, baute sich eine beinahe greifbare Spannung zwischen ihnen auf. *Von Rechts wegen sollte ich dich mit ein paar T2s abspeisen und es dir überlassen, wie du dich mit ihnen zusammenraufst.*

Danke, nein, Vater. Nicht unter den gegenwärtigen Umständen. Damia gab sich keine Mühe, ihre Empörung über dieses Ansinnen zu verbergen.

Unglücklicherweise sind die beiden nützlichsten Talente ein Zwillingspaar, und weil du nie damit zurechtgekommen bist, wie Jeran und Cera miteinander arbeiten, bezweifle ich, daß du mit einem von beiden eine Beziehung aufbauen könntest.

Manchmal glaube ich, Vater, daß du mich nicht magst.

Natürlich mag ich dich, Damia, und es überschwemmte sie eine Welle von Liebe, Zuneigung und Anerkennung, *schließlich bin ich dein Vater. Aber,* und dabei schlug Jeff einen spaßigen Ton an, *als Erdprimus bin ich mir deiner Stärken ebenso bewußt wie deiner Schwächen. Du arbeitest viel effektiver mit T3ern und darunter zusammen. Mir stehen nur leider keine anderen T3er als dein Bruder zur Verfügung.* In der Stimme ihres Vaters schwang eine Spur Wehmut mit, die Damia – ebenso zu ihrer Belustigung wie zu ihrem Verdruß – nur zu gut verstand.

Weißt du, deine dynastischen Pläne werden mit Jeran eher Früchte tragen. Er ist in letzter Zeit ziemlich hochnäsig. Er soll sich bloß mit nichts geringerem als einer T4 zufriedengeben.

Sie grinste bei sich, als ihr Vater bestürzt verstummte.

Du hast doch nicht wieder gelauscht, oder, Damia?

Nachdem Afra mich wegen dieser Sache mit Jenna zusammengestaucht hat? konterte sie diesen Vorwurf gedankenschnell. *Wohl kaum.*

Ach, dann war es also Afra. Deine Mutter hat vermutet, es könnte Isthia gewesen sein. Deine Großmutter hat das seltene Talent, immer zu wissen, wenn einer der ihr Anvertrauten etwas angestellt hat.

Das Schlimme mit Telepathen ist, daß sie manchmal zuviel denken, bemerkte Damia säuerlich, aufs neue erbost durch den Umstand, daß ihre Mutter ebenfalls über den Zwischenfall Bescheid wußte.

Damia! Jeff schlug einen ungewöhnlich strengen Ton

an. *Besser als jeder andere in der Galaxie kann deine Mutter deine Isolation im Tower nachempfinden.*

Hat sie mich deshalb von Isthia großziehen lassen? schnauzte Damia zurück.

Nein, nur damit du in einer sicheren Umgebung heranwachsen konntest, als du einfach zu altklug warst, um die Gefahren des Lebens in den Kuppeln von Kallisto begreifen zu können. Du weißt doch noch, wie Afra dich aus einem Passagierschiff gerettet hat, einen Sekundenbruchteil bevor deine Mutter es nach Atair befördern konnte.

Damia hatte es nicht vergessen, aber sie erinnerte sich nicht gern daran, und es gefiel ihr überhaupt nicht, daß ihr Vater darauf zu sprechen kam.

Außerdem, und sie mußte die Zähne aufeinanderbeißen, als ihr Vater in dieser Richtung weiterbohrte, *würde ich dir gern mal in dein störrisches Köpfchen hämmern, daß* ich *darauf bestanden habe, dich zu deiner Großmutter nach Deneb zu schicken, nicht etwa deine Mutter, und es war Afra, an den du dich wie eine Klette geklammert hast, als es Zeit wurde, in die Kapsel zu steigen.* Gerade jetzt wurde Damia nicht gern an diese Tatsache erinnert, nicht nachdem Afras Schweigen schon sieben Monate andauerte. Ihr Vater seufzte und brach diese allzu vertraute Standpauke abrupt ab. *Du bist deiner Mutter so ähnlich.*

Damia schnaubte. Sie war ihrer Mutter nicht im mindesten ähnlich. Sie hatten überhaupt nichts gemeinsam. Von ihrer schlanken, hoch aufgeschossenen Figur bis zu ihrem schwarzen Haar und den lebhaft blauen Augen war sie in jeder Hinsicht Jeffs Tochter. Gut, Jeran und auch Ezro waren nach Rowan geraten. Aber sie nicht. Natürlich verfügte ihre Mutter über ein außergewöhnlich starkes und vielseitiges psionisches Talent, sonst wäre sie nicht die Prima von Kallisto geworden, aber Damia fühlte sich ebenso stark und konnte als zusätzlichen Vorzug diese katalytische Begabung vorweisen.

Nun, sagte Jeff in einem resignierten Ton, *eines Tages wirst du es noch einsehen, mein Liebling, und ich zumindest werde dann ungeheuer erleichtert sein. Deine Mutter und ich lieben dich sehr, und wir sind verdammt stolz darauf, wie du den Tower von Aurigae im Griff hast. Beruflich habe ich nichts an dir auszusetzen.* Damia sonnte sich im Lob ihres Vaters. Er lobte niemanden leichtfertig. *Ich werde umgehend Afra losschicken,* fügte er hinzu und verdarb ihr damit die Freude. *Ich kann mich auf seine Unparteilichkeit verlassen.* Und zu Damias Erstaunen kicherte ihr Vater.

Sie durchleuchtete seine Gedanken, um den Grund für diese Belustigung herauszufinden, traf aber nur auf Leere, weil ihr Vater sich schon einem anderen Problem zugewandt hatte.

»Unparteilich? Afra?« Der Klang ihrer eigenen Stimme in der kleinen Einpersonenkapsel erschreckte sie.

Was auf Erden sollte das bedeuten? Warum schätzte er Afras Unparteilichkeit höher ein als ihre, wenn es darum ging, die Aura eines Aliens aufzuspüren und einzuschätzen?

Jedenfalls würde Afra nach Aurigae kommen.

Nachdem er den Kontakt mit Damia unterbrochen hatte, wandte Jeff sich nicht gleich anderen Aufgaben zu. Er grübelte über die subtileren Aspekte dieses lebhaften Gesprächs mit seiner Tochter nach. Damias Geist strahlte so hell wie Iota Aurigae und glühte im Moment förmlich vor Erregung über ihre Auseinandersetzung. Ihm behagte ihre Sorglosigkeit nicht, aber in diesem Fall konnte er erleichtert sein, daß sie sich in einer entsprechenden Position befunden hatte, um die Aura zu erfassen.

Seltsam, wie sie sich immer noch darüber aufregen konnte, daß man sie nach Deneb geschickt hatte. Seltsamer noch, wie sie immer noch abstreiten konnte, daß sie sich an Afra geklammert und um ihn, nicht um ihre Mutter geweint hatte. Jeff wußte sehr gut, daß Damia, nachdem sie sich an ihre Großmutter und ihre Cousins und Cousinen gewöhnt hatte, sehr glücklich gewesen war und enorm von Isthias Sonderschule für talentierte Kinder profitiert hatte. Jeff seufzte. Die Entscheidung, Damia nach Deneb zu schicken, war eine der schwersten gewesen, die er je getroffen hatte, in persönlicher und beruflicher Hinsicht. Aber sie hatte früh ihre außerordentlichen mentalen Kräfte entfaltet und jeden in der Station mit ihren Possen und unglaublich gefährlichen Anwendungen der Telekinese erschreckt. Nur Afra hatte merklichen Einfluß auf sie ausüben können, und selbst seine Geduld war nach ihrem Ausflug in der Kapsel erschöpft gewesen.

Unter Isthias ruhigem, unaufgeregt disziplinierendem Einfluß und mit einem riesigen Planeten, auf dem sie sich herumtreiben konnte, und einem Heer von Verwandten, die sie in Schach hielten, hatte Damia gelernt, ihr Talent anzuwenden, ohne es, sich selbst oder irgend jemanden in ihrer unmittelbaren Nähe zu mißbrauchen. Sie entwickelte eine aufrichtige Zuneigung für ihre Großmutter und ließ sich von Isthia gern etwas sagen, während sie jede Anordnung ihrer Eltern, vor allem Rowans, in Frage stellte. Seltsam, daß Damia ihrer Mutter immer noch vorwarf, sie Isthia anvertraut zu haben.

Rowan, rief Jeff zum Tower von Kallisto und spürte, daß seine Frau sich ausruhte, während sich Kallistos Frachtlager mit einem Schwung Kapseln von der Erde füllten.

Sein Geist nahm freudig mit ihrem Kontakt auf, so als hätten sie nicht erst vor wenigen Stunden auf Kallisto gemeinsam gefrühstückt.

Ich habe dir eine Nachricht von äußerster Wichtigkeit zu übermitteln, Liebling. Öffne dich mir.

Damia hat mit einer Alienaura Kontakt aufgenommen? Die flüchtige mütterliche Besorgnis wurde rasch von professioneller Neugier verdrängt, als Rowan sich Jeffs noch ganz frische Beobachtung im Raum jenseits von Aurigae einverleibte. *Natürlich schicken wir Afra hin. Ich könnte mir keinen besseren vorstellen.* Ihr Ton klang leicht ironisch, bis sie den Gedanken auffing, den Jeff loswerden wollte. *Aber wie auf Erden kommt Damia auf den Gedanken, daß du Afra nicht hinschicken kannst, wo er gebraucht wird? Ich begreife das einfach nicht. Na gut, ich verstehe dieses Kind eben nicht. Ich werde ein Paar dieser T2er brauchen, die du ausgebildet hast, bis er zurück ist. Zwillinge, ja? Nun, Mauli und Mick waren ein tolles Gespann, und Jeran und Cera haben mich an die Sprache von Geschwistern gewöhnt.* Mit einem Seufzer fügte sie hinzu: *Ich werde ihn vermissen.*

So wie immer, erwiderte Jeff neckisch, damit Rowan nicht auf die Idee kam, seine Erinnerungen an das zurückliegende Gespräch zu genau nachzuvollziehen. *Wie gut, daß ich diesem gelbäugigen Capellaner so vertraue …*

Jeff Raven, es wurde nie ein unstatthafter Gedanke zwischen Afra und mir ausgetauscht, nicht einmal bevor du von Deneb hergekommen bist …

Jeff lachte, und sie schimpfte ihn empört aus.

Es wird mir sogar eine Erleichterung sein, fuhr sie fort, *wenn ich weiß, daß Afra draußen bei Damia ist. Ich mache mir wirklich Sorgen, daß sie sich in einen von diesen muskulösen Aurigaenern vergucken könnte, mit denen sie herummacht.*

Sich in ihre Privatvergnügen einzumischen, wäre das letzte, was Afra tun würde.

Rowan gab einen übertrieben schweren Seufzer von sich. *Aber diese Privatvergnügen helfen ihr nicht über ihre Einsamkeit hinweg. Manchmal …*

Ich weiß, sagte ihr Mann mitfühlend, dann wurde sein Ton wieder härter. *Sie wäre nun einmal nicht so einsam, wenn sie nicht jeden jungen, hochtalentierten Mann derart verschreckt hätte …*

Sie hat deine Verkuppelei ebenso verabscheut wie ich Reidingers.

Es gibt keine Garantie dafür, daß sie nicht auch noch einen Denebier findet, weißt du, erwiderte Jeff und versuchte dabei so lasziv zu klingen, daß Rowan schockiert zu sein vorgab. *Wann kannst du Afra von deiner Arbeit entbehren?*

Afra? Meine Arbeit? Warte nur, bis du nach Hause kommst. Und sie tat so, als ignoriere sie seine Reaktion auf diese Drohung. *Afra? Jeff benötigt deine Aufmerksamkeit.*

Jeff schmeichelte ihr mit einer Regung aufrichtiger Zuneigung, bevor er Afras Geist nach seinem tasten spürte.

Bist du sicher, daß du nach wie vor nur ein T3 bist? fragte er, weil ihn die starke Bande zu dem Capellaner überraschte.

Ich befinde mich schließlich in dem Gesamt, erwiderte Afra und zuckte über Jeffs Staunen die Achseln. *Was erwartest du nach über zwanzig Jahren, in denen ich den beiden stärksten Talenten im bekannten Weltraum ausgesetzt war? Es ist kein Wunder, daß ich von deinen beiden ein paar Tricks gelernt habe. Nach Rowans Gesichtsausdruck zu urteilen würde ich annehmen, daß ihr eben über Damia gesprochen habt. Was hat sie jetzt schon wieder ausgeheckt?*

Damia war gerade nach Aurigae zurückgekehrt, als sie hörte, wie Rowan dem Tower offiziell die Übersendung einer Personenkapsel ankündigte.

Afra? rief Damia und verfolgte die Aura ihrer Mutter bis nach Kallisto zurück.

Damia! warnte Afra, aber es war zu spät.

Ohne darauf zu warten, daß Rowan die Kapsel nach Aurigae losschickte, zog Damia das Gefährt voller Übermut direkt von Kallisto herüber und ignorierte die fassungslose Empörung ihrer Mutter über ein derart blamables Verhalten.

Damia bereute ihr überstürztes Handeln sofort. Aber Afras Kapsel öffnete sich bereits, und er schwang sich selber heraus. Seine hitzige Entrüstung wäre ihr nicht einmal entgangen, wenn sie bloß eine T15 gewesen wäre. Er stand da und sah auf sie hinunter, auch wenn sie groß genug war, um den meisten Männern auf gleicher Höhe in die Augen sehen zu können, äußerlich so unerschütterlich wie immer. So reserviert und beherrscht wie immer. Änderte sich Afra denn nie? Ließ er niemals seinen Gefühlen freien Lauf? Hatte er überhaupt welche? Eine dumme Frage, denn sie wußte ja, daß er welche hatte – obwohl er sie hauptsächlich an Barkkatzen und Waschbären zu verschenken schien. Sie hätte seinen Transporter wirklich nicht ihrer Mutter wegschnappen dürfen; das war kindisch gewesen, und deshalb wollte sie Afra beweisen, wie gut sie den Tower von Aurigae im Griff hatte, mit einem Minimum an talentiertem Personal und maximaler Effizienz. Sie seufzte, als ihr klar wurde, daß sie Afra damit überhaupt nicht beeindruckt hatte.

Instinktiv reckte sie sich hoch, als wollte sie ihren Größenunterschied minimieren. Dennoch reichte sie Afra nur bis zu den Schultern.

»Du wirst dich bei deiner Mutter entschuldigen, Damia«, sagte Afra mit einer unerwartet volltönenden Stimme, die auf eigenartige Weise seinem mentalen Ton entsprach. »Isthia hat dir bessere Manieren beigebracht, auch wenn wir das nie geschafft haben.«

»Das hast du doch vor kurzem auch versucht, oder?« Die Retourkutsche rutschte ihr heraus, bevor sie sich beherrschen konnte. Warum benahm sie sich in Afras Gegenwart immer wie ein störrisches Kind? Dabei war es nicht einmal sein Fehler.

Er legte den Kopf schräg und betrachtete sie ungerührt. Sie versuchte ihn einmal flüchtig zu sondieren, aber er wehrte es mit Leichtigkeit ab.

»Du hast Jenna unnötigen Belastungen ausgesetzt, Damia. Sie hat sich an mich gewandt, weil sie nicht wollte, daß Jeff von deiner Indiskretion erfährt.«

»Da hat sie sich den Richtigen ausgesucht.« Damia war so erschrocken über ihren giftigen Ton, daß sie eine Hand nach ihm ausstreckte, um sich zu entschuldigen.

Sie konnte spüren, wie er seine mentalen Barrieren aufrichtete, und für einen Augenblick fragte sie sich, ob er ihr verweigern könne, was schließlich den höchsten Grad an Vertraulichkeit zwischen Telepathen darstellte. Aber seine Hand fuhr hoch, um ihre zu umschließen, zart und warm, und ihr dieses tiefe Gefühl kühl-grüner, behaglicher Geborgenheit verlieh, das sich der zugleich physischen wie mentalen Berührung durch ihn verdankte.

Dann verbeugte er sich mit einem schiefen Grinsen, um anzudeuten, daß ihn das Kompliment dieser Berührung schmeichelte, ließ es aber zu, daß ihm eine Erinnerung an sie – als Baby in Windeln – durch den Kopf ging.

Damia zog ein Gesicht und konterte mit Laraks Sohn. Afra stellte sie einfach an die Seite ihres Neffen.

»Na gut«, sagte sie lachend. »Ich benehme mich ja.«

»Es wird Zeit«, sagte er mit einem leutseligen Grinsen. »Jetzt entschuldige dich bei deiner Mutter.«

Damia machte ein langes Gesicht, sendete aber eine entsprechend reumütige Nachricht an Rowan, die ihre Entschuldigung nur mit einer Spur Mißbilligung annahm. Als sie es hinter sich hatte, bemerkte Damia, wie Afra sich umsah. Er hatte Aurigae bisher sicher nur durch ihre und die Augen Keylarions, ihrer T6, gesehen.

Der Tower stand auf einem Gelände jenseits der Peripherie und etwas oberhalb einer ausgedehnten Siedlung, die zu beiden Seiten des Flusses errichtet worden war, der einige Kilometer weiter in Aurigaes Südsee mündete. Eine gerade Straße verband den Tower mit der Stadt, aber jetzt am frühen Abend herrschte wenig Verkehr.

Anders als andere Tower verfügte dieser über keine Personalunterkünfte, denn die meisten Talente zogen Quartiere in der nahegelegenen Stadt vor. Um diese Abendzeit parkten nicht einmal Bodenfahrzeuge um das Stationsgebäude und nur die beiden Einpersonenkapseln im Lagerhof. Die süß duftende Brise, die von der hohen, schneebedeckten Bergkette heranwehte, war etwas feucht, und die Atmosphäre hatte einen hohen Sauerstoffanteil, der ihn belebte. Afra atmete tief durch.

»Du hast hier eine schöne Welt, Damia.«

Sie lächelte zu ihm auf, und ihre blauen Augen glänzten unter den Fransen langer, schwarzer Wimpern.

»Ja, nicht wahr? Jung und fruchtbar. Ich zeig dir, wo ich wohne. Du bist bestimmt gespannt, wie sich die Waschbären an Aurigae gewöhnt haben.« Sie führte ihn von der Landeplattform in ihre Unterkunft.

Ihr Haus, ein freitragendes Gebilde über mehrere Geschosse, kauerte auf dem hohen Plateau über der lärmenden Metropole. Seine zügellos ausgebreitete Originalität strahlte eine Vitalität aus, die der geplanten Ordnung auf der Erde und auf seinem Heimatplaneten Capella fehlte. Afra fand den Anblick anregend.

»Nicht wahr?« pflichtete Damia seinem oberflächlichen Gedanken bei. Dann lenkte sie seine Aufmerksamkeit auf ihre Entdeckung und gab das Erlebnis genauso wieder, wie es ihr zugestoßen war. »Und die Berührung ist anders als alles, was ich je erlebt habe.«

»Du hast doch bestimmt nicht mit etwas Vertrautem gerechnet, oder?« fragte Afra in trockener Belustigung.

»Nur weil sie aus einer anderen Galaxie kommen, muß das nicht bedeuten, daß sie nicht humanoid und dadurch irgendwie vertraut sein können«, erwiderte sie.

»Träumerin ...«

Sie hörten beide ein aufgeregtes Schnattern, als sie die letzte flache Treppenflucht bis zum Haupteingang ihres Quartiers erstiegen. Sie grinste Afra über die Schulter an.

»Sie wissen, daß du hier bist«, sagte sie, als sich gerade ein Wust kleiner haariger Leiber durch eine eigene kleine Tür drückte und in fünf lebhaft gefärbten Einzelwesen zerfiel. Vor Freude quietschend und schnalzend umschwärmten sie Afras lange Beine – und ein Waschbär brachte das Kunststück fertig, von der obersten Stufe direkt an seine Brust zu springen. Mit einem Lachen hielt Afra die wagemutige Crisp fest, damit sie nicht am glatten Stoff seiner Uniform herunterrutschte. In der Zwischenzeit kletterte Arfur auf seine Schulter, schlang seinen gestreiften Hals um Afras Hals, während Merfy gerade auf der anderen Schulter erschien und Priss und Scrap um seinen gebeugten rechten Arm stritten. Marfy war angewidert, sprang auf Damias Schulter und schimpfte aus sicherer Warte ihre Geschwister aus, während sie besitzergreifend den Schwanz um Damias Hals schlang.

»Aurigae hat auch ihre Erziehung zunichte gemacht«, bemerkte Afra, als er seine unruhige Last ins Haus trug. Aber sein Lächeln nahm die Schärfe aus seinen Worten. »Freut mich, daß Crisp und Arfur an Gewicht zugelegt haben, seit ihr Kallisto verlassen habt.«

»Sie schlagen sich oft die Bäuche voll. Es gibt hier viel zu jagen«, sagte Damia.

»Sie suchen sich ihr Fressen selbst?« Afra war ebenso überrascht wie erfreut. Waschbären waren ungemein anpassungsfähig, weshalb sie unter den verschiedensten Bedingungen gut gediehen. Dieser Wurf hier war auf Kallisto geboren worden – unter Damias Bett, wenn Afra sich recht erinnerte. Sie hatten immer Damia gehört, hatten aber viel ihrer überschwenglichen Zuneigung auch für Afra übrig.

»Jeden Tag, oder soll ich eher sagen: jede Nacht? Was sie nicht fressen, lassen sie säuberlich in meiner Badewanne liegen – wo ich die Reste leicht beseitigen kann.« Damia zog ein Gesicht. »Bist du hungrig? Ich habe wahrscheinlich deine normale Schichtabfolge unterbrochen.«

»Oh, mach dir keine Umstände«, sagte er und setzte sich auf das breite, flache Sofa im Wohnbereich, wo er sich den Waschbären widmen konnte, die ihm stürmisch das weiße Fell ihrer Bäuche zum Streicheln entgegenreckten.

»Es macht mir überhaupt keine Umstände«, erwiderte Damia. Mit einem schelmischen Grinsen setzte sie auf telekinetischem Wege mehrere Kochprozeduren auf einmal in Gang, jede für ein Gericht, das Afra besonders gern aß. Einige Minuten lang flogen Küchengeräte, Gewürze und Rohkost, die verarbeitet wurde, durch die Küche.

»Immer eine aufmerksame Gastgeberin«, sagte er und neigte freundlich den Kopf. »Wie schnell nähert sich dieses Alien Aurigae?«

»Moment mal, Afra! Ich weiß nur, daß es da ist! Wie könnte ich seine relative Geschwindigkeit abschätzen? Ich muß erst einen Bezugsrahmen herstellen.«

»Na ja, sonst warst du doch auch nicht so vorsichtig.« Er mußte einem Stück Gemüse ausweichen, das sie wütend auf ihn schleuderte. Er lenkte es geschickt in den Abfallbehälter ab. »Im Ernst, Damia, wie lang wirst du etwa brauchen?«

Von der nüchternen Frage beruhigt, überlegte sie. »In etwa einer Woche müßte ich seine relative Geschwindigkeit ungefähr einschätzen können. Vielleicht schon früher, aber das bezweifle ich.«

Während er zerstreut weiche, seidenartige Waschbärenkörper liebkoste, sah er zu, wie sie das telekinetische Ballett zur Vorbereitung der Speisen beendete, und durfte kosten, was sie da kochte, während sie abschmeckte und letzte feine Zutaten hinzufügte. Wie die meisten T1er hatte sie Spaß an manueller Arbeit und führte ihren Haushalt, ohne sich auf die technischen Hilfsmittel zu verlassen, die in den meisten Haushalten als obligatorisch galten. In sehr kurzer Zeit gelang ihr eine perfekt zubereitete, attraktiv garnierte Mahlzeit, auf die er hin und wieder einen Blick warf, während er kaum bereit schien, seine Hände von den verspielten Klauen und Zähnen der Waschbären zu lösen.

»Nun geht schon, Kinder«, sagte Damia und vertrieb die kleinen Tiere mit entschlossenen Gesten von ihrem willigen Opfer.

Mit erschrockenem Quieken flohen die Waschbären in Verstecke, von wo sie in ihre Richtung starrten und Waschbärenflüche murmelten. Afra warf ihr einen Blick zu und hob zu einem leichten Tadel die Augenbrauen.

»Sie haben sich jetzt genug mit dir ausgetobt«, sagte sie, »aber ich hab mir eine Menge Arbeit gemacht, um dir ein vernünftiges Essen zu servieren, und die Mühe mache ich mir nicht gern umsonst.« Sie nahm mit einem Teller in der Hand ihm gegenüber Platz.

»Du hast dir die Mühe nicht umsonst gemacht«, sagte er und steckte seine Gabel in das knusprige Ingwerhähnchen. »Nicht schlecht.«

Damia sah ihn schief an. »›Nicht schlecht‹?« äffte sie ihn nach. »Kann ich dich denn überhaupt nicht beeindrucken?« fragte sie halb wehmütig, halb bitter.

»Warum willst du das denn jetzt noch?« fragte er leutselig. »Ich habe nie vergessen, wie wir uns kennengelernt haben.« Dabei grinste er.

»Ach, das schon wieder!« Sie wurde immer noch rot, wenn sie jemand daran erinnerte. »Es ist ungerecht, mir das immer wieder vor die Nase zu halten. Ich habe doch kaum gewußt, was ich tat, oder nicht? Ich war gerade mal eine Stunde alt.«

»Meine liebe Damia«, und dabei kicherte er anerkennend, »du warst dir schon immer deiner Wirkung auf ein Publikum bewußt.« Er verneigte sich vor ihr. »Aber widmen wir uns jetzt aktuellen Dingen. Wie kann ich dir helfen? Soll ich die normale Betriebslast des Towers übernehmen, damit du dich der Überwachung widmen kannst?«

»Ich glaube, es wird nicht anders gehen. Als ich von meinem Ausflug zurückgekommen bin, bevor Mutter dich abstellte, hat die Minengesellschaft angekündigt, daß sie neun Drohnen an die Hütte auf einem der äußeren Planeten von Beteigeuze schicken wollen.«

»Neun dürften kein Problem sein, wenn David sie auffängt«, erwiderte Afra.

Damia rollte mit den Augen. »Das sind durchweg schwere Brocken, nicht solche kleinen Interstellardrohnen, mit denen ihr, du und Mutter, herumspielt.«

»Große?« Und Afra betrachtete sie mit einiger Besorgnis. »Und sie erwarten, daß du mit nur einer T6 solche Massen bewältigst?«

Damia grinste über seine Bemerkung zufrieden. »Weißt du, bisher habe ich's immer geschafft«, sagte sie mit einigem Stolz.

»Spielst du immer noch den Turbolader für die Talente anderer Leute?«

»Daran ist nichts Falsches, Afra, wenn es mir hilft, die Betriebslast zu bewältigen, die sie von mir erwarten.«

Afra beugte sich vor und berührte sie mit einem Finger leicht an der Hand. »Es gibt auch so etwas wie halsstarrigen Stolz, Damia. Insbesondere wenn du es riskierst, deine T6 restlos zu überlasten. Hast du darüber nachgedacht?«

»Ja, habe ich, aber Keylarion ist robust. Sie ist nicht besonders geschickt, aber sie legt sich gern ins Zeug, wenn's darauf ankommt.« Damia lachte. »Wir brauchen vielleicht noch ein paar Generatoren, wenn man uns weiter solche dicken Dinger aufbrummt.«

»Der Erdprimus hat ein Recht zu wissen, wenn seine Leute überlastet werden.«

Damia fand es schwierig, dem Blick von Afras gelben Augen auszuweichen. »Ich hätte es schon erwähnt, wenn es bei den schweren Lasten bliebe, Afra. Ich habe mir schon überlegt, auf der verketteten Kapselkonfiguration zu bestehen, die du eingeführt hast, aber es ist eher eine Frage der Masse denn der Abstimmung. Bis ein Dummkopf auf die Idee gekommen ist, uns diese schweren Dinger aufzubürden, haben Keylarion und ich alles bewältigt, was von uns verlangt wurde.«

»Wenigstens bist du inzwischen so vernünftig, um Hilfe zu bitten«, sagte Afra und tadelte sie spielerisch mit ausgestrecktem Zeigefinger. »Ich glaube, ich werde mich dafür aussprechen, daß dir ein T4 zugebilligt wird. Und ... äh ... Damia«, und er hob in einer etwas strengeren Pose den Finger, »ich werde darauf bestehen müssen, wenn ich zu dem Schluß komme, daß der Verkehr es erfordert. Du wirst nicht zugeben müssen, daß du ihn nicht bewältigen kannst.«

»Ich kann ihn aber bewältigen«, sagte sie und riß herausfordernd das Kinn hoch.

»Mag sein, aber nicht, wenn du auch noch den Wachposten spielst. Ich könnte mir vorstellen, daß dein Personal einen kollektiven Seufzer der Erleichterung von sich geben wird, wenn es erfährt, daß du Verstärkung erhältst.«

Während sie den Blick senkte, um das Gemüse auf ihrem Teller kunstvoll neu zu arrangieren, mußte sie eingestehen, daß Afra mit seiner Einschätzung wie üblich recht hatte. Mit einer Fingerspitze berührte er sie am Kinn, und mit sanftem telekinetischen Druck brachte er sie dazu, ihm in die Augen zu sehen. Seine mentale Aura war so voller Mitgefühl und Verständnis, daß sie reumütig lächelte.

»Ich habe kein großes Team«, gestand sie ein und fügte hastig hinzu: »Aber wir arbeiten wirklich gut zusammen. Und ich habe nicht die leiseste Klage über die Betriebslast gehört.«

»Dann hast du eine gute, loyale Mannschaft beisammen, die sich freuen wird, wenn ich im Tower auftauche, um bei schwer beladenen, dickwandigen Projektilen behilflich zu sein. Wenn wir damit fertig sind, kannst du dir in deiner Kapsel gern etwas Ruhe und Erholung gönnen. In Ordnung?«

»Wie immer, Afra.«

Er sah sie unbewegt an. »Läßt du dir so ungern etwas von mir sagen, Damia?«

Sie zerkaute das Gemüse und antwortete ehrlich. »Nein, nicht von dir, Afra. Das war immer schon so. Du änderst dich nicht«, fügte sie etwas säuerlicher hinzu, als sie beabsichtigt hatte.

Er grinste sie an. »Der gute alte Afra. Bei ihm weiß man immer, wo man dran ist.«

Sie rümpfte die Nase über ihn und spürte einen seltsamen Stich des Bedauerns über diese frivole Selbstcharakterisierung. »So alt bist du gar nicht.«

»Nein, eigentlich nicht«, sagte er mehrdeutig und servierte sich selbst eine zweite Portion aus ihren Töpfen und Pfannen.

Das gefiel ihr, und sie fand ihren Appetit wieder. Daß Afra empfohlen hatte, worum sie selbst ungern gebeten hätte, stärkte ihr Selbstvertrauen wieder. Sie war außerordentlich froh, Afra gerade jetzt bei sich zu haben, und nicht bloß um mit ihr Frachten zu verschiffen, die allmählich ihre Kräfte überstiegen, sondern auch, weil sie immer noch die Auswirkung, die die Berührung mit jener fremdartigen Aura auf sie gehabt hatte, zu verarbeiten versuchte. Auch sie fand es aufregend, daß ausgerechnet sie, Damia Gwyn-Raven, einen solchen Erstkontakt herstellen sollte. Fast so, als sei es vorherbestimmt worden – obwohl sie nie diese unreife Form der Neugier umgetrieben hatte, die gelegentlich weniger begabte Talente dazu veranlaßte, sich von Hellsehern Hinweise auf die Zukunft zu erhoffen.

»Weißt du«, begann sie in der Absicht, die Atmosphäre zwischen ihnen restlos zu bereinigen, »du hast mich zu Recht dafür gescholten, daß ich mich in Laraks und Jennas Privatangelegenheiten eingemischt habe. Aber ich wollte unbedingt wissen, wie eine dauerhafte Liebe von der Seele empfunden wird. Damit ich sie wiedererkenne, wenn es bei mir selbst einmal soweit ist. Und ich wollte wissen, wie es ist, wenn man einem Kind das Leben schenkt.«

Afra hob skeptisch eine Augenbraue. »Und ...?«

»Abgesehen von den Schmerzen, glaube ich, lohnt es sich.«

»Du klingst nicht sehr überzeugt.«

Damia legte den Kopf schräg und zeichnete mit dem Zeigefinger ein kompliziertes Muster auf den Tisch.

»Ich nehme an, die persönliche Erfahrung ist intensiver, wie tief man auch in den Geist eines anderen eindringt.«

Die Spur eines Gedankens hinter ihrer Abschirmung, den ihre Beobachtung ausgelöst hatte, ließ in Afra eine böse Ahnung aufkeimen, die er kaum beherrschen konnte. Damia beschnitt unbewußt die Informationen, die ihm zugänglich waren, und was fehlte, hatte etwas mit der Alienaura und ihrer Sehnsucht nach dem Erlebnis der Mutterschaft zu tun. Aber es war eben nur die Spur eines Gedankens, und sie konnte auch nur eine Nanosekunde mit allem Schmerz und Schrecken auf ihn wirken.

»Du bist noch jung, Damia«, sagte er und versuchte dabei heiter zu klingen, »und es ist wirklich wichtig, daß du erst deine Fähigkeiten als Prima konsolidierst, bevor du in einen Loyalitätskonflikt gerätst. Du weißt, wie schwer es deiner Mutter gefallen ist, gleichzeitig den Pflichten einer Prima und einer jungen Mutter nachzukommen.«

Damia warf ihm einen gekränkten Blick zu. »Nicht wieder diese alter Leier«, sagte sie angewidert. »Es ist schon schlimm genug, wenn ich mir das von Mutter oder Isthia anhören muß, also nicht noch von dir. Und warum sind Frauen davon eher betroffen als Männer? Sieh dir Larak an: er hat Jenna, und er ist zweieinhalb Jahre jünger als ich!«

»Auf Cera trifft das nicht zu ...«

»O ja, stimmt. Sie hat jemanden, auch wenn er nicht sonderlich talentiert ist. Oh, wußtest du das etwa noch nicht?« Es freute sie, ihn zu überraschen. Nervös stemmte sie sich in einer blitzartigen Bewegung vom Tisch hoch und erschreckte die Waschbären, die es sich in einem der Clubsessel gemütlich gemacht hatten.

»Cera war immer verschwiegen«, erwiderte Afra.

»Warum haben es Primen eigentlich so schwer, Afra? Wir können viel mehr leisten als ...« Sie brach den Gedanken ab, denn eines der strengsten Gebote ihrer Erziehung besagte, nie mit seinen Fähigkeiten zu prahlen.

»Ein Ausgleich«, sagte Afra in diesem gleichgültigen, gedehnten Ton, den er immer anschlug, wenn Afra sich in einer solchen Stimmung befand. »Es gibt Erfahrungen im Leben, die das Warten wert sind.«

Sie wirbelte herum, sah ihn finster an und sah dabei noch hübscher als sonst aus. »Ich soll also einfach in meinem Tower abwarten? So wie Mutter? Passiv?«

Afra lachte so laut auf, daß Damia ebenso erschrak wie die Waschbären. Er lachte, bis ihm die Augen tränten. »Meine liebe Damia, du hast nun wirklich nichts Passives an dir, oder hast du vergessen, wie du dem jungen Nicoloss den Laufpaß gegeben hast ...«

»Nico! Diese unreife Nervensäge!«

»Er ist ein guter, zuverlässiger T-5, und er ist ein ausgezeichneter Stellvertreter auf Beteigeuze.«

»David konnte ihn sicher gut gebrauchen!« In Damias Augen blitzten blaue Funken der Empörung.

»Weißt du, Mädchen, ich glaube, du brauchst jemanden, der dir zeigt, wo es langgeht ...«

»Der *mir* zeigt, wo es langgeht? Ich zeige *dir* gleich, wo es langgeht ...« Dabei hob sie die Hand.

Weil er Damias Neigung zu theatralischen Auftritten kannte, stellte Afra ihrer gehobenen Hand Crisp in den Weg. Crisp blinzelte und piepste überrascht.

»Ich sehe schon, daß ich mich irre«, sagte Afra, als sie ihre Finger vorsichtig um den Waschbären schloß und ihn sich an die Brust drückte. »Das kannst du schon selber.«

Sie sah ihn düster an, tippte mit den Füßen auf den Boden und preßte die Lippen aufeinander.

Es war ihm in Fleisch und Blut übergegangen, erkannte Afra, mit Damias Launen klarzukommen. Sie waren sicher noch komplizierter geworden, seit sie Interesse für das andere Geschlecht entwickelt hatte – oder besser: durch das Fehlen eines Partners, ob er ihr den Weg weisen könne oder nicht. In solchen Situationen wurde seine Beherrschung auf eine harte Probe gestellt, auch wenn seine Ablenkungsmanöver gewöhnlich funktionierten. Eines Tages würde es ihm vielleicht gelingen, die Haltung eines freundlichen Onkels abzulegen, die er notgedrungen angenommen hatte, und seinen tiefsten Sehnsüchten Ausdruck zu verleihen. Doch seit dem Tag, als Damias beginnende Pubertät ihm drastisch vor Augen geführt hatte, wie viel sie ihm bedeutete, hatte er viel über alle Begleitumstände nachgedacht und eingesehen, daß er nur warten konnte. Es fiel ihm schwer. Ebenso schwer wie Damia, die zusehen mußte, wie andere sich fanden und jene beneidenswert innige Beziehung aufbauten, wie sie nur Telepathen entwickeln konnten und nach der sie selbst sich so sehnte. Ihre überragenden Fähigkeiten und ihre Schönheit schreckten viele eigentlich interessierte Männer ab – Nicoloss war dabei nur der letzte einer langen Reihe. Wenigstens hatte sich die Tragödie um Amr nie wiederholt. Gewöhnlich unterdrückte Damia ihre wollüstigen Launen, aber an diesem Abend spürte Afra eine neue Schwingung von gefährlicher Intensität.

»Ist das der Grund, weshalb du so ungeduldig auf die Ankunft der Aliens wartest?« sagte Afra in einem weichen, gedehnten Ton und versuchte dabei alle Gefühle aus seiner Stimme zu tilgen. »Aufgrund der extrem unwahrscheinlichen Möglichkeit, daß sie biologisch kompatibel sind? Stellst du dir vor, daß aus der Leere ein Seelengefährte auf dich zufliegt?«

Sie riß vor Empörung die Augen auf, und die Hand, die Crisp streichelte, hielt inne.

»Das war deiner unwürdig, Afra«, flüsterte sie heiser.

Das wußte er selbst, aber es war besser, wenn der Gedanke zwischen ihnen ausgesprochen wurde, damit er in ihrer Seele keinen Schaden anrichtete. Er bekundete sein Bedauern, indem er den Kopf sinken ließ.

»Geh besser etwas schlafen, Damia. Wir müssen morgen ein paar dicke Dinger befördern«, sagte er sanft und versetzte ihr einen kleinen mentalen Schubs in Richtung Schlafzimmer.

Sie starrte ihn finster an, litt zwar noch unter seiner spaßig gemeinten Bemerkung, ließ sich aber gern von dem kleinen Anstoß in Bewegung bringen. »Ach, du weißt doch, wie romantisch ich bin, Afra«, sagte sie mit einem trübseligen Grinsen und hievte sich Crisp auf die Schulter, wo der Waschbär sich glücklich an ihren Hals geschmiegt hatte. »Und ich brauche wirklich meinen Schlaf. Der Kontakt hat mich ziemlich beansprucht. Keine Aktion ohne Reaktion, so ist es eben«, fügte sie in einem philosophischen Ton hinzu, aber die Traurigkeit ihres Lächelns berührte ihn in tiefstem Herzen.

Er nickte verständnisvoll und hielt seine Gefühle fest im Zaum. Ein zweites Mal bemerkte Afra die unmißverständliche und unbewußte Unterdrückung eines Gedankens im Mahlstrom ihrer Müdigkeit.

Damia drehte sich um und deutete mit einer schwungvollen Geste auf die anderen Waschbären, und mit freudigem Quieken sprangen sie aus dem Stuhl und flitzten hinter ihr her.

Afra wagte sich nicht zu entspannen, ehe er sicher war, daß Damia fest schlief. In der Zwischenzeit räumte er die Überreste ihrer Mahlzeit weg, stellte den Waschbären Wasser und frisches Trockenfutter hin und sah dann zu, wie der Sonnenuntergang das Plateau in tiefes Orange tauchte, bevor das Licht im Westen verblaßte. Während er über die Nuancen ihres abendlichen Gesprächs nachgrübelte, wartete er ab, bis die erregte Aktivität in Damias Geist auf den gleichmäßigen Puls des Schlafes abflaute. Dann ging er auch zu Bett.

Zu seiner Überraschung und Verblüffung erschienen Crap und Arfur in seinem Zimmer, um sich auf sein

Bett zu setzen, wo sie offenbar auf seine Gesellschaft für die Nacht warteten. Ihre Gegenwart rührte ihn, und er legte sich bald hin und verteilte die obligatorischen Streicheleinheiten, bis sie sich an ihn kuschelten. Welch angenehme Geschöpfe. Zwar nicht das, was er wirklich wollte, aber besser als nichts. Kurz vor dem Einschlafen vergewisserte er sich, daß seine mentale Abschirmung stark genug war, um nichts von seiner Sehnsucht nach Damia durchdringen zu lassen. Er fragte sich, in dieser ehrlichen Phase zwischen Traum und Bewußtsein, ob er noch genug Kraft hatte, um mit einer dritten Generation solcher Frauen fertig zu werden.

Kapitel Acht

Am nächsten Tag wurde Afra von Damia ihrer Towerbesatzung vorgestellt. Keylarion war sichtlich erleichtert, ihn zu sehen, denn er war auf Kallisto ihr Ausbildungsberater gewesen. Wie Damia mit nur sieben Leuten zurechtkam, und außer Keylarion niemand davon auch nur ein T8, konnte sich Afra kaum vorstellen. Doch sie schaffte es; die Verwaltung von Aurigae hatte keinen Grund zur Klage. Allerdings hatten sie in einer so jungen Kolonie kein so großes Pensum zu bewältigen, wie es einer ganzen Anzahl anderer hochrangiger Talente in VT&T zugemutet wurde.

Ihm fiel auf, daß Damia bei den weiblichen und den männlichen Mitgliedern ihrer Besatzung gleichermaßen beliebt war. Der T9-Stationsmeister Herault war völlig vernarrt in sie, was Damia offenbar nicht bemerkte, obwohl Afra es gleich spürte. Aber schließlich kannte er die Symptome selbst gut genug. Afra wunderte sich, daß niemand von ihnen zu bemerken schien, wie Damias katalytische Begabung ihre Leistungskraft weit über ihren gewöhnlichen T-Grad hinaustrieb. Er war erleichtert, daß sie endlich gelernt hatte, diesen Teil ihrer Begabung zu entfalten. Es hatte ihn viel Zeit gekostet, ihr diese Einsicht in den störrischen Schädel zu hämmern.

»Ich habe die Koordinaten für die dicken Dinger bekommen, Damia«, sagte Herault und schüttelte den Kopf. »Und sie haben uns angewiesen, sie wieder bei den Minen abzuholen.«

Damia nickte Herault knapp zu und schürzte vor Verdruß über diese Nachricht die Lippen, während sie zu den Generatorpulten hinübersah, wo Xexo ihre Leistung überwachte.

»In zehn Minuten haben wir wieder volle Energie. Die beiden defekten brauchen dringend wieder eine Wartung, Damia«, sagte der T8-Techniker und schüttelte den Kopf über diese unwillkommene Störung.

»Verflucht noch mal!« machte Damia ihrem Ärger Luft. Afra konnte es ihr kaum vorwerfen. Bei dem, was sie zu teleportieren hatte, brauchte sie die volle Energie von vier Generatoren. »Und sie sind zu schwach, um mich etwas entlasten zu können.«

»Moment mal«, sagte Afra und hob eine Hand. »Ihr müßt die Fracht bei den Minen abholen?«

»Es geht nicht anders«, sagte Damia mit einem Achselzucken und dem Grinsen eines Straßenjungen. »Es stehen keine Landfahrzeuge zur Verfügung, die stark genug sind, um sie auch nur ein Stück weit von den Minen wegzuschaffen.« Sie zeigte mit dem Daumen über die Schulter in Richtung der zerklüfteten Vorberge hinter der Stadt.

»Unsinn«, sagte Filomena, der T9-Expeditor, scharf. »Sie wollen keine Furchen in die neuen Straßen reißen, die sie nicht für so schwere Lasten gebaut haben, wie sie eigentlich gebraucht werden. Dabei befinden wir uns doch schließlich auf einem Bergbauplaneten!«

Afra sah Damia streng an. »Das verstößt gegen die Statuten von VT&T ...«

»Ich weiß«, erwiderte Damia schroff. »Aber«, und dabei seufzte sie, »ich kann versuchen, sie dazu zu zwingen und uns so eine Menge Ärger ersparen – dann hätten wir aber das Problem mit dem Transport ...«

»Und was ist mit der Belastung, der du und dein Personal ausgesetzt sind ...?«

»Afra! *Das ist mein Tower, und ich leite ihn auf meine Weise!«*

Afra atmete tief durch. Es war ungeschickt von ihm, Damia ausgerechnet in ihrem eigenen Tower zu tadeln. Er atmete aus und hob beide Hände, um einzulenken.

»Ich hoffe nur, daß Aurigae euch zu schätzen weiß. Euch alle.«

In diesem Augenblick hörten Damia und Afra, wie die Generatoren zu höchster Leistung aufheulten.

»Nun, Leute, dann bringen wir die Dinger mal auf den Weg, solang wir noch frisch und bei Laune sind. Auf Station Beteigeuze ist auch noch früher Morgen, also wird David keine Schwierigkeiten haben, sie aufzufangen. Afra?« Und sie ging in den Tower voran.

Zu seiner Überraschung stand ein zweiter bequemer Stuhl neben ihrem, einschließlich eines sekundären Pults, Bildschirmen und einem Terminal.

»Danke«, sagte er, als er es sich bequem machte.

»Du verdienst nur das Beste«, erwiderte sie mit ihrer süßesten Stimme, und er unterdrückte den Impuls, ihre Absichten ›auszuhorchen‹. »Die Koordinaten!«

Beide Tower-Monitore zeigten die riesigen Erzkapseln, die die Männer auf dem Minengelände und sogar die schweren Kräne und Förderbänder, mit denen man sie beladen hatte, zwergenhaft klein erscheinen ließen. Unter dem Bild erschienen die Koordinaten für die Absetzung auf Beteigeuzes äußerem Planeten.

Beteigeuze-Tower, hier Aurigae, sagte sie protokollgemäß.

Damia? Morgen, antwortete David von Beteigeuze. *Die Erzhütten hier gieren nach der nächsten Lieferung.*

Du wirst dir wahrscheinlich einen Bruch heben, wenn du sie reinholst, sagte Damia.

Zuviel für dich, Schätzchen? fragte David neckisch. Afra wußte, daß der ältere Primus Damia gern ärgerte.

Nicht für mich, erwiderte sie und sendete die Entsprechung eines breiten und selbstsicheren Grinsens. *Fertig?*

Damia! Afra sendete ihr auf einem stark konzentrierten Kanal eine Warnung, weil er diesen Ton schon von ihrer Mutter kannte.

Nein, Afra. Verdirb mir nicht den Spaß! entgegnete Damia schroff und begann die Last anzuheben. Weil ihr mentaler Ton ihn schon vorgewarnt hatte, war Afra bereit, ihrer Aufmerksamkeit zu den riesigen Drohnen auf dem Minengelände zu folgen, und dabei spürte er, wie er selbst durch die enorme katalytische Wirkung, die sie ausüben konnte, stärker wurde. Ohne Anstrengung teleportierten sie das erste ›dicke Ding‹ an seinen Bestimmungsort.

Was, im Himmel, wollen uns diese Aurigaener eigentlich beweisen? rief David, und beide hörten, welche Strapazen es ihm bereitete, ihre Sendung aufzufangen.

Und ich dachte, deine Vorgesetzten konnten's gar nicht mehr abwarten? Damias Stimme klang glatt und weich vor Zufriedenheit. *Bereit für Nummer zwei?*

Bereit, wenn du es bist. Dabei klang Entschlossenheit in Davids Stimme mit.

Afra wußte von sich selbst, daß er bei der neunten Teleportation allmählich müde wurde, und staunte über die Energie, die Damia ausstrahlte.

Das ist das letzte Mal, daß ich von Aurigae solche riesigen Lasten akzeptiere, sagte David. *Und ich werde mich beim Erdprimus über die Minen beschweren. Ich kann nicht begreifen, warum du darauf verzichtest, Damia. Ich arbeite gern mit dem Management und der Industrie zusammen, aber neun Lasten dieses Kalibers sind eine Strapaze für uns beide. Laß dich nie wieder – ich wiederhole: nie wieder – auf solche Monster ein. Also, ich könnte eine Schlachtflotte leichter bewegen.*

Damias Grinsen, weil sie David nervös gemacht hatte, schlug in ein Stirnrunzeln um, und Afra spürte ihre plötzliche Besorgnis …

Eine beiläufige Bemerkung, und diese Dinger würden genausoviel wiegen. Du hattest deinen Spaß. Belasse es dabei, fuhr Afra sie an. »Hast du keinen Kaffee hier?« fragte er und sah sich um.

Zwei dampfende Tassen und ein Teller Kraftkekse erschienen. Eine der beiden Tassen schwebte auf Afra zu, und der Teller folgte ihr.

»Du bist der Gast«, sagte sie mit einem Achselzucken. »Ich habe nicht genug Personal, um mich strikt ans Protokoll zu halten.«

Nachdem sie sich erfrischt hatten, waren sie bald wieder in der Lage, Frachten zu empfangen oder abzuschicken, von denen allerdings keine das Gewicht oder die Masse des ersten Schubs am Morgen hatte. Damia arbeitete ohne affektiertes Gehabe. Afra nahm erfreut zur Kenntnis, daß er es mit einer Prima zu tun hatte, die ihre Kräfte mühelos beherrschte. Es herrschte eine ausgesprochene Harmonie mit jedem einzelnen Mitglied ihres Personals. Aurigae war für Damia ein mehr als passendes Übungsfeld. Afra fragte sich, ob man sie darüber unterrichtet hatte, daß sie Guzman auf Prokyon ablösen sollte, wenn der alte Primus sich endlich zum Rücktritt überreden ließ. Trotz ihrer Jugend hätte VT&T schließlich auf seiner Pensionierung bestanden, wenn durchgedrungen wäre, wie gebrechlich der Alte schon war, aber Jeff Raven und andere täuschten gemeinsam die Administration. Und sie würden dabei bleiben, solang es nötig war.

Binnen kurzem hatten sie alle eingetroffenen Ladungen in die Lager abgelegt und wickelten den leichten Nachmittagsverkehr ab. Damia, deren Augen schalkhaft glänzten, glitt aus dem anschmiegsamen Stuhl und bedeutete Afra, ihren Platz einzunehmen. Nicht ein halber Schlag vom Puls des aurigaenischen Towers ging verloren, als er an ihrer Stelle in den Brennpunkt des Gesamt-Talents trat. Damia benutzte den Ausgang des Towers, um ihre Kapsel zu erreichen, und informierte Afra über ihr Gehen. Er ließ gerade lang genug von dem Gesamt los, damit sie sich selbst hinausbefördern konnte, bevor er weitermachte. Sie war zu schnell verschwunden, als daß er auch nur den flüchtigsten Kontakt mit ihr aufrechterhalten konnte.

So weit, so gut. In ihrer Abwesenheit würde Afra mit Hilfe des Gesamt mit Jeff kommunizieren können, falls es erforderlich sein sollte. Der Betrieb im Tower ging reibungslos weiter. Es herrschte sogar etwas mehr Verkehr, als Damia vorausgesehen hatte, aber keine ›dikken Dinger‹, auch wenn einige mittelgroße Drohnen mit verhüttetem Material an verschiedene Bestimmungsorte befördert werden mußten. Gelegentlich trafen für den eigenen Bedarf bestimmte Nachschublieferungen ein, aber nichts, womit ein erfahrener T3 nicht fertig werden konnte. Ohne Zweifel aber hatte Generator Nummer zwei seine Mühe, und Afra sorgte sich deswegen. Xexo bastelte und flickte daran herum, wann immer er konnte, aber die Maschine brauchte mehr als Nachjustierung. Glücklicherweise benötigte Damia nicht die volle Leistung der Station, um ihr Kommen und Gehen zu unterstützen, deshalb konnte Xexo das Aggregat bedenkenlos auseinanderbauen, wenn das Tagewerk erledigt war.

Gemessen an intergalaktischen Distanzen näherten sich die Aliens im sprichwörtlichen Schneckentempo; nach interstellaren Maßstäben unglaublich schnell. Das sprach für eine ungemein hochentwickelte technische Zivilisation. Am Abend des achten Tages kehrte Damia von ihrer Suche zurück und platzte mit Neuigkeiten heraus. Sie teleportierte sich aus ihrer Kapsel direkt ins Foyer, wo Afra sich mit den Waschbären amüsierte.

»Ich habe einen individuellen Kontakt hergestellt«, rief sie. »Und was für ein Geist!« Sie war viel zu aufgeregt, um Afras Anflug von Sorge zu bemerken. Er sagte sich, daß er wieder einmal einen von Damias melodramatischen Auftritten erlebte. »Und wie überrascht er gewesen ist«, fuhr sie fort.

Ihren ersten Worten hatte Afra entnommen, daß diese Präsenz männlich war.

»Wirklich?« Er legte aufrichtiges Interesse in seine Antwort. »Ein Primus-Talent?«

»Ich kann seine Fähigkeiten nicht einschätzen. Er ist so ... anders«, erklärte sie, und ihre Augen glänzten

und ihre mentale Aura leuchtete angesichts ihres Erfolgs. »Er verblaßt, und dann ist er wieder da. Die Distanz ist natürlich immer noch enorm, und seine Gedanken kommen nicht sehr scharf umrissen bei mir an. Wir können uns nur abstrakt austauschen.« Sie lachte erschöpft. »Wie von Wissenschaftlern oft angenommen, konnte ich einen Anfang finden, indem ich das Periodensystem der Elemente und die elementarsten Atomstrukturen referierte, um eine Grundlage für unsere Kommunikation zu schaffen.«

»Ein intergalaktisches Raumschiff verfügt doch sicher über eine andere Energiequelle als primitive Atomenergie?«

»Ich bin mir sicher. Um solche Distanzen zu überbrücken …« Dabei warf sich Damia auf das lange Sofa und strich in einer ermatteten Geste ihr Haar zurück, ehe sie ihre Hand schlaff aufs Kissen sinken ließ. »In diesem Stadium der Kontaktaufnahme kann ich mich nicht mit Kleinigkeiten aufhalten.«

»Kleinigkeiten?«

»Nun reg dich nicht auf, Afra«, sagte sie nervös. »Wenn man bedenkt, daß unsere Raumfahrtexperten Antriebe für möglich halten, die dem Fusionsantrieb so weit voraus sind wie die Gemischt-Brennstoffturbinen dem Rad, können wir davon ausgehen, daß sie einen effektiven Antrieb erfunden haben. Immerhin konnte ich einige abstrakte Konzepte übermitteln, die uns beiden verständlich waren. Ich bin erschöpft. Ich habe mich nicht mehr so angestrengt, seit Larak und ich Springball gegen unsere Verwandten spielten. Ich leg mich ein bißchen schlafen, ehe ich Vater unterrichte.«

»Xexo repariert gerade diesen lahmen Generator.«

Damia runzelte die Stirn und tat diese Komplikation mit einem Achselzucken ab. »Noch ein Grund, daß ich erst ein Stündchen schnarchen gehe.«

»Du schnarchst doch gar nicht«, sagte Afra und sah sie spielerisch streng an.

Sie grinste über seine schmeichlerische Bemerkung.

Afra wartete, bis sie in den Schlaf gesunken war. Indem er ethische Bedenken beiseite schob, versuchte er aus ihrer Erinnerung das Erlebnis nachzuvollziehen, drang bis unter die emotionale Ebene vor, nur um von ihrem subjektiven Bild förmlich überwältigt zu werden. Damia schwelgte geradezu in einem emotionalen Hoch! Er gestand ihr zu, daß sie durchaus stolz darauf sein konnte, einen Kontakt gleich welcher Art mit einem Alien hergestellt zu haben, doch er hatte Angst um sie, eine Angst, die tiefer ging als alles, was er je persönlich oder aus zweiter Hand empfunden hatte. Afra zog sich beunruhigt zurück. Crisp und Merfy krochen über ihn und winselten leise, als sie seine Sorge spürten. Er beruhigte sie und schaffte es, seine Vorahnung zu verdrängen.

Er ließ sie auf natürlichem Wege aufwachen und war stolz auf ihre nun ruhige und ausgeglichene Verfassung. Als sie Jeff ›berührte‹, war sie ganz die Prima, die ihm einen durchdachten und professionellen Bericht über den Kontakt erstattete. Keine Spur mehr von der Erregung, die ihre Gedanken gefärbt hatte, als Afra sie sondierte. Als sie den telepathischen Kontakt beendet hatte, richtete Jeff eine private Anfrage an Afra, aber er konnte Damias Bericht nur bestätigen. Er hielt es nicht für sinnvoll, vage Vorahnungen zu erwähnen, kam aber auf die überladenen Drohnen zu sprechen. Jeff hatte von David auf Beteigeuze eine förmliche Beschwerde erhalten, und VT&T würde bei den Bergarbeitern von Aurigae offiziell Protest einlegen.

Am nächsten Tag erledigte Damia zügig die wenigen Lebend-Teleportationen und begab sich wieder auf ihren Erkundungsflug. Und Afra behielt seine Vorahnungen für sich. Sie kehrte so strahlend von der zweiten Kontaktaufnahme zurück, daß Afra seine inneren Regungen förmlich einfrieren mußte.

»Wir machen große Fortschritte bei der Konzeptualisierung«, berichtete sie Afra und tänzelte ausgelassen ins Foyer, wo sie sich mit leuchtenden Augen auf das lange Sofa hinräkelte. Eine lange Strähne, halb aus schwarzem, halb aus weißem Haar fiel ihr über das errötete Gesicht.

»Welcher Art?« fragte er in einem höflich interessierten Ton. Sie war so von ihrer Leistung eingenommen, daß sie seinen ironischen Unterton überhörte.

»Als wir endlich solche Banalitäten wie die Atomgewichte hinter uns hatten, haben wir ...« – dieses Pronomen, für sich genommen ein harmloses Detail, sträubte Afra die Nackenhaare –, »... haben wir uns dem Sonnensystem zugewandt. Seines besteht aus zwölf Planeten und zwei Asteroidengürteln.«

»Welche Art von Planet bewohnt seine Spezies?«

Damia warf ihm einen flüchtigen Blick zu, dann lachte sie verlegen. »Das ist seltsam. Darüber haben wir uns gar nicht verständigt.«

»Und wie hast du seine Fragen nach Aurigae beantwortet?«

Sie war jetzt etwas aufmerksamer und ihr Blickkontakt vorsichtig. Dann grinste sie frech. »Ich habe etwa ebenso viel Details preisgegeben wie er. Ohne allerdings, lieber Af'a« – daß sie den Namen benutzte, mit dem sie ihn als kleines Mädchen angesprochen hatte, zeugte von ihrer Impertinenz –, »mehr als die Anzahl der Planeten, Monde und so weiter zu verraten. Ich bin doch keine Idiotin!« Sie wuchtete sich aus ihrer müßigen Haltung hoch und machte eine Schau daraus, ihr schwarzes Haar zurückzuwerfen.

»Du bist nie eine Idiotin gewesen, Damia«, erwiderte Afra kühl. »Ich will dich auch nicht ausfragen. Heute abend habe ich das Essen gekocht.«

»Wirklich?« Sie stürzte sich mit offenkundiger Erleichterung auf dieses Thema. »Du bist ein besserer Koch als alle anderen Männer, die ich kenne.«

Afra fand, daß sie das eine ›Af'a‹ mit diesem freiwilligen Lob wiedergutgemacht hatte. Eines Tages würden sie beide sich vielleicht als vollwertige Erwachsene gegenüberstehen ... Gnadenlos unterdrückte er den *eros* und stellte die *philia* wieder her. Und machte sich daran, ihr die mit Heißhunger erwartete Mahlzeit zu servieren.

Am dritten Morgen arbeitete Damia im Tower mit solcher Hast, daß Afra sich verpflichtet fühlte, sie zu ermahnen. Sie entschuldigte sich ausgelassen, reagierte aber viel zu nachlässig. Schließlich beförderte sie sich mit Feuereifer zu ihrem Rendezvous in den Weltraum hinaus. Als sie am Abend so müde zurückkehrte, daß sie ins Zimmer taumelte, übernahm Afra das Kommando.

»Ich begleite dich morgen, Damia«, sagte er fest entschlossen.

»Wozu?« Sie starrte ihn aus dem Sofa an, in das sie versunken war. »Ich kenne dieses Zischen und Brennen, das die Käfer hervorrufen. Und Sodan hat nicht die Spur davon an sich.«

»Sodan?«

Die Schärfe in seiner Stimme ließ Damia erröten, aber sie wich dem Blickkontakt mit ihm nicht aus. »So identifiziert er sich. Außerdem habe ich ihn auf die mögliche Existenz anderer empfindungsfähiger Lebensformen aufmerksam gemacht, und er bestritt, welche zu kennen.«

Afra beschloß, diese Auskunft nicht in Frage zu stellen. »Was meinst du mit dem Zischen und Brennen, das die Käfer hervorrufen? Der Angriff auf Deneb hat lange vor deiner Zeugung stattgefunden.«

Sie stand auf und setzte sich an die Theke, wo Afra ihr Abendessen auf Teller servierte. Sie zuckte beiläufig die Achseln. »Als wir Großmutters Hof erforschten, haben wir gelegentlich Bruchstücke von Käfermetall gefunden. Onkel Rhodri hat für den Krempel immer noch nach Gewicht bezahlt.« Sie grinste Afra neckisch an. »Das war ein willkommener Zuschlag auf das mickrige

Taschengeld, das Isthia uns zugestanden hat. Larak und ich haben festgestellt, daß das Käfermetall«, dabei befeuchtete sie sich eine Fingerspitze und erzeugte ein zischendes Geräusch, indem sie damit über die Oberfläche der Theke fuhr, »irgendwie brennt. An Sodan zischt und brennt nichts.« Sie klang ihrer selbst völlig sicher.

Der Gedanke, daß diese Wesenheit einen Namen hatte, beunruhigte Afra noch mehr. Es machte das Alien liebenswert und nahbar. Afra konnte sich auch nicht über die eigentümlich melodische Art hinwegtäuschen, mit der Damia diesen Namen aussprach.

»Das ist ja schon mal was«, sagte Afra gleichgültiger, als er es tatsächlich empfand, und reichte ihr einen Teller. »Das wird den Erdprimus allerdings noch nicht ganz beruhigen. Nimm mich morgen einfach mit. Du wirst mich nicht vorzustellen brauchen. Ich muß nur deinen Eindruck von dieser Aura bestätigen. Ich will auf keinen Fall die Beziehung gefährden, die du bisher zu ihm aufgebaut hast. Er wird es nicht merken, daß ich dabeigewesen bin.« Afra gähnte.

»Warum bist *du* denn müde?«

»Ich habe den ganzen Tag be- und entladen«, sagte er mit einem hämischen Grinsen.

»Wie? Wo?« erkundigte sich Damia entrüstet. »Als ich mich auf den Weg machte, stand nichts Dringendes auf dem Zeitplan.«

»Stimmt, aber in den Minen gab es einen kleinen Unfall, wo der Tower behilflich sein konnte. Dann wurde eine verspätete Ladung von Ersatzteilen von Prokyon angekündigt, und ein Frachter mit verderblichen Gütern und ein Konvoi mit angehenden Kolonisten sind eingetroffen.«

»Zur Hölle mit diesen Idioten! Das haben sie nur gemacht, weil ich nicht da war, Afra! Die Tower müssen sich an ihre Protokolle halten, um Zusammenstöße und Überschneidungen zu vermeiden. Vor allem, wenn Lieferungen für den Eigenbedarf eintreffen. Unangekündigte Sendungen ...« Sie brach ab, denn Afra grinste sie an. Sie gab einen ungestümen Seufzer von sich. »Ich weiß.« Sie vollführte einen nervösen Wink. »Phrasen von Mutters Lippen. Aber ...«

Afra tadelte sie mit ausgestrecktem Zeigefinger. »Du schaffst Präzedenzfälle für den Tower von Aurigae, Damia, indem du dich so kooperativ zeigst, daß Bergleute und Verschiffer meinen, du seist bereit, willens und in der Lage, wann immer Bedarf besteht.«

»Das riecht ja himmlisch«, sagte sie ungekünstelt, als sie einen Happen auf die Gabel spießte.

»Na fein«, sagte Afra, der sich nicht ablenken lassen wollte.

»Und so schmeckt es auch«, fügte sie mit vollem Mund hinzu. »Wunderbar gewürzt.«

»Danke. Übrigens, du hast hier eine wirklich vorzügliche Mannschaft. Selbst der Generator funktioniert wieder. Nimm dir etwas von dem Fruchtsalat. Das mildert die Schärfe des Pfeffers.«

Sie aßen miteinander, auch wenn Damias Erschöpfung ihren Appetit zu beeinträchtigen schien, denn wenn es ihre Lieblingsspeisen gab, holte sie sich gewöhnlich einen Nachschlag. Sie erkundigte sich nach Einzelheiten des Vorfalls in den Minen – eine Reihe von Erzloren war vom Kabel abgerutscht und hatte eine Verstopfung verursacht, die Afra und das Towerpersonal ohne nennenswerten Zeitverlust beseitigen konnten. Als er von ihr wissen wollte, worüber sie mit Sodan noch diskutiert hatte, fand sie es schwierig, ganze Sätze zu formulieren, trotz der Aufregung, die bei dem Thema wieder in ihr aufkam.

»Laß die Förmlichkeiten, wenn ich da bin, Damia«, sagte Afra schließlich, weil sie nicht einmal genug Energie aufbrachte, um Merfy zu kämmen, als das Tier ihr die Bürste brachte. »Komm, ich kümmere mich um Merfy. Du gehst ins Bett. Schlaf dich aus.«

Ein sonst so vitales Geschöpf so ausgelaugt zu erleben, sorgte Afra noch mehr als ihre emotionale Verwicklung mit dieser Wesenheit namens Sodan. Es kam nicht mehr darauf an, daß der Eindringling nicht mit der Spezies verwandt war, die Deneb überfallen hatte; er stellte eine Gefahr für sich dar.

Am nächsten Tag, nachdem sie mittelgroße Drohnen voll verhüttetem Erz hinausteleportiert hatte, wies Damia Keylarion an, alle Anrufer darüber zu informieren, daß der Tower für die Dauer der Reparaturen, die Xexo an dem inzwischen kritischen Generator vornehmen mußte, außer Betrieb war. Dann begaben sie und Afra sich in ihre Personenkapseln. Afra folgte Damias Schub und verhielt sich ruhig, als sie die Zone erreichten, wo sie die Aura Sodans berühren konnte. Zu seiner Erleichterung hatte Damia nichts dagegen, als Afra sie bat, eine leichte Verbindung zu ihrem Geist herzustellen. So trug Damia sie beide zum Alienschiff. Sobald Afra auf die Aura des Aliens aufmerksam wurde, wurde ihm mit einem Mal vieles klar: er schloß es aus dem, was er sehen, und mehr noch aus dem, was er nicht sehen konnte.

Was Damia nicht sehen konnte oder sehen wollte, bestätigte Afras nagende Ahnung von Gefahr. *Nichts* in Sodans Geist hinterließ einen sinnlichen Eindruck; und außer dem, was er freiwillig preisgab, war nichts zugänglich. Der Alien verfügte über eine mächtige mentale Kraft. Als passiver Horcher konnte Afra nicht in ihn dringen, aber er öffnete ihm sein Empfindungsvermögen so weit, wie es ihm überhaupt möglich war, und die Eindrücke, die er empfing, bestätigten und bestärkten nur seine intuitive Ahnung von Gefahr.

Es gab nicht die geringste Gemeinsamkeit zwischen Sodan und der Spezies, die Deneb überfallen hatte. Mit dieser Einschätzung hatte Damia recht. Ein Eindruck, der Afra überraschte, war der einer nahezu unendlichen Reise. Und die Aufregung, daß ein Ende in Sicht war. Doch wie Afra diese Vorstellung von einem Geist empfangen konnte, der keine bekannte Sprache benutzte, wußte er selbst nicht. Er wußte nur, daß er tatsächlich diese Eindrücke empfing.

Damia rechnete sicher nicht damit, daß Afra sie weiter begleiten würde, nachdem er seine offizielle Pflicht erfüllt hatte. Doch von dem Kontakt fasziniert, blieb er bei ihr und entdeckte weitere beunruhigende Aspekte. Sodans Geist, so brillant er sein mochte, wurde unzweifelhaft von irgend etwas gestärkt. Afra fand keinen Hinweis, ob Sodan im Brennpunkt einer Reihe anderer Wesenheiten stand oder mit der Energiequelle des Schiffs ein Gesamt bildete. Indem er seine Nerven und Sinne bis an ihre Grenze beanspruchte, ohne seine Gegenwart zu verraten, versuchte Afra die sinnliche Abschirmung zu durchdringen, oder zumindest die aurale. Alles, was er empfing, war ein tiefes, doppeltes Lallen mechanischer Aktivität und das Glosen schwerer Elemente, das Afra für sich schon beunruhigte. Doch wie konnte eine Spezies ohne optisches Wahrnehmungsvermögen einen so hohen Entwicklungsstand erreichen? Natürlich konnten Antennen aller Art einem intelligenten Geist eine enorme Menge an Informationen vermitteln, Sensoren und optische Geräte den Gesichtssinn ersetzen, doch es war der Anblick der Sterne gewesen, der die Menschheit in den Weltraum gelockt hatte. Was hatte dieses Alien dazu angespornt, intergalaktische Weiten zu durchqueren?

Besorgt und frustriert zog Afra sich zurück und ließ Sodan und Damia weiter ihre abstrakten Konzepte austauschen, die für ihn auch von emotionaler Anziehungskraft zeugten. Er kehrte nach Aurigae zurück und suchte das Sofa im Tower auf. Er fühlte sich von diesem kurzen Ausflug vollkommen ausgelaugt. Das war für sich genommen schon zermürbend. Er hatte vorgehabt, mit Larak auf Prokyon Kontakt aufzunehmen, ohne das Gesamt beanspruchen zu müssen. Aber er wußte, daß ihm dies im Moment unmöglich war. Indem er einen bewußt lockeren Ton anschlug, bat er Keylarion, einen Generator für ihn hochzufahren.

»Wir haben drei, wenn du sie brauchst«, erwiderte die T6 hilfsbereit.

»Nein, einer reicht.« Afra hoffte es zumindest. Für einen T3 sollte einer ausreichen. Er rieb sich das Gesicht trocken, während er zusah, wie die Anzeige für einen der Generatoren dem Sendepegel entgegenklomm. Afra versuchte sich damit zu beruhigen, daß Damia nicht wissentlich etwas in ihren Berichten an ihn oder Jeff verschwiegen hatte; sie war sich nicht im geringsten der Tatsache bewußt, daß ihre gewöhnlich scharfen Wahrnehmungen von dem Ausmaß an Ermattung, die ihr der Kontakt mit diesem Alien zugefügt hatte, verwirrt und verzerrt wurden. Und Damia hatte mit Sodan stundenlang über abstrakten Konzepten gebrütet? Afra ließ geräuschvoll Atem ab und fragte sich, ob eine Tasse Kaffee ihn vielleicht etwas beleben könne. Aber die Nadel schlug im selben Moment bis zum erforderlichen Pegel aus, als Keylarion ihm Bereitschaft signalisierte. Selbst mit Hilfe des Gesamt empfand Afra Telepathie als eine Anstrengung.

Larak, rief Afra und zog die ganze Energie heran, um mit Hilfe seines eigenen mentalen/physischen Bildes von Larak bis in den Geist des Jungen hinauszugreifen.

Mann, was bist du fertig, erwiderte Larak, scharf, klar und grün.

Larak, bitte gib an Jeff weiter, daß dieser Sodan …

Es hat einen Namen?

Es hat mehr als das, und Damia reagiert emotional sehr intensiv auf ihn, seufzte Afra. *Diese Wesenheit weist keine Ähnlichkeit mit jener auf, die Deneb überfallen hat. Kein Insektenstachel …*

Was? Ach so, ich erinnere mich. Das Grinsen, das Larak ihm übermittelte, vermochte Afra seltsam zu beruhigen.

Aber dieses Individuum namens Sodan hat etwas sehr Heimtückisches an sich. Wenige Augenblicke in seiner Gegenwart, und ich bin so ausgezehrt, daß ich das Gesamt brauche, um dich zu erreichen.

Du? Das genügte, um die Belustigung aus Laraks Stimme zu tilgen.

Bitte unterrichte Jeff darüber, daß ich diese Situation als höchst prekär – und möglicherweise gefährlich – einschätze. Ich möchte, daß du sobald wie möglich unter irgendeinem Vorwand hier rauskommst, damit ich den Erdprimus ohne Hilfe des Gesamt oder Damia erreichen kann. Und – Afra machte eine Pause, um die nächste Bitte hervorzuheben *– bitte sowohl Jeff wie Rowan darum, für mich erreichbar zu bleiben.*

Was hat meine liebe Schwester denn da wieder aufgetan! erwiderte Larak mit einem beeindruckten Pfeifen.

Laß dich von Mick und Mauli hier rausbefördern, sobald du diese Nachricht überbringen kannst, ja? Sei ein braver Junge, Larak.

Schon unterwegs, sagte Larak knapp.

Afra ließ sich ins Sofa zurücksinken und schaltete den Generator ab. Ihr Gespräch hatte nicht mehr als dreißig Sekunden beansprucht; nicht lang genug, daß Keylarion den Vorgang sonderlich zur Kenntnis nahm oder auch nur in den Stationsarchiven protokollierte. Allerdings bestand kaum die Gefahr, daß Damia die Logbücher prüfte, wenn sie zurückkehrte; sie wird sicher zu müde sein, dachte er grimmig. Wie schaffte es diese Wesenheit nur, derart Kräfte zu zehren? Und warum? grübelte Afra. Vielleicht war er selbst übertrieben mißtrauisch, weil Afra derart in dieser Kontaktaufnahme aufging. Er hatte vage gehofft, als Jeff ihn nach Aurigae schickte, daß er eine Gelegenheit bekommen würde, Damia auf die Weise für sich einzunehmen, wie er es seit langem ersehnt hatte. Vielleicht handelte er übereilt, indem er Larak herbeirief. Vielleicht konnte er gegen Sodans Geist auch allein ankommen.

Nein, mußte Afra ehrlich zugeben, nicht wenn man sich nach einem miterlebten Kontakt wie ausgesaugt fühlte. Und auch nicht angesichts der Herausforderung, die Sodan darstellte.

He, Afra, was muß ein lieber Junge machen, um deine Aufmerksamkeit zu erregen? lautete Laraks fröhliche Begrüßung, als er die Treppe zum Tower hochpolterte.

Seine Energie kam dem schlaffen T3 geradezu obszön vor.

»Zweimal anklopfen!« erwiderte Afra, aber er grinste dankbar, als er seine Hand nach dem Besucher ausstreckte. Die Vitalität, die Larak ausstrahlte, war ebenso erfrischend wie sein Lächeln ansteckend. Larak und seine Schwester sahen sich auffallend ähnlich, bis hin zu der Gwyn-typischen weißen Strähne an derselben Stelle auf ihren schwarzhaarigen Köpfen. Larak war nicht ganz so groß wie seine Schwester, die ungewöhnlich hochgewachsen war, und etwas leichter gebaut als seine Brüder. Aber er verfügte über den ganzen Charme eines Ravens, und Afra brachte genügend Energie auf, um das Lächeln des Jungen zu erwidern.

Als sich ihre Hände nun berührten, offenbarte er den einen Eindruck, den er ihm vorhin nicht übermittelt hatte.

Damia ist in diesen ausgesprochen gefährlichen Alien verschossen? murmelte Larak fassungslos und sah Afra fest in die Augen. »Du weißt doch, daß sie einen ausgefallenen und exotischen Geschmack hat!« Er zog voller Mitgefühl die Mundwinkel herunter. *Warum kann sie sich nicht an ihresgleichen halten?* Er sah Afra schief an.

Afra fand es ratsam, diese Bemerkung zu ignorieren. »Unglücklicherweise ein sehr gefährlicher Alien. Erinnerst du dich an diese alte Gespenstergeschichte über die Seelenfresser?«

Larak rollte verzweifelt die Augen. »Darauf kannst du

dich verlassen. Damia hat mich mit dieser Geschichte einmal derart in Angst und Schrecken versetzt, daß ich einen Wald angezündet habe. Warte mal. Du glaubst, dieser Alien sei ein Seelenfresser?« Larak fand den Gedanken beinahe empörend. »Also, Afra, das ist doch Kinderkram.«

»Ich kann mir keinen anderen Vergleich vorstellen. Ich habe nicht mehr als zehn oder fünfzehn Sekunden eine leichte, sekundäre Verbindung zu ihm aufrechterhalten, und ich mußte von dem Gesamt Gebrauch machen, um dich auf Prokyon zu erreichen.«

»Das ist kein gutes Zeichen«, sagte Larak. »Wirklich übel. Was ist nur mit Damia los? Merkt sie nicht ... Nein, offensichtlich nicht.« Larak glitt auf das zweite gemütliche Sofa, und seine Augen flatterten, als er Möglichkeiten erwog und verwarf.

»Damia hat die Restenergie gespürt, die ihr beide an den Käferartefakten registriert habt. Sodans Schiff übt eine Wirkung aus, die mit diesem Brennen vergleichbar ist. Und es ist nicht angenehm.«

»Spaltbares Material vielleicht?« fragte Larak.

Afra schüttelte den Kopf. »Es ist sehr fremdartig. Ich konnte es nicht bestimmen.«

»Damia denn?«

Afra zog eine Grimasse. »Sie beschäftigt sich mit der Übersetzung abstrakter Konzepte.«

»Die werden eine große Hilfe sein, wenn er uns ans Leder will.« Larak war angespannt. »Was hat sie über uns verraten? Über die Liga, meine ich?«

»Ihren Berichten zufolge war sie diskret.«

»Das war ja sehr rücksichtsvoll.«

Afra spürte, daß Laraks Frivolität seine Sorge um Damia zu überspielen versuchte, die seiner um nichts nachstand. Larak hatte ihr immer so nah gestanden wie niemand sonst. »Es wäre mir gleichgültig, worüber sie sich unterhalten«, sagte er, »wenn Sodan sie nicht so schrecklich beanspruchen würde.«

»Eine neue Waffe vielleicht? Völlige Erschöpfung vor der Auslöschung?«

»Das ist nicht so abwegig, wie es klingt«, sagte Afra grimmig. »Das Schiff führt eine enorme Energiequelle mit sich …«

»Um es von einer Galaxie zur anderen zu befördern, ist das wohl nötig …«

»Aber mehr konnte ich nicht spüren. Von seinen oberflächlichen geistigen Regungen abgesehen, bin ich auf eine undurchdringliche Mauer gestoßen. Natürlich ist Damia sehr viel stärker als ich …«

»Aber sie hat es nicht versucht?«

Afra runzelte die Stirn, stand auf und begann in dem schmalen Tower unruhig auf und ab zu gehen.

Larak hielt Afras Blick fest, und dann seufzte er.

»Aber es ist kein offener Akt der Aggression vorgekommen?«

»Hängt davon ab, was du als ›Aggression‹ bezeichnest. Ich bin davon überzeugt, daß Sodan im Laufe dieses friedlichen Austauschs kultureller Informationen Damia auf subtile Weise zu vernichten versucht. Nach meinen Begriffen ist die Auflösung ihrer geistigen Kapazität ein klarer Übergriff mit der Absicht, sie zu verletzen oder zu töten.« Er sah, daß er mit seiner Bemerkung in der Hinsicht Erfolg hatte und damit Laraks ganze geschwisterliche Besorgnis und seinen Beschützerinstinkt weckte. »Vielleicht reagiere ich übertrieben. Ich bin kein Hellseher, aber es gibt Fälle, wo man die böse Absicht kaum übersehen kann. Bilde dir selbst ein Urteil, wenn du Damia heute abend siehst.«

Larak machte sich nicht die Mühe, seinen Zorn zu verbergen. »Das werde ich tun, aber ich habe noch nie erlebt, daß du übertrieben reagiert hast, Afra. Von der Gefahr für meine Schwester abgesehen, wie weit ist dieser Sodan noch von Iota Aurigae entfernt? Ist er schon nah genug, um dieses System als Damias Herkunftsort zu erkennen?«

Afra brachte ein schiefes Grinsen zustande. »Du bist ein wirklicher Towerprofi, Lar.«

Larak hob einmal kurz ohne jede Heiterkeit die Mundwinkel. »Ein Gwyn-Raven, mit Körper, Geist und Seele!«

»Logischerweise«, fuhr Afra fort, »müssen wir ihm denselben hohen Entwicklungsstand in Überwachungsanlagen wie in Antriebssystemen zugestehen. Also wird er sicher ausreichend Aktivität auf diesem Planeten registrieren, um ...« – Afra machte eine Pause, um die richtige Formulierung zu finden –, »... um seine Aufmerksamkeit zu erregen. Da eine hochentwickelte technische Zivilisation einen enormen Bedarf an Erzen, Mineralien und seltenen Erden hat, kann man durchaus annehmen, daß er in unsere Galaxie unterwegs ist, um neue Quellen zu finden.«

»Erwarten wir nicht vielleicht Aggression, wo keine ist?« spielte Larak den Advocatus diaboli.

Afra machte eine Pause. »Kann sein. Die Käfer haben an ihren Plänen nicht den geringsten Zweifel gelassen, aber sie könnten eine Ausnahme vom Regelfall der friedlichen Erforschung sein. Nur bekomme ich den Gedanken einfach nicht aus meinem Kopf heraus, daß Sodan absichtlich Damias Energiereserven anzapft, um ihre Verteidigungsfähigkeit zu schwächen. Und ich habe noch nie eine solche Vorahnung von Gefahr gehabt – nicht einmal als ich mich in Rowans Fokus auf Deneb eingegliedert habe.«

»Wenn wir die Bedrohung abwenden müssen, die dieser Sodan darstellt, würde ich sagen, daß es klüger ist, es jetzt zu tun, als zu einem Zeitpunkt, wenn er diesem System schon näher gekommen ist«, erwiderte Larak und preßte die Lippen gegen das Unabwendbare aufeinander. »Sollen wir die Flotte um Verstärkung bitten?«

»Ach! Sodan wäre schon im Orbit von Aurigae, bevor sich die Flotte auch nur zum Handeln entschließt«, erwiderte Afra verächtlich.

»Vor allem jetzt«, und dabei lächelte Larak amüsiert, »wo sie gerade die Defekte in Prokyons Warnbojensystem untersuchen.«

»Was?« Afra starrte Larak an und war starr vor Entsetzen über den Gedanken, daß sich mehrere Sodans gegen die Neun-Sterne-Liga zusammenschließen könnten.

Larak freute sich über die Wirkung seiner beiläufigen Bemerkung. »Sie informieren nur diejenigen darüber, die es wirklich wissen müssen, also keine Sorge. Bisher beschränken sich die Störungen auf einige unbestimmbare Einwirkungen«, und dabei schüttelte Larak heftig den Kopf, um den Capellaner zu beruhigen, »und weder die Kundschafter noch die empfindlichsten Instrumente sind auf irgend etwas auch nur im geringsten Feindseliges gestoßen. Diese Wachposten sind so empfindlich, daß sie auf einen Meteoritenschwarm oder Kometen reagieren. Der *Modus operandi* dieses Sodan scheint völlig anders zu sein. Wir Talente haben die Käfer mehr oder weniger aus eigenen Kräften vernichtet. Ich glaube, mit diesem mentalen Riesen werden wir auch noch fertig.«

Afra gab ein sarkastisches Lachen von sich. »Wenn wir viel Glück haben ...« Er nickte lebhaft, als Larak ihn erstaunt ansah. »O ja, er verfügt über eine ungeheure geistige Kraft. Ganz anders als im Fall dieser Käfer, als wir nur sechzehn mentale Kontrollinstanzen ausschalten mußten. Und wenn er Damia auf hinterlistige Art geschwächt oder ihre Abschirmung überwunden hat ...« – Afra machte ein Pause und fügte ganz leise, mit umwölkten gelben Augen hinzu: »... könnte er uns durchaus vernichten.«

»Am besten weihen wir Vater und Mutter in diese Sache ein«, beschloß Larak unvermittelt.

Gemeinsam unterrichteten sie Jeff und Rowan nüchtern über ihre Schlußfolgerungen.

Wenn ihr ein Alien wärt, das mit einem starken Geist

Kontakt aufnimmt, würdet ihr doch sicher auch sehr vorsichtig beim Preisgeben von Einzelheiten sein, oder? bemerkte Rowan. *Ich wäre es jedenfalls, wenn ich in den Tiefen des Weltraums auf eine geistige Präsenz stieße.*

Das warst du auch, erinnerte sie Jeff, *und ich war wirklich sehr freundlich.*

Jeff!

Wenn dieser Sodan Damias Kräfte erschöpft, dann hat er mit ihr und uns nichts Gutes im Sinn, fuhr Jeff in einem offiziellen Ton fort. *Wir sind uns darüber einig, daß Afra nicht unnötig die Pferde scheu macht, also müssen wir seinen Empfehlungen gemäß handeln, und zwar jetzt, bevor diese Wesenheit nah genug gekommen ist, um das Aurigae-System zu untersuchen. Vor allem bevor er das Aurigae-System entdeckt und den Reichtum an Bodenschätzen, über die dieser Planet verfügt. Ich bin mir dabei voll bewußt, wie schlecht Iota Aurigae gegen Angriffe aus dem Weltraum gewappnet ist.*

Du bist mit Afra einer Meinung, daß er auf der Suche nach neuen Rohstoffen ist? fragte Rowan unschlüssig.

Ist das nicht auch unsere Hauptmotivation bei der Suche nach neuen Planeten? fragte Larak.

Wenn Damia so erschöpft ist, wie du behauptest, Afra, wie können wir sie dann als Brennpunkt einsetzen? Es ist schon sehr unwahrscheinlich, daß sie mit aggressiven Maßnahmen gegen eine Wesenheit einverstanden sein wird, die sie als freundlich betrachtet. Sie sprach als Damias Mutter, nicht als Prima von Kallisto.

Nein, ganz sicher nicht, sagte Afra säuerlich.

Und doch werden wir ihre Verbindung mit ihm brauchen, um selbst mit ihm Kontakt aufnehmen zu können. Außerdem ist zu berücksichtigen, fuhr Jeff fort, dem diese Lösung überhaupt nicht gefiel, *wenn wir nachweisen können und Damia beweisen können, daß diese Wesenheit namens Sodan wirklich gefährlich ist, für sie, für Aurigae und für uns, werden wir ihre katalytischen Fähigkeiten vielleicht brauchen, um unsere Verteidigungsfähigkeit gegen ihn zu stärken.*

An jedem Tag kehrt Damia etwas erschöpfter nach Aurigae zurück als am vorigen, erklärte Afra. *Ich fühlte mich schon von einer nur wenige Sekunden dauernden Verbindung unendlich ausgelaugt. Das ist mir noch nie passiert.*

Ich glaube, Afra bezeichnet ihn zu Recht als Seelenfresser, warf Larak ein.

Etwas Derartiges gibt es gar nicht, sagte Rowan scharf.

Ich weiß nicht, welche treffendere Bezeichnung es gibt, sagte Afra. *Oder wie man seine Wirkung auf sie anders beschreiben könnte.*

In jedem Fall, bemerkte Jeff hart, *finde ich es beunruhigend, mir vorstellen zu müssen, wie etwas ihre enorme natürliche Energie abschöpft.*

Höchst unwahrscheinlich. Rowan nahm eine kratzbürstige, empörte Haltung an.

Laßt uns das schnell zu Ende bringen, warnte Larak. *Damia kommt gerade zurück und … Meine Güte! Was ist sie fertig!*

Afra unterdrückte seinen Verdruß darüber, daß diese eigentümliche kindliche Bande zwischen Schwester und Bruder Larak ihn dazu befähigte, ihr Kommen zu spüren. Aber als Afra hinaustastete, um sie mental zu berühren, war ihre Aura tatsächlich sehr schwach. Er konzentrierte sich auf die lebhafte Debatte, die Jeff, Larak und Rowan in dem Moment mit einer Entscheidung über die einzuschlagende Strategie beendeten, als Damias Kapsel in ihrem Lager landete.

»Larak, ich konnte nicht glauben, daß ich deine Berührung gespürt habe«, rief sie fröhlich, als sie ihren Bruder sah, wie er lässig auf der Kante der Konsole hockte.

»Glaub's mir, mein Schwesterchen, dein Lieblingsbruder ist da«, sagte er und stand auf, um sie in die Arme zu schließen. »Dieser Alien hat dich ja wie ein Geschenk eingewickelt. Wie tief man doch sinken kann.« Als Damia errötete, brüllte Larak vor Lachen. »Den Burschen muß ich kennenlernen, der das bei meiner Schwester geschafft hat.«

»Also wirklich, Larak, wie kindisch! Du hast offensichtlich keine Vorstellung davon, welche einzigartige Gelegenheit sich uns hier bietet. Ich habe immer das Gefühl gehabt, daß ich meine ungewöhnlichen Kräfte und Fähigkeiten aus einem bestimmten Grund erhalten habe«, sagte Damia mit glänzenden Augen, »und jetzt weiß ich aus welchem!«

»In ein paar Sekunden wird es der ganze Planet wissen, wenn du die Lautstärke deiner Gedanken nicht reduzierst«, sagte Afra scharf, damit Larak Gelegenheit bekam, seinen Schock über ihre erstaunliche Äußerung zu verdauen.

Mit einigem Widerwillen dämpfte Damia ihre emotionale Ausstrahlung.

»Ich nehme an, du bist mit einem Appetit wie ein Gaul hier eingetroffen«, sagte sie etwas resigniert.

Larak tat so, als fühle er sich zu Unrecht heruntergemacht.

»Ich bin noch im Wachstum, und während du draußen angebändelt hast, hat sich Afra hier überarbeitet und ist immer dünner und hungriger geworden.«

Damia sah Afra schuldbewußt an.

»Du siehst wirklich müde aus«, sagte sie besorgt. »Gehen wir alle rüber ins Haus und essen gemeinsam zu Abend. Larak, warum bist du hier?«

»Oh, Vater will, daß Afra auf Prokyon aushilft. Diese beiden Ts, die Guzman unterstützen, liegen mit einer lokalen Viruserkrankung flach, und der Verkehr staut sich. Du weißt, daß wir Guzzie gut zureden müssen, aber er ist nicht mehr sonderlich vital. Er hat sich beschwert, daß ich für eine solche verantwortungsvolle Aufgabe noch zu jung bin«, und dabei grinste Larak gehässig. »Erzähl mal, in was für einem Schiff ist dein Alien denn unterwegs? Mit einer Besatzung oder vollautomatisch für eine Reise durch den leeren Raum?«

»Oh, ihr Männer seid doch alle gleich. Nichts als Kleinigkeiten!«

»Derartige *Kleinigkeiten* mögen dich vielleicht langweilen, meine liebe Schwester, aber mich faszinieren sie. Aber wenn du auf abstrakter Ebene weitermachen willst, werde ich mich um solche prosaischen Details selber kümmern.«

»So weit kannst du gar nicht hinausgreifen.«

Für Afra klang ihr Ton ebenso fürsorglich wie defensiv.

»Dann nimm mich morgen einfach mal mit.« Larak schnappte sich ein Stück rohes Gemüse aus der Küchenmaschine und schien mehr an seinem Geschmack als an ihrer Zustimmung interessiert zu sein.

Damia zögerte, flehte Afra mit Blicken um Hilfe an, der nur die Achseln zuckte. »Warum nicht?« fragte er, während er Laraks Beispiel folgte und eine knusprige weiße Wurzel mit einem leicht anisartigen Geschmack zerkaute. Mehr als das bekam sie nicht heraus, als sie Afra kurz sondierte. Und er hatte keinen Zweifel, daß sie auch nicht viel mehr Erfolg hätte, wenn sie es bei ihrem Bruder versuchte. So nah sie sich auch standen, war ihre Sondierung nur ein Abklatsch ihrer sonst so intensiven Einfühlung.

»Komm schon, Schwester, warum so abweisend?«

»Ich bin nicht abweisend!« Für einen Augenblick flakkerte Zorn in ihr auf, ließ aber wieder nach. »Es ist nur so, daß … daß wir … daß wir uns in einer sehr prekären Phase im Aufbau unserer Beziehung befinden …«

»Prekär? Beziehung?« platzte Larak heraus und starrte sie an, als traue er seinen Ohren nicht. »Du stellst einen Erstkontakt her, du verabredest dich nicht zum Rendezvous! Das heißt, falls dieses Wesen auch nur entfernt humanoid ist.«

»Er ist reiner Geist, klar und machtvoll«, sagte sie hochmütig. »Er hat eine immaterielle Gestalt.«

»Ja?« Laraks ausdrucksvolles Gesicht bezeugte äußersten Zweifel. »Ich hätte nie gedacht, daß du auf einen kopflastigen Typ reinfällst, Damia, nicht wie du dich entwickelt hast.« Er betrachtete sie, doch nicht als Bruder, sondern als interessierter Mann.

Damia errötete, halb vor Wut und Entrüstung, und halb, weil der treffende Spott ihres Bruders sie plötzlich verlegen wie eine Jungfrau machte.

»Seit du mit Jenna ein Kind in die Welt gesetzt hast, bist du unerträglich geworden! Wenn ich nicht draußen gewesen wäre, dann wären wir überhaupt nicht gewarnt gewesen.«

»Gewarnt?« Die Wortwahl machte Afra hellhörig. Vielleicht war sie doch noch nicht so verblendet, wie alle annahmen.

»Was diese einzigartige Gelegenheit angeht«, fuhr Damia fort, die sich der Doppeldeutigkeit offenbar bewußt war. »Du hast mit Sodan in Kontakt gestanden, Afra. Meinst du nicht, daß seine Fähigkeit, den Abgrund zwischen zwei Galaxien zu überbrücken, einzigartig ist?«

»Ja, durchaus«, sagte Afra taktvoll. »Nur ein brillanter Geist kann so etwas fertigbringen.«

Damia bemerkte einen Unterton, den er nicht mehr schnell genug aus seiner Stimme tilgen konnte. »Na so was! Du bist ja eifersüchtig! Wirklich eifersüchtig?« Damia betrachtete Afra aufmerksam. Dieser neue Zug an ihrem ältesten Freund machte ihr sichtlich zu schaffen.

»Und außerdem läßt du das Essen anbrennen«, sagte Larak und zeigte auf eine brutzelnde Pfanne.

»Habt ihr beiden nichts Besseres zu tun, als eine Köchin mit euren dummen Fragen zu stören?« fragte sie und wendete den Inhalt der Pfanne. »Es ist ja wirklich ein Glück, daß nichts angebrannt ist!«

Sie servierte, sichtlich nervös, weil ihr Essen nicht so perfekt gelungen war wie sonst, und den beiden Männern fiel nichts ein, wie sie das angespannte Schweigen brechen konnten, vor allem weil beide sich darauf konzentrieren mußten, einen überzeugenden Pegel an trivialen, oberflächlichen Gedanken aufrechtzuerhalten. Für solche Ausflüchte bestand aber kaum ein Grund, weil

Damia sich völlig in eine private Tagträumerei zurückzog und sie völlig ignorierte.

Schließlich schob Larak seinen Teller zurück, als er ihn bis zum letzten Bissen und dazu die Reste in den Pfannen leergegessen hatte.

»Selbst wenn du nur halb bei der Sache bist, Schwesterchen, bist du immer noch eine tolle Köchin«, sagte Larak, wischte sich den Mund ab und rülpste, so hatte er sich satt gegessen. »Also! Dieser Sodan ist ganz sicher kein neuer Spähtrupp der Käfer, die Deneb überfallen haben?« Larak sah von Damia zu Afra, der rasch den Kopf schüttelte.

»Ausgeschlossen«, antwortete Afra. »Eine ganz andere Mentalität ...« – er ignorierte Damias Schnauben – »... und ein ganz anderer Schiffstyp. Es scheint ungeheure Distanzen überwunden zu haben, die viel größer sein dürften, als er sie in den zwanzig Jahren seit den Vorfällen auf Deneb zurückgelegt haben könnte.«

Larak pfiff anerkennend, als sei das eine Neuigkeit für ihn.

»Du hast nicht zufällig Einzelheiten über den Antrieb und die Energiequelle aufgefangen, die meine liebe Schwester vielleicht nicht ihrer Aufmerksamkeit für wert erachtet hat?«

»Nein, leider nicht, denn es waren keine klaren optischen Eindrücke zu empfangen, und ich habe mich ausschließlich auf die Identifikation konzentriert. Diese Wesenheit ist jedenfalls kein Käfer.«

»Nenn Sodan nicht eine ›Wesenheit‹«, sagte Damia. »Das ist taktlos. Und außerdem hat er Augen«, fügte sie zu seiner Verteidigung hinzu. »Wir haben über das Konzept des Sehens diskutiert. Außerdem müßt ihr bedenken, daß er auch das Schiff steuert, und der Energieverlust, den er während einer Kontaktaufnahme mit mir erleidet, während er gleichzeitig die Schiffsfunktionen und die Mannschaft überwachen muß, ist ungeheuer. Genau wie bei mir.«

»Allerdings. Du könntest einen kleinen Schönheitsschlaf gebrauchen, Schwester«, sagte Larak.

»Besten Dank«, erwiderte sie beleidigt.

»Kinder! Hört auf damit!« mischte sich Afra unwillkürlich ein.

Larak und Damia sahen einander finster an, brachen aber nicht mit der alten Angewohnheit, Afra zu gehorchen.

»Ihr zwei geht jetzt ins Bett«, fügte er hinzu. »So schlimm habt ihr euch in meiner Gegenwart nicht mehr gezankt, seit Isthia euch aus ihrer Pflegschaft entlassen hat.« Und dann richtete er sein ganzes Mißfallen auf Damia. »Allmählich frage ich mich, wie dein Vater auf die Idee gekommen ist, dich zur Prima von Aurigae zu befördern.«

»Wenn es eines gibt, das mich mehr ärgert als Laraks geschwisterliches Getue, dann ist es, wenn du dich zum Onkel aufschwingst, Afra.« Sie sprach es kühl, doch spürbar mit unterdrückter Leidenschaft aus.

Afra zuckte die Achseln und war erleichtert, daß sein Ablenkungsmanöver funktioniert hatte, bevor Larak seiner Schwester unbeabsichtigt preisgab, warum er gerade solche Fragen stellte.

»Jedenfalls ist die Wesenheit, die sich hier zum Onkel aufschwingt, vernünftig genug und geht ins Bett, wenn sie geschlaucht ist«, murmelte er. Als er an Larak vorbeiging, zwinkerte der Junge.

Als sie am nächsten Morgen am Frühstückstisch saßen, machte niemand den Eindruck, als habe er einen besonders erholsamen Schlaf hinter sich. Afra hielt seine Gedanken oberflächlich in Gang, um seine Anspannung und Beunruhigung zu verbergen. Larak gab einen Monolog über die zunehmende Intelligenz seines Sohnes und Jennas mütterliche Qualitäten zum besten. Auch Damia verbarg sich hinter einer dichten Abschirmung. Als die drei den Tower erreichten, verschaffte Damia sich nur einen höchst nachlässigen Überblick über die anstehenden Aufgaben der Station und stellte fest, daß lediglich einige leichte Frachten und eine Handvoll standardmäßiger Kommunikationen abzuwickeln waren.

»Ich nehm dich jetzt mit raus, Larak, und danach hast du Zeit, um dich den Beförderungen am Nachmittag zu widmen.«

»Gut. Vater braucht Afra auf Prokyon, sobald ich hier übernommen habe.«

Damia zögerte, dann schob sie ihr Kinn vor. »Ich nehme an, du willst auch noch mal mit«, forderte sie Afra heraus, der bloß die Achseln zuckte.

»Gegen ein zweites Beschnuppern hätte ich nichts. Ein faszinierender Geist«, sagte Afra beiläufig. Er war ungemein dankbar für die verschrobene Laune, die sie zu diesem Angebot veranlaßt hatte. Er hatte damit gerechnet, Damia und Larak heimlich folgen zu müssen. Wenn es solche Entfernungen zu überbrücken galt, hätte es ihn nervös gemacht, auch nur auf ihren kombinierten Kontakt verzichten zu müssen.

»Dann macht euch fertig. Ich kann folgen, wenn Damia uns führt«, sagte Afra und fuhr den Generator auf Maximalleistung hoch. Xexo hatte den defekten Generator wieder in Reih und Glied gebracht, wofür Afra äußerst dankbar war.

Als Damia und Larak den Tower verließen, um in ihre Kapseln zu steigen, baten Jeff und Rowan mit einer kurzen Meldung, sich erreichbar zu halten, und Afra versicherte sich ihrer anhaltenden Präsenz in seinem Geist, als er sein Modul bestieg.

Besteht irgendwie die Möglichkeit, daß wir uns in Sodans Absichten oder in Damias tiefer emotionaler Verwicklung getäuscht haben? fragte Rowan hoffnungsvoll.

Immer weniger, erwiderte Afra grimmig. *Bald werden wir es mit Sicherheit wissen. Larak hat sie gestern abend etwas provoziert. Sie wird handfeste Beweise vorlegen müssen, um uns davon zu überzeugen, daß er sich in Sodan irrt.*

Dann nahm Afra mit Damia und Larak Kontakt auf, und gemeinsam eilten sie dem fremden Schiff – und Sodan – gut ein halbes Lichtjahr entgegen.

Du hast dich gut ausgeruht und bist heute sehr stark, lautete die kühle Begrüßung nach einem kurzen Aufblitzen des Wiedererkennens.

Damia ergriff instinktiv Maßnahmen gegen die Entdeckung ihrer Begleiter, doch die Begrüßung beschäftigte sie noch eine Weile. Sie konnte sich des Eindrucks nicht erwehren, daß Sodan ihre neue Stärke nicht gefiel, doch auch eine Spur von Erleichterung färbte diesen zusammenhanglosen Gedanken.

Du kommst einem physischen Kontakt mit uns jeden Tag näher, begann sie.

Uns? staunte Sodan.

Meinem Planeten, meinem Volk ... mir.

Ich bin nur an dir interessiert, erwiderte er.

Damia konnte vor Larak und Afra die Freude nicht verbergen, die sie angesichts dieser Wertschätzung empfand. *Das ist unsere Sache, aber mein Volk dürfte sich sehr für dich interessieren,* sagte sie schlagfertig.

Gibt es viele Völker auf euren Planeten? fragte er.

Es ist nur ein Planet.

Hat eure Sonne nicht mehrere Satelliten, auf denen Leben möglich ist?

Das ist ein Grund, warum ich mehr über deine physikalischen Bedürfnisse wissen muß, Sodan, erwiderte Damia ruhig. *Vielleicht verfügt meine Heimatwelt über keine geeignete Atmosphäre.*

Meine physikalischen Bedürfnisse werden von meinem Schiff zufriedenstellend erfüllt, sagte Sodan schroff, mit einer leichten Betonung auf das zweite Wort.

Es war Rowan, die den winzigen Riß in seiner Abschirmung entdeckte, und alle vier Beobachter machten sich gleichzeitig daran, diesen Riß zu weiten. Sodan, den dieses gewaltsame Eindringen Schmerzen bereitete, verteidigte sich mit einem heftigen Schlag gegen

Damia, die er für diesen Übergriff für verantwortlich hielt.

Nein! Nein! Nicht ich, Sodan, kreischte sie. *Larak, was macht ihr da?*

Afra bemühte sich nach Kräften, in den Brennpunkt der anderen Beteiligten zu rücken, nur um sich mit Jeff und Rowan in Laraks Geist gefangen zu finden, als jene seltsame Bande zwischen Bruder und Schwester ihre Wirkung zeigte.

Er muß zerstört werden, bevor er uns zerstören kann, Damia, sagte das Larak-Fokus und ließ seiner unerbittlichen Entscheidung das Bedauern anmerken, das es empfand.

Nein! Ich liebe ihn. Er ist ein so brillanter Geist, jammerte Damia und richtete ihre Kräfte gegen ihre Begleiter, um ihren Geliebten zu beschützen. Der Larak-Fokus geriet ins Straucheln und war außerstande, seinen Angriff gegen derart vereinte Kräfte weiterzuführen.

Damia, er ist nur Geist!

Damia zögerte wie betäubt, und das Larak-Fokus setzte nach und versuchte erneut mit aller Gewalt Sodans Abschirmung zu durchbrechen.

Nur Geist? stammelte sie und flehte Sodan an, es abzustreiten.

Warum keine Bilder? Warum keine Klänge? Er ist nur ein Gehirn, bar aller Empfindungen außer der erinnerten. Er hat langsam deine Kräfte aufgezehrt, damit er in die Lage kommt, dieses System anzugreifen. Du bist die einzige, die es verteidigen kann. Hast du das nie begriffen? Hast du nie gespürt, welche gefährliche Substanzen dieses Schiff mit sich führt? Ist das üblich für eine friedliche Forschungsexpedition?

Ihr seid gegen mich, gegen mich. Niemand will, daß ich glücklich bin, weinte Damia, die sich ihrer blinden Verliebtheit plötzlich schrecklich bewußt wurde. *Er liebt mich. Ich liebe ihn.*

Wenn er nichts zu verbergen hat, wird er uns darüber aufklären, warum er den Abgrund zwischen den Galaxien überwinden will, sagte das Larak-Fokus mit unerschütterlicher Entschlossenheit. *Hat er wirklich friedliche Absichten? Oder will er in Besitz nehmen? Warum sind wir auf der Suche nach neuen Welten? Oder ist seine eigene Galaxie vielleicht schon so ausgebeutet, daß er anderswo nach den Rohmetallen suchen muß, um weitere Schiffe wie seines zu bauen?*

Bitte hilf mir, Sodan, flehte Damia zugleich hoffnungsvoll und verzweifelt. *Sag ihnen, daß du in Frieden kommst, ja? Um andere vernunftbegabte Wesen zu finden und freundschaftliche Beziehungen aufzubauen, richtig?*

Sodan schien eine halbe Ewigkeit zu zögern.

Wenn ich es könnte, würde ich es tun, sagte er dann mit ehrlichem Bedauern.

Wie ein Racheengel, ihre Seele befreit von der Zuneigung, die Sodan kunstvoll geschürt hatte, und gestärkt von einer gerechtfertigten Empörung, stürzte Damia sich gemeinsam mit den anderen auf den Aggressor. Denn sie begriff nun Sodans Daseinszweck und den Grund für seine Entkörperlichung. Ihre Schlacht wurde in der atemlosen Spanne zwischen zwei Herzschlägen ausgefochten. Sodan, unterstützt von der exotischen Energiequelle seines Schiffs, war stärker, als ihre vorsichtigen Schätzungen angenommen hatten. Beinahe nachlässig hielt er den Larak-Fokus in Schach, und sein Geist lachte über ihre kläglichen Anstrengungen.

Doch nachdem man ihr den Schleier ihrer romantischen Illusionen fortgerissen hatte, verstärkte Damia ihren Druck und reihte sich in den Larak-Fokus ein. Sodan rief weitere Energie aus sich herauf. Die sengende Flamme, die Damias wiedererstandener, katalytischer Geist schürte, schlug durch, traf ihn im Innersten und erschütterte ihn so sehr, daß die metallische Konstruktion seines Schiffes instabil wurde. Ungewollt und nur für eine Mikrosekunde bekam der Larak-

Fokus einen Eindruck davon, was Sodan einmal gewesen war.

Vor vielen Generationen, noch in körperlicher Gestalt, hatte er eine fremde Luft geatmet und seinen seltsamen Körper über die Straßen einer fremden Welt geschleppt; bis sein Hirn sich zu dem Wagnis entschlossen hatte, die ungeheure Reise über die Kluft zwischen den Galaxien zu unternehmen.

Auf meine Art habe ich dich geliebt, rief er Damia zu, als er spürte, wie sie den Treibstoff erreichte. *Aber du hast mich nie richtig geliebt,* fügte er voll fassungslosem Erstaunen hinzu, als ihr Geist, verwundbar im Augenblick des gewaltigen Schlags, sich ihm öffnete. *Und er wird dich nicht bekommen!*

Mit letzter Kraft schoß Sodan einen letzten mentalen Blitz ab, als sein Schiff explodierte.

Obwohl Damia spürte, wie nach dem entsetzlichen Kampf rapide ihre Kräfte schwanden, versuchte sie verzweifelt, diesen Schuß abzulenken.

So wie ein kippender Dominostein eine ganze Reihe umreißen kann, so traf Sodans Schuß den Larak-Fokus und verursachte eine Stoßwelle mentaler Qual, die bis nach Aurigae zurückschlug, wo die Mitarbeiter der Station sich vor Schmerz an den Kopf faßten und alle vier Generatoren überlastet aufheulten; weiter zur Erde, wo Talente aller Grade sich zusammenkrümmten, und nach Prokyon, wo das kräftige Herz des alten Guzman aussetzte. Entsetzte Mannschaften fanden Jeff Raven und Rowan bewußtlos auf ihrem Sofa im Tower und ließen Elizara und ihre Leute holen. Jeran auf Deneb hatte offensichtlich etwas von einem enormen psionischen Rückschlag mitbekommen. Er wurde eilig zur Erde zitiert, weil das Kommando über VT&T im Notfall an ihn fiel. Jeran vergewisserte sich zunächst, daß seine Eltern sich, ausreichend Schlaf vorausgesetzt, wieder erholen würden, dann informierte er die Neun-Sterne-

Liga über den Vorfall. Er wurde gebeten, bei der Teleportation eines Flottengeschwaders nach Aurigae mitzuhelfen. Während seiner Schicht bat er seine Großmutter Isthia, die Spezialisten herzuschaffen, die sie für die Behandlung überlasteter Talente ausgebildet hatte. Mit Elizaras Hilfe gelang es ihm und Isthia, Jeffs mitgenommenem Geist Hinweise auf die Position der drei Personenmodule zu entnehmen.

Als das Flottengeschwader sich den entsprechenden Raumkoordinaten näherte, konnten Jeran und Isthia an Bord des Flaggschiffs nichts ›hören‹. Dann entdeckten die empfindlichen Instrumente des Schiffs die drei Kapseln.

Es ist möglich, versuchte Isthia angesichts des Fehlens jeglicher mentaler Aura aus den Modulen zuversichtlich zu bleiben, *daß alle drei einen schweren Schock erlitten haben. Überlegt mal, welche Energie Damia in ihren letzten Schlag gelegt hat!*

Damia kann nicht tot sein, erlaubte Jeran sich den Luxus, den Optimismus seiner Großmutter zu teilen. *Wir können sie nicht verlieren!* Er zwang sich, auf andere Verluste vorbereitet zu sein. *Sodan ist vielleicht mächtig gewesen, aber gibt es ein einziges Talent in der Galaxie, das nicht spürte, wie sie ihn erwischt hat?*

»Ah!« keuchte Isthia auf. *Ich habe sie.* Sie bedeutete Jeran und ihrer Mannschaft, ihr zu helfen, und gemeinsam verwendeten sie die Energie der Schiffsturbinen darauf, die Kapseln an Bord zu telepathieren.

»Damia lebt noch!« rief Jeran erleichtert, dem nichts wichtiger war. *Ich dachte schon, ich hätte sie alle sterben gespürt.*

»Afra lebt auch, aber er ist sehr schwach. Larak ...« Isthias Stimme verebbte. *Warum mußte er sich nur in den Brennpunkt stellen?*

Sie öffneten zuerst Afras Kapsel und seufzten vor Mitgefühl über die hagere Gestalt, die sich in ihrer Pein wie ein Fötus zusammengekrümmt hatte, als wolle sie nichts mehr an sich heranlassen. Jeran fürchtete, ihm würde das Herz brechen, als er sich an den kraftvollen Mann erinnerte, der ein ebenso wichtiger Teil seines Lebens und Lernens wie seine Eltern gewesen war.

»Er ist so schwer verletzt, Isthia. Können wir ihn retten?« *Sollen wir überhaupt ... wenn er für den Rest seines Lebens psionisch taub sein wird?* fragte er über den engstmöglichen Kanal.

Isthia hob die Augenbrauen und wies diesen Vorschlag streng zurück. »Ich habe Menschen schon aus schlimmeren geistigen Zuständen zurückgeholt, Jeran Gwyn-Raven. Geh zur Seite.« Mit ebenso feinfühligen wie fähigen Händen faßte sie Afra an den Schläfen. Jeran sah, wie die Sorge ihren Blick verdunkelte.

Sie seufzte, für einen Augenblick deprimiert von ihrem Befund. »Seine vorherrschende Sehnsucht ist tot. Was für Afra derart ungewöhnlich ist, daß ich es ignorieren werde. Ich will nicht, daß er sich schon dem Sterben überläßt. Seine Lebensenergie ist allerdings auf einem beunruhigend niedrigen Pegel und muß vorsichtig wieder angehoben werden.« Sie gab den umstehenden Ärzten einige knappe Befehle, so daß Afra binnen Sekunden Notinjektionen erhielt und zwei hochbegabte metamorphische Praktiker mit einer Behandlung begannen, mit der sie schon einmal ihren Sohn Jeff aus einem Nadir heraufgeholt hatten, der an Auslöschung grenzte.

Afra braucht etwas subtile Aufmunterung, Jeran, um seinen Todeswunsch zu überwinden. Trenne dich von deinen Emotionen, forderte sie ihn streng auf. *Lege deine Finger über meine. Hilf mir, ihn zu erreichen. Wir müssen diesen Wunsch umkehren, ehe er sich erfüllt.*

Jeran schüttelte sich heftig, dann hielt er den Atem an und legte seine Finger vorsichtig über Isthias, die Afras Schläfen berührten.

Er ließ seinen Geist von ihrem führen, vorsichtig in Afra dringen, und ignorierte die mentale Qual, die er bei der Berührung mit einem so tief verletzten Geist empfand. Es dominierte ein Gedanke, den Larak und Afra geteilt hatten: Sodan wollte sie vernichten, und eine erschöpfte Damia versuchte, diesen letzten Schlag abzuwehren.

Er wird sie umbringen! Er wird sie umbringen! wiederholte sich ein Schreckensschrei, eine seltsame Verschmelzung von Larak und Afra, der Afras Geist erfüllte. *Nein, Damia! Laß es! Ich habe zu lang gewartet. Nicht, Damia! Er wird dich umbringen. Du darfst das nicht. Warum habe ich so lang gewartet? Zu lang. Nein, Damia. Laß es ...* und das Klagen wiederholte sich.

Damia lebt! Damia lebt! Isthia ging davon aus, daß Afra keinen Lebensmut mehr hätte, wenn er glauben würde, daß Damia tot sei. Aber sie lebte, und davon war er offensichtlich überzeugt. Sie drängte Jeran, ihre Botschaft zu verstärken. Er ergänzte ihren Sopran-Singsang um eine Baritonstimme. *Damia lebt. Damia lebt, Afra. Damia lebt!*

Damia lebt? Damia lebt, damialebt ... Die Antwort war ein Hauch der Hoffnung aus einer gequälten Psyche.

Isthia sah Jeran in die Augen, und die Hoffnung weitete ihre Pupillen.

Ja, genau das hat er jetzt gebraucht. Verstärken wir es. Gemeinsam wiederholten sie ihre ermutigende Litanei. *Afra. Damia lebt. Sie ruht sich aus. Sie wartet auf dich. Damia lebt, Afra. Sie wartet auf dich.*

Damia lebt? Damia lebt? Damia lebt!

Mit einem Schaudern akzeptierte Afras Unterbewußtsein schließlich diese Versicherung. Sein Körper löste sich aus der fötalen Haltung. Einen schrecklichen Augenblick lang war er vollkommen ruhig. Mit einem Keuchen tauchte Isthia tief in seinen plötzlich reglosen Geist und stellte fest, daß er einfach nur in tiefen Schlaf gesunken war.

»Er ist schwer verletzt«, stellte Isthia traurig fest, als sie zusahen, wie die Ärzte Afra in einen dicht abgeschirmten Raum brachten, in den kein mentales Rauschen eindringen konnte. »Aber er wird überleben.« Jeran versuchte nicht herauszufinden, welche Vorbehalte sie womöglich hegte.

Sie öffneten gemeinsam Damias Kapsel. Sie lag auf der Seite und sah sehr jung aus, doch es war zu erkennen, daß dieses Zusammentreffen Spuren hinterlassen hatte. Sie hatte ihre Unterlippe durchgebissen; ein Rinnsal von Blut hatte eine scharlachrote Linie über ihre Wange gezogen. Tränen hatten ihr Gesicht gerötet. Ihre Fingernägel hatten sich in die Handflächen gebohrt, als sie die Hände zu Fäusten ballte. Ihre Augen waren von breiten, dunklen Rändern umgeben.

Mit großem Mitgefühl drehte Isthia das Mädchen auf den Rücken und legte beide Hände sanft auf Damias Schläfen.

Ich kann sie nicht erreichen. Ich komme nicht mehr rechtzeitig hin. Es tut weh. Ich muß es versuchen. Ich brenne. O nein, verliere ich sie jetzt beide? Isthia konnte die Worte hören, eine blasse Gedankenschleife in den tiefsten Abgründen eines gemarterten und überlasteten Geistes.

Mit einem Seufzen der Erleichterung richtete sich Isthia auf.

Ist sie schwer angeschlagen? fragte Jeran ängstlich, der Isthias Kontaktaufnahme nicht nachvollzogen, aber gespürt hatte, daß sie stattfand.

Ausgezehrt, noch völlig überlastet und schwer verletzt. Damia ist erniedrigt worden, bemerkte Isthia trübsinnig, *auf diese schreckliche Art, wie es nur den strahlendsten und selbstsichersten Geistern widerfahren kann.*

Erniedrigt? In diesem Moment war Jeran zugleich Primus und Bruder.

Man hat sie um ihren Stolz und ihre Selbstsicherheit gebracht, erklärte Isthia mit einem traurigen Lächeln. *Ihr Talent ist viel zu robust, um dauerhaften Schaden zu erleiden. Ihr Ego allerdings nicht. Sie wird nie vergessen, daß sie die potentielle Bedrohung durch Sodan unterschätzt hat, weil sie sich in ihr Bild von ihm verliebt hat.*

Davon abgesehen, wenn sie ihn nicht aufgespürt hätte, was wäre aus uns geworden angesichts einer solchen Bedrohung, die sich aus dem Weltraum nähert?

Jetzt spricht der Primus in dir, sagte Isthia, doch ihr Ton klang höflich. *Aber laß uns hoffen, daß Damia diesen Vorfall irgendwann auch aus dieser Perspektive betrachten kann. Im Moment grämt sie sich furchtbar über ihr Fehlurteil, das für Laraks Tod und Afras schwere Verletzung verantwortlich ist.*

Aber Isthia, als der Angriff auf Sodan erst begann, hätte nichts mehr Larak retten können, weil er sich doch im Brennpunkt befand. Der Tod ist gnädiger, als völlig auszubrennen. Dafür kann man ihr nicht die Schuld geben.

Isthia schüttelte traurig den Kopf. *Sie wird es nie so sehen. Aber ich hoffe inständig, es kommt ihr nie der Gedanke, daß in diesem letzten Augenblick der Instinkt die Vernunft überwogen hat und sie unbedingt Afra retten wollte.*

Afra? Was, zum Teufel ...? Jeran starrte sie verständnislos an, bis er ihren Gedanken ganz nachvollziehen konnte. *Sodan hat versucht, Afra zu töten? Hatte er es nicht auf das ganze Fokus abgesehen?*

Nicht nach dem, was ich von Jeff und Rowan erfahren konnte.

Isthia bedeutete den Ärzten, Damia Tiefschlafdrogen und intravenös Nährstoffe zu verabreichen.

Mit großem Widerwillen wandten sie sich schließlich Laraks Modul zu. Weil ihnen nichts anderes übrigblieb, öffneten sie es und stellten zu ihrer Erleichterung fest, daß dem jungen Gesicht keine Spuren eines gewaltsamen Todes anzusehen waren. Ein seltsam erstauntes Lächeln umspielte seine Lippen.

Isthia wandte sich in Tränen ab, und Jeran, zu betäubt von der schrecklichen Tragödie, um seiner eigenen Trauer Ausdruck verleihen zu können, legte einen Arm um sie und führte sie weg.

»Primus«, sagte der Kapitän des Schiffs respektvoll, als sie den Kontrollraum betraten. »Wir haben die Überreste des Alienschiffs aufgefunden. Haben wir Erlaubnis, die Trümmerteile zu bergen?«

»Einverstanden. Isthia und ich werden in den Tower zurückkehren. Geben Sie uns Bescheid, wenn Sie bereit zum Teleportieren sind, Kapitän.«

»In Ordnung, Sir«, sagte der Kapitän und ging in eine steife Habachtstellung. Die Tränen in seinen Augen, der er sich nicht schämte, und sein scharfes Salutieren bezeugten wortlos seinen Stolz, sein Mitgefühl und seine Trauer.

Indem sie gegen den Drang nach Schlaf ankämpfte, der sie zu überwältigen drohte, quälte Damia sich halb ins Bewußtsein zurück.

»Ich kann sie nicht niederhalten. Sie wehrt sich«, dröhnte eine ferne Stimme.

So fern die Stimme auch klang, wie ein schwaches Echo in einer unterirdischen Höhle, traf jede Silbe wie ein Hammer ihre entblößten Nerven. Schluchzend rang Damia um Bewußtsein, geistige Klarheit und eine Erlösung von dieser Qual. Sie schien die Reflexe nicht mehr auslösen zu können, die die Schmerzen vertrieben hätten, und eine Anstrengung, Afra um Hilfe zu rufen, traf nicht nur auf den Widerstand einer gesteigerten Qual, sondern auch auf einen schwarzen Nebel. Ihr Geist war starr wie Eisen, hielt jeden Gedanken fest wie ein Magnet.

»Damia, taste nicht nach draußen. Versuche nicht deine Kräfte zu benutzen«, flüsterte ihr eine sanfte Stimme ins Ohr. Sie erkannte die Stimme als Isthias wieder, und die Gegenwart ihrer Großmutter stabilisierte ihren unsicheren geistigen Zustand. Sie spürte Isthias kühle, fähige Hände auf ihrer Stirn.

Damia schlug die Augen auf und versuchte das Gesicht über ihr klar zu erkennen. Mit zitternden, schwachen Händen drückte sie sich in einem unbewußten Flehen um Linderung der Schmerzen Isthias Finger auf die Schläfen.

»Was ist passiert? Warum kann ich meinen Geist nicht kontrollieren?« jammerte Damia, und Tränen der Schwäche strömten ihr übers Gesicht.

»Du hast alles gegeben, um Sodan zu zerstören«, sagte Isthia. »Und du hast ihn erledigt, weißt du.«

»Ich kann mich nicht daran erinnern«, stöhnte Damia und blinzelte sich die Tränen aus den Augen, damit sie endlich wieder klar sehen konnte.

»Jeder bei VT&T erinnert sich daran.«

»O mein Kopf. Da drin ist alles leer, und dabei habe ich das Gefühl, daß ich noch etwas tun muß, Isthia.« Damia versuchte sich aufzurichten, aber Isthia übte sanften Druck aus, und sie sank schwach aufs Bett zurück. »Es gibt wirklich etwas, das ich tun muß, nur weiß ich nicht mehr was.«

»Du hast getan, was du tun mußtest, Liebling, das versichere ich dir. Aber du hast ein furchtbares Trauma erlitten, und du mußt dich ausruhen«, sagte sie mit dieser gefühlvollen Stimme, die Damia schon als kleines aufsässiges Mädchen beruhigt hatte. Kühle Hände streichelten ihr Gesicht, und sie genoß es, denn ihre Haut fühlte sich so heiß und straff an. Jedes Streicheln schien den schrecklichen Schmerz in ihrem Schädel zu mildern. »Ich lasse dich jetzt wieder einschlafen, Liebling«, und dabei spürte Damia den kühlen Stich einer Injektion in ihren Arm. »Wir sind sehr stolz auf dich, aber du mußt jetzt schlafen. Nur Schlaf kann deinen Geist heilen.«

»›Wie sich der Lauf der Dinge wiederholt, strickt er der Sorge ausgefranste Ärmel.‹ Was ist denn Stricken, Isthia? Das weiß ich bis heute nicht.« Selbst Damia merkte, daß sie nur noch vor sich hin brabbelte, als der kühle, lauchartige Geschmack in ihrer Kehle die Wirkung der Droge ankündigte.

Und wieder wurde Damia, ohne daß überhaupt Zeit vergangen zu sein schien, von ihrem vagen, anhaltenden Drang unerbittlich ins Bewußtsein zurückgezwungen.

»Ich kann es nicht verstehen«, hörte sie Isthias Stimme. Diesmal hallte sie nicht durch Damias gequälten Geist wie eine Sirene durch einen Schrank. »Diese letzte Dosis hätte ausgereicht, um eine ganze Stadt umzuhauen.«

»Sie sorgt sich um etwas und wird wahrscheinlich nicht ruhen, bis sie das Problem gelöst hat. Wecken wir sie auf und finden wir es heraus.«

Die zweite Stimme gehörte zu einem Mann und klang vage vertraut und auch leicht verärgert. Mit einem dankbaren Lächeln ordnete sie ihr den Namen ›Vater‹ zu. Sie spürte, wie ihr leicht auf die Wangen geschlagen wurde, und als sie die Augen aufschlug, sah sie das Gesicht ihres Vaters vor einem verschwommenen Hintergrund schweben.

»Vater«, flehte sie, nicht weil er sie geschlagen hatte, sondern weil sie es ihm verständlich machen mußte.

»Liebe Damia«, sagte er so voller liebevollem Stolz, daß sie fast den vagen Gedanken verlor, den sie festzuhalten versuchte.

Ihr Körper schmerzte von der Anstrengung, auch nur ein paar Zentimeter hinauszugreifen, und das, obwohl ihr Geist früher mit Leichtigkeit Lichtjahre durchquert hatte, aber irgendwann schaffte sie es, ihr Verbrechen mitzuteilen.

Larak und Afra! Sie waren vor mir im Fokus. Ich habe sie getötet, als ich Sodan zerstören mußte. Ich muß sie umgebracht haben, denn ich lebe noch!

Hinter Jeff hörte sie das Weinen ihrer Mutter und Isthias Proteste.

»Nein, nein«, sagte Jeff sanft und schüttelte den Kopf. Er legte sich ihre Hände auf die Stirn, damit sie spürte, wie ehrlich er es meinte. »Du hast nichts falsch gemacht, liebe Damia. Ja, du hast aus dem Larak-Fokus Energie bezogen, um Sodan zu zerstören, und das ist dir ja auch gelungen. Nur du warst zu einem so vernichtenden Schlag imstande! Und ohne dich, die *uns* zu höheren Leistungen befähigt, hätte Sodan alle Primen bei VT&T umbringen können. Und das ist die Wahrheit, wie deine Mutter bestätigen wird.«

Damia hörte Rowans zustimmendes Gemurmel.

»Aber ich kann im Moment überhaupt nichts hören«, und Damia konnte nichts dagegen tun, daß ihr Kinn zitterte und ihr Tränen schieren Entsetzens in den Augen standen. »Habe ich den Verstand verloren?«

»Natürlich nicht.« Rowan schob Jeff mit dem Ellbogen beiseite, um sich neben ihre Tochter zu knien und ihr sanft das Haar aus dem erröteten und tränenfeuchten Gesicht zu streichen. »Du hast uns gerettet, weißt du. Niemand sonst.«

Isthia schob Rowan sanft, aber bestimmt zur Seite.

»Du mußt noch viele ausgefranste Ärmel neu strikken«, sagte Isthia mit therapeutischer Strenge. »Stricken geht so«, fügte sie hinzu und projizierte eine visuelle Demonstration der alten Technik in Damias Gedanken. Es war eine geschickte Finte, die ihre Konzentration zerstreuen sollte, doch Damia erkannte sie als die Ablenkung, die sie war.

»Ich muß alles wissen, was geschehen ist«, verlangte sie herrisch. Eine vage Erinnerung machte ihr zu schaffen, und die hielt sie fest. »Ich erinnere mich. Sodan hat einen letzten Schuß auf uns abgefeuert.« Sie schloß die Augen, und ihr fiel wieder ein, daß sie versucht hatte, den Schuß abzufangen und … »Larak ist gestorben«, sagte sie ausdruckslos. »Und Afra. Ich konnte sie nicht rechtzeitig abschirmen.«

»Afra lebt«, sagte Rowan mit fester Stimme.

»Aber Larak nicht. Warum Larak?« wollte Damia wissen und versuchte verzweifelt aufzudecken, was die anderen offensichtlich immer noch vor ihr verbargen.

»Dein Bruder war der Brennpunkt, Damia«, sagte Rowan sanft, weil sie wußte, daß Damia sich Laraks Tod nie verzeihen würde. »Eigentlich sollte Afra im Brennpunkt stehen, weil er der Erfahrenere war, aber da hat die alte Bande zwischen dir und Larak ihre Wirkung gezeigt. Du hast Larak abzuschirmen versucht, aber er konnte nicht genug Hilfe von dir empfangen. Dein Vater und ich haben ihn auch zu unterstützen versucht, aber er stand im Brennpunkt. Ohne deine Hilfe hätten wir nicht einmal Afra rechtzeitig abfedern können. Sodan war wirklich ein mächtiges Geisteswesen.«

Damia sah vom Gesicht ihrer Mutter in das ihres Vaters und wußte, daß sie die Wahrheit sagten. Doch ihre Augen und ihre Haltung ließen noch einen Vorbehalt erkennen.

»Ihr habt mir nicht alles gesagt«, sagte sie und kämpfte sowohl gegen eine enorme Erschöpfung wie gegen Drogen an.

»Na gut, du Skeptikerin«, sagte Jeff und hob sie in die Arme. »Wenn mit deinem Gehör alles in Ordnung ist, frage ich mich, warum dir sein Schnarchen nicht auf die Nerven gegangen ist. Alle anderen brauchten Ohrstopfen«, fügte er hinzu, während er Damia durch einen düsteren Flur trug.

An einer offenen Tür blieb er stehen und hielt Damia so hin, daß sie in das Zimmer sehen konnte. Ein Nachtlicht hing über dem Bett und beleuchtete Afras ruhiges, von tiefen Falten der Erschöpfung und des Schmerzes durchzogenes Gesicht. Weil sie nicht einmal den physischen Beweisen traute, tastete Damia mit Geisteskräften nach ihm und nahm gerade genug von seinen unruhigen Gedanken wahr, um sich damit zu beruhigen, daß noch Leben in ihm steckte.

»Damia! Laß das!« maulte Jeff und tat mehr als nur ihren Ohren weh, als er sie durch den Flur in ihr Zimmer zurücktrug.

»Ich werd's nicht wieder tun, aber ich mußte es«, schluchzte sie, und ihr Kopf dröhnte vor Schmerz.

»Und wir werden dafür sorgen, daß du es nicht mehr tust, bevor du geistig wieder völlig gesund bist. Und jetzt ist Ruhe, meine Kleine«, und sie war machtlos gegen die drei Personen, die gemeinsam die willkommene Betäubung des Schlafes wiederherstellten.

Ein beharrliches Flüstern nagte an den Rändern ihrer Aufmerksamkeit und weckte Damia aus einem erholsamen Schlaf. Sie krümmte sich schon, weil sie mit neuerlichen Schmerzen rechnete, und war leicht überrascht von ihrem nur leichten Unbehagen. Damia wagte einen Versuch, die Übelkeit aus eigenen Kräften zu bekämpfen, und es gelang ihr sogar. Glücklich über ihren Erfolg setzte sie sich im Bett auf. Es war Nacht, und eine sanfte Brise blies Düfte herbei, die sie als denebisch erkannte. Sie streckte sich, bis ein Krampf sie an der Seite erwischte.

Himmel, hat mich denn seit Monaten keiner mehr bewegt? fragte sie sich und stellte fest, daß ihre mentale Stimme kräftig klang. Sie legte sich behutsam ins Bett zurück. *Arme Damia,* verspottete sie sich selbst, *seit ihrer Begegnung mit diesem schrecklichen Alien ist sie gerade noch eine T4. Oder eine T9? T3?* Damia probierte die verschiedenen Grade aus und verwarf sie alle, einschließlich ihres melodramatischen Getues. *Du Idiotin. Du wirst es erst wissen, wenn du es versucht hast.*

Versuchsweise und ohne spürbare Anstrengung tastete sie hinaus und zählte die Pulsschläge der anderen – nein, zwei anderer – Schläfer. Afra war der mit dem schwachen Herzschlag. Aber immerhin, stellte Damia in ruhigem Triumph fest, war er da. Weshalb die zweite Tatsache sie um so mehr beunruhigte.

Sie glitt aus dem Bett und trat ans Fenster. Irgendwann während ihres letzten tiefen Schlummers war sie – mit Afra – nach Deneb in die Zuflucht ihrer Großmutter tief im Wald verlegt worden. Dieses Zimmer ging auf die hintere Seite der Lichtung hinaus, auf der ihr Haus stand. Ihr Blick ging über die immergrüne Wiese und das Flußufer hinweg zum Waldrand. Und blieb an einem weißen Rechteck hängen. Ihr Instinkt verriet ihr, daß dort Larak begraben lag, und der Gedanke, daß Larak unter der Erde lag und sie nie wieder seine Berührung spüren würde, brach etwas in ihr entzwei. Sie weinte, biß sich auf die Knöchel und drückte sich fest die Arme an die Rippen, um ihre Klagelaute zu dämpfen.

Aus der Nacht, aus der Stille heraus zerrte wieder dieses Flüstern an ihr, das sie aufgeweckt hatte. Sie unterdrückte ihre Tränen und versuchte diesen vagen Laut zu identifizieren. Doch er verblaßte, ehe sie es schaffte.

Fest entschlossen verdrängte sie ihren Kummer in die tiefsten Winkel ihrer Seele, der ein Teil ihrer selbst, doch von immer von ihr getrennt sein würde. Ganz gleich, was Jeff und Rowan sagten, sie hatte Laraks Tod verursacht und Afra schweren Schaden zugefügt. Wäre sie weniger abgelenkt, weniger auf sich selbst bezogen gewesen, dann hätte sie sich nie von der Wahnvorstellung blenden lassen, daß Sodan ihr Märchenprinz sei, ihr Ritter in einer glänzenden Rüstung.

Welch ein mißratenes Kind sie doch gewesen war: egoistisch, arrogant, stolz, über die Maßen unverschämt, auf Privilegien bedacht, die sie nicht verdient hatte, Belohnungen, die sie in ihrer Unreife nicht zu schätzen wußte ...

Wieder dieses Flüstern, schwächer, doch irgendwie sicherer. Mit einem freudigen Aufschrei wirbelte Damia herum und lief leichtfüßig hinaus auf den Flur. Als sie sich an einem Türrahmen festhielt, um nicht vor Aufregung hinzustürzen, zögerte sie an der Schwelle.

Sie hielt den Atem an, als sie bemerkte, daß Afra aufrecht im Bett saß. Er sah sie mit einem ungläubigen Lächeln an.

»*Du* hast mich also gerufen«, flüsterte sie, was halb wie eine Frage, halb wie eine Feststellung klang.

»So gut das mit einem lahmen Hirn möglich ist«, erwiderte er mit einem schiefen Grinsen. »Es kommt mir so vor, als käme ich kaum über den Bettrand hinaus.«

»Versuch's nicht. Es tut weh«, sagte sie rasch und trat ins Zimmer, um schüchtern am Fußende seines Bettes innezuhalten.

Afra zog eine Grimasse und rieb sich die Schläfen. »Ich weiß, daß es weh tut, aber ich kann in meinem Kopf einfach kein Gleichgewicht mehr herstellen«, gestand er mit unsicherer und besorgter Stimme. »Selbst als Kind konnte ich das immer.«

»Darf ich's versuchen?« fragte sie förmlich und ungewöhnlich schüchtern.

Afra schloß die Augen und nickte.

Sie nahm so behutsam Platz, als könne ihre schlanke Gestalt das Bett zum Quietschen bringen, setzte ihm vorsichtig die Fingerspitzen an die Schläfen und nahm einen so leichten telepathischen Kontakt mit ihm auf, wie es ihr überhaupt möglich war. Afra verkrampfte sich vor Schmerz, und Damia bewirkte eine schnelle Betäubung, ungeachtet der Auswirkungen, die dies auf ihre eigene Erholung haben könnte. Sie saugte die Schmerzen weg und belegte die empfindlichsten Bereiche mit einer heilsamen mentalen Anästhesie. Voller Eifersucht stellte sie fest, daß schon jemand den Schaden behandelt hatte.

Isthia ist ... sie ist auch ... auch so sanft. Er mußte alle Konzentration aufbringen, um diesen Gedanken zu übermitteln.

»O Afra.« Damia konnte kaum ertragen, welche Anstrengungen ihn diese wenigen Worte kosteten. »Du bist überhaupt nicht ausgebrannt. Du bist auch nicht lahm. Als wenn ich das zulassen würde. Du wirst wieder so stark sein wie früher. Ich helfe dir dabei!«

Afra beugte sich vor, sein Gesicht nah vor ihrem, und seine gelben Augen glühten.

»*Du* willst mir helfen?« fragte er mit einer tiefen, eindringlichen Stimme, während er ihr Gesicht betrachtete. »Wie denn, Damia?«

Damia zupfte mit den Fingern scheu und nervös an

der Decke herum und konnte den Blick nicht von Afra abwenden, der sich auf beunruhigende Weise verändert hatte. Damia versuchte den Umfang der erschreckenden Veränderungen dieses vertrauten Menschen abzuschätzen. Außerstande, den mentalen Kontakt aufrechtzuerhalten, nahm sie Afra zum ersten Mal ausschließlich mit ihren physischen Sinnen wahr. Und er wirkte plötzlich ganz anders. So männlich! Daran lag es. Auf einmal kam ihr Afra erschreckend männlich vor.

Der Gedanke entsetzte sie, daß sie ihre Zeit mit der Suche nach einem ihr geistig überlegenen Wesen verschwendet hatte: einem Geist, der ihr Respekt und Bewunderung abnötigte, der sie führen und sie voller Verständnis und Einfühlungsvermögen unterstützen könnte. Und dabei hatte ihr so jemand ständig zur Verfügung gestanden! Jedesmal, wenn sie es nötig gehabt hatte – auf Deneb, auf Callisto, überall, wo sie sich aufgehalten hatte. Nur hatte sie *danach* nicht gesucht.

»Damia sprachlos?« ärgerte sie Afra, doch seine weiche Tenorstimme klang sanft.

Sie nickte heftig, als sie spürte, wie sich seine warmen Finger um ihre nervöse Hand schlossen. Sofort fühlte sie sich auf eine ungemein sinnliche Weise zu ihm hingezogen.

»Aber hast du mich denn damals schon gewollt, auf Kallisto, als du mich abgewiesen hast? Ja? Du hast nur gewartet ... und gewartet ... Aber auf was? Ich habe dich immer gebraucht, Afra! Immer! Warum, glaubst du, war ich so einsam?« Die Worte platzten nur so aus ihr heraus.

Mit einem tiefen, triumphierenden Lachen zog Afra sie in seine Arme, drückte sie an sich und lehnte ihren Kopf an seine Schulter.

»Bewirkt Vertrautheit Geringschätzung?« machte er sich mit ihren eigenen Worten liebevoll über sie lustig.

»Und wie konntest du ... ein T3 ... vor mir verbergen ...«, steigerte sie sich weiter in ihre Empörung hinein.

»Vertrautheit kann auch gewisse Fähigkeiten fördern, Damia.« Und dabei kicherte er und hielt sie fest trotz ihres halbherzigen Versuchs, sich zu befreien. Aber er war physisch stärker, als sie sich vorgestellt hatte, und freute sich auch darüber.

»Du und dein schüchternes Getue. Als du mich auf Kallisto nicht haben wolltest, hat bestimmt Mutter …«

»Deine Mutter war nicht mehr für mich als Sodan für dich«, sagte Afra mit strengem Blick, als sie, von seinem rauhen Ton erschrocken, zu ihm hinaufstarrte.

Sein Gesichtsausdruck änderte sich wieder und seine Arme drückten krampfhaft zu, als er den Kopf senkte und sie mit einem wilden, lüsternen Verlangen küßte.

»Sodan hat dich vielleicht auf seine Art geliebt, Damia«, hörte sie Afras Stimme im Ohr, »aber meine wird dich viel mehr zufriedenstellen.«

Zitternd öffnete Damia ihm ohne den geringsten Vorbehalt ihren Geist. Erneut berührten sich ihre Lippen, als Afra sie in dem Verlangen umarmte, bald mehr als nur geistig mit ihr zu verschmelzen.

Kapitel Neun

Damia erwachte am nächsten Morgen zunächst mit dem Gefühl, ganz tief geschlafen zu haben. Dann kam der Eindruck hinzu, ungewöhnlich erfrischt, entspannt und mit sich selbst zufrieden zu sein. Nachdem sie sich mit diesem Zustand angefreundet hatte, kam ihr abrupt zu Bewußtsein, was sich in der vergangenen Nacht ereignet hatte, und sie setzte sich mit einem Ruck im Bett auf.

Afra lag zusammengerollt neben ihr und ließ einen langen Arm aus dem Bett hängen. Sie konnte sein Gesicht nicht sehen, aber sie tastete ihn kurz telepathisch ab und seufzte vor Erleichterung: seine geistige Verfassung hatte sich über Nacht stark verbessert.

Das könnte eine nützliche Nebenwirkung der Liebe sein, weißt du, sagte Isthia mit mentaler Flüsterstimme.

Großmutter! Auch wenn sich Damia über Isthias amüsierte Bemerkung ärgerte, fiel ihr doch auf, daß ihr der Empfang dieser in ihrer Stärke vorsichtig dosierten Botschaft keine Schmerzen bereitete.

Ich hätte taub oder tot sein müssen, um die … die … Schwingungen nicht zu spüren, die ihr beiden verursacht habt. Isthia hielt ihre ›Stimme‹ leise, Damia entging ihr belustigter Unterton aber nicht.

Wir beiden? Dann kann Afra also noch telepathieren?

Nun, sagen wir mal, es gibt Gefühle, die man auch ungewollt ausstrahlt. Lassen wir ihn erst einmal sein Gleichgewicht finden.

Isthia erschien in der Tür, eine Tasse in jeder Hand. Sie kam leise ins Zimmer, gab Damia eine Tasse und trat dann auf die andere Seite des Bettes, um Afras schlafendes Gesicht zu betrachten. In Damia regte sich Eifersucht.

Ganz ruhig, Mädchen, sagte Isthia mit einem ironischen Lächeln. *Ich bin auf deiner Seite. Afra war auch immer etwas ganz Besonderes für mich, aber aus ganz anderen Gründen.*

Damia hätte sie gern herausgefunden, aber Isthia tadelte sie mit ausgestrecktem Zeigefinger, als sie Damias Druck spürte.

Nicht, Damia. Es muß dir genügen, daß ich auf deiner Seite bin.

Damia versuchte es auf anderem Wege. *Was hast du dann gemeint? Was soll das heißen, er soll sein Gleichgewicht finden?*

Isthia zog ein reumütiges Gesicht. *Ich habe gestern abend ungewollt dein sehr löbliches Angebot an ihn mitgehört. Aber das wird nicht erforderlich sein. Und auch nicht, daß du dich seinetwegen opferst. Nun fall nicht gleich über mich her. Aus professioneller Sicht habe ich allen Grund anzunehmen, daß er sich vollständig erholen wird, falls man ihm genug Zeit und Ruhe läßt. Das ist ein Grund, warum ich deine Eltern davon überzeugen konnte, euch nach Deneb zu bringen. Auf Kallisto geht es zu hektisch zu, als daß Kranke dort genesen könnten.*

Das gilt für jeden Tower, dachte Damia und betrachtete ihre Großmutter skeptisch, während sie an dem heißen Getränk nippte.

Und was sollte das bedeuten – daß du auf meiner Seite bist?

Isthia gab sich übertrieben ungläubig. *Meinst du etwa, du kannst dich aus einer Schwärmerei für diesen Sodan gleich in eine Liebschaft mit Afra stürzen, ohne mit ernsten Folgen rechnen zu müssen?*

Es ist keine Liebschaft! Es ist etwas Verbindliches, betonte Damia. *Du solltest wissen, daß …*

Isthia hob die Hand, um sie zu beruhigen. *Ich habe nicht mehr mitgehört, als ich merkte, in welche Richtung sich eure … äh … eure neue Intimität entwickelte. Ich kann genauso diskret wie metamorphisch sein, weißt du.*

Mutter wird etwas dagegen haben. Damia biß die Zähne aufeinander. Während ihrer leidenschaftlichen Stunden in der letzten Nacht hatte sie aus gutem Grund keine Gelegenheit gehabt, über ›ernste Folgen‹ nachzudenken.

Nun, sie hat viele Jahre auf Afras Unterstützung bauen können und wird sicher nicht erfreut darüber sein, ihn ersetzen zu müssen, aber ich nehme an, daß dein Vater noch überzeugendere Einwände haben wird.

Vater? Warum sollte er? Es ist viel wahrscheinlicher, daß er Afra als den stabilisierenden Einfluß betrachten wird, den ich brauche!

Möglich.

Damia runzelte die Stirn und begann ihre Großmutter zu verstehen. Isthia hatte die Neigung, die Reaktionen anderer vorherzusehen.

Wie könnten sie etwas gegen Afra haben? Sie kennen ihn doch so gut. Und er ist ein T3.

Und außerdem ist er fast ein Vierteljahrhundert älter als du.

So solltest du es nicht sehen, Isthia. Als wenn Talente das Alter sonderlich wichtig nähmen! Damia sagte es geradezu verächtlich. *Ich weiß, daß es Mutter nicht gefallen wird.*

Isthia hockte sich auf eine flache Truhe und nippte an ihrer Tasse. *Unsinn, obwohl du Worte wie ›Rückschlag‹, ›Martyrium‹, ›Aufopferung‹ und ›Kompensation‹ hören könntest. Du wirst deine Position verbessern, wenn deine Haltung zu ihm frei von jeglichem Schuldgefühl und dem Wunsch nach Wiedergutmachung für die Katastrophe um Sodan ist.*

Damia fuhr vor Schmerz über diese Erinnerung zusammen.

Tut mir leid, Liebling, entschuldigte Isthia sich aufrichtig.

Hassen sie mich? Weil ich Larak nicht gerettet habe?

Isthia rutschte von der Truhe und schloß Damia liebevoll in ihre zarten Arme. *Nein, Liebling. Niemand haßt dich deswegen oder gibt dir die Schuld daran. Niemand hätte Larak retten können. Niemand!*

Ich werde niemals, niemals *wieder jemand anderen in den Brennpunkt lassen!* sagte Damia fest entschlossen.

Derjenige im Brennpunkt ist immer die Schwachstelle eines Fokus, meine liebe Damia, und das nie für lange Zeit. Heb dir nicht für die Zukunft Schuldgefühle auf.

Afra rührte sich, und Isthia stand auf.

Hilf ihm aus dem Bett und bring ihn an den Küchentisch. Er hat nicht mehr richtig gegessen, seit wir ihn hergebracht haben. Und ihr solltet euch beide allmählich wieder aus eigener Kraft bewegen. Keine Geisteskräfte, keine mentalen Spielchen, bis wir euch nicht das Okay gegeben haben! Isthias eindringlicher Blick und ihr strenges Gesicht unterstrichen das Verbot, und die Kraft ihrer Stimme, nun kein Flüstern mehr, ließ Damias Geist pulsieren; ein deutliches Zeichen ihres labilen Zustands. Dann wieder ein Flüstern. *Ich sollte im Moment eigentlich nicht so mit dir reden, aber du schaffst wieder kleinere Distanzen, und ich wollte das zwischen uns klarstellen,* fügte sie hinzu, als sie schließlich das Zimmer verließ.

Während sie über Isthias Worte nachgrübelte, sah Damia zu, wie ihr Geliebter sich unruhig auf den Rükken drehte und mit einem Arm gegen sie stieß. Das weckte ihn auf, und er fuhr im Bett hoch, suchte ängstlich ihren Blick, ein zaghaftes, scheues Lächeln auf den Lippen, das sie gestern nacht schon betrübt hatte. Sie spürte, wie sie errötete, und wich seinem Blick aus. Dann rüttelte sie sich energisch auf, hob den Kopf und sah ihm in die Augen.

Damia wird rot? neckte er sie und hob die Hand, um ihr die Wange zu streicheln.

»Du sollst nicht telepathieren, Afra«, schimpfte sie, in erster Linie, weil seine ›Stimme‹ so schwach klang, verglichen mit dem mentalen Kontakt, den er sonst zu knüpfen imstande war.

Sein Gesichtsausdruck änderte sich unmerklich, und seine Hand fiel auf ihre nackte Schulter hinunter.

Mein Schatz, ich werde tun, was ich kann, mit dem, was

mir geblieben ist. Es hörte sich an, als wollte er sie tadeln. *Und heute morgen komme ich schon viel besser zurecht.* »Danke!« fügte er laut hinzu, legte den Kopf schräg und küßte ihre geschürzten Lippen.

Diese intime Berührung elektrisierte sie geradezu und fegte alle unausgesprochenen Vorsätze hinweg, sich nicht verdächtig aufzuführen, solang Isthia in Reichweite war.

Warte noch mit Frühstück, übermittelte Damia ihr auf einem engen Kanal.

Kicherte da Afra, weil sie ihm bereitwillig nachgab, oder Isthia, weil sie sich verspätete?

»Eigentlich ist es schon das Mittagessen«, sagte Isthia gütig, als sie schließlich in der Küche erschienen. Es war ein sehr angenehmes Zimmer, nach Süden ausgerichtet, mit Fenstern, die zur Vorderseite auf die Fahrbahn hinausgingen, die durch das Waldgebiet zur Hauptverbindungsstraße nach Deneb City führte. Isthia sah gern auf sich zukommen, was ihre Ruhe zu stören drohte, damit sie gegebenenfalls Maßnahmen ergreifen konnte. Als sie mit ihren ausgiebigen Untersuchungen metamorphischer Behandlungstechniken begonnen hatte, war eine solche Zuflucht unumgänglich gewesen. Sie hatte keine Nachbarn, die näher als sechzig Kilometer wohnten, und diese Familie verfügte über keine Talente.

Mit einer Höflichkeit, die ihm angeboren war, setzte Afra seine Damia in einen Stuhl an dem langen Tisch, der ebenso zum Essen wie als Arbeitsplatz diente. Dann drehte er den Stuhl, auf dem er saß, und stützte die Arme auf die Rückenlehne. Er schien Isthia nicht besonders aufmerksam zu beobachten, aber Damia wußte, daß er es tat. Von Isthias Bemerkungen vorhin hatte sie ihm nur soviel berichtet, daß Isthia auf ihrer Seite stünde. Afra hatte nur leicht eine Augenbraue gehoben und mit der Lippe gezuckt, sich aber nicht weiter dazu geäußert. Weil Isthia ihnen das Telepathieren so nachdrücklich verboten hatte, versuchte Damia nicht

›mitzuhören‹, welche Gedanken ihm dabei durch den Kopf gingen.

Als Isthia ihnen Kaffee servierte, fragte sie sich, wie ihre Eltern diesen intimen Aspekt ihres Zusammenlebens handhabten. Sie wußte, daß sie ständig einen lockeren Kontakt aufrechterhielten, aber waren sie auch immer über die Gedanken des anderen unterrichtet? Natürlich konnte im Moment auch der zarteste Kontakt unangenehme Folgen haben. Aber sie konnte Afra beobachten, die subtilsten Nuancen seiner Körpersprache kennenlernen; hatte Afra immer schon ein so ausdrucksvolles Gesicht gehabt? Lustig, humorvoll, nachdenklich, aufmerksam? Obwohl er Isthia zuhörte, zwinkerte er ihr zu.

»Ich glaube, ihr beide könnt jetzt selbst an eurer Genesung arbeiten«, sagte Isthia gerade und schöpfte eine ihrer herzhaften Suppen in Schalen. Als Damia aufstehen und ihr helfen wollte, gab sie ihr mit einer unwirschen Geste zu verstehen, daß sie sitzen bleiben sollte. »Ich habe mich ausreichend mit Vorräten eingedeckt. Du brauchst noch nichts herbeizuschaffen, Damia. Benutzt das Komgerät, wenn ihr etwas braucht«, und sie grinste, als sie auf das unauffällige Gerät in einer Ecke des großen Zimmers deutete. »Ich weiß, ziemlich banal und nicht annähernd so schnell, als wenn man etwas herumschweben läßt, aber wenn ich einen von euch beiden dabei erwische, werde ich euch mit bloßen Händen wieder in Tiefschlaf versetzen. Eure Hirne müssen sich wieder erholen und eine Zeitlang sogar vom Puls eines anderen Bewußtseins verschont bleiben. Euch werden keine unerwarteten Besucher auf die Nerven fallen, weil wir hier ziemlich weit draußen sind, und ich habe klargestellt, daß ich jeden zusammenstauche, der euch stört. Alles was ihr braucht«, und ihr Ton deutete an, daß sie überrascht wäre, wenn sie an etwas nicht gedacht hätte, »läßt sich schnell besorgen.«

Afra nickte und warf Damia einen Blick zu, um sich

zu vergewissern, daß sie gehorchte. »Ich weiß nur nicht, wie lang wir für unsere Genesung brauchen werden. Ich weiß ja nicht einmal, wieviel Zeit bereits verstrichen ist.«

Damia zuckte schon bei dieser taktvollen Anspielung zusammen, und sie ließ den Löffel sinken, weil ihr sofort der Appetit verging.

Isthia rümpfte wieder verlegen die Nase. »Schlaf«, dabei richtete sie einen strengen Blick auf Damia und Afra, »war die beste Medizin. Ihr seid ruhiggestellt worden – solang wir konnten.« Die Art, wie sie Damia mit ihrem starren Blick förmlich festnagelte, hatte etwas Wütendes an sich. »Und zwar sechzehn Tage lang.«

»Oh!«

Isthia legte eine tröstende Hand auf Damias Kopf, als sie ihre eigene Schale auf den Tisch stellte und sich neben ihre Enkelin setzte.

Afra lachte seltsam. »Kein Wunder, daß sich meine Beine wie Gummi anfühlen.«

Isthia rümpfte erneut die Nase. »Ein Wunder, daß du überhaupt zu etwas imstande bist!«

Er verzichtete darauf, diese Spöttelei zu kommentieren.

»Was ist mit Mutter und Vater?« fragte Damia ängstlich und wurde nervös, weil sie bisher nicht auf die Idee gekommen war, sich danach zu erkundigen.

»Ich habe sie vier Tage schlafen lassen. Du hast diesen letzten Gegenschlag weitgehend abgewehrt, Damia, und ihnen das Schlimmste erspart. Glaub mir, das stimmt«, fügte Isthia hinzu, als Damia in sich zusammenzusinken schien, weil ihr wieder einfiel, wen sie nicht hatte retten können.

»Wer hat unterdessen VT&T geleitet?« fragte Afra brüsk. »Jeran?«

Isthia nickte. »Mit Cera. Sie waren ein fabelhaftes Team.«

Afra lachte. »Das dachte ich mir. Solang sie Rowan und Jeff nicht deutlich übertroffen haben ...«

»Einige Lästerzungen meinen«, sagte Isthia mit einem mißfälligen Schnauben, »daß die Gwyn-Ravens in der VT&T-Befehlshierarchie viel zuviel Macht haben.«

»Dann sollen sie doch ihre eigenen Primen-Talente hervorbringen«, erwiderte Afra. »Bis dahin sollten sie auf Knien dafür danken, daß Jeff für alle Eventualitäten vorgesorgt hat. Wer unterstützt Rowan auf Kallisto? Gollee?« und als Isthia nickte, zuckte er die Achseln. »In diesem Fall brauche ich nichts zu übereilen. Wenn ich ehrlich bin, ist das mein erster richtiger Urlaub – von gelegentlichen Wochenenden abgesehen –, seit ich vor achtundzwanzig Jahren so unverschämt war, mich bei Rowan zu bewerben.«

Damia starrte ihn fassungslos an. »Vor *achtundzwanzig Jahren?*«

Afra sah sie gleichmütig an. »Genau, Liebling. So lang war ich im Dienst. Nicht daß es mir etwas ausgemacht hätte, schließlich wußte ich mit meiner Zeit sonst nichts Sinnvolles anzufangen.«

»Nichts?« fragte Isthia zynisch.

»Nichts von Bedeutung«, erwiderte er und betrachtete sie ebenso ungerührt. »Anders als ihr Amateure haben wir Towerprofis ein außerordentliches Pflichtgefühl …«

»Ich würde es Abhängigkeit nennen«, sagte Isthia mit einem säuerlichen Blick.

»… was das Wohl und Weh unseres jeweiligen Towers angeht.«

»Wer arbeitet auf Aurigae?« fragte Damia in schuldbewußter Panik.

Isthia kicherte, und ihre Augen funkelten. »Sie werden froh sein, wenn du zurückkommst, Damia!«

»Sie wollen mich wiederhaben? Ich darf zurück?« Sie hatte es noch nicht zu fragen gewagt.

»Schließlich müssen sie ihre Exporte der Kapazität eines jungen T4 anpassen …«

»Wer?« Damia war plötzlich auf jeden eifersüchtig,

der ihren Tower übernehmen könnte, wie kurz auch immer.

»Oh, Capella hat einen vielversprechenden Studenten zur Verfügung gestellt; ich glaube, deinen ältesten Neffen, Afra; den Sohn deiner Schwester Goswina.«

»Veswind?« fragte Afra überrascht. »Ja, ich nehme an, daß er alt genug für eine so verantwortungsvolle Aufgabe ist. Gossie wird sich freuen. Ich frage mich, warum sie es nie erwähnt hat.«

»Das ist doch nicht ihre Art, oder?« sagte Isthia mit einer gewissen Schärfe in der Stimme.

»Wenn ich darüber nachdenke, nein«, erwiderte Afra und brach ein Stück Brot ab, mit dem er den Rest Suppe in seiner Schale aufwischte.

»Wann?« fragte Damia ihre Großmutter.

»Was wann?«

»Wann kann ich wieder an die Arbeit?«

Mit spöttisch gehobenen Augenbrauen durchbohrte Isthia ihre Enkelin mit einem langen Blick, dann versuchte sie Damia mental zu sondieren, was sie vor Schmerz aufkeuchen ließ.

»Wenn du nicht mehr solche Reaktionen zeigst, mein Liebling. Ich wiederhole noch einmal: obwohl ihr die Vorfälle erst einmal verarbeiten müßt, werdet ihr euch wieder erholen, und zwar ohne Einbuße an Potential. Aber es wird Zeit kosten, Frieden, Ruhe und Geduld.« Isthia warnte ihre Enkelin mit ausgestrecktem Zeigefinger. »Habe ich mich klar ausgedrückt?«

Damia schluckte, und in ihrem Kopf pochte es. »Völlig.«

Gleich darauf spürte sie eine zarte Berührung, und das Pochen flaute zu einem leichten Schmerz ab.

»Und was ist mit dir, Afra?« Isthia wandte sich Afra zu, der noch etwas blasser geworden war. »Ja, ich denke, du hast es auch verstanden. Also, hört ihr jetzt auf, euch über die ganze Galaxie den Kopf zu zerbrechen, und eßt meine nahrhafte Suppe? Ihr solltet eure geplagten Mägen wieder an echtes Essen anstelle von Nahrungskonzentraten gewöhnen. Ich habe einen Diätplan ausgearbeitet«, und wieder nagelte sie die beiden mit ihrem kraftvollen Blick fest, »an den ihr euch gefälligst halten werdet.« Als Damia folgsam nickte, fuhr sie fort. »Ich reise morgen ab, weil ihr keine Hilfe mehr braucht – oder brauchen solltet. Ihr seid doch wohl alt genug, Afra, und sicher auch erwachsen genug, um eure gegenwärtigen physischen und mentalen Schwächen zu akzeptieren und entsprechend zu handeln.« Sie rümpfte die Nase. »Und euch gegenseitig zu langweilen, wenn ihr eng aufeinander hockt. Es gibt keine bessere Möglichkeit, um festzustellen, ob ihr zueinander paßt.«

»Großmutter!« protestierte Damia, weil sie doch schließlich wußte, wie sehr sie und Afra sich liebten.

»Damia, hör auf zu meckern und fang an zu essen. Iß noch was, Afra«, schlug sie in einem plötzlichen Stimmungswechsel vor. »Wenn ihr fertig seid, würde ich sagen, daß ein kleiner Spaziergang um die Hütte genau das richtige Maß an körperlicher Betätigung ist, das ihr heute vertragen könnt. *Und dann*«, sie richtete auf beide nacheinander einen ausgestreckten Zeigefinger, »legt ihr euch in die Hängematten auf der Veranda, damit ich mich darauf verlassen kann, daß ihr euch auch wirklich ausruht.«

»Also keine körperlichen Auseinandersetzungen«, sagte Afra mit einem belustigten Grinsen in Richtung Damia.

»Hast du mich verstanden, Damia? Gib ihm eine Gelegenheit, sich zu erholen!«

»Großmutter!«

»Nenn mich nicht dauernd Großmutter, junge Frau. Lern die Vorfreude zu schätzen!«

Ein leichtes Zittern von Afras Kopf kühlte Damias Erregung ab. Und der warme Ausdruck in seinen gelblichen Augen versprach ihr, daß er später alles nachholen würde.

»Es ist so friedlich hier«, sagte Afra, als er und Damia gehorsam ihren Spaziergang machten. Er hatte seine langen, warmen Finger um ihre geschlossen und fand diesen körperlichen Kontakt erstaunlich beruhigend und seltsam befriedigend. Fast so angenehm, wie es der zur Zeit verbotene mentale Kontakt sein würde. Vor allem weil Afras Tastsinn eine neue Qualität hinzugewonnen hatte – nicht mehr nur diese kühle, grüne, beruhigende Behaglichkeit; etwas Vibrierendes erfüllte nun das kühle Grün, das ›Behagliche‹ hatte träge, sinnliche Untertöne, während das ›Beruhigende‹ so tief wurzelte, daß es von nichts mehr erschüttert werden konnte. Gelegentlich strich Afras langer Oberschenkel an ihrem Bein entlang, und ihre Körper schwangen miteinander, berührten sich an den Hüften, während er zuweilen einen Arm um ihre Schulter legte.

Während ihrer gemütlichen Wanderung nahm Damia wenig von ihrer Umgebung wahr; sie genoß einfach den rein körperlichen Kontakt mit einem subtil veränderten Afra. Sie konnte immer noch nicht glauben, wie dumm sie gewesen war. Aber schließlich war Afra *immer* Teil ihres Lebens gewesen; wie hätte sie ahnen sollen, daß er in ihrem restlichen Leben eine so bedeutsame Rolle spielen würde? Sie weigerte sich, an mögliche Probleme zu denken. Nichts durfte diesen friedlichen Augenblick stören.

Sie gingen um die Ecke der Hütte und erreichten die kurze Treppe zur Veranda, wo zwei Hängematten träge in der Nachmittagsbrise schwangen. Die wenigen Stufen schmerzten ihr unerwartet in den Oberschenkeln. Sie dachte an die ›dicken Dinger‹, die sie früher so mühelos transportiert hatte. Nun, irgendwann würde sie es wieder können! Sie keuchte sogar ein bißchen, als sie die Veranda erstiegen hatte. Allerdings ging es Afra genauso, deshalb fühlte sie sich nicht ganz so hinfällig. Jedenfalls war das hier ein toller Platz für ein Nickerchen, denn der Schatten schützte sie vor der Sonne.

Afra hielt die Schnüre einer Hängematte fest, während sie sich hineinlegte. Dann bückte er sich, änderte im letzten Moment seine Absicht und küßte sie seitlich auf den Hals.

»Dein Mund, Liebling, ist viel zu einladend«, sagte er mit einem tiefen Lachen und brachte ihre Matte zum Schaukeln.

»Warum sind die Schaukeln so weit voneinander entfernt? Ich will dich berühren«, klagte sie und streckte ihm einen Arm so weit entgegen, wie sie konnte. Er lachte, während er sich setzte, und brachte seine Matte mit einem kurzen Stoß in sanfte Bewegung.

»Wir sollen uns ausruhen. Hast du das schon vergessen, Liebling? Und weil ich mir nichts mehr wünsche, als mich auszuruhen ...« – dabei lachte er leise und hintergründig –, »... werde ich gehorchen.«

Zu ihrer Überraschung begann Afra eine Melodie zu summen, die ihr von fernher vertraut vorkam. Und als sie das Lied hörte, schlummerte sie ein.

Afra mißlang fast sein Versuch, den alten Reflex auszulösen; erstens konnte er nicht gleichzeitig singen und lachen, und als Damias Atem sich zu einem schläfrigen Rhythmus verlangsamte, war er sowohl überrascht wie erfreut darüber, daß die alte Masche noch funktionierte.

Er ließ das Wiegenlied ausklingen und beobachtete dabei Damias Gesicht, das immer noch Spuren ihrer Trauer und Strapazen zeigte. Es gefiel ihm auch nicht, sie so furchtbar abgemagert vor sich zu sehen, aber Isthias angedrohte Diät sollte diesen Schaden bald beheben. Er wünschte, er könne sie so leicht wieder herstellen, wie er sie zum Schlafen gebracht hatte. Er seufzte, verschränkte die Hände hinter dem Kopf und richtete den Blick auf die unglaublich friedliche Szenerie, die die Hütte umgab. Nach und nach wurde er sich leiser Geräusche bewußt: Isthia, die im Haus umherging; Insekten und Vogelzwitschern aus den Bäumen; das Rauschen des Windes. Zum ersten Mal seit Jahren war er auch innerlich ruhig; vielleicht zum ersten Mal in seinem erwachsenen Leben, überlegte er. Jedenfalls zum ersten Mal, seit Damias erwachende Sexualität ihn irritiert hatte – war das erst sieben Jahre her?

Die vergangene Nacht war völlig unerwartet gekommen; ein Geschenk, mit dem er nie gerechnet hatte – ein Geschenk aber, das ihm vielleicht noch mehr Schmerz zufügen würde, als er ohnehin schon durchlitten hatte. Diesmal jedoch hatte Afra Lyon nicht die Absicht, einfach zuzusehen, wie ihm Damias kostbares Geschenk der Liebe einfach aus den Händen genommen wurde.

War sie nicht aus eigenem Antrieb zu ihm gekommen? Sah sie ihn nicht mit Augen, die nicht mehr von den alten Wahrnehmungen und dem Fluch der ›Vertrautheit‹ getrübt waren? Und ihr liebevoller Unsinn, ihre Geisteskräfte mit ihm zu teilen? Nun, er würde abwarten, ob das überhaupt erforderlich sein würde! Er hoffte inständig, daß Isthia mit ihrer Prognose recht hatte! Wenn er mit Damia Schritt halten mußte, würde ihn das bald wieder in Form bringen.

Andererseits konnte es natürlich auch sein, daß Damia sich ihm zugewandt hatte, weil sie anders ihre Fehleinschätzung Sodans und Laraks Tod nicht verkraften konnte. Larak und sie hatten sich so nahe gestanden. Hatte sie sich ihrem ältesten und vertrautesten Freund nur zum Trost zugewandt? Nein, sagte sich Afra, er hatte diesen Ausdruck in Damias Gesicht nicht fehlgedeutet, das Erstaunen in ihren Augen, als sie ihn, Afra Lyon, zum ersten Mal richtig ansah; und wie ihre Hände ihn gestreichelt hatten, als er in sie eingedrungen war, war eine Offenbarung für sie beide gewesen. Sie hatte eine Wandlung durchgemacht, ihre Sinne neu ausgerichtet, ihre vorgefaßten Meinungen grundlegend revidiert. Daß er selbst sich schon vor Jahren von einem alten Freund der Familie in einen potentiellen Liebhaber gewandelt hatte, war nebensächlich; in ihren Augen hatte sie selbst die letzte Schwelle überschritten, um ihn als den treuen und ruhigen Liebhaber anzunehmen, der er für sie sein konnte.

Afra lächelte schief. Er hatte Damia mit seiner Anspielung an achtundzwanzig Dienstjahre im Tower verblüfft. Aber seine Liebe mußte sich der Tatsache stellen, daß er vierundzwanzig Jahre älter war als sie. Rowan würde darauf hinweisen, und Jeff womöglich auch. Er fragte sich, wie die beiden die Neuigkeit aufnehmen würden. Er konnte Rowan schon toben hören – schließlich würde sie einen neuen Assistenten auftreiben müssen –, falls sie Gollee nicht zum Bleiben überreden konnte. Oder Veswind versetzen? Würde sie einen anderen aus der Lyon-Sippe akzeptieren?

Afra lächelte, als er sich daran erinnerte, wie oft ihn Jeff mit der Mahnung geärgert hatte, doch endlich seine eigene Familie zu gründen. Jeff hatte nie Damia als passende Gefährtin für Afra im Sinn gehabt, aber würde er wirklich etwas dagegen haben? Damia war nun tatsächlich mehr als zwei Jahrzehnte jünger, aber spielte das denn eine so große Rolle?

Vor allem jetzt, wo Damia eine solche Krise durchlebte, die sie härter und reifer machte. Afra sah es der anhaltenden Traurigkeit in ihren Augen an, hörte es an der subtil veränderten Stimme, spürte es an ihrer ungehemmten Reaktion auf ihre leidenschaftliche Vereinigung. Er wünschte, sie hätte nie einen so harten, erbarmungslosen, aufopferungsvollen Durchgangsritus durchstehen müssen. Es hätte wirklich leichter für sie sein können – aber sicher würden sowohl Rowan wie Jeff ihre neue Reife anerkennen. Afra rutschte unruhig hin und her, als seine Gedanken sich dem unerwarteten Opfer zuwandten. Lieber, armer Larak! Ausgerechnet dieser vitale, liebenswerte, liebevolle Junge war einem Ausbruch fremdartigen Zorns zum Opfer gefallen. Afra zwang sich, diesen schrecklichen Augenblick nicht zu vergessen, und sei es nur, um sich einer emotionalen Last zu entledigen. Es tat wirklich weh, daß ...

Afra, hörte er Isthias Ermahnung, *denk jetzt nicht daran. Du kannst nicht ungeschehen machen, was passiert ist.*

Er versuchte nicht, sie telepathisch zu erreichen, ließ Isthia die Antwort aber aus seinen Gedanken lesen. *Ich muß mich aber den Ereignissen stellen und sie verarbeiten, um Frieden zu finden.*

Jetzt nicht, und auch heute und in den kommenden Wochen nicht, erwiderte Isthia, und Afra erfuhr nie, was sie als nächstes tat, nur daß er plötzlich sehr schläfrig wurde. Zum Wohle ihrer Patienten schreckte Isthia auch nicht davor zurück, sie mit einigen Suggestionen behutsam zu beeinflussen.

»Morgen könnt ihr eure eigenen fangen«, erklärte Isthia, als sie ihnen ein Mittagessen aus Fisch, kleinen Gemüsen und einem Salat aus gemischten Grünpflanzen servierte, »und in meinem Garten euer eigenes Grünzeug ernten. Du kennst den Drill auf Deneb, Damia.«

»Verschwende nicht, verlange nicht«, intonierte Damia brav, als der köstliche Duft des gebratenen Fisches ihr den Mund wäßrig machte. »Fisch ist Nahrung für das Gehirn, Afra«, fügte sie pedantisch hinzu. »Viel Protein, wenig Fett. Dürfen wir täglich nur eine begrenzte Menge fangen?«

Isthia schnaubte. »Natürlich nicht. Ich habe den See selbst besetzt, also ist er nicht Teil der offiziellen Ressourcen.«

Damia beugte sich über den Tisch Afra entgegen, und ihre Augen funkelten schelmisch. »Das heißt, daß Isthia sich das Recht vorbehält, allein in dem See zu fischen. Im Fall einer Hungersnot darf Deneb darauf zugreifen.«

»Auf Deneb hat's doch noch nie eine Hungersnot gegeben, oder?« Afra war so erstaunt, daß er zu kauen aufhörte.

»Natürlich nicht«, sagte Damia.

»Es gilt für Hungersnöte und planetare Notfälle.«

»Wie die Käfer zum Beispiel?« fragte Afra.

»Genau.« Isthia wirkte etwas grimmig, als sie darüber sprach. »Erst haben sie unsere Seen verseucht und dann trockengelegt. Es hat Jahre gedauert, um neue Reservoirs aufzubauen und zu füllen. Daher könnte man einen fischreichen See als natürliche Ressource betrachten und den planetaren Nahrungsreserven hinzurechnen. Glücklicherweise konnte ich einige öffentliche Gelder auftreiben.«

»Für dieses abgelegene Gelände hier?« fragte Afra.

»Es hat mich fast zwei Jahre gekostet, um das richtige Grundstück zu finden, als mir der Kredit zugebilligt wurde«, sagte Isthia. »Aber es ist allen Ärger wert, den ich damit hatte.«

»Ärger? Nach allem, was du für Deneb getan hast?« fragte Damia entrüstet.

»Deshalb gab's ja soviel Ärger«, erwiderte Isthia und berichtete von ihren zahlreichen Auseinandersetzungen mit lokalen und zentralen Verwaltungsbeamten, Baumeistern, Naturforschern und den Gesundheitsämtern, die sie nicht gern so weit von den Bevölkerungszentren entfernt sahen. »Fast zwei weitere Jahre bin ich wegen Kleinigkeiten aufgehalten worden. Aber ich habe das Grundstück bekommen, das ich wollte, und niemand kann mir oder meinen Erben noch den Besitzanspruch streitig machen.«

»Was fischen wir denn?« fragte Afra.

»Regenbogenfunkler«, erwiderte Isthia. »Steckt Köder auf die Haken und hängt sie ins Wasser. Irgendwann wird ein Fisch anbeißen.«

»Eine ganz neue Erfahrung, sich sein Essen selbst zu fangen«, sagte Afra.

»Das darfst du doch, oder? Oder ist das einem Capellaner aus irgendeinem Grund nicht erlaubt?« fragte Damia, als ihr klar wurde, wie wenig sie über Afra Lyon wußte.

»Nein«, versicherte er mit einem Grinsen. »Meine Erziehung verbietet mir nicht, mir etwas zum Essen zu fischen.«

»Ich zeige euch den See, nachdem wir gegessen haben. Dann ist's noch hell genug«, sagte Isthia. »Außerdem kann es ein echtes Erlebnis sein, den Sonnenuntergang zu beobachten.«

An diesem Abend bot ihnen Deneb ein wahrhaft prachtvolles Schauspiel. Zum See führte ein schmaler Fußweg, der sich durch ein Dickicht denebischer Weichhölzer wand; einstämmige Schößlinge mit kurzen, blätterreichen Ästen. Der tautropfenförmige See war trügerisch groß, denn Isthia führte sie zu seinem schmalen Ende, wo der Fluß aus den Bergen zu ihrer Rechten einmündete.

»Ich habe eine Sitzbank gebaut«, sagte Isthia und bugsierte sie nach links das Ufer entlang, wo einige große und flache schwarze Felsen eine unregelmäßige Bank bildeten.

Irgendein spinnenartiges, vielbeiniges Insekt flitzte über den See, und gelegentlich kräuselte ein Wasserbewohner die Oberfläche und störte den Wasserläufer. Schläfrige Vögel und nächtliches Insektenzirpen erfüllten die Abendluft, als sie sich setzten.

Afra warf Damia eine Jacke über die Schulter, denn die Luft am Seeufer war kühler als in der geschützten Hütte. Sie lehnte sich an ihn, begierig nach jeder körperlichen Berührung. Er legte ihr einen Arm um die Schulter und zog sie an sich, als seien sie längst an solche körperlichen Zärtlichkeiten gewöhnt. Afra hatte offenbar keine Schwierigkeiten, dachte sie, mit ihrer neuen Beziehung. Seine Finger drückten ihren Arm, und sie sah ihn an, als habe sie ihn in Verdacht, daß er Isthias Verbot mißachtete. Er beugte ihr den Kopf entgegen.

»Eine Berührung ist nur eine Berührung, liebe Damia«, sagte er ruhig, »also mach dir keine Gedanken. Ich kann's mir noch weniger als du leisten, den Heilungsprozeß zu gefährden.«

Damia warf ihrer Großmutter einen flüchtigen Blick zu, die diskret wie eine Anstandsdame am anderen Ende des Felsbank saß. Isthia machte ganz den Eindruck, als ignorierte sie die beiden. Was offensichtlich auch zutraf, wie Damia feststellte. Isthia trennte sich gewiß nicht gern von der unberührten Einsamkeit dieses Orts. Damia durfte nicht vergessen, ihr für dieses Opfer zu danken.

»Ein Opfer«, dachte Damia mit schwerem Herzen. Es gab so viele kleine Dinge, die sie an Larak erinnerten. Afra faßte sie wieder am Arm, und sie schüttelte den Kopf über so schmerzliche Gedanken.

»Schaut mal!« Isthia zeigte auf eine Wolkenformation, die sich zart pfirsichfarben tönte, als die Sonne endlich hinter den Hügeln verschwand.

Voller Ehrfurcht vor all dieser Schönheit sahen sie zu, bis sich die Stille des Waldes und des Sees um sie schloß, eine Verbeugung vor der Entfaltung und überirdischen Stille der anbrechenden Nacht. Als die letzte Farbe der Wolken und des Himmels verblaßte, seufzte Isthia, ein Laut tiefer Zufriedenheit, und stand auf.

»Bleibt nicht zu lang. Nachts wird es hier sehr kühl«, sagte sie und drückte ihnen eine Taschenlampe in die Hand, bevor sie, den Strahl ihrer eigenen auf den Weg gerichtet, zur Hütte zurückging.

Für Damia, die körperlich immer so unruhig gewesen war, stellte diese Handlungslosigkeit eine neue Erfahrung dar, doch sie hätte diese friedliche Stimmung um nichts in der Welt gestört. Was sie noch mehr erstaunte, war der Umstand, daß sie diese magische Stille gemeinsam mit Afra – und wirklich gemeinsam – genoß. Aus den Augenwinkeln beobachtete sie ihn und sah im abendlichen Zwielicht, daß er sich in derselben entspannten Stimmung befand wie sie. Ihr war vorher noch nie aufgefallen, welch ein starkes Profil er hatte: eine hohe, gerade Stirn, eine glatte Nase, die im richtigen Winkel abstand, eine großzügige Kluft zwischen

Nase und Oberlippe und der starke, wohlgeformte Mund, das feste Kinn und der kantige Kiefer. Er hatte auch schöne Ohren. Aber es waren schon einige graue Strähnen in seinem blonden Haar zu erkennen, die allerdings nicht sonderlich auffielen.

Sie dachte an sich selbst und strich die weiße Strähne zurück, die ihr immer ins Gesicht fiel.

»Ich habe mehr graue Haare als du«, bemerkte sie.

»Aber du bist längst nicht so alt wie ich, Liebling«, erwiderte er gleichmütig.

»Ist das von Bedeutung?« fragte sie ängstlich.

Er sah auf sie hinunter und lächelte über ihre Sorge. »Eigentlich nicht, aber das kommt sicher noch auf uns zu. Machst du dir Gedanken über mein Alter?«

»Du warst immer ›Afra‹ für mich«, sagte sie und war überrascht, wie sie ihn mit sich selbst identifizierte.

»So wie du immer die unnachahmliche ›Damia‹ für mich gewesen bist. Weißt du was? Ich habe erlebt, wie du dich gegen deine Geburt gesträubt hast.«

»Das ist nicht fair!« Sie mochte es nicht, wenn er sie an solche Momente erinnerte.

»Welche Rolle spielt ›Fairness‹ in einer Beziehung? Es reicht doch, wenn ich dir sage, daß ich dich seit deinem ersten Atemzug kenne und ich dich deswegen, so merkwürdig es ist, nur um so lieber habe.«

Der Ausdruck in seinen gelblichen Augen, die Zärtlichkeit seines Mundes, sogar die Art, wie seine Schultern sich ihr zuneigten, überzeugten Damia davon, daß sie gegen die harmlose Aussage eigentlich nichts haben konnte.

»O Afra! Warum hast du so lang gewartet?«

Seine Lippen wölbten sich, und seine Augen funkelten. »Ich mußte einfach. Bis du bereit warst, den richtigen Afra zu sehen.« Mit dieser Heiterkeit in seinen Augen und um seinen Mund hatte er etwas sorglos Jugendliches an sich, das jede weitere Diskussion um sein Alter überflüssig machte.

Larak war bei seinem Tod wenig mehr als ein Junge gewesen. Der Vergleich kam ihr ungewollt in den Sinn.

Afra bedeckte ihre Hände sofort mit seinen. »Ich merke, daß du wieder traurigen Gedanken nachhängst, Liebling. Worum geht es diesmal? Sag's mir!«

Damia lächelte ihn trübselig an. »So wie ich dir alle meine kleinen Sorgen verraten habe?«

»Du kannst mir jetzt auch die großen anvertrauen.«

»Ich denke dauernd an ...« Sie schwankte.

»Larak«, und seine Finger streichelten sie sanft. »Ich denke selbst oft an ihn.«

Damia vergrub den Kopf an seiner Schulter und legte eine Hand um seinen Hals, wie sie es als Kind oft getan hatte. Aber sie schmiegte sich nicht mehr wie ein Kind an ihn.

»Ich habe gehört, daß ein solcher Schmerz mit der Zeit vergeht«, sagte er leise, »und leider trennt uns eben noch nicht genug Zeit von seinem Tod.«

Damia setzte sich aufrecht. »Wer kümmert sich denn im Moment um Jenna?« Ihre Stimme klang erschrokken, denn sie hatte mehr an ihren eigenen Schmerz und Verlust nach dieser schrecklichen Sache mit Sodan gedacht.

»Isthia kann's uns sagen ... nein, nicht telepathieren«, sagte er, und Damia gab einen gereizten Seufzer von sich. »Wir *gehen* zu ihr und fragen sie.«

»Es dauert eine Weile, bis man sich an diese Einschränkung gewöhnt hat«, erwiderte sie scharf.

»Aus gutem Grund, Liebling«, sagte er und zog sie hoch, indem er selbst geschmeidig vom warmen Felsen aufstand.

»Jenna?« fragte Isthia, erstaunt über die Frage, als sie in die Hütte zurückkehrten. »Jeran hat ihr Ezro geschickt, aber sie hat eine große Familie, und alle sind talentiert genug, um ihr Trost und Erleichterung zu spenden, damit sie es übersteht.« Isthias Miene nahm etwas Belustigtes an. »Schließlich hat sie nicht nur einen Sohn, sondern erwartet noch ein Kind.«

Damia starrte ihre Großmutter an. »Oh!« rief sie entrüstet. »Und Larak hat's nicht gewußt? Nun, er ist …« Sie brach ab. »Unter diesen Umständen, glaube ich, kann ich froh darüber sein. Himmel, wir Gwyn-Ravens sind wirklich fruchtbar.«

»Was du nicht sagst.« Isthia warf den Kopf zurück und lachte laut. »Vergeßt nicht, heute nacht *getrennte* Zimmer. *Das* werde ich deinen Eltern nicht erklären, Damia!«

Als Isthia den Tower von Deneb betrat, hatte ihr Enkel Jeran gerade den eintreffenden Verkehr abgewickelt.

»Wie geht's ihnen?« fragte er nervös, erhob sich aus seinem bequemen Stuhl und umarmte sie. Sie spürte gern seine starken jungen Arme; es erinnerte sie an Jerry.

»Sie werden sich beide vollständig erholen«, sagte sie und schenkte ihm einen warmen Blick, »wenn man ihnen die Zeit läßt, die sie brauchen. Keine unerwarteten Besuche, keine neugierigen Erkundigungen, keine telepathischen oder telekinetischen Übungen gleich welcher Art!«

»Wie kommt Damia denn mit solchen Verboten klar?« fragte Jeran und hob die Augenbrauen.

Isthia überlegte und achtete darauf, daß ihr kluger Enkel, der immerhin ein Primus war, nichts von ihren jüngsten Entscheidungen mitbekam. »Besser, als du glaubst«, erwiderte sie mit einer leichten Betonung auf das Pronomen. »Natürlich, wenn sie erst wieder gesund ist …«

»Was?« Jerans Beunruhigung war echt.

»Oh, sie ist physisch ebenso mitgenommen wie psychisch, Jeran. Und zutiefst betrübt wegen Larak. Es wird lange dauern, bis sie …«

Jeran runzelte die Stirn. »Wie lang?« Jetzt sprach der VT&T-Primus.

»So lang wie nötig«, sagte Isthia mit einem Achselzucken. »Ich würde Jeff und Rowan gern beruhigen …«, fügte sie hinzu und deutete auf das Pult.

»Natürlich«, sagte Jeran und trat von dem bequemen Stuhl zurück. »Ich habe sowieso gerade Pause. Gehst du gleich zurück?«

»Bei Gott, nein«, und Isthia grinste, als sie sich in den Stuhl setzte. »Wenn ich ihnen geistige Anstrengung verbiete, dann meine ich damit auch, daß ich ihnen nicht mit meiner metamorphischen Theorie zusetze. Körperlich sind sie durchaus in der Lage, auf sich und auf einander aufzupassen.« Sie schüttelte den Kopf, als sie daran dachte, wie recht sie damit hatte, und bemühte sich angestrengt, nicht über ihre privaten Gedanken zu kichern. »Du stöhnst wieder unter der Last deiner ergrauten Großmutter.«

»Ich stöhne nicht, Großmutter. Bin froh, daß ich dich bei mir habe.«

Isthia schnaubte, weil sie nur zu gut wußte, daß Jeran angestrengt überlegte, wie er es mit seiner gegenwärtigen Affäre halten sollte, wenn sich seine Großmutter im selben Haus aufhielt. »Ich kann auch in Kantrias Wohnung unterkommen. Ja, das wäre gar nicht so schlecht, schließlich wohnt sie am Stadtrand. Aber sei so freundlich und frage sie erst, Jeran.«

Sie lachte, als sie Jerans Anflug von Bestürzung auffing, während er hastig die abgeschirmte Tür hinter sich schloß. Das sollte reichen, um ihn von weiteren Spekulationen um seine Schwester und Afra abzuhalten.

Sie ließ sich in den Stuhl nieder, griff den Puls der Generatoren auf und überbrückte mit Geisteskräften die große Entfernung nach Kallisto.

Isthia? Rowan erkannte sie sofort und unterdrückte nicht ihre verständliche Beunruhigung. Damia stand in den Gedanken ihrer Mutter an erster Stelle.

Es geht ihnen beiden gut, und sie werden sich beide erholen, Rowan.

Mutter? Sofort schaltete sich Jeffs Geist in die Verbindung ein. *Ohne bleibende Schäden?* Afras Genesung sorgte Jeff mehr, aber nur, weil er das Gefühl hatte, daß Afra einer größeren Gefahr ausgesetzt gewesen war als seine Tochter.

Ich kann mir bei beiden keine Abnahme ihrer geistigen Kräfte vorstellen. Wie ich schon sagte, jede geistige Belastung vermeiden, viel schlafen und Abgeschiedenheit wird ihnen helfen.

Erleichterung strömte zwischen ihnen hin und her.

Hast du eine Vorstellung, wann ihre Heilung abgeschlossen sein wird? fragte Jeff in seiner Rolle als Primus.

Ich habe keine Ahnung, versicherte Isthia heiter und spürte ihr Mißfallen. *Himmel, ich habe noch nie jemanden behandelt, der solchen mentalen Belastungen ausgesetzt war. Metamorphisch gesprochen, hat Damia Afra abgepuffert, und ihr zwei habt den Schlag gegen sie gedämpft, als sie Sodan abwehrte und zerstörte.*

Es trat eine kurze Pause ein. *Gibt sie sich die Schuld, weil sie Larak nicht …* Rowans Stimme versagte.

Ja, aber das war unvermeidlich, und wir können ihr die Trauer nicht ersparen. Ihr werdet überrascht sein, wenn ihr sie seht, und Isthia war ganz froh darüber, daß sich niemand im Tower aufhielt, der ihr Lächeln sehen konnte. Sie mochte und bewunderte die Lebensgefährtin ihres Sohnes. Es war kaum Angharads Schuld, daß sie mit übertriebenem Eifer versucht hatte, an ihren eigenen Kindern die Wechselfälle ihrer frühen Kindheit wiedergutzumachen.

Überrascht? fragte Jeff.

Angenehm überrascht, erwiderte Isthia. Sie konnte sie durchaus darauf vorbereiten. *Der Vorfall hat das Mädchen reifer gemacht.*

Wie ein Initiationsritus? fragte Jeff.

Ein harter und schmerzlicher, um es deutlich zu sagen, aber wenn wir Damias Persönlichkeit berücksichtigen, kann nur eine solche Erfahrung sie ruhiger machen.

Bist du nicht zu hart mit Damia? wandte Rowan ein.

Ich versichere dir, ich bin nur objektiv. Ihr solltet für ihre Geistesstärke und Spannkraft dankbar sein. Sie hätte auch völlig ausgezehrt und gebrochen sein können.

Aber geht es ihr gut? Wird sie sich erholen?

Mit der Zeit. Was ist mit dir, Angharad? Keine Kopfschmerzen oder Konzentrationsschwächen mehr? lenkte Isthia ihr Gespräch geschickt auf ein anderes Thema.

Nein, weil wir den Verkehr eingeschränkt haben, erwiderte Jeff schroff. *Manchmal erwartet VT&T zuviel von seinen Primen. Wir beide,* und er übermittelte seiner Mutter ein trübseliges Lächeln, *lassen unsere Assistenten die nicht-lebenden Frachten erledigen. Das gibt ihnen das Gefühl, etwas geleistet zu haben, und verschafft uns etwas Erleichterung. Und Aurigae bekommt einen Anschiß für die riesigen Lasten, die Damia teleportieren mußte. Das wird sie nicht noch einmal machen. Hast du gesagt, daß Afra wieder der Alte wird?*

Isthia kicherte. *Oh, du wirst auch an ihm eine Veränderung feststellen. Zum Besseren.* Und bevor sich ihre innere Belustigung zeigte, brach sie hastig die Verbindung ab. *Und jetzt auf Wiedersehen. Jeran will seinen Stuhl zurück. Ich halte euch auf dem laufenden.*

Kapitel Zehn

Weil sie so isoliert waren und lange Zeit die Angewohnheit gehabt hatten, sich einander in jeder Hinsicht weit zu öffnen, spürten Damia und Afra bald, wie schwer ihnen das Schweigen fiel.

Damia zensierte den Vorfall. Afra ignorierte ihn. Beide erwähnten ihn nicht; Damia, weil sie nicht zweimal auf dieselbe Art erwischt werden wollte; Afra, weil er seinen Geisteskräften nicht vertraute.

Isthia hatte ihnen nicht nur einen Diätplan hinterlassen – anfangs leichtverdauliche Nahrungsmittel, der später einige esoterischere und exotischere Kombinationen folgen sollten –, sondern auch einen Arbeitsplan. Eine Notiz Isthias erinnerte sie daran, daß die Hütte nicht automatisiert war.

> »Nichts, was euch allzu sehr beansprucht, aber leichte Hausarbeiten, um den Laden in Gang zu halten und eure Langeweile zu bekämpfen.«

»Ich weiß nicht, was ich davon halten soll, wenn sie dauernd über Langeweile redet«, sagte Damia zu Afra, als sie den Dienstplan betrachteten.

Afras Augen glänzten, aber seine Finger, die über ihre Wange streichelten, nahmen die Schärfe aus seinen Worten. »Wir kennen doch beide unsere quicklebendige Damia, unruhig und neugierig ...«

»Ich brauche meine Ruhe«, und Damia gab sich betont überheblich, »und ich war vor kurzem einmal eine Spur zu neugierig, als daß mir das noch einmal passieren könnte. Ich will mich etwas hängenlassen, und zwar mit dir, Afra Lyon!«

»Was wir machen, kann man nicht unbedingt als Hängenlassen bezeichnen, Liebling«, sagte Afra und zeigte ihr, was er meinte.

Sie grinste und griff nach ihm.

Sie achteten allerdings darauf, daß sie Isthias Arbeitsplan streng einhielten, die Hütte säuberten und aufräumten, den Garten pflegten, das Gemüse ernteten, den Zaun ausbesserten, damit die Tiere aus dem Wald nicht die jungen Pflanzen wegfraßen, und fischen gingen. Im See kamen viele schmackhafte Arten vor.

Damia angelte gern, vor allem weil es ihr einen Vorwand bot, neben Afra zu sitzen und seine Schultern und Beine zu berühren, während sie am Ufer saßen und darauf warteten, daß die Funkler nach dem Köder schnappten. Die gezwungene Müßigkeit des Angelns gab Damia Gelegenheit, ihr unersättliches Interesse an jeder Facette aus der Kindheit und frühen Ausbildung ihres Geliebten zu befriedigen, obwohl sie all die Herzlosigkeiten furchtbar fand.

»Ich schätze, ich hatte mit meinen Eltern sehr viel mehr Glück, als mir bewußt war«, mußte Damia zugeben, als er von den Zumutungen in seinen ersten Lebensjahren erzählt hatte.

»Obwohl man dich als kleines Kind nach Deneb geschickt hat?« fragte Afra und beobachtete sie aufmerksam.

Sie verzog vor Kummer das Gesicht. »Ich bin wohl eine richtige Plage gewesen, was?«

»Eine entsetzliche Plage.«

»Du mußt nicht unbedingt zustimmen!«

»Warum nicht? Wenn du's selber zugibst.«

»Aber du sollst nicht zustimmen!«

Afra kicherte. »Wenn es stimmt, warum nicht? Es kommt auf den Blickwinkel an, Liebling. Ich kenne doch deine Fehler – so wie ich mir meine eingestehen muß –, und ich liebe dich ihretwegen um so mehr.«

»Du liebst mich wegen meiner Fehler? Wie dumm!«
»Sollte ich sie ignorieren, weil ich dich liebe?«
»Nun ja …«
»Unsinn. Deine Schrullen sind es, die mich bezaubern, nicht deine übermenschlichen Fähigkeiten, die ich bewundere und respektiere. Das wäre ermüdend …«
»Du meinst langweilig?« fragte Damia und beäugte ihn mißtrauisch.
»Nein, ermüdend, weil ich auf alles achtgeben müßte, was ich sage und tue, um genauso respektabel und bewundernswert zu sein.«
Damia riß bestürzt die Augen auf. »Aber du wirst respektiert und bewundert.«
»Von dir?« Seine Stimme klang flehentlich, und sein Blick ließ sie dahinschmelzen.
»Ich glaube«, sagte sie auf eine bedächtige Art und spielte mit den langen Fingern, die eine ihrer Hände umschlossen hielten, »daß ich dich immer bewundert und respektiert habe, Afra. Du hast mir einfach immer zugehört, auch als ich noch ein kleines Mädchen war. Du hast mir immer das Gefühl gegeben, als hättest du für niemand anderen im Tower Zeit.«
»Das ist ganz richtig, Liebling.«
»Hast du mich denn schon als kleines Mädchen geliebt?« Damia konnte den wehmütigen Unterton nicht ganz vermeiden.
»Ich habe dieses Baby geliebt, wie ein Mann ein entzückendes, fröhliches Kind lieben kann. Und jetzt liebe ich dich, wie ein Mann eine vitale, talentierte, sexuell aktive junge Frau liebt.«
»Dann liebe mich doch, komm …«

Als ihre Körperkräfte zurückkehrten, machten sie größere Spaziergänge; teilweise als Reaktion auf Isthias Arbeitsliste. Damia hielt die Augen für einige irdische Tierarten offen, die wohlüberlegt in die denebische Ökologie eingefügt worden waren. Dazu gehörte ein brütendes Paar Raubvögel, das die schroffen Hänge über der Hütte bewohnte. Isthia wollte sich das Nest ansehen und feststellen, welchen Erfolg die Jungen mit ihren ersten Flugversuchen hatten. Mit ihren Karten und Rucksäcken voll Proviant und Hilfsmitteln nutzten Damia und Afra einen schönen, klaren Morgen, um das selbst zu erledigen.

»Du hast die längeren Beine«, sagte Damia zu ihm, und bewunderte sie: leicht behaart, wohlgeformt, sehnig und von viel Sonne gebräunt. »Schöne Knie.«

»Dasselbe könnte ich von deinen sagen«, erwiderte er gleichmütig.

»Kann man dich denn gar nicht aus der Ruhe bringen?«

»Oh, du schon«, sagte Afra schelmisch. »Das tust du andauernd.«

»So habe ich das nicht gemeint! Aber du verlierst nie die Geduld, oder liegt das an deiner methodistischen Erziehung?«

»Wegen einer Kleinigkeit die Geduld zu verlieren, würde doch wohl jeder für ein Zeichen schlechter Erziehung halten«, erwiderte er.

»Vielleicht hätte besser ich von deinen Eltern aufgezogen werden sollen«, sagte sie etwas verstimmt.

»Nein, Liebling, nicht!« rief er so inbrünstig, daß sie sich über die Schulter nach ihm umblickte und es fertigbrachte, mit einem Baum zusammenzustoßen. »Hast du dir weh getan?«

»Was? Bei dem kleinen Stoß?« fragte sie und ärgerte sich über ihre Unbeholfenheit. Sie war vom Knie bis zur Wange gegen den Stamm gestoßen, und das schmerzte. Sie massierte sich und tätschelte den Baum. »Wahrscheinlich habe ich ihm viel mehr weh getan. Schau mal, ich habe die ganzen frischen Zweige abgerissen!«

»Hm, sieht so aus. Hoffen wir, daß Isthia nicht jeden Baum persönlich kennt, den sie gepflanzt hat.«

Damia paßte von da an auf, wo sie hintrat, und fragte sich nur, wie die Schrammen verheilen würden. Aber momentan war sie viel mehr an der schönen Landschaft interessiert, denn sie hatten den dichten Waldgürtel verlassen und die rauhen Hügelhänge erreicht, stiegen von Felsen über grasige Büschel hinweg oder bahnten sich einen Weg durch farnartige Vegetation, die an ihren Wanderstiefeln entlangkratzte und einen strengen, beißenden Geruch verbreitete.

Sie machten häufig Rast, aus Rücksicht auf ihre schlaffe Muskulatur und ihre Heilung, aber gegen Mittag hatten sie die Ansammlung nackter Felsen erreicht, wo die Raubvögel nisteten. Afra richtete sein starkes Fernglas auf den entsprechenden Abhang und das erste Nest.

»Keine Vögel, keine Eierschalen. Ist das ein gutes Zeichen?« Er reichte Damia das Fernglas.

»Wir sollten mal am Fuß des Hangs nachschauen«, sagte sie nach einem aufmerksamen Rundblick. »Sieht so aus, als ob die Vögel den Abfall aus dem Nest werfen.«

Sie mußten über unebenes Gelände klettern, um ihr Ziel zu erreichen, fanden aber nichts als Reste von Eierschalen und Knochen, manche davon so zermalmt, daß das Mark hervortrat.

Sie kämpften sich weiter, um die vier anderen Nester zu untersuchen, die Isthia aufgelistet hatte, und fanden zwei weitere, bevor sie auf einen rauschenden Bergbach stießen, wo sie beschlossen, ihre Mittagspause einzulegen. Sie hatten auf alles Appetit, was sie mitgenommen hatten, und spülten es mit dem klaren, kühlen Wasser des Bachs hinunter. Dann kletterten sie weiter den zerklüfteten Hang hinauf. Als sie schließlich die höchste Stelle erreichten, machte Damia eine Pause, beschirmte ihre Augen, und indem sie sich langsam umdrehte, nahm sie das Panorama unter ihnen und um sie herum in sich auf.

»Es ist atemberaubend«, sagte Afra. »Ich hatte vergessen, daß man von einer einzigen Stelle aus soviel von der Welt sehen kann.«

»Das sieht schon ganz anders aus als auf Kallisto«, erwiderte Damia. »Und doch«, fügte sie loyal hinzu. »Ich mag diesen Mond! Er war für mich die ganze Welt, bis ich …« Sie brach ab und runzelte die Stirn.

»Stimmt etwas nicht?«

Sie hatte sich dem Anstieg hinter dem Sattel zugewandt, auf dem sie standen. Sie biß sich verwirrt auf die Unterlippe und zuckte unruhig die Achseln.

»Es dürfte nichts mehr geben. Es dürfte eigentlich nichts mehr hier sein.«

»Was denn?«

»Da werde ich wohl mal nachschauen müssen, was?« fragte sie undeutlich.

»Wonach, Damia? Du weißt doch, daß ich deine Gedanken nicht lesen kann.«

»Dann sei froh, Af'a, aber komm besser mit.« Sie begann den steilen Felshang hinaufzuklettern und bedeutete ihm, ihr zu folgen.

»Wonach soll ich Ausschau halten?« fragte er taktvoll.

»Du müßtest es *spüren*«, sagte sie fast wütend. »Etwas, das von den Käfern stammt. Spürst du nicht das …«

»Das Zischen und Brennen?« fragte er halb amüsiert.

»Ja«, und jetzt war sie wirklich wütend. »Das Zischen und Brennen. Es ist ganz heftig.«

Afra hielt inne und versuchte dasselbe zu spüren wie sie. »Ich höre wirklich Insekten zischeln.«

»Nein, man kann das Käfermetall spüren. Schau dich um, siehst du in dieser Höhe etwa Insekten?«

Jetzt, wo Damia es erwähnte, fiel ihm auf, daß sie recht hatte, aber sie legte ein ziemliches Tempo vor, und er mußte sich anstrengen, um mit ihr Schritt zu halten. Als sie den Gipfel der nächsten Anhöhe erreichten, sah er sich erwartungsvoll um, aber Damia wandte sich nach rechts und kletterte zielstrebig den nächsten Hang hinauf, um plötzlich innezuhalten und auf eine Rille im feinen grauen Granit zu starren – eine Rille, die nicht natürlich war und aus der ein zerbeultes Metallstück ragte. Das Zischeln, das Afra gehört zu haben glaubte, war nun lauter, und jeder Atemzug, den er einsog, hatte einen scharfen metallischen Geschmack.

»Zischen und Brennen trifft's ganz gut«, sagte er und betrachtete das Artefakt. Dann schritt er den Riß im Fels ab. »Fünfzehn Meter sichtbar.« Er bückte sich und berührte die Oberfläche zaghaft mit der Fingerspitze. »Ein Teil des Rumpfes?«

»Sieht so aus«, erwiderte Damia. »Getüpfelt. Ich hätte nicht gedacht, daß noch etwas zu finden ist. Mein Onkel Rhodri hat die letzten neun Jahre seines Lebens damit verbracht, nach Überresten zu suchen.«

»Dies ist eine schwer zugängliche Stelle«, bemerkte Afra.

Damia seufzte. »Wir gehen besser zurück und melden das.«

»Wieso? Es liegt doch schon seit über zwanzig Jahren hier.«

»Solche Funde müssen gemeldet werden. Und außerdem ist's verdammt nah am vierten Raubvogelnest dran.«

»Ist das ein Problem?«

Damia warf ihm einen nervösen Blick zu. »Kannst du's nicht in der Luft schmecken? Nicht spüren? Kannst du dir vorstellen, welche Auswirkungen das auf die Brut hätte?«

»Gibt es eine?« Er bändigte eine zunehmende Unruhe, die ihre rätselhaften Anmerkungen in ihm hervorriefen. »Ich habe zwar geholfen, Käfer vom Himmel zu holen, aber der Kontakt erfolgt über eine ausgesprochen große Distanz hinweg.«

»Nun, dieses Metall hier wirkt aus nächster Nähe auf mich«, erwiderte sie nervös und begann mit dem Abstieg. »Ich kann gar nicht schnell genug wegkommen.«

»Oh, macht dir das zu schaffen?«

»Ja, allerdings!« Sie spuckte ihm die Worte förmlich entgegen. »Hauen wir ab von hier!« Ihre Stimme klang fast verzweifelt.

Er verbiß sich einen wütenden Kommentar darüber, wie hastig sie eben noch zu dem Trümmerstück hinaufgestiegen war. Damia verlangsamte ihr Tempo erst, bis sie wieder am Bach waren. Sie schnappte nach Luft und schwitzte vor Anstrengung.

»Ich glaube, das ist weit genug«, erwiderte sie keuchend und ließ sich in den Bach fallen, um sich Gesicht und Hals mit Wasser zu bespritzen, ehe sie Afra angrinste, als ihre gute Laune zurückkehrte. Sie beide tranken ausgiebig und spülten sich den metallischen Geschmack aus dem Mund.

»Warum hast du mich meinen ganzen Proviant essen lassen?« fragte Damia. »Ich verhungere.«

»Ich habe ein paar Beerenbüsche gesehen«, schlug Afra vor.

»Hm, gute Idee. Entschuldige meine schlechte Laune eben, Af'a, aber Käferschrott macht mich wirklich nervös.«

»Was ich erstaunlich finde, ist die Tatsache, daß er diese Wirkung so lang beibehält.«

Damia grinste. »Onkel Rhodri war entschlossen, den Grund herauszufinden. Er war sich nicht sicher, ob es von Ausstrahlungen des Alienerzes oder von Vibrationen herrührte, die die Käfer zu Verteidigungszwecken induziert hatten. Er vermutete letzteres, weil es Angreifer so schwer hätten, sich dem Schiff auf dem Boden zu nähern.«

»War das seine letzte Schlußfolgerung?«

»Oh, er ist gestorben, bevor er eine Schlußfolgerung ziehen konnte. Das Oberkommando hat das Projekt übernommen. Sie arbeiten immer noch daran. Und sie sind es auch, die ich verständigen werde, wenn wir wieder in der Hütte sind. Komm!«

Afra protestierte nicht gegen das rasante Tempo, in dem Damia zur Hütte zurückhetzte, und sie waren beide erschöpft, als sie die Lichtung erreichten. Afra nahm sich Zeit, erst etwas zu trinken, Damia aber ging sofort ans Komgerät und wählte die Nummer.

»Damia Raven-Lyon«, sagte sie zu seinem Erstaunen und seiner Freude. »Ich habe in den Hügeln über Isthia Ravens Hütte ein Trümmerstück gefunden.« Sie las die Koordinaten von Isthias Karte ab. »Ja, es strahlt immer noch. Wir konnten das Gebiet nicht schnell genug verlassen. Sie können mit einem V-Lander auf dem Sattel darunter aufsetzen. Ja, etwa fünfzehn Meter lang, vielleicht noch länger. Es hat sich in die Senke gebohrt. Sieht wie ein Rumpfstück aus.« Sie zog eine Grimasse. »Fühlt sich jedenfalls so an. Ja, natürlich, wir werden dort warten.«

Afra reichte ihr ein Glas kühlen Fruchtsaft, als sie den Hörer auflegte.

»Damia Raven-Lyon?« fragte er sanft, als er einen Arm um ihre Schulter schlang, um sie an sich zu drükken.

Sie sah ihn von der Seite an, und die blauen Augen in ihrem müden, schweißnassen Gesicht funkelten.

»Nun, es soll jeder wissen!«

Ein Offizier meldete sich und bat um Landeerlaubnis auf der Lichtung vor der Hütte. Während Damia und Afra auf der Veranda warteten, um ihn zu begrüßen, sahen sie die riesige Bergungsmaschine, unter der an starken Stahltrossen das zerbeulte Trümmerstück hing, während es schwerfällig nach Osten auf die Forschungseinrichtung der Marine zuknatterte. Eines der Begleitfahrzeuge löste sich von ihr und landete.

»Das war ein großartiger Fund«, sagte der Korvettenkapitän, der von Ohr zu Ohr strahlte, als er sich vor ihnen aufbaute und schneidig salutierte. »Schätze, wir haben allen Schrott eingesammelt. Geben Sie uns Bescheid, wenn sie noch etwas finden, ja?«

Damia spürte, wie ihr ein krampfhaftes Zittern die Wirbelsäule hinunterlief. »Verlassen Sie sich darauf. Ich will nicht einen Span von diesem Zeug in meiner Nähe haben.«

»Wie lindern Sie den Effekt, Kapitän?« fragte Afra.

»Welchen Effekt, Sir?« Der Mann war überrascht. »Ach so, dann sind Sie also Talente.« Er bedachte sie mit einem leicht herablassenden Lächeln. »Uns macht das überhaupt nichts aus. Aber ich habe gehört, es kann für empfindliche Personen ziemlich lästig werden.« Zum Glück wandte er sich danach ab und trottete zu seinem Flugwagen zurück.

»Hat der Nerven ...«, brummte Damia. »Kann für empfindliche Personen ziemlich lästig werden – allerdings!«

Afra kicherte. »Wenigstens wissen wir, daß wir wieder zu den empfindlichen Personen gehören.«

Damia blinzelte. »Darüber habe ich noch gar nicht nachgedacht.« Dann erstrahlte ihr Gesicht. »Meinst du, das heißt, daß wir geheilt sind?«

»Zumindest auf dem Weg dahin.«

Die Träume fingen in dieser Nacht an. Und zuerst schrieb Damia sie dem Alienmetall zu. Es waren keine Alpträume; eher in ihren schlafenden Geist projizierte Bilder, ein Kaleidoskop von Bildern. Sie erwachte in keinem unangenehmen Geisteszustand, konnte sich aber lebhaft an die nächtlichen Phantasien erinnern.

Sie nahm mit Isthia Kontakt auf und erwähnte den Käferschrott und seine Wirkung auf sie.

»Ich würde sagen, daß eure Heilung Fortschritte macht. Aber übereilt es nicht, Damia. Zuviel steht auf dem Spiel.«

»Wir sind jetzt seit sieben Wochen hier.«

»Langweilst du dich schon?«

»Großmutter! Ich langweile mich nicht. Sollen wir nicht noch mal hinaufklettern und sehen, welche Wirkung das Stück Käferschrott auf das letzte Nest auf unserer Liste hatte?«

»Hm. Ja, da könnte es Probleme geben. Wartet bis zum nächsten starken Regen, der die Reste wegspült. Im gegenwärtigen Stadium eurer Genesung könnt ihr keine Kontamination aus dem All gebrauchen.«

»Du kannst es wohl kaum abwarten, wieder in einem Tower zu sitzen, was, Damia?« fragte Afra, als sie den Kontakt abbrach.

Sie lachte. »Doch, kann ich. Und ich langweile mich auch nicht. Isthia sagt …«

»Ich habe sie gehört …«

»Afra!« Besorgt faßte Damia ihn an der Schulter.

»Ich bin nicht taub, und Isthia war auch ohne telepathische Unterstützung bequem zu hören.«

Nach zwei Wochen dieser nächtlichen Episoden machte Damia sich allmählich Sorgen. Ihr Onkel hatte nie eine Erklärung dafür gefunden, warum das Käfermetall weiterstrahlte, aber er hatte darauf bestanden, daß alle Bruchstücke in abgeschirmte Bunker mit zwei Meter dicken Wänden aus härtestem Plastbeton untergebracht wurden. Er hatte empfohlen, daß keiner auch nur minimal talentierten Person der Zutritt auf das Forschungsgelände erlaubt wurde. Doch der Inhalt ihrer nächtlichen Phantasien war weder gefährlicher noch boshafter Natur. Sie schienen vielmehr ein bestimmtes Muster zu wiederholen, was schon erstaunlich genug war, und mit der Zeit wurde das Muster vorhersehbar, daß Damia von einer Bilderfolge zur nächsten springen konnte … als ob sie die Seiten eines Buches umblätterte.

Nachdem sie sich eines frühen Morgens aus dem Bett geschwungen hatte, huschte Damia in die Küche und wählte Isthias Nummer. Ihre Großmutter war eine

Frühaufsteherin. Nach dem dritten Klingeln nahm sie ab.

»Großmutter, hat Onkel Rhodri jemals eine langfristige Kontamination durch das Käfermetall nachweisen können?«

»Was genau meinst du?«

Für Damias Ohren klang ihre Großmutter so zwanglos aufmerksam, daß sie keine weiteren Hemmungen hatte, ihr das Phänomen zu schildern.

»Seit zwei Wochen, als wir dieses Rumpfteil fanden, habe ich jede Nacht seltsame Träume, nur sind diese Träume weder bedrohlich noch beängstigend noch besonders beunruhigend. Es sind Wiederholungen derselben Bilder.«

»Welcher Bilder?« Und wieder deutete Isthias nüchterne Frage an, daß sich dieses Phänomen vielleicht nicht auf Damia beschränkte.

»Ich sehe eine angenehme Umgebung, dann Gestalten – zu fern und verschwommen, um sie zu beschreiben –, die sich über lange Straßen einer zweiten Gruppe von sechs Gestalten nähern. Beide Gruppen setzen sich. Die Atmosphäre ist friedlich, und es sieht so aus, als ob die beiden Gruppen miteinander redeten. Dann drehen sich die Besucher – denn so sind sie mir vorgekommen – wieder um und gehen den Weg zurück, den sie gekommen sind, und steigen in irgendeine Art Fahrzeug, wie mir scheint.«

»Welcher Art?«

»Das kann ich nicht erkennen, Isthia. Ich kann es nur als Fahrzeug identifizieren. Eine Öffnung tut sich auf, und die Besucher verschwinden darin. Dann fängt alles wieder von vorn an. Und jetzt verrate mir, ob andere Personen dieselben Träume haben.«

»Ich zum Beispiel«, sagte Afra, der lautlos die Küche betreten hatte.

»Afra sagt, er träumt das auch.«

»Das überrascht mich nicht, Damia. Was mich überrascht, ist die Tatsache, daß ihr zwei zu den Personen gehört, mit denen auf diese Weise Kontakt aufgenommen wird.«

»Was? Wie viele sind denn betroffen?« Damia wußte nicht recht, ob sie erleichtert oder beunruhigt sein sollte.

Isthia lachte. »Diesmal sind's nicht bloß die Frauen, die es betrifft.«

»*Was?*« Damia winkte Afra nervös näher, damit er Isthia hören konnte.

»Nun, dein Onkel Ian sowie Rakella und Besseva hatten so ziemlich dieselbe nächtliche Heimsuchung zu erdulden. Deine sind die deutlichsten.«

»Hast du nicht eben ›Kontakt‹ gesagt?«

»Stimmt, und dafür halte ich es auch, nachdem du die Andeutungen der anderen konkretisiert hast.«

»Irgendwie gefällt mir das nicht«, sagte Damia und bemerkte, daß ihre Hände zu zittern begannen. Afra legte ihr einen Arm um die Hüfte und eine Hand auf die Schulter, um sie zu beruhigen. Sie lehnte sich an ihn. »Was meint Jeran?«

»Ach so, ja. Jeran gehört nicht zu den Auserwählten«, sagte Isthia. »Natürlich verbringt er den Großteil seiner Freizeit mit der Blondine, der er den Hof macht.«

»Meint er's ernst?«

»Ich nehme an. Wenn Jeran sich etwas in den Kopf setzt, ist er nicht mehr davon abzubringen.«

»Hast du ihn gebeten, es zu versuchen?«

»Um zu träumen, muß man erst einmal schlafen«, sagte Isthia scharf.

Afra dämpfte sein Lachen mit Damias offenem Haar, drückte sein Gesicht an ihren Hals und bohrte die Zähne in ihre Haut. Sie zog die Schultern zusammen und zischte ihm zu, er solle sich benehmen. Er zeigte nicht die mindeste Reue.

»Also, was sollen wir machen? Hast du's meinen Eltern berichtet?«

»Hmm, nein, noch nicht. Es ist noch alles zu verschwommen.«

»Ich kann mir schon vorstellen, was Rowan und Jeff sagen werden«, bemerkte Afra so laut, daß Isthia ihn hören konnte, »daß Deneb zum dritten Mal überfallen werden soll.«

»Es ist kein Überfall«, sagten Damia und Isthia gleichzeitig.

»Wirklich?« Afra betrachtete seine Geliebte in einem neuen Licht. »Eine interessante Reaktion.«

»Bisher sind nur Träume hervorgerufen worden«, fügte Isthia hinzu. »Hör mal, weil du auch diese Visionen gehabt hast, und weil sie bei dir deutlicher waren als bei allen anderen, würde ich sagen, daß ich zu euch rauskomme, wenn du nichts dagegen hast …«

»Wenn du dich nicht langweilst …« Damia konnte sich den Witz nicht verkneifen.

»Mein Liebling, Langeweile übt eine besondere Anziehungskraft auf jemanden aus, der sie bisher noch nicht kannte. Und fangt mir zum Mittagessen etwas frischen Fisch.« Sie brach die Verbindung ab.

»Irgendwie gefällt mir das nicht«, wiederholte Damia und legte den Hörer auf.

»Warum?« Dabei drehte Afra sie in seinen Armen um und drückte sie tröstend an sich. »Ich hatte nicht den Eindruck von etwas Gefährlichem, Bösem oder Hinterhältigem. Ich hatte, genau wie du, das Gefühl, einen harmlosen Besuch zu erleben.«

Gegen den Körper ihres Geliebten gestützt, ließ Damia sich von ihm halten und suchte unbewußt nach der Beruhigung, die er ihr bereitwillig spendete.

»Ich weiß nicht, ob ich noch so einen Besucher gebrauchen kann«, sagte sie mürrisch. Sie fuhr noch einmal zittrig zusammen. »Der letzte hat uns zuviel gekostet.«

»Was? Meine tapfere Damia weicht einer neuen Herausforderung aus?«

»Deine vorsichtige Damia stürzt sich nicht blindlings in ein neues Abenteuer«, und dabei klang ihre Stimme spöttisch.

»Warten wir ab, was Isthia sagt. In der Zwischenzeit könnte ich einen Kaffee gebrauchen, und wie wär's mit einem Frühstück, ehe wir ihr einen Fisch zum Mittag fangen?«

»Du nimmst diese Sache ein bißchen zu sehr auf die leichte Schulter«, schimpfte Damia und stieß ihn von sich.

Er stritt es sofort ab. »Alles andere als das. Wer bei Sinnen ist, wird die ganze von außen angeregte Traumsequenz unvoreingenommen untersuchen ...«

»Wenn man's uns erlaubt ...« Die Gedanken ganz woanders, begann Damia den Kaffee zu kochen und ein Frühstück vorzubereiten.

»Das wird sich nicht vermeiden lassen, wenn unsere Träume die klarsten sind ...«

»Aber sie begannen in der Nacht, nachdem wir den Käferschrott gefunden hatten ...«

»Da könnte ein Zusammenhang bestehen.« Afra runzelte die Stirn über das seltsame Zusammentreffen, als er Damia die Bratpfanne aus der Hand nahm und die Eier zubereitete. »Wir rupfen besser auch im vorderen Beet das Unkraut aus, sonst meint Isthia noch, daß wir unsere Pflicht vernachlässigen.«

Es verschaffte Damia eine gewisse Erleichterung, das Unkraut auszureißen und mit Hilfe einer Harke auch die Wurzeln zu entfernen. Und obwohl sie sonst gerne fischte, war es an diesem Tag nur ein willkommener Zeitvertreib bis Isthias Ankunft. Wie es manchmal gerade dann vorkommt, wenn es einem gleichgültig ist, bissen die Fische gut, und sie fingen zehn stattliche Weißbäuche, bevor sie einsahen, daß sie längst genug hatten. Als Isthia mit Ian und Rakella eintraf, waren sie gerade fertig.

Afra hatte Ian einige Jahre nicht gesehen und war

überrascht, wie sehr der junge Mann seinem älteren Bruder ähnelte. Obwohl er nicht eine so starke Persönlichkeit war, verfügte er doch in ausreichendem Maße über den typischen Charme der Ravens.

»Meine liebe Nichte, du hast dich ja herausgemacht, daß man dich gar nicht mehr wiedererkennt«, sagte er und ließ den flachen Tragekoffer fallen, um Damia herzlich in die Arme zu schließen. Nachdem er sie so fest umarmt hatte, daß ihr die Rippen krachten, streckte er Afra eine Hand entgegen. Seine Augen waren von einem etwas blasseren Blau als Jeffs, doch strahlten in ihrer Gesellschaft ebenso viel Vitalität, gute Laune und Freude aus.

»Da kann ich nur zustimmen«, sagte Rakella und küßte Damia auf die Wange. »Du warst in einem schrecklichen Zustand, als du hergekommen bist. Ich habe geholfen, dich zu pflegen, oder hat Isthia das gar nicht erwähnt?« Sie sah ihrer älteren Schwester Isthia nicht sonderlich ähnlich, doch ihre Familienzugehörigkeit war dem Ausdruck in ihren Augen und ihren vollen Lippen deutlich anzumerken.

»Dafür bin ich sehr dankbar«, sagte Damia, »denn ich kann mich nicht an viel mehr als die schlimmsten Kopfschmerzen meines Lebens erinnern.«

Isthia klatschte vier, fünf Mal scharf in die Hände – so laut, daß die Geräusche in Damias Schädel widerhallten – und bat sie alle gemeinsam an den Eßtisch. Damia bemerkte, daß sie sich auch schnell einen Eindruck vom Zustand ihres Hauses verschaffte, als sie ihre Gäste ins Eßzimmer scheuchte.

»Weiße Handschuhe, Großmutter?«

»Die werde ich nicht brauchen«, erwiderte Isthia vergnügt. »Hör mal, Ian will dir ein paar Skizzen zeigen. Schau mal, ob du etwas darauf erkennst.«

»Sie sind ziemlich vage«, sagte Ian und schlug brav die Mappe auf, die er mitgebracht hatte. Er schob einige Bleistiftzeichnungen auf die glatte Tischplatte, so daß Afra die einen und Damia die anderen betrachten konnte. »Ich bringe nicht oft zu Papier, was ich träume, aber nach der vierten oder fünften Wiederholung hatte ich das Gefühl, daß ich es tun müßte.«

Damia hielt ein Blatt hoch und zeigte auf die lange Straße und die beiden verschwommenen Gruppen. »Genauso sehe ich das auch, nur daß sich mindestens zwanzig Gestalten nähern und nur sechs warten.«

»Sechs?« Isthia schien das zu freuen. »Das sind wir, wenn wir Besseva mitrechnen, die heute nicht kommen konnte.«

»Und wir alle sind hochrangige Talente, nicht?« sagte Damia und sah ihre Großmutter hilfesuchend an. Isthia tat Damias Selbstzweifel mit einem Wink ab.

»Warum ist Jeran nicht betroffen?« fragte Ian, und als Isthia ein Lachen unterdrückte, fügte er hinzu: »Oh, ich schätze, das würde sein Urteilsvermögen beeinflussen, wenn nicht sogar sein Aufnahmevermögen.«

»Also, was genau geht hier vor?« fragte Damia fast verdrießlich.

»Hat es irgend etwas mit den Aussetzern im Warnbojennetz vor Prokyon zu tun?« fragte Afra und erschreckte Damia damit.

»Welche Aussetzer?«

Afra sah ihr einen Moment lang fest in die Augen. »Larak hat sie erwähnt. Die Flotte ist mit einer Untersuchung beauftragt worden und hat draußen nichts gefunden.«

»Zwischen Prokyon und Deneb liegt eine beträchtliche Distanz«, sagte Ian nachdenklich. Damia hielt den Atem an.

»Stimmt, aber in jüngster Zeit sind noch größere Distanzen überbrückt worden«, erwiderte Afra, und Isthia nickte.

»Und das mit verheerenden Folgen«, sagte Damia und spürte, wie sich in ihr eine wütende Spannung und Ablehnung aufbaute.

»Ist es eine falsche Annahme, daß alle … äh … Besucher zwangsläufig unfreundlich sind?« fragte Afra und langte unter den Tisch, um Damia zur Beruhigung eine Hand aufs Bein zu legen.

»Wir hatten bisher häufiger mit der unfreundlichen Sorte zu tun«, erwiderte Isthia gelassen. »Ich nehme schon an, daß Deneb nicht immer das Ziel gewesen ist.«

»Das stimmt«, sagte Damia mit flacher, harter Stimme.

»Zwei von dreien sind keine gute Quote«, sagte Rakella trocken, »aber können wir uns sicher sein, was diese Träume zu bedeuten haben? Daß es dort draußen eine andere Lebensform gibt, die uns gern besuchen würde?«

Isthia warf ihrer Schwester einen scharfen Blick zu. »Ach, so würdest du das ausdrücken?«

»Ja, ich glaube, so kann man das sagen«, erwiderte Rakella, nachdem sie ihre Antwort überdacht hatte. »Diese Träume hatten nichts Bedrohliches an sich. Sie wirkten eher zaghaft. Ja, ich glaube, das ist das richtige Wort. Wie von einem Nachbarn, der uns nicht belästigen, aber gern mit uns Freundschaft schließen möchte.«

»Das sehe ich ebenso«, sagte Afra.

»Ich auch«, fügte Ian hinzu.

Damia starrte auf die Skizze, auf die Ansammlung von Gestalten, die zu den Wartenden auf dem Gipfel hinaufstiegen. Sie deutete mit einem Wink auf die Zeichnung. »Irgendwie will ich das gar nicht verstehen. Irgendwie habe ich Angst vor dem, was wir entdecken könnten.«

»Das war wenigstens ehrlich«, sagte Isthia, auch wenn ihre Miene Anerkennung bezeugte.

»Nur ein Idiot lernt nicht aus seinen Fehlern«, sagte Damia und spürte, wie sich Afras Finger, diesmal warnend, in ihren Oberschenkel bohrten. »Nun, diesmal könnten wir von einem Fehler profitieren. Sie scheinen uns auch etwas anzubieten.«

»Nun ja, Damia, Sodan hatte *nichts* anzubieten. Und er hat dir – subtil und brutal – alle Energien und Kräfte entzogen und dein Wahrnehmungsvermögen getrübt«, sagte Afra in sanftem Ton und bat sie mit Blicken um Verzeihung für seine offenen Worte.

Sie erstarrte und hielt den Atem an, bis sie die Liebe, Ermutigung und das Verständnis nicht mehr verleugnen konnte, das von allen am Tisch auf sie überging. Afras Finger gruben sich tief in ihr Fleisch und weckten sie aus ihrer Starre.

»Und mein Bruder«, fügte sie hinzu. »Warum sollten wir glauben, daß dieser … dieser Eindringling anders ist?«

»Nun, zunächst einmal waren sie so höflich, um die Erlaubnis zu bitten, ob sie in dieses System eindringen dürfen«, sagte Isthia. »So interpretiere ich die Traumsequenzen jedenfalls.«

»Wer … was sind sie?« fragte Damia stumpf.

»Was das angeht, hätten wir alle gern Klarheit«, sagte Isthia. »Auf dem Weg hierher haben Ian, Rakella und ich einen Plan ausgearbeitet. Ian hat sich als Medium zur Verfügung gestellt, und Rakella und ich wollen eine Traumsequenz initiieren, die unseren Besuchern – nicht Eindringlingen, wie ich glaube – eine Antwort auf ihre Fragen geben wird.«

Damia betrachtete ihren jungen Onkel voller Bewunderung und mit einiger Bestürzung. Er war in keiner Hinsicht ein so starkes Talent wie sie, noch hatte er viel Zeit damit verbracht, seine latenten Fähigkeiten zu entfalten. Aber sie verbiß sich ihren Protest. Sie wollte ungern für ein zweites Drama wie das um Sodan verantwortlich sein. Sie sah Isthia einmal lang und besorgt in die Augen.

»Sollten wir nicht den Erdprimus darüber unterrichten?« fragte sie.

»Ich würde ihm lieber etwas Konkreteres als eine nebulöse Abfolge von Traumbildern vorlegen«, erwiderte

Isthia. »Jeff versucht immer noch, alle wieder zu beruhigen«, und dabei lachte sie, »und Cera im Umgang mit den Bewohnern von Prokyon zu unterstützen, die sich viel zu jung fühlt, um die Verantwortung für das System zu übernehmen …«

»Cera ist die verantwortungsvollste von uns allen«, sagte Damia entrüstet.

»Genau«, sagte Isthia und lächelte ihre Enkelin an. »Aber ihr könnt euch sicher selbst denken, warum wir äußerst umsichtig diese neue …« Sie fuchtelte mit der Hand herum und suchte nach dem passenden Wort.

»Entwicklung?« schlug Afra höflich vor.

»Diese neue Entwicklung, ja. Es sind nur sechs Personen, die diese Träume haben. Wenn mehr darin verwickelt wären – vielleicht sogar Jeran …«

»Der gute alte, prosaische Jeran«, sagte Ian verächtlich, und Damia unterdrückte ein Kichern.

»Da tust du ihm etwas unrecht«, sagte Isthia ganz milde. »Jedenfalls bin ich der Meinung, daß wir solange, wie wir keinen Grund haben, irgendwie Alarm zu schlagen, diese Sache für uns behalten sollten.« Sie warf einen fragenden Blick in die Runde. »Also gut. Wir fahren mit Plan A fort. Und wann ist das Mittagessen fertig?«

Am Abend schien Ian von ihnen allen am lockersten zu sein, als er der hypnotischen Behandlung unterzogen wurde, wieder aufwachte, scherzte, daß er sich an nichts erinnern könne, und ein riesiges Abendessen verzehrte und eine Flasche von Isthias kostbaren Weinen aus der Zeit vor dem Käferüberfall leerte, bevor er sich ins Bett zurückzog. Am Nachmittag hatten Afra und Damia zwei bequeme Stühle in sein Zimmer gebracht, damit es Isthia und Rakella während ihrer Nachtwache gemütlich hatten.

Damia hatte beim Abendessen ihr Weinglas selbst einige Male nachgefüllt, aber sie hatte Schwierigkeiten, sich zu entspannen, nachdem sie mit Afra zu Bett gegangen war. Sie fand keine bequeme Haltung, obwohl sie es einige Male versuchte, so vorsichtig wie möglich, damit Afra nicht aufwachte.

»Ich kann auch nicht schlafen«, sagte Afra, und in dem dunklen Zimmer erschreckte sie selbst seine leise Stimme. Er drehte sie auf den Rücken und schmiegte seinen langen Leib an sie. »Soll ich dir ein Wiegenlied singen?«

»Ich bin kein Baby mehr, das man in den Schlaf singen kann«, protestierte sie, hatte aber nichts gegen seinen Trost und barg den Kopf an seiner Brust.

Zu ihrer Überraschung begann er nicht nur leise zu singen, sondern wiegte sie auch leicht in seinen Armen. Und bevor sie gegen diesen Unsinn protestieren konnte, wurden ihre Lider zu schwer, um sie offenzuhalten, und die Dunkelheit legte sich bald auch auf ihre Gedanken.

Diesmal hatte sie das Gefühl, noch wach zu sein, als die Traumsequenz mit den Besuchern begann. Und Ians Zeichnung wurde ein Teil davon – wurde ein Teil davon, dehnte sich aus und ging darin auf. Die lange Straße zum Berg hinauf lag nun in Dunkelheit da, zahllose Sterne leuchteten, zogen in einem endlosen Strom über sie hinweg. Eine kleine Kugel erschien, und die Besucher hielten in ihrem Anstieg inne. Dann hoben einige von ihnen die Kugel auf und legten sie beiseite, weil sie offenbar ihr Fortkommen behinderte. Dann lösten sich die Reihen der Besucher zu zwanzig einzelnen Gestalten auf: lang, dünn, mit spindeldürren Beinstelzen, die sie trugen, und vorderen Extremitäten, die sie wie zu einer flehentlichen Geste gehoben hatten. Der Traum kam der schlafenden Damia schier endlos vor und erschöpfte sie durch seine Langatmigkeit, bis sie sich danach sehnte, daß etwas geschehen möge. Die Besucher hatten die Hügelkuppe erreicht und trafen die sechs anderen Gestalten. Auch diese hatten ausgesprochen lange, dünne Gliedmaßen, und obwohl sie einige Schritte auf die Besucher zugingen, schienen beide Seiten keinen entscheidenden Fortschritt zur Verständigung zu machen.

Verständigung ...! Damia fuhr hoch und saß stocksteif im Bett.

Was ist los, Damia? fragte Afra, und Isthia wiederholte die Frage.

Wir versuchen nicht, uns mit ihnen zu verständigen. Das ist es, was sie wollen. Dann bedeckte sie ihr Gesicht mit beiden Händen und legte den Kopf auf die gebeugten Knie, wobei sie heftig erzitterte. Sie spürte, wie Afra sie umarmte, und sie ließ sich dankbar in seine schützenden Arme sinken.

»Es ist alles in Ordnung, Damia«, sagte Isthia, die ins Zimmer trat.

»Was hat Ian geträumt? Hat euer Plan funktioniert?« fragte Afra.

»Ich weiß es noch nicht«, sagte sie, setzte sich auf die Bettkante und streichelte ihrer Enkelin übers Haar. »Schon gut, mein Kind.«

»Ich bin kein Kind mehr, Großmutter«, murmelte Damia und fuhr noch einmal zusammen, ehe sie aufblickte. »Jedenfalls wollen sie mit uns Kontakt aufnehmen. Afra?«

Er schüttelte den Kopf. »Ich habe nur die übliche Bilderfolge geträumt.«

Als Ian schließlich am nächsten Morgen aufwachte, konnte er auch nicht mehr berichten. »Ich hab's versucht, Großmutter«, sagte er reumütig. »Ich habe die ganze Nacht gewußt, daß ich ihnen etwas mitzuteilen hatte, aber ich brachte kein Wort heraus.«

Damia war der Panik nah, und das zeigte sich offenbar in ihrem Gesicht, denn sowohl Isthia wie Afra versuchten, sie mit Streicheln zu beruhigen.

»Ich will das nicht«, sagte sie ihnen, »ich will überhaupt nichts damit zu tun haben.« Und bevor sie das Mitgefühl in ihren Gesichtern sehen konnte, hetzte sie aus dem Haus und über den schmalen Weg zum See.

Sie saß eine ganze Zeit an ihrem Lieblingsangelplatz, bis Afra sich ihr anschloß. Sie hörte ihn kommen, spürte auch seine Beunruhigung.

»Ich bin ein Feigling, Afra«, murmelte sie, als er sie erreichte. Er hockte sich neben sie hin, und seine Sorge war wie ein Schild zwischen ihr und der Wirklichkeit, der sie entkommen wollte.

»Nein, aber du bist aus guten Gründen vorsichtig. Ich glaube, wir sollten Jeff informieren, vor allem weil du eine so eindeutige Antwort bekommen hast.«

»Eigentlich sollte Ian eine erhalten. Mir wär's lieber, wenn es ihm gelungen wäre. Das letzte Mal bin ich nicht besonders gut damit zurechtgekommen.«

»Isthia will ja überhaupt nicht, daß du es übernimmst«, sagte Afra mit einer Spur Belustigung in der Stimme.

Damia blickte überrascht zu ihm auf. »Und?«

»Was immer du von deinen ersten Versuchen, eine Verständigung mit einer fremden Lebensform herbeizuführen, halten magst, die eigentliche Kontaktaufnahme ist dir sehr gut gelungen.«

»Du hast die Nerven, mir das zu sagen?« Ein Schock durchfuhr sie, und sie starrte Afra an, als habe sie in den letzten zwei Monaten einen ganz anderen Mann so gründlich kennengelernt.

»Man braucht keine Nerven, um jemandem die Wahrheit zu sagen, Liebling«, sagte er mit einem kurzen Lachen. »Das Problem waren Sodan und seine langfristigen Pläne, nicht dein Vorgehen.«

»Ich kann nicht glauben, was ich da höre.«

»Das solltest du aber«, sagte Afra milde. »Du hast eine Brücke der Verständigung geschlagen und einen Bezugsrahmen hergestellt. Diese Gabe hattest du schon immer. Überleg doch mal, wie gut du mit Barkkatzen, Waschbären und dem Pony zurechtkommst. Ganz zu schweigen davon, wie gut du als Lehrerin bist. Oder hast du Teval Rieseman vergessen?«

»›Freunde werfen keine Steine‹!«

»Das da draußen könnten Freunde sein. Und du mußt ihre Sprache lernen, um ihre Botschaft zu übersetzen.«

Damia holte tief Luft, hielt den Atem an und suchte ihr früheres, viel selbstgewisseres Ich. Sodan hatte ihrem innersten Selbst mehr Schaden zugefügt, als ihr bewußt gewesen war.

»Er hat dich deiner Selbstachtung und -sicherheit beraubt«, sagte Afra. »Ich mag den Gedanken nicht, daß er in einem so entscheidenden Punkt gewonnen hat.«

Sie starrte ihn an, ihren Geliebten, mit dem sie soviel geteilt hatte, und ausgerechnet er, Afra, der vorsichtige Capellaner, schlug vor, daß sie ...

»Du bist die einzige von uns, die die Verständigung herstellen könnte, die sie wünschen ...«

»Aber ...«

»Ich meine es ernst, Damia«, sagte Afra nachdrücklich. »Du bist die einzige, die dazu imstande ist.«

»Nur wenn du bei mir bist ...« Diese Bitte kam ihr über die Lippen, ehe sie etwas dagegen tun konnte.

»Ich bestehe sogar darauf, daß ich dabei bin.«

Ich komme auch mit, sagte Isthia.

Dürfen wir denn wieder telepathieren? fragte Damia sarkastisch.

Ich begrüße es.

Hast du deshalb geklatscht? fragte Afra, als er Damia in die Augen sah.

Isthia antwortete mit einem Lachen.

Ich wollte sicher sein, daß ihr euch an meine Anordnungen haltet, deshalb mußte ich es unterstreichen. Bitte kommt ins Haus zurück, Damia und Afra. Ihre Bitte klang nicht im mindesten befehlsmäßig.

Damia seufzte über das Unvermeidliche, stand auf und begab sich, ihre eigenen mit Afras Fingern verschränkt, zum Haus zurück.

»Sagen wir jetzt dem Erdprimus Bescheid?« fragte Damia, als sie sich zu Isthia in der Küche gesellten. Weder Rakella noch Ian waren zugegen.

»Nein, noch nicht.«

»Ist das klug, Isthia?« fragte Afra.

Isthia beugte sich über den Tisch, auf dem immer noch Ians Skizzen lagen. »Hört mal, ihr beiden, ich habe zwei Invasionen einer äußerst feindseligen Macht überstanden, die auf völlige Zerstörung aus war. Ich glaube, ich kann den Unterschied erkennen, wenn ein ... äh ... Besucher in friedlicher Absicht kommt.«

»Hast du schon vergessen, daß der Grund für die meisten interstellaren Reisen die Kolonisation oder die Erschließung von Bodenschätzen ist?« fragte Damia zynisch.

»Ich bin kaum hellseherisch begabt.« Isthia überraschte sie mit dieser Aussage. »Aber ich bin entsprechend ausgebildet, um einen solchen Kontakt herstellen zu können. Ians Traum vergangene Nacht hatte zumindest ein positives Resultat«, und sie drehte ihnen eine der Zeichnungen auf dem Tisch zu. »Fällt euch nichts an den Sternen auf?«

Damia zog das Blatt zu sich heran und runzelte die Stirn, denn die scheinbar zufällige Verteilung der Sterne kam ihr mehr und mehr vertraut vor.

»Das sind die Sternbilder über Deneb!«

»Genau. Und diese Kugel weist Ausbeulungen auf, die den Warnbojen-Sensoren jenseits der Heliopause verdächtig ähneln.«

»Oh ...« Der Laut von Damias Lippen geriet zu einem langen, abweisenden Seufzer.

»Bis dahin ist es mit einer Personenkapsel nicht allzu weit, oder?« fragte Isthia leise.

»Nein«, erwiderte Afra gleichmütig. »Damia hat sich viel weiter über die Heliopause hinausgewagt, um diesen Sodan zu erreichen.«

»Ich bin mir nicht sicher«, und Damia ließ bedächtige Pausen zwischen den Wörtern, »ob ich's noch mal so weit schaffe.«

»Aber du wärst doch nicht allein, Kind«, sagte Isthia tröstlich.

»Ich sollte es gar nicht erst versuchen.«

»Das ist der Grund, warum du es tun mußt«, sagte Afra und drückte ihr sanft die Spitze seines Zeigefingers auf den weichen Teil ihres Arms. Sie spürte nicht nur jene kühle, grüne Vibration, sondern auch eine Entschlossenheit, gegen die sie nicht ankämpfen konnte. Sie hatte sich schon einmal schrecklich geirrt, und Afra hatte darunter leiden müssen. Afra und Larak. Sie mußte Afra jetzt vertrauen, wo seine Gefühle so stark waren.

Isthia schüttelte bedächtig den Kopf. »Ich wünschte, wir hätten eine verläßliche Möglichkeit, eine Antwort zu übermitteln.«

»Wie meinst du das, Isthia?« fragte Afra.

»Ich meine, ich lasse von Ian eine Nachricht schicken, und Damia empfängt die Antwort.«

»Dann laß Damia die Frage schicken.«

»Wenn Damia nichts dagegen hat ...« Isthia sah ihre Enkelin hoffnungsvoll an, und Damia gab gerne nach, »dann versuchen wir's heute nacht.«

»Warum warten wir bis heute nacht?« fragte Afra.

»Schlaf scheint das Trägermedium zu sein«, sagte Isthia.

Afra lachte. »Dann kann Damia schlafen gehen.«

»Ich kann *was?*«

Afra stand auf, nahm Damia an der Hand und führte sie, eine perplexe Isthia im Gefolge, auf die Veranda in die Ecke, wo die Hängematten sanft im Wind schwangen. Afra drückte Damia in eine hinein, hob ihre Füße vom Boden und bedeutete ihr, es sich gemütlich zu machen, während er die Matte zum Schaukeln brachte.

»Ich kann Damia jederzeit einschlafen lassen«, sagte er und grinste breit.

»Nein, einen Moment noch ...«, aber Damias Protest brach ab, als Afra gefühlvoll dieselbe Melodie anstimmte, mit der er sie in der Nacht zuvor schon in den Schlaf gesungen hatte. Sie kam nicht dagegen an, faßte aber im letzten Augenblick den Entschluß, daß sie ihm das heimzahlen würde, wenn sie wieder wach war.

Die Bilderfolge setzte sofort ein, nur übernahm Damia diesmal die Kontrolle, und als sie die Hügel hinaufstiegen, trennte sie eine der Gestalten auf der Hügelkuppe von den anderen und führte sie den anderen entgegen. Sie hielt vor der Kugel inne. Und indem sie ihnen mit einer ausladenden Geste zuwinkte, forderte sie die anderen auf, ihr zu folgen. Dann fing der Traum wieder von vorne an, und sie wiederholte ihre Botschaft, nur um wieder an den Anfang zurückgeworfen zu werden, und allmählich wurde sie ärgerlich, weil die anderen eine so einfache Nachricht nicht verstehen konnten.

Sie wachte mürrisch und mit vom Schlaf benebeltem Hirn auf.

»Afra Lyon, mach das nicht noch mal mit mir«, sagte sie und schüttelte ihm einen Finger unter der Nase.

»Funktioniert doch, oder?« Er bereute es nicht im mindesten.

»Wie?« fragte Isthia verwirrt, betrachtete Afra aber mit erheblichem Respekt.

»Es reicht bis in die Zeit zurück, als Damia nachts nicht schlafen wollte. Die Frau aus dem Kinderhort und ich haben eine geschickte posthypnotische Suggestion in Verbindung mit leichtem Schaukeln und ein paar Zeilen aus einem Wiegenlied benutzt, damit Damia einschlief und ihrer Mutter etwas Zeit zum Ausruhen ließ.«

»Und das wirkt immer noch?« Damia konnte es kaum glauben.

»Ich hab's bewiesen. Oder etwa nicht?« Afras Tonfall war anzumerken, daß er es nicht ganz ernst meinte. »Ich wünschte, ich wäre in anderer Hinsicht ebenso vorsorglich gewesen.«

»Warst du aber nicht«, sagte Damia gehässig.

Er half ihr aus der Hängematte und umarmte sie.

»Also, was ist passiert?« kam Isthia wieder zur Sache.

»Ich habe vorgeschlagen, daß wir uns an der Warnboje treffen, und habe ihnen zu verstehen gegeben, daß sie willkommen sind. Das wolltest du doch, oder?«

Isthia nickte enthusiastisch. »Und, bitten wir Jeran um Hilfe?«

»Wir würden alles erklären müssen«, sagte Damia mit einem übertriebenen Stöhnen. »Du weißt doch, wie Jeran ist. A, B, C und D!«

»Damia, hast du dich von dem Traum bedroht gefühlt?« fragte Afra ohne eine Spur von Leichtsinn im Gesicht.

»Nein. Ich möchte gern glauben, daß Isthia mit ihrer Ahnung recht hat.«

»Du möchtest es gern glauben?« fragte Isthia.

Afra hob die Hand. »Das ist doch in Ordnung, Isthia.«

»Ich denke schon. Gut, dann berichten wir's jetzt Ian und Rakella. Wir brauchen sowieso ihre Hilfe.«

Das einzige Gefährt im Tower von Deneb, das drei große Personen tragen konnte, war eine mittelgroße Rettungskapsel mit vier bequemen Sitzen. Sie war wahrscheinlich von einem Linienschiff zurückgelassen worden, denn ihre Turbinen fehlten, ihre Lenkdüsen funktionierten aber noch. Sie füllten die Sauerstofftanks, staubten die Konsolen ab und freuten sich, daß ihnen ein Fahrzeug zur Verfügung stand, das sowohl über standardmäßige Kommunikationsgeräte wie über einen Sichtschirm und externe Sensoren verfügte. Jeran war nicht im Dienst, was kein Problem darstellte, weil Ian und Rakella wußten, wie man die Generatoren bediente. Damia spürte, wie ihre Handflächen feucht wurden und ihr Magen sich schmerzhaft zusammenzog, als sie sich an ihren Platz setzte, Isthia neben und Afra knapp hinter ihr.

»Ich befördere die Kapsel hinaus«, sagte Isthia und schmiegte ihre Hüften tiefer in den Sitz. »Du bist vollends geheilt, Damia, aber du hebst dir besser deine Kräfte für den Kontakt auf.«

Für einen Augenblick erfüllte Damia ihre Entscheidung mit Panik, aber schließlich hatte Isthia sie noch nie angelogen und tat es wohl auch jetzt nicht. Es hätte sie nur beruhigt, selbst einmal wieder eine Kapsel anzutreiben, womit sie früher nie Schwierigkeiten gehabt hatte.

Das könntest du jetzt auch, Liebling, sagte Afra mit einer feinen, dünnen Stimme. Er streckte die Hand aus, um ihr zur Beruhigung die Schulter zu drücken. *Entspann dich.*

Sie zitterte vor Anspannung und zwang sich zur Lockerheit. Sie konnte allerdings das grelle Aufheulen der Generatoren hören und spürte Isthias eigene Anspannung, als sie auf den richtigen Augenblick wartete …

Dann startete sie die Kapsel, mit einem ordentlichen, starken Schub, den Damia nur bewundern konnte. Es tat gut, wieder im Weltraum zu sein. Dann piepste in der Kapsel das Warnsignal, als sie sich ihrem Ziel näherten.

»Schalte den Bildschirm ein, Damia«, sagte Afra und beugte sich vor, um ihr über die Schulter sehen zu können.

»Da ist es!« jubelte Isthia und zeigte albern auf den Monitor.

›Es‹ war kein großes Schiff, was Damia sofort von ihren friedlichen Absichten überzeugte. ›Es‹ war außerdem ein Schiff für weite Raumflüge und zeichnete sich durch das übliche beliebige Design von Schiffen aus, die nicht zum Landen gebaut waren. Es verfügte über Teile, bei denen es sich offenbar um Waffen handelte:

breite Öffnungen, die Brandspuren zeigten, und lange, nach außen gerichtete Schnauzen, die sehr wirkungsvoll aussahen.

Ian, schalte die Warnbojen ab, sagte Isthia. *Wir wollen nicht, daß hier draußen die Flotte aufkreuzt und uns mit unseren Besuchern in die Luft sprengt. Ja, diese Gruppe von Schaltern unter dem rotgeränderten Glaspult. Schalte sie alle ab. Der Verbindungsabbruch wird erst in ein oder zwei Stunden auffallen. Bis dahin werden wir sowieso wissen, woran wir sind …*

»Ich glaube, ich muß noch etwas schlafen«, sagte Damia trocken. »Reicht das Schlaflied allein auch, Afra? In diesen Sitzen kann man nicht schaukeln.«

»Ich könnte die ganze Kapsel schaukeln lassen«, schlug Isthia vor.

»Wir versuchen es so, danke«, sagte Afra, und indem er Damia eine Hand auf die Schulter legte, stimmte er das wirkungsvolle Schlaflied an.

Sie spürte noch, wie er ihren Kopf schüttelte, als abermals Schläfrigkeit sie überkam.

Die Bilderfolge war verschwunden. Statt dessen saß sie nun in dem fremden Schiff und sah auf ihre winzige Frachtkapsel hinaus. Diesmal waren die anderen Gestalten deutlich zu erkennen, und bei ihnen handelte es sich unzweifelhaft um Aliens. Trotz ihres ungewöhnlichen Äußeren spürte sie keine Gefahr, nichts ›Schweres‹, nur Erleichterung. Die Besucher schienen groß zu sein, obwohl Damia, von den sperrigen Instrumenten abgesehen, keinen Vergleichsmaßstab hatte. Sie saßen nicht, sondern standen auf den drei Anhängseln ihres Hinterleibs, stämmigen Beinen, die in breiten Füßen mit drei dicken ›Zehen‹ endeten. Ihre Vordergliedmaßen verfügten über fünf Finger, einen auf jeder Seite einer flachen ›Handfläche‹ und drei am oberen Rand entlang. Ihre Köpfe waren lang und verjüngten sich zu einer Art Schnauze, doch sie konnte keinen Mund erkennen. Ein zusammengesetztes Auge krönte den dicken ›Kopf‹. Es schien eine flossenartige Kante ihr Rückgrat entlang zu verlaufen. Vielleicht war einer der drei Füße eigentlich eine Schwanzflosse. Ihre Haut oder ihr Pelz – Damia konnte es nicht erkennen – war glatt und in verschiedensten Tönen gefärbt, von Grau über Grün und Braun bis zu einem Schieferblau. Einige von ihnen waren deutlich kleiner als die anderen, aber Damia hatte nicht den Eindruck, daß es sich um Halbwüchsige oder ein anderes Geschlecht handelte.

Unvermittelt wandte sich ihr Traum-Ich einer flachen Oberfläche zu, die in einiger Höhe über dem Boden angebracht war. Diese Oberfläche wurde auf einmal hell, und Bilder begannen zu entstehen. Weitere Exemplare dieser Spezies bestiegen hastig Gefährte, die wie Shuttles aussahen. Darin jagten sie in den Weltraum hinaus und schlossen sich einer größeren Version des Schiffes an, in dem Damia träumte. In einer imposanten Formation verließ diese Flotte den Orbit, offenbar kampfbereit.

Zu ihrem Schock sah Damia auch ihr Ziel: einen kugelförmigen Käferstock. Sie beobachtete die Schlacht, wurde Zeugin, wie ›ihr‹ Schiff zerstört wurde, wie der Stock seine Jäger ausschickte, wie sie zerstört wurden und erlebte schließlich zu ihrer großen Erleichterung, wie der Stock plötzlich explodierte, daß riesige Trümmerstücke davonwirbelten und zuweilen mit ›ihren‹ Schiffen zusammenstießen und sie dabei zerstörten.

Abrupt blendeten diese Szenen in Nahaufnahmen riesiger Trümmerstücke über, die sich taumelnd überschlugen … und plötzlich änderte sich der Hintergrund, und es war das denebische Sonnensystem, aus dem die zerbeulten Überreste hervorstoben.

Dann wandten sich alle ihre Traumgestalten Damia entgegen, und es überkam sie ein heftiges Gefühl von Dringlichkeit, Ratlosigkeit und Furcht.

Und nach einem weiteren Perspektivenwechsel saß sie wieder in der Kapsel und schrie auf.

»Sie kennen die Käfer. Ich habe gesehen, wie sie einen Stock zerstörten. Dann wirbelten die ganzen Trümmer durch den Weltraum, weg von Deneb.« Sie wandte sich erst Isthia, dann Afra zu und hoffte auf eine beruhigendere Deutung dessen, was sie gesehen hatte.

»Sie wollen uns also warnen?« fragte Isthia.

»Nein, sie wissen, daß wir angegriffen worden sind und überlebt haben, so wie sie überlebt haben«, sagte Damia und wählte dabei ihre Worte mit Bedacht.

»Was wollen sie dann von uns?« wollte Isthia wissen.

»Laß mich bloß nicht wieder einschlafen«, sagte Damia flach und rieb sich die Schläfen.

»Ich finde, das ist eine bewundernswerte Art der Kommunikation zwischen zwei Rassen«, scherzte Afra, tätschelte aber mitfühlend ihren Arm.

»Das Universum muß ja nicht unbedingt voller feindseliger Spezies sein«, sagte Isthia. »Vielleicht brauchen diese Wesen Verbündete gegen die Käferstöcke. Wir haben einen Angriff überlebt, deshalb wären wir geeignete Verbündete.«

»Sie haben sich wirklich große Mühe gegeben, es uns zu erklären«, gab Damia zu. Sie neigte mehr und mehr Isthias Auffassung zu. Ihr Geist war während dieses engeren Kontakts weder überwältigt noch vergewaltigt worden. Sie hatten es geschafft, lebenswichtige Informationen zu übermitteln.

»Isthia, kannst du mich in einen hypnotischen Schlaf versetzen?« fragte Afra. »Ich war an beiden geistigen Verschmelzungen beteiligt: am Rowan-Fokus und an der B-Raven-Gruppe, die den Stock in die Sonne geschleudert hat. Ich könnte ihnen zumindest über den Verlauf unserer Schlacht berichten.« Dann ließ er sich gemütlich in den Sitz zurücksinken und verschränkte die Hände über dem Schoß.

Damia hätte beinahe protestiert, aber Isthia öffnete ihr Sicherungsgeschirr und schwebte zu Afra hinüber, um sich selbst mit einer Hand niederzuhalten, während sie die andere fest auf seine linke Schläfe drückte. Afra schien sofort in eine tiefe Ohnmacht zu sinken.

Damia schaute zum Schiff der Besucher hinaus und bemerkte, wie zerbeult seine Hülle war, wie abgenutzt und zerkratzt die Symbole auf dem Teil, der der Bug zu sein schien. Sie entdeckte weitere Ideogramme, einige leserlicher als andere. Eine komplizierte Sprache aus Balken, Punkten und gelegentlichen Kreuzen deutete sich an. Nicht so kompliziert wie einige der asiatischen Schriften von der Erde, wenn man sie überhaupt als Schrift bezeichnen konnte.

»Wie lang habe ich das letzte Mal geschlafen, Isthia?«

»Etwa eine halbe Stunde. Ich habe nicht auf die Uhr gesehen«, sagte sie und schwebte an ihren eigenen Platz zurück. »Faszinierend. Absolut faszinierend.« Dann gab sie einen schweren Seufzer von sich. »Ich fürchte, mein Sohn wird auf seine alte Mutter sehr böse sein«, und in dem Blick, den sie Damia zuwandte, war nicht eine Spur von Reue. »Ich hätte mich damals wirklich ausbilden lassen sollen. Ich hätte Denebs Prima sein können.«

Damia sah ihre Großmutter zweifelnd an.

»Wir neigen dazu, nicht das Beste aus unseren Möglichkeiten zu machen«, fuhr sie fort, streckte eine Hand aus und berührte Damia leicht am Arm. »Mach das Beste aus deinen, mein Kind. Aber du bist ja schon dabei, nicht wahr?«

»Meinst du, sie sind Abgesandte einer altruistischen Spezies?«

»Der Gedanke gefällt mir«, sagte Isthia zufrieden. »Ich wünschte, wir hätten Proviant mitgenommen.«

Damia lachte. »Das war ja auch eine anstrengende Geschichte. Oho!« Ihre Kehle wurde viel zu trocken, um noch mehr zu sagen, und sie konnte nur auf das Schiff zeigen, das offensichtlich seine Motoren startete.

»Gehen wir ihnen aus dem Weg«, sagte Isthia und streckte aufgeregt eine Hand nach Damia aus.

Damia folgte Isthias Gedanken und beförderte die Kapsel mit solchem Schwung zurück, daß das Schiff zu einem dunklen Fleck verblaßte.

»Nicht so weit.«

»Es folgt uns«, stellte Damia nach kurzer Beobachtung fest. »Was hat Afra ihnen bloß aufgetragen?«

»Genieße es einfach«, witzelte Isthia. »Es wird schon alles seine Richtigkeit haben.«

»Das denke ich eigentlich auch.«

»Diesmal ja, Damia.«

»Ja, stimmt«, sagte Afra, auch wenn seine Worte leicht verschwommen klangen. »Ich habe die Einladung erweitert. Ich kann es nicht recht beurteilen, aber sie schienen erstaunt darüber zu sein, wie wir unsere Schlachten führen. Ich glaube, das hat einen guten Eindruck auf sie gemacht.«

»Und was passiert jetzt?« fragte Damia und beobachtete das fremde Schiff, das sie immer noch in kurzem Abstand verfolgte.

»Jetzt informieren wir den Erdprimus darüber, daß wir die Voraussetzungen für offene Gespräche mit einer fremden Spezies geschaffen haben«, sagte Afra so ruhig, daß Damia seine Nervosität nicht entging.

Kapitel Elf

Denebs Primus Jeran demonstrierte ihnen mit voller Lunge und unter Aufbietung aller Geisteskräfte, was man von einem Erdprimus erwarten konnte. Der lokale Flottenkommandeur erschien im Tower und entschuldigte sich dafür, daß im Planetenorbit ein Alienschiff erschienen war, ohne daß die Warnsysteme auch nur gepiepst hatten.

Ich habe dir doch erklärt, warum wir so vorgehen mußten!! brüllte Afra derart ungehalten, daß Isthia und Damia ihn erstaunt ansahen. Mitten in seinem Wutanfall durch Afras untypischen Ausbruch gestört, sah Jeran den Capellaner finster an.

»Dazu warst du nicht berechtigt«, sagte Jeran mit angespannter, abgehackter Stimme; Gesichtsausdruck und Haltung unterstrichen seine Empörung.

»Er hat sich mir gefügt«, erklärte Isthia ruhig und setzte sich in einen bequemen Stuhl. Ian und Rakella standen noch in der Ecke, in die sie vor Jerans wütender Tirade zurückgewichen waren.

Zu ihrem nicht geringen Erstaunen konnte Damia die Szene aus einer neutralen Perspektive betrachten – oder vielleicht, überlegte sie, war sie von der ganzen Episode auch zu betäubt, um zu einer Reaktion imstande zu sein.

Jeran wandte sich Isthia zu. »Großmutter …«, begann er.

»Hast du dir die Mühe gemacht, Jeff zu informieren, oder hat dir dieser autoritäre Auftritt einfach zuviel Spaß gemacht?« Isthia hatte eine besondere Gabe, Menschen in ihre Schranken zu weisen.

»Ich muß erst herausfinden«, sagte Jeran mit lauter

Stimme, indem er jedes Wort deutlich betonte, »was durchgesickert ist, bevor ich einen nüchternen Bericht abgeben kann. Die beiden da«, dabei deutete er mit einem Kopfnicken in Richtung seines Onkels und seiner Großtante, »haben mir irgendwelchen Unsinn über Träume und nächtliche Botschaften erzählt. Aber Träume ...«, und sein Spott hätte eine weniger starke Persönlichkeit als Isthia Raven zutiefst verletzt, »bilden kaum eine vernünftige Begründung dafür, Aliens an unserer Außenverteidigung vorbeizulassen.«

»Die Träume dienten dazu, um auf elegante Weise eine Sprachbarriere zu überwinden«, erwiderte Afra, »und haben uns mit genügend Informationen versorgt, um weitere Nachforschungen sinnvoll zu machen, bis hin zu einer persönlichen Begegnung.«

Jeran starrte ihn an, seine Nasenflügel flatterten, er hatte die Fäuste in die Seite gestemmt und tippte mit einem Fuß auf den Boden, während er sich bemühte, sein Temperament zu zügeln.

»Jeran, du wirst Isthia, Afra und mir doch zugestehen müssen«, sagte Damia kühl, der es gar nicht so mißfiel, daß ihr phlegmatischer Bruder endlich einmal Temperament zeigte, »daß wir eine potentielle Bedrohung erkannt hätten. Diese Spezies stellt keine dar. Nichts könnte diesen Wesen ferner liegen als Aggression. Ihre Planeten haben selbst unter Käferangriffen gelitten. Sie möchten dringend erfahren, wie wir den Leviathan abgewehrt haben.«

»Weil ich an dieser Schlacht beteiligt war, habe ich ihnen erklärt, wie es uns gelungen ist«, fuhr Afra im Plauderton fort. »Die Mrdinis waren sehr beeindruckt, daß wir nicht unsere Bewaffnung verstärken mußten, um ihn zu zerstören.«

Jeran rollte mit den Augen, als er den bestürzten Ausdruck im Gesicht des Kommandeurs bemerkte. »Das war ja noch dümmer, Afra. Du hast sie über unsere Verteidigung informiert? Das ist der schlimmste Verstoß gegen die Sicherheitsvorschriften, die man sich … die …« Ihm fehlten die Worte.

Wir sind im Anflug! Jeffs Worte dröhnten allen in den Ohren. Damia mußte blinzeln, denn das Gebrüll ihres Vaters fand in ihrem Schädel keinen Widerhall. Sie sah ängstlich zu Afra hinüber, der ein Auge zudrückte, um sie zu beruhigen.

Siehst du, du kannst das Geschrei meines Sohns ertragen, ohne auch nur zusammenzuzucken, äußerte Isthia einen an ihre Gefährten gerichteten Gedanken. *Aber ich habe einen kleinen Fehler gemacht,* und Damia und Afra wandten sich ihr überrascht zu, denn ein Ausdruck flüchtiger Reue überflog ihr Gesicht. *Ich habe eure Sendefähigkeit lahmgelegt, damit ihr nicht ungewollt telepathiert, aber euer Empfangsvermögen habe ich nicht eingeschränkt. Alle haben* gewußt, *daß sie nicht mit euch telepathieren dürfen, bis ich die Erlaubnis erteile.*

Deshalb waren wir also in der Lage, die Träume der Mrdinis zu empfangen, sagte Damia und verbarg ihr Lächeln hinter vorgehaltener Hand. *Wie beruhigend zu wissen, daß du dich auch irren kannst, Großmutter.*

Das Gegenteil würde dich unerträglich machen, fügte Afra ohne Groll hinzu.

»Ich kann einfach nicht begreifen, was ihr euch dabei gedacht habt«, sagte Jeran gerade, »keinen von euch. Vor allem dich nicht, Damia, wo du um ein Haar …«

Das steht hier jetzt nicht zur Debatte, Jeran! hallte Jeffs kraftvolle Stimme durch seinen Geist, und Jeran senkte den Kopf, schaute düster auf den Boden, in die Runde, auf alles außer seine Schwester.

Jeran hätte es nicht laut aussprechen müssen, dachte Damia trübe und war ihrem Vater dankbar, daß er ihn unterbrochen hatte.

Die Mrdinis sind ein ganz anderes Thema, sagte Isthia sanft.

Ganz und gar, fügte Afra hinzu und schlang seine

Hände um ihre. Damia war unruhig, denn sie wußte, daß Jeran nicht der einzige sein würde, der sie an ihre Dummheit im Fall Sodan erinnerte. Als Afra auch noch vor sie trat, begriff Damia seine Absicht. Es wäre nicht das erste Mal, daß er sie vor einer Standpauke ihres Vaters in Schutz nahm, doch diesmal wollte sie ihren Anteil selbst tragen, deshalb schob sie sich vor, um die Lücke zu schließen.

Unvermittelt erschien in einem der größten Lager im Tower eines der großen Kurierschiffe der Flotte, und die Warnsignale aus dem Orbit wiesen darauf hin, daß über ihnen vier große Schiffe im Raum aufgetaucht waren.

»Sie sind wirklich aufgeregt«, murmelte Isthia und grinste.

Damia beneidete ihre Großmutter um ihre erstaunliche Selbstbeherrschung, aber seltsamerweise wurde sie selbst immer zuversichtlicher, was ihre Rolle in diesem Zusammentreffen anging.

Mit vor Wut finsterem Gesicht teleportierte Jeff in den Tower, Rowan an seiner Seite. In den nächsten Sekunden erfolgte ein so hitziger Austausch von Anschuldigungen, Widerlegungen und Erklärungen, daß Rakella, noch nie ein besonders starkes Talent, sich an Ian lehnte und stöhnte.

»Nun beruhige dich erst einmal, Jeff«, sagte Isthia herrisch, und ihre blauen Augen blitzten vor Zorn. »Ich brauche dich und Rowan unbedingt, um ein Gespräch mit den Mrdinis anzufangen. Deswegen sind sie ja hier. Afra und Damia teilen meine Einschätzung, daß sie Verbündete, keine Aggressoren sind. Wir haben unsererseits guten Willen bekundet, indem wir sie hinter unsere Verteidigungslinien eingeladen haben.«

»Deswegen rege ich mich ja so auf, Vater. Es ist völliger Irrsinn, Aliens in Denebs Orbit zu lassen!« rief Jeran und gestikulierte wild. »Noch sind die seelischen Wunden nach dem Überfall der Käfer nicht ausgeheilt, und da läßt meine Großmutter ...«

»… ein unbewaffnetes Schiff durch? Ein kleines, unbewaffnetes Schiff ist keine Bedrohung. Gewöhnlich werden solche Schiffe als Abgesandte betrachtet«, erwiderte Isthia, die allmählich die Geduld verlor. »Sei doch vernünftig, Jeff.«

»Vernünftig ist es, wenn man die Vorschriften und Verfahrensweisen beachtet, die für solche Fälle vorgesehen sind, Mutter«, begann Jeff, der seine Empörung kaum zurückhalten konnte.

»Warte mal einen Moment, Jeff«, sagte Rowan nachdenklich. »Isthia hat vielleicht eigenmächtig gehandelt, aber ich kann die Mrdinis spüren. Sie sind sehr offen. Ich empfange von ihnen nicht eine Spur von Feindseligkeit, und es gibt ganz sicher nichts ›Schweres‹ auf diesem Alienschiff.« Ihr Blick glitt zwischen Damia und Jeff hin und her. »Ich würde es merken«, fügte sie sanft hinzu und legte Jeff eine Hand auf den Arm, damit der körperliche Kontakt den Eindruck vertiefen konnte, den sie eben durch ihre mentale Sondierung empfangen hatte.

Jeff sah seine Frau eine kleine Weile an, und dabei schien sein Zorn von ihm abzufließen. Er bedeutete Jeran, sich zu beruhigen und beruhigte die blasse Rakella, die von Ian gestützt wurde, mit einem Lächeln.

»Wer hat den Erstkontakt hergestellt?« fragte er und sah von seiner Mutter zu Afra und von ihm zu Damia, an der sein Blick hängenblieb.

»Wir haben alle ihre Botschaft empfangen«, sagte Isthia, »Damia allerdings am deutlichsten.«

Jeff nickte und nahm die Auskunft ohne Kommentar zur Kenntnis.

»Ich habe ihre telepathischen Fähigkeiten eingeschränkt«, fuhr Isthia in einem leicht reumütigen Ton fort, »aber ich habe vergessen, den Empfang zu unterbinden. Damia war natürlich empfänglicher und in der Heilungsphase auch empfindlicher.« Isthia zuckte die Achseln. »Nach zwei Wochen nächtlicher Traumsequenzen mußte ich die Tatsache akzeptieren, daß die Bilderfolge nicht zufällig sein konnte, sondern durch irgend etwas ausgelöst wurde. Ich war mehr als überrascht, als erst Rakella und Besseva, dann Ian und schließlich Damia und Afra mich darüber informierten, daß sie ähnliche Botschaften empfingen.«

Jeff wandte sich erwartungsvoll Jeran zu; sein ältester Sohn schüttelte den Kopf.

»Ich kann mir nicht erklären, warum Jeran nicht auch etwas empfangen hat«, bemerkte Isthia leicht ironisch. »Aber es ist eben nicht dazu gekommen. Wir sechs haben uns getroffen, unsere Notizen verglichen und uns eine Antwort auf einen offenbar freundlich gemeinten Annäherungsversuch überlegt. Damia hat sich freiwillig gemeldet.« Als Rowan ein besorgtes Gesicht machte, hob Isthia beschwichtigend die Hand. »Ich riskiere sicher nicht die geduldige Arbeit von mehreren Monaten, Angharad. Weil ich mit angriffslustigen Wesen vertraut bin, beschloß ich, daß wir nur so weit gehen würden, wie wir es verantworten könnten. Die Flotte braucht doch eine gewisse Zeit, um mobil zu machen! Also haben wir visuellen Kontakt hergestellt, eine Möglichkeit zur Verständigung gefunden und den Abgesandten eine Einladung geschickt. Jetzt könnt ihr als Vertreter der Flotte und der Liga die weiteren Verhandlungen übernehmen.« Sie gab ein Seufzen von sich, als sie sich aus dem Sessel erhob. »So, wir haben jetzt viel Arbeit hinter uns, und ich freue mich auf ein paar ruhige, ungestörte Stunden, um schlafen zu können. Kommt, Damia und Afra! Wir ziehen uns besser alle in die Hütte zurück. Ich möchte nicht, daß ihr dem emotionalen Pegel ausgesetzt werdet, der hier bald herrschen wird.« Dann wandte sie sich Ian und Rakella zu. »Ihr beiden kommt auch mit. Ihr seht so ausgezehrt aus, wie ich mich fühle. Wir sehen uns später, meine Lieben«, sagte sie und tadelte Jeff und Rowan spielerisch mit ausgestrecktem Zeigefinger. »Kommt schon!« Und sie forderte die anderen mit energischen Gesten dazu auf, ihren Anordnungen Folge zu leisten.

»Vater, Mutter«, sagte Damia mit dem zaghaften Versuch eines Abschiedslächelns.

Als Isthia ihre Erschöpfung zugegeben hatte, war auch Damia dasselbe Gefühl durch die Knochen gekrochen. Nichts Dramatisches, doch es machte sie darauf aufmerksam, daß Ausruhen keine schlechte Idee war. Der Gedanke ging ihr gerade durch den Kopf, da spürte sie schon Afras Zustimmung, und sie teleportierten beide ins Wohnzimmer der Hütte zurück. Isthia, Ian und Rakella erschienen etwas besonnener draußen auf dem Rasen und gesellten sich zu ihnen ins Haus.

»Du hast dich ganz bestimmt gut erholt, wenn du wieder so zielsicher teleportieren kannst«, sagte Isthia mit einem beifälligen Nicken. »Also, was essen wir zu Mittag?«

Jeff und Rowan baten am späten Abend um Erlaubnis, sich ihnen anschließen zu dürfen.

»Damia, Afra, wir müssen noch etwas zu essen machen«, sagte Isthia mit einem Schub frischer Energie. »Sie haben beide den ganzen Tag noch nichts gegessen. Ich frage mich, ob nach dem Riesenhaufen, den Ian und Rakella verputzt haben, noch was übrig ist.«

Damia flitzte durch die Küche, überprüfte die Vorräte und erinnerte sich daran, daß ihr Vater nur die Beherrschung verlor, wenn er hungrig war. Er hatte ihnen die unabgesprochene Kontaktaufnahme mit den Mrdinis vielleicht schon nachgesehen, aber sie hatte keinen Zweifel, daß noch eine Abrechnung anstand.

Jeff ist nicht nachtragend, Liebling, murmelte Afra und zwinkerte ihr zu. »Soll ich eine Flasche von deinem hervorragenden weißen Bergwein öffnen, Isthia?«

Isthia grinste. »Gute Idee.«

Fünf Minuten später erschienen die beiden Primen auf dem Rasen, und Damia sondierte vorsichtig ihre

Stimmung. Ihre Eltern waren beide müde, doch ihre zugänglichen Gedanken waren von einer Zufriedenheit erfüllt, die an Triumphgefühle grenzte.

»Nun?« fragte Isthia und reichte beiden je ein Glas des gekühlten Weißweins, als sie die Veranda erreichten. Sie bedeutete ihnen, sich zu setzen, während Damia ihnen die kleinen warmen Kuchen anbot, die sie noch rasch gebacken hatte.

Jeff nippte am Wein, lächelte und nickte seiner Mutter genießerisch zu.

»Eines Tages, Isthia Raven, fällst du noch einmal so auf die Nase, daß selbst ich dir nicht mehr aufhelfen kann«, sagte er und entspannte sich dann.

Isthia wirkte selbstgefällig. »Ich habe dir gesagt, daß sie nicht feindlich gesonnen sind. Hattest du angenehme Träume?« fügte sie listig hinzu.

Jeff lachte, und sogar Rowan lächelte.

»Eine neue, aber sehr effektive Art der Kommunikation. Es wird dich erstaunen zu erfahren, Mutter, daß wir sogar Kommandeur Curran in eine der Konferenzen einbeziehen konnten … wobei Rowan die hypnotische Verbindung herstellte.«

Rowan kicherte. »Ich weiß nicht, wer mehr überrascht war – er, ich oder sie. Aber die Konferenz hat all seine Wenns und Abers zerstreut.«

»Also teilt ihr endlich unsere Überzeugung, daß sie nur friedliche Absichten haben?« fragte Isthia.

»Uneingeschränkt«, sagte Jeff und lehnte sich in seinem Sessel zurück. »Kommandeur Curran wird das Oberkommando informieren und ihnen dringend eine Folgekonferenz nahelegen.« Dann sah er Damia streng an. Sie begegnete gelassen seinem Blick und hielt ihre Gefühle und hektischen Gedanken fest im Zaum. »Sie haben nach dir gefragt, Damia.«

»Es ist noch zu früh, um …«, begann Rowan.

»Nein, das ist falsch«, sagte Isthia und milderte ihren Widerspruch mit einem Lächeln. »Mit Damias Geist ist alles in Ordnung, das versichere ich dir. Sie ist vollständig geheilt. Dasselbe gilt für Afra.«

Damia bedachte das verschmitzte Lächeln ihrer Großmutter mit einem finsteren Blick.

»Freut mich zu hören…«, begann Rowan erneut, brach dann aber ab und starrte ihre Tochter an.

Damia spürte einen mentalen ›Rippenstoß‹ von ihrer Mutter, der Isthias Diagnose bestätigte, und fühlte, daß Rowan ihre Abschirmung nicht durchdringen konnte. Die Verärgerung ihrer Mutter schlug dabei in Irritation um.

»Vielleicht wird es dich auch erleichtern…«, sagte Afra, als er hinter Damia trat und ihr locker die Hände auf die Schultern legte. Sie konnte die Intensität seiner Gefühle spüren und wußte, daß er sein Herz und seine Gedanken den beiden Primen geöffnet hatte. »… daß Damias Seele und meine zueinander gefunden haben.«

Ihre Mutter wurde blaß, und ihre Hände umklammerten die Stuhllehnen, während sie die beiden anstarrte. Damia empfing einen Schub Ablehnung, gefärbt von dem Gefühl, verraten worden zu sein, ehe Rowan ihre Gefühle wieder unter Kontrolle brachte. Ihr Vater reagierte nicht ganz so heftig, in seinen Gedanken herrschte Fassungslosigkeit und Bestürzung vor, bis er sich den anderen verschloß.

»Unsere Bindung ist erstaunlich vollkommen«, fuhr Afra auf seine ruhige Art fort. Nur Damia wußte, daß er zitterte, denn sie spürte seine Hände auf ihren Schultern. Früher hätte es sie verletzt oder verärgert, wenn ihre Eltern sich ihr verschlossen hätten. »Obwohl ich mir über meine Gefühle schon seit Damias Rückkehr von Deneb klar war, konnte ich nichts tun, ehe sie in mir einen passenden Mann sah.«

»Ich fühle mich nicht mehr allein, Mutter«, sagte Damia mit sanfter Intensität. »Bitte verstehe das. Du solltest es verstehen!«

»Aber mit Afra?« rief Rowan.

Zum Erstaunen aller fing Jeff an zu lachen, rieb sich in einer nervösen Geste die Wange und schüttelte den Kopf. Dann lockerte sich sein Lachen, und seine Schultern bebten vor echter Heiterkeit. »Wie oft, meine liebe Rowan, haben wir Afra gesagt, er solle sich jemanden suchen? Wie oft haben wir versucht, die Richtige für ihn zu finden? Ganz zu schweigen, daß wir Damia mit jedem jungen ...« – er betonte das Adjektiv – »Talent verkuppeln wollten, das wir finden konnten. Komm schon, meine liebe Rowan«, und er beugte sich vor, um den Abstand zwischen ihnen zu überbrücken, »es ist eine Überraschung, es schockiert uns vielleicht sogar ein bißchen, aber wer könnte besser zu ihr passen als Afra? Wenn du objektiv darüber nachdenkst ...«

Jeff stand auf und trat einige Schritte auf das Paar zu. Er küßte seine Tochter auf eine zutiefst gütige Art – obwohl er sie gleichzeitig einer intensiven Sondierung unterzog. Dann umarmte er die beiden herzlich, und in seinen blauen Augen funkelte eine Mischung aus Belustigung, Erstaunen und – was Damia dankbar zur Kenntnis nahm – Einverständnis.

»Mutter?« fragte sie und streckte zaghaft eine Hand nach Rowan aus.

»Ich verstehe es einfach nicht«, sagte Rowan, ohne jemanden anzusehen. »Ich kenne Afra seit achtundzwanzig Jahren, und ich hätte nie damit gerechnet ...« Sie verstummte. Ein trübsinniger Ausdruck überflog ihr Gesicht, und mit einem schweren Seufzer sah sie die beiden an. »Afra, du warst immer ein Mitglied unserer Familie, eine geschätzter Freund. Aber ich werde einige Zeit brauchen, um in dir meinen Schwiegersohn sehen zu können.«

»Mach keine große Sache draus, Angharad«, sagte Isthia, die lang genug taktvoll geschwiegen hatte. »Du weißt genau, daß es nicht Afras Art ist, etwas zu überstürzen ...«

»Oh, das ist schon vorgekommen«, erwiderte Rowan, riß das Kinn hoch und erinnerte Afra daran, wie er in den Tower von Kallisto gekommen war. Dann begann sie sich mit einem ihr typischen Heben und Senken der Schultern zu entspannen. »Ich werde mich trotzdem daran gewöhnen müssen. Und ...« – sie runzelte recht verdrießlich die Stirn – »ich habe den ganzen Ärger am Hals, einen neuen Assistenten anzulernen. Ich weiß nicht recht, ob ich dir das verzeihen kann, Damia.«

»Ich dachte, Gollee Gren habe dir gute Dienste geleistet«, sagte Afra.

»Oh, er ist nicht schlecht«, Rowan tat diese Bemerkung mit einer Handbewegung ab, »aber er kann dir nicht das Wasser reichen!«

»Ich könnte auf Kallisto bleiben«, schlug Afra vor, und Damia hielt den Atem an, weil sie diese Lösung aus Gründen, die sie nicht gleich benennen konnte, nicht ganz annehmbar fand.

»Nein, nein«, und Jeff winkte ab und begann, auf der Veranda auf und ab zu gehen, »Afra und Damia müssen hier bei den Mrdinis bleiben, deshalb kann er ohnehin eine Zeitlang nicht nach Kallisto zurückkehren; zumindest solange nicht, wie noch keine verbale Kommunikation zwischen unseren Spezies möglich ist. Du arbeitest weit besser mit Gollee zusammen, als du glaubst, Liebling. Wenn du erst akzeptiert hast, daß er auf Dauer dein Partner bleibt, wirst du dich noch an ihn gewöhnen. Hast du noch etwas von diesem warmen Gebäck übrig, Damia? Ich verhungere fast. Ich hätte nie gedacht, daß es meinen Appetit anregt, wenn ich den halben Tag schlafe.« Er wandte sich mit seinem charismatischen Grinsen an alle gleichzeitig.

»Ach, hör schon auf!« sagte seine Frau verärgert, weil man sie so überrumpelt hatte.

Auch während des schmackhaften Essens, das sie danach zu sich nahmen, kam es zu einigen gespannten Augenblicken, und Isthia lenkte dann ihr Gespräch geschickt auf die Mrdinis und wie man die Verständigung mit ihnen verbessern könne.

»Immer vorausgesetzt, daß ich deswegen nicht aus meinem Tower geworfen werde«, sagte Jeff.

»Das können sie doch nicht, oder?« fragte Damia, die dieser Gedanke erschreckte.

»Unwahrscheinlich«, sagte Isthia schroff. »Sie brauchen ihn, so wie ihr alle, viel zu sehr.«

»Nun, daß wir Curran auf unserer Seite haben, ist ein entscheidender Vorteil, wenn man seine anfängliche Reaktion im Tower von Deneb bedenkt«, erwiderte Jeff. »Es wird wieder das übliche bürokratische Getänzel, Naserümpfen, Datensammeln, das ganze Hin und Her geben«, fuhr er fort, stieß sich vom Tisch ab und balancierte seinen Stuhl auf den Hinterbeinen, wobei er den tadelnden Blick seiner Mutter ignorierte. »Am Ende werden sie aber zu dem Ergebnis kommen, daß ein so mächtiger Verbündeter, wie ihn die Mrdinis darstellen, alle Seltsamkeiten aufwiegt.«

»Vergiß nicht zu erwähnen«, sagte Isthia mit einem hintergründigen Lächeln, wie es für sie typisch war, »daß die Mrdinis mit uns Kontakt aufgenommen haben. Und übrigens, weißt du, warum die Mrdinis sich überhaupt dem Deneb-System genähert haben?«

»Ja«, sagte Jeff, und ein Grinsen erhellte sein Gesicht. »Weißt du noch, wie wir während der Schlacht damals dieses eine Schiff zurückgeschleudert haben? Als eine Warnung? Nun, die Mrdinis haben den Leviathan überwacht, um sicherzugehen, daß er nicht in Richtung ihrer Kolonien unterwegs war – und haben sehr bereitwillig darüber Auskunft gegeben, über wieviel Kolonien sie verfügen und welche Systeme sie erforscht haben –, und so sahen sie das Schiff zurückkehren. Was diese Schiffe ja gewöhnlich nicht tun.«

»Das hat die Mrdinis neugierig gemacht, wer so tapfer gewesen ist«, sagte Rowan, und ihre Augen glänzten, als sie die Geschichte weitererzählte. »Sie haben sich über den Kurs des Leviathans Klarheit verschafft, aber sie mußten zu ihrem Heimatplaneten heimkehren, um sich neue Befehle und Proviant zu holen. Den Proviant nachzuladen, ging schneller«, und dabei grinste sie schelmisch. »Ich nehme an, sie hatten gewisse Bedenken, einer Spezies auf den Leib zu rücken, die ein Aufklärungsschiff der Käfer in den Weltraum zurückjagt.«

»Was ein Grund dafür ist, warum sie vor der Heliopause warteten, als sie die Warnbojen entdeckten«, fuhr Jeff fort. »Sie waren sich nicht einmal sicher, ob sie die richtigen Koordinaten erreicht hatten, denn sie fanden keine Spur vom Leviathan. Ihnen gelten Stockschiffe als unschlagbar.« Er wandte sich Damia und Afra zu. »Es war unsere Entdeckung dieses Rumpfstücks eines Käferschiffs und sein Transport in die City, die ihre Instrumente registriert haben. Sie haben jeden Planeten im System sondiert; ihre Sonden waren zu klein, um von dem Warnbojen-Netz bemerkt zu werden, aber empfindlich genug, um Spuren von Käfermetall aufzuspüren.«

»Also war dieses zerbeulte Stück Blech für die Träume verantwortlich«, sagte Damia.

»Genau. Also haben sie über dieses ganze Gebiet hinweg gesendet und gehofft, mit den Wesen Kontakt aufzunehmen, die auf das Käfermetall – wie sie es ausdrücken – empfindlich reagierten.«

»Wir hatten ein Riesenglück, daß wir diesen Leviathan von Deneb abwehren konnten«, sagte Rowan und schüttelte den Kopf, als sie daran dachte, wie knapp es gewesen war.

»Aber wir müssen das ganz deutlich machen, wenn wir vor der Liga sprechen«, fuhr Jeff fort. »Die Mrdinis haben uns einen Eindruck davon verschafft, wie die Käfer fremde Planeten kolonisieren: nämlich gnadenlos. Wenn wir nicht standgehalten hätten ...« Er streckte den Arm aus und bedeckte Rowans silbrige Finger mit einer dankbaren, zärtlichen Hand. »Die Käfer sind rücksichtslose Siedler, deren Verhalten davon bestimmt wird, daß ihre Königinnen sich häufig gegenseitig umbringen und die Gewinnerin die Eier der Verliererin verzehrt. Um das zu verhindern, verlassen Stockschiffe den Heimatplaneten – und die Mrdinis versuchen immer noch, dieses Sonnensystem aufzufinden – und suchen nach ähnlichen Planeten. Zunächst werden Späher ausgeschickt, um Planeten aufzufinden. Wenn einer entdeckt wurde, schicken sie Schiffe los, die den Planeten zur Besiedlung ›vorbereiten‹ sollen, was soviel heißt, wie alle anderen Lebensformen von seiner Oberfläche zu tilgen. Die Käfer sind im Grunde Vegetarier. Die ersten Truppen beginnen nach der Landung Höhlen für die Muttereier zu graben. Wenn das Stockschiff den vorbereiteten Planeten erreicht, schaffen sie die Eier in die Höhlen; dann können sie wieder von vorn anfangen. Wenn der Planet keine weiteren Stöcke mehr ernähren kann, wird das Mutterschiff mit genügend Arbeitern besetzt, und sie begeben sich erneut auf die Suche. Den Mrdinis zufolge sind bereits zu viele Mutterschiffe im Weltraum unterwegs. Das Unglaubliche daran ist eher, daß die Neun-Sterne-Liga bisher nur zweimal mit ihnen zusammengetroffen ist.«

»Das sind ja keine guten Nachrichten«, sagte Isthia.

»Nein, ganz und gar nicht«, erwiderte Jeff. »Wir waren viel zu selbstzufrieden, und unsere Glückssträhne könnte jederzeit vorbei sein. Das ist ein Grund, warum die Mrdinis uns so dringend warnen wollten, trotz ihres Respekts vor unseren Fähigkeiten. Das Warnbojen-Netz Denebs ist zufriedenstellend, sagen sie, aber wir alle wissen, daß nicht alle Sonnensysteme innerhalb der Liga derart gesichert sind.« Er runzelte die Stirn und senkte den Kopf, während er eine Pause einlegte und nachdachte. »Wißt ihr, Damia und Afra, warum ihr auf Aurigae nicht genauso gut mit dem Mrdinis-Team zusammenarbeiten könntet wie hier auf Deneb …«

»Zunächst brauchen wir die Einwilligung der Liga, Jeff«, erinnerte ihn Rowan.

Er tat die Mahnung mit einem Wink ab. »Ich brauche nur ein paar sensible Senatoren, die im Schlaf mit den Mrdinis kommunizieren, und es wird sofort etwas passieren.«

»Senatoren?« Isthia sah ihren Sohn mit offenem Mund und vor Belustigung weit aufgerissenen Augen an. »Die im Schlaf mit den Mrdinis kommunizieren? Jeff, du bist ein Träumer!«

»Solang ich noch ein Träumer bin, ist es mir gleichgültig, was ich tun muß, um Notwendiges durchzusetzen. Aber wir können uns kein schwaches Glied in unserer Verteidigungskette leisten, und ein T4 reicht nicht aus, um Aurigae zu schützen.«

»Erinnerst du dich an die Aussetzer der Warnbojen vor Prokyon? Waren die Mrdinis dafür verantwortlich?« fragte Afra.

»Das habe ich noch nicht überprüft, Afra«, erwiderte Jeff, »aber es waren auf keinen Fall die Käfer. Die wären einfach durchs System gestürmt.«

»Vater«, begann Damia zögernd, »besteht vielleicht die Möglichkeit, daß der Leviathan eine Nachricht an andere Stöcke schicken konnte, bevor ihr ihn zerstört habt?«

Jeff schüttelte den Kopf und lachte spöttisch. »Du meinst, etwas in der Art wie ›Bleibt weg von hier – dicke Luft‹?«

Als sie nickte, antwortete Rowan mit einem Kopfschütteln. »Nein, wir haben diese Wesen paralysiert, und von dem Leviathan ist nichts übriggeblieben, als der Rowan-Fokus ihn in die Sonne schleuderte. Die Mrdinis halten die Käfer für furchtlos. Außerdem sind sie zahlreich.« Ihr Gesichtsausdruck wurde grimmig.

»Ihre Hauptmotivation ist die Verbreitung ihrer Spezies, mehr nicht.« Jeff wandte sich Afra zu. »Dein Bericht über unsere Selbstverteidigung hat einen enormen

Eindruck auf sie gemacht und ihren Wunsch bekräftigt, sich mit uns zu verbünden.«

»Tatsächlich?«

»Sie mußten sich schon oft gegen Einfälle der Käfer verteidigen – wie lang, haben wir noch nicht herausgefunden –, sicher geraume Zeit schon. Bisher haben sie nur eine wirksame Möglichkeit entdeckt, einen Leviathan zu vernichten«, erwiderte Jeff, »und das auf Kosten großer Verluste. Dazu gehören Kamikazemissionen von Schiffen der Kreuzerklasse, die in den Stock eindringen und in die Luft jagen. Sie haben immer etwa vierzig solcher Schiffe in der Hoffnung losgeschickt, daß eines durchkommt und in den Mutterstock eindringt. Deshalb wollen sie unbedingt wissen, wie es uns gelungen ist«, erklärte Jeff.

»Ja, einmal hat es funktioniert«, bemerkte Afra.

»Wenn's sein muß, wird es wieder funktionieren«, sagte Jeff. »Die Käfer verfügen über keine Vorstellungskraft. Sie wiederholen nur, was sie schon immer getan haben.«

»Nichts ist erfolgreicher als der Erfolg, was?« scherzte Isthia.

»Ihrer oder unserer?« erwiderte Rowan. »Ob wir damit Erfolg haben oder nicht, ich möchte keine Karriere machen, indem ich immer wieder an solchen anstrengenden geistigen Verschmelzungen teilnehme.«

»Es wäre gar nicht mehr so anstrengend, Liebling«, sagte Jeff leichthin. »Uns stehen heute dreimal mehr Spitzentalente als damals zur Verfügung.« Er schnippte sorglos mit den Fingern. »Wir könnten so viele Leviathane ausschalten, wie auftauchen.«

»Jeff!« fuhr Rowan ihm dazwischen.

»Über welche geistigen Kräfte verfügen die Mrdinis?« fragte Afra neugierig.

»Sie verstehen etwas davon, aber ich glaube nicht, daß sie für einen Fokus oder eine geistige Verschmelzung bereits weit genug entwickelt sind«, sagte Jeff. »Sie haben bereits mit einigen anderen Spezies erfolgreich über Träume kommuniziert. Wir scheinen die höchstentwickelte Spezies zu sein, mit der sie bisher Kontakt hatten. Das ist ein weiterer Grund für ihre Begeisterung. Und mir geht's genauso. Ich begrüße die Gelegenheit«, und als sein Blick auf Damia ruhte, spürte sie seine Leidenschaft, »mit einer fremden Rasse Kontakt aufnehmen zu können. Ich werde nicht zögern, der Liga zu empfehlen, daß wir ohne Hast und ohne Aufschub eine Allianz aufbauen. Wir kennen die Gefahren, die uns von den Käfern drohen, und wir können uns nicht auf der WARNBOJE ausruhen.« Er ließ seinen Stuhl mit einem dumpfen Laut nach vorn kippen und streckte über den Tisch eine Hand nach Damia aus. »Du wirst auf Aurigae gebraucht, Tochter. Es wäre auch keine schlechte Idee, die Mrdini-Delegation für Sprachstudien dorthin zu schicken. Und«, sagte er lächelnd, »ich bin nicht so hartherzig wie der alte Knabe Reidinger. Afra kann dir Gesellschaft leisten.«

»Vater.« Damia zuckte kurz zusammen, ehe sie ihre Schultern straffte. »Warum sollte die Liga mir Aurigae anvertrauen?«

Jeff Raven blinzelte überrascht. »Warum nicht?« Dann grinste er schief, wie es seine Art war. »Die Bergleute sind über deine lange Abwesenheit nicht sonderlich erfreut.«

Damia spürte die Berührung ihrer Mutter, sanft, aber autoritär.

»Ich glaube, Damia sorgt der Bericht über Sodan, Jeff«, sagte Rowan.

»Oh«, war Jeffs Antwort. Seine blauen Augen waren umwölkt und sein Gesicht ausdruckslos, als er sagte: »Der Erdprimus hat der Neun-Sterne-Liga berichtet, daß die Prima von Aurigae mit einem Alienschiff Kontakt aufgenommen und, nach Entlarvung seiner feindseligen Absichten, angemessenen Beistand anderer Primen erbeten hat, um den Eindringling zu zerstören, eine Aktion, in deren Verlauf Larak Gwyn-Raven starb ...« – er machte eine Pause und sah gemeinsam mit Rowan zu der Stelle hinaus, wo ihr Sohn begraben lag – »... und Damia Gwyn-Raven und Afra Lyon schwer verletzt wurden.« Jeff wechselte abrupt das Thema und sah seine Tochter auf seine typische liebevolle Art an. »Warum?«

Damia wurde unsicher, nicht weil sie wieder den Schmerz über Laraks Tod empfand, sondern weil sie nicht zugeben wollte, wie sehr Jerans Bemerkung im Tower sie bedrückt hatte.

»Jeran«, sagte Rowan undeutlich, und Jeff nickte verständnisvoll. »Ihr zwei habt eure Streitereien aus der Kindheit nie richtig beendet, was? Nun, Jeran ist auch nur ein Mensch ...«

Isthia rollte mit den Augen. *Darüber kann man sich streiten.*

»Und du hast dich rücksichtslos über seine Autorität hinweggesetzt«, sagte Rowan barsch, »indem du mit den Aliens Kontakt aufgenommen hast, ohne ihn davon zu unterrichten.«

»Wir wußten nicht, wo er steckt«, wich Isthia aus.

»Tatsächlich?« fragte Jeff und sah seine Mutter mit seinen tiefblauen Augen unschuldig an.

Sie tadelte ihn spielerisch mit ausgestrecktem Zeigefinger. »Versuch das nicht bei deiner Mutter, mein Lieber.«

Jeff warf den Kopf zurück und lachte. »Das sollte ich besser lassen, was?«

»Du bist fast so arrogant und unverfroren wie Peter Reidinger damals, Jeff Raven«, fuhr Isthia fort.

»Das stimmt nicht«, verteidigte ihn Rowan.

»Zu mir natürlich nicht«, sagte Isthia.

Erdprimus, Jerans förmliche Anrede erreichte alle Telepathen, *Sie werden gebeten, in den Tower von Deneb zurückzukehren. Die Flotte und die Liga erwarten dringend Ihr Erscheinen, um über den gegenwärtigen Stand unserer Verhandlungen mit den Aliens zu diskutieren.*

Mit einem Seufzer hievte Jeff sich hoch und streckte eine Hand nach Rowan aus, um ihr aus dem Sessel zu helfen.

»Keine Ruhepause für den Erdprimus, wie arrogant oder unverfroren er auch ist«, sagte er und ließ die Schultern hängen, als habe er unbarmherzige Lasten wie ein Märtyrer zu tragen. »Seid ihr zwei bereit, morgen nach Aurigae zurückzukehren?« fragte er mit ernster Stimme.

»Ja, natürlich«, sagte Damia und nickte, während Afra mit einem Murmeln sein Einverständnis bekundete. Seine Finger drückten ihre.

»Hervorragend.« Jeff beugte sich vor, um seine Tochter auf die Wange zu küssen, während er Afra wie üblich voller Zuneigung für den Capellaner herzlich auf die Schulter klopfte. »Es wird die Wogen etwas glätten, wenn die Gwyn-Ravens ihrer Liga selbstlos zu Hilfe eilen!«

Bevor sie ging, streichelte Rowan ihre Tochter flüchtig über die Wange und hatte dabei einen nachdenklichen Ausdruck in den grauen Augen. »Es wird wirklich dauern, weißt du«, sagte sie und zuckte unbehaglich die Achseln. Dann wandte sie sich Afra zu. »Gollee Gren ist gut, aber er ist einfach nicht so geschickt wie du.« Sie seufzte. »Aber ich werde es schaffen.«

Jeff lachte, umarmte und küßte seine Mutter rasch und schloß beide Arme um seine Frau, ehe er sie aus der Küche teleportierte.

»Was für ein Angeber«, murmelte Isthia, bevor sie sich mit einem skeptischen Blick Damia und Afra zuwandte. »Da habt ihr euch mal wieder gut rausgewunden, was? Es gibt doch nichts, was eine Familie so eng zusammenbringt wie eine Krise, oder?«

»Isthia«, sagte Afra mit amüsiertem Gesicht, indem er ihren Namen tadelnd in die Länge zog, »wenn Jeff arrogant und unverfroren ist, was bist du dann?«

»Eine Übermutter, die sich in alles einmischt«, erwiderte Isthia mit einem reuelosen Grinsen. »Ich räume hier ab. Ihr zwei habt bis morgen noch viel zu erledigen und solltet euch gut ausschlafen.«

»Ich kann's ja mit einem Wiegenlied versuchen, wenn's sein muß«, sagte Afra und duckte sich, als Damia nur halb spielerisch zu einem Schlag ausholte.

Er jagte aus der Küche, durch den Flur und in ihr Zimmer, und sie folgte ihm.

»Afra, gibt es eine Möglichkeit, diese unsägliche Suggestion rückgängig zu machen?« fragte sie. »Es könnte ziemlich unangenehm werden.«

»Warum?« Afras gelbe Augen funkelten vor Belustigung. »Sie war doch in letzter Zeit ganz nützlich.« Dann änderte sich plötzlich sein Gesichtsausdruck und drückte fassungsloses Staunen aus, als er sie flüchtig sondierte, was Damia lachend geschehen ließ. Mit schwungvollen Schritten trat er auf sie zu und drückte sie mit einem Arm an sich, während er die andere Hand auf ihren Unterleib legte. »Na so was! Wie konnte mir das entgehen?«

Sie lächelte scheu, als sie zu ihm aufblickte. »Zu viele Schlaflieder.« Zutiefst zufrieden schmiegte sie sich an ihn. Sie hatten sich dem Fenster zugewandt, durch das sie Laraks Grab sehen konnten.

»Sollen wir sie Laria nennen?« fragte sie leise.

Afra drückte sie noch fester an sich und öffnete sich ihr so vollkommen, wie sie sich ihm in jenem besonderen Augenblick, und ließ sie dabei erkennen, wie lang er sich nach einem eigenen Kind gesehnt hatte – nach *ihrem* Kind; ihn durchfuhr eine strahlende Freude über das Geschenk ihrer Liebe, über das neue Leben in ihr, über das Ende seiner Einsamkeit, über all diese neuen und unverhofften Freuden, und die Hingabe, die so starke Bande zwischen ihnen geknüpft hatte, fand eine neue Bestätigung. In ihm wuchs die Entschlossenheit, auch mit einer neuen Generation von Rowan-Frauen fertig zu werden.

»Ich bin froh, daß wir uns darin einig sind«, murmelte sie. Und weil sie in diesem denkwürdigen und wundervollen Augenblick sein Verlangen ebenso anwachsen spürte wie ihres, drückten sie diese Einigkeit wenig später noch auf eine andere Weise aus, die sie beide zutiefst befriedigte.